# 吉尔·布拉斯

*Histoire de Gil Blas de Santillane*

[法] 勒萨日／著
杨绛／译

名著名译丛书

人民文学出版社

Alain René Lesage
HISTOIRE DE GIL BLAS DE SANTILLANE
根据 Classiques Garnier，Paris 版本译出

图书在版编目（CIP）数据

吉尔·布拉斯/（法）勒萨日著；杨绛译.—修订本.—北京：人民文学出版社，2017
（2023.5重印）
（名著名译丛书）
ISBN 978-7-02-012469-5

Ⅰ.①吉… Ⅱ.①勒…②杨… Ⅲ.①长篇小说—法国—近代 Ⅳ.①I565.44

中国版本图书馆 CIP 数据核字（2017）第 038876 号

责任编辑　黄凌霞
装帧设计　刘　静　陶　雷
责任印制　任　祎

出版发行　人民文学出版社
社　　址　北京市朝内大街 166 号
邮政编码　100705

印　　刷　三河市中晟雅豪印务有限公司
经　　销　全国新华书店等

字　　数　465 千字
开　　本　890 毫米×1290 毫米　1/32
印　　张　18　插页3
印　　数　13001—16000
版　　次　1956 年 1 月北京第 1 版
　　　　　1979 年 9 月北京第 2 版
印　　次　2023 年 5 月第 5 次印刷

书　　号　978-7-02-012469-5
定　　价　48.00 元

如有印装质量问题，请与本社图书销售中心调换。电话：010-65233595

勒萨日

**勒萨日（1668—1747）**

　　法国十八世纪初期的讽刺剧作家，法国写实主义先驱。主要作品有《吉尔·布拉斯》《瘸腿魔鬼》《杜卡莱》。

　　《吉尔·布拉斯》，全名为《吉尔·布拉斯·德·山梯良那传》，是勒萨日的代表作。以十六世纪末至十七世纪中期的西班牙为历史背景，用西班牙流浪汉小说那种朴素、生动的笔触，通过吉尔·布拉斯一生的遭遇，真实地反映了朝廷腐败、贵族荒唐、金钱和权势统治一切的行将崩溃的封建社会的面貌，被认为是法国十八世纪上半叶最优秀的现实主义小说。

**译　者**

**杨　绛**（1911—2016），江苏无锡人。女作家、翻译家。早年留学欧洲，1938年回国，曾任上海震旦女子文理学院、清华大学教授。1952年调至中国社会科学院外国文学研究所工作。创作有散文《干校六记》《我们仨》，长篇小说《洗澡》等；译作有塞万提斯的《堂吉诃德》、西班牙流浪汉小说《小癞子》、勒萨日的《吉尔·布拉斯》，以及柏拉图的《斐多》等。有《杨绛全集》（九卷）行世。

# 出版说明

人民文学出版社从上世纪五十年代建社之初即致力于外国文学名著出版，延请国内一流学者研究论证选题，翻译更是优选专长译者担纲，先后出版了"外国文学名著丛书""世界文学名著文库""二十世纪外国文学丛书""名著名译插图本"等大型丛书和外国著名作家的文集、选集等，这些作品得到了几代读者的喜爱。

为满足读者的阅读与收藏需求，我们优中选精，推出精装本"名著名译丛书"，收入脍炙人口的外国文学杰作。丰子恺、朱生豪、冰心、杨绛等翻译家优美传神的译文，更为这些不朽之作增添了色彩。多数作品配有精美原版插图。希望这套书能成为中国家庭的必备藏书。

为方便广大读者，出版社还为本丛书精心录制了朗读版。本丛书将分辑陆续出版。

人民文学出版社
2015 年 1 月

# 前　言

《吉尔·布拉斯·德·山悌良那传》(*Histoire de Gil Blas de Santillane*)简称《吉尔·布拉斯》,是法国十八世纪作者阿阑·瑞内·勒萨日(Alain René Le Sage,1668—1747)的作品。全书分两次出版,前后相隔二十年。一七一五年第一、二部出版,正是法王路易十四去世,路易十五即位的一年。小说里反映的是那两个朝代的法国社会。

路易十四穷兵黩武,称霸欧洲;国内又大兴土木,建造宫室,弄得府库空虚,赋税繁重。收税的办法又弊端百出,经手人从中肥私,都变成财主。政府要开发国家资源,鼓励工商业。随着工商业的勃兴,一个新的阶级——资产阶级也兴起来了。许多新兴的工商业巨子,买得贵勋授予状,成了新贵族。路易十四倚重的大臣如柯尔伯(Jean Baptiste Colbert)、勒·戴礼艾(Michel le Tellier)、李宏(Hugues de Lionne),都是这个新兴阶级的人物。路易十四初即位时,贵族领导的"投石党运动",使他对贵族有戒心。他许贵族享受特权,却不让他们掌握实权。连年战争,贵族地主的收入大为减削,而田租经管家的手,又大打折扣。可是他们有一定的排场,巴黎有房子,凡尔赛有寓所,乡下有田庄,起居服食、车马奴仆、宴会赌博等等,花费浩大,入不敷出。皇帝的恩赏年金不易得到,得来也为数有限,无济于事,除非娶得有钱的太太,否则只好出高利借债度日。封建贵族渐趋没落,权与势都到了新兴资产阶级手里。

路易十五即位才五六岁,由他叔父摄政。摄政王重用的是杜布瓦红衣大主教(Cardinal Dubois),是穷医生的儿子,由摄政王一手栽培提拔的。这位大臣招权纳贿,卖官鬻爵,当时人说他把小偷骗子的手段用到了政府里去。路易十五当政后耽于逸乐,朝柄操在权臣和外宠手里。弄权的傅乐里红衣大主教(Cardinal de Fleury)。两位权臣都属新兴的资产阶级。一七一六年巴黎设立了第一个银行,不久又设立了股票市场,那时候举国若狂,人人想买股票发财,巴黎已成金钱统治的世界。

十七十八世纪法国社会的这些真相反映在《吉尔·布拉斯》这部小说里。勒萨日揭露了社会上可笑可鄙的形形色色,怕触犯当局,假托为西班牙斐利普三世(1598—1621)和斐利普四世(1621—1665)两朝的事。可是他在作者声明里说:"我写西班牙的人情风俗并非一丝不走原样",因为要写得"跟我们法国人的习俗合拍"。批评家都承认这部小说里描写的是当时的法国社会。而英国的批评家说,他写的不仅是法国社会,是一切社会。① 小说的主角吉尔·布拉斯,是当时社会上常见的人物。有的批评家说他仿佛是从人群里随便拉出来的,随时会混进人群里去②。历史上有名的杜布瓦红衣大主教和他同时的西班牙阿尔伯隆尼红衣大主教(Jules Alberoni)都是这一流人物。有人以为吉尔·布拉斯就是法国十七世纪后半叶的政客古维尔(Jean Hérault Gourville,1625—1703),因为身世相似,古维尔著有回忆录一册,勒萨日想必读过。③ 我们无须考证吉尔·布拉斯是否真有其人。那时旧贵族渐渐没落,中下层阶级的人依附权势,都可以向上爬。成功的在历史上留下了名字,爬不高或爬不上的无名小子,不知要有多少呢。

---

① 圣茨伯利(George Saintsbury)《法国小说史》( History of the French Novel)第一册第331页论勒萨日有世界性;又格林(F. C Green)《法国小说家》( French Novelists)第75页论《吉尔·布拉斯》一书是一切社会的写照。这部小说里,很多地方和我国古代戏剧、小说里写的相类。例如本书第十二卷第一、二、三章写权臣要皇帝不问政事,就为他弄外宠,这使我们记起《红梨记》第三出里奸臣梁师成的话:"我教导你,大凡官家不要容他闲,常则是把些声色货利,打哄日子过去,他就不想到政事上边,左班那些秀才官儿,便有言也不相入了。"又如作者借强盗之口,把帝王、贵人、银行家等剥削者一概骂作强盗,使我们记起凌蒙初《拍案惊奇》里的话:"天下那一处没有强盗?假如有一等做官的,误国欺君,侵剥百姓,虽然官高禄厚,难道不是大盗?有一等做公子的,倚靠着父兄势力,张牙舞爪,诈害乡民,受投献,窝赃私,无所不为,百姓不敢声怨,官司不敢盘问,难道不是大盗?有一等做举人秀才的,呼朋引类,把持官府,起灭词讼,每有将良善人家拆得烟飞星散,难道不是大盗?只论衣冠中尚是如此,何况做经纪客商,做公门人役,三百六十行中人尽有狼心狗行、狼似强盗之人,自不必说。"(见古典文学出版社1957年上海版139页)

② 圣·伯夫引巴丹(Patin)语,见莫利斯·阿阑编注的《圣·伯夫论法国大作家》第十册第29页。

③ 见谢布列兹(Victor Cherbuliez)《法国十七至十九世纪小说里的典型》( L'Idéal Romanesque en France de 1610 à 1815)第114页以下。

《吉尔·布拉斯》通称为流浪汉小说,由主角吉尔·布拉斯叙述自己一生的经历。吉尔·布拉斯是个"通才"(L'outil universel):他出身贫苦,却受过些教育;没甚大本事,却有点小聪明;为人懦怯,逼上绝路也会拼一拼。所以他无论在什么境地都能混混;做医生、做用人、做管家、做大主教或首相的秘书,件件都行,哪里都去得。而且他从不丧气,坏运气压他不倒,摔下立刻爬起,又向前迈步。他又观察精微,做了事总要反省,对自己很坦白。一部暴露社会黑暗的小说,正需要这样一位主角,带着读者到社会每一阶层每一角落去经历一番。

吉尔·布拉斯和一般流浪汉略有不同。他没在饥饿线上挣扎,还受过些教育。他由后门小道投靠权贵,为他们帮闲,晚年做了大官,拥有财产。他算得流浪汉吗?流浪汉不是英雄,不是模范。可是《吉尔·布拉斯致读者》说:"你若读了我一生的经历而忽略了劝人为善的涵义,就不能得益。你若留心研读,就会看到贺拉斯所谓趣味里搀和着教益。"他"劝人为善",劝什么"善"?吉尔·布拉斯是模范人物吗?留心研读他一生的经历,能找到什么教益呢?

流浪汉是赤手空拳,随处觅食的"冒险者"。他们不务正业,在世途上"走着瞧",随身法宝是眼明手快,善于照顾自己,也善于与世妥协。他们讲求实际,并不考虑是非善恶的准则,也不理会传统的道德观念,反正只顾自己方便,一切可以通融,但求不落入法网——那是他们害怕的。他们能屈能伸。运气有顺逆,人生的苦和乐经常是连带的。他们得乐且乐,吃苦也不怕,跌倒了爬起重新上路。可是这股压不倒的劲头为的是什么呢?无非占点儿别人的便宜,捞摸些现成的油水,混着过日子。流浪汉伺候一个又一个主人,吃主人的饭——无论是苦饭,或我们所谓"猪油拌的饭"。他们对主人可以欺骗,可以剥削,也可以尽忠,总归是靠着主人谋求自身的利益。吉尔·布拉斯始终就是这种人。

吉尔·布拉斯离家时虽有他舅舅给的一头骡子和几枚金币,那一点身外之财是朝不保夕的。他虽然是个"通才",却没有正当职业,只在混饭吃。他的道德标准和处世哲学和一般流浪汉同样有弹性而无原则。他虽然后来爬上官位,仍然是吃他主子的饭,当他主子的奴才。一个流浪汉如果本质没变，只改换了境遇，窜入上层社会，他就不算流浪汉了吗？

吉尔·布拉斯劝人为善，想必自己觉得是好人。可是他有什么好，能借以劝善呢？

他确也不坏。一个曾和他同伙的流浪汉说："别把我们当坏人。我们不打人，不杀人，只想占人家点儿便宜过活。虽然偷东西不应该，到无可奈何的时候，不该也就该了。"所谓无可奈何，其实并不是性命攸关，只是机缘凑巧，有利可图，就身不由己。吉尔·布拉斯初次受了欺骗，暗暗责怪自己的爹妈不该训他别欺骗人，该教他别受人欺骗才对。当然，他并没主张骗人讹人，只要求别受骗。可是他仍然经常受骗，自己也干下不少骗人的勾当，甚至下流无耻，为他的主子广开后门，招权纳贿，又为主子的主子物色女人，当拉皮条的。他干了这类事情也知道惭愧，悔过补救。尽管他每到名利关头总是情不自禁，他毕竟还是努力向上的。他像一般流浪汉讲"哥们儿义气"，肯互相帮忙。他秉性善良，经常也做点好事。他做了好事，就有好报，与人方便也往往自己方便。他对主人巴结尽忠，不惜干昧心事儿博取主人信赖。由这种种"好"，他升官发财，变成贵人，不仅自己衣食无忧，连子孙也可以靠福。吉尔·布拉斯是把自己作为模范来劝善吗？他的劝善未免太庸俗了。

《吉尔·布拉斯致读者》虽然算是他本人的话，文章究竟是作者写的。作者把故事的趣味比做一泓清泉，供旅客休息时"解解渴"。但故事的精髓，所谓"灵魂"，还待有心人去发掘。吉尔·布拉斯那点老生常谈的"为善"，何劳有心人去发掘呢。假如读者死心眼儿，辨不出作品里含带的讥讽，那么看一看作者的为人，就可以知道他对吉尔·布拉斯这种人抱什么态度。

勒萨日一身傲骨，不屑迎合风气，不肯依附贵人。他敢于攻击时下的弊端，不怕得罪当道。他不求名位，只靠写作谋生。他和吉尔·布拉斯的为人迥不相同，他们俩劝人为善的涵义当然也不会一样。

吉尔·布拉斯没什么崇高的理想，没任何令人景仰的行为，没一点可望不可即的品德,他充得什么模范呢!他不是"坏人",他是"好人"吗?他虽有要好向上的心,他能有多么好呢?坏事他倒干了不少。当然,过失是谁都难免的。知过愿改,就算是知好歹的。知好歹的就不甘心做坏人,也往往以好人自居。吉尔·布拉斯就是这种有志向上而品格不高,有意为善而为善的程度有限,不愿作恶却难免过失,甚至再三做坏事。他是一个典型的平常人,尽管在不同的境地,具体表现可有千变万化,他仍然是个典型的平常人。

《作者声明》说,他不是刻画某某个人,而是描写人生的真相。的确,他写的那些"卑鄙龌龊的事,希奇古怪的人"都是平日常见的。强盗当公差,伪善的骗子经管修院或慈善机构的财产等等,不是极普遍的事吗?从小康之家到堂堂首相府,为了争夺财产,一个个勾心斗角,骨肉如寇仇,不是到处一样吗?像吉尔·布拉斯那样为极尊贵的人干极不光彩的事,是"为国为君,屡著勤劳",这也没什么希罕吧?结党营私,开辟后门小道的权贵,何止一个赖玛公爵。大臣"清高"而夫人好利,身兼数职,假公肥己的,又何止一个奥利法瑞斯伯爵。至于像桑格拉都大夫那种不懂本行的专家,像法布利斯那样有写作瘾的文人,绝不是西班牙或法国的特产。贯穿这些事、这些人的吉尔·布拉斯,更是一个寻常角色,谁愿意,都可以"对号入座"。他的经历也可以是我们大家的亲身经历。例如他伺候格拉纳达大主教的故事。这位大主教谆谆嘱咐他说真话,可是听到真话,气得变了脸,把吉尔·布拉斯撵走。这种事,什么地方、什么时候没有呢!又例如吉尔·布拉斯向年老的主人捅出他的情妇另有所欢,老人情知是真,却宁愿听信情妇的花言巧语,把吉尔·布拉斯撵走。这又入情入理,不论何时何地都会见到。又如吉尔·布拉斯当了人家的总管,赤心为主,秉公无私,不让同事揩油作弊。主人家并未记他的功,同事间却结下深仇。他辛苦得大病一场,饭碗丢失,私蓄赔尽,弄得生活也没个着落。这类事不也普通得很吗!

吉尔·布拉斯一生的作为,有时是受衣食的驱使,迫不得已,有时是受名利的诱惑,身不由己。他没有沦为罪犯,当然还靠自己努力向上,不甘堕落,可是他得意不由品德才能,失意也不全是自己的过错,爬上高位靠他没有原则,吃亏却因为太老实。时运无定,好景不常,升沉得失,自己也做不得主。吉尔·布拉斯要不是靠山倒了,未必甘心"隐退";如果有机会出山,准会官瘾复发。世上像他这种人随处都是。

作者描绘世态人情亲切有味,这是这部小说的特点。读书如阅世。读了《吉尔·布拉斯》可加添阅历,增广识见,变得更聪明也更成熟些,即使做不到宠辱不惊,也可学得失意勿灰心,得意勿忘形,因为失意未必可耻,得意未必可骄。但是作者没有正面的教训,"趣味里挽和的教益"可由"有心人"各自去领会。

勒萨日出自布列塔尼的旧家,十四岁成了孤儿,家产被保护人侵吞。他曾在家乡附近耶稣会办的学院读书,后到巴黎学法律,二十六岁娶了一个巴黎市民的女儿,在巴黎一住五十来年。他当过一时律师,也在包税局当过小职员,以后就专靠写作为生。当时文人大多投靠权贵;他性情倔强,不屑与贵人周旋①。他写的剧本,只在大众化的市场剧院(Théâtre de La Foire)上演。"让我在平民中老死",圣·伯夫(Sainte-Beuve)引用了这句话来称道他的一生②。

勒萨日较成功的作品,还有趣剧《主仆争风》(*Crispin Rival de son Maître*),讽刺包税员的喜剧《杜卡莱》(*Turcaret*)③,小说《瘸腿魔鬼》(*Le Diable Boiteux*)等。他最精心结撰的是《吉尔·布拉斯》。法国马

---

① 见克拉瑞悌(Léo Claretie)的《小说家勒萨日》(*Le Sage Romancier*)第17页;莫利斯·阿阑编注的《圣·伯夫论法国大作家》第十册第8页。
② 见莫利斯·阿阑编注的《圣·伯夫论法国大作家》第十册第19页。
③ 法国十八世纪参加法国大革命的文人商佛(Chamfort)在《人物与掌故》(*Caractères et Anecdotes*)里说:"莫里哀什么都不放过,可是对包税员从没有一句讽刺,这是件可怪的事。据说柯尔伯曾有训令给莫里哀和其他喜剧作家,不得讽刺这等人。"——克瑞版170条。勒萨日却毫不留情地揭露了包税员。

利伏、英国菲尔丁、斯莫莱特等都受它影响;著名作家如斯特恩、兰德、拜伦、狄更斯、萨克雷等都熟读这部小说。①

---

① 科梯斯(L. P. Curtis)编《斯特恩书信集》1935年牛津版第88页提到桑格拉都大夫。苏坡(W. H. Super)《兰德传》1954年纽约大学版第354—355页引兰德引用格拉纳达大主教的故事,还称赞勒萨日这部小说的题材有趣,文笔多姿,以为英国散文家没有他那样的好手。拜伦最喜欢称引格拉纳达大主教的故事,参看普罗赛罗(Rowland E. Prothero)编《拜伦书信和日记》第一册第121页,第320页,第四册第248页,第六册第337页。狄更斯《大卫·科波菲尔》第四章和第七章,以及萨克雷《耶鲁普乐许通讯》(*The Yellowplush Correspondence*)纽约柯列(Collier and Son)版第十四册第173页都提到这部小说里的人物。

# 目 录

作者声明……………………………………………001
吉尔·布拉斯致读者…………………………………003

## 第 一 卷

第 一 章　吉尔·布拉斯的出身和教育。……………003
第 二 章　他上贝尼弗罗,路上的惊慌;在那城里
　　　　　干的事;跟谁同吃晚饭。…………………004
第 三 章　骡夫半路起邪心,下文如何;吉尔·布
　　　　　拉斯躲过一枪,挨上一刀。…………………009
第 四 章　地窟里的情景,吉尔·布拉斯所见的形
　　　　　形色色。………………………………………011
第 五 章　许多强盗回地窟;他们的趣谈。…………013
第 六 章　吉尔·布拉斯设法逃走,如何结局。……018
第 七 章　吉尔·布拉斯无法可施,如何自处。……020
第 八 章　吉尔·布拉斯跟强盗合伙,在大路上立
　　　　　下什么功绩。…………………………………022
第 九 章　一件大事。…………………………………024
第 十 章　强盗怎样对待那女人,吉尔·布拉斯的
　　　　　大计划及其结局。……………………………025
第十一章　堂娜曼茜亚·德·穆斯格拉的身世。……029
第十二章　吉尔·布拉斯和那女人讲话,给人打断,
　　　　　大为扫兴。……………………………………033
第十三章　吉尔·布拉斯凑巧出狱,到何处去。……035

第十四章　堂娜曼茜亚在布果斯接待他。·················· 038
第十五章　吉尔·布拉斯穿的衣服；那位太太又送
　　　　　他的礼物；他离布果斯时的行装。·········· 040
第十六章　读后便知好景不常。······················ 043
第十七章　公寓里出事以后，吉尔·布拉斯的行止。·········· 046

## 第 二 卷

第 一 章　法布利斯带吉尔·布拉斯到赛狄罗学士
　　　　　家参见主人。这位大司铎的境况。管家
　　　　　婆的一幅肖像。························· 055
第 二 章　大司铎得病，延医服药；他的下场，以
　　　　　及传给吉尔·布拉斯的东西。·············· 059
第 三 章　吉尔·布拉斯做桑格拉都大夫的用人，
　　　　　成了名医。····························· 062
第 四 章　吉尔·布拉斯还是行医，又有本领，又
　　　　　成功。重获戒指的奇事。··················· 067
第 五 章　重获戒指的下文。吉尔·布拉斯不当医
　　　　　生，离开瓦拉多利。····················· 073
第 六 章　他离开瓦拉多利，走哪一条路；路上跟
　　　　　谁结伴。······························· 077
第 七 章　理发店伙计自述。························ 078
第 八 章　吉尔·布拉斯和他旅伴碰见一个人把干
　　　　　面包头儿在泉水里泡；他们的谈话。·········· 091
第 九 章　狄艾果的家境，他家怎样庆贺，以后吉
　　　　　尔·布拉斯就和他分手。··················· 094

## 第 三 卷

第 一 章　吉尔·布拉斯到马德里，他伺候的第一
　　　　　个主人。······························· 101
第 二 章　吉尔·布拉斯在马德里碰见罗朗都大头

| | | |
|---|---|---|
| | 领,吃了一惊;这强盗告诉他的奇闻。………… | 105 |
| 第 三 章 | 他离开堂贝尔那·德·加斯狄尔·布拉左家,去伺候一个花花公子。……… | 109 |
| 第 四 章 | 吉尔·布拉斯认识了那些花花公子的亲随;他们指点了俏皮的捷径,又叫他发了个奇誓。……………………… | 115 |
| 第 五 章 | 吉尔·布拉斯艳福不浅,结识了一个漂亮女人。…………………………… | 118 |
| 第 六 章 | 几位公子议论"皇家戏班"里的戏子。 | 123 |
| 第 七 章 | 堂庞贝攸·德·加斯特罗的生平。… | 127 |
| 第 八 章 | 变生不测,吉尔·布拉斯得另找东家。 | 131 |
| 第 九 章 | 堂马狄阿斯·德·西尔华死后,吉尔·布拉斯伺候什么人。………………… | 135 |
| 第 十 章 | 跟前一章一样长。………………… | 137 |
| 第十一章 | 戏子彼此相处的情形,他们对作家的态度。……………………………… | 140 |
| 第十二章 | 吉尔·布拉斯成了戏迷,跟着一班戏子放怀行乐,但不久又心生厌倦。… | 143 |

## 第 四 卷

| | | |
|---|---|---|
| 第 一 章 | 吉尔·布拉斯看不惯女戏子的行为,丢掉阿珊妮家饭碗,找了个正派人家。 | 149 |
| 第 二 章 | 奥若尔接见吉尔·布拉斯,他们谈的话。 | 152 |
| 第 三 章 | 堂文森家有大变;美丽的奥若尔情不自禁,决计要干件异常的事。………… | 155 |
| 第 四 章 | 婚变记。……………………………… | 158 |
| 第 五 章 | 奥若尔·德·古斯曼到萨拉曼卡以后干的事。……………………………… | 173 |
| 第 六 章 | 奥若尔用什么手段叫堂路易·巴洽果倾心。……………………………………… | 179 |

| 第 七 章 | 吉尔·布拉斯换了个东家,去伺候堂贡萨勒·德·巴洽果。………… 184 |
| 第 八 章 | 夏芙侯爵夫人的性格;她门上的客人。………… 190 |
| 第 九 章 | 事出意外,吉尔·布拉斯只好离开夏芙侯爵夫人家;他以后的行止。………… 193 |
| 第 十 章 | 堂阿尔方斯和美人赛拉芬的故事。………… 196 |
| 第十一章 | 老隐士是谁,吉尔·布拉斯发现原来都是熟人。………… 204 |

## 第 五 卷

| 第 一 章 | 堂拉斐尔的生平。………… 209 |
| 第 二 章 | 堂拉斐尔和他的听众商定计策;他们出树林时碰到的事。………… 248 |

## 第 六 卷

| 第 一 章 | 吉尔·布拉斯和他伙伴跟玻朗伯爵分手以后干些什么;安布华斯策划了一件大事,他们怎样按计行事。………… 253 |
| 第 二 章 | 这件事后,堂阿尔方斯和吉尔·布拉斯决定了行止。………… 259 |
| 第 三 章 | 堂阿尔方斯稍有困厄,随又欢天喜地;吉尔·布拉斯交运,忽然到手个好差使。………… 262 |

## 第 七 卷

| 第 一 章 | 吉尔·布拉斯和萝朗莎·赛馥拉大娘的私情。………… 267 |
| 第 二 章 | 吉尔·布拉斯离了李华的田庄,如何下落;他恋爱不成,却交了好运。………… 271 |
| 第 三 章 | 吉尔·布拉斯做了格拉纳达大主教的红人,向大主教求情只消走他的门路。………… 275 |

| 第 四 章 | 大主教中风。吉尔·布拉斯的为难；他如何对付。 | 278 |
|---|---|---|
| 第 五 章 | 吉尔·布拉斯给大主教辞退后的行止；凑巧碰到受过他大恩的那位学士，那人如何报答。 | 280 |
| 第 六 章 | 吉尔·布拉斯去看格拉纳达的戏班子演戏；看见一个女戏子，吃了一惊；后事如何。 | 282 |
| 第 七 章 | 萝合的故事。 | 286 |
| 第 八 章 | 格拉纳达的戏子欢迎吉尔·布拉斯；他在后台又碰到个旧相识。 | 295 |
| 第 九 章 | 那天他跟个奇人同吃晚饭，席上谈的话。 | 297 |
| 第 十 章 | 马利阿尔华侯爵派吉尔·布拉斯一个差使，这位忠心耿耿的书记怎样交差。 | 299 |
| 第十一章 | 吉尔·布拉斯听到个消息，仿佛晴天霹雳。 | 301 |
| 第十二章 | 吉尔·布拉斯住在客店里，认识了沈琦勒陆军大尉。这军官是何等人物，到马德里作何营干。 | 303 |
| 第十三章 | 吉尔·布拉斯在朝里碰到好友法布利斯，两人都很欣喜；他们同往何处，谈些什么奇事。 | 308 |
| 第十四章 | 法布利斯把吉尔·布拉斯荐给西西里贵人加连诺伯爵。 | 316 |
| 第十五章 | 加连诺伯爵派给吉尔·布拉斯的职务。 | 318 |
| 第十六章 | 加连诺伯爵的猴子遭了意外之灾，这位大爷的着急。吉尔·布拉斯得病，如何下场。 | 322 |

# 第 八 卷

第 一 章　吉尔·布拉斯交了个好朋友,找到个位置,补偿了加连诺伯爵对他的负心。堂瓦雷留·德·路那的故事。…………………… 329

第 二 章　吉尔·布拉斯见赖玛公爵,当了他手下一名秘书;这位大臣叫他做事,很为嘉许。………… 333

第 三 章　吉尔·布拉斯听说他那职位也有苦处。他听了这消息的焦愁,和迫不得已的行为。………………………………………………… 336

第 四 章　吉尔·布拉斯得赖玛公爵宠信,公爵告诉他一件机密。…………………………………… 338

第 五 章　吉尔·布拉斯乐极,贵极,穷极。………… 339

第 六 章　吉尔·布拉斯向赖玛公爵诉穷,这位大臣对付的方法。…………………………………… 342

第 七 章　一千五百杜加的用途;他第一次代人求情,得到报酬。………………………………… 345

第 八 章　堂罗杰·德·拉达的故事。……………… 347

第 九 章　吉尔·布拉斯不多时发了财,装出大气派。……………………………………………… 352

第 十 章　吉尔·布拉斯在朝里变得十分下流无耻;勒莫斯伯爵委他办差,跟他合伙捣鬼。……………………………………………… 357

第十一章　西班牙王太子私访加德丽娜;赠送礼物。……………………………………………… 361

第十二章　加德丽娜原来是谁;吉尔·布拉斯又为难,又着急;他图自己心安,作何防备。……… 364

第十三章　吉尔·布拉斯依然做他的阔佬。他听到家里消息,有何感触。他和法布利斯吵翻。……… 366

## 第 九 卷

第 一 章　西比翁要为吉尔·布拉斯寻一门亲事，
　　　　说的女家是开金饰店的有名富户。这事
　　　　如何撮合。 …………………………………………… 373

第 二 章　吉尔·布拉斯偶然想起堂阿尔方斯·德·
　　　　李华；要挣自己的面子，就替他出了些力。 ……… 375

第 三 章　吉尔·布拉斯筹备结婚；天外横风，吹
　　　　断好事。 ……………………………………………… 377

第 四 章　吉尔·布拉斯在塞哥维亚塔里受的待遇；
　　　　他知道了下狱的缘由。 …………………………… 378

第 五 章　他这晚临睡的感想，和惊醒他的声音。 ……… 381

第 六 章　堂加斯东·德·高果罗斯和堂娜海丽娜·
　　　　德·加利斯悌欧的故事。 ………………………… 383

第 七 章　西比翁到塞哥维亚塔里探望吉尔·布拉
　　　　斯，告诉他许多消息。 …………………………… 393

第 八 章　西比翁一上马德里；他这一趟的用意和
　　　　成就。吉尔·布拉斯得病，病后的情形。 ……… 396

第 九 章　西比翁再上马德里，设法嘱买，把吉尔·布
　　　　拉斯救出来。他们出了塞哥维亚塔，同到
　　　　一个地方去，一路上谈的话。 …………………… 399

第 十 章　他们到马德里以后干的事。吉尔·布拉
　　　　斯在街上碰见个人，有何下文。 ………………… 401

## 第 十 卷

第 一 章　吉尔·布拉斯动身到阿斯杜利亚，路过
　　　　瓦拉多利，见了旧主人桑格拉都大夫。
　　　　他无意中碰到慈惠院院长马尼艾尔·奥
　　　　东内斯先生。 ……………………………………… 407

第 二 章　吉尔·布拉斯又上路，安抵奥维多。他家

第 三 章　吉尔·布拉斯取道瓦朗斯,到了李利亚
　　　　　斯。那田庄的一幅写景;庄上有什么人,
　　　　　怎样欢迎他。………………………… 417

第 四 章　吉尔·布拉斯到瓦朗斯去,见了两位李
　　　　　华大爷,谈了一番话;赛拉芬热诚欢迎他。……… 420

第 五 章　吉尔·布拉斯上戏院观看新悲剧,那
　　　　　戏很叫座。瓦朗斯看客的识见。……………… 423

第 六 章　吉尔·布拉斯在瓦朗斯街上闲步,碰见
　　　　　个脸熟的修士,原来是谁。…………………… 426

第 七 章　吉尔·布拉斯回到李利亚斯庄上,西比
　　　　　翁告诉他一个好消息;他把家里改了个
　　　　　样儿。……………………………………… 430

第 八 章　吉尔·布拉斯爱上了美人安东妮亚。………… 432

第 九 章　吉尔·布拉斯和安东妮亚的婚礼,那排
　　　　　场和贺客,以及礼成之后的热闹欢乐。………… 436

第 十 章　吉尔·布拉斯和美人安东妮亚婚后的
　　　　　事。西比翁自述身世开场。…………………… 439

第十一章　西比翁续述身世。………………………… 453

第十二章　西比翁述完身世。………………………… 460

## 第十一卷

第 一 章　吉尔·布拉斯乐极灾生。朝局有变动,
　　　　　山悌良那再度入朝。…………………………… 473

第 二 章　吉尔·布拉斯到马德里,在朝上露脸,
　　　　　王上记得他,荐给首相,后事如何。……………… 476

第 三 章　吉尔·布拉斯决计离朝,又因事中止;
　　　　　若瑟夫·那华罗帮他个大忙。………………… 478

第 四 章　吉尔·布拉斯在奥利法瑞斯伯爵手下
　　　　　得宠。…………………………………………… 480

| 第 五 章 | 吉尔·布拉斯和那华罗密谈；奥利法瑞斯伯爵委他办的第一桩事。 | 482 |
|---|---|---|
| 第 六 章 | 吉尔·布拉斯得了三百比斯多的用途，他托西比翁的事；那篇告国人书很见效。 | 484 |
| 第 七 章 | 吉尔·布拉斯偶然在一处重逢老友法布利斯；法布利斯的景况，两人谈的话。 | 487 |
| 第 八 章 | 吉尔·布拉斯日益得主人宠爱。西比翁返回马德里，把一路上的事回报山悌良那。 | 489 |
| 第 九 章 | 爵爷嫁他的独养女儿，嫁个什么人；这重姻缘的凄凉结局。 | 491 |
| 第 十 章 | 吉尔·布拉斯偶又碰到诗人尼聂斯，得知他写了个悲剧，不日在皇家剧院上演。这戏并不叫座，可是作者意外交了好运。 | 493 |
| 第十一章 | 西比翁靠山悌良那的面子得了个差使，动身上美洲。 | 495 |
| 第十二章 | 堂阿尔方斯·德·李华到马德里有何事故；吉尔·布拉斯先忧后喜。 | 497 |
| 第十三章 | 吉尔·布拉斯在王宫碰到堂加斯东·德·高果罗斯和堂安德瑞·德·陶狄西拉斯，三人同到个地方去。堂加斯东和堂娜海丽娜·德·加利斯悌欧的事有了结局。山悌良那替陶狄西拉斯出力。 | 499 |
| 第十四章 | 山悌良那到诗人尼聂斯下处；碰见的人物，听到的议论。 | 503 |

## 第十二卷

| 第 一 章 | 首相派吉尔·布拉斯到托雷都；这趟出差所为何来，有何成绩。 | 509 |

| 第 二 章 | 山悌良那向首相交差,又奉命把璐凯思弄到马德里。这女戏子到京都首次登台。 | 514 |
| 第 三 章 | 璐凯思轰动朝廷;王上看她演戏,爱上了她,下文如何。 | 516 |
| 第 四 章 | 首相派山悌良那的新差使。 | 519 |
| 第 五 章 | 爵爷立案承认热那亚女人的儿子,为他取名堂亨利·斐利普·德·古斯曼。山悌良那替这年轻公子当家,请了各种先生教他。 | 521 |
| 第 六 章 | 西比翁从美洲回来,吉尔·布拉斯派他伺候堂亨利。这位公子的学业,他封了爵位,爵爷又为他娶了老婆。吉尔·布拉斯不由自主地升为贵人。 | 522 |
| 第 七 章 | 吉尔·布拉斯偶然又碰见法布利斯。两人最后一次谈心,尼聂斯劝山悌良那一句要紧话。 | 524 |
| 第 八 章 | 吉尔·布拉斯得知法布利斯所言不虚。王上巡幸萨拉戈萨。 | 526 |
| 第 九 章 | 葡萄牙革命,爵爷失宠。 | 528 |
| 第 十 章 | 爵爷起初烦恼不安;后来就心平气和。他的隐居生涯。 | 529 |
| 第十一章 | 爵爷忽然不乐,若有所思。这事起因可怪,结局很惨。 | 531 |
| 第十二章 | 爵爷身故后娄式斯庄上的事,山悌良那的行止。 | 533 |
| 第十三章 | 吉尔·布拉斯回到庄上,看见干女儿赛拉芬已经成年,甚为欣喜。他看中了一位小姐。 | 534 |
| 第十四章 | 李利亚斯庄上两重喜事,吉尔·布拉斯·德·山悌良那的经历就此述完。 | 537 |

访杨绛,读杨绛 ………… 540

# 作者声明

有些人读起书来,看到可恶可笑的角色,一定要附会一番。我特向这些存心不良的读者声明,他们若以为这部书里的人物有所影射,那就大错了。我当众承认,我只求描写人生,贴合真相,要是我蓄意刻画某某人,那就天理难容!读者千万别冒认。若说一个角色像他,也可以像好多旁的人呢。要不然,他就出了自己的丑,应着费德鲁斯的话,"显得他自知愚昧"①。

一味主张病人放血的医生,西班牙有,法国也有;卑鄙龌龊的事,希奇古怪的人,到处都是一样。其实我写西班牙的人情风俗并非一丝不走原样的。马德里的女戏子何等放浪,知道底细的人准会怪我没有尽情描摹她们的荒唐。不过我以为这种事应该写得平淡些,才跟我们法国人的习俗合拍。

---

① 费德鲁斯(Phèdre,公元前30—公元44),古罗马寓言家。所引的句子见所作《寓言集》第三卷卷头语。

# 吉尔·布拉斯致读者

敬爱的读者,请你先听我讲个故事,再来读我的自传。

有两个学生一伙儿从贝涅斐尔到萨拉曼卡去,走得又累又渴,路过一泓泉水,就在水边停下来。他们喝水解了渴,休息一会儿,无意中看见近处有块石头平嵌在泥里,上面刻着字。这块石头年深月久,又禁不得牛羊来此喝水,成群践踏,字迹已经有点模糊。他们洒些水冲洗一下,看见刻的是一句西班牙文:"学士庇艾尔·加西雅斯埋魂于此。"

年纪小的一个学生轻浮没头脑,一看这句碑文,哈哈大笑道:"大笑话!'埋魂于此……'一个埋着的灵魂!不知什么怪人会作出这种可笑的墓铭来。"他说了这话就起身要上路。他同伴比较细心,暗想:"这里面总有什么道理,我倒要耽下瞧个究竟呢。"他由那学生走了,立刻用小刀子沿着石头周围挖掘。他掘得很地道,把一块石头都扳起来。只见下面一只皮制的钱袋,打开一看,里面装着一百杜加①,还有一张卡片,上写这样几句拉丁文:"你既是个有心人,要寻究碑文的意义,我的钱就传给你。愿你把我这笔钱花得比我恰当。"那学生发现了这个,喜不自胜,把石头放归原处,带了那位学士的灵魂,重新上道向萨拉曼卡去。

敬爱的读者,不论你是谁,你跟那两个学生或此或彼,总会类似。你若读了我一生的经历而忽略了劝人为善的涵义,就不能得益。你若留心研读,就会看到贺拉斯②所谓趣味里搀和着教益。

---

① 币名,有金有银,曾通用欧洲大陆各国,金币约值七法郎半,银币约值四法郎。
② 贺拉斯(Horace,公元前65—公元8),古罗马诗人。此句见《诗艺》(Ars Poetica)第343行("勒勃〔Loeb〕古典丛书"本贺拉斯《代简与讽刺诗集》第478—479页)。

第 一 卷

# 第 一 章

吉尔·布拉斯的出身和教育。

我爹名叫布拉斯·德·山悌良那,多年在西班牙王国的军队里当兵。他退伍回乡,娶了小市民家一个青春已过的女人。十个月以后,我就出世了。他们随后搬到奥维多。两口子没法过活,都得出去帮佣:我妈当了女用人,我爹做了侍从。他们俩除了工钱之外,一无所有。亏得这城里还有我一位做大司铎的舅舅,不然我恐怕就受不到好教育了。舅舅名叫吉尔·贝瑞斯,是我妈的哥哥,也是我的干爹。请想象一个小矮个子,三尺半身材,出奇的胖,两座肩膀夹着个脑袋,那就是我的舅舅。这位教士一味贪舒服,换句话说,贪吃爱喝;他管辖的教区出息不错,尽够他吃喝。

我从小就由他领去负责教育。他觉得我很机灵,决意要培养我的才力。他给我买一本启蒙课本,亲自教我认字,这样他得到的益处不亚于我,因为他一向对书本很荒疏,一面教我,自己也就读起书来。他下了些功夫,从前不会念的日课居然也念诵如流了。他还恨不能亲自教我拉丁文呢,那就可以省掉好些钱。可是,唉!可怜的吉尔·贝瑞斯!他一辈子就没学过拉丁文入门,也许竟是神职班上最不学无术的大司铎,只是我这句话做不得准。我听说,他这个职位只是几个好修女给他的酬报,不是靠学问得来的;他曾经替她们办过机密的事,她们因此仗面子让他不经过考试就做了司铎。

他只好找个严厉的老师来教我,就把我送在郭狄内斯博士门下。这个人算是奥维多最有本领的学究先生。我有他教导,得益不浅,五六年之后，对希腊作家略知一二，对拉丁诗人颇能通晓。我还研究逻辑，学得能言善辩。我真好辩，甚至于抓住过路的人，不管相识陌生，总要跟他们辩论一番。有时候恰恰碰到个喜欢辩论的人，来得正好，我们的争辩可好看了：比着手势，脸上做出怪相，还把身子旋呀扭呀。我们眼中出火，嘴角飞沫，看上去哪里像什么哲学家，倒像是着了鬼迷的疯子。

我因此在那个城里得了博学的名气。我舅舅非常得意，因为他想我马上可以不用他负担了。有一天他对我说："好咧！吉尔·布拉斯啊！你不是小孩子了！你已经十七岁，成了个机灵的小伙子，该给你个出头的机会。我想送你到萨拉曼卡大学去，凭你这份儿才情，准会找到个好事情。我给你几个杜加作路费，我的骡子值十个到十二个比斯多①，也送给你，你到萨拉曼卡把它卖掉，一面找事，就有钱过活了。"

他这话正合我的心，我正心痒痒的要见见世面呢。可是我还管得下自己，脸上没流露高兴。我跟他分别的时候，好像一味伤心，抛不下这么恩深义重的舅舅。这个好人很感动，给了我很多钱；要是他看透了我的心，就不会给这些钱了。我动身之前和我爹妈吻别。他们不吝金玉良言：劝我祈求上帝保佑我舅舅，做人要规矩，别干坏事，尤其不可以偷东西。他们训诲了我好半天，就为我祝福。我也不指望他们此外还给我些什么，随后就跨上骡子出城了。

# 第 二 章

他上贝尼弗罗，路上的惊慌；在那城里
干的事；跟谁同吃晚饭。

我出了奥维多城，走上贝尼弗罗大道，周围都是旷野，从此我自己

---

① 西班牙金币名，约值两个金杜加。

做主了,而且有一头劣等骡子和四十枚响当当的杜加,我从那位有体面的舅舅那儿偷来的几个瑞阿尔①还没算在里面。我头一件事是让那骡子遂着性儿走,那就是让它慢慢踱去。我把缰绳撂在它脖子上,口袋里掏出杜加,摘下帽子来盛着,一遍两遍地数。我从没见过那么多钱,赏玩个不休。我大概数了二十来遍,忽然骡子昂头竖耳,路中心站住不走了。我想它吃了什么惊,仔细去看个究竟。只见地上一只帽子,口儿朝天,里面一串粗粒子的念珠。一壁听得凄声惨气地喊道:"过路的大爷啊,发发慈悲,可怜我这个残废军人吧!请你往帽子里扔几个钱,生前行好事,死后自有好报哇!"我赶忙随着声音转眼去瞧,看见二三十步外一丛灌木底下,一个兵士模样的人把两根棍子交叉着支起一杆马枪,看来比长枪还长,枪口正瞄着我。我一看吓得发抖,生怕教堂里得来的财产要保不住了。我立刻止步,忙把杜加藏好,抓出几个瑞阿尔,走近那只向心惊胆战的信徒募化的帽子,一个一个往里扔,让这位军人看我多么大方。他见我这样慷慨很满意,就一声一声连连祝福我,我也一脚一脚连连踢那骡子的肚子,要赶快走开。偏生这头该死的骡子满不理会我慌忙,还是慢条斯理地走;它多年来只惯驮着我舅舅稳步徐行,早跑不快了。

我出门碰见这件事,觉得兆头不妙。我想萨拉曼卡还远着呢,难保不碰到更倒霉的事,心里怪舅舅疏忽,没把我交托给骡夫照顾。他应当那样办才对;不过他只想到给了我这头骡子可以省些旅费,算计了这方面,没估到路上的风险。我要为他补过,打定主意,如果侥幸到达贝尼弗罗,就卖掉骡子,雇一头包程骡子到阿斯托加,从那里再雇包程骡子到萨拉曼卡。我虽然没离开过奥维多,动身前先打听过这些必经之路,所以都知道。

我安抵贝尼弗罗,在一家像样的旅店门口停下;脚没落地,这旅店主人早满面春风地出来迎接。他亲手解下皮包,扛在肩上,领我到一间客房里,他的手下人也把骡子牵到马房里去。这位店主人可算阿斯杜利亚境内嚼舌根儿多说话的第一名,动不动无谓扯淡,讲自己的事,又

---

① 西班牙银币名,约值四分之一法郎。

爱管闲账打听人家的事。他说,他名叫安德瑞·高居罗,在皇家军队里当过好多年军曹,十五个月以前为了要娶个卡斯托坡尔的姑娘,所以退伍的;又说那姑娘皮肤稍为黑些,却是店里一块活招牌。他还说了许多话,我都懒得理会。他讲了这些体己,觉得有权来盘问我了,问我哪里来,哪里去,又问我是谁。我只得一一回答,因为他每问一句,就对我深深鞠躬道歉,请我别怪他多问,弄得我不好意思不理他。这就招得彼此长谈起来。说话中间,我讲起打算卖掉骡子改雇包程骡子的事。他十分赞成,不是干脆说赞成,而是就题发挥,告诉我路上会碰到各种麻烦,还叙述了旅客身经的许多恐怖。我只怕他一辈子讲不完,他也有讲完的时候。末了他说,如果我要卖掉骡子,他认得一个可靠的马贩子也许要买。我烦他把那人找来,他立刻亲自找去了。

一会儿他带了那人来见我,满嘴称赞他诚实可靠。我们三人跑到院子里,骡子也牵来了,在马贩子前面走了几个来回。马贩子把骡子从头到脚细看,少不了指出许多毛病。老实说,这头骡子可赞之处不多,不过即使它是教皇的坐骑①,那马贩子也会挑剔出些坏处来。他一口咬定我那骡子百病俱全,怕我不信,抬出店主人来作证;店主人自有他的道理,句句附和。那马贩子冷冷地说道:"好吧,你这头骡子很次想卖多少钱哪?"我听了他的品评,又以为高居罗先生为人诚恳,并且是鉴别骡马的大行家,既有他从旁坐实,那骡儿是不值一文钱的了。所以我对马贩子说,我相信他是个老实人,请他凭良心说个价钱,估定多少,我一无异议。他摆出正人君子的嘴脸,说我请出他的良心来,恰捉住他的短处了。良心果然不是他的长处;我舅舅估计这骡子值十二个比斯多,他却大胆老脸,只估了三个杜加。我收下钱,满心欣喜,好像这买卖是我占了便宜。

我出脱骡子,占了这般便宜。店主人就领我去找一个明天上阿斯托加的骡夫。据他说:天不亮就要动身,到时会来叫醒我。我们讲定了雇费和一路的伙食费,一切停当,我和高居罗同回旅店。一路上他对我讲那骡夫的身世,又讲这城里人对那骡夫的口碑。总而言之,他又要烦

---

① 教皇的坐骑是骡子,因此"教皇的骡子"是不同寻常的。

絮得我头涨了。幸喜这时来了个人，相貌还漂亮，跟他打招呼，礼数周到，把他话头截断。我走我的路，让他们俩说话去，没想到他们的话会跟我有什么关系。

我一到旅店，就叫晚饭。这天是不吃肉的斋日，只好将就吃鸡蛋。我这时候才见到女掌柜；我等着店家做菜，先跟她闲聊。我觉得她长得不错；尽管她丈夫没讲，我一见她那股子风骚劲儿，就断定这旅店一定生意兴隆。我等炒鸡子儿送了上来，一人坐下吃晚饭；第一口还没到嘴，只见店主人进来了，背后跟着那位在路上招呼他的人。这位绅士带着一把长剑，大概有三十来岁年纪。他急忙赶过来，说道："学士先生！我刚知道您就是吉尔·布拉斯·德·山悌良那先生！奥维多的光彩！哲学界的明灯！哪里想得到您就是那位大名鼎鼎、博而又博的大学者大才子！"又转向店主夫妇道："你们还不知道光临你家的是个什么样的人物！你们店里落下个宝贝了！这位年轻先生是世界上第八件稀罕物儿！"①他于是抱住我脖子道："别怪我乐得发狂，我看见了您高兴得忘形了。"

我一时答不出话，给他搂得太紧，气都回不过来。直等他松了手，我才说道："先生，我想不到贝尼弗罗的人会知道我的名字。"他依然那种腔吻，说道："何止听到您的名字呀！这里周围二十哩②以内的大人物，我们都有记录。您是我们这儿公认的奇才。我相信西班牙出了一个您这样的人，大可引以自豪，就好比希腊有了七哲③那样。"他说完这话，又把我拥抱一番。我只得生受他，险的没像安泰④一般结局。我要是稍通人情世故，就不会给他那种奉承夸张哄倒，一听他恭维过火，就会知道这是个吃白食的篾片，各处城市里多的是，只要有外方人到了，赶快攀附上去，哄这冤桶花钱，乘机大吃一顿。可是我年轻爱吃马屁，

---

① 古代几件伟大的建筑物称为世界七大奇迹：埃及金字塔，巴比伦架空园，宙斯像，罗德斯巨人铜像，阿耳忒弥斯庙，摩索尔陵，亚历山大灯塔。
② 哩(Lieue)，合四公里。
③ 指索龙(Solon)、泰理斯(Thales)等七位贤哲。
④ 希腊神话：安泰(Antée)是巨人，只需身子一着地就会生出新的力气来；后被大力士赫剌克勒斯(Hercule)抱离了地扼死。

看错了人。我以为这位仰慕我的是上等君子,就留他同吃晚饭。他嚷道:"啊!那就好极了!我多承福星高照,碰到大名鼎鼎的吉尔·布拉斯·德·山悌良那先生!我能多跟您盘桓一刻,还有不乐意的么!"接着又道:"我胃口不好,不过是坐下来陪陪您,吃几口应个景儿。"

这位恭维我的人说着就对面坐下。店家添上一份刀叉。他认定炒鸡蛋狠命地吃,好像饿了三天似的。我看他那副应个景儿的神气,知道立刻就要盘底朝天了。我又叫了一盘炒鸡蛋,厨房里菜做得快,我们——其实竟是他一人吃完了那第一盘,第二盘接着就来。他依然吃得飞快,一张嘴不停地咀嚼,却还能腾出空儿来把我奉承了又奉承,奉承得我志得意满。他又一杯杯喝酒,一会儿喝酒祝我健康,一会儿祝我父母健康,说他们能有我这么个儿子,真使他不胜赞叹。同时他又替我斟上酒,要我赏他面子也喝点儿。我干杯还祝他健康。这样一杯杯地喝,又有他的马屁下酒,我不知不觉兴致勃发,眼看第二盘炒鸡子儿又吃去一半,就问店主人能不能来一条鱼。这位高居罗先生看来是和这篾片通同一气的,说道:"我有一条顶好的鲟鱼,不过谁想吃它,价钱可不小!这东西太精致,你们还不配。"我的拍马朋友提高了嗓子嚷道:"什么话!太精致?朋友啊,你说话太不知进退了。我告诉你,你这儿没有吉尔·布拉斯·德·山悌良那先生不配享用的东西。你应该把他当王爷一般供奉!"

他把店主人驳倒,正中我意,我也要说那句话。我觉得店主人得罪了我,所以傲然吩咐说:"你把那鲟鱼做上来就得了,别的事不用你管。"店主人巴不得我说这一句,连忙动手,一会儿送上菜来。这位篾片见了新上的菜,我看他乐得两眼放光,又要重新应个景儿,拿出方才吃炒鸡蛋的狠劲儿来对付这条鲟鱼。他吃得撑肠拄肚,怕要涨破肚皮,只得罢休。他酒醉饭饱,觉得这幕滑稽戏该收场了,就站起来说道:"吉尔·布拉斯先生,承你请我吃好东西,我很快乐;看来得有人指点你一句要紧话,所以我告辞之前,特地向你说说。从今以后,小心别相信人家奉承,对陌生人防着些儿。你将来还会碰到些人,也像我这样,看你老实可欺,就捉弄你,也许恶作剧还要厉害呢!下回可别上当了!别听了人家一句话,就当真相信世界上第八件稀罕物儿就是你先生!"他说完当面打个哈哈,扬长而去。

我上了这个当,无地自容,往后我还有好多更丢脸的事,可是羞愧也不过如此。我气的是做了那么个大冤桶,说得好听点,我的自尊心受了磨折。我心想:"嗨!怎么!这奸贼原来是捉弄我么?他刚才招呼店主人,原来是要套问我的底细,也许他们俩竟是串通一气的!啊,可怜的吉尔·布拉斯!活活的羞死人啊!让这起混蛋抓住个好把柄来捉弄你!他们还要把这事编成笑话,说不定会传到奥维多,替你大扬名气呢!你爹妈那般苦口教导你这傻瓜,一定要后悔了。他们不该劝我别欺骗人,该教我别受人家欺骗才对。"我给这些扫兴的念头搅得心烦,又加愤火中烧,便关了门上床睡觉。可是我哪里睡得着,翻来覆去了半夜,刚合上眼,我的骡夫已经来叫我了。他说只等我去,就可以动身。我赶忙起来,正穿衣服,高居罗送上账来,那鲟鱼是不会漏掉的。我只得尽他敲竹杠,而且我付钱时看出那混蛋在回想昨宵的事,越发羞愤不堪。昨夜那顿食而难化的饭害我出了好一笔冤钱;于是我拿了皮包到骡夫家去,一面咒骂着那骗子、那旅店主人和他的旅店。

# 第 三 章

骡夫半路起邪心,下文如何;吉尔·布拉斯
躲过一枪,挨上一刀。

跟骡夫一起上路的不止我一人:还有两个贝尼弗罗的富家子弟;一个蒙都尼都的小矮个子,是个走江湖唱圣诗的;此外还有一个阿斯托加的年轻市民,带了在维尔果地方新娶的年轻老婆回家。一行人不久混熟了,各诉来踪去迹。那新娘子虽然年轻,却又黑又没风味,我懒得看她。可是她年纪轻,又是好一身肉,骡夫瞧着她很动情,就决心要求欢。他盘算了一天,打定主意,准备到了末一站下手。末一站是卡卡贝罗斯。一到那镇上,他领我们在第一家客店里投宿。这店算是在镇上,其实很偏僻，倒仿佛落了乡，而且那骡夫知道掌柜是个乖觉识窍肯行方便的人。他故意领我们到一间僻静的客房里，让我们自在吃晚饭。我们快要吃完，只见他怒冲冲闯进来嚷道："他妈的！谁偷了我的钱了！我皮包里明明藏着一百个比斯多呢！我非追回来不可！我要向镇上的法官告状去！他碰到这种事，决不轻轻放过，要把你们一个个上夹棍审问，直到做贼的招供吐赃，才饶你们呢。"他说完跑了，样子装得惟妙惟肖，我们都非常诧异。

我们做梦也没有想到这是假装的，因为我们相知不深，谁也担保不了谁。老实说吧，我就怀疑那唱圣诗的是贼，大概他也怀疑我是贼。而且我们都是不经世事的小伙子，不知道这种事报官法办是什么样子，认真以为一上来就动用夹棍。我们吓慌了，都急忙逃走：有的往街上逃，有的往花园里逃，人人只想脱身免祸。那阿斯托加的年轻市民跟我们一样的怕严刑拷打，他像个埃涅阿斯①，抛下老婆，自顾自逃走了。我们的骡夫比他的骡子还要放浪，据我后来知道，他一瞧诡计很灵，洋洋得意，向那新娘子去夸说自己的奇谋妙算，就想利用这个良机。可是这位阿斯杜利亚的璐凯思②看见诱惑她的人相貌丑陋，就长了抵拒的力气。她拼命撑持，直着嗓子叫喊。可巧一队警卫因为这地段该加意巡逻，这时候正走来，就进门查问为什么大呼小叫。掌柜的本来在橱下唱歌儿，装做什么都没听见；这会子他只得领了队长和警卫到那房间里去。他们来得正好，这阿斯杜利亚女人已经力气使完了。警卫队长为人粗暴，一瞧原来如此，就举起长戟的木柄把那风流骡夫打了五六下，还破口一顿臭骂，用的字眼儿和骡夫刚才的行为粗秽得不相上下。还有下文呢：那女人头发散乱，衣裳破碎，还要亲自去告状；他就把犯人和原告一同带到镇上去见法官。法官听了她的状，斟酌一番，觉得被告情无可原，判令当场剥去衣裤，监着抽了一顿皮鞭；然后下令说：如果那丈

---

① 特洛亚（Troie）的英雄，妻名克瑞乌斯（Créuse）。特洛亚城被希腊人攻破，他驮了父亲、挽了儿子逃出，没顾他的妻子，因此克瑞乌斯在混乱中失散。
② 古罗马贵妇人，美貌贞节，遭罗马王子赛克斯特斯·达尔甘（Sextus Tarquin）强暴奸污，愤而自杀。

夫第二天还不露面,就派两名警卫伴送女人到阿斯托加,一切费用,全由犯人负担。

我大概比旁人更着慌,直逃到乡下,经过不知多远的田地荒野,跳过一道道的沟,末了跑进了一座树林子。我正要找林木深密的地方躲起来,忽然两骑壮士拦住去路,喝道:"谁打这儿过?"我吃了一惊,一时答不出话来。他们走上来,一人一支手枪抵住我胸口,逼我老实说:我是谁,从哪里来,到这树林子里来干什么,不许一字隐瞒。这般咄咄逼人,我看跟骡夫恫吓我们的夹棍差不多了。我只得回说,我是个奥维多的小伙子,要到萨拉曼卡去。我还告诉他们刚才吃了什么惊恐,又老实承认怕吃夹棍,所以逃走。他们从这番话里听出我傻不懂事,不禁哈哈大笑。一个人对我说道:"朋友,你放了心,跟我们来吧,别害怕,我们保你平安无事。"他叫我上马骑在他身后,就到树林深处去了。

我不知道这场遭遇是怎么一回事,预料不会有什么凶险。我心上想:"这两人要是强盗,他们早抢了我的东西,或者害了我的命了。他们想必是地方上的善良绅士,看我害怕,动了恻隐之心,做个好事带我上他们家去。"我的疑团不一会儿就消释了。我们一路上鸦雀无声,绕了几个弯儿,到一座山脚下,大家下马。一位骑士对我说道:"我们就住在这儿。"我东张西望,哪里有什么屋宇房舍,也不见半点人烟。那两个人向一堆荆棘下面掀起一扇大木板坠门,原来顺着斜坡下去是一条很长的地道,这扇门盖住了入口。两匹马是走熟了的,不必加鞭,就下去了。两位骑士叫我跟了他们一同进去。他们牵动坠门上的绳子,拽上那扇门儿。贝瑞斯舅舅的宝贝外甥就像耗子关在笼里了。

# 第 四 章

地窟里的情景,吉尔·布拉斯所见的形形色色。

我才明白和什么人在一起;不用说,我这一来把当初的怕惧忘了。

这会子我怕得更厉害,更合情理,简直神魂失据。我相信我的性命钱财都要断送了。我这样夹在那两个向导中间向前走,当自己是一头牵上祭台的牺牲,吓得死了大半个。那两人觉得我索索发抖,只管劝我别害怕,也没有用。我们一路转弯抹角,愈走愈低,走了二百步左右,到一间马房里。那里点着两盏铁制的大灯,挂在梁间。屋里柴草丰富,还有很多大木桶,装满了大麦。这马房容二十匹马还宽裕,不过眼前只有刚回来的两匹。一个黑人忙着把它们拴在马槽旁的架子上。他年纪虽老,身体似乎还很结实。

我们走出马房,几盏昏灯照得景色愈见凄惨。我们凭那点光一路到了厨房里。一个老太婆正在炭火上烤肉,准备晚饭。这厨房里摆着各式的日用家伙,紧挨着是间伙食房,里面藏着种种食品。我该描写这位厨娘一番。她年纪有六十多岁,年轻时候,一头头发准是火也似的红,虽然上了岁数,两鬓没全白,还留着几抹原来的颜色;一张脸皮子黄里泛青,下巴颏儿又尖又翘,嘴唇深深瘪进去,大鼻子鹦哥嘴似的直勾到嘴上,一双眼睛红里带紫。

一个好汉就把我介绍给这位黑暗地狱里的美丽天仙,说道:"哙!雷欧娜德大娘,我们替你带了个小伙子来了。"他说罢回过脸来,看见我吓作一团,面无人色,对我说道:"朋友,别害怕,我们不叫你吃苦头的。我们厨房里要个下手,帮帮我们的厨娘,刚巧碰见了你,这就算是你运气来了。我们本来有个小伙子,半个月以前送了命,你现在正好补他的缺。那个小伙子长得太娇嫩。我看你比他结实,可以比他多活几时。老实告诉你吧,你要再见天日是休想了!不过在这里自有好处:好吃好喝,还有个好好的火。你陪着雷欧娜德过日子,她这人心肠很好,你需要什么零星东西,应有尽有。我还要叫你瞧瞧,我们这儿不是一窝子穷花子。"他一面点上个火把,叫我跟他走。

他先领我到一个地窖里,只见无数密封着口的瓶子坛子,据说都满装着醇醪美酒。他又带我穿过好几个房间:有的堆着布匹,有的藏着呢绒绸缎;有一间屋里堆满了金子银子,刻着各式徽章的金银器皿还不在内。随后我又跟他到一间大厅上,里面点着三盏铜灯,这一间通许多房间。他又盘问我姓甚名谁,为什么离开奥维多。我一一回答了。他说道:"好啊,吉尔·布拉斯,你离开家乡,只为了要谋个好职位,恰恰落在我们手里,真是天生好福气了。我刚才跟你说过,你在这里可以过富裕日子,在金子银子里打滚!而且我们这里万无一失。这个地窟真是好地方,公安大队到树林里来巡逻个一百回也找不出来。只有我跟我们伙伴儿知道这里的出入口。也许你要问,造这样个地窟,怎么附近居民会不知不觉呢?我告诉你,朋友,这个地窟不是我们造的,是多年以前造现成了的。从前摩尔人①侵占了格拉纳达、阿拉贡——几乎占领了西班牙全国。不愿受异教徒作践的基督教徒就逃亡出来,有的躲在这里附近,有的逃到比斯盖,还有像那勇敢的堂贝拉由②就避在阿斯杜利亚。那些逃亡的人一队队四散逃难,或住在山上,或住在树林里,或住在山洞里,或造了许多地窟;这就是一个。他们后来靠天照应,把敌人赶出西班牙国境,又回到城市里去了。他们避难的隐居从此成了我们这行人的巢穴。公安大队确也剿掉几处,不过还有好多个呢。靠天保佑,我在这里平安无事,已经十五个年头了!我是罗朗都队长,是我们这伙人的头领。方才跟我在一起的是我们队里一名好汉。"

# 第 五 章

许多强盗回地窟;他们的趣谈。

罗朗都大爷话刚说完,外面又来了六个陌生脸儿,是副头领带着队里五个大汉押了赃物回来:两个大篓子,装满了白糖、桂皮、胡椒、无花果、杏仁和葡萄干。副头领告诉大头领,刚才从贝那房特一个干货铺里

---

① 非洲的一个种族,奉伊斯兰教,于八世纪初占领西班牙,历时几近五百年。
② 阿斯杜利亚开国之君。西班牙贵族,男人称"堂",女人称"堂娜"。后来这种称谓变成了普通的尊称。

抢了这两篓东西，连驮货的骡子一起牵了来。他交代完，大家把抢来的干货搬进伙食房，于是只等吃喝取乐儿了。他们厅上摆了一大桌，叫我到厨房去听雷欧娜德大娘派遣工作。我既已走上这步背运，没奈何只得隐忍着苦楚，去伺候这一群大老爷。

我先从碗柜子着手，摆上银杯，又把罗朗都大爷刚才对我卖弄的醇醪美酒摆上好几瓶。我随就送上两盘炖肉，这群人立刻坐下，狼吞虎咽地大吃起来。我站在他们背后伺候斟酒。我虽然没做过这种事，却非常殷勤小心，竟赢得他们赞赏。大头领把我的历史概括说了几句，大家听得很有趣。他又把我称赞了一番，可是我已经尝够了称赞的滋味，听了不会再上当。他们又一致夸奖我，说比那前任的小子好一百倍。自从我前任死后，每天原是雷欧娜德大娘斟了玉液琼浆来伺候这群地狱里的煞神，这项体面差使就归我接管。我承袭了老"赫柏"的职位，成了个新"该尼墨得斯"①。

才上了炖肉，又来一大盘烧烤，一群强盗都吃得饱乎乎。他们一边大吃，一边大喝，一会儿都兴高采烈，嚷成一片。大家七嘴八舌抢着说话：一个讲故事，一个说笑话，叫的叫，唱的唱，谁都听不见谁。后来罗朗都觉得大家吵嚷着没人理会他，不耐烦了，高声喝住众人，居然全场静下来。他俨然是个首领的腔吻，说道："诸位请听，我有个意思：咱们这样抢着说话，嚷得大家头昏脑涨，何不斯斯文文地说话儿消遣，不是好得多么？我想着咱们合伙以来，彼此都没有探问过家世，也没说起咱们干上这路买卖是什么前因后果。我觉得大可一讲。咱们何妨各谈身世，当个消遣呢？"副头领和众人好像都有一肚子趣事要说，一齐欢呼附和。于是大头领第一个讲。

"诸位，你们可知道，我是马德里富翁的独养儿子。我出世那天，合家欢喜，庆贺个不了。我爹已经上了年纪，居然盼得一个传宗接代的人，乐得无以复加。我妈亲自喂奶抚育。那时我外公还在，这老人家什么事都不管，成天念念经，又因为当兵多年，时常夸口上过火线，不免要

---

① 希腊神话：赫柏(Hébé)是宙斯(Zeus)的女儿，是青春女神，诸神宴会时她管斟酒；该尼墨得斯(Ganymède)是个美少年，宙斯差神鹰把他抓上天去，代替赫柏，做个司酒童儿。

讲讲他战场上的功劳。我渐渐成了他们三人的宝贝，你抱我抱，从不离手。我是个小娃子的时候，成天玩耍，因为他们怕我读了书要伤身体。我爹说，小孩子不宜用功，要等脑筋成熟些才行。我就一直地养脑筋，不认字，也不写字。不过我并没有光阴虚度，我爹教会了我种种玩意儿。斗牌呀，掷骰子呀，我都精通。我外公讲给我听他在军队里的许多故事，还哼诗给我听。他成天反反复复老哼那几句诗，哼了三个月之后，我也把那十一二句诗背得一字不错，我爹妈直赞我记性好。他们谈话的时候，随我畅所欲言，我插嘴乱说一通，他们只觉得我真聪明。我爹两眼着了魔似的望着我说：'啊，看他多美啊！'我妈就来摩弄我，外公乐得眼泪都流出来。我在他们面前，无论干什么下流无耻的事都不会挨打挨骂，他们什么都原谅，他们对我真崇拜呢！一转眼我十二岁了，还没有从过老师。他们请了一位到家里来，预先切实叮嘱，不许动手责罚，只可以空言恫吓，给我几分怕惧。老师这点权力没多大用处，我不是当面嘲笑，就是含着两包眼泪找我妈或是外公去哭诉，说老师虐待我。这位可怜虫怎么辩白也没用，他们总是听我的话，把他当个凶狠家伙。有一天我故意自己抓破皮，放声叫喊，好像人家在剥我皮似的。我妈忙赶过来。我老师尽管对天发誓，说他碰都没碰我一下，我妈却把他当场撵走了。

　　"我照这办法把一切老师都送走，末了来了个中我意的。他是阿尔卡拉的学士，做公子哥儿的家庭教师真呱呱叫。他爱嫖、爱赌、爱喝酒；把我交托给这样一个人，真是再好没有了。他一上来竭力用软功笼络，哄得了我欢心。我爹妈因此很喜欢他，我就完全归他管教。他们不用后悔，这位老师不久就教得我精通世故。他爱去的地方都带了我同去，我受他这样熏陶，学成了个万事通，所不通的只有拉丁文。他看我无需他再教诲，就辞了我们，传授别的徒弟去了。

　　"我小时候在家任性胡为，成年以后一切自己做主，情形又不同了。我起初是在家里放肆，成天打趣我爹妈。他们听了不过笑笑，我说得越刻薄，他们越觉得有味儿。我又结交了一群气味相投的纨绔少年，花天酒地，无所不为。我们要天天那么乐，爹妈给的钱不够花，就拼命偷家里的钱；偷了还不够，就晚上出去做贼，倒可以大有贴补。不巧得很,当地司法官听到风声,要来逮捕我们。亏得有人报了信。我们就一溜了之,索性到官道上拦路打劫。诸位,我感谢上天保佑,虽然担惊受怕,却靠这行业过活,直到如今了。"

大头领讲完,轮到副头领。他道:"诸位,我的教养恰和罗朗都大爷的相反,但是结局相同。我爹是托雷都的屠户;他名不虚传,是那省里最凶狠的人。我妈的性子也并不比他慈善。我小时候,他们俩赌赛似的给我吃鞭子,我每天总要挨打一千下。我往往犯了小过就挨顿毒打。我一把眼泪认错求饶,也没有用,他们丝毫不肯放松。我爹打我的时候,我妈不来劝劝,反倒好像怕他打得不够狠,还要来帮一手。家里这样待我,叫我恨透了,不到十五岁就逃出来,一路讨饭,取道阿拉贡,到萨拉戈萨。我在那儿跟叫花子混在一起,他们倒也够逍遥快乐的。他们教我种种秘诀,装瞎子、装做断手折腿的、假造腿上烂疮等等。每天早上,我们好像在演习一幕喜剧,一个个派定了角色,各自扮演,每人都有一定的岗位。到晚上,我们聚在一起,把日间对我们发善心的人挖苦形容着取笑。可是我对这群花子渐渐厌烦了,想跟比较上流的人来往,因此交结了一群骗子。他们教会我好些讹人诈人的法门,可是和我们通气的一个警察翻了脸,我们在萨拉戈萨站不住脚,只好各寻生路。我觉得自己生性敢作敢为,所以跟一帮征收买路钱的好汉合伙。他们的生涯真合我脾胃,我从此就不想改行了。我很感谢我爹妈虐待了我,假如他们待得我好一点,我到现在左右不过是个倒霉的屠户,哪会荣任你们的副头领呢!"

坐在正副头领两人中间的一个年轻强盗抢着说道:"诸位,不是我夸口,方才两位讲的身世都不如我的那么错综离奇,你们听了就知道我这话不错。我是赛维尔附近一个乡下女人生的。我出世了三个礼拜,有人看她年纪轻、相貌好、奶水多,要雇她奶一个孩子。那孩子是赛维尔贵族人家的独养儿子。我妈很乐意,就上那人家去领那孩子。人家把孩子交托给她。她一领到乡下家里,发觉那孩子相貌很像我,就心生一计,要我顶替那位贵家公子,以为我将来自会报答她这番恩情。我爹是个农夫,不知轻重,也赞成掉包。于是他们把两个孩子的衣服交换一下,堂罗德利克·德·黑瑞拉的儿子顶了我的名儿寄养到另一个奶妈家去,我顶着他的名把亲娘当了奶妈。

"常言道,骨肉之间有天性感应,可是那小爷的爹娘虽然孩子换掉,却没事人儿一般。他们做梦也没想到上了当,直到我七岁还不离手地抱我。他们想要把我教成个无所不通的上等人,为我请了各种教师。可是最高明的先生也难免教出个把不肖弟子。我对他们教我做的练习毫无兴趣;他们传授我的各种学问更叫我厌倦。我倒是喜欢和底下人玩耍,不时跑到厨房或马房去找他们。可是不久我就不一味贪玩儿了,我不到十七岁就天天喝得醉醺醺的。我又把家里女用人个个都调戏到,尤其看中一个灶下丫头,觉得她最值得勾引。她是个肥头胖脸的女人,脾气好,身体结实,很中我意。我和她偷情毫无顾忌,连堂罗德利克都看见了。他疾言厉色教训了我一顿,骂我下流,又怕我见了心上人把他的劝戒当做耳边风,爽性把我的情人撵走。

"这一来我可火了,决计要出一口气。我偷了堂娜罗德利克的首饰,值好大一笔钱。我就去找我那美丽的海伦①。她住在跟她要好的一个洗衣女人家里;我大天白日把她带走,要叫人人知道。这还不算,我把她带到她家乡,跟她正式结婚,一来气气堂罗德利克,二来也替公子哥儿们做下个好榜样。我结了这门好亲事,过三个月,听说堂罗德利克死了。我听到这消息当然动心,忙赶回赛维尔去承继他的家业,可是一到那里,才知道出了变故了。原来我生身的妈也已经过世。她临死不谨慎,当着本村神父和许多证人把掉包的勾当全盘招供。堂罗德利克的亲生儿子已经占了我的地位,其实就是他自己的地位;大家都承认他了,他们对我越不满意,就越加喜欢他。我知道这方面再没什么指望,对我那胖老婆也腻味了,就入伙干这行没本钱的买卖。"

这个年轻强盗讲完,另一个说,他是布果斯商人的儿子,年轻的时候忽然虔诚过分,进了个戒律严紧的修会,过几年便叛教出会。长话短说,八个强盗个个都叙述了身世。我听完恍然,怪道他们会聚到一处来。他们又拨转话头,谈论下一次出马的各种计策;议定以后,大家散

---

① 希腊神话:海伦是个最美丽的女人,嫁给斯巴达王墨涅拉俄斯(Ménélas),为特洛亚王子帕里斯(Paris)引诱私奔,因此希腊联军围攻特洛亚。

席,预备睡觉去。他们点上蜡烛,各自回房。我跟罗朗都头领到他房里,帮他脱衣裳,他高高兴兴地说道:"好!吉尔·布拉斯,你现在看见我们是怎么样过的了。我们总是快快活活,彼此没有怨恨,没有忌妒,也从没有什么争执,那起修士还没我们那样打成一片呢。"又道:"孩子啊,你在这儿可以过得很称心,我想你不会糊涂到不屑与强盗为伍吧?哎,普天之下,谁不是强盗?朋友,谁都是!谁都爱抢夺旁人的东西,世情一概如此,只是抢夺的方法各个不同。譬如说吧,帝王南征北伐,抢夺别人的国家;贵人借了钱不还;银行家、司库员、股票经纪人、批发零售的各种商人,谁算得诚实呀!至于司法界,我也不用说了,他们干得出的事儿大家都知道。不过我承认他们比我们慈悲些;我们时常杀害无辜,他们竟会出脱该死的犯人。"

# 第 六 章

吉尔·布拉斯设法逃走,如何结局。

那强盗头儿为他本行辩护一番,上床睡了。我回大厅,撤去家伙,收拾整齐。然后我到厨房里,那老黑人多曼果和雷欧娜德大娘吃着晚饭在等我。我虽然全无胃口,还是奉陪坐下。我一口也不能下咽,满腔无可排遣的愁思都挂在脸上,那两个一搭一对的老丑家伙就来劝慰,说的一些话不但解不了我的郁闷,反而使我伤心欲绝。老太婆说:"我的孩子,你苦什么呢?你到了这里来,应该快活才是。你年纪轻,看来又是个随和性儿,只怕走上世路,就把你毁了。你不免碰到些浮浪的人,勾引你种种荒唐,倒不如在这里可以稳稳做个天真孩子。"那老黑人一本正经接口道:"雷欧娜德大娘的话很有道理。我还要说一句,世间只有苦恼。朋友,你应该感谢天恩,一下子把你从人生的险境、困境、苦境里超度出来了。"

我捺定性子听他们议论,因为气恼也没用。我知道要是动了火,白白地招他们笑话。多曼果酒醉饭饱,自回马房去睡觉。雷欧娜德就拿着灯,照我到一间地窖里,是那些善终的强盗埋骨之所。里面有张床铺,我看着不像个床,倒像个坟。老太婆伸手抚摸着我的下巴颏儿,说道:"好小子,这是你的卧房。做你前任的那孩子活的时候在这里睡,死了也在这里安葬。他年纪轻轻就死了,你可别那么傻,去学他的榜样。"她说完把灯交给我,回厨房去了。我把灯放在地下,倒身床上,不是要睡觉,只是要从容想想心思。我想:"天啊,谁像我这样苦命啊!他们不许我重见天日了!我一个十八岁的人,活埋在地下,还得做强盗的用人,日里跟着强盗过活,晚上陪死人睡觉。"这些念头实在伤心,我不禁痛哭起来。我千百遍咒骂我舅舅出的好主意,要送我到萨拉曼卡去;又懊悔不该怕卡卡贝罗斯的法庭,宁可上夹棍的。可是再一寻思,哭也没用,白白的哭得精疲力竭。我就盘算怎样可以逃走,思量道:"难道我就出不了这个地窟么?那伙强盗已经睡了,厨娘和黑人一会儿也就要睡的,等他们都睡着,我拿了这盏灯,怕寻不出我进这个地狱的原路么?当然,我要抬起地道口的坠门,未必有那么大的劲儿,可是瞧着看吧,我要尽了人事才肯甘休。我到了绝境,也许会使出死劲儿来,说不定竟会如愿以偿的。"

我大计已定,等一会儿,料想雷欧娜德和多曼果都安置了,便起床拿着灯出来,一面默求天界一切神明保佑。这座新迷宫①里的路径不容易认,可是我居然摸索到马房门口,找到了那条路。我又喜又怕,迈开大步直奔坠门。可是,糟糕!前无去路,拦着一道他妈的铁栅栏,锁得牢牢的;栅栏很密,连手都伸不过去。我进来时栅栏正开着,所以没看见,这时给这道新难关挡住,我傻登登地失了主意。可是我还去试试那栅栏上的铁条儿,又看看那具锁,想把它硬撬开。忽然我肩背上辣辣的着了五六下皮鞭。我杀猪也似的叫将起来,把地窟都震动了;回头一看,原来是那老黑人,身上只披着件衬衫,一手提了盏昏灯,一手拿着那

---

① 希腊神话:克里特(Crète)王弥诺斯(Minos)造了迷宫,里面供养个牛头怪人,要吃童男女;忒修斯(Thésée)得弥诺斯女儿指示,用一条线引路,进去杀了牛头怪人,逃出迷宫。

件刑具。他说道:"啊!啊!你这小混蛋!你要逃走啊!别想瞒得过我!我早听见了。你以为这道栅栏是开着的,是不是?我告诉你,朋友,从此以后,这栅栏一直要锁上了。我们这儿要关住你不放,你得还调皮些才跳得出我们手心呢!"

我的叫声把两三个强盗惊醒了,他们以为也许是公安大队冲进地窟来,连忙起身,一面大声叫伙伴们。不一会儿这伙强盗都起来了。他们拿剑扛枪,身上几乎一丝不挂地赶到我和多曼果这边来。他们问明缘由,立刻放下了心,哈哈大笑。那叛教强盗对我说:"怎么的啊?吉尔·布拉斯!你来了还不到六个钟头,已经想走了么?你准是熬不得清静的!哎,你要是做了苦修会的修士,可怎么办?去睡觉吧!这一遭便宜你,吃多曼果这几下鞭子就算了。可是下回再想逃走,圣巴多罗买①在上!我们不活剥了你!"他说完睡觉去了。别的强盗看我要想溜跑,都笑了个畅,也各回卧房。老黑人立了这番功劳,洋洋得意地回马房去。我也回到我的坟圹里,叹一回,哭一回,挨到天亮。

# 第 七 章

吉尔·布拉斯无法可施,如何自处。

头几天我差点儿没懊恼死。我一天天活着不过是挨日子,可是后来灵心一动,想不如假装。我装出愁思渐减的样子,笑笑唱唱,尽管心上一点也笑不出唱不出。总而言之,我装来很像,把雷欧娜德和多曼果都哄过。他们以为这头鸟儿已经在笼子里养乖了。那伙强盗也这么想。我替他们斟酒,脸上欢欢喜喜;他们讲话,我也打趣插几句。他们不怪我无礼,倒觉得有趣。有一晚我正在说笑,大头领说

---

① 耶稣十二门徒之一,给人剥了皮倒钉在十字架上而死。

道:"吉尔·布拉斯,你该这样开怀才对。朋友,我喜欢你的性格、你的聪明。一个人初见面是看不准的,我就没想到你这样俏皮、这样有趣儿。"

别人也口口声声地称赞,劝我对他们一直要这样无猜无嫌。总之,我瞧他们很喜欢我,就乘这好机会对大家说道:"诸位,让我对你们说几句衷肠话儿。我到了这里来,觉得跟从前变了个人似的。承你们替我去掉了从小教养成的偏见,我不知不觉和你们心同理同了。我羡慕你们这行业,一心想入伙做一名好汉,跟你们出马,有难同当。"大家听了这话齐声叫好。他们都夸我有志气,一致议决:还叫我伺候他们一程子,看看我是不是干这行的材料,再带我出去一试身手,然后可以抬举我准我入伙;像我这么个有心向上的小子,他们决不会不要的。

我只得强自抑制,仍旧做我的斟酒童儿。我非常懊丧,因为我所以想做强盗,无非是要像他们那样自由出洞,乘大伙儿抢劫的时候也许可以逃走。这一线希望维系了我的生命。可是我觉得等下去还遥遥无期,屡次想乘多曼果不备溜之大吉,但是他防守很严,总没机会,这条地狱门口的三头狗,一百个俄耳甫斯也稳不住。① 我实在也不敢钻头觅缝,怕招他疑心。他监得我很紧,我要防他看破,得十分谨慎。强盗说要我等候多久,我只好遵命,心里却焦急得仿佛等着进包税局去发财一般。②

谢天照应,六个月后,居然盼到了这一日。那晚罗朗都大爷对他手下众好汉说道:"诸位,咱们答应吉尔·布拉斯的话,不可以失信。我觉得这孩子不坏,他好像天生是学咱们样的,我看他是个可造之才。我主张咱们明天带他到大路上去发个利市。咱们得帮他一振威

---

① 希腊神话:俄耳甫斯(Orphée)是诗人音乐家。他妻子死后,他进地狱去向冥王索回妻子的灵魂。地狱门口有一条三头龙尾狗(Cerbère)看守,他弹弄乐器,把它稳住,方进得地狱。
② 包税局(Compagnie de traitants)由若干包税员组成,承办国家税收,每年缴国库多少钱,余下都饱私囊。勒萨日的喜剧《杜加莱先生》(*Turcaret*)中主角就是靠包税发财的。

名。"大家都赞成,就不叫我伺候,见得已经把我当做同伙弟兄了。我的差使又交还雷欧娜德去干。他们新近打劫了一位绅士,剥下他全套衣裳,就给我替换了身上那件破旧的对襟褂子。于是我准备第一次出马了。

# 第 八 章

吉尔·布拉斯跟强盗合伙,在大路上
立下什么功绩。

那是九月天傍亮儿时分,我跟那伙强盗出了地窟。我也一样的随身器械,带一支马枪、两支手枪、一把剑、一把刺刀;坐骑也不坏,跟我身上那套衣服同是抢劫了那绅士得来的。我在黑地里过得久了,晨光熹微都耀得眼花,可是渐渐地眼睛也睁得开了。

我们经过彭弗拉达邻境,在雷翁大道边一个小林子里埋伏,那地方人家瞧不见我们,我们却瞧得见人家。我们在那儿等运气送买卖上门,只见来了个圣多明我会的修士,骑着一头劣等骡子,不像他们修会里照例的气派。大头领笑道:"谢天,这是考吉尔·布拉斯的好题目来了。就派他去抢这位修士,咱们且看看他怎样下手。"众强盗都觉得这个差使正合适,勉励我好好去干。我说道:"诸位,你们准不会失望。我要把这修士剥得赤条条,把他的骡子也牵来。"罗朗都道:"不用,他那骡子不值得抢。你只要把他的钱袋拿来就完事儿了。"我说:"那么我就在诸位师父面前一试身手,但愿能够不负期望。"我就钻出树林,赶向那修士,心上默祷上天饶我干这勾当,因为我还没跟强盗同化,干来良心不安。我恨不得这时候就逃走,可是他们的马多半比我的快,我若逃走,他们立刻会追上来把我捉回去,说不定还会开枪,我就倒霉了。所以我不敢冒这个险。我上前拦住那修士,手枪口朝着他,喝叫留下买路钱。他带住骡子,把我端详一番,好像并不害怕,说道:"孩子,你年纪还小呢,就走上这条邪路,太早些儿了。"我说:"师父啊,尽管是邪路,我只恨来得晚了。"那修士不想领会我言外之意,答道:"唉,我的孩子,你说的什么话?你好糊涂!你身处凶境,我说给你听听……"我急忙打断他的话道:"哎,师父,请你别讲大道理。我做这剪径的勾当不是来听你说教的。你这些话说得不在筋节上。拿响当当的现钱来!我要的是钱!"他满面惊奇道:"钱么?我们出家人在西班牙还得带着钱跑路么!你把西班牙人乐善好施的心估计错了。你明白了吧,我们到哪儿都有人款待,管住管吃,只要替他们祷告祷告。总而言之,我们出门自有上天照应,不必身上带钱。"我答道:"得了,你们不是单靠天的,你们身上总带着比斯多;有了钱,天就更靠得住。不过,师父啊,咱们不用说废话,我的伙伴儿在树林子里等得不耐烦了。快把钱袋扔出来,不然的话,我就要你的命!"

我这话说得恶狠狠的,那修士好像怕性命不保,忙道:"且慢,你既然非钱不可,我只好依你。反正跟你们这种人能言善辩也都没用。"他说着从袍儿底下掏出一只麂皮大钱袋,扔在地下。我说声"走吧",他不等第二声,两腿夹着骡子肚子,一阵风跑了。我以为那头骡子和我舅身的彼此彼此,不料它走得很快。我等他走远,下马捡起钱袋,只觉沉甸甸的。我忙上马回到树林里,那些强盗都等得不耐烦,急急要来道贺,仿佛我这次成功煞费了力气似的。我不及下马,他们就赶上来拥抱。罗朗都说:"了不得!吉尔·布拉斯!你刚才真是立了奇功!你干事的时候,我眼睛直盯着你,留心你的脸色。我敢预言你将来准是大路上一名顶呱呱的好汉,要不然,我是个没眼睛的。"二头领和旁的强盗同声附和,说我将来准会应了这句话。我谢他们器重,说一定尽心竭力,不负厚望。

他们过奖了一顿,就要瞧我带回来的赃物,大家说道:"咱们且看看这个修士的钱袋里装着些什么。"一个说:"一定富足得很,这起修士出门,不像讨饭朝山的穷人。"大头领解开钱袋,抓出两三把小铜圣牌,夹着几块圣蜡、几片圣衣。他们看见这般新鲜赃物,都哈哈大笑。二头领嚷道:"老天爷啊!我们要多多感谢吉尔·布拉斯,他第一次显身手,就抢来这些东西,咱们弟兄都得益不浅。"这句笑话引起了别的笑话。一群混蛋捉住这个题目,取笑个不了,那个叛教的强盗尤其起劲。

他们说了不少的俏皮话,这里也不便叙说,总之,这些话只见得他们无法无天。我一人绷着脸不笑;他们个个笑我,我再没兴致笑自己了。大头领道:"哎,吉尔·布拉斯,我有一句忠告:从此别再跟修士打交道。这种人太乖太滑,你不是他们的对手。"

# 第 九 章

一件大事。

我们在树林里等候了大半天,想等候个把过客,弥补我们在修士身上吃的亏,可是什么人也没有。后来大家想闹了那桩笑话就算罢休了,准备回地窟去。我们一面还在议论那件事,忽然远远看见一辆四骒大车。这车奔驰而来,三个壮士骑马左右卫护,看来都器械齐全,我们要是胆敢冒犯的话,他们似乎很愿意周旋一下。罗朗都喊住弟兄们商量一番,决计动手。他立刻按他的主意把我们排成阵势,我们冲锋似的奔向那辆大车。我虽然刚才在树林里受了他们称赞,这时候浑身战抖,冷汗直流,自觉不是好兆。而且祸不单行,两位头领要炼得我惯经炮火,把我安插在打头第一排,夹在他们俩之间。罗朗都看我吓成一团,怒目而视,粗声恶气道:"听着,吉尔·布拉斯,别忘了尽你的本分。我警告你,你要是想退缩,我一手枪打烂你的脑袋!"我深信他说到做到,不敢怠慢,我既然进退无路,只好一心求上帝拯救我的灵魂。

这时候,那辆车和卫队越来越近。他们瞧出我们是什么样人;看我们神气,就知道来意不善,离一箭之地,车子停下来了。他们一样也都带着马枪和手枪。他们正要迎敌,车里出来个人,相貌漂亮,衣服华丽,跨上一个壮士牵着备乘的马,一骑当先。他身上只带一把剑、两支手枪。那赶车的还坐在车上,他们只有四个人,对我们九个。可是来势凶狼,我分外惧怕。我吓得浑身发抖,却还准备开枪。不过我老实说,我开枪时闭紧眼睛,扭转脸儿,这么一来,放了子弹可以不必内疚于心。

这场厮杀,我不能细说,因为人虽在场,什么也没看见。我自惊自吓,反而没瞧见眼前的惨景。我只知道劈劈啪啪放了一阵枪,伙伴们就狂喊"得胜!得胜!"我正是吓得昏了,这阵喊声把我唤醒,才看见那四个壮士都死在地下。我们的一面只死了一个,就是那叛教的强盗。这正是背叛圣教、嘲笑圣衣的报应。我们弟兄里还有一位右膝中弹;副头领也受了伤,不过很轻,只擦破些皮。

罗朗都大爷忙赶到车门口,车里是位二十四五岁的女人,尽管很狼狈,依然姣美非常。她在厮杀的当儿晕过去了,还没醒过来。罗朗都只顾端详那女人,我们一心都在赃物上。那些马没了主人,给枪声惊散,我们先把它们牵回来。车夫在开火的时候下车逃命了,那些骡子却一动都没动。我们下马从车上解下骡子,把车前车后捆载的箱子都装在骡背上。然后大头领命令弟兄里身子最结实、坐骑最好的,驮带那个昏迷未醒的女人。我们把空车和那些剥光的尸首扔在路旁,抢了女人和骡子马匹回家。

# 第 十 章

强盗怎样对待那女人,吉尔·布拉斯的
大计划及其结局。

天黑了一个多钟点,我们才回地窟。我们先把牲口牵进马房,拴在马槽旁边架子上,亲自照料,因为那老黑人已经病倒了三天。他大发痛风病,又加上风湿病,手脚都动弹不得,只剩一条舌头运转自如,就恶毒毒地咒骂,发泄心头的烦躁。我们随他去咒骂,且到厨房里,全神贯注地伺候那个死气沉沉的女人。我们用尽方法,居然大幸把她救醒。可是她醒来看见一伙陌生男人把自己扶抱着,知道落了难,吓得打寒战。她仰望着天，眼睛里露出痛深望绝、不胜凄惨的神情，仿佛对天诉说就要受糟蹋了。她想到种种可怕的景象，忽然眼睛一闭，又晕了过去，强盗都以为她死了。还是大头领觉得不如听其自然，救活她徒然叫她吃苦，就吩咐把她抬到雷欧娜德床上，让她一个儿躺着，好歹随她去。

大家回到大厅上。一个当过外科医生的强盗瞧了副头领和另一个好汉的伤口，敷上些药。医治完毕，大家都要看看箱子里是什么东西。有几箱是花边内衣，有几箱是衣裳，末了一箱里装着些口袋，一袋袋满满的都是比斯多。诸位好汉切身利益攸关，见了更乐得不可开交。接着厨娘在碗柜子上排列出各色的酒，摆席上菜。我们立刻谈论起这次的大胜。罗朗都就对我说："吉尔·布拉斯，我的孩子，你得承认你今天很没有胆气。"我说：这事我老实承认，不过只要再出两三回马，就会像一员勇将了。别的强盗都替我说话，说这回得原谅我，因为打得实在激烈，一个没经过炮火的人能这样对付已经不错了。

大家商量把那群抢来的骡马作何处置，决定不等天亮全伙儿上曼西拉去出脱，因为这边打劫的事大概还不会传到那边。我们计议停当，吃完晚饭，又到厨房去瞧那女人，她依然昏迷不醒，看来挨不过这一夜了。她只比死人多口气，可是有几个强盗还不怀好意，对她色眼迷离。亏得罗朗都拦住，说她现在伤心得人事不知，至少也该等她醒过来再说，不然他们真要动粗了。他们素来尊敬大头领，总算收起淫心，否则那女人就完了，一死也未必能保全她的清白。

我们撇下那可怜的女人，随她昏迷地躺着。罗朗都只吩咐了雷欧娜德，叫她照看，然后各人回房睡觉。我上了床却睡不着，只想那女人苦命。我相信她一定是大人家妇女，越惋惜她这般下场。我想象她将遭横暴，替她不寒而栗，仿佛她是我亲戚朋友一般，十分关切。我为她伤感了一番，便想法子要保全她的清白，免她受糟蹋；同时自己也逃出这个地窟。我想那老黑人已经动弹不得，自从他病了，铁栅上的钥匙由雷欧娜德大娘掌管着，我想到这里，灵机一动，计上心来；我盘算周详，马上就按计行事。

我假装肚子疼，先是哼哼唧唧，然后直着嗓子叫号。一群强盗给我惊醒,忙赶来看我。他们问我为什么叫嚷。我说肚子疼得要命;我要他们信以为真,故意咬牙切齿,攒眉努嘴,又把身子蜷曲成可怕的姿态,还翻来滚去,作出种种怪相。我忽然平静,好像一阵疼痛过了,一会儿又交扭着胳臂在床上打滚。总之,我装得惟妙惟肖,强盗尽管乖巧也上当了,以为我当真害了绞肠痧。不过我虽然扮演得好,也吃了些意外之苦。这些好心肠的弟兄真以为我在受罪,七手八脚的替我止痛:一个拿了一瓶白兰地逼我喝掉半瓶;一个不由我做主,用甜杏仁油为我灌肠;一个把毛巾烤得火热,贴在我肚子上。我叫号着求他们饶我,也没用处,他们还以为我是肚子疼所以叫唤;他们要医好我的假痛楚,只管给我吃真苦头。结果我受不下了,只得说肚痛已过,求他们饶了我吧。他们这才罢休;我也不敢再哼一声,怕他们又要来救护。

这幕戏几乎闹了三个钟头。那些强盗看看天也快亮了,就准备出发到曼西拉去。我又装一套把戏,挣扎着要起床,让他们瞧我一心要跟着去;可是他们不许。罗朗都大爷说:"快别起来,吉尔·布拉斯。你歇着吧,孩子,说不定回头又要肚子痛。等下回再跟我们出去,今儿个你身体不行,好好躺一天,你该休息休息。"我觉得一味说要去也不好,怕他们倒答应了我。我作出不能跟大伙同去很懊丧的样子。我做作得很像,他们出门时一点也没起疑心。我暗求上天叫他们快动身;他们一走,我勉励自己道:"好哇! 吉尔·布拉斯,现在要下个决心了! 这个头开得很好,得鼓起勇气完工才对。看来事情不难,多曼果病倒了,不会阻挡你,雷欧娜德也拦不住你。乘这个当口逃走吧,不会有更好的机会了。"我这样一想,胆气大壮,拿了把剑和两支手枪,先到厨房里。我在门外听得雷欧娜德说着话,忙止步听她说些什么。原来她是跟那个不知姓名的女人说话,那女人已经苏醒,想着自己苦命,哭哭啼啼,痛不欲生。老太婆说:"哭吧! 我的孩子,哭个畅快,叹叹气,你就松快了。你这种急痛攻心凶险得很,现在哭出眼泪来就没事了。你慢慢的自会开怀,我们这起爷们都是上等人,你在这儿相处得惯。他们对你比对待公主娘娘还好呢,一定千方百计讨你喜欢,天天跟你恩爱。多少女人羡慕你还羡慕不到。"

我没让雷欧娜德再往下说,我进厨房把手枪抵住她胸脯,恶狠狠逼她交出铁栅上的钥匙来。她吓坏了,虽然活了一把年纪,还把性命看得很重,不敢拒绝。我钥匙到手,向那伤心的女人说道:"太太,天派我来救你的命,快起来跟我走。随你要到哪里去,我护送你。"这话她听得入耳,深为感激,就挣扎起来,向我脚边跪倒,求我保全她的名节。我扶她起来,叫她放心,担保她一切在我身上。我在厨房里找出些绳子,由那女人帮着把雷欧娜德绑在一只大桌子的脚上,一壁说,她要是哼一声,立刻送她的命。那老婆子知道我不是空言恫吓,一切听我摆布。我点上蜡烛,带那女人到堆藏金银的屋里。我把比斯多和双比斯多尽量往衣袋里塞,又叫那女人也学样,说她只算捞回些失物,她也就放手拿了许多。我们带足了钱,就上马房,我一人擎着手枪进去。那老黑人虽然又有痛风又有风湿,我算定他不会乖乖地随我把我那匹马加上鞍辔,他若捣乱,我就把他一切病痛连根除掉。还算运气,他病得七死八活,我牵了马出来他都没知觉。那女人在门外等着。我们急急忙忙穿地道出去,开了铁栅,直跑到坠门口。我们要掀起那扇坠门真不容易!实在是要逃性命,凭空添了力气,才能办到。

  我们俩出得那无底洞,天已经透亮。我们急要远走高飞。我跳上马,女人坐在我后面,慌不择路,拍马就跑,一会儿就出了林子。只见一片平原,有几条路,我们随便挑了一条。我慌得要死,只愁是奔曼西拉的路,恰会撞到罗朗都那伙人。幸喜这是虚惊。那天下午两点钟,我们到阿斯托加城。我觉得人家对我们非常注意,仿佛男人背后骑个女人是什么大开眼界的事。我们在第一家客寓落了店,我立刻叫店家烤一只野鸡、一只兔子。我一路上跑得太快,没能够跟那女人说话,这时候乘他们做我点的菜,领她到一间房里谈心。她非常感激,还说,看到我这样仗义相救,相信我绝非强盗同伙。我就把身世讲给她听,叫她知道她器重我并没有看错人。我请她推心置腹,把苦难讲给我听。下面一章就是她所讲的。

# 第十一章

堂娜曼茜亚·德·穆斯格拉的身世。

"我生在瓦拉多利,名字叫堂娜曼茜亚·德·穆斯格拉。我父亲堂马丹几乎把家产全报效在军队里,自己带领了一团兵在葡萄牙打仗阵亡。他没多少遗产,我虽然是独养女儿,算不得攀亲的好对头。不过我的钱尽管不多,看中我的人却不算少。许多西班牙名门望族的绅士都来求亲。我中意的是堂阿尔华·德·梅罗。在求婚的人里面,的确推他相貌最好;不过我中意他倒不是专为外表。他聪明、沉着、勇敢、正直,而且交际场中算得头一等风流倜傥。若有宴会请客的事,谁也没他内行;比起武来,他的力气本领总叫人称羡。所以我选中他做丈夫。

"我们结婚不久,他在冷僻地方碰见从前一个情敌叫堂安德瑞·德·巴侬萨。两人吵吵架,拔剑相刺,堂安德瑞一条命就此送了。这人是瓦拉多利司法官的侄儿,那司法官性情暴躁,又跟梅罗一族是死冤家,所以堂阿尔华觉得趁早逃走为妙。他急急赶回家,一面叫人备马,一面把情形告诉我听,接着说道:'亲爱的曼茜亚,咱们得分离,这是无可奈何的。你知道那司法官的为人,他一定要紧追紧捉,咱们不能打如意算盘。你也知道他的权势,我在本地不能容身了。'他非常伤心,尤其看到我难受,他话都说不下去。我叫他带了些金子宝石,于是他抱着我,两人叹息哭泣成一团。一会儿家人来说马已鞴好。他挣脱了我,就此走了。我当时的心境非言可喻,如果我过于哀伤送了命,那倒是福气,免得后来受那些苦恼了!堂阿尔华走了几个钟头,司法官知道消息,就派瓦拉多利全部公差去捉他,千方百计要把他拿住。可是我丈夫躲过了他的毒手,藏身很稳。那法官没法儿要我丈夫的命,只好夺他的财产出气。总算逞了他的愿,堂阿尔华全部财产都没收充公了。

"我处境很苦,生活都勉强。我深居简出,身边只有一个女用人。

我天天眼泪洗面,并非熬不得穷,只因为心爱的丈夫出走以后音讯全无。我们凄然分手的时候,他答应不论流落在天涯地角,总想法把所经所历让我知道,绝不忘怀。可是他一去七年,杳无消息。他下落不明,我非常忧闷。后来我才知道他投入葡萄牙军队,在费慈打仗阵亡。这是一个从非洲回来的人告诉我的,他说跟堂阿尔华很熟,同在葡萄牙军队里当兵,亲眼看见他阵亡的。他还讲了些情节,不由我不信丈夫已经身故。我听了这消息愈加伤心,立志绝不再嫁。这时节,加狄亚侯爵堂安布若修·梅修·加利罗到了瓦拉多利。有些老绅士举止风流文雅,女人见了会忘掉他们的年纪,依然垂青,他就是这种人。一天有人偶然向他讲起堂阿尔华的事。他听了人家形容我,就想见见。他要偿这个愿,说动了我一位亲戚,讲定由她邀我上她家,侯爵也到那里去。虽然我满面愁容,他看了很中意。也许他正为我憔悴可怜,就看重我坚贞不二,因而感动了。我悒郁不欢,大概使他生了爱怜之心。因为他屡次对我说:他觉得我这样贞节是个奇事;我丈夫尽管命苦,有这样的夫人真使他艳羡。总之,他一见生情,不待第二面,就要娶我。

"他请我那位亲戚做说客。她就上我家来。她说:既然消息传来,我丈夫已在费慈丧命,我不该埋没自己的容貌;又说我和丈夫结婚没几天,为他哭得也够了,别错过良机;又说我可以做天下最福气的女人呢。于是她就称赞老侯爵家世又贵,财产又多,品性又好。可是凭她说得天花乱坠,我没给说动。我这来并非疑心丈夫死耗不真,怕他忽然意外出现。我实在不耐烦再嫁人,而且我结婚一次已经尝尽烦恼,再要第二次,实在厌倦了。我那亲戚劝说不开就是这一点。可是她毫不灰心,越发为堂安布若修出力,又叫我全家都替那老绅士做说客。我家里人逼我应允这门好亲事,跟我纠缠蘑菇,不让我一刻安静。我境况也愈来愈窘,这实在大大减少了我的挺劲儿,我当时穷得厉害,只好答应。

"所以我不能拒绝。他们劝得很迫切,我就回心转意,嫁给加狄亚侯爵。他有一座漂亮的田庄,在布果斯附近、格拉侠尔和罗地拉之间;结婚第二天,就带我去住。他一盆火似的爱我,我看出他一举一动都是要博我欢心,先意承旨,无微不至。从没有丈夫像他那样尊重老婆的,也从没有情人像他那样千依百顺的。我钦佩他品性温和,对堂阿尔华的死也心上宽慰了些,因为到头来我成全了侯爵这么一位绅士的幸福。假如我爱过堂阿尔华还能够再爱别人,我一定不管是老夫少妻,会对侯爵爱情深挚。可是有常心的人一辈子只爱一次,我忆念前夫,后夫种种殷勤迎合都没有见效。我没法酬报他的柔情,只能够拿感激来报答。

"我当时是这般心境。忽然有一天,我在房里临窗吸新鲜空气,看见花园里一个农夫模样的人眼睁睁瞅着我。我以为那是园丁的助手,没放在心上。可是第二天又临窗见他站在老地方,越发目不转睛地看我。我觉得奇怪,也对他看,看了一会儿,觉得他模样儿像那苦命的堂阿尔华。我一看面貌相像,说不出的惊疑,不禁大叫一声。亏得只有我的心腹女用人伊内斯在我房里。我告诉她为什么惊慌失措。她只笑了笑,以为我看见面貌相像便认错了人。她说:'太太,您放心,别以为您看见了前夫。他怎么会装成农夫模样跑到这里来呢?况且他怎么会还活着呢?'她又道:'我到花园里去找那乡下佬谈谈,让您安心。我打听得那人是谁,立刻回来告诉您。'伊内斯就到花园里去了,不一会儿,她神色异常地回到房里来,说道:'太太,您怀疑的事一弄明白,反而糟了。您刚才看见的那个人正是堂阿尔华;他一开口就自报姓名,还要求私下见见您。'

"那时候,侯爵到布果斯去了,我正可以接见堂阿尔华,就叫女用人从复道的楼梯领他到内室来。你可想见我心烦意乱。他能够名正言顺地痛骂我一场,我没脸相见。我看他进房来,立刻晕倒。他和伊内斯忙把我救醒。堂阿尔华说:'太太,请你放心,别见了我烦恼,我一点不想为难你。我这来并不是个怒气冲冲的丈夫,来跟你算那背信负义的账,向你问再嫁的罪。我知道那都是你家里逼出来的;你为这事受的磨折,我全知道。况且我的死信已经传遍瓦拉多利,我又始终没向你寄信辟谣,当然你越加信以为真了。总之,我知道咱们惨别以后你过的是什么日子;你嫁那侯爵并非出于爱情,只是迫于生计罢了。'我哭着打断他的话道:'唉,大爷,你何必替老婆开脱呢?你既然还活着,她就是犯了罪的。我但愿没嫁堂安布若修,还过着从前的苦日子!倒霉的婚姻!唉!我要是还挨穷耐苦,至少不至于无颜相见,也聊可自慰。'

"我一看堂阿尔华的神情,知道他见我流泪非常感动。他道:'亲爱的曼茜亚，我一点不怪你。我看你现在处境豪华，非但不埋怨你，只感谢上天慈悲。自从那天我离开瓦拉多利，一直走背运，接二连三只是倒运的事；顶倒霉的是没法儿和你通信。我知道你不会变心，所以念念不忘，只设想我这害人的爱情把你委屈到什么田地，心目中常有个泪人儿般的曼茜亚。你是我最大的烦恼。老实说吧，我有时候怪自己不该赢得你欢心，那简直是犯了罪；我宁愿你当初看中一个我的情敌，因为你对我的爱情害你自己不浅。可是我经过七年苦难，越发爱你，要再来看看你。我死不下这条心。正好我做了多年俘虏，还我自由，可以偿愿，就这样乔装打扮上瓦拉多利，免得被人识破。我到了地头，得知一切情形，随即到这庄上来，设法结识了园丁，承他留我在花园里干活。我用了这些手段，才能够和你私下相会。不过你别以为我这来存心破你好事。我爱你远胜于爱我自己，我要顾到你心境安泰，今天见了一面就告别远去，此后的凄凉岁月都是奉献给你的了。'

"我听了这话急道：'堂阿尔华，别这样。天不是叫你白来的，我和你绝不再分离了。我愿意跟着你走，从今以后，咱们只有死别，没有生离了。'他说道：'听我的话，你跟着堂安布若修一起过吧。我的苦难让我一人担当，不要拖累了你。'他还说了些这类的话；可是他越要舍弃自己来成全我的幸福，我越发不让他。后来他看我主意坚定，立刻改了口气，脸上也添了喜色，说道：'太太，难道你真的心口如一么？你既然还对我这样深情，宁可抛弃了眼前富贵，同做患难夫妻，那么，咱们且到加利西亚边境的贝当索斯去住下。我在那儿有个安稳的隐居之所。我虽然倒运，财产搅个精光，却并未连朋友都没有，我还有几个交情不变的朋友，靠他们的力量，可以抢了你走。他们帮我在寨穆拉定做一辆车，我又买了几头骡子马匹，雇了三名加利西亚勇士沿路保镖。那三个人都有马枪手枪，他们正在罗地拉村里听候指挥。'他接着道：'咱们正好乘堂安布若修不在，我叫那辆车到庄上来，咱们立刻动身。'我一一依允。堂阿尔华飞奔到罗地拉，不一会儿带了那三名壮士进来，抢了我就走。我前后左右的女用人莫名其妙，都吓跑了。只有伊内斯知道底里，不过她爱上了堂安布若修的亲随，不愿意跟我同走。这也见得用人尽管忠心，对东家的情谊总抵不过自己的恋爱。

"我跟堂阿尔华上车,随身衣裳首饰都是我再嫁以前的东西;侯爵结了婚给我的一丝一毫都没有带。我们取道向加利西亚进发,还不知道能否侥幸到达地头。我们怕堂安布若修一回家会带着大队人马追赶。可是走了两天,后面并没人来。我们指望第三天也能平安无事,已经放了心在闲谈。堂阿尔华正讲给我听他遭的那桩灾难,以致人家谣传他身故;还讲他做了五年奴隶,如何又得自由。我们正在那个当口,在雷翁道上碰见了和你一伙的强盗。他们杀掉的就是堂阿尔华和他的手下人;我这会儿伤心流泪也就是为了他。"

# 第十二章

吉尔·布拉斯和那女人讲话,给人打断,大为扫兴。

堂娜曼茜亚讲完,哭成了个泪人儿。我并不学着塞内加的词令①去譬解劝慰,只让她尽情哭个畅,甚至也陪她淌眼泪,因为看见人家倒运,自然会有关切之心,何况看见美人命苦呢!我正要问她,身处这般境地,作何打算。要是没有打岔,她大概就要向我请教了。偏偏这时候我们听得客店里吵成一片,不由得分了心。原来当地法官带了两个公差、一队卫兵来了。他们直闯到我们房里。同来有个年轻绅士,他先跑近来细细看我身上的衣服。他一眼就看得分明,嚷道:"圣约克在上!那就是我的袄儿呀!正是我那一件!跟我那匹马一样好认。你们凭我这句话尽管把这个强盗看起来,我不怕他来找我决斗的。我拿稳他是窝藏在本地的强盗。"

我一听知道他就是那个失主,从他身上抢来的东西偏偏都归了我,不

---

① 塞内加(Sénèque,公元前4—公元65),古罗马哲学家。罗马人遭遇不幸事件,非常忧闷,就由哲学家来开导譬慰。塞内加最擅长写这种文章,他安慰他母亲(De Consolatione ad Helviam)、安慰一个丧子贵妇人(Ad Marciam)等等是极有名的。

禁惊惶失措。那司法官职责所在，见我慌张，当然以为我是畏罪，不会往好处想。他觉得那个绅士告的状有凭有据，又以为女人是我一伙的，就把我们俩分别监禁起来。这人不是那种望之凛然的法官，倒是一团和气，笑容可掬。可是天知道他也一样的厉害！我刚进监狱，他就跑来，带着两头走狗，就是那两个公差，三人都欢欢喜喜，仿佛预料好买卖到手了。他们没忘记他们那好规矩，一上来先把我通身搜遍。这几位老爷发了好一笔横财啊！他们大概从来没这样的手气。他们抓出一把一把的比斯多，喜得眼里放光，那位司法官尤其乐得不可开交。他软迷迷地对我说道："我的孩子，我们是奉公尽职，你不要害怕；你要是没有犯罪，不会叫你吃苦。"这时候，他们从从容容把我衣袋掏摸一空；舅舅给我的四十杜加，强盗都没有碰，这次也落在他们手里。他们还不肯罢休，那几双贪手孜孜不倦，从我头上摸到脚下，把我四面旋转，又剥掉我的衣裳，看贴肉藏着钱没有。我相信他们恨不得剖开我肚子看看里面有没有钱呢。他们恪尽职守以后，司法官就来盘问。我老实陈说一遍。他叫人录下口供，带着手下人，拿了我的钱走了，扔下我一个儿赤条条坐在柴草上。

　　我冷冷清清的在这个境地里，不禁叹息道："唉！人生尽是些离奇的事儿，倒霉的事儿。我自从离开奥维多，只是走背运，一波乍平，一波又起。我到这城里的时候，哪里想到就会跟司法官会面呢！"我一面无聊空想，一面把他妈的那套害人的衣服一件件穿上，于是又自己勉励道："哎！吉尔·布拉斯啊！挺起脊梁来！设想往后也许还有好日子呢。你在地窨里都苦熬过来，倒在一个平常牢狱里心灰意懒，说得过去么！可是，唉！……"我又一阵愁："我自哄自骗罢了！我哪里出得这个牢狱呢？人家把我的活路都断了，犯人没有钱，就好比鸟儿剪掉了翅膀。"

　　旅店里为我烤的野鸡和兔子，我是没福消受了；有人送进来一小块硬面包、一罐子水，任我一个儿在牢里烦躁。我整整坐了十五天牢，没见个人面，只有个禁子每天早晨送那份口粮进来。我看见他，老跟他攀谈，想解解闷，可是这位人物随我说一千句，总置之不理，一句话也逗他不出。他常常跑进跑出，正眼都不瞧我。到第十六天，司法官来了，对我说道："朋友啊，你的苦算挨完了，你可以开怀一乐，我特来告诉你个好消息。那位跟你一起的太太,我已经叫人送到布果斯去;我在她动身前盘问了一下,她把你出脱了。据你说,你是雇了包程骡子从贝尼弗罗到卡卡贝罗斯去的,现在只要等那骡夫来作证,如果口供相符,你今天就可以出去。那骡夫在阿斯托加,我已经派人去找,正等他来。只要他说确有上夹棍那回事,我立刻放你。"

我听了满心欣喜。从此我自以为没事了。我向那司法官道谢,感激他判事又爽利又公正。我还没谢完,两名卫兵押了那骡夫进来。我立刻认得是他,可是这杀坯的骡夫准把我的皮包连装的东西都卖掉了,生怕认了我就得呕出来,所以厚着脸皮说不认得我,从来没见过。我嚷道:"啊!奸贼!你还是招出来你把我的行李卖掉了,说真话吧!你仔细认认,你在卡卡贝罗斯镇上拿夹棍来吓唬人,一群小伙子都给你吓得要命,我也在里面。"那骡夫冷冷地说,我讲的事他全不知道。他既然一口咬定不认识,我出狱又得延期。司法官对我说道:"孩子,你瞧,这骡夫没坐实你的口供,所以我尽管一心要放你,却放你不得。"我只好重新捺下性子,死心塌地,还半饥不饱地吃那干面包和白水,看那哑巴禁子的嘴脸。我一点没犯法,却跳不出法律的掌心,想到这里,我懊丧已极,倒宁可在地窨里了。我想:"其实我在监狱里比在地窨里还苦恼。我跟那群强盗大吃大喝,有说有讲,还可以做逃走的好梦;现在呢,虽然我无罪无辜,若能出牢罚充苦役,已经算大幸了。"

# 第十三章

吉尔·布拉斯凑巧出狱,到何处去。

我一天天在监狱里思前想后,聊以解闷。这时候,我口供里讲的事情已经在城里传开了。许多人好奇心动,要来看看我。我牢里有一扇小窗,可见天日,他们此来彼去,到这窗口来张望,看了一会儿,大家走开。这个新样事儿使我很诧异。我这窗外面是个静悄悄、阴惨惨的小院子,我坐牢以来,从没人在窗口露过脸。我想准是城里人知道我的事了,可是拿不定这来是吉是凶。

窗口出现的第一批人里有蒙都涅都唱圣诗的小矮个子,他也是怕吃夹棍吓跑的。我认得他,他也不装不相识。彼此招呼,两人长谈起来。我少不了又把经历说一遍,外边的人听了又笑又怜。那唱圣诗的也把我们吓跑以后、骡夫和那年轻女人在卡卡贝罗斯客店里的一段纠纷讲给我听。总之,我上文所述都是他说的。他临走答应我马上出力营救。那些好奇来看的人都同声为我惋惜,还说要帮那小矮个子为我尽力,叫我放心。

果然他们没有食言。他们打伙儿为我向法官求情。法官知道我无辜,又加那唱圣诗的把他知道的事讲了,所以在我监禁三星期之后,那法官到牢里来说道:"吉尔·布拉斯,我要是执法苛刻,还可以把你关在这儿,可是我不愿意事情尽拖下去。走吧,还你自由,随你几时出去好了。"接着道:"不过我问你,要是带你到那个树林子里,你找得出那地窟来么?"我回答道:"大爷,我找不到了。我是天黑了进去的,出来的时候天还没亮,所以认不出所在了。"法官说,他去吩咐禁子开门,就出狱去。果然过一会儿那禁子来了,带了个夹着一捆衣裳的狱卒。两人满脸正经,一言不发,剥下我身上新簇簇的细呢衣裤,换上一套旧粗布裤褂,然后推着我的肩膀,撵出门外。

犯人释放,总觉得高高兴兴,可是我一看身上衣服寒伧,未免羞惭。我直想马上溜出城去,免得众目睽睽,难以为情。可是我多承唱诗小矮个子出力帮忙,非常感激,便隐忍羞惭,找他道谢。他一见我面,忍不住大笑道:"你成了这副模样儿啊!穿了这套衣裳,一上来我认不得是你了!照此看来,法律的各种滋味你都尝遍了。"我答道:"我不怨法律,法律原是公正的。我但愿那些执法的官吏都为人公正。他们至少得留还我那套衣服,我觉得我为那套衣服出的价钱不小了。"他接着道:"我也以为然。可是他们说起来,这是向例规矩!哎,就说吧,你以为你骑的那匹马已经还给原主儿了吧?对不起,并没有!这会子在法院录事的马房里,押在那儿做盗赃的证物。可怜原主儿连一副鞍辔都未必领得回去。"接着又道:"可是咱们别谈这些事了。你有什么打算?目前想怎么办?"我说道:"我想到布果斯去找我救出来的那位太太。她会给我几个比斯多,我去买件新道袍,上萨拉曼卡,靠我肚里那点拉丁文混几个钱。我苦的是还得跑到布果斯去,一路上不能饿肚子,你知道出门人没钱要挨饿的。"他答道:"我懂得你的苦处,我的钱袋送给你吧。这钱袋实在有点儿干瘪了,不过你知道,唱圣诗的人不是主教。"他说着掏出钱袋,塞在我手里。他十分殷勤,我却之不恭,只得原封不动把钱袋收下。我十分感激,说了许多我将来补报的空话,好像他把全世界的金子都送给我了。我随就辞别出城,没去看其他帮我重获自由的人,只有千万遍为他们祝福罢了。

那唱诗的小矮个子实在不能替他那钱袋夸口,原来里面只有寥寥几文钱,而且是什么钱呢?都是不值价的小钱儿。幸喜两个月来我清苦惯了,所以我到布果斯附近彭特·德·米拉镇上的时候,还剩下几个瑞阿尔没花完。我要打听堂娜曼茜亚的消息,先在镇上歇下。我到一家客店里,那女掌柜的是个瘦小干瘪、尖利凶狠的女人。我一瞧她对我脸色难看,就知道我这件大褂不入她眼,这也怪她不得。我找个座儿,吃了些面包和奶饼,又喝了几口店里的劣酒。我吃的这餐饭和穿的衣服恰好合式。我一面吃,一面想跟女掌柜搭话。她满脸鄙夷,分明是不屑理睬。我请问她可认识加狄亚侯爵,他的田庄离这里远不远,尤其要紧问侯爵夫人近况怎样。她傲然答道:"你打听的事情倒不少啊。"她满不情愿似的告诉我说,堂安布若修的田庄离彭特·德·米拉不过短短一哩路。

吃喝了一顿,已经天黑,我说要睡了,向女掌柜讨一间房。她瞅了我一眼,看得我十分轻贱,说道:"房间轮得到你啊!吃一角奶饼当晚饭的人,我这里没他们住的房间!这儿的铺位都有主顾了,今天晚上我等着几位大客人呢。我只能招呼你在仓房里宿一宵,我想你在柴草上睡觉也不是第一遭。"她不知道恰好一语道着。我并不答话,乖乖地爬上柴草堆,困累多天,一躺下就呼呼睡熟了。

## 第十四章

堂娜曼茜亚在布果斯接待他。

第二天早上,我一骨碌就爬起来了。我去找女掌柜的算账。她已经起床,脸上不像昨晚那么倨傲,好像和气了些,大概因为三个公安大队的警卫正跟她随便说着话儿。他们在这里过夜,店里所有的床铺想必是留给这几位大客人了。

我在镇上打听到侯爵田庄上去的路。碰巧问到一个人,跟那贝尼弗罗的客店主人一样脾气。他不但回答我的问讯,还说:堂安布若修在三星期前去世,他夫人在布果斯某某修女院里潜修。我不想到田庄上去了,立刻赶到布果斯,直奔堂娜曼茜亚住的修道院。我请看门女人通报那位太太,说一个少年人,新从阿斯托加监狱里出来,要见见她。那女人立刻进去通报。她一会儿回来,领我到会客室里。我等了不多时候,就看见堂安布若修的寡妇穿了重孝走近铁栅来相会。

这位太太和颜相接,说道:"欢迎得很,四天以前我写了封信给一个阿斯托加人,托他代我去看看你,请你一出监狱就来找我。我知道他们就会放你的。我对法官说的话够把你出脱了。后来那边回信来说,你已经出牢,但是不知下落。我只怕不会再碰见你,无从表白我感恩的心,那就懊恼死我了。"她看到我自惭衣衫褴褛,就说:"你放宽心,别为眼下的景况烦恼。你为我出了那么大的力,我如果不帮你忙,就是天下最没良心的女人了。我准备叫你从困窘里脱身,这是我分所应为、也是我力所能及的。我的产业不少,要报你的恩绰绰有余。"

她接着说:"我跟你同下牢以前的事,你都知道。我现在讲以后的事给你听。我把身世据实告诉了阿斯托加的法官,他叫人送我到布果斯,我就回到安布若修田庄。庄上人看见我回去,奇怪得不得了,可是说我回去得太晚了,侯爵听见我出走,好比雷轰了一般,就此一病恹恹,医生都认为没指望了。这又叫我自叹命苦。当时我派人先通知侯爵，然后到他房间里，三脚两步，跑向床头跪下，满面眼泪，心里痛不自胜。他一见我就说：'谁带你回来的？还要来看看你的成绩么？你要了我的命还不够么？要亲眼看我死了才称心么？'我说：'大爷，伊内斯应该告诉过你了，我是跟了我前夫走的；要不是一场横祸断送了他，我永远也不会再来看你了。'我随就告诉他，堂阿尔华遇盗被杀，我也被掳入盗窟。此外的事，我也讲了。堂安布若修听完，伸出手来和我握着，柔情款款，说道：'够了，我不再怨你了。哎！我其实怎么可以怪你？你跟心爱的丈夫会面，要跟他去，只好扔下我，我怎么能责备你这般行为？太太，我是不应该埋怨你的。所以我尽管失了你活不成，也没肯派人来追。带你逃走的人有他不可侵犯的权利，我尊重他这权利；你心向着他，我也尊重你这片心。总而言之，我还你公道：你既然回来，我依然一心爱你。真的，亲爱的曼茜亚，有你在旁，我快乐已极。只是，唉！这样的快乐我不能多享，我觉得大限临头了。你刚刚回来，我就得和你诀别。'我听了这些伤心话，越发泪如泉涌，无限悲痛，抑制不下，我为心爱的堂阿尔华也没有流这么些眼泪。堂安布若修自觉离死不远，并非过虑，他第二天就死了。偌大一份家产，按照婚约都归我承袭。我预备把这份遗产好好处置。我虽然年纪还轻，绝不嫁第三个丈夫了。我认为只有那些不要脸、什么都不在乎的女人才一次次嫁人；况且我已经看破世情，愿意在这个修道院里做个施主，过我的下半辈子。"

  这是堂娜曼茜亚跟我讲的话。于是她在长衣底下掏出一只钱袋，放在我手里，说道："这里是一百杜加，单给你做件衣服穿。以后再来看我。我感你的恩，不是送了这一点就算完事的。"我对她千恩万谢，发誓说离开布果斯的时候一定要来告别。这个誓我是要守的。我去找客店，路过第一家，就跑进去。我要了一间客房，又怕身上的大褂要招人白眼，就对掌柜说，别看我这副模样，我有的是钱，尽可以付客店的账。掌柜叫马日罗，天生一张贫嘴，他听了这话，把我从头看到脚，冷言冷语奚落说，不用我声明在先，他早知道我在他家要大大地花钱呢！又说他一眼看透了我身上的衣服，只见一团尊贵之气，知道我准是个有钱的阔佬。我明白这奸贼在挖苦我，就拿出钱袋，准备一下子堵住他的嘴。我其至把杜加摊在桌子上,数给他看。他见钱眼开,对我添了几分敬意。我烦他找个裁缝来。他道:"还是找个卖旧衣服的好,各色衣服都有,你当场就可以穿上身。"我赞成这个主意,决计听他的话;可是天快黑了,买衣裳且挪到明天,目前只想好好吃顿晚饭,我自从地窟出来,饮食菲薄,需要补补了。

## 第十五章

吉尔·布拉斯穿的衣服;那位太太又送他的礼物;
他离布果斯时的行装。

店家替我煮上一大盘切碎的羊蹄子,我差不多吃了个精光。我喝的酒也分量相当,于是上床睡觉。床铺还舒服,我指望一上床就会呼呼睡熟。可是我眼都合不上,只顾盘算衣服该买什么式样。我想:"我应该怎么办呢?还是照原先打算,买件道袍,穿了到萨拉曼卡去谋个教师做做么?为什么要学士打扮呢?我有意出家当教士么?难道我喜欢这一行么?不,我觉得生性和这一行格格不入。我要腰里挂口剑①,在俗世创一份家业。"这样才盘算定了。

我决计买一套绅士服,自信打扮成个绅士,不愁找不到又体面又有出息的职司。我打着如意算盘,急煎煎等天亮,一见透亮,连忙起床。我一阵吵闹,把客店里睡着的人都惊醒。我把那些用人从床上叫起来,他们一面答应,暗暗咒骂。可是他们只好起来,我逼着他们去找卖旧衣的,不然就没个清静。不久一个卖旧衣的来了,后面跟着两个孩子,一人抱着个大绿布包儿。他恭恭敬敬行个礼,说道:"大爷,您找到了我,没找上别人,真是您的运气。我不愿意在这儿说我同行的坏话,我要说他们一个坏字儿,上天不容! 不过咱们私底下说说:那些人没一个有天

---

① 佩剑是地位家世的标识,教士固然不挂剑,学校教师也不佩挂剑。

良的,都比犹太人还心狠。做旧衣买卖的只我一个有信有义。我有个分寸,赚钱要在理上:原值一个小钱,我赚一块大洋就够了,我说错了,原值一块大洋,我只想赚一个小钱。靠天照应,我买卖很兴旺。"

这篇楔子,我死心眼儿信以为真。卖旧衣的叫两个孩子打开包裹,抖出五颜六色的衣服。他们先给我看几套一色的,我嫌太朴素,不放在眼里,撂过一边。他们就叫我试一套衣服,好像是配着我身子做的,虽然旧些,我一看就上眼。一件是袖子打褶裥的紧身袄儿,一条裤子,一领斗篷,整套都是蓝丝绒底子,上面绣金花。我选定了这一套,就讲价钱。卖旧衣的知道我看中了,赞我眼力高,嚷道:"天哪!一瞧您就知道是个识货。您可知道这套衣裳是做给咱们本国一位大贵人穿的,没上过三回身呢!您瞧瞧这丝绒,还有更上好的么?这绣花,您说吧,哪儿还找得到更精巧的手工?"我问道:"你要卖多少钱?"他答道:"六十杜加,我还没肯卖。撒谎的不是正人君子。"我相信他不是正人君子,就还他四十五杜加,其实还该打个对折。卖旧衣的冷冷道:"大爷,我言无二价,没多要您。"他指着我撂在旁边的那堆衣裳道:"好吧,您买这几件吧,我价钱还便宜你些。"这么一说,激得我非买那还了价的一套不可。我以为他真是少一钱不卖的,就数了六十杜加给他。我想他虽然有信有义,一看我付钱这样爽利,准懊悔没再多要些。他一个小钱的货色赚了一块大洋,志得意满,两个孩子我也给了些钱,他们一起走了。

我有了很漂亮的一件袄儿、一条裤子、一领斗篷。我该筹划其他衣着,就此忙了一个上午。我买了些内衣、一顶帽子、丝袜、皮鞋,还买一把剑;然后一一穿戴起来。看自己装束得这么讲究,真是得意!我对自己的打扮观之不足,比孔雀看自己的羽毛还要喜欢!当天我又去拜访堂娜曼茜亚。她还是非常和气,又谢我救命之恩,彼此客套了一番。于是她祝我诸事顺利,和我告别。她只给了我一只价值三十比斯多的戒指,求我留作纪念,就进去了。

我拿了一只戒指,大失所望,满以为她送我的东西还要值钱些呢。我对这位太太的手笔不很称心,默默寻思,走回客店。我刚进门,后面来了个人,斗篷直蒙到鼻子上,跟脚也进门。他忽的把斗篷脱下,露出夹在胳肢窝里的一只大口袋。看来那袋里满满的都是钱,我一见眼珠子都瞪出来了,旁边几个人也直瞪着眼看。这人把口袋放在桌上,对我说道:"吉尔·布拉斯先生,这是侯爵夫人送给你的。"我仿佛听见了天使说话!我对这送东西的人深深行礼,仪节周到。等他出门,我立刻老鹰抓小鸡似的抓着那口袋,搬进房里。我赶紧打开,原来里面装着一千杜加。我刚数完钱,掌柜就跑进房来。他听见了那个送东西的人说的话,要来看看袋里装些什么。他看见摊在桌上的钱,大为惊佩,嚷道:"呀!怎么的?那么许多钱啊!"又调皮地一笑道:"你一定很会算计女人!你到布果斯还不满二十四小时,已经有侯爵夫人送钱给你花了!"

我听了这话并不着恼,很想让马日罗去胡猜一阵;他那种误会实获我心。年轻人都爱充艳福不浅的风流人物,那也不足为怪。可是我品性毕竟纯洁,把这挣空面子的心压下去了。我叫掌柜别瞎猜,就把堂娜曼茜亚的事讲了一遍,他听得全神贯注。于是我又讲自己的情形,我看他好像十分关心,就请他帮我出个主意。他想了一会儿,一本正经说道:"吉尔·布拉斯先生,我很喜欢你。承你信任,对我推心置腹,我以为你干什么事最合适就直言相告了。我觉得天生你是在朝廷上干事的,我劝你入朝,跟上一位大佬。你要想法子在他办的公事里插上一手,或者使他取乐儿少不了你,否则你跟他也是枉费工夫。我知道贵人的脾气:你为人老实,赤胆忠心,他们满不在乎,只稀罕那种身边少不得的人。"又道:"你还有一条路可走。你年纪轻,相貌好,就算你不伶俐,已经够颠倒个把有钱的寡妇,或者婚姻不称心的漂亮太太。男人有钱的为恋爱会倾家荡产,可是没钱的倒往往可以靠恋爱过活。所以我劝你到马德里去;不过你要是去呢,得要带个把跟班。那儿跟别处一样,看人只看外表,你有几分排场,就看重你几分。我想荐个亲随给你,他是个忠心的用人、正经的小子,一句话,是我一力保荐的人。你买两头骡子,一头自己骑,一头给他骑,愈早动身愈妙。"

这主意很合我脾胃,当然采纳。第二天我买了两头好骡子,雇定了那个亲随。他是个三十岁的人,样子很朴实虔诚。他自己说是加利西亚人,名字叫安布华斯·德·拉莫拉。我觉得他有点特别,普通用人把钱看得很重,他却不想赚大工钱,而且对我说,他不计较工钱,随我给多少都成。我买了双皮靴,又买了一只皮包装我的内衣和杜加。于是我和掌柜算清账,天不亮就离了布果斯到马德里去。

# 第十六章

读后便知好景不常。

我们第一天在杜涅斯投宿;第二天下午四点钟到瓦拉多利。我们找到一家看来很上等的客店,就在那里歇下。我让亲随去照顾骡子,自己到客房里,叫店里用人把皮包搬进去。我觉得有点儿累,连着靴子往床上一躺,不知不觉睡着了。我睡到傍晚醒来,我叫安布华斯,他不在店里,过了一会儿才回来。我问他哪里去了,他一脸虔诚,回答说,刚从教堂里来,他去感谢天恩,保佑我们从布果斯到瓦拉多利,无灾无难。我很为赞许,就叫他去吩咐店家,晚饭烤一只小鸡。

我正在吩咐,只见店主人举着蜡烛进来。他照着一位太太,年纪不轻,相貌还好,服装很华丽。一个老侍从扶着她,背后一个黑种孩子替她提着拖地的长裙。她对我深深行个礼,问我是不是吉尔·布拉斯·德·山悌良那先生。我很奇怪,才回答一声是,她立刻撇下老侍从,赶上来拥抱我,欣喜若狂,弄得我更加惊怪。她道:"真该感谢上天,会有这样巧遇!我正在找您先生!"我听了这段开场白,记起贝尼弗罗的箴片,疑心这位太太是个十足的女骗子;可是一听她的下文,觉得她不是坏人。她说:"受你深恩的堂娜曼茜亚·德·穆斯格拉是我的嫡亲表妹。今天早上我接到她一封信。她知道你要到马德里去,也许路过此地,要我好好儿款待你。我满城地找你,找了两个钟头了。我挨家到客店里去问,到了什么客人;刚才听了你那店主人描摹你的模样儿,我想大概就是我表妹的救命恩人了。"接着道:"啊!我既然找着了你,就要让你瞧瞧,承你为我家里人、尤其为我那位表妹出了力,我多么见情。我请你立刻搬到我家去住,比住客店舒服些。"我想推辞,就说怕打搅她家;可是她苦苦邀请,我无法谢却。客店门口早有马车等着。她说瓦拉多利坏人很多,所以亲自叫人把我的皮包放在车厢里。她那句话太对了!我跟着她和老侍从上了马车,就这样给他们从客店里带走。店主人满指望我会和那太太、那老侍从、那黑小子一起在他店里花钱,眼看这笔进账吹了,很不乐意。

马车走了一程停下。我们出来到个大宅子里,上了楼是一套讲究的房间,二三十支蜡烛照得雪亮。里面有许多用人。那位太太一进来就问堂拉斐尔回家没有,他们说还没有。她就对我说道:"吉尔·布拉斯先生,我正等着我兄弟,他在我们庄子上,离这儿有两哩路,今儿晚上要回来的。他看见合家的大恩人到了,不知多么喜出望外呢!"话犹未了,听得闹嚷嚷的,原来正是堂拉斐尔到家了。他一会儿便上楼来。我看他是一位年轻绅士,身材秀挺,态度高华。那太太说道:"弟弟,你回来了我真高兴!你可以帮我好好儿款待这位吉尔·布拉斯·德·山悌良那先生。他对咱们表妹堂娜曼茜亚的恩,咱们不知怎么样才能补报。"她一面把一封信交给他看,说道:"你看看,这是她刚来的信。"堂拉斐尔打开信,高声念道:"亲爱的加米尔:救我性命、全我名节的吉尔·布拉斯·德·山悌良那先生刚离此入朝,准要路过瓦拉多利。请你看亲戚分上,尤其看咱们这份交情,留他在你家住些时候,款待他一下。我想你一定答应,你和堂拉斐尔表哥准会多多厚待我的救命恩人。你的亲爱的表妹堂娜曼茜亚自布果斯寄。"

堂拉斐尔念完信,嚷道:"怎么的!我表妹的性命名节就是亏了这位先生保全的么?啊,我感谢天,今儿个有缘相见!"一面说,一面上前来把我紧紧抱在怀里;又说道:"我多快活呀!能在这里见到吉尔·布拉斯·德·山悌良那先生!我们表妹——那位侯爵夫人不必嘱托我们款待你;她只要让我们知道你一定路过瓦拉多利,那就够了。我们最疼这个表妹,你对她有莫大之恩,我姊姊加米尔和我知道该怎样招待这位恩人的。"我极力应酬了一番,他们又说了许多这一类的话,几次三番地拥抱我。他们发现我还没脱掉皮靴,叫用人替我脱下。

于是我们到另一间房里,那边已经摆好桌子。那位大爷、那位夫人和我一同坐下吃晚饭。席上他们还满口恭维。我只要一开口,他们就赞叹我的妙语。他们俩向我一道道敬菜,那种殷勤真是少见。堂拉斐尔不时地喝酒祝堂娜曼茜亚健康，我也学他榜样。我觉得加米尔和我们碰杯的时候几次对我眉挑目语。而且我留心她仿佛怕弟弟知觉，要得空才对我送秋波。我不用别的证据，知道这位太太爱上我了。我看明这点，虽然没预备在瓦拉多利多耽搁，也满想得些便宜。我存了这个痴心，听他们留我多住几天，就一口答应。他们又谢我赏脸，加米尔快活非常，更见得我没猜错，她的确很中意我。

堂拉斐尔看我肯在他家耽搁几时，就请我到他们庄上去。他把那座庄子形容得富丽堂皇，还讲到了那里怎样消遣。他说："有时候，咱们可以打猎解闷；有时候可以钓鱼；要是喜欢散散步，那里有幽静的树林子和花园儿；咱们还有贵宾做伴，我想你不会无聊的。"我很赞成。当时大家议定明天动身到他们那座漂亮的庄上去。这个如心的计划商量停当，晚饭也吃完了。我觉得堂拉斐尔喜不自胜。他拥抱着我道："吉尔·布拉斯先生，让我姊姊陪你一会儿，我有几桩要事得去吩咐，还得派人请明天的客人。"他说完就撇下我们俩走了。我和那女人依然说着闲话，她讲的话恰好衬托她那含情的眼风。她握了我的手，看看我的戒指，说道："你这颗钻不错，可惜太小了。你能鉴别宝石么？"我说不识货。她道："多可惜！不然可以替我估估我这块宝石值多少。"说着翘起指头，给我看戴的一块大红宝石。我看着她那宝石，听她说道："我有个叔叔是菲律宾群岛西班牙领地的总督，这块大红宝石是他给的。瓦拉多利的珠宝商人估过价，说值三百比斯多。"我说："一定很值，我觉得这块宝石美极了。"她道："既然你喜欢，我愿意跟你交换。"她立刻脱下我的戒指，把自己的戒指套在我小指头上。我觉得这种交换东西就等于调情求爱的送礼。加米尔又握住我的手，脉脉含情地看着我；忽然仿佛自惭衷心太露，便打断了话，说声晚安，羞答答跑开了。

我虽然初入情场，见她突然走开，也完全理会得这里面的甜头，料想到了乡间，一定过得快乐。我吩咐亲随明天清早叫醒我，就到我卧房里，关上门，一心想着这件快事和眼前富裕的光景。我并不想睡觉。桌上的皮包和我那块大红宝石拨动了我的如意算盘。我想："谢天，我从前倒霉，现在运气可好了。那一位送了我一千杜加，这一位又送我个值三百比斯多的戒指，我可以富裕好一阵子了。我现在知道马日罗并没哄我。我不费丝毫之力,就得了加米尔欢心;将来到马德里去,准有上千个女人看中我呢。"我想到这位慷慨的太太对我这一番情意,觉得动人寻思;又想到堂拉斐尔在庄上为我安排的消遣,先已津津有味。我想象着种种欢娱,渐渐瞌睡虫儿上身,自觉困倦,就上床睡觉。

早晨醒来,一看时候已经不早。我很诧异,昨晚吩咐过我那亲随,怎么不见他来。我想:"我那忠心的安布华斯又上教堂去了,要不然,就是今天很懒惰。"可是我立刻给了他一个更坏的考语,因为起床一看,不见桌上皮包,就疑心他夜里偷了。我要知道究竟,忙开了门,连声叫那假正经的家伙。一个老头儿听我叫唤,跑来问道:"先生,您要什么?您手下人今儿天不亮都离开我这所房子了。"我急道:"什么?你的房子啊?这儿不是堂拉斐尔家么?"他答道:"我不知道那位绅士是谁。您住的是公寓,我是房东。昨儿傍晚,您来的前一个钟头,那位跟您吃晚饭的太太跑来租了这一套房间,说是为一位微服漫游的大贵人租的。她先把房钱都付了。"

我恍然大悟,才明白加米尔和堂拉斐尔是何等人物,原来我亲随知道了我所有的事,把我卖给这伙骗子了。其实我咎由自取,要不是我粗心大意,无故向马日罗和盘托出,就不会招来这场没兴。可是我不怪自己,倒埋怨命运弄人,千百遍咒骂我的流年。我把这事告诉房东,他也许跟我一样深知个中底细,听了装得很同情。他深为惋惜,又说这出把戏在他房子里串出来,他非常懊恼。随他做出这种样子,我相信骗局里有他的份,布果斯的客店掌柜也有一手。我始终相信,这条妙计是那掌柜想出来的。

# 第十七章

公寓里出事以后,吉尔·布拉斯的行止。

我尽情怨了一回命,也没用处,我想还是不要一味懊恼,该挺起脊梁,不怕坏运。我就鼓起勇气,一面穿衣裳,一面自慰道:"还算大幸,那些坏蛋没把我的衣裳和衣袋里几个杜加一股脑儿拿走。"我多承他们这等体谅。而且他们还很大量,留下了我的皮靴;我就按原价三分之一卖给房东。感谢上帝,我跑出公寓,不用谁来扛我的行李了。我先跑到那客店里去瞧骡子在不在,料想安布华斯不会放过它们。我若一上来就看出他的为人,岂不好呢?店家说,安布华斯昨晚就把骡子牵走。我料定我的骡子跟那宝贝皮包都一去不返了。我在街上惘惘独行,想个计较。我很想回布果斯,再求堂娜曼茜亚帮忙,可是觉得不该诛求无厌,而且也不愿显得我是个糊涂虫,因此又死了这条心。我发誓从此要提防女人;那时就是对贞洁的苏珊娜①也不敢信任。我不时看看手上的戒指,想到这是加米尔的礼物,又伤心叹息。我想:"唉!我对红宝石全不识货,可是我认得贩卖宝石的人,我相信这次准做了傻瓜,不必去请教珠宝商人了。"

我还想知道那戒指究竟值多少,就去给一个宝石匠看,他说值三个杜加。我虽然料到那东西不会值钱,不禁把那菲律宾总督的侄女狠狠咒骂,其实我已咒骂得她够了。我从宝石匠那里出来,一个年轻人打身边过,站住仔细看我。我觉得他很面熟,只是一时记不起是谁。那人道:"怎么的,吉尔·布拉斯,你假装不认识我么?两年不见,尼聂斯理发师的儿子竟变得认不得了么?你还记得你同乡同学法布利斯么?咱们俩在郭狄内斯博士家里,把共相和物性层次②等等问题辩论过多少多少回啊!"

我不等他说完就记起来了。我们俩亲热拥抱一番。他说:"哎,朋友,我碰到了你真是快活!说不出心上多乐!"又诧异道:"你多神气啊!老天爷!你打扮得像一个王爷!好一把宝剑!丝袜子!丝绒的袄

---

① 《旧约全书》所载贞节女人。两个法官诱奸她不遂,冤枉她不贞节,判处死刑,她祈求上帝,得获昭雪。
② "共相"原文是 Universaux,有译作"普遍概念"的。"物性层次"原文是 Degrés métaphysiques,中世纪经院哲学把事物性质分成层次(Gradation)由公有的共同性质一层层升到独有的特殊性质。

儿和斗篷！上面还绣着银花儿①！嗳呀呀！一望而知你有了什么艳遇了！我可以打赌，准有个花钱不心疼的老太太在倒贴你。"我道："没那事儿。你想我那么阔气，其实并不然。"他道："去你的吧！去你的吧！你装正经呢！请问你，吉尔·布拉斯先生，你手上戴的大红宝石哪儿来的呀？"我答道："那是个地道的女拆白给我的。法布利斯，亲爱的法布利斯啊，别以为我风魔了瓦拉多利的女人。我告诉你吧，朋友啊，我是受她们捉弄的冤桶！"

我说这话时形容沮丧，法布利斯一看就知道我做了瘟生了。他追问我为什么对女人如此怨恨。我很愿意告诉他听，只是说来话长，我们也舍不得马上分手，就上一家酒店，讲话方便些。我一面吃早点，一面把我离开奥维多以来的事一一讲给他听。他觉得我的遭遇很离奇，又十分关切我目前的窘况，说道："朋友，碰到人生一切不如意的事，应该自己会譬解，品性坚强的人跟懦夫就是这点不同。聪明人落了难，就捺下心等时来运转。西塞罗说得好：千万别丧气，忘掉自己是一个人②。我就是那种性格，尽管失意，绝不颓丧，永远不给坏运气压倒。譬如说吧，我爱上奥维多一个大家闺秀，她也爱我，我去向她爸爸求婚，碰了个钉子。换了别人就气坏了，可是我啊，你该佩服我的气魄，我拐了那小娘儿跑了！她那人热辣辣的，又没脑子，又风骚，只要可以寻欢作乐，就把本分事儿撇在脑后。我带她在加利西亚各处闲逛了六个月，她尝到了游历的滋味，想到葡萄牙去，不过她这回找到了别人做她的旅伴儿了。这又可以叫我垂头丧气。但是我吃了这个新的亏，并不认输。我比墨涅拉俄斯乖得多，帕里斯拐掉了我那海伦，我非但不向他宣战，反而感激他替我顶了缸。此后我怕吃官司，不愿意回阿斯杜利亚，就到雷翁去。当初我带那公主娘娘离开奥维多的时候，两人各卷了一大笔钱，行头也都不坏，所以我身边还有余钱，一路使用；可是一会儿就花光了。

---

① 本卷第十五章里原说绣的是金花。
② 西塞罗（Cicéron, 公元前 106—前 43），古罗马政治家、散文家。此句出《与友人书函集》第五卷第十七函（"勒勃古典丛书"本第 398—399 页），是写给西提厄斯（P. Sittius）的。勒萨日只引了个大意，原句说："我劝你要记住，你虽然不过是个人（hominem），究竟还是个大丈夫（Virum）。"

我到巴伦西亚,身上只有一个杜加,还得买一双鞋,剩下的钱更难维持我多少时候。我光景很窘,已经得收紧腰带,不得不赶快想办法。我决计去当用人。我先帮一家,主人是个卖呢绒的胖子,有个儿子很荒唐。我在他家不愁挨饿,却有一件事为难。老子吩咐我去监视儿子,儿子又请求我帮他欺哄老子,我没法两面兼顾。我是吃人家软求不爱听人家命令的,因此把个饭碗砸了。接着我帮了一个老画家,承他好意,情愿教我画画。可是他只教我画,随我去饿死也不管。我因此讨厌绘画,也厌恶巴伦西亚那地方。我就到瓦拉多利,恰是天大的运气,在慈惠院院长家里找得个事。我现在还在他家,很喜欢这只饭碗儿。我主人马尼艾尔·奥东内斯先生走路时眼睛老看着地下,手里拿一大串念珠,可见他非常虔事上帝,很有道德。据说他自从少年时候,张开眼只看见穷人的福利,所以专为穷人造福,孜孜不倦。他得了好报,事事顺利。老天爷多么保佑他啊,他替穷人效劳,自己变成富翁了。"

法布利斯讲完,我就说道:"你对处境满意,我也很高兴。不过咱们私下说说,你还可以做个比用人有体面的事,像你这样人才,可以再向高枝儿上飞呢。"他答道:"你是说着玩儿吧,吉尔·布拉斯?我告诉你,像我的脾气,做这事再合适没有。当然,傻瓜做用人是很辛苦的;不过伶俐小伙子当用人就其乐无穷。高才上智当了用人,不像下愚那样死心眼儿做事。他上人家不是去伺候,倒是去指挥的。他第一先揣摩主人性格,顺着他的短处,哄得主人信任,以后主人就由他牵着鼻子走了。我在慈惠院院长家就是这个做法。我一上来就看透了那家伙,看出他要冒充圣贤人的;我只装给他蒙过了,这又不费什么事。不但如此,我还学他的样,他怎么装腔哄人,我就照样装腔哄他。这骗子受了我的骗,渐渐无论什么事都交给我了。我指望靠他提拔,有一天也能够办慈善事业。我觉得我跟他一样地爱为穷人造福,说不定我也会发财呢。"

我说道:"亲爱的法布利斯,你大有前途,恭喜恭喜。我呢,还想照我原先的计划办。我把这套绣花衣服换件道袍,到萨拉曼卡,借个大学的招牌去谋个教师的馆地。"法布利斯嚷道:"好计划!好打算!你真是个傻瓜!这点点年纪就去做教书匠!可怜东西,你打这个主意,可知道前途是什么光景？你一谋到馆地，那家的人就个个都来监视你，仔仔细细审查你一举一动。你对自己要刻刻严加约束，装出岸然道貌，仿佛是众德兼备的样子。你简直没时候寻快乐。你老得监督着你的学生，成天教他拉丁文，纠正他的胡说乱为，这就够你忙的了。费了这些心力，受了这般拘束，有什么收成呢？那位小爷要是个不成材的东西，人家怪你管教不好，东家不送谢仪，就请你滚蛋，说不定连束脩都会赖掉。所以你别跟我提教师的馆地，吃那一份薪俸，得掌管人家的灵魂。咱们还是谈谈做用人这门行业吧，这才是只领干薪、不担责任的。主人有什么短处，聪明用人就依顺着他，往往还可以从中取利。一个用人在有钱人家过的是无忧无虑的日子。他酒醉饭饱，就放倒头安心睡觉，跟阔人家公子哥儿一模一样，不用操心肉铺子面包店的账。"

他接着道："朋友，我要是把当用人的好处——说来，就一辈子也说不完。听我的话，吉尔·布拉斯，从此放下了做教师的心，还是学我的样。"我答道："好是好，法布利斯，不过像慈惠院院长那类的东家不是随时找得到的；我要是决计做用人，至少得找个好饭碗儿。"他道："哎，你说得对。这事在我身上！不说别的，单为了把你这个漂亮人从大学里挖出来，我也得包你个好事情。"

我倒不是为法布利斯这番道理，我实在是快要穷极无路，又看他得意洋洋，就决计当用人了。我们出了酒店，我那同乡说："我立刻带你去见个人，找事情的用人多半找他；他手下有人替他刺探各家消息。这人知道谁家要用人，一部账上登载得详详细细，不但哪几家要人，连某家有什么好处坏处都写得分明。他从前在不知什么个修道院里做过修士。一句话，我现在的事就是他找的。"

我们一面谈着这个奇妙的问讯处，尼聂斯理发师的儿子带我进了一条死胡同。我们到一所小房子里，看见一个五十来岁的人，伏在桌上写字。我们向他招呼，而且礼貌，很恭敬，他却站都不站起来，只略微点了点头，不知是天生傲兀，还是平日只看见用人和车夫之类，大落落的惯了。可是他对我很注目。我知道他在诧异，怎么穿绣花丝绒衣服的人要来当用人，也许想是来托他找用人的。可是他立刻知道了我的来意，因为法布利斯劈头就说："阿利阿斯·德·隆东那先生，你许我介绍我的好朋友么?他是大家子弟,走了背运,没法儿只好出来当用人。劳驾你给找个好事情,他明儿一定重重谢你。"阿利阿斯冷冷地答道:"先生,你们这起人都是一个样子的:事情没到手,许的愿天花乱坠;得了好事情,说的话忘个一干二净。"法布利斯道:"怎么呀?你还嘀咕我么?我对你还不够大方么?"阿利阿斯道:"你还可以大方些儿呢!你那个事抵得过书记的职位;可是你给的报酬,好像我只介绍了你到文人家去帮佣。"我就自己出场,对阿利阿斯先生说,我愿意先给报酬,好叫他知道我不是个没良心的。我一面说,就掏出两个杜加给他,又答应他如果有好饭碗,还要多多酬谢。

我这种举动仿佛很合他意。他说:"我喜欢人家这样待我。"又道:"有许多很好的位置还空着呢,我一一念给你听,随你挑好了。"他就戴上眼镜儿,打开桌上的登记簿,翻过几页,念道:"多贝利诺大尉要一个跟班。大尉性情急躁暴戾,而且古怪;把用人责备不休,还要打骂,往往打成残废。"我一听他的描写,嚷道:"念下去吧,这个大尉不合我的脾胃。"我这股子劲儿惹得阿利阿斯笑了,他往下念道:"堂娜马尼艾拉·德·桑都华尔现在缺一个跟班。她是个老寡妇,又啰嗦,又怪僻;一向只用一个人,从来用不满一整天的。她家里十年来只有一套号衣,不论身材肥瘦高矮都穿这一套。其实用人不过去试试装,那套号衣虽然有两千人上过身,还是簇新的。阿尔华·法内斯博士要一名亲随。他是医生兼配药的,他家用人吃得好,管待得不错,工钱也高,只是他制了药要在用人身上试验。他家老在找用人。"

法布利斯笑着插嘴道:"唷!那是当然的!天晓得,你尽介绍我们这些好主顾!"阿利阿斯·德·隆东那道:"别急呀,咱们还没念到底呢,自有称你们心的事。"他又往下念道:"堂娜阿尔方萨·德·索利斯已经三个星期没有跟班了。她是个老信女,每天大半在教堂里过,要个跟班时时刻刻在身边伺候。赛狄罗学士,本城神职班里一位年老的大司铎,昨晚把他的亲随撵走了……"法布利斯嚷道:"甭念了,阿利阿斯·德·隆东那先生,这个事我们要了。赛狄罗学士是我主人的朋友,他的情形我都熟悉。我知道他的女管家叫侠生德大娘,是位虔诚的老婆婆,家里事全归她做主。这是瓦拉多利数一数二的好东家,在他家里过得舒服,吃得非常好。再加那大司铎已经老态龙钟,又害痛风症,不久就得立遗嘱,还可以图他一份遗物呢。当亲随的有这指望多美呀!"他转向我道:"吉尔·布拉斯,别耽搁了,朋友,咱们立刻到学士家去吧。我想亲自介绍你去,做你的保人。"我们生怕错失这个好机会,匆匆向阿利阿斯告辞。他得了我的钱,对我担保说,如果这事不成,一定还替我找个一样好的事情。

第 二 卷

## 第 一 章

法布利斯带吉尔·布拉斯到赛狄罗学士家参见主人。这位大司铎的境况。管家婆的一幅肖像。

我们怕去迟了,所以一口气跑出死胡同,赶到老学士家里。只见大门紧闭,就上去打门。一个十岁的女孩子来开门。外面对这女孩子的出身很有闲话,可是那管家婆满不理会,只说是她侄女儿。我们正问她能不能见见大司铎,侠生德大娘也出来了。这女人已经是不惑之年,还很漂亮;她脸色娇艳,尤使我惊佩不置。她穿一件很朴素的长呢袍儿,腰里束条阔皮带,一边挂串钥匙,一边是一串大颗的念珠。我们一见她就恭恭敬敬行个礼;她回礼也很客气,不过态度拘谨,眼皮儿也不抬。

我的伙伴儿说道:"听说赛狄罗学士要找个靠得住的用人,我带了一个来,但愿他会中意。"那管家婆听了这话,抬眼把我仔细端详;觉得我身上的绣花衣服和法布利斯的话不大合拍,就问可是我找事情。尼聂斯理发师的儿子答道:"是啊,就是这小子。他尽管这样打扮,却是运气不好,没办法只得当用人了。"又低声下气道:"他虽然走背运,要是有造化在贵府上跟着大贤大德的侠生德,也就可以自慰了。像您这样贤德的人,有资格做美洲大主教的女管家呢!"那贤德老太婆一听,觉得这人说话彬彬有礼,就不看我了,转过眼去看他,一看很脸熟,说道:"我好像见过你,可是你究竟是谁,得请你提醒我了。"法布利斯答道:"贞静的侠生德,承您留意到我,荣幸得很。我主人就是慈惠院院长马尼艾尔·奥东内斯先生,我跟他到贵府来过两回。"管家婆答道:

"哎,对了,想起来了,我认得你。啊,你既然是奥东内斯先生的用人,一定是有道德有体面的。能够在他家当差就见得你这人不错。这小子有你作保,再好没有了。"接着道:"跟我来,我领你们去见赛狄罗大爷。我想他准要你荐的人。"

我们跟着侠生德大娘进去。大司铎住在底层,一套四间屋,都整整齐齐装着护壁板。她叫我们在进门第一间屋里等着,自己跑进里间去,学士就在那里。她先跟他密谈一会儿,把情形讲了,然后叫我们进去。只见这位有痛风病的老头儿嵌在一只安乐椅:头底下一个枕头,两胳膊靠两个垫子,一双腿搁在鼓鼓的鸭绒垫子上。我们近前去,连连的行礼,还是由法布利斯开口,把方才对管家婆的话重说了一遍,还夸赞我一通,尤其把我在郭狄内斯博士家里辩论哲学出的风头大讲特讲,仿佛我不是大哲学家就不配充大司铎的亲随。这几句赞扬不免炫惑了学士的观听,而且他看侠生德大娘并不讨厌我,就对那保人说道:"朋友,你荐的人我就留用了,他还中我的意,而且他既然是奥东内斯先生家用人荐的,品行想必不错。"

法布利斯一看我的事定了,就对大司铎深深行礼,对管家婆深而又深的行礼,又低声对我说,以后再见,只要好好待下去就行;然后他高高兴兴地走了。他走之后,学士问我叫什么名字,为什么离开家乡。他这样问,我只得把身世讲给他听,侠生德大娘也在旁听着。他们俩觉得有趣,尤其是我最近的那桩事情。加米尔和堂拉斐尔惹得他们好笑死了,差点儿没送掉了那痛风老头儿的性命;他狠命地笑,笑得一阵咳呛,我以为他一口气回不过来了。他还没立遗嘱,那管家婆当时的着急可想而知。我看她急得发抖,慌忙去救护这老头儿,好像他是个小孩子在咳嗽一般,揉揉他脑门子,拍拍他背心。亏得是一场虚惊,老头儿咳止,管家婆也停了拍弄。我还想把我的事讲完,可是侠生德大娘怕引起第二阵咳呛,不让我再讲。她索性领我出来,到藏衣室去,那里挂着好些衣裳,有一套是我前任穿的。她叫我换上,把身上穿的一套挂起来。我乐得把那套衣裳藏好,打算将来还要穿呢。然后我们一同去做晚饭。

我对烹调不算外行。我在雷欧娜德大娘手下实在学了点儿本事;她算得一个好厨娘,只是比了侠生德大娘还差远着呢。只怕托雷都大主教的厨子都赛不过这一位的手段。她做什么菜都高人一等:她做虾羹，知道选什么肉汁，怎么配合，做出来鲜极了；做的肉饼子，味道调得也很可口。我们做得了饭，同到大司铎房里。我在安乐椅旁放张小几，摆上刀叉；她拿一方餐巾衬在老头儿下巴底下，两角别在他肩膀上。过一会儿我端上一碗汤和两只冷盘子；那汤可以宴请马德里最有名的大神父；那两个冷盘里，侠生德大娘没敢多加香料，怕对学士的痛风病不好，不然的话，那味道真可以引出总督大人的馋劲儿来。我以为老主人已经四肢瘫痪，谁知他一见好菜，居然还能运用两条胳膊。他推开了枕头靠垫，欣欣喜喜吃起来。他的手抖抖索索，却还管事，能够伸缩如意，不过只有一半儿送到嘴，还有一半儿全狼藉在桌布和餐巾上面。我等他喝完汤，撤下去又送上一盘，中间一只野鸡，两旁两只烤鹌鹑。侠生德大娘替他一片片切碎。她又留心时时给他大口的喝酒，酒里稍为兑上些水，盛在一只又大又深的银杯子里，仿佛是喂一个十五个月的娃娃。他不放过那冷盘子，把些烧烤的鸟儿也吃个尽兴。他吃得撑肠挂肚，那位虔诚的老婆子替他解下餐巾，重新放好枕头靠垫，让他舒舒服服地在安乐椅里睡他照例的午觉。我们撤下家伙也去吃饭。

我们这位大司铎大概是神职班里最能吃的人，他每天这样用饭。不过他晚饭没这样丰盛，只吃一只鸡，或者一只兔子，还吃些蜜饯。我在他家吃得好，过得很舒服；只有一件苦处，我得熬夜，像个病房看护，通宵守着我主人。他有小便失禁的毛病，一个钟头十来次地要我给他递尿壶；又有出虚汗的毛病，每出一身大汗，就得替他脱换衬衣。他在第二天晚上对我说道："吉尔·布拉斯，你很能干，也很勤谨，我预料你一定能伺候得我满意。我只有一句叮嘱，你得听侠生德大娘的话，她有什么吩咐，就是我吩咐下来的一样，你得依头顺脑。这女人服侍了我十五年，忠心得少有；她在我身上那么周到，我不知如何补报。我老实告诉你，我看得她比家里人都亲。我为了爱护她，把亲姊姊生的亲外甥都赶走了，这事我没做错。他不把这可怜的女人放在眼睛里。现在这起年轻人以为道德就是诈伪，人家对我赤胆忠心，那狂妄的家伙不给她个公道，只说是假惺惺。谢天，我把那混蛋撵了。人家待我的情分，我看得比骨肉伦常还重，只有待我好才赢得我的欢心。"我说："先生，您说得对，我们应该把恩义看得比天伦还重。"他答道："那还用说！将来看我的遗嘱,就知道我全不把亲属放在心上。我那遗嘱上,管家婆有个大份;你要是一直这样服侍我,也少不了你的。我昨天撵走的那用人自取其咎,平白丢了好好一份遗产。那混蛋的行为弄得我非辞退他不可,不然的话,他可以有好一笔到手呢!他傲慢无礼,对侠生德大娘全没些规矩,又是个怕辛苦的懒骨头。他满不愿意陪夜,晚上照顾我,嫌累得慌。"我这时仿佛给法布利斯的天才感化了,嚷道:"啊!那混蛋!他不配伺候您这样一位上等人!一个小子有造化做您的用人,应该孜孜不倦,把职务当做一件乐事,就是为您流血流汗也不嫌忙碌。"

我瞧出那学士听了这几句话很入耳。我又一口应承,凡事遵照侠生德大娘的意思,他听了也很满意。我立志做个不辞劳苦的用人,极尽殷勤。我整夜脚不离地,也毫不抱怨。不过我觉得这是桩苦事,要不是贪图那份遗产,早厌恶我那差使,不肯忍受了。其实我白天可以歇几个钟头。说平心话,管家婆很照应我,这也因为我要博她欢心、凑趣恭敬的缘故。我跟她和她侄女伊内西尔一同吃饭的时候,替她们换盘子、斟酒,伺候得分外殷勤。她们渐渐地跟我很要好。一天侠生德大娘出门采办伙食,只剩我跟伊内西尔在一起,我就跟她谈起来。我问她还有爹妈没有。她答道:"唉!没有了,他们死了好久好久了。我的好姑姑对我这么说,我可从来没见过他们的面。"小姑娘这句话讲得很含糊,可是我志志诚诚信以为真。她给我引动了头,把我没想知道的事都讲出来了。她告诉我——其实是我从孩子家没心眼儿的话里悟出来,那位好姑姑有个亲热的男朋友,也服侍一个年老的大司铎,替他经手一切世俗的事;这一对好福气的用人准备把双方主人家刮来的财产并在一家;现在虽然还没结婚,早已在品尝夫妻的甜头。我曾经说过侠生德大娘年纪虽老,容颜娇嫩。她真的是费尽心思要常葆美丽,每天早晨灌肠一次,白天和临睡还要吃两回滋补的肉膏。而且每晚上我熬夜陪主人,她却安安稳稳地睡觉。伊内西尔告诉我,她每条腿上有个口子①,大概这尤其是驻颜妙法。

---

① 西洋古代医学认为女人腿上划开个口子(source, fontaine),让身体里的恶血秽液排泄出去,就可常葆青春。塞万提斯《堂吉诃德》里的公爵夫人美貌动人,就因为腿上有这种口子。见《堂吉诃德》第二部第四十八章。

## 第 二 章

大司铎得病,延医服药;他的下场,
以及传给吉尔·布拉斯的东西。

我伺候赛狄罗学士三个月,为了他晚上不得好睡也不抱怨。三个月以后,他生起病来。先是发烧,一发烧,那痛风毛病也厉害起来。他活了这么多年,现在是头一次要请教大夫。他请了桑格拉都①大夫,瓦拉多利人当作希波克拉底②再世的。侠生德大娘希望大司铎先写遗嘱,甚至于向他提过这话;可是大司铎有他固执之处,而且自以为还不会死呢。我就去请桑格拉都大夫,领他上家里来。他是个干瘦苍白的高个子,替司命之神至少当了四十年的催命使。这位博学的名医道貌岸然,说起话来句斟字酌,用的词儿高雅得很。他讲的理论有根有据,抱的见解又偏又僻。

他瞧了我主人的病,摆出一副医生架子,说道:"这是滞积症,应当清导一下。换了别人呢,一定用泻盐、利尿剂、发汗药,都大半含硫磺和水银;可是清泻和发汗的药有伤身体,全是庸医捣鬼哄人的,化学方法配合的药都有弊无利。我用的方法又轻简又灵验。"接着问道:"你平时吃些什么东西?"大司铎答道:"我常吃虾羹和嫩肉。"医生大惊小怪地说道:"虾羹和嫩肉!啊,原来如此,难怪你生病呢!可口的东西美中有毒,那是口腹之欲安排的圈套,可以稳稳地害人。你此后该戒绝一切鲜肥的东西;越是淡而无味,越对身体有益。身体里血液就没味道,补血也该用没味道的食料。"又问道:"你喝酒么?"学士道:"喝,喝些兑

---

① 西班牙文 Sangrador,意思是"抽血者"。抽血是法国十七、十八世纪极流行的治疗法。
② 希腊名医,公元前 460 年生,是西洋医学的开山祖师。

了水的酒。"医生道："啊,随你兑上多少水也没用,你太没有节制了。这样的饮食真骇人听闻!早就该送命了!你今年几岁?"大司铎道："六十九岁了。"医生道："一点儿不错,贪吃贪喝就要未老先衰。你要是一辈子只喝白水,吃点素淡的东西,像煮苹果以及豌豆、绿豆之类,你不至于害痛风病,还手轻脚健呢。不过我并没绝望,只要你完全照我开的方子,我还治得好你。"学士虽然贪嘴,答应一切遵命。

于是桑格拉都说了个外科医生的名字,叫我去请来,把我主人的血抽掉满满六瓶子,算是导淤通塞的。他对那外科医生道:"马丁·奥内斯先生,你过三个钟头再来照样抽一次,明天还要抽。别以为生命要血来维持,这是种谬论,病人抽血越多越好。他不必运动,只要留着性命不死,跟一个人睡着了一样,不用多少血就可以活;病人和睡着的人全靠脉搏和呼吸活命。"大司铎这个好人以为这么大名医的道理绝不会错,服服帖帖的尽人抽血。医生一面吩咐:血要抽得多,抽得勤;一面又说:应当时时刻刻给大司铎喝热水,医治百病的良方就是多多喝水,决没有错儿。他临走好像很有把握地对侠生德大娘和我说:只要照他的法子治疗,病人保管会好。女管家心里也许别有见解,满口答应一定完全遵命办事。我们真的立刻烧起水来,医生既然千叮万嘱喝水愈多愈妙,我们先大口灌主人喝了两三品脱①的热水,过一个钟头,又来一次;这样连连地灌,灌得我主人肚里翻江倒海。一壁厢还有外科医生帮着办事,抽了他好多血。不到两天,我们把个大司铎老头儿弄得奄奄待毙。

这可怜的教士看见我又拿了大杯能除百病的良药要灌他喝,实在受不住了,有声无气地说道:"罢了,吉尔·布拉斯啊,别再叫我喝了,我的朋友。白水尽管灵验,我知道自己是要死的人了;我身体里滴血不剩,可是并无起色。可是死期一到,天下最高明的医生也拖延不了时日。我得动身到另一个世界去,你找个公证人来,我要立遗嘱。"他末了几句话我很听得进,急急要去遵命办事,可是承继财产的人到这时节都不免做张做致,我也捺住心,装得十分悲戚,说道:"可是先生,您的病没这么厉害,天保佑您还会好呢。"他道:"不成了,孩

---

① 一品脱约合一升。

子,我完了;我觉得已经病入膏肓,死期越逼越近了。你赶快照我吩咐的去办。"我看他果然神色大变,觉得事不宜迟,连忙遵命,让侠生德守着病人。她比我还要着急,只怕病人来不及立遗嘱就断了气。我请人指引,撞到个公证人家里,他正在家。我说:"先生,我主人赛狄罗学士快没气了,他要立遗嘱,请您赶快就去。"这公证人是个小老头儿,很有兴致,爱说笑话,他问我替大司铎瞧病的是哪位大夫。我说是桑格拉都大夫。他一听这名字,急急披袍戴帽,嚷道:"天哪!咱们赶快走吧!这位大夫手段爽利,病人请个公证人都来不及。这家伙夺掉我好多份遗嘱了。"

他说着匆匆忙忙和我一同出来,两人大踏步往回里赶,生怕病人先咽了气。我一面对他说道:"先生,您知道一个人临死立遗嘱,记性往往差了。要是我主人没想起我来,劳驾您把我对他的忠心提醒他一声。"公证人答道:"孩子,你放心,我一定帮忙。一个用人好好服侍了主人一场,理该酬奖。只要他对你稍有酬谢之心,我一定撺掇他给你些值钱的东西。"我们赶到学士屋里,他神志还清楚。侠生德大娘在他旁边,逼出一副急泪,满面啼痕。她才演完一出戏,要哄那老头儿把许多财产都传给她。我和她退到外间,单让公证人跟我们主人在一起。外科医生又来了,奉医生之命,末次来抽血。我们挡住他,管家婆说:"马丁先生,你等一等吧,现在进去不得,赛狄罗大爷正叫公证人写遗嘱呢。等立好遗嘱,你爱抽多少血随你抽去。"

我和这位贤德老太婆都提心吊胆,只怕学士没写完遗嘱就死。侥天之幸,我们着急的那件事居然办妥。公证人从屋里出来,见我站在当道,拍拍我肩膀,笑嘻嘻地说:"他并没有忘掉吉尔·布拉斯。"我听了心花怒放,满腔感激我主人心上有我,发愿他死后一定为他好好祷告。他一会儿就去世,外科医生正替他抽血,这可怜的老头儿已经太虚弱,当场咽了气。他末一口气游丝未断,医生来了,虽然他替病人送终早已积久成习,却也不好意思。可是他满不承认大司铎的命送在抽血和喝水上面,他一面出去,一面仿佛没事人儿,说还是血抽得不多,热水喝得不够。那位高等医学的刽子手,我指外科医生,看见现在没他的事了,就跟着桑格拉都大夫同走,异口同声,说打头一天起就断定学士的病不会好。他们这种诊断的确从来不错。

我们看见主人没气儿了,侠生德大娘、伊内西尔和我齐声举起哀来,声闻四邻。那贤德婆娘称心已极,尤其哭得悲切,仿佛是天下第一伤心人。屋子里立刻挤满了人,都是出于好奇,并非跑来吊唁的。死者的亲族听见消息,一窝蜂地赶来,一处处上了封条。他们看见管家婆那么伤心,先还以为大司铎没立遗嘱;可是马上知道有一张遗嘱,手续完全合法,大为懊丧。遗嘱开读之后,他们听说主要承继人是侠生德和她的小姑娘,他们对死者的哀词就大不客气。他们把那贤德老太婆连带上我都骂了一顿。我承认我该挨骂,学士(愿他的灵魂得见上帝!)要我终身记念,遗嘱上立了关乎我的一款——"一、吉尔·布拉斯此子颇有文学修养,故余所藏图书,举凡书籍手稿,巨细无遗,悉数传予,俾得增长学问。"

我不知道所谓图书究竟在什么地方,从来就没看见他家有什么图书。我只知道我主人书房里小小两层杉木板上有一堆字纸和五六本书,这就是我得的一份遗产。而且这些书我没什么用处:一本是《烹调大全》,一本是《胃病医疗法》,此外是一部四本日课经,给虫蛀了一半。至于手稿呢,最珍贵的是大司铎从前争薪俸的全套诉讼书。这些东西不值一顾,不过我还是检点了一遍,然后扔下,留给死者的亲属,他们正眼红呢。我把身上衣服也还给他们,重新换上自己那一套;辛苦一场,只领了几个工钱。我又得去另找人家了。至于侠生德大娘,不但得了遗嘱上的一笔钱,还乘学士害病的时候,串通她情人偷了些很好的衣服。

# 第 三 章

吉尔·布拉斯做桑格拉都大夫的用人,成了名医。

我决计再去找阿利阿斯·德·隆东那先生,从他那登记簿上再挑个事情。可是我刚走进他住的死胡同,桑格拉都大夫迎面而来,我从主人死后,还没见过他。我行了个礼。我已经改了装,他却一眼就认得,颇为高兴,说道:"啊,孩子,原来是你!我正在想你呢。我要找个好用人,想起了你来。我见你像个好孩子,你要是会看书写字,就合适了。"我道:"照您这条件,我正合适,我看书写字都来得。"他道:"既然如此,你正是我要的人。跟我家去吧,你去了没有不称心的事,我另眼看待你呢。我不给工钱,可是什么都不短你。我好好照管你,还要把医治百病的妙法都传授给你。总而言之,你不是去当我的用人,却是做我的学生。"

我应了医生的请,指望跟着这么一位博学的主人能够做个名医。他马上带我回去,派定职务:他不在家的时候,我得把请他的病家姓名住址记下来。他有一本病人挂号的簿子;他家里只用一个老婆子,当初就叫她登记,可是她不懂拼法,字又写得恶劣不堪,往往写了认不出来。医生这回把挂号簿交我掌管。这簿子应该叫做"鬼录",因为经我记下姓名的人差不多个个都活不了。驿站马车行里有职员替车上定座的旅客登记,我算得专替阴间去的旅客登记。我老是忙得笔不离手,因为当时瓦拉多利的其他的医生,名望都不如桑格拉都大夫。他会搬弄一套专门学名,加上岸然道貌,又碰运气医好过个把人,就算是他的功劳,因此就声名大起。

他病人不少,收入很可观。可是他家饭食并不讲究,吃得非常刻苦。我们日常只吃些豌豆、绿豆、煮苹果和奶饼。他说这种食品对脾胃最宜,因为最易"齿决"①,就是最容易嚼烂的意思。他虽然说这些东西容易消化,却不让我们吃个饱;他当然很有道理。他不许我和那女用人多吃东西,许我们尽量喝水,非但不限制,有时候还说:"喝水呀,朋友!身体健康全靠各部分柔润。你们要多多喝水,水能够溶解一切东西,化掉一切盐质。血流得慢,水能激得它快;血流得急,水能挡得它慢。"我们这位医生很相信这个道理,尽管上了年纪,还只喝白水。他下了个界说道:"衰老就是使人干枯消损的天然痨病。"因此慨叹有种人愚昧无知,会把酒当做老年人的牛奶。他认为酒对老年人耗损得厉害,竟会把命都断送;又滔滔一篇大道理,说这害人的饮料对老人、对一切人都仿

---

① 吉尔·布拉斯学了医生口气,用个古奥的字 Trituration。

佛是一个负心的朋友,一种骗人的乐趣。

他这套议论尽管高深,我却在他家待了八天就闹肚子;我胃里痛得很,竟大胆以为都是那溶解一切的白水和营养不足的饭食作祟。我向主人诉苦,想他也许会放松点儿,吃饭时给些酒喝。可是他跟酒是死冤家,不许我喝,说道:"你养成了喝水的习惯,就会知道水的妙处。你要是不爱喝白水,还有个好办法,免得喝淡水倒了胃口。你可以泡些藿香、苦荬,味道就好了;还嫌不够味道的话,只要再加些瞿麦花、迷迭香或是罂粟花。"

随他称赞水的妙处,又传授配合各种美味汤头的秘诀,我还是喝得很少,所以给他看破了,就对我说:"哎,吉尔·布拉斯,原来是这个道理!怪不得你身体不好,朋友,你喝水不够多呀。水喝得少只会叫胆汁更旺,越发蠢动,得多多喝水,把胆汁冲干净才行。好孩子,别怕多喝了水会胃弱胃寒,也许你不敢常喝水就是怕这点。你怕得无谓,快放了心,我保管喝不坏人的。你要是不相信我,赛尔斯①本人可以担保。这位罗马大哲人写过一篇颂赞水的好文章,他讲得明明白白,说有人借口胃弱,要想喝酒,显然不惜冤枉了脾胃,遮饰自己馋嘴。"

我刚学医,不好意思不遵教诲,就装得给他说动了,我也竟真心相信了。有赛尔斯担保,我就仍旧喝水,其实是开始多多喝水,好把胆汁冲个干净。我一天天越觉得不舒服,可是成见牢不可破,切身痛苦也不管。这就见得我是天造地设当医生的材料。然而肚子疼不能一辈子熬下去,我疼得厉害,吃不消了,打定主意要跟桑格拉都大夫分手。偏偏他给我一桩新差使,我又收起了这条心。一天他对我说:

---

① 古罗马大医学家,公元前一世纪人。桑格拉都的话是凭空捏造的。赛尔斯(Celse)的《医药论》(*De Medicina*)里虽然说消化不良等症应当喝水(第一卷第三节,"勒勃古典丛书"本第一册第74—77页),可是他并没有说水是万应良药;他不但没有说酒喝不得,而且认为酒是营养品(alimenta)之一(第二卷第十八节又附录,"勒勃古典丛书"本第一册第198—199页,又第497—498页)。同时,他倒跟桑格拉都一样,颇主张放血,甚至认为要治吐血症最好还是放血(第四卷第十一节,"勒勃古典丛书"本第一册第394—395页);而桑格拉都偏偏在这一点却没引他作为权威。

"你听着,我不是那种严厉没良心的主人,把用人使唤到老也不想给他们些酬报。我对你很满意,也喜欢你,不必你再伺候得长,从今天起就要叫你发财。我现在把多年来济世救人的无上妙法指示给你。别的医生以为要精通医道,非研究千百门烦难的学问不可。我呢,可以给你一条捷径,免得你辛辛苦苦学什么物理学呀、药物学呀、植物学呀、解剖学呀等等,朋友,你只要知道,医道只是抽血和灌热水,这就是医治百病的秘方。哎,自然界的奥妙,我的同行都看不明白,可是逃不过我的眼睛;那不外乎抽血、常喝水两件事,就是我传授的简易秘诀。我没有别的可教你了,你已经把医学懂得透彻,只要再参照我多年临诊经验,就马上和我一样高明了。"他接着道:"你目下就可以为我分劳。你上午挂号,下午出去替我看一部分病人。贵族和教士归我,你替我到平民百姓家去看病。你工作了些时候,我再介绍你进我们的医生公会。吉尔·布拉斯,你现在虽然不是医生,已经是个医学家了,不像那些人做了多年医生——大半做了一辈子医生,还算不得医学家。"

我谢谢那位医生教导我马上能充他替身。我感他的恩,一口担承说,即使他的说法跟希波克拉底的说法不合,我也终身信奉。可是我这句话并不完全老实。我不赞成他对水的见解,准备以后每天出诊的时候弄些酒喝。我又第二次把我的绣花衣服挂起来,换上一套主人的衣裳,以便装得像个医生。从此由我瞧病的人活该倒霉,我准备去行医了。第一个病人是个害肋膜炎的公差,我吩咐病家硬着心肠替他抽血,还尽命给他喝水。我又去瞧一个糕饼师,他害痛风病,痛得直叫号。我也像对付那公差一样,没爱惜他的血;又吩咐时时刻刻叫他喝水。两家诊金共有十二个瑞阿尔,因此我尝到了这门行业的滋味,惟恐人家无病无痛。我从糕饼师家里出来,碰到法布利斯,这还是我主人死后第一次相见。他大为诧异,把我端详了好一会儿,于是两手捧着肚子,笑得喘不过气来。我确是可笑,披了件拖地的斗篷,袄儿和裤子又长又大,比我的身量大了四倍。我那模样可算得古怪离奇。我让他尽情笑个畅,自己都撑不住要笑;可是我绷着脸儿,因为在街上不可以失体统,而且医生不是个能笑的动物①,我做一行该像一行。我那模样滑稽,已经惹法布利斯好笑,我神色正经,越发招他笑个不了。他笑够了,说道:"天啊,吉尔·布拉斯,你这般打扮怪有趣,谁把你装成这副模样的呀?"我答道:"客气着点儿,朋友,客气着点儿,你得尊敬这一位新的希波克拉底!可知道我是瓦拉多利头等名医桑格拉都大夫的替身!我在他家已经耽了三个星期。他把医学的包袱底儿都传授给我了,他一人伺候不过来那么多请他看病的人,就叫我分劳,阔人家归他看,小户人家归我。"法布利斯道:"好得很!换句话说,他把平民百姓的血让给你,自己单要阔人的血。我恭喜你分得了你那一份,百姓比阔人容易打发。祝乡下医生前途无量!他闯了祸没人注意,杀了人也不会闹出来。"又道:"好!孩子,我羡慕你的好运气,也要仿着亚历山大的口气说:'如果我不是法布利斯,我愿意做个吉尔·布拉斯。'"②

我要尼聂斯理发师的儿子知道我现在干的事确可称羡,就把公差和糕饼师两家出的瑞阿尔拿出来给他瞧瞧,于是两人同到一家酒店去喝掉它几个瑞阿尔。店家送上的酒还不错,我馋了好久,觉得味道分外的美。我大口喝酒;不是我得罪那位罗马大哲人,我只觉得喝下肚去,那肠胃越受冤枉越发感激。我和法布利斯两人在酒店里待了很久,各把主人说笑了好一顿,用人在一起照例如此。后来看看天色不早,我们分手回家,约定明天午后还在老地方会面。

---

① 自从古希腊哲学家亚里士多德(公元前384—前322)以后,欧洲流传着三个关于人的定义:"人是政治的动物","人是理性的动物","人是能笑的动物"。亚里士多德《动物器官论》(*De Partibus animalium*)("勒勃古典丛书"本第280—281页)谈到呵痒,就说"人是惟一会笑的动物";所以拉伯雷《巨人传》卷首致读者诗(Aux lecteurs)结句道:"因为笑是人类的特征。"(Le propre)

② 亚历山大(Alexal dre,公元前356—前323),古希腊武功最显赫的君王,据狄奥吉尼斯·雷厄提斯(Diogenes Laertius)《哲学家列传》第六卷第三十二节记亚历山大钦佩犬儒派哲学家狄奥吉尼斯(Diogènes),曾说:"假如我不是亚历山大,我愿意是狄奥吉尼斯。"("勒勃古典丛书"本第二册第34—35页)

## 第 四 章

吉尔·布拉斯还是行医,又有本领,
又成功。重获戒指的奇事。

我刚到寓所,桑格拉都大夫也回来了。我告诉他看了些什么病人,把十二个瑞阿尔诊金花剩的八个交出来。他数一数,说道:"出诊两处只有八个瑞阿尔,太少了;可是不论多少,都得收下。"所以他差不多照数全收。他拿去六个,给我两个,说道:"拿去吧,吉尔·布拉斯,让你攒起家当来。我跟你还要订个约,很便宜你:你赚来的钱,四分之一归你。朋友,你就要发财了,因为靠天照应,今年害病的人也许很多。"

把诊金这样分法我该称心,因为我蓄意先打四分之一的偏手,再加上余款四分之一,那么,除非算术这门学问靠不大住,我就几乎一半到手了。因此我对医学越发热心。第二天,我吃完饭就换上替身医生的行头,出去看病。我看了好几家由我挂号的病人,虽然病情不同,我一概用同样的方子。到此为止,还没有闹出什么乱子来。谢天照应,没人反对过我的方子。不过医生的手段尽管高明,总不免挨骂招忌。我到一个杂货店主家去看他儿子的水肿病,碰见一位同道,他是个黑不溜秋的矮个子,人家管他叫居希罗大夫。他由店主人的亲戚介绍来的。我对每个人都深深行礼,我知道这位医生是东家请来会诊的,对他尤其恭敬。他正经严肃,还了个礼,把我仔细端详一番,说道:"医士大爷,请别怪我好奇,我相信瓦拉多利行医的同行我都认识,可是没见过你的脸。你准是新搬来的。"我说我还是个后生新进,捐了桑格拉都大夫的牌子替人家看看病。他很客气道:"我恭喜你传了这位大人物的妙法。你看来很年轻,可是我相信你一定很有手段了。"他说来态度自然,我不知道他是认真还是打趣。我正在想怎么回答,杂货店主乘这个当儿说道:"两位先生,我相信两位医道都很高明,请你们瞧瞧我儿子,诊断一下他的病该怎么治法。"

那小矮子医生就去瞧病人,把病征一一指给我看,然后请教我该怎么医治。我道:"我以为应当天天抽血,多多喝热水。"小矮子医生听了微笑,笑意很不善,说道:"你以为这样就救得他命么?"我口气坚决,说道:"那还用说!你可以眼看病人有起色,这是必然之事,因为我这方法是医治百病的良方,不信你去问桑格拉都大夫。"他道:"如此说来,赛尔斯完全错了,他以为治水肿最简捷的办法是叫病人又饿又渴。"我道:"啊,我并不信奉赛尔斯,他跟旁人一样,也会有失着。我有时候直欣幸没听他的话,违背了他并不错。"居希罗道:"一听你的高论,就知道是桑格拉都大夫传授门徒的验方妙法。抽血和喝水是他的万应良方。怪不得那么许多好人在他手里送了命……"我疾言厉色打断他道:"别破口骂人啊!真是的,吃你们这行饭的人,好意思骂出这种话来么?罢了,罢了,医士先生,人家不抽病人的血,不叫他喝热水,送掉的性命多着呢!说不定你手里断送的就比人家还多。你跟桑格拉都先生有仇,不妨写文章攻击他,他可以反驳你;咱们看看到头来究竟谁闹笑话。"他也怒冲冲打断我道:"圣雅各在上!圣德尼在上!你还没认得我居希罗大夫呢!可知道我自有随身本领,不怕什么桑格拉都。他尽管自以为了不得,我看来不过是个怪物罢了。"他那副嘴脸惹起我的火来。我尖嘴薄舌回驳了两句,他也如法还敬,两人马上扭打起来。杂货店主和他亲戚忙上来劝开,我们俩已经彼此互挨了几拳,各拉掉一把头发。他们觉得我那敌手高明得多,就把他留下,付了我诊金打发我走。

一波乍平,差点儿一波又起。一个唱圣诗的胖子发烧,请我去看。他一听说要喝热水,就狠命拒绝这种灵药,竟破口咒骂。他把我臭骂一顿,还恫吓说,如果不快快滚蛋,就把我从窗子里扔出去。我不用他说第二遍,赶快逃走。这一天我没兴致再看病,就到约会法布利斯的酒店里去。他已经在那儿。两人当时都有酒兴,尽情大喝了一顿,各回主人家的时候都有点醺醺然,换句话说,都已经半醉了。桑格拉都大夫一点没看出我醉,我指手画脚讲我跟小矮子医生吵架的事,他只以为我打架之后,余怒未消,所以那么激愤。而且我讲的事,牵涉他自己。他对居希罗很生气，说道："吉尔·布拉斯，你替咱们的方法争光，跟那三寸丁医生挺一挺是不错的。他以为害了水肿病不该喝水么？真是个愚昧无知的小子！我呀，我说一定得给他水喝。"接着道："哎，这水啊，治得各种水肿，也治得骨节风痛以及脸色灰白，又是疟疾的对症良药；此外身体里津液太寒、太稀、太滞、痰太多，种种病症，都是喝水最灵。居希罗这种小伙子听了我的主张觉得希奇，其实这在医学上有根有据；要是这起人别一味跟我抬杠，能够按照论理学推理一番，准会对我这方法钦佩，心悦诚服的归依我。"

我要把他对矮子医生的火气扇得旺些，不免在报告他的那篇话里加油加酱；他怒极了，一点也没怀疑我喝酒。可是他虽然一心只想着那篇话，也看出我这晚上喝的水比往常多。

我喝了酒实在口渴得很。换了别人，看我那样渴，大口的直喝水，一定会起疑心。可是他认真以为我喝水喝出滋味来了，笑笑说道："吉尔·布拉斯，照我看来，你不像从前那样厌恶白水了。天啊，你喝来仿佛琼浆玉液似的。朋友，我并不奇怪，我很知道喝喝会惯。"我答道："先生，一切东西都有个当景的时候。我这会子宁可把一大桶酒换两杯白水来喝。"医生听了很高兴，不肯坐失良机，又把水的妙处赞扬一番。他这次换了个调儿，简直似疯似狂，不是平心静气的口吻了。他说："古时候的热水站，品又高，又没害处，比起现在的酒店来，好得千万倍呢！那时候大家上热水站去，一起喝热水消遣，不失体面，又没害处；并非灌了一肚子酒，费钱伤身，丧尽廉耻。古代执政的人真有先见之明，叫人钦佩不已。他们造了这种公共场所，谁都可以来喝水；酒只许药房里卖，不凭医生的药方就买不到。这办法多聪明呀！"又道："上古风气俭朴，不愧称为黄金时代。幸而余风犹在，所以还有你我这种人，只喝白水，相信喝了没煮开的热水能身健病除，因为我留心到开水性子太重，喝到胃里不大合适。"

他滔滔议论，我好几次险的要笑。可是我装出一脸正经，还随声附和。我说喝酒是个恶习，那些人不幸喝上了这种毒汁，真是可怜。我觉得酒渴还没解尽，又满满斟上一大杯白水，一口气灌下肚去。我对主人道："好哇，先生，咱们且喝这健身汤！您既然对古代的热水站这样思慕,就在您府上复兴起来吧!"他大为赞成,还花了整一个钟头劝我一辈子只喝白水。我要喝惯这种饮料,就答应他每天晚上一定大喝;我这句话说到要做到,所以临睡下个决心,以后要天天去光顾酒店。

我在杂货店主家碰到了那场麻烦若无其事,依然行我的医,第二天又照常处方,吩咐病人抽血喝热水。我刚瞧了一个神志昏迷的诗人出来,碰到个老太婆,问我是不是医生。我说是的。她道:"那么,医士大爷,恕我冒昧,奉请您到我家去,我侄女儿昨天病了,不知是什么征候。"我就跟她家去。她领我到一间精致的屋里,床上躺着个人。我近前去看,第一眼觉得脸熟,细细一认,分明就是扮演加米尔很出色的女骗子。她似乎不认得我,也许因为病里昏迷,也许因为我穿了医生服装,认不出来。我替她把脉,看见她手上正戴着我的戒指。我见了分内应得的东西,大为激动,恨不能一把抢到手;可是我提防这两个女人一叫喊,堂拉斐尔或其他替女人当保镖的听见了会赶来,就极力捺住性子。我想还是不露声色,先和法布利斯商量商量。我决计这么办。老太婆钉着问侄女儿害的什么病。我不是傻瓜,哪里肯说不知道,就假充内行,学着我主人的腔调,一本正经说:病人不出汗,这是病根,应当赶紧抽血,因为抽血替代出汗是自然之理;我又照规矩吩咐喝热水。

我赶紧瞧完病,跑去找尼聂斯理发师的儿子,正碰见他出门替主人办事。我讲了这件新闻,问他应该不应该报告警察,把加米尔抓起来。他说:"哎,不行!天爷爷,你千万别去报告,一报告,你的戒指就拿不回来了。那些人不喜欢物归原主。你该记得那阿斯托加的监狱,你的马、你的钱以及你的衣裳,可不是都落在他们手里么?咱们还是自己费点儿心把你那钻戒捞回来。这条计策归我来想。我现在奉主人的命要到慈惠院去吩咐采办粮食的人几句话,一路上就替你打起算盘来。你先到咱们那酒店去等着,别性急,我一会儿就来。"

我在约会的地方等了三个多钟头他才到。一上来我不认得他了。他换了衣裳,编扎起头发,还带上一部大胡子,遮掉半个脸。他带一把长剑,剑柄的护手,圆周至少有三尺。背后一队五人,都像他一样,雄赳赶的,一脸大胡子,带着长剑。他走来说道:"吉尔·布拉斯先生,我替你当差。我是个新牌公差,跟我的这几位壮士都是和我一个模子里出来的卫士。你只要带我们到骗你钻戒的女人家里去,我管保叫她还你。"我听了把法布利斯拥抱一番。他告诉我设了怎么个计策,我十分赞成。我又招呼了这队假卫士,里面三个是当用人的,两个是理发店的伙计,都是法布利斯请来帮忙的朋友。我请这队人喝酒,等到傍晚,就一起上加米尔家去。她家大门已经关了,我们就上去打门。那老太婆开门,吃一大惊,以为我带来的这伙人真是法院的警犬,上门必有缘故。法布利斯对她说道:"我的老妈妈,你放心,我们只有一点小事情,立刻就了的。我们这起人办事爽利极了。"于是老太婆领路,拿一只点着蜡烛的银蜡台,照我们到病人屋里。我接过蜡烛,走向床前,让加米尔看看清我的嘴脸,一面说道:"骗子!认认死心眼儿上你当的吉尔·布拉斯!啊,混蛋!我找了你好久,也有给我找着的一天!司法官已经准我告状,派这几位公差来逮捕你。"又对法布利斯道:"来啊!公差先生,办你的公事吧。"他提高了嗓子说道:"不用你说,我自会办我的公事。我认得这位花姑娘,十年前就用红笔把她的名字记在我本子上了。"接着道:"起床呀,我的公主娘娘!快穿上衣服!你要是不嫌,我就充你的侍从,伺候你到本城牢里去。"

加米尔听了这话,又看见两个大胡子的卫士准备硬拉她下床,虽然病得有气无力,只得硬撑着坐起来,合掌哀求,满眼畏惧地望着我道:"吉尔·布拉斯先生,可怜可怜我,看你大贤大德的妈妈面上,可怜我吧。我不是坏人,实在是没法儿。你要是肯听我讲讲身世,就会相信。"我嚷道:"不用讲,加米尔姑娘,我不要听。我还不知道你惯会编故事么?"她道:"唉,罢了!你既然不让我辩白,我且把钻戒还了你,别送我死路上去。"一面说,一面脱下戒指给我。可是我说,单还我一个钻戒算得什么,还有公寓里拐去的一千杜加呢。她道:"啊,先生,你的杜加可别问我要。堂拉斐尔那骗子当夜就拿走了,我到今天还没看见他的影儿。"法布利斯道:"唷!我的小乖乖,你只要说一声没有分肥,就撇清了么?哼!没那么便宜的!你既是堂拉斐尔同党,我们就该查究你的旧账。你干下的昧心事一定不少,请到牢里去整个儿忏悔一通吧。"又道:"这位老太太我也带了走,我想她知道的奇怪事情一定不知多少,法官准爱听。"

两个女人听了这话,忙使出通身本领向我们求情。屋里一片诉苦乞怜之声。那老太婆一会儿向公差下跪,一会儿向那些卫士下跪,想叫他们大发慈悲;加米尔也做出宛转动人的样子求我援手,别让法院抓她去。这时候的情景煞是好看。我假装心软了,对尼聂斯理发师的儿子道:"公差先生,我得了钻戒,别的也就算了。我并不要这个可怜女人受罪,并不要这个犯人送命。"他道:"咄!你心肠好得很!你可不配做公差。"接着又道:"我得尽我的责任。上面明令叫我来逮这两位公主娘娘,法官正要借她们做个榜样给人看看。"我说:"哎,看我面子,请你们开恩吧;况且两位太太还有东西谢你,看这个分上,执法不要太严。"他道:"唷!这就又当别论了!你这话可算措辞得体!好,咱们瞧吧,她们有什么东西送我啊?"加米尔道:"我有一串珍珠项圈,还有一对很值钱的耳坠子。"法布利斯凶狠狠地插口道:"好哇!要是菲律宾群岛来的货①我可不要。"她道:"你放心拿去,我担保东西是真的。"她一面叫老太婆拿来一只小盒儿,取出一串项圈和一对耳坠子,交给公差。他和我一样不识宝石,可是他相信耳坠子上镶的宝石和那串珠子都是真的。他细细看了一回,说道:"这些珠宝看来货色不错。你再给饶上吉尔·布拉斯先生手里拿的银蜡台,我就顾不得奉公守法了。"我对加米尔说:"这番调停是便宜你的,我想你不至于为那一点小东西又弄到翻脸。"一面说,就拔下蜡烛,交给老太婆,把银蜡台递给法布利斯。他大概看屋里再没什么可拿的东西,也就满意了,对那两个女人道:"再见吧,两位太太,一切放心,我回头见了司法官,一定替你们洗刷得比雪还清白。是非曲直由得我们说,我们对他不必撒谎的时候才肯据实报告呢。"

---

① 指本书第一卷第十六章女骗子加米尔换给吉尔·布拉斯的红宝石。

## 第 五 章

重获戒指的下文。吉尔·布拉斯
不当医生,离开瓦拉多利。

我们照法布利斯的计策干完事,从加米尔家出来,都欣欣得意,因为当初只打算捞回一只戒指,没想到这样成功。我们老实不客气把许多别的东西都拿走。我们抢劫了婊子不但于心无愧,反自以为干了件好事。到了街上,法布利斯对大家说道:"诸位,咱们这样马到成功,难道就此分手,不喝杯酒贺贺么?我不赞成,我主张回那酒店去乐个通宵,明天把蜡台、项圈、耳坠子都卖了钱,大家平分,然后分头回家,想个好法子对主人圆谎。"大家都以为公差先生的主意很好。我们都回酒店,有的觉得编个通夜不归的借口并非难事,有的是砸了饭碗压根儿不在乎。

我们叫了一桌好菜,坐下大吃,胃口既好,兴致也高。大家谈得有趣,吃得越有滋味。尤其法布利斯说话逗乐儿,呕得人人发笑。他说了不知多少俏皮话,都有地道的西班牙风味,可以跟雅典式的诙谐①比美。我们正在欢笑,不料乐极悲生,出了倒霉事。一个相貌还漂亮的人跑到我们吃晚饭的屋里来,跟着两人,长得很凶恶。后面三个三个陆续进来,一数共有十二人。他们都扛着马枪,挂着剑,带着刺刀。我们一望而知这是巡逻的警卫,来意也不难推测。我们起初还想抗捕,不过他们人又多,又有兵器,立刻包围起来,把我们镇住。警卫队长含讥带讽地说道:"诸位,我知道你们方才使个妙计,从女骗子手里要回了一只戒指。你们这事干得实在巧,公家应该奖赏,你们也辞不掉的。法律决不白让你们干这等聪明勾当,所以在宫里安排好了房间等你们去住

---

① 希腊雅典人谈话以诙谐隽永著名。

呢!"挨骂的人都局促不安。方才我们叫加米尔吃的惊慌轮到自己身上,我们吓得变了颜色。法布利斯虽然脸白唇青,慌做一团,却还想替大家辩白,说道:"先生,我们并没有为非作歹的心,玩个小小的把戏也情有可原。"警卫队长冒火道:"什么话!你还说那是个小小的把戏么?可知道那是犯绞刑的勾当?法律不由你们自己执行,而且你们还拿了人家一只蜡台、一串项圈、一对耳坠子;单就你们乔装警卫去打劫这件事来说,分明就是该上绞架的罪。你们这起匪徒乔装正人去干坏事!罚到海船上去做一辈子苦工还是太便宜了。"我们当初还不知道案情这样严重,这会儿听了都跪在他脚边,求他可怜我们年轻不懂事;可是我们恳求也没用处。而且还有绝顶怪事:我们愿把项圈、耳坠子、蜡台交出来,他不接受;连我的戒指都不要,大概因为在场的几个人有些身份,碍着不便。总而言之,他绝不容情。他缴去了我伙伴的兵器,把我们一伙都带进城去坐牢。一个押送我们的警卫在路上告诉我,和加米尔同住的老太婆怀疑我们是冒牌的警察,一路跟到酒店;她疑团打破,就去报告巡逻的警卫,出了口恶气。

　　一到牢里,先有人把我们浑身搜查。项圈、耳坠子和蜡台都拿去了,我的钻戒还有菲律宾群岛来的红宝石不巧正在衣袋里,也搜去了;连我那天出诊赚的瑞阿尔也一个没留下。由此可见瓦拉多利的司法官吏办事老练,不亚于阿斯托加的官吏,这些老爷的行为都一模一样的。他们搜掉我金刚钻、红宝石和零钱的时候,警卫队长在旁,把案情讲给搜查的警卫听。他们认为这事闹得不小,好多人以为我们该处死刑。有几个比较宽大,说我们每人该打二百皮鞭,罚到海船上去做几年苦工。我们暂时关在一个牢里,等法官判罪,睡的是干草铺,像马房里的草荐。我们也许要在那里待上好久,等送到海船上去做苦工才能出来;亏得第二天马尼艾尔·奥东内斯大爷听人家说起这件事,他要救法布利斯,就不得不把我们一齐救出来。这人在本城很有声望,又不怕麻烦,四处请托;一半靠他情面,一半靠他朋友的情面,三天以后我们都放出监牢。不过我们出来的时候和进去的时候大不相同,蜡台、项圈、耳坠子、我的钻戒和红宝石都留在里面了。我因此想起维吉尔这样开头的几句诗:"这般辛苦为他人……"①

我们放了出来,立刻各回主人家。桑格拉都大夫倒很和气,对我说道:"可怜的吉尔·布拉斯,我今天早上才知道你犯了事,正预备出力替你去求情。朋友,别把这事放在心上,从此应该越加专心学医。"我说正是这般打算,我果然把全副精神都花在这上面。这时候我们够忙的。我主人的话说准了,病人多得很。天花和恶性寒热病在城乡流行。瓦拉多利的一切医生都有生意,我们尤其生意好。我们每人一天总要有八个到十个病人,喝进去的热水和抽出来的血该有多少,可想而知。可是我也不知道怎么回事,病人没一个活的,也许我们的治法只会送命,也许他们害的都是不治之症。我们瞧一个病人难得满三次的;两次之后,或者病家通知,病人已经埋了,或者跑去看病的时候,病人正在咽气。我才是个初学,还没有杀惯人,病人死了我就担心,怕人家会怪我。有一晚,我对桑格拉都大夫说:"先生,我对天发誓,我完全照您的办法医病,可是我的病人全到阴间去了,仿佛是要推翻咱们的医道,故意死的。我今天就有两个病人抬出去埋了。"他答道:"孩子,我也跟你情形差不多,落在我手里的病人难得一个治好的。要不是我深信自己的道理,就要以为这治法跟我瞧的病症全不合适了。"我道:"您要是肯听我的话,先生,咱们换个办法吧。咱们试个新鲜法子,配些化学药品给病人吃,用点儿锑朱砂试试,大不了也不过像喝热水抽血一样的效果。"他答道:"要是这种试验无关紧要,我很愿意尝试,可是我刚出版了一本书,宣扬抽血和喝水的功效,你要我自打嘴巴么?"我道:"啊,你说得对,咱们不能让冤家得意,他们回头说你痛悔前非,你就名誉扫地了。随那些平民呀、贵族呀、教士呀,一个个送命,咱们还是照老样子干。好在咱们同行虽然恨抽血,手段也并不高明,我相信他们配的药跟咱们的验方正是不相上下。"

我们加劲干去,不到六星期,造成的寡妇孤儿和特洛亚被围的时候一样多。② 处处都在办丧事,仿佛瓦拉多利遭了瘟疫了。每天总有个

---

① 维吉尔(Virgile,公元前70—前19),古罗马大诗人。他有首小诗,说鸟做巢、蜂酿蜜、牛拉车、羊长毛,都不是为了自己。
② 特洛亚战争伤亡惨重。

把做父亲的因为儿子给我们送掉，就上门来算账；或者叔父伯父跑来责问怎么侄儿死在我们手里了。至于那些做儿子侄儿的，父亲叔伯给我们医死，从没来追究过。做丈夫的也一样谨慎，绝不怪我们害掉老婆。我们的确不能逃罪，不过死者的家属有时悲痛得厉害，骂我们是庸医，是杀人犯，什么话都骂出来。我听了很难受，可是我主人挨惯了骂，声色不动。我也许会像他一样，听惯了满不在乎，可是天要替瓦拉多利的病人除掉一害，特意生出件事来。我行医本来没什么成绩，此后一发憎厌了。我不怕读者嗤笑，要把那事详细讲讲。

我们附近有个赌场，城里游手好闲的人每天聚在那儿。赌场上常有些打手称雄称霸，有什么争吵由他们裁断。这里有个打手是比斯盖人，自称堂罗德利克·德·蒙德拉贡。他约摸三十来岁，中等身材，瘦削有劲；脸上一双炯炯有光的小眼睛骨碌碌转动，眼光射到谁身上，谁就凛凛然；一个塌鼻子，底下两撇红胡子，胡子的尖角儿翘耸耸直勾到鬓边。他说话蛮横粗暴，开口就叫人害怕。这个骄横的家伙是赌场一霸，赌场上有什么争端，凭他一言断定，谁敢道个不字，就得准备他明天来下决斗的挑战书。堂罗德利克大爷是这样的人。而且他尽管冒了"堂"的尊称，盖不了他的下贱出身。可是赌场老板娘对他却钟情得很。这女人四十岁，手里有钱，相貌过得去，丈夫刚死了十五个月。我不懂她怎么会看中那男人的，决非赏识他的相貌，准有什么妙处难言。这些都不去管它，她反正是爱这个人，打定主意要嫁他。她正忙着准备婚事，忽然病了；该是她晦气，请了我去瞧病。即使她害的不是恶性热病，经我着手就转成险症。四天之后我害得赌场里的人都戴了孝。我把老板娘送到了我打发一切病人的去处，她亲属得了她的财产。堂罗德利克失掉了情人，其实是这门大有好处的亲事落了空，失望极了，不但恨得我无名火直冒，还发誓要一剑把我戳个透明窟窿，几时瞧见我，立刻结果了我。有个邻居心肠慈悲，把这话告诉了我。我向来知道蒙德拉贡的为人，哪里敢置之不理，直吓作一团。我不敢出门，怕碰到这位魔头；又老想象他怒冲冲进寓所来，惶恐得坐立不安。我因此无心学医，只求别担惊受恐。我又穿上自己的绣花衣裳，向主人告辞，他也留不住我了。我清早出城，一路上只怕碰到了堂罗德利克。

## 第 六 章

他离开瓦拉多利,走哪一条路;路上跟谁结伴。

我走得很快,常回头看看那个凶狠的比斯盖人是否跟在后面。我只想着他,简直草木皆兵,直在心惊胆战。我走了足足一哩路,心才放下。我想上马德里,就放慢脚步行去。我对瓦拉多利毫无顾恋,只恨跟我那位亲如皮拉得斯①的法布利斯分手,连告辞都来不及。我不做医生没什么不乐意;倒要求天饶恕我行了那一程子的医。我数着衣袋里的钱很得意,尽管是杀了人赚来的。我恰像妓女弃邪归正,还把卖笑攒下的钱一辈子好好儿藏着。我的钱都是瑞阿尔,约值五个杜加,这就是我的全份家当。我打算靠这几个钱到马德里,到了那儿准会找到好事情。并且我急想看看那座富丽的都会,人家常对我夸说那是天下一切珍奇荟萃之所。

我正在记起人家讲马德里的形形色色,想象到了那里怎样快乐,只听得背后有人拉着嗓子唱歌。这人背一只皮口袋,脖子上挂个吉他琴,带着一把长剑。他走得真快,不久就追上来了。他原来就是戒指案里陪我坐牢的两个理发店伙计之一。我们都改了装,可是彼此一见相识,都很诧异会在大道上晤面。他看得出我喜欢和他结个旅伴儿,我也看得出他碰见了我非常快活。我告诉他离开瓦拉多利的原因,他也把他的事讲给我听,说跟东家闹翻,天长地久再不相见了。他说:"我要是愿意待在瓦拉多利,要找理发店的事多的是呢!不是我夸口,全西班牙的理发师,要讲髭胡子刮脸、顺着毛剃、逆着毛剃,谁也比不上我的手段。可是我离开家乡已经整整十年,急想回去,等不得了。我要去呼吸故乡的空气,瞧瞧我家里人什么情形。他们住的地方叫奥尔梅都,是在

---

① 希腊神话:皮拉得斯(Pylade)和俄瑞斯忒斯(Oreste)是两个生死不渝的好友。

塞哥维亚这一边的一个大村子,后天我就可以到家了。"

我决计陪这理发师到家,然后上塞哥维亚找个什么车辆牲口到马德里。我们一路上闲话消遣。这个小伙子兴致很好,也有风趣。我们讲了一个钟头的话,他问我有没有胃口吃东西。我说:"回头下店打尖,你就知道我的胃口了。"他说:"咱们没到客店也可以歇歇,我口袋里带着早饭呢。我出门总记着带些干粮。我不带衣服衬衫和那些没用的衣着,一切不必需的东西我都不要。我口袋里只装些食品,还有几把剃刀和一块胰子头儿。我只用得着这几件。"我称赞他想得周到,很愿意照他的主张先歇一歇。我肚子饿了,想好好吃一顿;听了他刚才的话,指望着吃顿好饭。我们离开大道,觅一片草地坐下。这位理发店伙计把他带的干粮一一搬出来:五六个葱头、几片面包、几片奶饼,还有一件无上妙品——一只皮袋,据他说,里面装着醇醪美酒。那些干粮虽然不怎么可口,我们饿肚子吃来觉得味道不错;我们把皮袋里两品脱左右的酒也分着喝光。那种酒他大可不必卖弄。我们吃喝完毕,兴冲冲起身上路。这理发师听法布利斯说我身经许多奇事,请我亲口讲一遍。我觉得吃了他那么好的一顿饭不便拒绝,就依了他。我讲完了说,我既然随顺了他的意思,他该有来有往,也把身世讲给我听。他说道:"啊,我的身世不值一听,都是些平常经历。不过咱们反正闲着没事,我就据实讲给你听吧。"他所讲大略如下。

# 第 七 章

理 发 店 伙 计 自 述。

我从头讲起。我祖父范尔南·彼瑞斯·德·拉·夫安特在奥尔梅都村做了五十年理发师去世,遗下四个儿子。老大尼果拉斯接管了他的店,承继他那行手艺;老二贝特朗要做买卖,开了个丝绸铺;老三托马斯是个教书先生。那老四呢,名叫彼德柔,自以为生性跟文学相近,把遗产分来的一小块地卖掉，到马德里住下，指望凭自己那份才学有一天会享大名。他三个哥哥一直没分开，都在奥尔梅都成家立业，娶的都是农家女儿。她们陪嫁不多，子息却不少，恰好来个扯直。几个妯娌竞赛似的生孩子。我妈妈是理发师的老婆，结婚五年，生了六个孩子，我是其中一个。我爹老早教我剃胡子，到我十五岁，就把你看见的那只口袋搭在我肩膀上，替我挂上一把长剑，说道："走吧，狄艾果，你现在可以自己谋生了，各处跑跑去。你该出门走走，磨炼一番，把手艺学到家。去吧，不走遍西班牙，别回奥尔梅都；回家以前，别让我听到你的消息。"他说完，亲亲热热把我拥抱一下，就推我出门。

我爹是这样跟我分别的。我妈不那么粗率，好像不大舍得我走。她掉了几点眼泪，还偷偷儿塞给我一个杜加。我就此离开奥尔梅都，取道上塞哥维亚。我没走上两百步，就歇下查看那只口袋。我急要看里面是什么，我到底得了些什么家当。只见一个盒子装着两把千磨万磨的剃刀，好像剃过了十代人似的；一条磨剃刀的皮带和一块胰子；此外是一件簇新的粗布衬衫，一双爹的旧鞋，还有一件我最喜欢的东西，是破布里裹的二十个瑞阿尔。这是我的全份家当。你由此可见尼果拉斯理发师很相信我的本事，只给了这点东西就打发我出门了。可是一个从来没钱的小子，有一个杜加二十个瑞阿尔就足以让他晕头转向。我觉得这笔钱一辈子也花不完，喜滋滋仍旧赶路，一面频频看那剑柄上的护手。一路上，那把长剑不是打我的腿肚子，就是绊我的脚。

我当晚走到阿达基内斯村，肚里饿得不得了。我下了客店，摆出一副有钱人的气派，高声叫店家开晚饭。店主把我端详一番，看透我是什么主顾，就和颜悦色地说："得！我的小爷，准叫你称心，我们这儿把你当王爷般款待呢！"他说着领我到个小房间里，一刻钟后，送上一锅炖的公猫肉。我吃得满口香甜，仿佛那是家兔或野兔的肉。他给我吃这种佳肴，还送上些美酒，说皇帝喝的也不过如此。我吃得出那酒已经变味，不过还喝了不少，就像吃猫肉一样的尽量。他要把我当王爷般款待到底，给我的一张床不是供人睡觉倒是叫人失眠的。试想一张又狭又短的床，我个子虽小，躺下去还伸不直腿。上面只有一床草垫，蒙着一条双叠儿的被单，就算是褥子和羽毛被；那条被单，大概洗过之后又盖过一百个人了。亏得我年纪轻、脾气好,虽然躺在这种床上,填了一肚子猫肉和店家的美酒,还睡得很甜,一夜过去,胃里没积食。

第二天,我吃过早饭,又为昨夜那顿酒席付了好一笔账,就一口气赶到塞哥维亚。我一到那里,可巧有个理发店要我,管饭供宿,不给工钱。我只待了六个月,因为我相识的一个理发店伙计要上马德里,把我勾引出来,我就跟着同去。我在马德里又顺顺利利找到了事,待遇跟在塞哥维亚的一样。那一家的生意非常兴旺。那店挨着圣十字教堂,附近又是"皇家剧院",所以招徕好多主顾。我东家和两个大伙计还有我伺候剃胡子,简直忙不过来。各式各样的顾客都有,也有戏子,也有作家。有一天,两个作家碰在一起。他们谈起当代的诗人和诗,我听见提起我叔叔的名字,本来没留心,这时忙机灵起耳朵来。一个说:"我以为观众不必尊重堂如安·德·萨华雷塔这种作家,他没有气魄,不善于想象。人家对他最近的剧本批评得真厉害。"一个说:"还有路易·费雷斯·德·盖华拉呢,他不是刚出版了一本大作么?比那本书更恶劣的东西还没见过呢。"他们又讲到不知多少别的诗人,我记不得名字,只记得都说是不行。他们对我叔叔口气还算不坏,说他有点才情。一个说:"是啊,堂彼德柔·德·拉·夫安特是个好作家,他写的书有风趣而很挖苦,又加上博学,所以很辛辣有味。怪不得他朝野闻名,许多阔人给他年俸。"那一个说:"这好多年来,他收入很可观。梅狄那·赛利公爵家供他吃供他住,他又没什么开销,手里一定好着呢!"

这两位诗人议论我叔叔的话,我一字没漏全听进去。我们家里曾经听说他在马德里有了文名,人家路过奥尔梅都讲的,可是他既然不屑通消息,和家里很疏远,我们也漠不关心了。不过骨肉之间总有天性;我一听说他光景很好,又知道他的地址,就心痒痒的想去找他。我只为一事踌躇,那两位作家称的是堂彼德柔,我为这个"堂"的称呼不大放心,恐怕说的不是我叔叔,是另外一个诗人。我却并不就此罢休,心想他既成才子,也会变贵人,决计去看看他。一天早晨,我向东家请了假,尽力修饰了一番出门。我有这么一位才大名大的叔叔,心里颇为得意。理发师也跟天下人一样爱面子。我自以为很了不起,一路上神气活现,问讯找到梅狄那·赛利公爵府。我向门上说,要找堂彼德柔·德·

拉·夫安特大爷。门房指了院子尽头的小楼梯说:"从那儿上去,右手第一个门,敲门就是。"我照话走去打门。一个年轻人来开门,我问他堂彼德柔·德·拉·夫安特大爷是否就住这里。他回答道:"是的,不过他这会儿不见客。"我说:"我很想跟他谈谈,我带了他老家的消息来了。"他回答说:"你就是带了教皇的消息来,这会子也不能进去。他正在写文章,他动笔的时候切不可打搅他的文思。他要到中午才见客;你出去绕个弯儿,中午再来吧。"

我出来在城里溜达了整半天,一心盘算叔叔会怎样相待。我想:"他见了我准高兴。"我以己之心,度他之心,满以为叔侄相认一定会衷肠感动。到了时候,我急急赶回他家。他那佣人说:"你来得正好,我主人一会儿就要出门了。你在这儿等一等,让我通报。"他叫我在外间等着,过了一会儿,就来领我到他主人房里。我一看他主人的脸,活脱儿是我们家里人的脸,我仿佛见了托马斯叔叔,他们俩长得一模一样。我恭恭敬敬行了个礼,说我就是奥尔梅都理发师尼果拉斯·德·拉·夫安特先生的儿子,到马德里已经三个星期。我承继爹的行业在一家理发店里当伙计,还准备走遍西班牙,把手艺学到家。我说着只觉得我叔叔在出神。他大概是打不定主意,还是不认我这个侄儿呢,还是慢慢想法子甩掉我。他用了第二个办法,装出一副笑容,说道:"哎!老侄!你爹跟你叔叔都好么?他们光景怎样啊?"我就把家里人丁兴旺的情形讲给他听,替一个个男孩子女孩子报了名字,连他们教父教母的名字都报出来。他听我这样委曲详尽好像并不兴味无穷,只直捷爽快道:"狄艾果,我很赞成你到各地游历,学成手艺。我劝你不要再待在马德里,青年人在这地方很有害处,孩子,你在马德里要堕落的。你还是上别的城市去,别处的风气不像这里荒唐。"接着说道:"你可以走了,你几时准备动身再来看我,到时我给你一个比斯多,贴补你周游全国的旅费。"他一面轻轻推我出门,把我撵走。

我太糊涂,没明白他无非要我离他远着些。我回到店里,把这次的拜访讲给我主人听。他也没看破堂彼德柔的心思,说道:"我跟你叔叔的意思不同。他不该劝你游历,该留你在这里。他认识那么些贵人,毫不费事就可以把你安插在阔人家,让你慢慢地撑起一份大家业。"这话正中我意，就此痴心妄想，过了两天又去找叔叔，请他仗面子荐我到朝里贵人家去当差。他不以为然。他是个爱摆架子的人，在阔人家出出进进，天天陪阔人吃饭，要是看见侄儿在底下人桌上吃，自己在主人桌上也不安心，堂彼德柔大爷的面子就给狄艾果小子扫尽了！他当然拒绝，而且很不客气。他怒冲冲道："什么？你这小混虫！你要丢掉本行么？滚你的蛋！谁替你出这种馊主意，你就跟着他们去吧。快出去，再别上我的门，不然的话，给你一顿好打才是你活该呢！"我听了叔叔这泡话，尤其他那口气，不禁目瞪口呆。我含着一包眼泪出来。他那样无情，我很伤感。可是我一向心高气傲，立刻擦干眼泪。我不悲而怒，打定主意，从此再不理会这门子混账亲戚；直到如今，我从没有依仗他。

我一心想学成本领，干活儿很勤。我整天剃胡子，到晚上学弹吉他琴散散心。教我弹琴的是一位年老的侍从先生，我常替他剃胡子。他也教我音律，他精通这一门，原来从前在大教堂里唱过诗的。这人叫马果斯·德·奥布瑞贡。他为人规矩，很聪明，阅历也多，把我当儿子一般喜欢。他就在离我们那儿三十来步的医生家里当太太的侍从。我每天傍晚一歇工就去找他，两人坐在门槛上奏乐，街坊听着也不讨厌。这倒并非我们嗓子好，不过我们一面拨弄琴弦，有板有眼地和声齐唱，听来也还悦耳。医生太太梅日丽娜尤其喜欢，她跑进过道来听，听到中意的调子就叫我们再奏唱一遍。她丈夫并不阻挡她这么消遣。那人虽然是西班牙人，年纪又老，却毫不拈酸吃醋，而且专心干他那一行，出诊了一天，晚上回来精疲力竭，老早就上床睡觉；他太太对我们奏乐有兴，他并不放在心上。大概他以为这种音乐不会坏人心术。我该声明一句，他对那位太太不必担心，梅日丽娜确是少年美貌，不过正经得厉害，男人瞧一眼都不许。医生以为这种消遣纯洁正当，不是桩坏事，随我们唱个尽兴。

一天黄昏，我想照例娱乐一下，刚到医生门口，只见那老侍从正在等我。他拉住我手说，我们先出去遛个弯儿再来。他拉我转进一条背道，看看左右没人，面带愁容说道："狄艾果，我的孩子，我有要事相告。孩子，咱们天天在我东家门口奏乐消遣，只怕你我都得懊悔呢。我当然很喜欢你，满情愿教你弹吉他唱歌儿，不过我要是早看到会有祸事临头,天啊,我就另外找地方教你了。"这话吓我一跳。我请他说说明白,究竟怕的什么,因为我不是个胆大冒险的人,况且我还要去游历西班牙呢。他解释道:"你要明白咱们处的险境,我非得先讲些事给你听。

"一年前我到医生家做事,他一天早上领我见他太太,说道:'马果斯,见见你的女主人。你得陪侍的就是这位太太。'我仰慕堂娜梅日丽娜,觉得她漂亮得很,像画里的美人,尤其喜欢她举止温文。我回答说:'先生,叫我伺候这么漂亮的一位太太,我福分真不小。'这句话触犯了梅日丽娜,她不耐烦道:'瞧这人,真放肆!唉,我顶不喜欢人家对我甜言蜜语。'这样妩媚的嘴会说出这话来,我大吃一惊,觉得谈吐粗犷,跟她那温文的气派不称。她丈夫是见惯的,太太品性这样希奇他还很得意,说道:'马果斯,我太太的品德真是世上少见。'他看见太太披上斗篷要去望弥撒,就叫我陪她上教堂。我们一到街上,碰到几个男人,他们看见梅日丽娜光艳夺目,对她迎面而过的时候就恭维几句。这本来不足为奇。她接口应对,说的话愚蠢可笑,出人意外。那些人想不到世上会有这种不识抬举的女人,都愣住了。我起初还对她说:'哎,太太,别理会人家对你说的话,宁可不开口,别恶声恶气。'她道:'不是这么说。我要叫这些大胆冒昧的家伙知道,我不许人家对我失礼的。'她还说了许多不讲理的话,我忍不住了,不顾她生气,把我的心思全说出来。我措词很宛转,告诉她说,这种暴戾的脾气不近人情,把她许多好处都毁了;女人温文有礼,不必相貌好也讨人喜欢,要不然,尽管长得漂亮也是个厌物。我要矫正她的态度,还讲了不知多少一类的道理。我训了她一大顿,只怕直言劝谏惹得女主人动火,反唇相讥。可是她听了并不生气,只置之不理;我以后几天还痴心告诫,她都当耳边风。

"我劝谏无效,也就懒了,随她脾气厉害吧。可是你相信么?这个性子烈、骨气傲的女人,两个月来完全变了,对谁都客客气气,非常温文。从前的梅日丽娜听了男人恭维就给钉子碰,现在不然了。她喜欢人家称赞、说她美、说男人一见她就颠倒;她爱听人家恭维,好像换了个人似的。她这一变简直不可思议,你要是知道那是你运的神通,还要吃惊呢。哎,亲爱的狄艾果,是你把堂娜梅日丽娜变成这样的,你把雌老虎驯伏得像个绵羊。总而言之,她心神贯注在你身上,我留心到不止一回了。要是我摸得准女人的性情,我敢说她对你痴心得厉害。孩子,这就是我要讲的糟心事儿,也就是咱们为难之处。"

我对老头儿道:"我不明白咱们为什么要这样担忧,我承蒙漂亮太太相爱,也不算倒霉呀。"他答道:"啊,狄艾果,这是年轻人的识见,只看香饵,毫不提防钓钩;你只图快乐,我却看到以后的一切麻烦。到头来事情要闹穿的。你要是照常到这门上来唱歌,撩得梅日丽娜火上加油,也许她把持不住,会给丈夫奥罗柔索大夫识破私情。这位丈夫现在无须吃醋,看来很随和,到那时候就要发狠报仇,可以叫咱们俩大吃苦头呢。"我说:"好吧,马果斯先生,我服你的理,听你的话。你说我该怎么才可以免祸呢?"他道:"咱们只要别再一起奏乐。你别再到我女主人面前来,她眼不见,心就冷了。你待在主人家,我会来找你。咱们在你那边弹吉他就没有危险。"我道:"很好,我决不再上你们家来。"我果然打定主意,再不到医生门上去唱歌。既然我这一露面就会惹祸,从此要躲在自己店里了。

马果斯这好侍从尽管乖觉,过了两天,方知他设法叫梅日丽娜心冷反撩得她越发情热了。这位太太第二晚听不见我唱歌,就问他为什么我们不合奏,为什么我不去。他说我忙不开,没工夫作乐。她听了这个推托,也就罢了。以后三天,她不见我去,还是咬牙忍耐。于是这位公主娘娘耐不住了,对她侍从道:"马果斯,你哄我呢,狄艾果不来准有缘故。里面什么玄妙,我要问个明白。我命令你说出来,一字不许隐瞒。"他又编了一套话道:"太太,你一定要追根究底,我就说吧。他奏乐回去,那边往往晚饭都吃完了;他不敢再自讨苦吃,弄得饿着肚子上床。"她发急道:"什么?不吃晚饭啊?你怎么不早说呀?饿着肚子上床!啊!那可怜的孩子!你快去找他,叫他今夜就来,以后叫他吃了东西回去,这里总有他的一份晚饭。"

老侍从听了这话,假装诧异道:"我没听错么?天啊,你真是变了!太太,你怎么会说这种话呀?你几时起这样心软肠热的呀?"她不耐烦道:"自从你来之后,竟可以说,自从你怪我傲慢、极力劝我要温文、不要暴戾,我就变成这样了。"她又款款地说:"可是,唉!我矫枉过正,从前那么骄傲狠心,现在又太温柔多情了。我不由自主地爱上了你的小朋友狄艾果。他不来，我的情有增无减。"老头儿道："那小子相貌又不漂亮，身段又不俊俏，怎么会叫你这样痴心呢？假如你爱上个人才出众的绅士，还情有可原……"梅日丽娜打断了他道："啊，马果斯，这就见得我和别的女人不同了。还有一说，你要是以为女人爱男人是赏识他们人才，那么你阅历虽多，还没摸透女人的脾气呢。如果我以己度人，我以为女人对男人倾心是不假思考的。爱情是失心疯，支使得我们迷恋着一个人依依不舍，自己做不得主。这是我们害的病，好比畜生发的疯病。所以你不用对我说狄艾果不配我钟情。你看不出他的好，也许他压根儿并不好，可是只要我爱他，自会看得他说不尽的好。你尽管说他相貌身材一无足取，我瞧他模样动人，容光焕发；而且我心醉他的声音柔媚，觉得他弹琴也别具风致。"马果斯道："可是太太，你也想想狄艾果是个什么样的人么？他出身下贱……"她又接口道："我并不比他高贵多少，即使我是个贵妇人，也不在乎这点。"

这一席谈话之后，老侍从知道女主人的心劝不转，就随她执迷不悟，不再苦谏；好比飓风把船只吹出了原定的航线，有本领的舵手就顺着风向开驶。他索性让女主人如愿。他跑来找我，把我拉到一边，把上面的话讲给我听，还说："你瞧，狄艾果，咱们免不了还得在梅日丽娜门前一同奏乐。朋友啊，这位太太非再见你的面不可，要不然，她会干出傻事情来，弄得声名狼藉的。"我也狠不下心，就答应马果斯当天傍晚带了吉他到他家去，叫他把这喜信回报女主人。他当然回报，这位痴情人知道晚上能见我面、听我唱歌，大为高兴。

可是事不凑巧，险的叫她白等。我到天黑才有工夫出门，也是天罚我，外面已经一片昏黑。我一路摸索，大约走到半道，忽然一个窗口里劈头向我倒下一罐儿香汤，那味道实在刺鼻。我淋个正着，竟可说涓滴都归我受用了。我当场打不定主意。回去吧，伙伴瞧见像什么样，我就成了他们的笑柄了；这般淋漓尽致地上梅日丽娜家去吧，又自觉丢脸。可是我决计还是到医生家去。老侍从在门口等我，说奥罗柔索大夫刚睡下，我们可以自由自在地作乐。我说头一件事得把我衣服擦干净，我就告诉他我那倒霉事儿。他很关心，带我到客堂里见他女主人。这位太太听了这件事，看我那副模样，怜惜得仿佛我遭了什么天大的灾难，又把那个灌溉我的人百般诅咒。马果斯道:"哎,太太,请你平平火气,事出偶然,不必这样痛恨。"她发火道:"人家欺负了这头小羊、这只心无恶意的小鸽子,他受了欺负也没嘀咕一声儿,你为什么不让我痛恨呢?啊!但愿我这会子是个男人,可以替他报仇!"

她说的许多话跟她的举动都见得她情不自禁。马果斯拿一方布替我擦抹,她就跑到房里,拿出个装满各种香料的匣儿。她烧上些香来熏我的衣服,又洒上好些香露。熏香滴露以后,这位心慈肠软的女人亲到厨下拿了为我留的面包、酒和几块烤羊肉。她劝我吃,在旁伺候着,一会儿切肉,一会儿斟酒,乐此不疲,我和马果斯两人极力拦也拦不住。我吃完晚饭,两位合唱的先生就调准嗓子,要和着吉他琴声唱歌。我们奏的一套梅日丽娜很喜欢。其实我们故意唱些辞句助她情兴的歌儿,而且我觉得这玩意儿有趣起来了,唱歌的时候几次三番的瞟她,瞟得她火上加油。弹唱了好一会儿,我一点不厌倦。那位太太觉得一个个钟头快得像一分一秒钟,可是老侍从却觉得一分一秒都长得像一点钟那么久,要不是他只管说时候不早,她恨不能听我们唱个通宵呢。他催促了十遍,她还不理会。不过他绝不放松,直等我出了门才罢休。他持重谨慎,眼看女主人任情胡闹,担心要出乱子。他的确不是过虑。那医生也许怀疑我们捣鬼,也许一向没打开的醋罐子这番倒翻了,忽然讨厌起我们奏乐来,而且还拿出主人身份,禁止此事。他没讲缘故,只声明从此不准闲人上门。

这个声明是为我而发,马果斯赶来通知,我非常懊丧。我已经生了妄想,不愿甘休。不过我既然叙事要像信史,不妨告诉你,我遭了这件不如意的事很平心静气。梅日丽娜就不然,她越发情热了。她对那侍从说:"亲爱的马果斯,我只仰仗你了,求你想个法子让我私下见见狄艾果吧。"那老头儿生气道:"这是什么话?我已经太纵你了。我要是遂了你的痴情,就要装主人的幌子,你名誉扫地,我当用人一向清白无瑕,从此也声名狼藉,我不肯那样的。我宁可走,也不愿意当这种不要脸的差使。"那太太听了这两句话,发慌起来,打断他道:"唉,马果斯,你说要走,直刺我的心。你真是个忍心人!你把我害到这个田地,却想撇下我不顾了么?你把我从前的傲气、狠性子都改掉了,现在还我吧!

我要是依然有那些毛病，多福气呀！我到今天还能够心里太平。我都是听了你冒失的劝谏，就此不得安静。你要矫正我的品性，反教坏了我的品性。"又哭道："我这可怜人胡说些什么呀，干吗平白埋怨你啊？我的老爹，你并没有害我，是我苦命，注定要有这许多烦恼。请别理会我信口胡说八道。唉！我给爱情搅得七颠八倒，请你可怜我不争气，我只靠你宽慰了。你要是以我性命为重，请帮帮忙吧。"

她说着越发热泪夺眶，话都说不下去。她掏出手绢儿掩住脸，倒在椅子里，悲不自胜。马果斯老头儿大概是从古以来做侍从的头等材料，看她这样可怜，不禁恻然心动，竟陪了几点同情之泪，和蔼可亲地说道："唉，太太，你真叫人拿不定主意！我不忍看你苦恼，把道德也撇开了。我一定帮忙。这一点悯怜之心就害得我失职，无怪爱情摆布得你把本分全忘了。"这侍从虽然品行清白无瑕，这会子却一心要成全梅日丽娜的私情了。一天早上，他把这些事来告诉我，临走说，他胸有成算，可以让我和那太太幽会一次。我又起了痴念，可是两个钟头之后，听到一个坏消息。我们有个主顾是邻近药剂师的伙计，他来修胡子。我正要替他刮脸，他说道："狄艾果先生，那个老侍从马果斯·德·奥布瑞贡是你朋友，你跟他相与得怎么样？可知道他在奥罗柔索大夫家快要待不住了？"我说不知道。他道："已经无可挽回，今天就要叫他走了。他东家和我东家刚才谈论这事，我在旁边，他们这样谈的。那大夫说：'阿本塔多先生，我求你一件事情，我家里那老侍从不行，我想找个诚实严厉而且善于防范的女监护来管我老婆。'我东家打断他道：'我懂你的意思，你用得着美朗霞大娘。她从前管着我的老婆，我老婆死了六星期，她还在我那儿。我家里少不了她，但是我以你的名誉为重，愿意把她让给你。你有了她，保管头上不添帻子①。她是女监护里的尖儿顶儿，像条恶龙般看住女人，不许她失节。你知道我老婆算得少年美貌，她在我老婆身边整整十二年之间，家里没见过一个情人的影子。哎，老天，这事可不是玩儿的！我还可以告诉你，我那去世的老婆起初很轻

---

① 意思说：保证你头上不长出角来。中国俗说"做乌龟"，西洋说"做牡鹿"，也有类似"戴绿帽子"的说法，见本章下文。"阿本塔多"（Apuntador）这个名字，在西班牙文里，也就是"出尖角者"的意思。

佻,可是美朗霞大娘不久就管得她冷若冰霜,好修女德。总而言之,这女监护是件宝贝,我把她让给你,你将来对我感激不尽呢。'那医生很高兴,两人约定,叫那女监护今天就过去填那老侍从的缺。"

这个消息千真万确,我听了也知道不假,本来满腔寻欢取乐的心,这会子觉得靠不住了。饭后马果斯告诉我药剂师伙计的话不虚,把我那些心念一扫而空。那位好侍从说:"亲爱的狄艾果,奥罗柔索大夫把我撵走,我很快活,这来省了我不少烦恼。我本来不愿意干那种丑事,而且要让你跟梅日丽娜私会,还得使种种诡计,说种种谎话,多麻烦呀!谢天,这些烦恼操心,还有潜伏的祸害,我都免了。至于你呢,孩子,片刻欢娱会有无穷的后患,还是没有的好,你该这样自譬自慰。"我既然没什么指望,就领了马果斯的教,这玩意儿就此罢休了。老实说,就算我是个一往情深、百折不回的情人,美朗霞大娘也会逼得我放手,何况我不是呢。我听了这位女监护的名气,觉得她能叫一切情人死心。可是随人家说得她多么厉害,两三天以后,我知道医生太太把这千只眼的警卫稳住了,或者买通了。我出去替一个邻居剃胡子,路上一个老婆子叫住我,问我是不是狄艾果·德·拉·夫安特。我说是。她道:"那么我正要找你。你今晚到堂娜梅日丽娜家的门口,你做个暗号,人家就会放你进去。"我说:"好吧,咱们得约定个暗号,我学猫叫活脱儿的像,我做几声猫叫吧。"那拉纤的说:"成,我就替你回报去。狄艾果先生,我听你差遣,愿天保佑你!哎,你多漂亮啊!圣阿妮斯在上,我但愿还是个十五岁的姑娘,我就不为别人来找你了。"那殷勤的老婆子说完走了。

你可以想象,这消息撩得我心烦意乱,马果斯的教训都撇在脑后了。我急焦焦等天黑,算定奥罗柔索大夫已经睡下,就上他家去。我在门外学猫叫,老远都听得见,真没亏负了传授的师父。不一会儿,梅日丽娜亲自悄悄地开门放我进去,忙又关上门。我们进了上次奏乐的客堂,壁炉架上点着一盏昏灯。我们并肩坐下,两人都心里怦怦然,不过她是一心想寻欢作乐的缘故,我却不免有点害怕,这是不同之处。这位太太叫我放心,不用怕她丈夫;可是没用,我只觉得战战栗栗,不能尽兴。我说:"太太,你怎么会逃过那女监护的防范呢,我听得美朗霞大娘的名气，以为你没法再来通消息，更别说幽会了。"堂娜梅日丽娜微微一笑，答道："你听了我跟那女监护的一段交涉，就觉得咱们俩今晚私会不足为奇了。她一到这儿，我丈夫把她捧得不得了，对我说：'梅日丽娜，我把你交给这位持重的大娘指导，她简直是一本道德大全，你应该把她当做一面镜子，时刻放在眼前，学她的贤惠。这位可敬可佩的人监护我一个药剂师朋友的太太十二年，她那种监护真是从来没有的，把那太太管得成了个圣人。'

"美朗霞大娘相貌严厉，足见这篇颂赞的话并非虚言，害得我流了不少眼泪，灰心到底。我料想从此一天到晚得听她教训，每日得受她责备。总而言之，我等着做天下最倒霉的女人了。我准备着受苦，索性无所顾忌，等左右没人，就对那女监护很不客气地说道：'你当然准备好好来收拾我了，可是我得通知你一声，我是受不住气的，我也会千方百计地糟蹋你。我告诉你，我有一段私情，任你劝导也拔不掉我心里的情根，你去斟酌怎么对付吧。你尽管加倍防范，我对你说，我要想尽方法，叫你防不胜防。'我以为这位恶狠狠的女监护听了要来个下马威，把我大大训斥一顿；谁知她展开眉头，含笑说道：'你这性子真叫我喜欢，你直爽我也直爽。看来咱们俩性情正相投。啊，美丽的梅日丽娜，你要是单凭你丈夫的赞扬，或者凭我仪表严厉来断定我的为人，你就错了。我最不反对寻欢作乐，我所以替醋罐子丈夫当差，正是要替漂亮太太出力。戴假面具的大本领我学会了已经多年；我可算是占了双重便宜，既可以干坏事取乐，又坐享贤德的美名。咱们私下说说吧，世人所谓贤德不过是这么回事。要底子里也贤德实在所费不赀，这年头只要面子上贤德就够了。'

"那女监护又道：'让我来指点你，咱们在奥罗柔索大夫的脑袋上多装些幌子。你瞧着吧，准叫他的运道跟阿本塔多先生的一样。我觉得医生的脑袋并不比药剂师的脑袋尊贵呀！可怜的阿本塔多！他老婆和我把他作弄得好啊！那位太太真可爱！那好性儿！愿上天赐她安息！我管保她没有辜负了青春。我替她牵引来的情人不知多少，没让她丈夫有半点儿知觉。太太，别对我存着偏见，你放心，你从前那侍从尽管有天大本事，换了我准不吃亏。只怕我比他更有用处哩！'"

梅日丽娜接着说道："狄艾果，你想，这女监护打开天窗说亮话，叫我多么感激。我还以为她严正呢。真是女人不可以貌相！我听她说了由衷之言，立刻心就向她了。我喜不自胜地拥抱她，这样先让她知道我很喜欢有她做监护。于是我把心事全告诉她，求她设法快让我们幽会一次，她果然做到。今天一早她就派了找你的那老婆儿出马，那是从前帮她替药剂师太太干事的。"她又笑道："最妙的是，美朗霞听说我丈夫向来睡得很死，这会子就顶替了我在他身边躺着。"我说："这可不好，太太，我不赞成弄花巧，你丈夫也许会醒过来，发现是冒牌。"她忙道："他不会发现的，你放了心。一个年轻太太对你一团好意，你跟她相会，该寻欢取乐，别让虚惊败了兴致。"

　　老医生的太太瞧我听了那话还心虚胆怯，就极力安慰，她千方百计，居然哄得我神思渐定。我只想及时行乐了。可是爱神带着一队欢笑戏耍的跟班正要助成好事，忽然大门打得一片响。爱神和他跟班一撒翅儿都飞掉了，好像胆怯的鸟儿，听得轰然大声，立刻吓得四散。梅日丽娜忙把我藏在客堂的桌子底下，吹灭了灯。她和女监护防有意外，早约定个办法，就按计而行，跑到丈夫卧房门外。这时大门上更打得急了，声震全宅。医生惊醒，就喊美朗霞。女监护忙跳下床，医生还道是老婆，直叫她别起来。她跑到女主人身边。女主人摸索着她，就也喊美朗霞，叫她出去看看谁在打门。女监护应道："太太，我来了，请上床吧，我去看看怎么回事。"这个当儿，梅日丽娜已经脱掉衣裳，就上床躺在医生旁边；医生一点也没知道受骗。当然，这出戏是在黑地里串的，里面两个女角儿，一个功夫已经登峰造极，那一个也很有资质，准赶得上她。

　　一会儿，女监护穿件便服，拿支蜡烛，跑来对东家说："医士大爷，麻烦您起来吧，咱们街坊上那开书铺的斐南代斯·德·比安狄亚中风了，人家请您去瞧他，快去吧。"医生连忙穿上衣服出门。他老婆穿件便服，和女监护同到我那间客堂里。她们从桌子底下拉我出来，我已经吓得七死八活。梅日丽娜道："没事儿，狄艾果，你放心。"她就把方才的事三言两语讲了。她还想和我断欢重续，可是女监护不赞成。她说："太太，也许你丈夫跑去一看，书铺掌柜已经死了，立刻就会回来。"她瞧我吓呆了，又说道："况且这可怜的孩子中什么用呀，他不能跟你欢叙了。还是叫他回去好。"堂娜梅日丽娜一心贪眼前欢乐,嘴里答应,满不情愿。她替医生新制了一顶帽子,没给他戴上,我想她一定很懊丧。

我倒不懊恼没成好事,只私幸免了祸害。我回到主人家,把这事想到天亮。来晚究竟去不去幽会很费踌躇。我只怕第二次去偷情还一般的不顺手。可是魔鬼老在诱惑我们,碰到这类事,竟把我们迷昏了头,所以我想我如果好事半途而废就是大傻瓜了。我着了鬼迷,心目中的梅日丽娜越变得妩媚;等我去领略的乐趣也越见得可贵。我决计到底不懈,发愿这回要有些毅力。我第二晚十一二点钟又到医生家门口。天色很黑,一颗星都不见。我做了两三声猫叫,向里面报信我到了。我因为没人来开门,不愿意老叫一个调儿,就把猫儿各种叫声都学了一遍,那是从前奥尔梅都一个牧童教我的。我叫得真像,有个街坊恰好回家,真以为是一只叫春猫儿,就捡起脚边一块石子,使足劲儿向我掷来,一面骂了声:"这死猫儿!"我头上打个正着,当时头昏眼花,险地仰面摔倒。我自觉受伤不轻。我这一来尝饱了风流的滋味,热情随着热血流掉了。我回到主人家,闹得全家人都起来。我主人瞧了我的伤口,认为很凶险,替我包扎好。可是总算没事,三星期后伤口就平复。这些时候梅日丽娜什么消息也没有。大概美朗霞大娘要她撇下我,另外替她找到了好相识。我满不在乎,因为我伤口一好,立刻离开马德里去周游全国了。

# 第 八 章

吉尔·布拉斯和他旅伴碰见一个人把
干面包头儿在泉水里泡;他们的谈话。

狄艾果·德·拉·夫安特先生还讲了些以后的经历,我以为不值得转述,所以不提了。我当时只好听他的长篇大章,一路听到彭特·德·居若。我们就在那镇上歇半天。两人在客店里要了一个白菜汤、一只烤野兔子,先留神看过烤的确是兔子。第二天清早,我们把皮袋盛满了酒,那酒还不坏,又把几块面包和晚饭吃剩的半只野兔子塞在口袋里,仍旧赶路。

我们走了二哩路左右,有点饿了,看见离大道二百步上下有几株大树、一片清阴,就去歇脚。有个二十七八岁的人,也在那里,拿了干面包头儿在泉水里蘸。旁边草地上横着一把长剑,还有一个卸下的背包。他衣衫褴褛,可是身材相貌都不错。我们客客气气和他招呼,他也照样还礼。于是他拿着干面包头儿,笑容可掬地请我们同吃。我们领情,只要求把我们带的早点凑上,可以好好吃一顿。他欣然答应,我们立刻把身边的口粮陈列出来,这位陌路相逢的人看了很快活,喜不自胜地嚷道:"啊呀,两位先生,你们的口粮好丰富!我看你们真是有成算的人。我啊,出门从无准备,多半碰运气。可是你们别瞧我这样子,不是我夸口,我有时候也很出风头呢。你们可知道,人家常常把我当王爷看待,我背后还跟着卫队。"狄艾果道:"我懂了,你无非说你是个戏子。"那人道:"你一猜正着。我少说也演了十五年的戏。我从小就扮童角儿。"那理发的摇头道:"不瞒你说,我不大相信。我知道戏子是怎么样的人,他们那起先生出门,不像你这样凭两条腿走路,也不像圣安东尼①一般吃斋,只怕你只是个戏班子里打杂儿的。"那戏子道:"随你想吧,不过我扮的还是头等角色,我是扮情人的②。"我的同伴道:"既然如此,我恭喜你。吉尔·布拉斯先生和我能奉陪这样一位大人物用早点,荣幸得很。"

我们就啃面包头儿,吃那剩下的几块宝贝也似的野兔子肉,又抱起皮袋来大口喝酒,一会儿把那袋酒喝个精光。我们三人吃得很认真,说话都没工夫。吃完之后,我们又闲聊起来。理发的对戏子说:"我奇怪,怎么你光景很艰难似的。一个戏院里的要角,像你这样子未免太寒窘了。我说话太直,你可别见怪。"那戏子嚷道:"太直啊,你真没知道我梅尔希华·萨巴塔呢!谢天,我脾气一点儿不别扭,我喜欢你直言,

---

① 公元四世纪基督教圣人,曾在沙漠中禁欲苦修多年。
② 十六世纪起,西洋所谓"职业剧团"(Commedia dell arte)的每一个班子里总有八个到九个男演员,三个到四个女演员,每个只扮演一定的角色。男演员里有两个或三个是"小生"或少年情人(innamorati)。

因为我心上有什么就说什么。老实讲,我穷得很。"他叫我们瞧他袄儿里衬的都是戏招子,一面说道:"瞧,我通常用这东西做衣里子。你们若要见识见识我的行头,我可以给你们看。"他说着,从背包里拉出一套衣裳,钉满了旧的假银花边儿;一只宽檐儿破帽子,上面插几支零落的羽毛;一双丝袜子,全是窟窿;一双红摩洛哥皮鞋,也破烂不堪。他道:"你们瞧,我穷虽穷,还勉强过得。"狄艾果道:"这倒没有想到。那么你是无妻无女的了?"萨巴塔道:"我有个少年美貌的老婆,可是无济于事。我的坏运气实在是少有的!我娶了个漂亮女戏子,指望靠她养活,可是活倒霉,她偏是个引诱不动的正经女人。谁保得住不上这个当呢?走码头的女戏子里只那么一个正经女人,偏偏落在我手里了。"理发的道:"那真是运气不好,不过你为什么不娶个马德里大戏班子里的女戏子呢?你就拿得稳了。"那戏子道:"这话很对,可是,他妈的,一个走码头的小戏子怎么敢高攀那些有名的女角儿呀!要皇家戏班里的戏子才轮得到呢。可是他们中间还有许多人只能娶市民家的女人。亏得马德里女人多的是,有好些真不输戏房里的公主。"

我的同伴说道:"哎,你倒不想进他们那戏班子?是不是非要有了不起的本事不行?"梅尔希华道:"好哇,说什么了不起的本事呢!你不是笑话人吗?那班子里有二十个戏子。你向人家打听打听去,口碑好着呢!大半还只配背上包裹走码头。不过话是这么说,要进他们那班子可不容易。你要是有钱,或者有权势显赫的朋友,本领不行也不要紧。我刚在马德里首次登台,还会不知道底细吗?观众应该喝我的彩,可是他们狠命地喝我倒彩。我叫啊,嚷啊,怪声怪调,矫揉造作,念台词的时候,把拳头直伸到女主角脖子底下,总而言之,我学的是国内第一流名伶的腔调。可是观众看了他们喜欢,看了我就受不了。你们瞧,这可不是横着个成见么?我演戏不吃香,要是有门路可走,尽管看客喝倒彩,依然可以进那个戏班子,偏偏我又没有,只得回萨莫拉去。我要去找我的老婆和我们班子里那些伙伴儿,他们生意不大好,几回都东挪西借才动得了身上别处去,但愿这回不至于那样窘。"

这位戏里的王爷说完起身,背上背包,挂上宝剑,满脸正经地对我们说道:

"——告辞了,二公再见;

老天爷,保你们洪福无边!"

狄艾果学着他那腔调答道:"你也洪福无边,愿你回到萨莫拉,老婆已经变节,有阔佬包定了。"萨巴塔先生一转背,就且走且做手势背台词。理发师和我立刻喝起倒彩来,叫他不忘记首次登台的情景。他听得喝倒彩,还道是马德里人的倒彩呢,回头看见是我们开玩笑,一点不生气,随我们取笑,打着哈哈走了。我们也笑了个畅,才回到大道上,走我们的路。

# 第 九 章

狄艾果的家境,他家怎样庆贺,
以后吉尔·布拉斯就和他分手。

我们这天在马亚多斯和瓦尔布斯塔之间一个小村子里过夜,那村子的名字我记不起了。第二天上午十一点左右,我们到了奥尔梅都郊外。我的旅伴说:"吉尔·布拉斯先生,这儿就是我的家乡。一个人自然爱故乡,我到这地方就欣喜若狂。"我道:"狄艾果先生,你既然深爱故乡,该把它还说得好些。我觉得奥尔梅都是个城市,你却告诉我是村子,至少也该说是个大镇才对呀。"那理发的答道:"我对它赔个礼吧。不过我告诉你,我见过马德里、托雷都、萨拉戈萨,还有周游全国到过的许多大都会,再看这些小城市,就当做村子了。"我们往前走,渐渐看见奥尔梅都城外挤着许多人;再近前看得清楚,有许多大可注目的东西。

一片空场上搭着三座篷帐,彼此分开,旁边一大群厨子和打杂儿的忙着准备筵席。有的在篷帐下面长桌子上摆刀叉,有的把瓦坛子装满了酒,有的在烧火,还有的在烤各种各类的肉。搭的一座大戏台我尤其看得仔细。布景是五颜六色的硬纸做成,台上还标着希腊拉丁的格言。那理发的一见这些格言,就说:"这些希腊字里大有托马斯叔叔的味道,管保是他的手笔。我这话只跟你讲,他是个有本领的人,背熟的教科书不知多少呢。我只嫌他谈起话来老爱掉书袋,有的人不喜欢。"他又道:"我叔叔还译过希腊罗马的诗文。他一肚子的经典,你只要听他谈吐渊博,就会知道。要不是他,我们哪里知道雅典的孩子挨了鞭子就哭呢?这全亏他博学考据出来的。"

我旅伴儿和我把以上所说的形形色色看了一番,好奇心动,要知道这些布置是为什么缘故。我们上前打听;狄艾果看见一个人仿佛是这宴会的提调,原来正是托马斯·德·拉·夫安特先生,他忙同我迎上去。那教书先生认不得这个年轻理发师了,觉得他跟十年前变了样子。可是他到底不会认不得,就快快活活地拥抱他,很亲热地说道:"呀!你来啦!狄艾果,我的好侄儿,你回家乡来了吗?你来参见家堂神道了①,天保佑你平安回家。今天真是三重四重的喜!'当以白石志此佳日'②也。"又道:"朋友啊,这儿的新闻可不少,你叔叔彼德柔大才子给司命之神逮去了,他死了有三个月了。这守财奴生前只愁衣愁食,真是'容颜苍白为贪财'③。他拿了好几位阔人的大注津贴,每年的开销花不到十个比斯多,连贴身用人都不吃他的饭。他比希腊的阿里斯提波斯④还傻。阿里斯提波斯以为他奴隶替他扛的全部家当都是些重担子,不便行路,就吩咐他们一股脑儿扔在利比亚沙漠里去;这个傻瓜呢,把到手的金子银子都积起来,为了谁呢?为了他不屑见面的那几个承继人。他积了三万杜加,你爹、你贝特朗叔叔和我平分了。我们现在可以替子女成家。我哥哥尼果拉斯刚把你妹妹德瑞斯嫁掉,嫁给本地长官的儿子,'配成夫妇长相守'⑤。我们这两天布置了这样排场,就是庆

---

① 古罗马人供奉"家堂神道",西班牙当然没有这种迷信。托马斯叔叔好古,所以借用这个名词。
② 拉丁成语。希腊风俗以白石志喜,黑石志忧,参看拉伯雷《巨人传》第一卷第十章。
③ 引贺拉斯《讽刺诗集》第二卷第三首第 78 行(见"勒勃古典丛书"本第 78—79 页)。
④ 阿里斯提波斯(Aristippe),古希腊哲学家。狄奥吉尼斯·雷厄提斯《哲学家列传》第二卷第七十七节记载:"他一个用人扛着他的钱包嫌重,阿里斯提波斯道:'你拿得动多少拿多少,其余的一大半扔掉得了。'"(见"勒勃古典丛书"本第一册第 204—205 页)勒萨日所说稍有出入。
⑤ 引维吉尔史诗《伊尼德》(*Enéide*)第一卷第 73 行(见"勒勃古典丛书"本第一册第 246—247 页)。

贺这门鸿运高照的亲事。我们在郊外搭了这几座篷帐,彼德柔的三个承继人各占一座,轮流着一天一家做东。可惜你没早些回来,不及看见头两天的热闹。前天是结婚的日子,归你爹开销。他备的酒席好极了,接着来了个跑马挑圈儿竞赛。昨天是你那开丝绸铺的叔叔做东,请客人看了个田园式的歌舞。他挑了十个漂亮男孩子、十个小姑娘,把他们扮成牧童和牧羊女,把店里所有的缎带流苏都拿出来化装。这一群姣童美女合跳了各种舞蹈,唱了许多热情快乐的歌;虽然风流雅致到了极顶,来宾却不大领略,准是田园式歌舞不像从前走红了。"

又道:"今天归我开销,我准备请奥尔梅都市民看我编的一个戏,'完工要看收梢好'①呢。我叫人搭了一座戏台,靠天公作美,要叫我的学生演个我写的剧本,名叫《摩洛哥皇帝摩雷·布尚杜夫之娱乐》。这戏准演得极好,因为我那些学生念起台词来不输马德里的戏子。他们是贝涅斐尔和塞哥维亚的大家子弟,寄宿在我家的。他们真会串戏!其实也是我训练出来的,他们念台词的调门,一听就知是名师传授,'我亦云然'②。至于戏里的情节,我先不讲,免得你看来不新奇。我只说那戏准能叫满场感动,本事很凄惨,死的种种景象能叫看客惊心动魄。我赞成亚里士多德的意见,悲剧应当叫人恐怖。③哎,要是我专门写戏,我只写流血不怕腥的君王、杀人不眨眼的英雄;要把笔浸在血里。我的悲剧里不但主角一个个死掉,卫兵都死光,连后台提词儿的我也要杀了才罢。总而言之,我只爱恐怖,那是我的癖性。而且这种戏很叫座,戏子靠它能够穷奢极欲,作者靠它可以安居乐业。"

他刚说完,只见一大群男男女女从村子里到这边空地上来。其中有新郎新娘、亲戚朋友围随左右,前面约有十个到十二个人拿着乐

---

① 拉丁成语。
② 托马斯叔叔说的是拉丁文。
③ 亚里士多德《诗学》说:悲剧的作用是引起看众的"怜悯"和"畏惧",又说"畏惧"并不指可骇可怕(见"勒勃古典丛书"本第 22—23 页,又第 253—256 页)。十七八世纪的法国剧作家往往把"畏惧"(crainte)解释为"恐怖"(terreur),勒萨日就是讽刺这种人。

器,一齐吹弄,乐声聒耳。我们迎上去,狄艾果自己报了姓名,那群人立刻欢呼着拥上来。都要和他亲热一番,忙得他应接不暇。全家人和在场的都来拥抱他,于是他爹说道:"欢迎!狄艾果!你家里人现在阔了,朋友。我现在不多说,回头细细讲给你听。"这时候大家都往空场上跑,到篷帐底下,围着刚才摆好的桌子坐下。我跟着我的旅伴儿坐在新人一桌。我觉得那对新人没配错。酒席吃了很久,因为这教书先生爱体面,要赛过两个哥哥,请大家吃了三道大菜,比他俩的排场来得阔气。

吃过酒席,客人忙着要看托马斯先生的戏,都说这位大才子的作品准值得一看。我们拥向戏台,乐队已经在台前排好,准备在换幕时奏乐。大家屏息等候开场,演员一一登台,作者手拿剧本稿子,坐在后台便于提词的地方。这出戏果然悲惨。第一幕,那摩洛哥皇帝用箭射死了一百个摩尔奴隶作为消遣。第二幕,他把战俘的三十名葡萄牙军官一齐砍了头。末了第三幕,这皇帝对后宫厌腻了,把她们关在一座离宫里,亲手放把火,连人连房子都烧成了灰。那些摩尔奴隶和葡萄牙军官都是杨木削成的偶人,做得很工致;硬纸做的宫殿在放的烟火里仿佛真个熊熊燃烧。还有呻吟叫喊,好像真从火里出来。这场大火就算故事的收场,一出戏这样新鲜有趣地闭了幕。这个好悲剧博得场上一片掌声,可见作者的确高明,也可见他善于选题。

我以为演完《摩洛哥皇帝摩雷·布尚杜夫之娱乐》就没什么可看的了,谁知不然。一阵手鼓喇叭,又来了新节目,是发奖品。原来托马斯·德·拉·夫安特要这次庆祝分外隆重,叫他学生不论住校走读个个做篇文章,好的今天得奖,奖品是他掏腰包在塞哥维亚买来的书。立刻有人把两条课堂里的长凳子和一只书橱搬上戏台,橱里装满了装订很讲究的旧书。于是全体演员又上台去,排列在托马斯先生的四周。这先生神气十足,好像个学院的掌教。他拿着一张得奖人的名单,交给摩洛哥皇帝,扮皇帝的学生就高声唱名。叫到名字的学生先恭恭敬敬地从学究先生手里领一本书,然后戴上桂冠去坐在长凳子上,让台下大家仰慕一番。虽然这位教书先生一心要讨好来宾,却未能如愿,因为得奖的差不多全是寄宿生,照例如此。有些走读学生的妈妈就生了气,骂老师偏心。因此他这个很体面的宴会几乎像拉庇泰①的筵席,弄得不欢而散。

---

① 古希腊的一个部落,善驯马。相传拉庇泰(Lapìthae)王结婚设宴,半人半马的怪物(centaure)也赴席,喝醉了酒调戏新娘,拉庇泰人就把他们杀死大半。

第 三 卷

# 第 一 章

吉尔·布拉斯到马德里,他伺候的第一个主人。

我在这年轻理发师家里住了些时候。随后我跟一个路过奥尔梅都的塞哥维亚商人一同上路。这商人带了四头骡子运货物到瓦拉多利,现在空身回去。我们在路上相识,他跟我非常要好,到了塞哥维亚一定要我住在他家里。他留我住了两天,看我要乘包程骡子到马德里去,就交给我一封信,没说明是介绍信,只叫我按照姓名住址亲自送去。我一点不误事,把信送给马狄欧·梅朗代斯先生。他是开呢绒店的,住在太阳门箱子匠街拐弯儿。他拆信一看,满面春风,说道:"吉尔·布拉斯先生,彼德柔·巴拉西欧来信说得你真好,我一定要留你住在我家里。他还托我替你找个好东家,我也愿意帮忙。为你觅个好位置,我想不难的。"

我眼看身边的钱越花越少,梅朗代斯请我住,来得正好。可是我并没有打扰他多久。八天以后,他说有位相识的绅士要找亲随,他刚保荐了我,看来这位置跑不掉是我的。果然,那绅士立刻来了。梅朗代斯指着我说道:"大爷,这就是我刚才和您谈起的小伙子。这孩子又诚实又规矩,我要是担保不了他,就连自己都不能担保了。"这绅士目不转睛地看我,说我样子长得不错,就想雇用。又道:"他跟我回去得了;他做的事,我会教他。"他说完对那商人道声早安,就带我顺着圣斐利普教堂前面的大街走。我们到一宅很漂亮的房子里,他住的是侧面一溜屋;上了五六级台阶是两重很结实的门,第一重门上有一个安栅栏的窗洞,进去是一间房,从这间穿进去又是一间,铺着张床,还有些陈设,都说不上富丽，只是很干净。

我的新主人在梅朗代斯家里仔细端详过我，我也留心看了他一番。这人有五十多岁，神气沉静严肃。我看他是个好脾气，觉得他不错。他问了几句我家里的情形，对我的回答都很满意，说道："吉尔·布拉斯，我瞧你这孩子很明白，你做我的亲随，我可以放心。在你呢，这个位置也不委屈你。我每天给你六个瑞阿尔，折你的饭食、衣着和工钱，外快不算。而且我这人不难伺候，我在外边吃饭，家里不开火。你每天早晨把我的衣服拾掇干净，此外整天都没事儿。我只吩咐你一句话，你记着天黑了要早早回来，在门口等我；我就责成你这一点。"他把我的职司吩咐完毕，就履行契约，从口袋里掏给我六个瑞阿尔。我们俩一同出来，他亲自锁上门，把钥匙带在身上，对我说道："朋友，不要跟我；你爱上哪儿就上哪儿，满城溜达去得了。不过我晚上回来的时候，你得先在这儿楼梯边等着。"他说完走了，由我自在逍遥。

我对自己说："吉尔·布拉斯，你实在没处再找更好的主人了！怎么的呀！这人只要你掸掸他衣裳上的灰，拾掇拾掇房间，一天给你六个瑞阿尔，还让你自由自在地溜达消遣，像放了假的学生！谢天，这事称心极了。怪不得我那么急煎煎地要到马德里来，一定是预先觉得有好运气在这儿等我呢。"我白天在街上逛，看看没见过的新鲜东西，也就够忙。傍晚，我在寓所邻近小饭店里吃过晚饭，就赶到主人指定的地方去等。过了三刻钟，他回来了，瞧我准时不误，好像很高兴，说道："很好，这就不错，我喜欢用人做事认真。"他说着开了那两重大门；我们一进去，他立刻把两重门都关好。我们是在暗地里，他用火石火绒儿打个火，点上一支蜡烛，于是我伺候他脱掉衣裳。我等他上了床，照他吩咐，点了壁炉架上的灯，把蜡烛拿到外间。那里有一张没帐子的小床，我就躺下睡觉。第二天早上九十点钟，主人起来，我替他掸干净衣裳。他数了六个瑞阿尔给我，打发我出门一天。他仔细把门锁好，也就出去，我们这一整天就各走各的了。

我们每天如此，我非常称心。最妙的是我不知道主人的姓名，梅朗代斯也茫然，只晓得是位主顾，常买他的呢绒。我打听街坊，都说不上来，我主人虽然在那里住过两年，他们全不认得。据说他和邻居一无来往。有人惯爱冒冒失失地下断语,就咬定他不是好东西。后来人家越发胡猜乱讲,疑心他是葡萄牙皇帝派来的奸细,还好意警告我防着点儿。我听了很着急,这话要是确凿,我就保不住要光顾马德里的监牢了,想来不会比别处监牢里舒服的。我遭过殃,对法院有戒心,尽管无罪无辜,也不敢托大。法院即使不要无辜良民的性命,至少招待不周,谁上他的门就是活倒霉,我尝过两次风味了。

我这事很尴尬,就去请教梅朗代斯。他也没了主意。他不信我主人是奸细,但又无从断定他不是。我决计对东家留心察看,假如真是我们国家的敌人,就撇了他走。不过我觉得做事应该仔细,而且这是个好饭碗儿,得打听着实再辞。我就留心他的行动。一天晚上我替他脱衣裳,想探他口气,就说:"先生,我不知道为人在世应该怎样才免得人家闲话。天下人真恶毒!别人不说,咱们这些街坊实在不是东西。那起混账人!您再也想不到他们怎么说您来着。"他答道:"是么!吉尔·布拉斯。哎,朋友,他们能说我什么呢?"我答道:"啊,真是,要说坏话总有得说的,随你头等好品行,人家一样会造谣言。他们说咱们是坏人,法院应该注意。干脆说吧,他们以为您是葡萄牙皇帝的奸细。"我一面说,一面瞅着我主人的脸,仿佛亚历山大大帝瞅他医生那样①,我全神贯注,要看这番话有什么效验。我主人好像发了一阵抖,可见街坊的猜测不错;他又呆呆地出神,看来很可疑。不过他立刻神色如常,若无其事地说道:"吉尔·布拉斯,街坊爱怎么想,随他们想去,咱们别挂在心上。咱们没干坏事,不必怕人家议论。"

他说完就睡了,我也上床,不知道对这件事究竟应该怎么个看法。第二天早上,我们正要出门,听得临台阶的大门打得一片响。我主人开了里面一重门,从小窗口的栅栏往外张望。只见一个衣服整齐的人,说道:"大爷,我是个公差,特来通知你,本地法官老爷要找你说话。"我主

---

① 据普路塔克(Plutarque)《希腊罗马伟人合传》里《亚历山大传》第十九节,亚历山大大帝征波斯时有病,他的好友斐利普处方调药。有人告密,诬蔑斐利普受了波斯王的贿赂,进的是毒药。斐利普进药上来,亚历山大表示对朋友信任,一壁把信给他看,一壁把药一口吞下("勒勒古典丛书"本第七册第276—277页)。勒萨日所引用,跟原意稍有出入。

人道:"他找我干吗?"公差道:"大爷,这个我可不知道,你见了他就会明白。"我主人道:"我向他致敬,我跟他毫无交涉。"他说完砰地把里面那重门关上,于是在房里踱了一会儿,仿佛听了公差的话很上心事。他给我六个瑞阿尔,说道:"吉尔·布拉斯朋友,你可以出去随意逛一天了,我这会子还不出门,今儿早上也不用你伺候。"我听了这话,想他是怕给人抓去,只好躲在家里。我撇他在家,要瞧瞧我猜测得对不对,就找个地方躲着,他要是出门,那儿看得见。我真会耐心守他一上午,只是他省了我的事。一个钟头以后,我看见他打街上过去,神气很安闲,我一上来真看不透他了。可是我对他有成见,他那外貌哄不倒我,我决不相信。我想他那副神气准是假装的,甚至于想他在家无非要收拾金子宝石,大概这会子急急逃命去了。我满以为跟他没有再见之缘,想他大难临头,从此溜出马德里,也许我晚上都不必在门口等他了。可是我还回去等着,想不到主人竟照常回家。他上床睡觉,好像一点没什么心事;第二天早上起来,照样没事人儿一般。

我主人刚穿好衣裳,忽听得打门。他隔着栅栏一看,认得是昨天来的公差,就问有什么事。公差道:"开门,法官老爷来了。"我一听见这个威风凛凛的头衔,吓得浑身冰冷。我受过这班老爷收拾,怕得要命,这时恨不得身子远在马德里一百公哩之外。我主人不像我那样害怕,他开了门恭恭敬敬请法官进来。法官道:"你瞧,我愿意把事情干得悄悄默默的,没带着大队人上你家来。尽管你名声不好听,我觉得还不该下辣手。你告诉我,你叫什么名字,在马德里干什么事。"我主人道:"先生,我是从新加斯狄尔来的,我名叫堂贝尔那·德·加斯狄尔·布拉左。我干的事就是散散步,看看戏,每天跟几个意气相投的人一同玩玩。"法官道:"你收入一定很多了?"我主人打断他道:"不,先生,我没房没地,没有收入。"法官道:"那么你靠什么过日子呢?"堂贝尔那道:"我靠什么过,我来给你瞧。"他就掀起一幅壁衣,后面有扇门,我从没见过;他开了这门,又开了后面一重门,把法官让进这个小房间,里面有只大箱子,打开一看,满满的都是金元。

他对法官道:"先生,你知道西班牙人都不爱做事;不过他们虽然懒,总懒不过我。我天生懒骨头,什么事都做不来。我要是把自己的短处说成长处,我的懒惰可说是哲人的物外逍遥,世人攘攘追逐的一切,我可说都看破了,我潜心修养,到了这个境地。不过我直认自己生性懒惰,而且懒得厉害,假如我非得做事才有饭吃,准要饿死的。我要过得随心如意,不必费神经营财产,尤其可以不用总管,就把承袭来的几份大家私全换了现钱。这一箱有五万杜加。我已经五十开外,一年花不到一千杜加,就是活到一百多岁也享用不尽。我不忧来日,谢天!破家荡产的那三种通病我都不犯。我不贪吃喝,赌钱不过是消遣,对女人也腻味了,我老来决不会做那种千金买笑的老色鬼。"

法官听了道:"我瞧你实在好福气!人家怀疑你当奸细,真是大错。你这样性格绝不是那种人。好,堂贝尔那,你照常过你的日子得了。我非但不来打扰你的清静,还声明要加以保障呢。我愿意跟你做个朋友,希望你不弃。"我主人听他说得恳切,大为感动,说道:"啊呀!先生,难得你这片好意,我欢欢喜喜、恭恭敬敬地领你的情。承你见爱,我就更加富足,我的福分就十全了。"这段谈话,我和公差在门外都听得清楚。于是法官告辞,堂贝尔那对他说不尽的感激。我要帮东家做主人,对公差非常多礼。一切好人对公差自然的又怕又恨,我心里也有同感,可是我还对他深深鞠躬了不知多少回。

# 第 二 章

吉尔·布拉斯在马德里碰见罗朗都大头领,
吃了一惊;这强盗告诉他的奇闻。

堂贝尔那·德·加斯狄尔·布拉左把法官送到街上,赶忙回来关上钱箱和那重重防卫的门户。我们俩高高兴兴地各自出门。他高兴的是结识了有权有势的朋友,我高兴的是一天六个瑞阿尔又拿稳了。我急要告诉梅朗代斯,就上他家去,可是我快要到他家的时候,忽然看见罗朗都大头领。我再也想不到会在这地方碰到他,劈面撞着,不禁浑身发抖。他也认得我,招呼的时候态度很庄重,吩咐我跟他走,还是那副做头领的架子。我抖索索地跟着,暗想:"啊呀!他一定要跟我算账了。他要带我上哪儿去呀?大概他有个什么地窟在这城里吧。倒霉!要是情形不妙,我马上会叫他瞧瞧我这双脚没害痛风病。"我一面跟着走,留心他在什么地方停,如果有点儿靠不住,决计拔腿飞跑。

罗朗都一会儿把我的鬼胎打掉。他跑进一家大酒店,我也跟进去。他要了些好酒,叫店主人预备饭菜。店家做菜的当儿,我们到一间房里,大头领看见旁边没人,就说:"吉尔·布拉斯,你准没想到会在这儿碰见你的旧头领。你回头听了我讲的事,还要奇怪呢。那天我撇你在地窟里,带了全伙儿好汉上曼西拉去卖掉前一天抢来的骡马,路上碰见雷翁司法官的儿子。他车后跟着四骑壮士,都器械齐全。我们杀了两个,还有两个逃走了。车夫怕主人性命难保,对我们哀求道:'哎,诸位好汉,看老天爷面上,别杀雷翁法官老爷的独养儿子!'一伙好汉听了,并不发慈悲,反而火上来了。其中一人说:'弟兄们,这是咱们这行人顶头死冤家的儿子,别饶过他!他老子把咱们同行兄弟害死了多少啊!他们的阴魂这会子仿佛来讨命了。宰了这头牛子,向他们上祭,替他们报个仇!'别的好汉都赞成,副头领就要做大祭司。我拉住他胳膊道:'住手!何苦滥杀人?咱们拿了这年轻人的钱袋就算了。他毫不抗拒,杀他未免残暴。况且他老子干的事不能怪在他身上。咱们拦路打劫是尽咱们的本分;他老子把咱们处死也无非是尽他的本分。'

"我替法官的儿子求情居然有效。我们只把他的钱抢个精光,把两个死人的马匹也牵走,连我们带的一批骡马同在曼西拉卖掉,然后回到地窟。那是第二天傍亮儿时候了。我们看见坠门大开,吃了一惊,又见雷欧娜德捆在厨房里,越发奇怪。她三言两语讲了究竟。我们想起你的肚子痛,忍不住大笑。你竟有本事哄过我们,实在可佩。我们万想不到你会叫我们上这样个大当,你会出花样儿,我们也就不计较了。我们解下厨娘,我就吩咐她做饭。这个当儿,我们上马房去照料马匹,发现那老黑人一周时间没人看顾,快要死了。我们想医治他,可是他已经人事不知;我们尽管一番好心,瞧他奄奄一息,只得把这个半死不活的可怜虫撇下不管。我们依然有胃口,吃得饱饱,各自回房睡了一整天。

我们醒来听得雷欧娜德说多曼果已经死了。你应该记得从前睡的那个地窨子,我们把他抬到那里,当个同伙弟兄那样埋了。

"过了五六天,我们早上出去巡游,忽然在树林外碰到三队公安大队的警卫,好像候着我们要来厮杀。我们起初只看见一队。他们人虽多,我们并不放在眼里,就冲上去。可是交手的时候,另有两队埋伏也一拥而上,我们尽管勇猛也无济于事。我们寡不敌众,只得败下来。副头领和两名好汉送了性命。我和另外两个好汉被他们围在垓心,都给警卫捉住。① 两队警卫押送我们到雷翁,另一队去捣我们的老窝。我且讲讲他们怎么发现这个窝的。那天你和那女人逃走,没把地道口的坠门关上。路赛诺一个农夫回家路过,无意间看见了。他怀疑那是我们的巢穴,不敢进去,只把四周仔细认明,又怕记不清楚,就用小刀子在附近树上刮掉些树皮,他出树林的时候,一路每隔几步就在树皮上做个记号。他随就赶到雷翁,报告法官。法官因为我们这伙人刚抢劫了他的儿子,听了尤其称心。他就召集三队警卫,叫农夫做向导,前来缉捕。

"我进雷翁城,城里人都当做一幕好戏看。大家争先恐后,就是葡萄牙的大将被俘也不过如此了。有人说:'那就是他!那就是他!有名的强盗头子,这一带的凶神!他和他那两个伙伴儿都该用钳子把胳膊呀、腿呀扯个四分五裂。'我们被押到法官面前,法官破口骂道:'好哇!混蛋!你无恶不作,老天再也容不过你,把你交给我来处分了!'我道:'老爷,我犯了许多案,可是没杀你的独养儿子。他性命是我救的,你也该感我几分恩。'他道:'啊,你这死不足惜的东西!跟你们这种人也配讲道义!就算我愿意救你,我的职责也不容我。'他说完就把我们下在监里。他没让我的伙伴儿受罪多久,三天之后,他们押上广场,演了一幕惨剧。我在牢里关了整整三星期。我想他们迟迟不判我死刑,无非要我死得更苦,我正等着什么新鲜死法,忽然法官召我去,说道:'听我宣判,你现在自由了!我的独养儿子全亏了你没在官道上横死。我做父亲的该报你大恩,而身为法官又不能赦你无罪。我上呈文

---

① 这里勒萨日只交代了六个强盗。地窟里原有八个强盗(见第一卷第五章),死掉一个(见第一卷第九章),还该有七个强盗。

到朝里替你求情,请个特赦,现在赦书到了。你随便到哪里去都成,不过听我的话,你这次侥幸,该学个乖,仔细想想去,别再做强盗了。'

"我听了很感激,就取道上马德里,决计改过自新,安分度日。我一到知道爹妈已经去世,遗产在一个年老的亲戚手里。他像一切保管人那样开了篇细账给我。我只到手三千杜加,大概不到家产四分之一。可是有什么办法呢?跟他打官司也不会有好处。我免得游手好闲,花钱买了个公差的职位,我奉公尽责,仿佛一辈子没干过旁的行业。我同行要是知道我的往事,准觉得情理难容,不会让我吃这碗饭。幸亏他们不知道,或许装作不知道,反正是一样;在这个体面帮子里,各人的所作所为都得遮遮掩掩呢。谢天,我们彼此间谁也不嫌谁。要是谁比别人好啊,去他的!"罗朗都接着又道:"可是我的朋友,我要跟你说几句衷心话儿。这碗饭不合我的脾胃,干这个行业得非常手脚伶俐,非常鬼鬼祟祟,只可以暗里使计策。唉!我真撇不下从前的买卖!当然新行业少担些风险,可是旧行业称心得多,我爱的是自由!哪一天,我真会扔掉这位子,跑到塔古河发源的山里去。我知道有一大群好汉在那里落草,全是加泰罗尼亚人。我不必多言,这一句话就把他们称赞到底了。你要是愿意跟我,咱们就去找那群好汉入伙。我在他们队里可以做个二头领;我只要说你曾经和我十来次并肩厮杀,他们就会要你。我一定把你的勇敢称赞得天花乱坠,大将要提拔军官也不会像我那样褒奖。我决不说你骗过我们,那事我严守秘密,免得惹他们猜疑。好,你打算跟我吗?快说吧。"

我道:"人各有志,你生来是放胆干事的人,我只愿过过安闲日子。"他插口道:"我懂你的意思,你爱上了那个女人,所以带她逃走,现在还放她不下;你们俩准在马德里一同过你喜欢的安闲日子。吉尔·布拉斯先生,你说老实话吧,你一定弄了房子把她安顿下来,两人一起在花那些地窖里拿来的比斯多。"我告诉他并无其事。我说,等我一壁吃饭,一壁把那位太太的事讲给他听,让他明白真相。我就讲了,还把我逃出地窖以后所经所历都告诉了他。吃完饭,他又提起要到加泰罗尼亚去入伙的话来。他并且说主意已定,劝我学样。他看我劝不动,脸色和声音勃然一变,铁板着脸,傲然说道:"抬举你入伙做好汉,你倒不要,宁可当下贱的用人,你既然那么没志气,随你甘心下流吧。不过我有几句话,你好好听着,牢牢记在心上!你今天碰见我,只当没有这回事;无论在什么时候、对什么人,总不许讲起我。我要是知道你说话里刮拉上我,你领教过我的脾气,我不多说了。"于是他叫店主人来算清账,我们就起身出门。

# 第 三 章

他离开堂贝尔那·德·加斯狄尔·布拉左家,
去伺候一个花花公子。

我们出酒店分手的时候,我主人恰从街上过。他瞧见我了;我还看见他瞅了那大头领好几眼。我想他碰见我跟这样个人在一起大概很诧异。罗朗都的相貌决不像规矩人。他是大高个子,长脸蛋,鼻子像鹦哥嘴,虽然形状不算凶恶,却十足的一副流氓相。

我猜得不错。那天晚上,堂贝尔那念念不忘大头领的那副相貌。要是我胆敢讲大头领的许多妙事,他准听得进。他说:"吉尔·布拉斯,我刚才看见你跟一个高高大大的流氓在一起,那是谁啊?"我说是个公差。我以为他听了这话就满意了,不会再多问,可是他还细细盘问。我记着罗朗都的恫吓,所以很窘。他看我那样子,立刻剪断话,上床睡了。第二天早上,我照常伺候他完毕,他数给我的不是六个瑞阿尔,却是六个杜加,说道:"朋友,这个你拿去,你服侍我到今天,这是赏你的。你另外找事吧。有那样好相识的亲随我吃不消。"我想解释一下,就说那公差是我在瓦拉多利行医的时候治病认识的。我主人道:"好得很,推托得很巧。你应该昨儿晚上不慌不忙就这么回答。"我说:"先生,我实在是谨慎起见没敢说,所以为难。"他轻轻拍着我肩膀道:"当然,你谨慎得很!我没想到你这样调皮。走吧,孩子,我不用你了,跟公差来往的用人不合我的脾胃。"

我立刻把坏消息告诉梅朗代斯。他安慰我说,要荐我个更好的人家。过了几天,他果然对我说道:"吉尔·布拉斯朋友,我来报告一桩梦想不到的喜事!你可以弄到个天字第一号的好差使了。我想荐你去伺候堂马狄阿斯·德·西尔华。他是名门望族,人家称为花花公子的那种大少爷。承他赏脸,是我的主顾。其实他来买了料子总欠账,不过跟这起大爷交易不吃亏,他们常会娶到有家私的老婆替他们还债;即使不然,内行人跟他们做买卖,价钱总抬得很高,只要收二成半的账就不亏本了。堂马狄阿斯的总管是我的好朋友。咱们找他去吧。他要亲自带你见东家去,而且你可以拿稳,他看我面上一定很看顾你。"

我们一路到堂马狄阿斯的寓所去,那商人说:"我想该把那总管的性格儿告诉你,让你心里有个谱儿。他名叫格瑞果利欧·罗德利盖斯。我私下跟你说说,这人是下贱出身,自己觉得善于经纪,就施展天才,做过两家的总管,人家败光,他就发了财。我告诉你,他很爱面子,喜欢别的用人拍他马屁。他们要向主人求点儿恩典,得先去求他;要是跳过他的头,他总有现成的借口,不是叫主人取消成命,就是叫用人得不到实惠。吉尔·布拉斯,你以后这样办法:宁可不趋奉主人,可是得趋奉罗德利盖斯大爷,尽心竭力讨他的好。他喜欢了你,好处大着呢。他就不会拖欠你的工钱;你要是有本领巴结得他信任,他还会给你些小骨头啃啃。他手里的骨头多的是!堂马狄阿斯是个大少爷,只想寻欢取乐,一点不耐烦过问家务。做总管的在这种人家多合适啊!"

我们到那寓所,找罗德利盖斯先生说话。门上人说他在自己房里。他果然在那儿,一起还有个农夫模样的人,拿着一只蓝帆布口袋,里面满满的都是钱。那总管的脸色看来比伤春女子的还要青黄。他向梅朗代斯张臂相迎,那商人也张臂赶上去,两人亲热地拥抱,这副表情多半是装出来的。于是他们就谈到我的事。罗德利盖斯先把我从头到脚细细看了一遍,很客气地说,堂马狄阿斯正用得着我这样个人,他愿意带我去见见。于是梅朗代斯说他对我怎么关切,请总管照拂,又恭维了一大泡,就撇下我走了。他走之后,罗德利盖斯说:"等我打发了这个乡下佬,立刻带你上去见我主人。"他就到那农夫跟前,接过口袋,说道:

"达雷果①,咱们来点点这里是不是五百比斯多。"他亲手点钱,数目不错,就出个收条给农夫,打发他走。他又把钱装进口袋,说道:"咱们现在可以去见我主人了。他常是中午起床,这会子快一点钟了,他该起来了。"

堂马狄阿斯果然刚起来。他便装靠在安乐椅里,一条腿跨在扶手上,身子一摇一晃的正在研那烟叶子②。一个跟班的暂充贴身用人,伺候在旁,正和他说着话儿。总管道:"大爷,我大胆找了这小伙子来替您前天撵走的那个。卖呢绒给您的梅朗代斯是他保人。他说这小子能干,我想您一定觉得他很不错。"那位大少爷道:"成,你荐来的人,我不管三七二十一总是要的。我就用他做个贴身用人,这事讲定了。"接着道:"罗德利盖斯,咱们谈谈别的事情吧。你来得恰好,我正要叫人去找你。亲爱的罗德利盖斯,我要告诉你个坏消息。我昨夜赌运不好,手里一百比斯多输光不算,还用名誉担保欠下二百比斯多的债。你知道上等人把清偿这种债务看得多么重。我们讲信义,其实只是这项赌账一点不拆烂污,别的债目我们并不认真偿还。你务必立刻筹出二百比斯多,送到贝德罗萨伯爵夫人家去。"总管道:"大爷,这话说来容易做来难。请问您,叫我到哪儿去弄这笔钱啊?您那些佃户一个子儿也不拿出来,随我怎么吓唬他们也没用。可是我得把您这份人家撑得像模像样,还得耗尽心血筹钱给您花。我实在是谢天照应,直到如今还支应得过;可是已经山穷水尽,再没有办法了。"堂马狄阿斯打断他道:"这些话说也没用,你啰哩嗦嗦的只叫我心烦。罗德利盖斯啊,你要我改过自新,亲自料理家务来当消遣么? 我这么个寻欢作乐的人,这来倒是怪有趣味的!"总管道:"别性急,照这样下去,我瞧您不久就可以把这类麻烦永远摆脱了。"那大少爷烦躁道:"你烦得我要死。让我糊里糊涂地把家产败光好了。我跟你说,我要二百比斯多,非有不可。"罗德利盖斯道:"那么我去找那个重利放债给你的小老头儿商量一下,怎么样?"堂马狄阿斯道:"随你找他妈的谁商量去,只要替我弄到二百比斯

---

① 西班牙文 Talego,意思是"钱袋"。
② 在勒萨日写这部书的时代,吸鼻烟的人都有一只磨烟叶的研子,自己把烟叶研成末子。

多,别的我不管。"

他焦躁地说完这话,总管就出去了。这时来了个贵家公子,叫做堂安东尼欧·德·桑德雷斯。他对我主人道:"朋友,你怎么了?我看你气色不佳,满面怒容。谁招你生气了?准是方才出去的那个混蛋。"堂马狄阿斯答道:"是啊,那是我的总管。他每次跟我谈话总叫我受一顿罪。他跟我讲家务,说我快把家私吃尽花光了。那畜生!倒仿佛是他在赔钱呢。"堂安东尼欧道:"朋友啊,我跟你同病相怜。我的管账跟你的总管一样混账。那混蛋经我再三再四的吩咐,筹了些钱来,就好像是他自己掏腰包给我的。他老对我讲一大套道理,他说:'先生,你这就完蛋了,你的进账扣押起来了。'我只可以打断他,免得他多说废话。"堂马狄阿斯道:"糟的是咱们少不了那种人,那是一种少不得的坏东西。①"桑德雷斯道:"我也是这个意思,不过……"他说着放声大笑道:"你听啊,我忽然想出一个怪有趣的主意,没有更妙的了。咱们跟总管交涉的时候那种严肃的情景可以变得滑稽,咱们懊恼的事可以变得有趣。你听我说:你要的钱归我去问你的总管要;你也替我去问我的管账要钱。随他们讲多少道理,咱们可以平心静气地听。你的总管就对我来报账,我的管账对你报账。我只听他数说你的荒唐,你只看到我的荒唐。咱们这就好玩儿了。"

这番妙论引起许多趣谈,两位少爷都乐了,说得兴高采烈。格瑞果利欧·罗德利盖斯进来,打断了他们的话。他背后跟着个秃脑瓜儿的小老头子,秃得几乎一毛不着。堂安东尼欧就要走,说道:"再见,堂马狄阿斯,咱们回头见。我走了,让你跟他们两位一起吧,你们准有什么正经事要商量。"我主人道:"哎,我没事儿,别走,你在这儿不要紧。这位老成持重的老头儿是上等人,他按二十分利借钱给我。"桑德雷斯大惊小怪地嚷道:"啊呀!二十分利!恭喜你碰到这样好人。人家对我可没这么宽,我是出了金子的价钱买银子。我借钱总是三十三分利。"那重利盘剥的老头儿就说:"多高的利息呀!那些混蛋!他们也想到

---

① 希腊喜剧家米南德(Menander)说:"女人是个少不得的坏东西,"又说:"结婚是桩坏事,但是桩免不得的坏事。"(见"勒勃古典丛书"本《米南德集》第 480—481,又第 514—515 页)这话就成为欧洲各国流行的成语。

死后有天堂地狱的报应么？怪不得人家要把放利钱的人那样痛骂呢。就因为里面有些人重利盘剥,坏了我们的名誉体面。我呀,放债不过是与人方便；要是同行都像我一样,我们不至于那么挨骂。啊,要是这年头儿还像从前那么好,我借钱给你不要利息；虽说现在钱少,我要二十分利简直还于心不安呢。可是银子好像回到地底下去了,都没有了,现钱太希罕,所以我也没法儿一味讲究道德。"

他接着问我主人："你要多少钱啊？"堂马狄阿斯道："我要二百比斯多。"那重利盘剥的人说："我口袋里有四百比斯多,只要给你一半就行。"他一面说,一面从他那长袍底下拉出一只蓝帆布口袋,好像就是刚才农夫达雷果装五百比斯多给罗德利盖斯的那一只。我立刻看透了怎么回事,恍然明白梅朗代斯称赞那总管有手段果然不错。老头儿把袋里的钱全倒在桌上,一一点数。我主人一见,贪心顿起,看中了整笔钱了,就对那放高利的说："戴公米尔加多先生①,我仔细想了想,我真是个大傻瓜。我只想还债,没想到身上一个子儿都没有了,明天还得来找你。我想这四百比斯多我一股脑儿都要了吧,免得劳你再来。"老头儿道："先生,我预备留一份给一个好人。他是位学士,承袭了大家私,发慈悲都花在年轻姑娘身上,要她们脱离繁华世界,还布置房子供她们退隐。不过你既然这一笔钱都要,不妨全拿去,只是别忘了抵押。"罗德利盖斯插嘴道："抵押稳靠得住。"他从口袋里拿出一张字据道："这期票上只要请堂马狄阿斯大爷签上个字,凭票可问他佃户达雷果要五百比斯多,那人是蒙德雅的富农。"放高利的说："这就成了,我一点儿不作难人,只要这办法有道理,我就爽爽快快的一口答应。"总管把笔交给我主人,我主人并不看看字据上写的什么,他嘴里吹着口哨,签上了名字。

这事办完,老头儿告辞。我主人跑上去拥抱他道："再见,放高利贷的先生,我全凭你做主。我不懂人家为什么说你们这种人是混蛋,我觉得国家少不了你们。你们是成千成百个公子哥儿的定心丸,入不敷出的大爷们的财源。"桑德雷斯嚷道："你说得对! 放高利的都是上等

---

① 西班牙文 Descomulgado,意思是"驱逐出教会的人"。

人,对他们百般敬礼都不算过分。我看二十分利这一点上,也要拥抱他一番。"他说着也上来拥抱。两位花花公子闹着玩儿,把他推来搡去,就像打网球的拍着个皮球。他们推搡了好一顿,才让他跟总管出去。其实他们倒该拥抱那总管,还另外赏他些东西。

罗德利盖斯和他的走狗出去了,我和那跟班都在屋里,堂马狄阿斯就叫他把一半比斯多去送还贝德罗萨伯爵夫人,自己把其余一半装在随身一只长长的绣金的钱袋里。他手里有钱,得意之至,高高兴兴地对堂安东尼欧道:"咱们今天干些什么事儿呀?商量商量吧。"桑德雷斯答道:"说这句话就不愧是个有见识的人了。好呀,咱们想想。"他们正在盘算怎么消遣这一天,外面又来了两位大爷。那是堂阿雷克索·西侠和堂范尔南·德·冈博阿,都跟我主人差不多年纪,在二十八至三十岁之间。这四位爷一见面就亲亲热热的我拥你抱,好像已经十年阔别似的。堂范尔南是个笑呵呵的胖子,他对堂马狄阿斯和堂安东尼欧道:"你们两位今天在哪儿吃饭?要是没有别的约,我带你们到一个酒店里去。那儿的酒简直是天上神仙喝的。我昨天在那店里吃晚饭,今儿早上五六点钟才出来。"我主人嚷道:"但愿我昨夜也像你那么乖乖地过,就不会输钱了。"

桑德雷斯道:"我啊,昨儿晚上有个新消遣,因为我喜欢新鲜玩意儿。人要活得有趣,全靠翻着花样儿玩儿。我朋友带我到个人家,主人是那种公不忘私的包税员。他家很富丽堂皇,也很雅致,酒菜办得在行,可是主人真可笑,逗得我直乐。他是包税局那班人里最鄙俗的一个,却要装贵人气派。他老婆是个丑八怪,也做出千娇百媚,说了多少傻话,又带着比斯盖乡音,越显得蠢。而且同席还有四五个孩子,由家庭教师陪着。你们想吧,这一席合家欢逗得我多乐呀!"

堂阿雷克索·西侠道:"诸位先生,我昨晚在女戏子阿珊妮家吃的晚饭。同席六个人:阿珊妮、茀萝利蒙德和她的一位风骚朋友、泽内德侯爵、堂如安·德·蒙加德,还有我。我们喝了一夜酒,说些风流放诞的话。多乐呀!当然阿珊妮和茀萝利蒙德没什么头脑,不过她们是风月场里的老手,也就充得聪明伶俐。她们是那种高兴活泼、爱闹爱笑的女人,不是比规规矩矩的女人好一百倍么?"

# 第 四 章

吉尔·布拉斯认识了那些花花公子的亲随；
他们指点了俏皮的捷径，又叫他发了个奇誓。

我伺候堂马狄阿斯穿衣裳，几位大爷就这样谈论着，直到我主人打扮停当出门。他就叫我跟着，同到堂范尔南·德·冈博阿说的那个酒家去。每位爷有个亲随，我就和那三个亲随跟在后面。我留意这三个用人个个模仿自己的主人，神情毕肖，不禁暗暗称奇。我是他们的新伙伴，就向他们招呼。他们还了礼，有一个把我看了几眼，说道："老哥，瞧你这副神气，好像第一次伺候大家公子。"我答道："咳，是啊，我新近才到马德里。"他道："我看得出来，你有一股子土气，好像很羞缩不自在，行动有点儿呆板。可是不要紧，我担保我们马上会点拨得你灵活。"我说："只怕是哄我吧？"他说："没那事儿，无论什么傻瓜我们都能改造，这点你放心好了。"

我不必他多说，就知道这些同行兄弟都是好小子，我要做个机灵的用人，有他们指点再好没有了。我们到酒店里，饭菜都已经预备好，堂范尔南有先见，早上就定下的。大爷们入席，我们在旁伺候。他们谈得很乐，我听着非常有趣。他们的性格儿、他们的心思谈吐，都叫我好笑。他们真是兴高采烈，异想天开；我觉得他们是另外一种人。他们吃到末一道菜，我们就送上许多瓶头等西班牙酒，然后退到小厅上，那儿开了一桌我们吃的饭。

我立刻知道我当初小看了这几位二爷。他们不但学主人的举止，也学他们的谈吐。这些混蛋学得惟妙惟肖，只欠些华贵之气。我羡慕他们自在写意的气概，尤其钦佩他们的俏皮，觉得自己一辈子也休想那么倜傥。堂范尔南的亲随因为他主人做东，也就把我们当客人款待。他怕招待不周，叫了店主人来吩咐道："掌柜的，把你最好的酒拿十瓶来，照例记在我们大爷账上得了。"掌柜道："遵命，可是加斯巴先生，你可知道堂范尔南大爷已经欠了我好几顿饭钱了。要是你肯帮忙，照顾我收几个现钱……"那亲随打断他的话道:"该你的账你甭发愁,都在我身上。我主人的债跟金条一样硬呢。当然,有些债户无礼,叫法院把我们的进款扣押了,可是我们一有机会,立刻可以请求发还;那时你开上账来,我们看都不看就把钱还你。"店主人就送上酒,不问进款扣押的事;我们也姑且喝酒,等进款将来发还。我们连连喝酒祝福,彼此的称呼都借用主人家的姓氏,那情景煞是好看。堂安东尼欧的亲随叫堂范尔南的亲随冈博阿,堂范尔南的亲随叫堂安东尼欧的亲随桑德雷斯,他们也照样叫我西尔华。我们这班冒名顶姓的二爷正和那几位真名实姓的大爷一样,渐渐地喝醉了。

虽然我比不上同席诸君谈笑风生,他们倒也不嫌。里面最调皮的一个说道:"西尔华,我们要造就你呢,朋友。我看你天分不错,只是你不会因才善用。你怕说错话,就不敢随口说;可是现在许多自充俏皮的人无非逗嘴胡说罢了。你若要锋芒四射,只消乘兴信口,乱说一通;你胡说八道,人家只赞你豪放。你一百句混话里或许夹带一点儿俏皮,人家把你的胡言乱语全忘了,只记着你那点机锋,对你另眼相看。咱们那几位东家就用这法子,很有效验。谁要享风趣高妙的大名都应该这样。"

我本来就很想充才子,一听他们传授的秘诀,觉得并非难事,应该记住这个窍门。我当场试验,仗着酒力,果然有效。那无非是信口胡扯,一大串荒唐话里碰巧有几分风趣,赢得大家叫好。我这番尝试以后,胆子大了,就抖擞精神说俏皮话,可巧又很成功。

刚才在街上跟我说话的那位同行弟兄道:"好啊!你的土气不是磨掉些了么?你跟我们才混了两个钟头,已经换了个人,以后一天天还眼看着你变样子呢。你瞧,这就是伺候贵家公子的好处,能增长智慧,在平头百姓家就不会这样。"我答道:"那还用说么?所以今后我只愿意伺候贵人了。"堂范尔南的亲随醉醺醺地嚷道:"说得好,平头百姓哪里配使唤咱们这种大才。嗨,诸位,咱们来发个誓,一辈子不伺候那种小人。咱们凭斯堤克斯起个誓!①"大家齐声附和,手擎酒杯,笑闹着发

---

① 希腊神话:斯堤克斯(Styx)是阴间的河,朱庇特(Jupiter,即宙斯)等一切神道往往凭斯堤克斯发誓,就不能背誓。

了个誓。我们直喝到主人散席才罢。那时候才半夜,我的伙伴儿都以为他们太不贪杯了。这起爷们老早散席,其实无非要去找皇宫左近一个很有艳名的女人,她那儿不分昼夜都门户洞开,让人家去取乐。这女人大概有三十五到四十岁光景,依然十分美丽,也很有风趣,应酬功夫非常到家,因此她的余姿剩色据说卖得比开始梳栊的时候还贵。她家还常有两三个头等的风骚女人,所以越发门庭若市。那些客人下午赌钱,接着吃晚饭,通宵喝酒作乐。我们跟主人在那儿盘桓到天亮,并不厌倦,因为他们和女主人在一起,我们就跟女用人玩儿。到天亮我们才分手,各自回家睡觉。

我主人照常十二点起来,穿衣出门。我跟他到堂安东尼欧·桑德雷斯家,碰见一个人,叫做堂阿尔华·德·阿古尼亚。这位爷已经上了年纪,是风月场中的大师。年轻子弟想做风流公子,都跟他学。他指点他们寻欢作乐,教他们出风头、挥霍家产。反正他自己的家当早已败光,不用再担心了。三位爷见面拥抱一番,桑德雷斯就对我主人说:"真的,堂马狄阿斯,你来得再巧没有!堂阿尔华要带我上一个市民家里去,他今儿请泽内德侯爵和堂如安·德·蒙加德吃饭,我希望你也去。"堂马狄阿斯道:"那人叫什么名字?"堂阿尔华道:"他叫格瑞果留·德·诺瑞加,我用不了费几句话,你就知道那年轻人是什么样人。他父亲是个有钱的珠宝商,到外国做买卖去了,留下大宗进款给儿子花。格瑞果留是个傻瓜,生就败家子的脾气,自命为花花公子,不问自己是不是那个材料,硬要充俏皮。他向我请教。我正在教导他,我可以对两位担保,他经我指点,进境很快。他生利的本钱已经花掉不少了。"桑德雷斯嚷道:"还用说么!这位市民将来准进卑田院。"又道:"哎,堂马狄阿斯,咱们跟这家伙交个朋友,帮他败完家产吧。"我主人道:"好哇!这起暴发小子想冒充咱们这种人呢,我看见他们倾家荡产真是高兴。譬如说吧,那个包税员的儿子又爱赌钱又爱高攀阔人,弄得连自己的住房都卖掉,我瞧他倒霉,觉得有趣极了。"堂安东尼欧道:"啊,这人可怜不足惜,他穷了还像阔的时候那样自以为了不得。"

桑德雷斯和我主人跟了堂阿尔华到格瑞果留·德·诺瑞加家。莫吉贡和我跟着去,两人有白食可吃,可以帮着把那市民家败光,都非常高兴。我们一进门看见许多人忙着备饭,我们闻到炖肉的香气,就知道味道一定好。泽内德侯爵和堂如安·德·蒙加德刚到。我觉得这家主人是个大傻瓜。他硬要装出花花公子的神气,那几位好比绝妙的原本,他就像拙手临摹的仿本;干脆说吧,就是个笨伯想装得潇洒自在。你设想这样一个人给五个刻薄鬼围住,一个个都存心作弄他,还要大大破费他。堂阿尔华见面应酬了几句,说道:"诸位,我替你们介绍这位十足地道的绅士格瑞果留·德·诺瑞加先生。他的长处真是说不尽。你们可知道他满肚子都是学问么?随你们问他哪一门,从精微严密的论理学到拼法,他都一样的棒。"那商人笑得一副丑相,打断他道:"唷!太过奖了。阿尔华先生,我可以回敬你一句,你才是所谓学问渊深呢。"堂阿尔华答道:"我并没想讨你这种隽妙的赞语,可是说实话,诸位先生,格瑞果留先生将来一定是个名人。"堂安东尼欧道:"他结交人最有眼光,我就喜欢他这一点,我觉得这比拼法还重要。他跟平头百姓毫无来往,专好结交公子哥儿,破费多少满不在乎。可见他志趣高尚,我很倾倒。这才是所谓钱花得不俗,花得不冤。"

这类的冷嘲热讽只开了个头,后面还有一大堆呢。可怜格瑞果留成了众矢之的。那些花花公子你一言我一语奚落他,那傻子全听不出话中有刺,却死心眼儿只听懂字面上的意思,很喜欢这几位客人;他遭人戏弄,还好像受了恩宠似的。总而言之,客人一面喝酒,一面就拿他开玩笑。他们喝到天黑,又喝到天亮。我们也学主人的样放怀痛饮。从这个市民家出来的时候,主仆都喝醉了。

# 第 五 章

吉尔·布拉斯艳福不浅,结识了一个漂亮女人。

我睡了几个钟头起来,精神舒畅,记起梅朗代斯的忠告,乘这会子主人没醒,先向那总管请个安。他见我殷勤趋奉,好像觉得面上增光。

他客客气气接待我,又问我跟大爷们过这种日子惯不惯。我说还是头一遭呢,慢慢儿总会惯。

我果然过得惯,而且一来就惯。我脾气性格儿都变了,原来规矩沉着,这时一变而为活泼轻浮、嬉皮涎脸。堂安东尼欧的亲随见我摇身一变,大为恭维,说只要再来几个艳遇,就算得出风头的人物了。他说,要充漂亮人,这种事情决计少不了;个个伙伴都有女人垂青,他本人就和两位贵妇人相好。我心想这混蛋在撒谎。我说:"莫吉贡先生,你当然是个又漂亮又机灵的小子,你确有本事,不过你并不在那些贵妇人家里,她们又怎会看中你这样身份的人呢,我可不明白了。"他答道:"啊,说真话,她们不知道我是谁。我穿了主人的衣裳,还顶了他的姓名,这样去赢得她们青眼的。你听我讲来。我打扮成大少爷,装出那副气派,到公园里去,看见女人就挤眉弄眼,等到有女人回送秋波,我就盯她的梢,跟她搭话。我自称堂安东尼欧·德·桑德雷斯,求她定期幽会,她做张做致不答应,我逼着她,她就依了。如此这般,不必细说。朋友啊,我是这样勾搭女人的,劝你也学样。"

我急要做个出风头的人物,这话岂有不听的,何况我也很喜欢勾搭女人呢。我决计装成大少爷出去猎艳。我不敢在家里换装,怕人看见。我在主人衣橱里拿了一套漂亮衣裳,打成一包,带到我相识的一个矮个子理发师家里,在他那儿脱换方便。我尽力修饰了一番。理发师也帮我打扮,两人都以为打扮得尽善尽美,我就到圣吉隆公园去,料想那里准会有些艳遇。可是我不用走那么远,一桩大好的艳遇就开头了。

我穿过一条僻巷,看见一座小房子,前面停着一辆雇来的马车,有个身材苗条衣服华丽的女人正出门上车。我立刻止步瞅她,对她行礼,分明是对她很有意思。她也故意把面网一掀,露出绝代姿容,让我瞧瞧她着实值得我留情,远非我想象所及。我见了那一面有点儿眼花缭乱,那车走了,我还站在街上。我暗想:"好漂亮的脸啊!咳!我得有这么个女人才称得风流人物。看中莫吉贡的两个女人要是都像她那么美,那家伙多好福气啊。我若有这么一个,就自庆好运气了。"一面想,无意间看了看美人儿出来的那座房子,瞧见楼下客堂窗口有个老太婆向我招手。

我立刻飞也似的进去，在一间讲究的客堂里和这位年高晓事的老婆婆相见。她以为我至少是位侯爵，恭恭敬敬地招呼，说道："大爷，我想你一定瞧不大起我这种女人，素昧平生，就招你进来。不过你要是知道我并不对人人这样，就不会见怪。看来你是朝里一位贵人吧？"我右腿一伸，把全身分量偏在左腿上，一面打断她的话道："老奶奶，你看得准！不是我摆架子，我家是西班牙数一数二的大人家。"她答道："看你的神气就知道。老实说，我有个癖性，爱替贵人当差。我刚在窗口看你，你好像很留意出门的那位太太。她中你意么？把心事告诉我吧。"我道："我以朝里贵人的身份发个誓，她打动我的心了。我从没看过这等骚辣动人的娘儿。老奶奶，你成全了我们的姻缘吧，我一定重重谢你。替我们贵公子当这种差使决不吃亏，我们在这上面肯花钱。"

那老太婆道："我跟你说过，我是一心一意伺候贵人的，我喜欢替他们当差。譬如说吧，有些女人面子上很正经，不便在家里会情人，就上这儿来。我把房子出借，让她们遂了心愿，又不失体统。"我说："好，看来你刚替那女人行了这么个方便吧？"她道："没那事，她是贵人家的年轻寡妇，要找个情人。不过她挑剔得厉害，你尽管好，我不知道她可看得上呢。我介绍过三位漂亮公子，她都不入眼。"我做出千拿万稳的神气，嚷道："啊，真是的，老奶奶！只要你牵上线儿，管保成功。我倒很想跟爱挑剔的美人儿会会，瞧是个什么样儿，我还没碰到过这种人。"老太婆道："好，你只要明天这时候来，就能偿愿。"我道："一定来，咱们瞧罢，像我这样的大少爷还会吊不上女人么？"

我不想再找旁的遇合，就回到小个子理发师家，一心盼望着这桩事的下文。到第二天，我又刻意修饰一番，在约定时间前一个钟头就到老太婆家。她道："大爷，你准时候来，我很感激。当然这事也值得你准时而来。我已经见过咱们那位年轻寡妇，两人谈论了你好一顿。她不让我讲，可是我很喜欢你，不由得要讲。你已经赢得她欢心，就要做有福儿郎了。咱们私下说说，那女人是好一块肥羊肉。她丈夫娶了她没多久就去世，只好比影儿一掠，她还有姑娘家一切好处呢。"有种花骚姑娘，没嫁丈夫却一点不孤寂，那老婆子想必指这种姑娘。

一会儿,这场幽会的女主角盛装艳服,依然雇了马车来了。她一进客堂,我立刻学着花花公子的腔,扭捏出风流体态,先行了五六个鞠躬礼。于是我仿佛已经混熟了,挨上去说道:"我的公主娘娘,你面前这位公子命都没有了。我从昨天起,一心一念只想着你的芳容。有一位公爵夫人刚在我心上站住脚,却给你挤出去了。"她摘下面网,答道:"我占了上风很有面光,可是还觉得美中不足。公子哥儿总喜新厌旧,据说他的心比流通的钱币还难保存。"我道:"哎,我的皇后,请你别想将来,且顾眼前。你美貌,我多情;若蒙不弃,别再三思考,咱们结个相好吧。咱们该学水手上船时那样,只看到漂洋的快乐,不去想那些风险。"

我说完情不自禁似的跪在我那美人儿脚边;又要学像个花花公子,就急急逼着她成其好事。看来她给我恳求得有点儿心动,可是觉得不该就让我如愿,她把我推开道:"别这样,你太急了,像个浪荡子的行径。我怕你别是个小荒唐鬼吧。"我嚷道:"得了,太太,那是高等女人都喜欢的,你会嫌么?看不过放荡的只有那些平民百姓家的女人。"她道:"我说不过你,算你有理吧。我知道跟你们这起大爷扭捏装腔不中用,女人得迎上半道来就你们。"又道:"我告诉你吧,你打动了我的心了,我对你的情意真是对谁也没有的;我只要问明你的家世,就决定你中选不中选了。我相信你是一位公子,而且是个有身份的人,可是我拿不准。我尽管对你有偏好,总不能把爱情扔给一个不知姓名的人。"她说的时候忸怩含羞,仿佛有伤名节似的。

堂安东尼欧的亲随告诉过我,他碰到同样难题怎样对付的。我这时记起,也想学他样儿冒充自己的主人,就对那寡妇道:"太太,我不向你隐姓瞒名,我的姓名说出来够体面的。你听见人家说起堂马狄阿斯·德·西尔华么?"她道:"听见过呀,我还告诉你吧,我在一个朋友家见过他。"我虽然脸皮练得很厚,听了有点着慌。可是我立刻定下神,靠机智转圆道:"好啊,我的天使,你认识这位先生,我——我也认识他。你既然一定要我说,我跟他是一家人。他的祖父娶的是我父亲的舅舅的内姨。你瞧,我们还算是近亲呢。我叫堂西泽。十五年前鼎鼎大名的堂范南·德·李贝拉在葡萄牙边境打仗阵亡,我是他的独养儿子。那一仗打得轰轰烈烈,我可以仔细讲给你听。不过爱情支使我及时行乐呢,这么一讲,就把千金难买的时刻虚度了。"

我说完就很情急,可是没用。那位天仙美人给我尝的一点滋味,空教我对那到不得嘴的甜头垂涎。那个狠心人儿上了等在门口的马车走了。我虽然没有如愿,有这份艳福也很欣幸。我想:"我只挨得五分光,因为那位太太是大家命妇,觉得不应该初见面就让我这个痴情颠倒的人称心如愿。她身份高贵,耽误了我好事,不过这也迟早不了几天的。"其实我也想到她或许是个极狡猾的角色。不过我宁可往好处着想,还是相信那寡妇很不错。我们临别约定隔天再见。我满想到时可以如愿,先就自得其乐了。

我回到理发师家,心里全是空中楼阁。我知道主人在赌场里,就换了衣裳去找他。他正在赌钱,我看出他是赢家,因为他不像那种冷静的赌客,大输大赢都不挂在脸上。他若手气好,就把人刻薄取笑,一脸骄盈之色;手气不好,就肝经火旺。他这次一团高兴地出了赌场,到皇家戏院去。我跟他到戏院门口,他给了我一个杜加,说道:"这是给你的吉尔·布拉斯,我今天赢了钱,也让你尝尝这彩头儿,你找伙伴玩儿去吧。半夜到阿珊妮家来找我,我跟堂阿雷克索·西侠约定在她家吃晚饭的。"他说完就进戏院去。给这个杜加的人既然要我找伙伴花掉它,我就盘算找谁。我没盘算多久,忽然碰到堂阿雷克索的亲随克拉林,就拉他到路上第一家酒店里,两人吃喝到半夜。克拉林也奉命要上阿珊妮家,我们从酒店出来,就往那儿去。这时阿珊妮和莆萝利蒙德在楼上陪着我们主人,她们各有个贴身女用人都在楼下一间房里大说大笑;小僮儿来开了门,领我们到那间房里。

通常女用人看见两个酒醉饭饱兴致蓬勃的小伙子跑来,都不会讨厌,伺候女戏子的女用人更不用说了。可是我吃惊不小,其中一个正是那位寡妇、我以为伯爵或侯爵夫人的漂亮寡妇!她看见她那亲爱的堂西泽变成花花公子的亲随,惊异得和我不相上下。可是我们俩一点不窘,你看看我,我看看你,都觉得好笑,忍不住笑了个畅。那女人叫萝合,她乘克拉林和她女伴儿说话,就把我拉过一边,和颜悦色地伸出手来,低声说道:"拉拉手吧,堂西泽先生,咱们别彼此抱怨,还是互相称赞吧,朋友。你扮那角色真是惟妙惟肖,我串那角儿也不输于你。你说不是么?你准把我当个偷汉子取乐儿的漂亮贵妇人了。"我道:"可不是么!不过我的皇后啊,不论你是谁,我样儿虽然变了,对你的心却丝毫没变。请让我伺候你。堂西泽开的头很好,你就让堂马狄阿斯的亲随替他完工吧。"她答道:"行呀,你的本来面目我更喜欢呢。咱们是同类人物,不过你是男来我是女;我这样称赞你,可算无以复加了。我就把你归在向我拜倒的那些人里面。咱们以后不必那老太婆拉纤,你可以随意到这里来看我。我们这起做戏的女人无拘无束,常和男人乱七八糟混在一起。我承认我们有时候要带出幌子来,可是人家把这种事只当笑话;你知道,我们生来也无非是逗人发笑的。"

我们因为耳目众多,没有再说下去。大家一起谈话,兴高采烈,讲了许多用意明显而措词暧昧的话。人人都说几句。阿珊妮的女用人、我那可爱的萝合口角尤其锋利,看来她的才远胜于德。我们的主人和那些女戏子也时时哄然大笑,声音直传到我们这边,可见他们跟我们一样,也在讲至理名言。谁要把阿珊妮家这一夜的趣谈都记下来,我相信这部书对少年后生一定教益不浅。回家的时候已到,换句话说,天已经亮了,大家只好分手。克拉林跟了堂阿雷克索、我跟了堂马狄阿斯各自回家。

# 第 六 章

几位公子议论"皇家戏班"里的戏子。

这天我主人起床就接到堂阿雷克索·西侠的便条,请到他家去。我们跑去,看见泽内德侯爵也在,还有个我没见过的漂亮公子。西侠把这位面生的绅士向我主人介绍道:"堂马狄阿斯,这是我亲戚堂庞贝攸·德·加斯特罗。他可算是波兰朝廷上长大的。他昨晚刚到马德里,明天就要回华沙,只有今儿一天跟我盘桓。难得这点儿时间,我想帮他好好消遣;我知道非得有你和泽内德侯爵来,他才觉得有趣呢。"我主人拥抱了堂阿雷克索的亲戚,彼此恭维一大顿。我很爱听堂庞贝攸讲的话,觉得他是个稳健精细的人。

他们在西侠家吃午饭,饭后这些大爷们赌钱玩儿,直赌到戏院开场。他们同到皇家戏院去看新上演的一个悲剧,叫做《迦太基女皇》。看完戏他们回到吃午饭那儿晚餐。席上大家先议论刚看的诗剧,接着就谈到里面的戏子,堂马狄阿斯嚷道:"我以为这个戏没什么好,写的埃涅阿斯比《伊尼德》史诗里的还乏味①。不过咱们得承认那些戏子演得真不错。堂庞贝攸大爷觉得怎么样?他好像别有见解似的。"这位爷微笑道:"诸位,我的见解跟你们完全不同,不过看你们方才对那些戏子,尤其对女戏子百般倾倒,我就不敢说了。"堂阿雷克索嘲笑道:"你真知趣,你的批评我们一定不入耳。你当着我们这起捧女角儿的人,说话得留情。我们天天跟她们一起喝酒,保得了她们十全十美,要我们出保单都可以。"他亲戚道:"那当然,你们跟她们那么要好,她们的人品你们都可以出保单呢!"

泽内德侯爵笑道:"你们波兰女戏子一定是好得多了?"堂庞贝攸道:"那是真的,她们的确强些呢,至少有几个一点毛病都没有。"侯爵道:"你准可以替那几位出保单了?"堂庞贝攸道:"我和她们没有交情。我不跟她们一起花天酒地,所以能够不着成见地断定谁好谁歹。你们老实说,你们真以为那戏班子很好么?"侯爵道:"不,哪里!我并没有那意思,我不过要回护三两个戏子,其余我都不管账。你承认吧,演蒂东的女戏子真了不起。那女皇的庄严和蔼,她扮来不是一丝不苟、正合咱们的想象么?她能叫看客全神贯注,体验到她表现的

---

① 埃涅阿斯是维吉尔史诗《伊尼德》的主角。他是特洛亚王子,亡国后漂流到迦太基。迦太基女皇蒂东爱上他,他觉得该以建国的大事业为重,不应当为私情留连,就撇下她走了。蒂东因此自杀。维吉尔那篇诗第四卷专写这件事。维吉尔老说"有道德的埃涅阿斯"(Pius Aeneas)(例如第一卷第 305 行,第四卷第 293 行等),写得他老成持重,不像荷马史诗里的人物那样英风豪气,所以批评家大都嫌他沉闷拘谨,气魄不大。

种种心情,这一点不叫你钦佩么?她念台词的本领也可算登峰造极。"堂庞贝攸道:"我承认她能感动人。女戏子里要算她最悱恻缠绵了,戏也演得不错。可是不能说她没毛病。她的做功有两三处我看不入眼。她要装出惊异的样子就把眼睛骨碌碌大转特转,不合后妃的身份。再加她原来嗓子是软的,声音放大了就不软和,变成怪难听的低音。而且我觉得她念的词儿有几处还没有领会。我不愿意说她笨,只算她是心不在焉吧。"

堂马狄阿斯对这位批评家道:"照我看来,你大概不会做诗捧我们的女戏子吧?"堂庞贝攸答道:"请别见怪。她们虽然有毛病,我也看出她们很有才分。我还可以告诉你,我对插曲里扮女用人的那个女戏子倾倒得很。她真是美妙天然!她在台上真是婀娜多姿!她念到俏皮的词儿就配上个又顽皮又妩媚的微笑,那词儿就别有风味。要说她的毛病呢,她有时候劲儿太足,放诞得出了格,不过咱们也不能批评太严。我但愿她改掉一个坏习惯:她往往在正经场面上忽然忍不住一阵子痴笑,戏都忘了演。你也许要说,这种时候池子里也喝她的彩,那是便宜了她。"

侯爵插嘴道:"你觉得男角儿怎么样?你对女角儿毫不留情,对男角儿更该狠命开火了。"堂庞贝攸道:"我看见几个年轻戏子很可造就,尤其扮蒂东手下首相的那个胖子我觉得不错。他念台词很自然,波兰的戏子就是这样念台词的。"西侠道:"要是你以为这人不错,那个扮埃涅阿斯的你应该很喜欢了。他是个了不起的戏子,能独创一格,你瞧不是么?"那批评家答道:"很能独创一格呢,他那声调就特别,非常的尖。他差不多总是矫揉做作,把可歌可泣的句子草草念过,倒去重读旁的句子,甚至把转接的虚字眼儿大声叫喊。他逗得我直笑,尤其是他对亲信讲自己撇下皇后多么伤心那一景,把悲痛演得那么滑稽,只有他会。"堂阿雷克索道:"罢了,老表哥,听你这样说来,我们就觉得波兰朝廷上贵人的眼力并不怎么高。咱们讲的这个戏子是不可多得的人物,你知道么?你没听见人家鼓掌么?这就是个证据,可见他并不那么糟呀。"堂庞贝攸答道:"这算不得什么证据。诸位,请你们别理会看客的鼓掌,他们捧戏子鼓掌往往很不得当。而且浪得虚名的戏子比真有本领的更叫座。费德①有一篇寓言很妙，正是说这种事。让我讲给你们听听。

"满城的人都聚在广场上看哑剧。观众对一个戏子连连鼓掌。这是个丑角，他演完正戏，想串个新鲜把戏收场。他独自登台，弯着腰，把斗篷蒙在头上装小猪叫。他装出来的声音好像衣服底下真有只小猪在那儿叫。大家嚷着叫他把袍儿和斗篷抖抖，他就抖了一下。大家瞧明里面什么都没有，越发轰雷也似的鼓起掌来。有个农夫看大家这样钦佩，很不服气。他嚷道：'诸位，你们对那小丑这样倾倒，好没道理。你们以为他演得好，其实不算什么。我装起小猪来比他装得像。你们要是不信，明天这个时候再到这里来看得了。'大家是偏袒那戏子的，第二天来的人比头天还多，他们预备来喝那农夫的倒彩，倒不是来看他显本领。两个比赛的人都上了戏台。小丑先表演，喝彩声比前一天更热烈。轮到那农夫，他弯下身子，把斗篷蒙着头。他夹肢窝里挟着一只活猪，一拉它耳朵，它就尖声狂叫。可是在场的人还是称赏那戏子，吹口哨嘘那农夫。农夫忽然把那只猪举给大家看，说道：'诸位，你们嘘的不是我，是这只猪。瞧你们是什么评判家呀！'"

堂阿雷克索道："老表哥，你这寓言刻毒一点。你尽管讲你的小猪，我们还是固执成见。"又道："咱们别谈这话吧，我厌烦了。你明天一定走，我怎么留也留不住么？"他亲戚道："我希望能在这里多待些时候，可是办不到，我已经告诉你了。我是为了国家大事到西班牙朝上来的。我昨天一到就去见首相，明天早上还得去看他，然后马上动身回华沙。"西侠道："你成了波兰人了。照你这情形看来，你将来不回马德里来住了。"堂庞贝攸答道："我想不会了。我有幸蒙波兰皇上宠爱，在朝里很得意。可是我虽然蒙他这样宠幸，有一时几乎要逃亡出境，你们简直不会相信的。"侯爵道："为了什么事呢？请你讲给我们听听吧。"堂庞贝攸道："好，我讲吧，这也就是我的身世。"

---

① 费德，见本书《作者声明》注文。勒萨日所引寓言见费德《寓言集》第四卷第33则。

## 第 七 章

堂庞贝攸·德·加斯特罗的生平。

他说道:"堂阿雷克索知道,我刚成年就立志要当兵,看见咱们本国太平无事,恰好土耳其向波兰宣战,就跑到波兰。我请人引进,见到波兰皇帝,他把我安插在军队里。我家算不得西班牙的豪门,我又是小儿子,所以我要出头只有打仗立功,赢得大将刮目。这一仗打了好多时候才讲和。我效忠尽力,承将军上奏,蒙皇上赏了一大笔年俸。我感激皇恩浩荡,每有机缘,总大献殷勤,聊为报答。我只要可以追随皇上的时候,总不离左右。他因此不知不觉的对我很宠信,常有赏赐。

"有一天,我先斗牛①,后来又跟人骑马挑圈竞赛,大显身手,满朝都称赞我的力气和本领。我受尽恭维,回到家里,看见一封信。信上说,有位太太愿意会会我,约我傍晚到某处去;还说,我能蒙她青眼,比当天出风头更可得意。我接到这封信,比听到那些夸赞的话还要快活。我猜想写信的人准是一位头等贵妇人。你们料得到,我如飞地赶去幽会。一个老太婆在那地方等着,她做向导带我从花园小门进了一所大房子,到一个陈设富丽的小房间里,说道:'你在这儿等等,我去通报女主人你来了,'就把我关在那房里。灯烛辉煌,照见好些珍贵的陈设。我留心到陈设富丽,无非要坐实自己料事没错,那女人确是贵族。我看了排场,早断定她是头等的命妇;等到她出来相见,看她气度尊严华贵,越加拿得稳了。可是并不然。

"她说:'大爷,我已经先来就你,不必再把我对你的情意遮遮掩掩。我对你有情,倒并非因为你今天当着满朝贵人大显了本领,那不过

---

① 勒萨日在这部书的初版里把这故事的背景放在葡萄牙,所以有斗牛。后来改本的背景挪到波兰,内容仍旧。波兰并无斗牛之戏。

催促我来把心事告诉你。我瞧见过你几回;我向人打听,听了人家说你的好话,决定不再矫情了。'又道:'别以为看中你的是什么贵妇人,我只是个御前侍卫的寡妇。不过有一点你可以自豪,你占了国内第一位贵人的上风。拉齐维尔王子爱我,费尽心机讨我的好,可是毫无用处,我只为爱面子才让他来献殷勤。'

"我听了这话,知道她原来是个风骚女人,可是我感谢运气做美,让我有这个艳遇。那女人自称堂娜荷当霞。她年恰青春,容光耀目。而且她对我这片情意是王爷赔了小心都求不到的,一个西班牙绅士这来真大可得意了!我跪在荷当霞脚边,谢她见爱。风流公子能说的情话,我都说了。她见我感激忘身,也很称意。我们俩当场就结为最亲昵的腻友,临别约定每晚只要王子不能到她家去,我就和她相会。她答应叫人来通知我,决不误事。她并不失信,我就做了这位新维纳斯的阿多尼斯。①

"不过人生行乐哪能天长地久。那位太太使尽计谋,想把我情敌蒙在鼓里;可是我们万不能让他知道的事他偏偏都知道了。一个女用人心怀怨望,就向他告发。这位王爷气量很大,却很骄傲爱吃醋,并且是个轰雷烈火的性子,知道我胆敢如此,勃然大怒。他又气又妒,人也糊涂了,逞一时之愤,决计用一个下流手段来报仇。一天晚上,我去会荷当霞,他就带了阖家男用人,各拿着棍儿棒儿候在花园小门口。他见我出门,立刻叫手下人拿住我,下令把我乱棒打死。他说:'下手打!叫这个无法无天的家伙死在你们棍下!他胆敢无礼,我就这样罚他。'他话还没说完,手下人早已棍棒齐下,把我打得当场晕倒,他们才跟着主人回去。那主人看着他们下毒手,心里很舒畅。我一晚上没回醒过来。傍亮时分有人路过,看见我还有气儿,发善心把我抬到外科医生家里。幸亏我受的伤不至送命,又恰逢这医生手段高明,两个月把我完全医好。我重又上朝去,依然旧日生涯,只是不再去看荷当霞了。她也从没来找过我,因为王爷只要她不找我,对她的杨花水性也就宽宏大量。

"我心上打主意,嘴里并不说出来,装得坦然无事。我这事已经闹得无人不晓,大家知道我不是个好惹的,看我心平气和,仿佛没受侮辱

---

① 希腊神话:阿多尼斯(Adonis)是爱神维纳斯(Venus)热恋的美少年。

一般,都觉得诧异。我假装满不在乎,弄得大家莫名其妙。有人以为我虽然勇敢,羞辱我的人爵位很高,我只好吞声忍气。还有些人识见较高,看我默不作声,就存着戒心,以为我外貌平静,胸怀叵测。皇上就是这样看法。他断定我不是个吃亏不计较的人,猜我只要机缘凑巧,准会马上报仇。他想知道猜得对不对,有一天召我到书房里,说道:'堂庞贝攸,我知道你遭遇的事情,老实说,你心平气和,我很诧异,你一定是假装的。'我答道:'万岁爷,我不知道羞辱我的人是谁,不知什么人黑夜里把我打了一顿。这桩倒霉事儿只可以自己譬解开罢了。'皇上道:'不见得吧,你话不由衷,哄不过我。早有人把那事原原本本报给我听了。拉齐维尔王子狠狠羞辱了你。你是贵族,又是西班牙人,我知道你有了这两种人的脾气,准会干出什么事儿来:你是决心要报仇的。把你的主意告诉我听,这是我的命令。你把秘密告诉我,决不会懊悔。'

"我答道:'万岁爷既有吩咐,我不该掩饰。万岁爷说得不错,我受人侮辱,的确想报复的。像我这等出身的人,看家世分上也得报仇。您知道王爷对付我的手段卑鄙龌龊,我报仇的方法也得和他不相上下,所以我准备行刺。我要一刀子戳进他胸膛,或者一枪打破他脑袋;要是能脱身,就逃回西班牙。这是我的打算。'

"皇上道:'这太凶狠了。不过拉齐维尔既然对你下毒手肆行强暴,我也不能怪你这样打算。他该受你这个惩戒。不过你且慢着动手,让我想个办法替你们俩和解。'我气愤愤地说道:'啊,万岁爷,为什么逼我把秘密告诉您?哪会有什么和解的办法……'他打断我道:'我要是想不出好办法,你可以照你的计划行事。我决不出卖你的秘密,决不亏损你的体面,你放心好了。'

"我实在想不出皇上想用什么方法来调解。原来他是这样办的。他私下和我的情敌谈了一谈,他说:'王爷,你羞辱了堂庞贝攸·德·加斯特罗。你知道他是贵族出身,是我的宠信,并且为我出过力。你应当让他挽回面子。'王爷答道:'我不会拒绝的;他要是怪我发了脾气,我准备决斗,让他挽回面子。'皇上道:'你得另想办法向他赔礼。一个西班牙绅士对体面很有讲究,他决不肯跟卑鄙的凶手来个高尚的决斗。我只可以送你这么个名称。你行为卑劣,若要赎罪,除非亲手给你冤家一根棍子,受他一顿打。'我的情敌嚷道:'天啊,这是怎么了!万岁爷,您要我这样爵位的人自卑自贱,向一个平常绅士低头,还挨他一顿棍子!'皇上答道:'不,我回头叫堂庞贝攸答应我决不打你。我只要你给他一根棍子,向他赔个罪,请他原谅你蛮横,事情就完了。'拉齐维尔气呼呼地插嘴道:'万岁爷责成我的事太难了。我宁可由他记恨在心,用暗箭来伤我的。'皇上道:'我爱惜你的性命,不愿意这事再惹出祸来。你遵我命对那西班牙人赔礼的时候,只有我一人在旁,这样可以把事情了结,不叫你太难堪。'

"皇上要王爷做这样含羞忍辱的事,把至尊的威权都使出来了。他居然如愿,就召我晋见。他告诉我刚才和我情敌谈的话,问我对议定的赔礼方法满意不满意。我说满意了,并且担保不打那个羞辱过我的人,就连他给我的棍子也不接。这样讲妥,一天在约定的时候,我和王爷就进宫到皇上书房里。皇上关了门对拉齐维尔道:'好,你赔个罪,求人家饶恕吧。'我冤家就向我请罪,一面把手里的棍子交给我。皇上这时候对我说道:'堂庞贝攸,这棍子你接下来。别因为我在这里,碍着你不便报仇雪耻。你保证不打你冤家,这话我不作准了。'我答道:'万岁爷,这可以不必,只要他准备挨我一顿棍子就行了。一个受辱的西班牙人有这样的赔礼,已经心满意足。'皇上道:'好,你既然觉得这样赔礼行了,你们俩现在都可以按规矩办事。你们比剑吧,用高尚的手段来了结你们的吵架。'王爷气愤愤地嚷道:'这才称我的心愿。我这样忍辱迁就,非如此不能平心头之气。'

"他说完,满腔羞愤地走了。两个钟头以后,他叫人通知我,他在一个僻静的地方等着我。我到那里,看出这王爷正要狠命决斗一场。他年纪还不到四十五,勇气和武艺都不差,我们俩可算势均力敌。他说:'来啊,堂庞贝攸,咱们就在这儿算算清账。你受了我侮辱,我向你赔了罪,咱们俩都是一肚子气呢。'他说完忽的拔剑在手,我答话都来不及。他一上来就紧紧逼我,幸亏每一剑戳来我都能招架。接着我向他逼去,觉得对手能刺也能挡,要不是他退后去踩个空,摔了个脸朝天,我还不知道怎样结局呢。我立刻住手道:'起来。'他说:'你为什么饶我?你可怜我就是羞辱我。'我说:'我不愿意乘人之危,低了我的名

头。我再说一遍,起来,咱们再打。'

"他爬起来道:'堂庞贝攸,你这般宽宏大量,我再跟你打就是没有义气了。假如我一剑刺中你的心,人家要说我什么话呢?我就成了个卑鄙小人,把饶我性命的人杀了。所以我不能再跟你拚命,我有了感恩之念,方才那股子火气都化为和气了。堂庞贝攸,咱们别再我恨你、你恨我了,索性更进一层,结个朋友吧。'我嚷道:'啊,王爷,这话真好,我高兴得很,就遵命了。我愿意诚诚心心跟你做个朋友。我先向你许个愿,聊表心迹:以后堂娜荷当霞即使再来找我,我也再不去了。'他道:'我该把那个女人让给你;她分明爱你,让给你才合情理。'我打断他道:'不,不,你爱她。她要是对我恩爱,就惹你烦恼,我愿意不顾她的恩爱,让你放心。'拉齐维尔抱住我道:'啊,你这西班牙人气量真大!我喜欢你这一片心。我因此心里懊悔极了!想起对你横施强暴,我真难过、真惭愧!这时想来,我在皇上书房里对你赔的礼还是太轻。我愿意好好地再对你赔个礼。我有个侄女儿婚姻由我做主,我把她嫁给你,这来你受的耻辱就洗干净了。她是个有家当的小姐,还不到十五岁,年纪既轻,相貌尤美。'

"我能和他家攀亲十分荣幸,当下自有一番答谢的话。不多几时,我就和他侄女结了婚。王爷提拔了他羞辱过的人,满朝都向他道贺。我的朋友也为我庆幸。当初他们以为这件事凶多吉少,不料居然快活收场。从此以后,诸位,我舒舒服服地在华沙过日子,我老婆爱我,我也至今爱她。拉齐维尔王爷对我的交情与日俱增,并且我敢自夸,我也深蒙波兰皇上眷爱。我这次奉命为重要的公事到马德里来,就见得他很器重我。"

# 第 八 章

变生不测,吉尔·布拉斯得另找东家。

这就是堂庞贝攸讲的生平。他讲之前,我们东家小心,把堂阿雷克索的亲随和我支使开,可是我们依然听见了。我们并没走开,就站在门口,把门半开半掩,里面的话一字不漏全听得见。那些大爷们听完,又喝一会儿酒。他们没喝到天亮,因为堂庞贝攸早上得去拜会首相,要休息一会儿。泽内德侯爵和我主人跟这位贵人拥抱告别,让他和亲戚在一起。

这一回我们天不亮就睡了。堂马狄阿斯一觉醒来,派我一个新差使。他说:"吉尔·布拉斯,拿纸和墨水来,我要口述两三封信,你替我执笔,我用你做个书记。"我暗想:"好哇!又添了差使了!我跟主人到处跑,是他的跟班;伺候他穿衣裳,是他的亲随;又替他执笔,是他的书记。谢天谢地!我有了三个化身,变成三头女神赫卡忒①了。"他接着说道:"你不知道我的用意吧?我说给你听,可是你口风得紧,你性命都在这上面。有些人往往对我卖弄艳福,我想胜他们一着,要假造几封女人的信放在衣袋里,可以掏出来念给他们听。我这样可以消遣一程子。我们这班人要把女人追到手,无非为着卖弄;我不用费事也能够卖弄,比他们便宜了。"又道:"你写的字体要有变化,别让人家看着好像几封信都是一人写的。"

我拿了纸笔墨水,听候堂马狄阿斯的吩咐。他先口述一封情书道:"你今晚约会没来,哎!堂马狄阿斯,你有什么借口呀?我是错透了!我该受你的折磨,因为我痴心妄想,以为你会无心消遣,不理正经,第一乐事就是来看你的堂娜克拉拉·德·曼多斯。"写完这信,他又叫我写一封,口气仿佛写信的女人为他撇下了一位王爷。末了又写一封,那写信的女人说,只要他不说出去,愿意跟他同做温柔乡之游。他口述了这些尺牍妙品,心还不足,一定要我署上些贵家夫人小姐的名字。我忍不住说,这事不好乱来;他说,他没问到我,不劳我指教。我只好不开口,遵命办理。信写完,他就起床,我伺候他穿上衣服。他把信搁在衣袋里然后出门。我跟着他到堂如安·德·蒙加德家,这天有五六个朋友在那儿吃饭。

酒菜非常丰盛,大家高高兴兴,更觉这筵席可口。客人有说有笑,

---

① 希腊神话中的赫卡忒(Hécate)女神,经常以三头三身出现。

有的讲笑话,有的讲故事,故事的主角总是他们自己。我主人不肯错过好机会,要卖弄我执笔的那几封信。他提高了嗓子把每封信念给大家听,装得很一本正经,所以除了我这个做书记的,大概人人都信以为真了。有一位绅士叫堂罗普·德·维拉斯果,也在场听他大胆老脸的念信。旁人听了我主人捏造的艳遇都觉得有趣;这人很庄重,只冷冷地问他,把堂娜克拉拉弄到手容易不容易。堂马狄阿斯答道:"毫不费事,是她自己送上门来的。她在公园里看见我,就倾心了。她叫人来跟我,打听我是谁。她写信给我,说她家里人到半夜一点钟就都睡觉了,约我到时去相会。我到了她家,有人领我到她卧房里,……我这人口风很紧,下文不讲了。"

维拉斯果大爷听了这段言简意赅的叙事,陡地变了脸色。一望而知他对那个女人很关心。他怒冲冲瞧着我主人道:"那些信全是假的,尤其你吹牛说是堂娜克拉拉·德·曼多斯写的那一封。西班牙全国没有比她再规矩的小姐了。有一位绅士,家世人品没一件不如你,两年来费尽心机要赢她欢心,她连那种毫不违礼非分的亲昵都没准许。不过这位绅士可以自豪,要是堂娜克拉拉肯让人亲近,除了他没有别人。"堂马狄阿斯打断他的话,嘲笑道:"哎!谁说不是呀?你说她是个很规矩的小姐,我也以为然。我呢,也是个很规矩的少爷。所以你应该信得过,我跟她之间没有不很规矩的事儿。"堂罗普也打断他道:"啊!岂有此理!你别轻嘴薄舌。你是个骗子。堂娜克拉拉从没有约你晚上去幽会。你胆敢坏她的名誉,我不能饶你。我这人口风也很紧,下文不讲了。"他说完跟同席的都翻了脸,就此走了。我看他临走的神色,觉得这事不妙。我主人在他那一类的大爷里是一个颇有胆气的,满不理会堂罗普的恫吓。他哈哈大笑,嚷道:"那傻子!游侠的骑士一定要说他们的情人相貌美丽,他呢,硬说他的情人品行规矩,我觉得这更荒谬了。"

蒙加德留不住维拉斯果;可是他走了并没搅乱席面。那些大爷不怎么在意,依然取乐,直到天亮才散。我主人和我到早上五点钟才上床睡觉。我困极了,准备好好睡一大觉,可是我打的是如意算盘,也可以说,我打的算盘没得到门房同意。他一个钟头以后就来叫醒我,说门口有个小伙子找我。我打着哈欠道:"啊!该死的门房,你不想想,我这会子刚刚上床啊!对那小伙子说我歇着呢,叫他回头再来。"他道:"他这会子要找你说话,他说有要紧事。"我听了这话就起来,只穿上条裤子,披件袄儿,一路咒骂着出去见那个小伙子。我说:"朋友,请问你有什么紧急事儿,承你大清早的跑来看我。"他道:"我有封信要亲手交给堂马狄阿斯大爷,得请他当场就看,对他关系很大。烦你领我到他屋里去。"我看来事关紧要,就冒昧去叫醒主人。我说:"对不起,吵您睡觉,可是这事非同小可……"他焦躁道:"你有什么事啊?"我旁边的小伙子就说:"我替堂罗普·德·维拉斯果送封信给您。"堂马狄阿斯接过信,拆开看了,对堂罗普的用人说:"孩子,我不管有什么玩儿的乐的,晌午以前从来不起床;你想我怎么清早六点钟起来跟人决斗呢!你可以告诉你主人,他要是十二点半还在约定的地方候我,我就跟他在那儿相见吧;你去把这话回报他。"他说完往床里一钻,立刻又睡着了。

他到十一点多钟起床,神色很镇静的穿好衣服,叫我不必跟随,自己就出门去了。可是我急要知道后事如何,没有听他的话。我跟在他背后,跟到圣吉隆公园,看见堂罗普·德·维拉斯果雄赳赳地等着他。我躲起来偷看他们两人,下面的事就是我远远望见的。他们碰了头,立刻就决斗。斗了好一会子。彼此都放出通身本领,使了大劲轮番向对手进逼。可是堂罗普得胜了,他把我主人刺翻在地,报了仇得意洋洋地逃走了。我赶到可怜的堂马狄阿斯身边,只见他人事不知,差不多已经死了。我看了这情景很难受,他这条命也是我无心中送掉的,我忍不住掉下泪来。我虽然伤心,却没忘记切身的小利。我立刻赶回寓所,一句话不告诉人,先把自己的衣服打成一包,有意无意地也把主人的衣服包了些进去。我充花花公子穿的那套衣服还在理发师家。我到他那边寄放了包裹,然后把目击的惨事向大家传布。谁爱听,我就讲,特别记着去通知了罗德利盖斯。他看来不怎么伤心,只打算这件事情怎么处置。他召集了用人,叫大家跟着他一伙儿到了圣吉隆公园。堂马狄阿斯还有气儿,不过抬回家三个钟头就断气了。堂马狄阿斯·德·西尔华要念捏造的情书,没看风色,就此断送一条性命。

## 第 九 章

堂马狄阿斯·德·西尔华死后,
吉尔·布拉斯伺候什么人。

堂马狄阿斯安葬几天之后,用人都给了工钱遣散。我搬到那矮个子理发师家,跟他住在一起,混得很亲密。我料想在他那儿比在梅朗代斯家快活。我有的是钱,不忙着找新事情,况且我这回找事不肯马虎了。我只愿意伺候贵人,还打定主意,人家要是给我事做,我得先仔细查究一下。我当时觉得做过花花公子的亲随就比其他用人不知要高出多少,随你多好的位置,我总是够格儿的。

我只等时运做美,把我送上一个我以为不辱没我的人家。我想眼前闲着无事,在那美丽的萝合身上用功夫正是再好没有。我们那次嘻嘻哈哈地各露本相以后,一直没碰见。我不敢打扮成堂西泽·德·李贝拉,那套衣裳穿上太荒唐,只能化妆用。我自己的衣服看来还不邋遢,并且鞋袜帽子都很整齐。理发师帮着我打扮,我的派头不上不下,恰在堂西泽和吉尔·布拉斯之间。这样打扮好,我就到阿珊妮家去。我看见萝合一个儿在我们上次谈话的那间客堂里。她一见我就嚷道:"啊!原来是你啊!我以为你丢了呢!我准许你来见我已经有七八天了,看来你这个人呀,女人给你便宜你不占的。"

我推说我主人死了有许多杂务;又客套说,我百忙中心上也老惦着可爱的萝合。她道:"这么说,我不再埋怨你了。老实告诉你,我也想到你的。我一听到堂马狄阿斯倒了霉,心上就有个打算,大概你也赞成。我好久以前听得我们太太说,她家里要用个管家那类的人,得要个会当家的小伙子,管一家的开销,把日用账目记得一笔不错。我早已有心,觉得你先生干得了这件事。"我答道:"这事我自信干来准拿手。我念过亚里士多德的《家政学》①,至于记账,正是我的特长……不过,朋友啊,我有一件事为难,怕不能来伺候阿珊妮。"萝合道:"什么为难呀?"我答道:"我发过誓再不伺候平头百姓。我是凭斯堤克斯发的誓,那是朱庇特都不敢违背的,我们当用人的更不用说了。"那女用人傲然道:"你说谁平头百姓?你把女戏子看做什么人啊?你把她们当律师太太一流人么?啊,朋友,我告诉你,女戏子凭她们和阔佬交往,不但是贵族,还是大贵族呢!"

我道:"既然如此,我的公主娘娘啊,你替我安排的事我可以接的,不至于失我身份。"她道:"当然不会。你伺候了花花公子又去伺候戏园子里的女主角,并没有出那个圈子。我们跟贵人是平等的。我们一样有车有马,吃的喝的也一样讲究,平常生活可说跟他们的难分难辨。其实一个侯爵和一个戏子的日程简直一模一样。如果说每天四分之三的时候侯爵地位比戏子高,那么其余四分之一的时候,戏子扮演大皇帝呀,国王呀,地位就比侯爵高。我觉得我们有这种荣华显贵,也就跟朝里的人物扯个直了。"我答道:"对呀,没什么说的,你们地位的确相等。哎!我一向还以为戏子是贱人呢。听你这么一说,我直想伺候这种上等人了。"她答道:"好啊!你只要过两天再来。我只消这两天的工夫来说动我们太太,劝她用你。我回头替你说好话,她还听我的话,我相信可以弄你到这儿来的。"

我谢谢萝合好意。我表示感恩入骨,她见我乐极忘形,也知道决非假装。我们谈了好久,若不是一个小僮儿跑来对我的公主说阿珊妮叫她,话还要讲下去呢。我就跟她分手。我出了女戏子家,喜滋滋地期望在这里马上有个好饭碗儿。我过两天果然又跑去。那女用人说道:"我正在等你,要跟你说咱们是同事了。跟我来,我带你去见我们太太。"她说着领我进屋,那是一套五六个房间,都在一层楼上,一路进去,只见陈设得一间比一间华丽。

那种奢华!那种富丽!我恍如到了总督夫人的内室了;竟可以说,我以为世界上的金银珍宝都聚在这一处了。真的,她那儿有各国来的

---

① 此书已佚,现存的是伪书。

东西;这寓所可算是一位女神的庙宇,每个过客都上献了本国带来的稀罕物儿。我看见这位女神坐在大缎墩上,相貌姣媚,受了香烟供奉,长得肥肥胖胖。她穿的是漂亮的便装,一双纤手正在梳个新样的头,准备当天演戏。女用人说:"太太,这就是我讲的那个管家,我可以担保,这个人最合适没有了。"阿珊妮把我细细端详,幸喜倒不嫌我。她说:"啊呀,萝合,好个漂亮小子! 我想一定合用。"于是她对我说道:"孩子,我觉得你不错,我只有一句话跟你说:只要你伺候得我称心,我准也叫你称心。"我回答说,一定尽力伺候得她如意。事情讲妥,我立刻出去搬了自己的东西上她家住下。

# 第 十 章

跟前一章一样长。

快要上戏的时候,女主人咐吩我和萝合一起跟她到戏院去。我们到她化妆室里,她脱掉便服,换上更加华丽的戏装。戏一开场,萝合带我找个地方同坐,台上演的戏那壁厢看得分明,听得清楚。我对那些戏子大都不满意,当然因为听了堂庞贝攸的批评横着偏见。可是有些戏子很叫座,其中几位使我想起那个猪叫的寓言。

男女戏子一一登场,萝合见一个就把名字告诉我。这贫嘴不但告诉我名字,还把他们刻画一番。她说:"这人没脑子,那人傲慢无理。这个娇滴滴的小娘儿叫萝莎达。她轻佻有余,风韵不足。戏班子里有了她才不上算。该把她放在美洲总督招募的戏班子里,马上送到美洲去。你留心看上台的这位红角儿,她叫加茜尔达,她是红不了多少时候的了。古时候有位埃及公主,她要每个相好出一块砂石,等她死了造金字塔用;要是加茜尔达自有情人以来就仿照这个办法,她的塔可以高高直达第三重天呢!"总而言之,萝合把每个人都攻击得体无完肤。啊!她那张嘴真毒! 连自己女主人也没饶过。

我承认对她有点痴心,这女用人尽管不厚道,我却很倾倒。她贫嘴得有趣,我连她的刻薄也喜欢。到休息的时间,她跑去瞧阿珊妮有什么使唤。她并不赶紧回来,却在后台玩儿,跟那些趋附她的男人调情。有一次我跟在她背后侦察,看见她熟人多得很。先后拉住她说话的戏子我一数有三个,都好像跟她很熟。我看了大不高兴,破题儿第一遭尝到了醋的滋味。我回到座上,大上心事,闷闷不乐,萝合一回来就瞧出来了。她诧异道:"你怎么了,吉尔·布拉斯?我走开之后,你惹了什么气了?我瞧你一副忧闷烦恼的样儿。"我道:"我的公主娘娘,这是有缘故的。你举止有点儿轻佻。我刚刚看见你跟那些戏子……"她笑着打断我道:"啊!为这个烦闷可是笑话了!怎么!这就叫你烦恼么?哎,真是,这点点算得什么,你跟我们一起还要大开眼界呢。我们这样不拘形迹,你该看看惯。别吃醋,朋友!戏圈子里吃醋是笑话。所以我们这儿简直没这回事的。那些爸爸呀、丈夫呀、兄弟呀、叔伯呀、侄儿呀,最肯与人方便,往往还亲自替家里人拉买卖呢。"

她先劝我对谁都不要多心,凡事平心静气;然后说,我真好福气,做了她的心上人了。她又安我心说,一辈子只爱我。其实我尽管不算多疑,这句安心的话依然安不了心,可是我就此答应她不再自惊自扰;我果然没有食言。我当晚就看见她和几个男人窃窃私语,嘻嘻哈哈。下戏之后,我们跟女主人回家。一会儿菲萝利蒙德带了三个有年纪的大爷和一个戏子来吃晚饭。我们那儿当差的除了萝合和我,还有一个厨娘、一个车夫和一个小僮儿。五个人一同准备晚饭。厨娘的手段不输侠生德大娘,她和车夫在厨下做菜。女用人和小僮儿摆桌;我收拾碗柜子。柜子里有精致的银器、好几个金杯子,还有其他东西,都是贡献给庙宇里这位女神的。我把各色酒一瓶瓶排列在柜上,还替席上斟酒,要卖弄给女主人看,我什么都来得。我佩服这两个女戏子吃饭时候的那副神情。她们装出贵妇人气派,自以为是第一流的命妇。她们并不把两位大爷当"大人"看待,连"先生"都不称呼一声,直叫他们名字。这些大爷实在跟她们混得太没上没下,纵容得她们那么骄。那男戏子在戏里做惯主角,对两位爷一点不拘礼貌。他举杯祝他们健康,而且可以说处处僭他们的上风。我暗想:"哦!萝合跟我讲过,侯爵和戏子白天里平等,她应该再加上一句:他们晚上更平等,因为他们通宵就在一起喝酒。"

阿珊妮和莳萝利蒙德天生淘气。她们满嘴里说些放诞风流的话,一面尽占人家小便宜,佯羞假笑;两个老色鬼觉得津津有味。我的女主人逗着一个老头子打情骂俏;她的女朋友这时夹在另外两个男人中间,也不装什么苏珊娜。我这么个大小子,看着这幕戏觉得有趣极了。一时送上末一道菜,我就把酒瓶酒杯摆在桌上,出去和萝合同吃晚饭,她已经在等我了。她对我说:"哎,吉尔·布拉斯,你看那两位大爷怎么样?"我说:"他们准是阿珊妮和莳萝利蒙德的相好。"她道:"不,那两个老色鬼只上风流女人家去玩玩,不是结相好的。他们只想尝尝小甜头,肯花大钱买小便宜。谢天,莳萝利蒙德和我家太太目前没有相好;我意思说,没有那种自居丈夫的相好。那种人替你撑了个门头,就只许他们自己来寻欢作乐了。我呢,觉得她们这样很好,我以为有打算的风流女人应当躲掉这种背景。干吗替自己找个主人来呀?要车要马,宁可攒起一个个小钱来自己挣;出那样代价,一下子得了也不上算。"

萝合说溜了嘴,说话全不费劲儿。她一张嘴简直老在说话。那嚼不断的舌头呀!她把皇家戏班里女戏子的事论千累百地讲给我听。我听了方知我若要对坏事深知熟晓,真是适得其所。糟的是我那年纪的人对这种坏事毫不厌恨。而且那女用人把伤风败俗的勾当形容尽致,我只觉得此中大有乐趣。她只把女戏子的事迹讲了个十分之一,因为她才讲了三个钟头。客人起身告辞,那两位大爷和戏子陪着莳萝利蒙德一同回家。

他们走了,我女主人给我些钱,说道:"吉尔·布拉斯,这十个比斯多你拿去,明天早上采办酒菜用。要有五六位先生太太来吃饭,东西买得丰盛些。"我答道:"有这么一笔钱,买的东西一定可以款待全伙儿的戏子了。"阿珊妮道:"朋友,你用的字眼儿得修正一下。你可知道,不兴说一伙戏子,只说一个戏班子。人家常说一伙强盗、一伙花子、一伙作家;可是你记着:戏子只称班子,尤其是马德里这起戏子,非称班子不可。"我请女主人别怪我用字冒昧,诚惶诚恐地求她原谅我愚陋无知。我说以后如果统称马德里演戏的先生,就总说班子。

## 第十一章

戏子彼此相处的情形,他们对作家的态度。

我第二天一早就出马,上任当管家。那天是不吃肉的斋日。我奉女主人的命,买了几只肥鸡、兔子、山鸡,还有别的野味。演戏诸君不满意教会对他们的态度,所以并不严守教规。我买回家的许多荤腥,供十二位贵宾过三天狂欢节还绰绰有余。那厨娘忙了整上午。她做菜的当儿,阿珊妮也起来了,梳洗打扮,直到日中。于是来了两个戏子,是罗西米罗先生和李加都先生。接着又来了两个女戏子,是康斯丹斯和赛莉诺拉。一会儿,莆萝利蒙德也到了,陪她来的一个人活脱儿是个绝顶漂亮的公子哥儿。他的头发梳卷入时,帽上装一簇棕黄色羽毛;裤子紧得贴身,祅儿开口处露出的衬衫很讲究,上面钉着极精致的花边;他的手套和手绢都塞在剑柄的窟窿里;他的大氅也披得别有风度。

他相貌身材都很好,可是我一见就觉得有点别扭。我暗想,这位先生准是个怪物。我没看错,他果然特别。他一跑进阿珊妮的房间,就张着两臂迎上去把男女戏子一个个拥抱,做模做样,比花花公子还过火。我听他开口说话,越发相信所见不错。他咬音嚼字都拿腔作调,还配上手势和眼色。我忍不住打听萝合这位爷是谁。她道:"怪不得你诧异。这位卡罗斯·阿朗索·德·拉·房多雷利亚大爷,人家头一次见了面,听了他讲话,都像你忍不住要打听的。我把他的本来面目讲给你听。我先告诉你,这人从前是戏子,一时任性,不干这行了,后来想想一直懊悔。你留心他的黑头发没有?那是染的;他的眉毛和胡子也都是染出来的。他比老天爷的爸爸年纪还大些儿呢。可是他爹妈生了他忘记在本区登记。这点疏忽给他占了便宜,瞒掉至少二十岁年纪。这是西班牙最沾沾自喜的家伙。他活到六十岁,简直胸无点墨;忽然又要充学者,请了个先生来教他拼希腊字拉丁字。他还记熟了许多趣事,算是他编出来的，一遍遍讲给人听，到后来认真以为是自出心裁的了。他谈话就拉扯出这些趣事；可以说，他要卖弄才情，全得靠记性帮忙。据说他还是个了不起的戏子呢。我愿意志志诚诚相信这句话，可是老实说，我看不入眼。我有时听见他在这里朗诵，别的毛病不说，我觉得他咬字太装腔，再加上个颤巍巍的声音，显得那种念法已经是老古董腔调，怪可笑的了。"

萝合把这位戏界老前辈这样形容了一番。说真话，我从没见过比他举止再骄矜的人。他又卖弄自己口才，照例从夹袋里抖出两三件趣事来，讲的时候神气活现，看得出训练有素。那些男女戏子不是跑来静听的，并不做哑巴。他们就议论那些不在场的同行，说得实在不大厚道。不过这是戏子和作家的通病，不能怪他们。大家都在咬自己的伙伴儿，谈得很热闹。罗西米罗道："咱们亲爱的同行西泽利诺玩了个新花样儿，你们几位太太没知道么？今儿早上他买了丝袜、缎带、花边，叫个小僮儿送到班子里，算是一位伯爵夫人送给他的。"房多雷利亚大爷一脸得意之色，微笑道："真无赖！我们那时候的人老实得多，从来想不到弄这种玄虚。当然，那些贵妇人也不用我们费心，东西是她们买的，她们喜欢那样。"李加都也是这种口吻，说道："可不是！她们现在还是那样脾气，我要是可以细说……可是这类事情，尤其里面牵涉到贵妇人的，不便多讲。"

萧萝利蒙德打断他们道："各位先生，请别尽讲你们的艳遇了，那是世界上无人不知的。咱们来谈谈伊斯梅妮的事吧。据说那位在她身上撒漫使钱的大爷新近把她扔了。"康斯丹斯嚷道："是啊，真有其事！我还告诉你们吧，有个小矮个儿商人本来准会把家私在她身上花光的，这回也跟她断了。我知道这事的底细。她的送信人来了个阴错阳差，把写给商人的情书送给大爷，写给大爷的情书送给商人。"萧萝利蒙德道："我的娃娃，这可是吃了大亏了！"康斯丹斯道："哎，那位大爷不算什么，他家产已经败得差不多了。只是那矮个子商人还刚出场呢，又没遭过风流女人的手儿，这主顾是可惜了的。"

他们饭前所谈全是这一类的话。吃饭的时候还在讲下去。我若要把那些骂别人夸自己的话一一转述，就写不完了，还是从略。阿珊妮家席终，来了个当作家的可怜虫，我且讲讲他们怎样接待。

我们那小僮儿跑来，大声对女主人说："太太，有个人要见见您，他穿件怪肮脏的衬衫，浑身垢污，您别怪我多嘴，我看他活像个诗人。"阿珊妮道："叫他上来。你们各位坐着别动，来的是个作家。"这人真是作家，戏院刚要了他一个悲剧，他是送我女主人的台词来的。他名叫做彼德罗·德·莫亚。他一进来对座上诸位深深鞠躬了五六次。他们身子没抬一抬，连招呼都懒得打。他对阿珊妮足恭尽礼，她只点了点头。他进屋来战兢兢局促不安，把手套帽子都掉在地下。他拣了起来，跑到我女主人跟前，献上一纸台词，那样子比向法官呈状子还要毕恭毕敬，说道："太太，我冒昧送上您一份台词，请您赏脸收下吧。"她冷冰冰爱理不理地接了过来，人家向她恭维，她连回答都不屑。

我们这位作家并不丧气，乘机把别人的台词也分发了：一份给罗西米罗，一份给莴萝利蒙德。这两位对他也不比阿珊妮客气。戏子的生性多半是殷勤多礼的，罗西米罗也如此，可是他这时候反说些尖酸的话来侮弄那位作家。彼德罗·德·莫亚也觉知了，可是不敢回嘴，怕牵累自己的剧本。他一言不发就走了，不过我觉得他受了怠慢非常生气。我相信他气头上一定把这些该骂的戏子叫着名儿咒骂。戏子等他走了，也恭而且敬地议论那些作家。

莴萝利蒙德说："我看这位彼德罗·德·莫亚先生走的时候很不开心。"罗西米罗嚷道："哎！太太，你管他呢！作家也值得咱们放在心上么？要是跟他们没上没下地混在一起，就把他们惯坏了。我满知道这些轻浮家伙，他们一来就要忘其所以的。只可以把他们一辈子当奴才看待，不用怕他们受不了。他们也许生了气跟咱们疏远，可是他们写戏的瘾一发，还会找上门来；只要咱们肯演他们的戏，他们又喜出望外了。"阿珊妮道："你说得很对，只有靠咱们成了名的作家才撇得开咱们。他们全亏咱们挣得了好地位，立刻就懒得一字不写。好在戏班子里也不在乎，看客并没有少不了他们。"

这些高论大家纷纷附和。看来作家虽然受尽戏子的怠慢，到头来还是沾了戏子的光。这些戏子以为作家比自己这类人还要低微，那实在是把作家看得贱透了。

## 第 十 二 章

吉尔·布拉斯成了戏迷,跟着一班戏子
放怀行乐,但不久又心生厌倦。

客人散席,就该上戏园子了。他们一伙儿同去,我也跟着,又看了一遍戏。我看得津津有味,打定主意要天天来看。我真个如此;渐渐地看那些戏子都顺眼了。习惯移人,真是了不得!在台上最会嚷、最会做手势的几个戏子,我特别喜欢。和我有同好的正也不少。

我对剧本的妙处和搬演的手法都能领会。有几本戏我喜欢极了,尤其是全体红衣大主教或法国十二大贵族①都出场的那几个剧本。这些戏文都是绝妙好词儿,有几段我都背得出。我记得我两天之内把个名叫《百花魁》的喜剧全都记熟了。玫瑰花是皇后,紫罗兰是她亲信,茉莉花是她侍从。我觉得这种作品真正绝顶巧妙,替咱们西班牙文坛增光不少。

我记熟戏剧杰作里的妙句,肚子里好添些货色;不但如此,我还一心想养成鉴别的眼光,因此戏子的一言一语我都全神贯注地听。他们称赞的剧本我就看重,他们以为不行的我也就瞧不起。我以为他们对于剧本,好比珠宝商人对于钻石,准是内行。他们断定彼德罗·德·莫亚的悲剧决不能叫座,可是那戏偏偏吃香得很。我倒并不因此就怀疑他们眼光不准;与其说戏班子的鉴定靠不住,我宁可相信看客没识见。可是大家纷纷告诉我,戏子瞧不起的新剧本往往叫座,他们赞赏的差不多总挨倒彩。据说戏子对剧本不辨好坏,已经成了规矩了,人家向我举出了上千个叫座的戏,事先戏子都认为要不得的。我听了这许多证据才恍然大悟。

---

① 查理曼大帝手下有十二位勇将,十三世纪法国皇室仿此分封十二家大贵族。

我一辈子也忘不了有一天上演新戏的事。戏子都觉得这剧本沉闷乏味，而且断定这出戏不会完场。他们横着这个念头上台演第一幕，不料看客一片的喝彩声。他们诧异起来。演第二幕的时候，喝彩声越发热烈。我们这些戏子都莫名其妙了。罗西米罗道："见鬼么！这出戏倒吃香呢！"末了演第三幕，比前两幕更叫座。李加都道："我真不懂了，咱们以为这个戏观众不吃的，你们瞧，大家那么喜欢！"有一个戏子很老实，说道："诸位先生，剧本里有许多聪明俏皮的地方，原来咱们都没看出来。"

所以我知道戏子下的考语并不千真万确，对他们的本领也就能够平心衡量了。人家把他们百般嘲笑，实在是一点不错的。我看见有些男女戏子给大家捧坏了，恃宠而骄，上台做戏竟仿佛是对看客赏脸。他们的丑态我真看不入眼。可是我又很喜欢他们那种生涯，因此就沉湎在花天酒地里。我怎么能洁身自好呢？跟他们一起，所见所闻都足以教坏年轻人，引诱我堕落。我虽然无从知道加茜尔达、康斯丹斯和其他女戏子家里的情形，单在阿珊妮家也尽够把我毁了。她的客人除了上文讲的两位上了年纪的大爷，还有花花公子以及出重利钱借了债来挥霍的大家子弟，有时候包税员也来光顾。这种人因公会商要有钱到手才肯出席，可是到戏子家玩儿，他们得花了钱才许陪席呢。

莆萝利蒙德住在阿珊妮的隔壁，天天过来吃午饭和晚饭。许多人看她们那么要好都觉得奇怪。他们想不到风流女人会一起和和睦睦，以为她们早晚要为了个男人吵起架来。可是这就看错这两个好朋友了，她们好得如胶如漆。她们合伙儿过活，不像别的女人彼此忌妒。她们不肯犯傻劲争风吃醋，宁可敲诈了男人利益均沾。

萝合学这一对红角儿的榜样，也不虚度青春。她说得好，我要大开眼界呢。可是我一点没吃醋；我答应过碰到这类事要学班子里人的那种心胸。我几天来装得若无其事；看见她和男人窃窃私语，只问问那人姓名。她总说是个叔叔伯伯，或是表兄表弟。她的亲戚才多呢！她家准比普里阿摩斯王①家里的人口还多！这女用人有了那么些叔叔伯伯

---

① 普里阿摩斯是特洛亚国王，有五十个儿子和许多女儿。

表兄表弟,心还不足,有时还去勾引些陌生人,又到上文所说的老太婆家去客串大人家的寡妇。总而言之,萝合跟她女主人一样年少,一样美貌,也一样风骚,只差一点:不能登台替众人解闷取乐儿。这么一说,读者就完全明白她是什么样个人了。

　　我随波逐流地过了三个星期;放怀行乐,无所不为。不过我也要说,我寻欢作乐的时候,从前受过的教育总作怪,使我良心内愧,觉得甜中有苦。荒唐压不下悔心,反而越荒唐越愧汗。亏得我天性没有泯灭,对戏子的放荡生涯渐渐厌恨。我对自己说:"啊,你这死没志气!你这样算不亏负你家里人的期望么?你哄了他们不去当教师,还不够么?做了底下人就不能做个规规矩矩的人么?你跟这种坏人在一起合适么?有的心怀妒忌、脾气暴躁、生性贪鄙,有的廉耻丧尽,有的纵欲偷懒,有的骄傲得至于放肆。罢了,我不愿意再跟七种罪孽①混在一起了。"

---

①　基督教所谓七种罪孽指傲、嗔、妒、淫、馋、吝、懒。

# 第四卷

# 第 一 章

吉尔·布拉斯看不惯女戏子的行为，
丢掉阿珊妮家饭碗，找了个正派人家。

　　我虽然在荒淫的风气里厮混，还有几分顾全名誉和敬畏上帝的心不曾泯灭，因此打定主意，不但要离开阿珊妮，也要跟萝合一刀两断。我明知萝合外遇多得成千累百，可是对她还未免有情。一味贪欢的人也会有片刻省悟，若能这样当机立断，他真是运气！一天早起，我卷上包裹，走出这乌烟瘴气的人家。阿珊妮实在也不欠我什么，我没有跟她结账，也没有向亲爱的萝合告别。我做了这桩美事，老天爷立刻就补报我。我碰到了故主堂马狄阿斯的总管，我向他招呼，他倒记得我，止步问我帮在什么人家。我说在阿珊妮家做了将近一个月，看不惯她们的行为，怕学坏，所以扔下饭碗儿走了，目前还没有事情。那总管倒好像是个生性不肯苟且的人，对我这样洁身自好很加许可，又说他看我是个很有廉耻的小子，愿意荐我个好事情。他果然没有食言，当天就荐我到堂文森·德·古斯曼家，他认识那管家的。
　　我能找到这样人家，再好没有了，我也从没后悔过。堂文森是个很有钱的大爷，年纪已经老了，多少年来与世无争，家里也没有太太，过得很快活。他太太是送在医生手里的，医生要治她的咳嗽，连她的人也治死了；她要是没吃他们的药，还能把她的咳嗽保留好多年呢。堂文森不想再娶，只是一心一意教养他的独养女儿奥若尔。她那年二十六岁，说得上多才多艺。她美貌出众，人又聪明，学问也很好。她爸爸才分有限，可是理财当家却很能干。他有老年人的通病，最爱说话，尤其爱谈打仗。谁倒霉在他面前提动了头，他立刻就耀武扬威，大吹大唱；如果讲了两番围攻、三场厮杀就算了事，听话的人就算大运气了。他一生三分之二的光阴消磨在军队里，所以一肚子都是掌故，讲来很起劲，只是旁人听来总不免乏味。再加他又口吃，又啰嗦，所以讲得很没趣。除了这点毛病，他在我所看见的许多大爷里要算是性格儿最好的了。他脾气和平，不固执，也不任性。富贵人家的大爷能这样，我很佩服。他虽然持家精明，却过得很体面。他家用许多男用人，还有三个伏侍奥若尔的女用人。我一上来就明白堂马狄阿斯的总管替我弄到了个好位子，一心只想捧住这只饭碗儿。我尽心摸索路数，留意这人那人的脾气性格，于是按着胸中的谱儿行事，不多几时，我主人和全家用人都很喜欢我。

我在堂文森家做了一个多月，忽然觉得他女儿在家里许多用人里对我另眼相看。她每看到我，似乎有一种和悦的神情，对别的用人不那样。我要是从没跟花花公子和戏子混过，决不敢妄想奥若尔会对我有意。可是在这起先生嘴里，最高贵的女人也常受糟蹋，我跟着他们有点儿学坏了。我想："假如有些戏子的话可靠，大人家女人会一时着迷，给他们占了便宜的。安知我的女主人不也像她们那样着了迷呢？"可是我过了一会儿又想："不对，那不至于。她绝不是梅莎丽娜①一流人物。那种女人枉是好出身，却下流无耻，连最卑贱的人也看得上眼，玷污了自己不害臊。她是那种端庄而又温柔的小姐，不肯逾分越礼，可是对男女之间那种幽洁深微的情意一点儿不顾忌，只觉得有趣味，不怕出乱子。"

这是我的看法，究竟女主人是怎样的人我却拿不稳。她每看见我总笑眯眯面露喜色。这事看来大有意思，不必是个妄人也会生心，我也不免存了些妄想。我以为奥若尔十分赏识我的人才，从此觉得自己是那种有造化的用人，他们为了爱情，充奴仆也甘心。我既有艳福，就比从前越发修饰，免得好事临头，自惭形秽。一切能添我几分漂亮的东

---

① 梅莎丽娜是古罗马皇后，以淫荡著称。她喜欢晚上改了装，和下等妓女混在一起接客。

西,我不惜工本去弄来。我把钱全都花在衬衣、油膏、香水上。我早起先打扮好,洒上香水,女主人若有使唤,我就不至于落落拓拓到她跟前去。我妄想靠这样修饰打扮,再加小意儿殷勤,不久就会称心如愿。

　　服侍奥若尔的女用人里有一个叫奥蒂斯,是个老婆婆,在堂文森家已经二十多年。小姐是她带大的,她还算是小姐的监护,不过这桩苦差使她早已不当了。她不复揭发奥若尔的所作所为,反而只替她包瞒。总之,她是小姐的心腹。一天黄昏,奥蒂斯大娘乘没人,低低对我说:只要我乖觉小心,今晚半夜可到花园里去,有好消息呢。我握住女监护的手,回说准去。我们怕人撞见,赶快分开。我从此一块石头落地,知道堂文森的小姐果然看上我了,快活得按捺不住。那天晚饭很早,可是我从奥蒂斯传消息那时候盼到吃晚饭,又盼到主人睡觉,只觉得时间真长。这晚上他们家所有的事仿佛都异乎寻常的慢。偏偏堂文森还要添我的烦恼,他进了卧房,却不想睡觉,又反复讲他的葡萄牙战役,都是我早已听腻了的。不过有些话他却没讲过,特意留到这晚上来说;他把当时有名的军官一个个举出名字来,还把各人的战绩都叙述了一遍。我听他讲到完,真是够受的!他居然讲完,上床睡了。我忙回卧室,那小房间里有一道秘密楼梯直通花园。我先浑身擦上香膏,换了一件洒遍香水的白衬衣,一切我以为能叫女主人倾心的样样做到,于是就去赴约。

　　奥蒂斯不在花园里。我以为错过了良时,她等得不耐烦回屋里去了。我全怪在堂文森身上,正在咒骂他的战役,忽听得钟上打十点。我以为那钟不准,这会子至早也得是一点钟了。幸喜我料得不对。过了足足一刻钟,另外一只钟又打十点。我心想:好得很,我再痴等整整两个钟头就行了。人家至少不会怪我不守时刻。可是还要等到半夜,怎么消遣呢?在这花园里散散步、想想我这角色该怎样扮演吧,这还是个新鲜事儿呢。我不熟悉大家闺秀的脾气。我知道对女用人女戏子该怎么办。跟她们搭话别拘礼,老实不客气一上来就调情得了。可是对有身份的小姐得用另一种手法。我以为一个情人应当礼貌周全、态度殷勤,又爱又敬却并不羞缩。他不可以情急强迫人家,应该耐心等人家把持不住,成其好事。

我计较了一番，打定主意就这样对付奥若尔。我设想一会儿就能跪在这位可爱的小姐脚边，滔滔诉说衷情了。我还搜索枯肠，把幽会时可用的戏文都记出来撑自己面子。我准备好好引用一下，指望效法我认识的几位戏子，把记性冒充才情。这些心思比我主人讲的打仗有趣得多，想想就不焦躁，我听得钟上打十一点了。我道："好！只消再等六十分钟了，耐着心等吧。"我鼓起劲来，又一味胡思乱想，一会儿踱来踱去，一会儿又到花园尽头的花房里去坐坐。我等了这许久，好容易钟打十二点。奥蒂斯来了，她和我一样准时，只是没我性子急。她招呼我道："吉尔·布拉斯先生，你等了多久了？"我说："两个钟头了。"她打着哈哈道："啊！你真是守信得很！跟你晚上约会倒是件乐事。"又正色道："我要报你个喜信，你为那桩喜事实在也应该极力巴结。小姐要私下会会你，叫我带你上她屋去，她等着呢。此外是秘密，只可以让她亲口告诉你，我不多说了。跟我走吧，我带你去。"这女监护说完搀着我的手领路。她用钥匙开进一扇小门，鬼鬼祟祟地把我带到小姐房里。

# 第 二 章

奥若尔接见吉尔·布拉斯，他们谈的话。

我看见奥若尔已经卸装，心中大喜。我极力装出斯文样子，毕恭毕敬行了个礼。她笑面相迎，硬叫我坐在她旁边；又叫那接引使者出去，撇我们俩在一起，这简直乐得我疯了。于是她说道："吉尔·布拉斯，我觉得你不错，我在爸爸的许多用人里对你另眼相看，这点你应该觉得。就算你看不出眼色，不知道我的一番好意，你看了我今晚的举动也就完全明白了。"

我不等她再说下去。我想我既是个礼貌周全的人，应该免了她害羞，不必她再把话说明白。我如醉如狂地站起来，像戏里主角向公主屈膝那样跪在奥若尔脚边，拉着念台词的调儿道："啊，小姐，我没有听错么?这话是对我说的么?吉尔·布拉斯一辈子受造化作弄,是天地间的弃物,他哪里来的福气,竟打动了您的芳心……"我女主人笑着打断我道:"说话别那么响。我的女用人睡在隔壁,你回头把她们都吵醒了。起来坐着,先听我讲完了,不要打岔。"她又一本正经接着上文说道:"吉尔·布拉斯,我的确喜欢你,我要告诉你一个关系我终身大事的秘密,可见我多么器重你。我爱一个年轻漂亮的贵公子,叫做堂路易·巴洽果。我在公园和戏院里看见过他几回,可是从没跟他谈过话。他品性如何,为人有没有什么毛病,我都茫然。这些事正是我想知道的。我要个人仔细打听打听他的品行,据实回报。家里这些用人里,我看你最合适。我相信这事托你去办万无一失。希望你干事伶俐谨慎,我推心置腹不至于后悔。"

我女主人说到这里,就顿住口等我回答。我方才误会得真冒昧,当时窘得不知所措。可是我立刻定下神。莽撞得不巧总要讨没脸,我只得老着面皮,表示十分关切,愿意出死力效忠。我这来即使不能叫她忘掉我活见鬼自居她意中人,至少也让她知道我善于补过。我只求两天工夫把堂路易的为人打听确实了回报。于是我女主人叫奥蒂斯大娘领我回花园。奥蒂斯临别打趣我道:"再见啊,吉尔·布拉斯。下次约会,我不劝你早到。我很知道你守时刻,不用我着急。"

我回到自己屋里,一天欢喜都落了空,不免有些懊丧。可是我心地还不算糊涂,自己譬解得开。我想做小姐的心腹比做她的情人合适。我又想,这事也许对我有好处,替爱情当差,报酬不会菲薄。我上床睡觉,决计要把奥若尔托我的事办好。第二天我就出去打听。堂路易那种绅士的住址一问就知道。我在他街坊上打听了一番。可是我问的几个人都说得不详尽,我只好过天再去打听。第二天顺利多了。我在街上偶然碰见相识的一个小伙子,就站定了谈话。正巧他一个朋友走过,跑上来招呼。他说东家怪他喝掉了一桶酒,刚把他歇了。他东家堂约瑟夫·巴洽果就是堂路易的父亲。我乘这个好机会,忙向他一一探听,套出许多话,回家来非常得意,总算没对小姐失信。我这晚又该去会她,还照上次那个时候、那个办法。这晚上我不那么心焦了,非但耐着心听我老主人谈话,还提着头儿叫他讲打仗。我舒舒坦坦等到半夜,听钟上打了好几下,才下楼到花园里去。我没擦油膏,也没洒香水,这些统统改掉了。

那忠心的女监护已经在等我,打趣说我远不如前番起劲了。我置之不理,跟她到了奥若尔房里。奥若尔一见就问堂路易的事打听清楚没有,探得的事多不多。我说:"哎,小姐,您要知道的事我打听了许许多多。第一,他就要动身回萨拉曼卡去毕业。据说这位大爷品性高尚,为人正直。他的勇敢更不用说,因为他是一位绅士,又是西班牙人。而且他很有风趣,待人接物也非常和悦。只是有一点恐怕不合您脾胃,我又不能瞒您;他那公子哥儿的习气太深,是个荒唐鬼。您可知道,他那点年纪,已经包过两个女戏子了。"奥若尔道:"真有这么么?好胡闹啊!可是,吉尔·布拉斯,你打听确实,他真这样放浪么?"我答道:"唔,小姐,我想不会错。这话是他们家今儿早上歇出来的一个用人告诉我的。用人讲起主人坏话来总诚实不欺。况且他时常跟堂阿雷克索·西侠、堂安东尼欧·桑德雷斯、堂范尔南·德·冈博阿来往,单凭这点就见得他一定荒唐。"我女主人叹道:"这就不用多说了。吉尔·布拉斯,听你这话,我是枉抛了一片心,以后得下些克己功夫。尽管这点爱情在我心里根深蒂固,我想还可以连根儿拔掉。"她拿出一只饱满的小钱袋,放在我手里,说道:"你去吧,这是送你的酬劳。小心别把我的秘密讲出去,别忘了我相信你口风严密的。"

我对小姐说,我是心腹用人里的阿博克拉脱①,她尽可放心。我退出来忙不迭的要知道袋里装些什么。原来是二十个比斯多。我立刻就想,我探了这个恼人的消息回来,她还给我这样好的报酬,要是消息称心,报酬一定还要厚呢。我后悔没学那些司法老爷的榜样,他们写的罪行调查书上有时把真情实况渲染文饰一下的。我很懊丧,好事刚有些苗头就给我摧残了;如果我没那么傻头傻脑,要卖弄诚实不欺,这事往后去准对我大有好处呢。话又要说回来,我花在油膏香水上的冤枉钱总算捞回来了,也差堪自慰。

---

① 阿博克拉脱是古希腊缄默之神。

## 第 三 章

堂文森家有大变；美丽的奥若尔情不自禁，
决计要干件异常的事。


不久以后，堂文森病了。病势很凶，即使他没上年纪，只怕也不会好。他一有病，家里就把马德里最有名的两位大夫请来。一个叫做安德罗斯大夫，一个叫做奥克托斯大夫。他们聚精会神地瞧了病，又把征候仔细研究一番，同声说病由是身体里津液激荡，可是此外他们就各说各的。一位大夫要当天就用泻药，那一位主张缓一缓。安德罗斯说："虽然津液还生，①应该乘它动荡回旋很厉害的时候就打清它，免得留滞在心肺胃脑那些要害器官里。"奥克托斯的主张适得其反，他说应该等津液熟透再打。第一个大夫道："可是你这个方法跟医学祖师的遗教恰好相反了。希波克拉底说，病人发高烧，一开头就该用泻药。并且说得明明白白，应该乘津液亢旺，赶紧清泻。'亢旺'就是指津液激荡。"奥克托斯辩道："哼！你这可是弄错了。希波克拉底所谓'亢旺'，不是说津液激荡，是说津液融洽。"

我们这两位大夫争吵得热闹起来。一个引证希腊原本，还举出许多书都像他这样解释的。那一个根据拉丁译本，说来更振振有词。谁是谁非呢？堂文森无从判断。可是他一看非得挑定一位不可，就相信

---

① 西洋古代医学把人身津液（Humeur）分为黏液、血、黄色胆汁、黑色胆汁四种。如果这四种津液的配比失去平衡，生理上就有骚动，人就害病。但是身体里自然起一种作用，会使津液回复平衡，叫做"融洽"（Coction）作用。融洽作用能使津液由"生"（Crue）变"熟"（Cuite），过剩的部分排泄出来，病就痊愈。要是排泄不出，就得吃药清泻发散。医药的目的只是推动和帮助这个融洽作用。这是希波克拉底在《古医学》第十八节里讲的（"勒勃古典丛书"本《希波克拉底集》第一册第 46—53 页）；勒萨日笔下这两位名医争论之点，恐怕是根据他最有名的《格言》第一部第二十二句，第二十四句，又第四节第十句（第四册第 108—109 页，第 136—137 页）。

了那位杀人较多,也就是年纪较老的一位大夫。安德罗斯是年轻的一个,立刻起身告辞,可是不免还借"亢旺"两字对那年老的挖苦几句。这回奥克托斯得意了。他的手法跟桑格拉都大夫一样,所以一上来就狠狠地抽血,要等他身体里的津液熟透再用泻药。他慎重得很,泻药还要缓着用呢。准是死神怕那剂清泻药救了病人的性命,所以不等津液熟透,就把我主人抢去了。堂文森大爷只为医生不懂希腊文,送了一条性命,他是这样下场的。

奥若尔按照她父亲的身份体面办了丧葬,从此自己掌管家私。她这回一切自主,就辞退几个用人,按功劳给了些酬谢。她家有个田庄,在塔古河边、萨瑟东和比安狄亚之间,她不久就到那田庄上去住。留下的几个用人都跟到那乡下去,我也在内,而且我有幸是她少不掉的人了。她虽然听我据实讲过堂路易的为人,还是爱着这位大爷。她实在是抑制不下爱情,只好随爱情摆布。她现在私下见我不必顾忌。她对我叹息道:"吉尔·布拉斯,我忘不了堂路易。我极力不想他,可是老想着他。我心目中,他是个温柔多情、有始有终的如意郎君,并不像你形容的那么任性胡闹。"她说着伤心,不禁掉下泪来。我看她下泪也很难过,险的陪眼泪。我对她的烦恼这样同情,真是讨她喜欢的无上妙法。她擦干了美目,说道:"朋友,我看你天性很厚,我也喜欢你这样忠心,一定要好好儿谢你。亲爱的吉尔·布拉斯,我现在更非你帮助不可了。我心上有个打算,该说给你听听,你一定觉得很奇怪。我告诉你,我不久就要到萨拉曼卡去。我准备到那里改扮男装,自称堂斐利克斯,于是去和巴洽果结交,设法跟他结为心腹朋友。我只算奥若尔·德·古斯曼的表哥,常常谈起这位表妹。他也许会想见见她,这就堕我计中了。咱们到萨拉曼卡弄两所房子。我在这一处是堂斐利克斯·曼多斯,在那一处是奥若尔。我有时候装了男人和堂路易见面,有时候穿我原来的服装见他。照这样一步步拉拢,我想就能如愿以偿。"她又道:"我承认这是个很荒唐的计划,不过爱情驱使着我,而且我心地清白,所以敢不顾一切地冒这个险。"

我和奥若尔所见相同,认为这计划是胡闹。不过我尽管觉得这事荒唐,绝不去训戒她。我反而渲染一番,把这个疯疯癫癫的计划说成个有趣的玩意儿,没什么大不了。我记不起还举了些什么凭据,反正她全相信;痴情人想入非非,喜欢人家附和。我们把这件轻举妄动的事当做一出喜剧,以为只消想法好好儿排演就完了。我们挑了几个用人来串这戏,分派好角色。我们不是吃戏子饭的,并没有你争我抢。当时选定奥蒂斯扮奥若尔的伯母,取名齐梅娜・德・古斯曼,她手下用一个男用人、一个女用人。奥若尔扮了大爷,我就做亲随,另外叫个女佣人扮做小僮儿贴身服侍。我们把登场人物照这样分配停当,就回马德里。我们打听得堂路易还在那里,不日要动身到萨拉曼卡去。我们就把有用的行头赶紧置办。小姐等一切齐备,吩咐立刻打上包裹,因为还不到穿着的当儿呢。于是她把家事交托给管家,带了这出戏里要上场的用人,乘一辆四骡车向雷翁境进发。

我们已经过了旧加斯狄尔境,忽然车轴断了。那地方正在阿维拉和维拉富罗之间,遥遥望见三四百步之外山脚下有一个田庄。暮色渐深,我们非常狼狈。恰巧有个农夫经过,随口一句话救了我们出难。他说,我们望见的是堂娜艾尔维拉的田庄,她是堂彼德罗・德・比那瑞斯的寡妇。那农夫把这位太太极口称扬,因此小姐就派我去借宿。那农夫的确没有过赞,当然也亏我措辞得体,艾尔维拉即使不是个顶有礼貌的人,听了也会接待我们。她见了我很客气,我代主人致意,她的回答正合我的希望。于是骡子慢慢地拉着车,我们大伙儿都到那田庄上去。堂彼德罗的寡妇在门口迎接小姐。她们相见的客套我这里不提了。且说这位艾尔维拉老太太比交际场中的夫人还招待周到。她请奥若尔到一个极华丽的房间里去歇一会儿,又来招呼我们,无微不至。晚饭做得,她吩咐摆在奥若尔房里,两人同吃。堂彼德罗的寡妇很能尽东道之谊,不像有种主人,吃饭心不在焉,或者脸色不快。她高高兴兴,有说有讲。她谈吐很高雅,我佩服她聪明、心思细致。奥若尔好像也一样喜欢她。她们俩做了朋友,还约定要通信呢。我们的车要过一天才修理得好,恐怕动身的时候天太晚了,所以决定在她家多住一宵走。我们底下人的饭菜也很丰盛,而且不但吃得好,睡得也舒服。

第二天,我们小姐跟艾尔维拉谈得更相投了。她们俩在一间大厅上吃饭,壁上挂着好几幅画。有一幅特别惹眼,画得栩栩欲活,而画的景物很凄惨。画着一个绅士朝天倒在血泊里,看来已经死了,脸上还是一副恶狠狠的神气。他旁边横着个年轻女人,她另是一种神情。她胸口戳着一把剑,还没有咽气,眼光欲敛,还恋恋不舍地望着个少年人。那少年要和她永诀了,仿佛痛不欲生的样子。我留心画上还有个人。这是个慈祥的老者,他触目伤心,脸上的悲痛跟那少年人不相上下。看来他们两人对着这血淋淋的景象都有切肤之痛,只是感触不同。那老人悲深痛切,已经不能自支;那少年人伤心之中带着愤怒。画里把那些形形色色都传出神来,我们看得目不转睛。小姐便问这是画的什么惨事。艾尔维拉道:"小姐,这是一幅写真,写着我家的一桩痛史。"奥若尔听了心痒,很想更知一二。堂彼德罗的寡妇见她那么好奇,只得依她。当时奥蒂斯和她两个伙伴还有我都在旁边,听见她这样答应的,所以等她们吃完饭,我们四个都赖在那厅上不走。我女主人要把我们遣开,可是艾尔维拉看透我们心痒痒的要听她讲那画上的情节,就很体谅,说那事不是秘密,我们不必走开。一会儿,她就讲了下面的事。

# 第 四 章

婚变记。

"西西里国王罗杰有弟妹各一。弟弟孟富华造反,在国内掀起了恶狠狠的血战。可是他造化低,打了两个败仗,身为俘虏。皇帝处他造反的罪,只把他看管起来。罗杰这样宽宏大度,反叫有些百姓当做个残暴的人。他们说他留着弟弟性命无非要用毒手慢慢儿折磨他报仇。其余的人只怪他妹妹马悌尔德,说孟富华在监狱里受罪全是她害的,这倒不是无稽之谈。这公主一向恨这个王子,王子活一天就一天不饶他。王子死了不久,她自己也死了,人家以为是她灭绝天伦的报应。

"孟富华遗下两个儿子,年纪都还小。罗杰很想干掉他们,免得日后长大了要替父亲报仇,鼓动那些心里不服的人重新作乱。他把这个主意告诉枢密大臣雷翁悌欧·西富瑞狄。这大臣不赞成。他要国王回心转意,就自愿把大王子安利克领回教养,劝国王把小王子堂彼德交托给西西里大将军管教。罗杰相信这两人一定能教导两个侄儿恪尽臣道,就把孩子交托给他们,自己照管着外甥女儿康斯丹斯。她是马悌尔德公主的独生女儿,和安利克同年。国王为她请了许多保姆和师傅,教管得无微不至。

"雷翁悌欧·西富瑞狄在贝尔蒙特那地方有个田庄,离巴赖姆只短短二哩路。大臣就在那里尽心教导安利克,准备他做西西里一国之主。他一上来就觉得这位王子品性很好,疼得他好像自己没有亲生儿女似的。其实他有两个女儿。大女儿勃朗许比王子小一岁,是个十全的美人儿。小女儿珀茜还在襁褓之中,她妈妈是生她的时候死的。勃朗许和王子情窦初开,就两心相印,只是他们不能随意会面。王子有时候还能找到机会,就乘此说动西富瑞狄的女儿许他实行一个计划。这时候钦命雷翁悌欧去巡阅本岛一个僻远的省份。安利克和勃朗许卧房相连,他乘雷翁悌欧出门,叫人在两间卧房中间的墙上开个洞,洞口掩上一扇木头的滑门,可开可阖,不露痕迹,因为活门和板壁严丝合缝,肉眼决计看不出这个花巧。王子贿赂了一个巧匠,为他偷偷儿赶造的。

"痴情的安利克屡次从这个门到他情人房里去,不过绝不占她便宜。勃朗许虽然冒失,让王子偷到她房里来,却有言在先,不准他有一点非分之求。有一晚,他看见勃朗许很忧愁。原来她听说罗杰病重,西富瑞狄身为掌玺大臣,已经召入朝去听受遗命。她设想亲爱的安利克接了帝位,高高在上,就和自己隔绝了,因此非常焦虑。王子进来的时候,她正含着两包眼泪。王子道:'小姐,你哭咧?为什么伤心啊?'勃朗许答道:'殿下,我的心事瞒不过您。您伯父咱们王上快要归天,您就要接位。我设想您一旦做了至尊,我就攀附不上了,老实说,我是很发愁的。国王的眼光跟情人的不同;做臣子满心想望的事,到身登宝座就看得淡了。也许我是心血来潮,也许我有先见之明,我只觉得心烦意乱。我应该信得过您一片情意,可是我放不下心。我并非怀疑您会薄幸,我只愁自己没福。'王子答道:'可爱的勃朗许,你担忧也出于好意,不亏负了我对你的心。可是你担忧太过,就对不起我这片痴情,并且不是也小看了我么?你千万别以为咱们的命运分得开,你应该相信,只有你能叫我称心满意。撇开了这种无谓的忧虑吧,别辜负了这个好时辰。'雷翁悌欧的女儿道:'哎,殿下,您一戴上皇冠,百姓就要您娶一位世代帝王家出身的公主做王后,这门显赫的姻缘还会替您版图上多添些州郡。咳!只怕您顾不得密誓柔情,只好听从他们。'安利克使性子道:'哎,你干吗尽自寻烦恼,想象得将来这样黯淡。假如天不要我伯父在位,叫我做了西西里一国之主,我发誓要当了满朝臣民和你在巴赖姆结婚。一切神明,听我发这个誓。'

"西富瑞狄的女儿听了安利克的表白,心定了些。他们掉转话头,谈到国王的病情。安利克惋惜伯父寿命不长,足见他天性忠厚,其实他真犯不着伤心。国王归天,他就可以接位。可是他骨肉情重,总觉得这是恨事。勃朗许还不知道多少苦厄已经临到头上了。有一天大将军有要事到贝尔蒙特田庄上,恰碰见勃朗许从她父亲房里出来,他一见大为倾倒。第二天他就向西富瑞狄求婚,得到了允可。但是正逢罗杰有病,这桩婚事就搁下了,勃朗许还一点不知道。

"一天早上,安利克刚穿好衣裳,只见雷翁悌欧带着勃朗许进来,觉得很奇怪。这位大臣道:'殿下,我来禀告您一个痛心的消息。不过祸福相倚,您也可以不必过于哀恸。令伯父咱们王上已经归天,传位给您了。西西里全国都对您臣服;满朝公卿正在巴赖姆待命,他们派我来听候您的旨意。万岁爷,我带了女儿特来朝贺,抢先来至诚极敬地向您行新朝子民应尽之礼。'王子知道罗杰两月来病势日渐不支,这消息原在意中。不过他突然间换了个身份,心上感慨万端。他默默寻思一番,对雷翁悌欧道:'贤明的西富瑞狄,我向来把你当我父亲的。我有你辅佐,就可以自豪了。西西里一国之主,是你不是我。'他一面说,就到摆着文具的桌上,拿一张白纸,在纸尾上签了名。西富瑞狄问道:'万岁爷,您这是干吗呀?'安利克答道:'表示我感激你、器重你。'于是王子把这张纸交给勃朗许,说道:'小姐,我对你的心永远不变,你的意旨,我一切顺从,这张纸是个担保,你收了吧。'勃朗许脸颊红晕,接了那张纸道:'万岁爷,我拜受王上的恩典。可是我在家从父,把这张纸交在他手里,由他斟酌情形,审慎使用,您不见怪吧。'

"她真把安利克签名的纸交给父亲。西富瑞狄一向还在梦中,这才恍然大悟。他看明王子的心了,就说:'万岁爷,我决不做对不起您的事,决不辜负您的信任……'安利克打断他道:'亲爱的雷翁悌欧,你不会辜负我,随你把我这张纸怎么用法,我总赞成。'接着又道:'你们走吧,回巴赖姆去叫那边筹备加冕典礼;对我的臣民说:我随后就要来听他们宣誓效忠,还要向他们传旨施恩。'这大臣奉了新主子的命令,带着女儿往巴赖姆去。

"过了几个钟头,王子也离开贝尔蒙特。他情思缠绵,虽然就要身为至尊,也不在心上。他一到城里,只听得欢声四起,他在百姓欢呼声里进了皇宫。典礼已经筹备停当,在宫里举行。他看见康斯丹斯公主穿了长的孝服,好像很哀悼罗杰。他们少不了要互相吊唁一番,两人说话都很得体,只是安利克比康斯丹斯冷淡。康斯丹斯并不为家庭的纠纷恨这王子。王子登宝座,公主坐在旁边,比皇位略低些。大臣都归了班次。大典开礼,雷翁悌欧身为掌玺大臣,又受先王顾命,就展开遗旨,高声朗读。大致说:罗杰无后,指定孟富华长子继承,但以娶康斯丹斯公主为后作条件,否则宝位由堂彼德王子继承,条件相同。

"安利克听了大吃一惊。他非常着急。雷翁悌欧读完遗嘱,当众宣布道:'诸位大人,先王对嗣君的遗命已经宣读了。我们大德大度的王子愿意娶表妹康斯丹斯公主为王后。'安利克越加着急,忙截住大臣的话道:'雷翁悌欧,别忘了勃朗许交给你的那张签名的纸……'西富瑞狄不让王子说完,忙插口道:'万岁爷,在这里呢。'他把那张纸当众扬了扬,说道:'朝上各位大臣看了这上面万岁爷的御名,就知道您敬爱公主,恪遵先帝遗命。'

"他说完就宣读自己写在那纸上的话,俨然是新国王的口吻,说他向臣民允诺要依从罗杰遗旨,娶康斯丹斯为后。殿上欢声雷动,在场的人都高呼:'大德大度的安利克万岁!'这王子向来嫌恶公主,大家并非不知,因此怕他对先帝遗旨抗不受命,弄得国内骚动。那一纸宣谕使朝野安心,一片欢呼。国王听了五内如裂。

"康斯丹斯一方面是添了尊荣,一方面也未免有情,所以比谁都高兴,就乘这时候向王子谢恩。王子要强自抑制也没用,他听了公主谢恩,不安得很,心里烦乱,连礼貌上该说的话也说不上来。西富瑞狄职司所在挨近着宝座,王子后来按捺不住,向他低声道:'雷翁悌欧,你干的什么事啊?我交给你女儿那签名的纸,不是预备做今天这番用场的。你违反了我……'

"西富瑞狄语气坚决,打断了他的话道:'万岁爷,别忘了您的尊荣。您要是不肯听令伯父先王的遗命,就做不成西西里的国王。'他说完就跑开,不让国王再说什么。安利克为难极了,心乱如麻。他很怨恨西富瑞狄;他横不下心把勃朗许扔掉。要勃朗许呢还是要宝位,他一时取决不下。他后来想定主意,自以为得了个两全的办法。他和表妹结婚之前,得先派人到罗马去求准。他假装愿意服从罗杰遗命,却预备乘这个当儿行些德政,使国内权贵归心;只要政权稳固,就没人能够勉强他履行遗嘱上的条件了。

"他打了这个主意,心定了些,便转向康斯丹斯,把掌玺大臣当众宣读的话再申说一遍。他正违着心向公主发誓,偏偏勃朗许跑上殿来。她奉父命向公主朝贺,一进来听见安利克这番话,很觉刺耳。雷翁悌欧惟恐她不知命薄、抱着什么梦想,他一面引她去见康斯丹斯,故意说道:'孩子,来朝见王后,恭祝国泰民安、大婚吉祥如意。'这一棒打得好厉害,可怜勃朗许吃不住了。她极力要遮掩心头之痛也遮掩不了,脸上红一阵,白一阵,浑身发抖。公主倒一点没看出来,只道这女孩子乡间长大,上朝未免害生,所以祝贺得语无伦次。那年轻国王心下明白,他一见勃朗许,就不知道把脸搁在哪儿,又看她那副伤心绝望的眼色,更不知所措。他知道勃朗许骤然看来,准以为他背信了。他要是可以跟她讲话,就不至于这样着急。但是西西里全国正眈眈注视着他,哪有这个机会呢?而且狠心的西富瑞狄不容他存这指望。这位大臣看透一对情人的心,他要防他们儿女情痴,坏了国家大事,就乖乖觉觉带女儿下殿,同回贝尔蒙特。他有种种道理要尽早把女儿嫁出去。

"他们到了家,勃朗许才知道自己多么苦命。西富瑞狄说已经把她许配大将军了。她悲痛得很,当着父亲也不能自制,嚷道:'无私的天道呀!你还要把可怜的勃朗许怎样折磨啊!'她悲伤太过,魂飞魄散,身冷面白地晕倒在父亲怀里。他看见女儿这样也很难受。他深深体会到女儿的苦痛,可是他主意很牢。后来勃朗许清醒过来了。那刺心的苦痛不容她昏迷不醒,西富瑞狄在她脸上洒水的功效还在其次。她睁开昏昏两眼,看见自己父亲忙着救护,就有气无力地说道:'大人,我很惭愧,把我的心病落在您眼里了。可是我去死不远,种种烦恼都可以了结,您也可以早早去掉一个私订终身的倒霉女儿。'雷翁悌欧答道:'不,勃朗许,我的宝贝,你得活着呢。你是有品节的,慢慢儿会振作起来。大将军向你求婚也是你的体面,这门亲是全国最了不起的……'勃朗许打断他道:'他人物才能我都看重,可是大人,王上答应我……'西富瑞狄也打断她道:'孩子,你的道理我全知道。你对这位王子的痴情我并非不晓,换了个境地,我也并不反对。但是他为了自己的尊荣和国家的福利,非娶康斯丹斯不可。不然的话,我还要巴巴地把你嫁给他呢。先王务必要他娶这位公主才肯传位给他。你愿意他为你抛掉西西里的王位么?我告诉你吧,你遭到这种伤心事我也一样难受,不过命运是强不过来的,还是努力放宽心胸吧。你能够把这点非分的妄想瞒过全国的人,就是你的体面。你对王上有情,人家会造你谣言;你要保全声名,最好嫁给大将军。总而言之,勃朗许,你没有斟酌的余地。王上为王位撇下了你要娶康斯丹斯了。我已经把你许给大将军,请你别叫我失信。假如你非要我拿出做父亲的款来才肯答应,那么我现在命令你嫁给大将军。'

"他说完就走了,让女儿把这话仔细咀嚼去。他说的一泡道理是要动女儿以大义,克制她的私情,希望她经过一番思索,会愿意嫁给大将军。他果然没有料错。可是那伤心的勃朗许费了好多挣扎才打定这个主意。她的处境真是可怜极了。她早愁到安利克要背弃她,眼看事已如此,很觉痛心;而且她割舍了王子,还得委委屈屈嫁个不喜欢的人,越加悲切不堪,觉得活一刻是多挨一刻苦楚。她叹恨道:'假如我注定是个苦命,除非一死,倔强有什么办法。残酷的命运啊,既然一定要我受没底的苦楚,为什么又拿最甜蜜的希望来哄我?你这负心人啊,你答应我天长地久此心不变,却又和别人好了。你对我赌神发咒,难道一会儿就会忘记么?你既然这样忍心欺我,愿天罚你!你诳骗神明,亵渎合欢床,叫你那床上没有欢乐,只有悔恨!但愿你那反复无常的心把康斯丹斯的柔情昵态恨得像毒药一样!但愿你的婚姻和我的一样受不了!哎!负心人啊,我要报仇,也要罚自己情痴不识人,所以我尽管一点不爱那大将军,也就嫁了他。我信奉的宗教不容我自杀,我只愿今后过的无非是一片又苦又闷的凄凉岁月。你要是余情未断,叫你看我另嫁别人,也是对你报了仇;你要是早已把我放在脑后,至少西西里出了一个能惩罚自己用情轻率的女人,也足以夸傲。'

"可怜她私情大义左右为难,嫁大将军的前一夜就这样过了。第二天西富瑞狄看她依头顺脑,乘机就上劲干事。他当天请大将军到贝尔蒙特,在田庄上教堂里悄悄地和他女儿行了婚礼。勃朗许这一天真是苦透了。她不但断了做王后的想头,失了心爱的人,嫁了个厌物;而且这丈夫早就爱得她火也似的热,又天生是个醋罐子,在他面前不能流露私情。这位新郎娶到了勃朗许,快活得时时刻刻趋奉在旁,她要背人弹泪、稍解伤心,也没机会。天黑下来,雷翁悌欧的女儿越加忧急。女用人替她卸完装都退出去,让她和大将军两人在一起,那时候她更急坏了。大将军恭恭敬敬问她为什么神色不豫。勃朗许不知怎么回答,推说身子不舒服。她丈夫开头倒相信,可是一会儿就看破了。他当初看勃朗许那样子,真的很关切,就催她上床。勃朗许误会了意思,想到他要肆行强暴,不由得失声长叹,眼泪直流。一个人满以为好事可成,忽然见此景象,哪里受得了呢!他知道太太烦恼定有隐衷,对他的爱情不利。他看明这点,就和勃朗许一样的烦恼起来,不过他还算有克己功夫,没露在脸上。他加倍殷勤,还是催太太安置,答应让她睡个够,决不打扰。他还说,她如果不舒服,要人服侍,他就去叫女用人进来。勃朗许这才放了心,说她只是没力气,睡一觉就会好。他假装信以为真。两人都上床,这一宵跟男欢女爱的洞房之夕大不相同。

"西富瑞狄的女儿一心自怨自悲,大将军这时也在寻思他的婚事怎会这样生趣全无。他拿准有个情敌,可是想不出是谁。他只知道自己是倒霉透顶的人。他这样思前想后,一夜已经过了三分之二,忽然隐隐听得一点声音。他听得房里有人慢步徐行,吃了一惊。他以为听错了,因为他记得勃朗许的仆妇出去之后,亲手关的门。他掀开帐子,要看看到底什么东西响,可是放在壁炉架上的灯已经灭了。一会儿他听得有人悄声息气叫了几声勃朗许。他醋劲发足,勃然大怒,只怕有人要坏他的家声体面,忙起来拔剑在手,朝那声音赶去,要是已经算不得事先防范,也可以报仇雪耻。他觉得一把出鞘的剑正抵住自己的剑。他逼向前,那人就往后退;他追上去,那人就躲开了。他黑地里尽力追逐,那人好像在屋里满处躲闪,躲到不知哪里去了。他停下听听,声息全无。见鬼么!他摸到门口,以为那个暗中坏他家声体面的冤家从门里跑了,可是门依然键着。他莫名其妙,就去叫醒那几个睡在近旁、唤得应的用人。他一面开门,一面把身子堵住出口,留心提防着,怕他找的那人溜掉。

"几个用人听得他一迭连声的叫唤,忙拿着蜡烛赶来。他要了一支蜡烛,拿着剑又满屋里寻了一遍。可是他并没找出人来,一点踪迹也没有。那扇暗门和出入的道儿他全没看出来,可是种种不如意的事瞒不过自己。他心上非常烦乱。假如他去问勃朗许,她遮饰还来不及,决不会告诉他什么。他决计把心事告诉雷翁惕欧,一面先打发了那些用人,只说听得屋里声响,原来听错了。恰巧他丈人听见嚷嚷,出来看看究竟;他就一五一十地告诉,讲的时候神情很愤激,也很愁苦。

"西富瑞狄听了很诧异。他觉得断无此理,可是相信确有其事。他知道国王痴情,什么事都干得出来,因此很愁虑。不过他并不助长女婿的醋劲,一口断定那听到的声音和那把抵敌的剑都是疑心生暗鬼,决不会有人到他女儿屋里去。他又说新娘子郁郁不乐,也许因为身子不舒服;女人闹脾气,无损丈夫的体面;女孩子过惯幽静日子,突然嫁了个男人,既不认识,又没感情,难免落泪叹气、心里悲伤,惹男人见怪,其实并无别的缘故。他还说,要挑动大家闺秀的情,得费工夫赔小意儿;又劝他千万别烦恼,只要加倍温柔亲昵,自会赢得勃朗许回心转意。他然后请女婿回女儿房里去,认为这般多疑纳闷侮辱了她的品节。

"大将军也许真以为自己神思恍惚,疑心生鬼,也许觉得少露声色为妙,这情节太离奇,不必对老头儿空费唇舌、硬说确有其事,反正他听了丈人一番道理,一声儿也没言语。他回到太太房里,躲在她旁边,想睡一忽儿定定神。那多愁的勃朗许心里也不安顿,她丈夫听到的声息她听得清清楚楚,知道是怎么回事、什么用意,所以不会当做幻觉。她很诧异,安利克既然和康斯丹斯隆重订婚,怎么还要到她房里来。她并不得意快活,只以为这种举动又是一重侮辱,所以满怀愤怒。

"西富瑞狄的女儿成见在心,觉得那年轻国王是最混账的人;这可怜的王子却对勃朗许迷恋愈深,知道自己形迹可恶,想见面宽慰她一下。他因此早要到贝尔蒙特来,可是给紧要公事绊住身子,直到半夜才混出宫廷。他在西富瑞狄的庄上长大,熟悉那一带的路径,要溜进去很容易;而且他还有个钥匙可以开花园的暗门。他从花园到了旧日的住处,再进勃朗许的房。他忽然发觉房里有个男人,一把剑抵着自己的剑,那时候的骇异可想而知。他差点儿发作起来,把那胆敢动手冒犯王上的狂徒当场惩罚,可是顾惜西富瑞狄的女儿,暂且捺下怒气。他还照原样出去,取道回巴赖姆,心上越添了烦恼。他到巴赖姆,天已经快亮了,就一人关在房里,意乱如麻,也睡不着觉,一心只想再到贝尔蒙特去。他为自己的安全和体面,尤其为了爱情,急要把这番凶险的遭遇弄个水落石出。

"天一亮,他下令牵狗鞴马出去打猎。他借消遣的名目,带着指挥猎狗的人和几位朝臣直入贝尔蒙特树林深处。他防人看破,先跟猎队跑了一会儿,看大家跟着猎狗跑得起劲,就撇下众人,独自往雷翁悌欧的田庄去。他熟悉树林里的小道儿,不会迷路。他心里焦急,不惜马力,一会儿就赶到他心上人的住处。他想找个动听的借口,求西富瑞狄的女儿私下一会。这时他穿过一条通田庄园门的小道,看见离他不远有两个女人坐在树下说话。他想准是田庄上的人,心里就一跳;等到她们听得蹄声,转过脸来,他正和心爱的勃朗许打了个照面,越发心跳不已。原来勃朗许带了她最亲信的女用人妮斯溜出田庄到这儿,想至少可以来尽情一哭的。

"他如飞地赶过去,竟是投身在她脚下。他看见勃朗许眼睛里那副沉痛的神情,非常难受,说道:'美丽的勃朗许,你且不要悲伤。我承认我看上来确是可恶,不过你要是知道我为你的打算,就明白我是于心无愧,爱得你无以复加,你现在以为我犯的罪倒正可以证明我的心迹。'安利克以为这话可以稍为替勃朗许解解忧,谁知道她听了一发伤心。她要回答,可是哽咽得说不出话来。王子看她气咽喉堵,诧异道:

'啊,小姐,我不能消你的烦恼了么?我倒了什么霉,弄得你不相信我了?我倒只求与你相守,连王位和性命都没顾惜.'于是雷翁悌欧的女儿强自抑制,向他解释道:'万岁爷,您许愿已经迟了,从今以后,我和您只可以各自东西了.'安利克忙打断她道:'啊,勃朗许,你这话多狠心呀!谁敢不让我爱你?谁敢触怒国王?他宁可放火把西西里烧光,也不肯对你死心的.'西富瑞狄的女儿有气无力地说道:'万岁爷,尽管您掌大权,也消不掉咱们彼此间的扞格。我已经是大将军的夫人了.'

"王子倒退了几步,失惊道:'大将军的夫人!'他伤心得说不下去。他没料到这当头一棒,打得他劲儿全没有了。他倒在背后一棵树下,面无人色,抖索索浑身无力,只有两眼还瞪着勃朗许,一望而知那恶消息直刺了他的心。勃朗许也瞧着他,那神情分明是同病相怜。这一对没缘分的情人相视无言,静寂得真叫人毛骨悚然。后来王子鼓起劲来,定了定神,对勃朗许叹息道:'小姐,您干的好事!你那死心眼儿把你我都断送了.'

"勃朗许觉得自己理长,王子理屈,一听王子倒好像在埋怨,就生气了。答道:'啊!万岁爷!您非但薄幸,而且想欺哄人了。您要我不相信自己的眼睛耳朵吗?要我不顾目见耳闻的种种,相信您无愧于心吗?不成的呀,万岁爷,我老实说我没法儿这样想.'国王道:'可是小姐,你以为证据确凿,其实是假的。那些证据就哄你上了当。我问心无愧,对你也没变心,这跟你嫁了大将军一样都是千真万确的事.'她道:'唷!万岁爷,我不是听见您答应跟康斯丹斯结婚,还要永结同心么?您不是答应朝上大臣要服从先王遗命么?那公主不俨然以安利克王后的身份受了新朝子民的朝贺么?难道我真迷花了眼睛么?您这负心人啊,还不如说,您觉得犯不着为勃朗许抛了国王的宝座。您对我已经情断,也许压根儿没有什么情,又何必赔小心、假意殷勤呢?还不如老实说吧,要坐稳西西里的王位,娶西富瑞狄的女儿不如娶康斯丹斯。万岁爷,您没有错,王后的尊荣,也正像您这样一位王子的心,都不是我分内的东西。我敢妄生希冀,是我自负太高了,可是您不该哄我抱这种非分之想呀。我当初觉得难免跟您分离,心上发愁,您是知道的。您为什么还安我的心呢?又何必解我的愁呢?我就不会怨到您,只怪自己命苦了;虽然不能嫁您,也决不嫁别人,至少我的心永远是您的。您现在解释也来不及了。我已经嫁了大将军,再跟您会面就坏我名誉,请您原谅吧。万岁爷,我不敢对您失礼,不过我不能再听王上诉说衷情,我这就叩辞了。'

"她说完挣出余劲,急匆匆走了。安利克叫道:'小姐,你等一等,别逼得一位王子伤心绝望。你怪他为王位抛弃你,但是他宁可推翻王位,也不肯依顺新朝子民的期望。'勃朗许答道:'您现在抛弃王位也没用了。您除非把我从大将军手里夺了过来,才可以说这种慷慨激昂的话。我已经身有所属,尽管西西里烧成灰,不论您娶了谁,我都不在乎了。若说我当初痴心没主见,我现在至少还会咬紧牙关,克制情感,让西西里新朝的王上明白,我做了大将军的夫人,就不是安利克王子的情人了。'她说着已经走到庄园门口,就和妮斯一同匆匆进去了。她们随手关上门,王子撇在门外,无限凄惶。他听了勃朗许结婚的消息惊愤难消,说道:'不讲理的勃朗许!你把咱们的婚约忘记了!咱们白白立下誓,还是拆开了。我只道有福消受你,原来只是一场梦幻!狠心的姑娘,我曾经承你不弃,为这一点甜蜜得赔上多少苦楚啊!'

"他又想象那位情敌的快活,说不尽的妒恨。他一时上醋得发狂,差点儿要把大将军连西富瑞狄都杀掉泄愤。不过他神志渐清,把那冲天怒气平了下去。可是他想到没法叫勃朗许知道自己并非薄幸,又懊恼非常。他还痴想,以为只要跟她私见一面,就可以撇清。要跟她私下见面,非把大将军调开不可。他就硬了心冤枉大将军乘机作乱,吩咐把他逮捕。御前卫队长奉命,傍晚到贝尔蒙特,逮捕了大将军,把他关在巴赖姆大牢里。

"这事闹得贝尔蒙特地方上大起恐慌。西富瑞狄马上要去见国王,保女婿无罪,并且进谏说,这种监禁会出乱子的。国王早料到他大臣会有这一着,想乘大将军还在牢里,设法至少和勃朗许会谈一次,所以特地传谕,当天谁也不准求见。可是雷翁悌欧不顾这道上谕,竟直入寝宫。他见国王道:'万岁爷,如果一个矢忠尽敬的良民可以埋怨主子,那么我就是要来当面埋怨您。我女婿犯了什么罪?我家从此要遗臭万年,而且这样把人监禁,会使国内大臣离心,万岁爷您都没仔细想想吗?'国王答道:'有人向我告密,证据确凿,说大将军勾结堂彼德王子,图谋不轨。'雷翁悌欧很诧异,插口道:'图谋不轨!啊!万岁爷,您别相信,人家想哄您呢。西富瑞狄家里的人从来不会犯上作乱,大将军已经是我家女婿,就嫌疑不到他身上。大将军丝毫无罪,您别有用心,所以逮捕他。'

"国王道:'你既然把话说得那么透亮,我也不必隐讳。你怨我监禁大将军!哎,我不能怨你忍心害理么?西富瑞狄啊,都是你这个蛮干的家伙多管闲事,害得我失魂落魄,只羡慕做个下贱的小百姓了。你别以为我会听你的话。我和康斯丹斯的婚事虽然说定了,还是没用的……'雷翁悌欧打断了他,颤巍巍说道:'啊,万岁爷,您当着满朝臣民给了公主一腔希望,还能不娶她么?'国王答道:'如果我辜负他们的期望,都怪你自己。我办不到的事,为什么逼我答应?我署上名字的那张空白谕旨是给你女儿的,谁叫你去填上个康斯丹斯的名字呀?你并非不知道我的用意,却强迫勃朗许违心去嫁个她看不中的人,这是应该的么?况且你凭什么来勉强我呢?我恨那公主,你却硬要我喜欢她。她是马悌尔德的女儿,那狠毒的马悌尔德灭绝天伦,惨无人道,把我爸爸在监牢里折磨得送了命,你难道忘了么?我还去娶她!不成的,西富瑞狄,你死了这条心吧。你要做成这头恶姻缘,瞧着吧,会弄得西西里烧成一片大火、血流遍野呢!'

"雷翁悌欧道:'这是什么话啊?哎,万岁爷,您叫我心目中有个什么景象呀?您说得多么可怕呀!'他又转过口气道:'可是我不用担惊受恐,您爱民心切,决不忍害他们遭殃。您也决不会随着爱情摆布,有玷品行,犯了常人的通病。我所以把女儿嫁给大将军,无非是替万岁爷笼络一员勇将;你仗着他的本领和他手下的士卒,就不怕堂彼德王子来争权夺位了。我以为借婚姻和他联为一家……'安利克王子道:'哎,正是这婚姻——这倒霉的婚姻断送了我呀。朋友,你真狠心,为什么一下打得我这么痛?你为我谋利,不惜我心受委屈,我可没叫你这么来呀!我的权位,让我自己来维持不好么?如果有叛臣贼子,我难道没有本领去戡服么?大将军如果抗命,我自会惩罚他。我知道国王不比暴君,第一要百姓安居乐业,可是国王就该当百姓的奴才么?人人天生有爱憎的自由,一旦承天应运,做了一国之主,就连这点自由都没有了么?你要保我至尊无上,全不顾我心里苦恼,要是国王享不到这点儿自由,还不如个下贱的百姓,唉,西富瑞狄,这至尊无上之权你收回了吧.'

"这大臣答道:'万岁爷,先王的遗命,要您跟公主结婚才肯传位,您当然知道的.'安利克回答道:'就是他也有什么权下这道谕旨?难道这种荒谬的律例是他承哥哥夏尔王宝位的时候就传下来的么?你就应该低首下心,履行这种不讲理的条款么?你身为掌玺大臣,对我们的旧章前典太生疏了.总而言之,我当时答应婓康斯丹斯是不得已.我绝不想守信.要是堂彼德因为我不肯践约就想自己做国王,也不必兴师打仗,害生灵流血,我和他可以比一下剑,看究竟谁配做一国之主.'雷翁悌欧不敢再劝,只跪着苦求把女婿释放,居然得到了允可.国王道:'去吧,回贝尔蒙特去,大将军一会儿就跟着来了.'这大臣出来,回到贝尔蒙特,以为他女婿随后就到.他可料错了.安利克这晚上要去看勃朗许,所以要迟到明天早上才放她丈夫呢.

"这时候,大将军正反复寻思,十分难过.他一进监牢,就明白自己倒霉是什么道理了.他一片身心全都浸在醋里.他一向以忠心著称,这时不然了,念念只想报仇.他料定国王当夜一定去找勃朗许,想把他们俩双双捉住,就求巴赖姆的典狱官放他出去,答应天亮以前一定回来.典狱官本来对他死心塌地,况且知道西富瑞狄已经求得王上开恩赦免,更没什么留难的了.典狱官还弄了一匹马来,让他骑回贝尔蒙特.大将军到了那里,把马拴在树上.他身上有钥匙,开了庄园小门,溜进庄子,幸喜没碰见人.他到了太太房里,躲在外间一扇屏风后面.他准备在那里守候,一听到声息,就冲进勃朗许的房间.他看见妮斯刚从她女主人那儿出来,回自己卧室去.

"西富瑞狄的女儿对丈夫坐牢的缘故一猜就透,尽管她爸爸说王上应允随后就让大将军回来,她看准当夜是回不来的.她知道安利克一定要乘机来看她,跟她自在谈话.她心上这般寻思,等着那王子来,想责备他,说这种举动要替她惹祸的.妮斯走了不一会儿,滑门果然开了,国王进来跪在勃朗许脚边,说道:'小姐,你且听我讲完再怪我.要说我监禁大将军呢,你想想,除此之外,我没法儿可以向你表明心迹."

我使这诡计,都是你不好。今儿早上你为什么不肯理我呢?哎,明天你丈夫就自由了,我从此不能再来找你说话。这是末了一次,听我说吧。我失了你抱恨终生,可是我并非薄幸,才招来这种恨事。你至少让我把这话说明,也给我些微安慰。我没办法,只好对康斯丹斯承认那婚约。我惟有哄过那公主,才能顾全你我,保你又做到王后,又嫁给意中人。我预料可以成功,已经想法要和她解约。可是你坏了我的事,你轻举妄动嫁了人。本来是美满姻缘,咱们俩可以称心如意,却给你弄得两颗心里此恨绵绵了。'

"他心摧欲绝,一望可知,使勃朗许很感伤。她知道他没负心,先觉得有点儿喜欢,接着想到自己的身世却越发难受。她道:'唉,万岁爷,咱们既然是命该如此,您说并没有负心,我就越觉得苦痛了。我这个薄命人干得好事啊!我心上怨恨,打错了主意。我以为您已经把我扔掉,爸爸要我嫁大将军,我气头上就答应了。是我的罪孽造成了咱们这段伤心事。哎,我还直怪您骗我,其实咱们永结同心的誓约却是我这个死心眼儿的痴情人自己毁了。万岁爷,您也对我报仇吧。勃朗许没良心,您恨她吧,忘掉她吧……'安利克凄然打断她道:'小姐,我哪里能够呢,我受尽你冤屈,还是此心不改,我办不到的。'西富瑞狄的女儿叹息道:'可是,万岁爷,您得勉力去做。'国王道:'你自己做得到么?'她道:'我未必做得到,不过我一定尽力做去。'国王道:'唉,你好狠心啊!你横得下这个心,就会轻轻地把安利克忘掉。'勃朗许口气越加斩截,说道:'您究竟打的什么主意啊?您以为我还能让您跟我要好么?不成的,万岁爷,死了这条心吧。我没生得王后的命,可是天生我也不是个偷汉子的女人。万岁爷,我丈夫也跟您一样是安如的贵族。我一辈子不能再受您眷爱了,即使不怕对不住他,也得顾全我自己的体面。我求您出去吧,咱们不应该再会面了。'国王道:'你好蛮不讲理!唉,勃朗许,你怎么能对我这样严厉?你嫁了大将军,害得我心灰意懒,难道还不够,连慰情聊胜于无的会面都不许么?'西富瑞狄的女儿洒了几点眼泪,说道:'还是跑远些吧,既然此生无望和心爱的人团圆,相见也没什么好处。万岁爷,咱们从此分别,您撇下我吧。您为自己的体面和我的声名,得横横心撇下我。我这话也只是求个心地舒坦,因为我尽管

不怕把持不住，可是想到您一片恩情就意乱如麻，难受得很.'

"她说得情切，无意把背后桌上的蜡台打翻，蜡烛掉下地就灭了。勃朗许捡起来，开了外间的门，到妮斯房里去点蜡，妮斯这时候还没睡呢。勃朗许点亮了蜡烛就回房。国王还等着，一见她回来，立刻又求她还跟他好。大将军听得国王的声音，立刻拔剑在手，直冲进房，差不多跟他太太同时进去。他怒得气愤愤地抢向安利克，嚷道：'你这个昏君欺人太甚！别以为我是个好惹的，甘心受你侮辱.'国王一面拔剑招架，答道：'啊，你这个反贼！你也别以为我会便宜了你，让你计策得逞.'一面说，就交起手来。这一场打得真狠，所以不久就见分晓。大将军惟恐西富瑞狄和他家用人听得勃朗许叫喊赶来，碍他手脚，所以舍身忘命地打。他气糊涂了，剑法一乱，撞在冤家剑上，一把剑全戳进身子去，只剩个剑柄在外。他倒下地，国王也立刻住手。

"雷翁悌欧的女儿看丈夫这般情形，心中不忍，虽然对他自然有种嫌恶，这时却顾不得了，忙蹲下去救护。可是这倒霉的丈夫对她怨深恨切，尽管她一味哀怜，他看了也无动于衷。他自己觉得去死不远，可是还制不住心里妒恨。他一丝两气，想到冤家称心，气愤极了，使尽余力，举起剑向勃朗许胸口直刺进去。他一面说：'叫你死！你和我结了婚却违背誓约，你这个不守信的女人，你死了吧！'又道：'你啊，安利克，别得意，自以为运气好。我倒了霉可不便宜你！我死也称心了.'他说完就断气，脸色已经死灰，可是还一副傲岸狰狞的样子。勃朗许的脸另是一般。那一剑正中她要害，她倒在垂死的丈夫身上，冤枉送命的人和她的凶手两个身体里的血合流一处。这个凶手打定恶主意突然来这一下，所以国王措手不及。

"这可怜的国王瞧见勃朗许倒地，大叫了一声；他眼看她挨了那致命的一剑，比自己身受还痛。勃朗许要救护大将军，得了这般恶报。国王忙也去救护她。她奄奄一息对国王道：'万岁爷，您不用费心，命运不饶人，注定我要死的了。但愿我这一死息了天怒，能赢得您国泰民安.'她这句话刚说完，雷翁悌欧听得女儿叫喊跑来，一看这景象，惊得呆了。勃朗许没看见他，还在跟国王说话。她说：'万岁爷，我跟您永别了。您可怜我对您的痴心，可怜我苦命，好好记着我。别怨我爸爸。

顾惜他年纪大了,顾惜他心里悲痛,况且也别辜负了他对您的一片赤忠。尤其要告诉他,我是清清白白的,这是我托付您的最要紧的话。亲爱的安利克,我跟您长别了,我要死了……我临终的一口气是给您的。'

"她说完就断气了。国王哀痛无言。他过了一会儿,看见西富瑞狄痛不欲生的样子,就说:'你瞧瞧,雷翁悌欧,这是你一手造成的。这场惨事都是你多管闲事、为我操切,弄出来的。'老头儿伤心已极,回答不出来。可是言语不能形容的事,我也何必多讲。只说他们悲痛稍定,哭得出来了,两人都失声痛哭。

"国王终身忆恋他的心上人。他横不下心来和康斯丹斯结婚。堂彼德王子娶了公主,两人费尽心力要不让罗杰的遗命落空。到后来还是安利克国王把敌人平了,他们只得臣服。西富瑞狄悔恨自己弄出这等惨事,厌世绝俗,在本国住不下去。他离开西西里,带了二女儿珀茜到西班牙,买下这个宅子。从勃朗许死后,他在这儿过了近十五年,还看见珀茜结了婚,总算于心稍慰。珀茜嫁给堂吉隆·德·西尔华,我是他们的独生女儿。"彼德罗·德·比那瑞斯的寡妇又道:"这就是我家的旧闻、这幅惨景的本事。我外祖雷翁悌欧叫人把这桩痛史画了出来,留给子孙作个纪念。"

# 第 五 章

奥若尔·德·古斯曼到萨拉曼卡以后干的事。

奥蒂斯和她伙伴儿还有我听完这段故事就退出饭厅,让奥若尔和艾尔维拉两人在一起。她们直谈到天黑,娓娓不倦。第二天我们动身,她们俩依依不舍,仿佛是一对相安相习的朋友了。

一路平安无事,到了萨拉曼卡。我们先租下一宅带家具的公馆,照议定的办法,叫奥蒂斯大娘做了堂娜齐梅娜·德·古斯曼。她当了多年的女监护,串戏当然是拿手。我们打听得巴洽果常住什么公寓,于是一个早上,奥蒂斯和奥若尔带了一个女用人一个男用人同到那里,问有没有房间出租。人家说有,带她们去看了很讲究的一套,奥蒂斯就租下了。她还预先把房金付给房东太太,说她有个外甥要从托雷都到萨拉曼卡来读书,当天就到,这房间是为他租的。

女监护和小姐租定房间就回公馆。美丽的奥若尔立刻改扮男装。她黑头发上罩了黄色假发,眉毛也染黄,穿上男装,打扮得活像个年轻公子。她态度很自在,只是脸儿姣美得不像男人,此外没一点儿破绽。那个扮小僮儿的女用人也改了男装。她不是个美人儿,而且恰好有副涎皮赖脸的腔,不怕扮来不称。当天饭后,这两个角儿装束停当,准备登场,换句话说,要到公寓去了。我也跟着。三人坐一辆马车,带着有用的行李。

房东太太名叫贝娜达·拉米瑞斯。她殷勤迎接,带我们到了租定的房间里,就一起谈谈。我们先讲定供什么饭食,每月付多少饭钱,于是问她这儿房客多不多。她说:"目下没什么房客。我要是来者不拒,人多着呢,可是我只肯招待年轻公子。今儿傍晚就有一位要来了,从马德里到这儿来念书的。他叫堂路易·巴洽果,不过二十岁左右的一位大爷。您也许没见过,可是大概早已闻名了。"奥若尔道:"没有。我知道他家是名门大族,可是不知道他是怎么样个人。往后我得跟他同寓,请你把他的为人讲给我听听。"房东太太把这位假扮的公子端详了一番,说道:"大爷,他相貌绝顶漂亮,长得就跟您差不多。啊!你们俩真可以做一对好朋友了!圣雅各在上!我可以夸口,西班牙最漂亮的两位公子都是我的房客。"我的女主人问道:"这位堂路易在你们贵地准有不少艳遇吧?"那老太太答道:"啊,当然有。哎呀,他真是个风流郎君,女人一见倾心的。看中他的女人很多,其中一个名叫伊莎贝尔,她年轻貌美,是一位法学老博士的女儿。她那样痴情,准要发疯的。"奥若尔忙打断她道:"那男的也很爱她么?好奶奶,你告诉我呀。"贝娜达·拉米瑞斯道:"他回马德里以前对她很有情,不知道现在怎样,他这个人是拿不稳的。他喜新厌旧,这也是年轻公子的常态。"

这位老寡妇话还没完,院子里传来一片喧哗。我们到窗口去望,看见两个人刚下马,正是堂路易·巴洽果带着个亲随从马德里来。那老太太忙撇下我们去迎接。我们小姐要客串堂斐利克斯,未免有点慌张。一会儿,堂路易没换掉骑马靴就跑进我们房来,向奥若尔行礼道:"我刚才听说到了一位托雷都的年轻公子,我有人做伴儿了,所以满心喜欢,特来致候,请恕我冒昧。"我女主人跟他应酬的当儿,我看出巴洽果很诧异,想不到会碰到这样一表人才的绅士。他忍不住说,从没见过这样漂亮的相貌和俊俏的身材。两人客套了一番,堂路易就回自己房里去。

堂路易在房里脱靴换衣的时候,一个小僮儿找他要送封信给他,恰巧楼梯上碰到奥若尔,以为是堂路易,就把那信给她道:"大爷,您的信。我虽然没见过巴洽果大爷,想来您就是,不用问了。我相信准没错儿,您就跟人家形容的巴洽果大爷一模一样。"我女主人的机智真了不得,她答道:"朋友,一点不错,你很会当差。你眼光实在准得很,会猜着我就是堂路易·巴洽果。去吧,我自会叫人送回信。"小僮儿一走,奥若尔跟她女用人和我关了门,拆信来看,只见上面写道:"我刚听说你到萨拉曼卡了。真是个喜信!我差些儿疯了。可是你还爱伊莎贝尔么?快告诉她你没变心。你要是依然爱她,她一定乐死了。"

奥若尔道:"信写得很缠绵,可见痴情流露。这位小姐是个劲敌,我不能放松的,得费尽心机离间她和堂路易,甚至于不让他们再见面。当然这是个难题,可是我不怕办不到。"她默默寻思了一会儿,说道:"你们瞧着,不出一昼夜,我准叫他们俩闹翻。"巴洽果在自己房里歇了一会儿,晚饭前又到我们房里来跟奥若尔闲聊。他打趣道:"大爷,我想你到萨拉曼卡来,那些丈夫和情人不会欢迎,你要害他们担心事了。我就怕那些倾心于我的女人都要靠不住呢。"我们小姐也取笑道:"嗨,这倒不是虚惊。我警告你一声,堂斐利克斯·德·曼多斯的确有点儿可怕。我从前到这儿来过,知道这儿的女人很多情。"堂路易急忙插嘴道:"何以见得呢?"堂文森的女儿答道:"我有凭有据。一月以前,我路过这儿,住了八天,我告诉你个秘密吧,有位法学老博士的女儿爱上我了。"

我看出堂路易听了这话很不放心。他道:"恕我冒昧,我可以请教那位小姐的芳名么?"那假扮的堂斐利克斯嚷道:"有什么冒昧啊?我何必瞒你呢?你以为我比那些同年纪的公子哥儿口风来得紧么?别错看了我。况且咱们俩私下说说,那娘儿不值得顾惜,她不过是个市民家的丫头罢了。你知道贵人不过跟这种女人玩玩,丢她的脸还是赏她脸呢。我不妨老实告诉你,博士的女儿叫伊莎贝尔。"巴洽果忙道:"博士不就是莫西亚·德·拉·拉纳先生么?"我的女主人说:"正是他呀。那女人刚送了这封信来,你看看,她对我多情着呢!"堂路易一看那信,认识笔迹,顿时目瞪口呆。奥若尔假装惊异道:"怎么了?你脸色都变了!我该死,我想你一定对这女人有意思。啊呀!我说话没遮拦,真该自打耳光!"

堂路易又气又怒道:"我倒很感激你。那无信无义的婆娘!那水性杨花儿!堂斐利克斯,我真不知道怎么谢你,要不是你点明,我大概还要糊涂好一阵子呢。我以为她爱我,何止爱呀,我以为伊莎贝尔对我拜倒呢!我对这女人也还瞧得起,原来她只是个一钱不值的风骚货。"奥若尔也愤愤道:"怨不得你生气。一个法学博士的女儿能有你这样可爱的年轻公子做情人,应该知足了。我不原谅她的三心二意。她为我撇下你,我非但不答应,还要罚罚她,从此不跟她好了。"巴洽果道:"我啊,一辈子不要再看见她了,这是我报仇的惟一办法。"那假扮的曼多斯道:"应该这样。不过我主张咱们各写一封信去骂她,叫她知道咱们俩多么瞧她不起。回头我把两封信包在一起送去,就算回信。不过咱们下这个绝手之前,你先仔细想想,对这个水性人儿是不是放得下,跟她断了会不会后悔?"堂路易打断他道:"不会,不会,我从来没这个毛病。我赞成你那办法,气气那个无情无义的女人。"

我立刻去拿了信纸和墨水,他们各写了一封情文并至的信给莫西亚·德·拉·拉纳博士的女儿。尤其巴洽果,不知要笔下多么恶毒才泄得心头之愤;他起了五六个头,总嫌不够狠,又撕掉重写。他总算写好了,也的确可以满意。信上说:"我的皇后,请你有点自知之明,别妄想我会爱你。我爱的不是你这种货。我拿你偶尔作个消遣,还不够味儿呢!你只配充大学里末等学生的玩意儿。"他写了这样一封温文尔雅的信;奥若尔的信也一样无礼。她把两封信包在一起,交给我说:

"吉尔·布拉斯，这包信你今晚就送给伊莎贝尔去。你懂我的意思么？"一面对我使个眼色。我完全会意，答道："我明白，大爷。我照您意思做就是了。"

我马上出门，到了街上，对自己说道："唷！吉尔·布拉斯先生，现在要瞧瞧你的本事了！你不是这出喜剧里的亲随么？好吧，朋友，这角色应该很有应变之才，你得让人瞧瞧你是够格儿的。堂斐利克斯大爷只对你使个眼色就完了，可见他拿稳你有心眼儿。他看错了人吗？没有！他要我做的事我有数。他要我单把堂路易的信送去，使眼色是这意思，再明白没有了。"我相信没猜错，所以毫不犹豫就把那纸包拆开。我单拿了巴洽果写的一封，当下打听得莫西亚博士的住址，就把信送去。到公寓来送信的小僮儿正在门口。我说："老弟，你大概就是伺候莫西亚博士家小姐的吧？"他说是的，那副神气活是个惯替人家送情书收情书的。我道："你这样满面和气，我就烦你把这封情书交给你家小姐吧。"

那小僮儿问我替谁送的信。我说是堂路易·巴洽果差来的。他就道："那么，你跟我来，伊莎贝尔小姐叫我带你进去，她有话跟你说。"他带我到书房里。一会儿小姐出来；我一见她相貌之美，大为吃惊，真没见过再端丽的脸儿。她一团娇憨的娃娃气，其实她至少三十年前才是个搀扶学步的小娃娃呢。她笑眯眯地说："朋友，你是伺候堂路易·巴洽果的么？"我说我伺候他三个星期了。我就把叫我送的那封绝交信交上。她看了两三遍，仿佛怀疑自己看错了。她实在料不到会有这样的回音。她眼睛看着天，咬着嘴唇，满脸气恼。过了一会儿，她突然对我道："朋友，堂路易和我分别以后，犯了失心疯么？我真不懂他这种行径算什么意思。他为什么信写得这样客气？你要是知道，你告诉我吧。他身上附了什么恶鬼了？他要跟我绝交，就不会用别的方法，一定要写这种混账信来糟蹋我么？"

我装出一副诚恳的样子，说道："小姐，我主人当然不对，不过说起来他也是不得已。您要是答应我不泄露出来，我可以把隐情统统告诉您。"她忙说："我决不泄露，决不牵累你，放胆讲好了。"我说："好吧，我干脆告诉您。您的信刚送来不久，有个女人戴着很厚的面纱到公寓来。

她找巴洽果大爷,密谈了一会儿。我听见她末了一句话:'你发誓不再见她还不成,得立刻照我口述写封信给她,我才称心。你非写不可。'堂路易就依她写了信,交给我说:'你去打听了莫西亚·德·拉·拉纳博士的住址,乖乖巧巧地把这封密简送给他女儿伊莎贝尔。'"

我又道:"小姐,您明白了,这封不客气的信是您情敌干出来的,我主人没那么坏。"她道:"咳,天哪! 这就越发混账了。他三心二意,比下笔刻毒更叫我生气。啊,那薄幸人! 竟会跟别人好了!"她又鄙夷不屑道:"可是他尽管放心跟他新欢要好去,我决不作梗。请你对他说,他要我让位给我情敌,不必糟蹋我,我瞧不上这种浮浪的情人,决不想拉他回来。"她说完打发我走,自己进里面去,恨透了堂路易。

我从莫西亚·德·拉·拉纳博士家出来,欣欣得意,我知道只要我肯走这一径,可以成个大骗子。我回公寓看见曼多斯和巴洽果两位大爷同在吃晚饭,谈谈说说,好像是老朋友了。奥若尔见我满面得意,知道事情已经办妥。她说:"吉尔·布拉斯,你回来了。有什么回音,说给我们听听。"我还得随机应变。我说我亲手把一包信交给伊莎贝尔,她读了那两封情书非但不觉得没趣,反发疯似的大笑起来,说道:"真是的,这些年轻公子写得好漂亮文章,别人实在写不到这么有趣。"我女主人嚷道:"她倒很会自打圆场,真是个风月场中老手。"堂路易道:"我倒觉得这全不像伊莎贝尔。她跟我分别以后,性情一定变了。"奥若尔道:"我也以为她全不是这样的呢。没什么说的,有种女人装什么像什么。我从前就爱上过这么一个,给她哄了好久。你问吉尔·布拉斯吧,她那副端重的神气谁都看不透。"我插嘴道:"她那脸蛋儿实在能叫老奸巨猾也着迷,我自己就难保不上当。"

那假扮的曼多斯和巴洽果听我这么说,都哈哈大笑。他们不怪我插嘴,还常常逗我说话,以为笑乐。我们把那种惯会虚情假意的女人议论了一顿,千句并一句,无非坐实判定伊莎贝尔是个真正的贱货。堂路易又声明一辈子不要再见她,堂斐利克斯学着样儿,发誓从此把她看得一钱不值。于是他们俩成了好朋友,约定彼此都要倾吐心腹,毫无隐瞒。吃过晚饭,他们酬酢一番,就各自安置。我跟着奥若尔到她房里,把我和博士的女儿见面的情形一五一十讲给她听,零星琐碎都没漏掉。

我要讨女主人的好儿,倒是加了些油酱,她听了很高兴。她快活得差点儿要拥抱我,说道:"亲爱的吉尔·布拉斯,你这样机灵,我真喜欢。一个人可怜堕入情网,不得不使手段,这种时候,有你这么个聪明小伙子帮忙真是方便。好!朋友,咱们除了个碍着道儿的冤家,事情可算很顺手。不过情人的心思捉摸不定,我想抢个快,明天就叫奥若尔·德·古斯曼出场。"我赞成这意思,于是我撇下斐利克斯大爷和他的小僮儿,自回卧房去。

## 第 六 章

奥若尔用什么手段叫堂路易·巴洽果倾心。

这一对新相知第二天醒来就急要相见,所以早上又聚在一起。他们先你拥我抱一番,奥若尔要串堂斐利克斯,只好这么办。两人同到外面去溜溜,堂路易的亲随希兰德隆和我跟着。我们在大学前面逗留下来,看看门口的新书招贴。好些人也在看着消遣,里面有个小矮个子正在议论广告上的著作。我看见人家全神贯注地听他讲,他也自以为他的高论值得人家恭听。他神气很浮夸,个子矮的人多半口气专断,他也如此。他说:"这部煌煌大字广告的《贺拉斯诗新译》是大学里一位老文人用散文译的。学生很看重这本书,单靠他们就销了四版。可是有识之士都不要买的。"他对别本书批评得一样凶,都毫不容情地挖苦一顿。这人分明是个什么作家。我倒很想听他讲下去,可是堂路易和堂斐利克斯既不爱听他议论,对他批评的那些书籍也无兴味,他们早走开了,我只好跟着。

我们吃饭的时候回到公寓。我女主人跟巴洽果同桌吃饭,她口角玲珑地把谈锋转到她家里的情形,她说:"曼多斯家有一支住在托雷都,我父亲就是这一支的小儿子。我妈妈跟堂娜齐梅娜·德·古斯曼是亲姊妹,这位姨妈有要事,前几天带着她侄女儿奥若尔到萨拉曼卡来了。奥若尔就是堂文森·德·古斯曼的独养女儿,你大概认识那父亲。"堂路易道:"我不认识,不过常听人家说起;令表妹奥若尔也闻名过。这位年轻小姐果然名不虚传么?据说她是才貌无双的。"堂斐利克斯道:"她的确聪明,也很有学问,不过相貌平平,人家说我跟她长得很像。"巴洽果道:"那么她名下无虚了。你长得五官端正,脸色又皎洁,令表妹一定漂亮。我真想跟她见面谈谈。"那假扮的曼多斯道:"我可以叫你如愿,而且今天就成。我今儿下午带你到我姨妈家去。"

我女主人立刻拨转话头,谈些不相干的事。到下午,他们俩就要去拜访堂娜齐梅娜。我乘他们还没停当,先赶去通知那女监护,叫她有个准备。我随即回来,跟堂斐利克斯出门。他带了堂路易同去拜访他姨妈。他们一到公馆,就碰见齐梅娜夫人做手势叫他们别做声。她低声说:"轻轻的!轻轻的!别吵醒了我侄女儿。她昨天头痛如劈,这时候刚好些。那可怜的孩子才睡着了一刻来钟。"曼多斯装出懊丧的神气道:"可恨我们来得不巧了。这位是我朋友巴洽果。我希望我们能够见见表妹,我答应了他的。"奥蒂斯微笑道:"何必那么忙,不妨明天再来呀。"两位大爷跟老太太略谈几句,就告辞了。

堂路易带我们到他一个朋友家,那年轻公子名叫堂加布利尔·德·彼德罗斯。我们在他家消磨半天,吃了晚饭,直到半夜后两点钟才辞别回寓。我们大概走到半路,地上横着两个人,把我们绊了一下。我们以为这两个倒霉家伙遭了暗算,也许还救得活,忙停下来救护。夜色昏黑,我们不知他们怎么情形,正在暗中摸索,巡逻的警卫来了。那队长先当我们是凶手,叫手下警卫围住我们。可是他听了我们说话,又举起昏灯照见曼多斯和巴洽果的相貌,知道不是歹人。队长叫警卫细看我们以为杀死两人,原来一个是学士装束的大胖子,一个是他的亲随;两人多喝了酒,简直烂醉如泥。一个警卫嚷道:"诸位,我认识这个大胖子。哎,他就是咱们大学校长吉由马学士大爷。别瞧他这副模样,他是个了不起的人物、绝顶的天才。没个哲学家辩得过他,他嘴里滔滔不绝,真是独一无二的。可惜他贪杯好色,爱跟人打官司。他这会子刚从他那伊莎贝尔家吃了晚饭回去,偏偏领路的人也喝得烂醉,两人都滚到阳沟里去了。这位胖学士做校长以前常常这样。可见一个人尽管地位高,还是故态难除。"我们把两个醉鬼撇给巡逻队去抬送回家。我们回公寓,都只想睡觉了。

堂斐利克斯和堂路易睡到晌午起身,两人一见面就谈到奥若尔·德·古斯曼。女主人对我说道:"吉尔·布拉斯,你到我姨妈堂娜齐梅娜家去问问,巴洽果先生和我今天可以不可以见我表妹。"我奉命出去,其实是去跟女监护商量个办法。两人商量好,我就回去见假扮的曼多斯,说道:"大爷,您表妹奥若尔身体好了。她亲自叫我对您说,很盼望您两位去玩儿。堂娜齐梅娜还叫我告诉巴洽果先生,他既是您面上的人,她总是十分欢迎的。"

我看出堂路易听了很高兴。我女主人也留心到,觉得是个好兆。午饭前一刻,堂娜齐梅娜的男用人跑来对堂斐利克斯道:"大爷,有个托雷都来的人到您姨妈家找您,留下了这封信。"那假扮的曼多斯拆信朗读道:"见字后请即至'黑马客店',当以尊翁近况奉告,尚有其他要事涉及台端,亟待面谈,望勿延误。"她道:"我急要知道什么要事,巴不得立刻赶去。巴洽果,咱们回头见吧,我要是过两个钟头不回来,你一人先到我姨妈家去,我饭后到那儿找你。反正堂娜齐梅娜托吉尔·布拉斯对你说的话你听见了,你这番拜访是名正言顺的。"他说完叫我跟着出门。

我们当然不上黑马客店,却溜到奥蒂斯住的公馆里。我们一到家立刻准备上戏。奥若尔脱下黄色假发,把眉毛擦洗干净,换上女装,回复本来面目,变成个美丽的黑发女郎。她改了装真有点儿两样,所以奥若尔和堂斐利克斯看来不像一个人。而且女装比男装显得个儿高。女人穿木底套鞋,她那双鞋底又特别厚,当然也把她身量添高了些。她天生丽质,又应有尽有地加上人工,就专等堂路易来,心上又是害怕,又是巴望。她一会儿觉得仗自己的才貌,万无一失;一会儿又怕这番枉费心力。奥蒂斯也尽力准备串女主人的配角。我呢,要是在这里给巴洽果看见可不行,所以吃过饭马上走了。我好比戏里末一幕登场的角色,要到客人告辞的时候才能露面。

堂路易来的时候一切已经停当。齐梅娜满面春风的接待,奥若尔和他谈了两三个钟头。于是我跑进去,对那位公子道:"大爷,我主人堂斐利克斯今儿不能来了,请您原谅。他正陪着三个托雷都人,没法儿脱身。"堂娜齐梅娜道:"咳,那小荒唐鬼准又胡闹去了。"我答道:"不是的,太太,他跟那些人谈正经事,他真恨不能到这儿来,叫我对您跟奥若尔小姐道歉。"我女主人取笑道:"唷,我不希罕他道歉,他明知道我身子不舒服呢,对自己亲戚不该这样冷淡呀。我要罚罚他,半个月不许他见我的面。"堂路易就说道:"哎,小姐,别那么狠心。堂斐利克斯今天没见到您,已经够可怜了。"

他们说笑一会儿,巴洽果就告辞。漂亮的奥若尔立刻改装,扮成大爷,飞快地赶回公寓。她对堂路易道:"好朋友,我很抱歉,没能够到姨妈家来找你,可是我给那几个人绊住了脱不得身。总算你从从容容把我表妹认了个畅,我也可以自慰。哎,老实告诉我,你觉得她怎么样?"巴洽果道:"我倾倒得很。你说得不错,你们俩长得真像,我从没见过那么相像的,脸盘儿、眼睛、嘴、声音,都一样。不过也有不同,奥若尔比你高,她头发黑,你头发黄,你是嘻嘻哈哈的,她是一本正经的;你们就是这点不同。至于你表妹的聪明伶俐,只怕天上神仙也赛不过。总而言之,这位小姐说不尽的好。"

巴洽果大爷末后几句话说得一往情深,堂斐利克斯不禁微微笑道:"朋友,我不该介绍你认识了堂娜齐梅娜,你要是听我话,以后别再去了。我这话不过是免得你自寻烦恼。奥若尔·德·古斯曼会弄得你神魂颠倒,叫你着迷的。"

他打断她道:"我不必再去,早已爱上她,无可挽回了。"那假扮的曼多斯道:"那可麻烦,因为你不是个用情专一的人,我表妹却又不比伊莎贝尔,这话我预先警告你。要充她的情人,就万不能作越礼非分之想。"堂路易道:"不作越礼非分之想!她那样出身的小姐,谁还能对她抱越礼非分之心吗?你要是以为我会对她有邪念,就冤枉我了。亲爱的曼多斯,我不是那样的人。咳!她要是容我追攀,肯和我订结终身,我就是天下最称心的人了。"

堂斐利克斯答道:"听你这样口气,我很愿意帮忙。真的,我完全同情。我一定对奥若尔说你好话,明天就去说动我姨妈,奥若尔很听她的话。"巴洽果听他许得这么好,千恩万谢。我们一看计策行来十分顺利,都很高兴。第二天我们又出个花样,越添了堂路易的痴情。我女主人只算替那位公子做说客,去看了堂娜齐梅娜,回来道:"我已经跟姨妈谈过。我煞费苦心,说得她肯帮忙了。她对你横着成见,不知她听了谁的话,把你当做浮薄子弟,准有人对她说你坏话来着。亏得我替你极力分辩,她才相信你并不是人家说的那么个没品行的人。"

奥若尔又道:"我还有句话,我想陪你去跟姨妈谈谈,叫她一定替你出力。"巴洽果热锅上蚂蚁似的要去见堂娜齐梅娜,他到第二天早上才得如愿。那假扮的曼多斯领他见了奥蒂斯大娘,三人谈了一会儿。堂路易话里露出对奥若尔一见倾心的意思。齐梅娜很调皮,只算怜他情痴,答应尽力劝侄女儿依允这头婚事。巴洽果向这位好伯母下跪,谢她厚意。堂斐利克斯问表妹起来没有。那女监护道:"没有,还歇着呢,这会儿不能见你们了。你们饭后再来,可以从容长谈。"堂路易听了这话当然越发快活,只觉盼到饭时遥遥无期。曼多斯和他同回公寓,冷眼旁观,瞧出他分明是真情实意,心中暗暗喜欢。

他们谈的无非是奥若尔。饭后堂斐利克斯对巴洽果道:"我有个主意。我想早一步到姨妈家去,私下和表妹谈谈,也许会探出她对你有没有意思。"堂路易赞成,让他朋友先走,自己过了一个钟头才出门。我女主人乘这个当儿连忙改装,她情人来的时候她已经换上女人衣服。这位爷向奥若尔和那女监护行了礼,说道:"我想堂斐利克斯已经先来了。"堂娜齐梅娜道:"他在书房里写信呢,一会儿就来。"巴洽果信以为真,就跟夫人小姐说着话。他虽然面对意中人,也觉得过了好半天了,可是不见曼多斯出来,不免露出诧异之色。奥若尔神情一变,笑着对堂路易道:"人家作弄你,难道你一点儿不知道么?我戴上黄色假发,染黄了眉毛,竟就变了个人似的,会把你哄到如今么?"她又正色道:"巴洽果,你睁开眼吧。可知道堂斐利克斯·德·曼多斯跟奥若尔·德·古斯曼原来是一个人。"

她不但把这事揭穿,还把自己一片痴情、哄他入彀的种种办法和盘托出。堂路易听了又爱又惊。他如痴如狂地跪在我女主人脚边,说道:"啊,美丽的奥若尔!我真有福气承你这般眷爱吗?我何以为报呢?我天长地久、此情不变,也报答你不过来。"他又说了许多缠绵热切的话,于是一对情人就商量怎样完婚。他们决定立刻同回马德里,让这出喜剧团圆结局。他们马上按计行事,半个月以后,堂路易娶了我们小姐。他们大设筵席,说不尽的热闹。

# 第 七 章

吉尔·布拉斯换了个东家,去伺候
堂贡萨勒·德·巴洽果。

我女主人结婚三星期以后,要酬谢我为她出力,送了我一百比斯多,说道:"吉尔·布拉斯朋友,我不是要撵你走,你在这儿待多久都行,不过我丈夫的伯父堂贡萨勒·德·巴洽果要你去当亲随。我向他说你多么多么好,他就要我把你让给他。他是先王朝上一位贵人,性子很好,你在他家一定称心。"

我谢了赏,欣然接了这个新差使。反正她用不着我了,我伺候的还是他们本家,所以越发情愿。一天早晨,新娘子就派我到堂贡萨勒家去。已经响午时分,他还没起床。我到他房里,看见小僮儿刚端一碗汤给他喝。老头儿的胡子还用卷纸包着,两眼昏昏,脸儿苍白干瘦。有一种光身老头儿,年轻的时候花天酒地,老来也不归正,他就是那类人。他对我很和气,说我要是还能像伺候他侄儿媳妇那么忠心,将来准叫我有好日子。我听他这么说,就答应一定拿出对旧主人的忠心来。我从此留在他家做事。

我又换了个新东家。天知道他是什么样的人!他床上刚起,活像个死去还魂的拉撒路①。设想一个又干又瘦的高个子,要是身上一丝不挂,大可做骨骼构造学的标本。他的腿细极了,一重又一重穿了三四双袜子,我看着还不够粗。这个带气儿的人腊还有喘病,开一声口就要

---

① 《新约全书·约翰福音》第十一章,载拉撒路死而复生。

咳嗽一阵。他先喝了些巧克力,随后要信纸和墨水,写了一封信,封好叫端汤的那小僮儿投送。于是他对我说道:"朋友,我想以后就叫你当差,尤其是堂娜于芙拉霞那边的差使。她是我心爱的年轻姑娘,她对我也很有情。"

我立刻心上想:"哎,老天爷!这老混虫还妄想女人对他拜倒呢,怎么叫年轻人不自居为人家的意中人呀。"他又道:"吉尔·布拉斯,我今天就带你上她家去。我差不多天天在她那儿吃晚饭。你回头瞧吧,她是个绝顶可爱的人儿,那一副稳重端庄的神气你一定喜欢。她全不像那种没脑子的轻骨头,一味爱年纪轻,取仪表好。她老成练达,取人取他的心,只要情人会体贴,倒并不稀罕相貌怎么漂亮。"堂贡萨勒先生还有许多赞扬他情妇的话,说得她尽善尽美,不过要我这个听的人相信却不容易。我见过女戏子玩的种种花样,就不信上了年纪的大爷会在风月场中得手。可是我假装句句信以为真,好博他欢心。我还称赞于芙拉霞眼光好、识力高。我甚至于老着脸说,她哪里去找更如意的情人。这老头儿不觉得我是当面奉承,听了欣然得意。对贵人拍马屁真是可以放手乱拍的,尽管你恭维得荒谬绝伦,他们都听得进。

那老头儿写完信,用镊子拔掉几茎胡子,把眼睛里结满的厚厚一层眼屎洗净,又洗耳朵、洗手、洗脸、漱口,诸事完毕,还把胡子、眉毛、头发染黑。他花在梳洗打扮上的工夫要比隐瞒年纪的老太太花的还多。他刚打扮好,来了个朋友,也是位老者,名叫阿徐玛伯爵。他们俩真是大不相同。这人白发满头,毫不掩饰,拄着个拐儿,非但不想装年轻,却倚老卖老似的。他进来道:"巴洽果大爷,我想在你这里吃饭。"我主人答道:"好极了,伯爵大人。"他们拥抱一番,坐下说话等开饭。

他们先谈前几天那场斗牛,讲到斗牛场上几位最骁健的骑士。于是老伯爵像涅斯托耳[①]一般,看到眼前的形形色色,就要称赞往日的种种。他叹息道:"唉!现在的人跟以前不能比了。现在的比武也不如我年轻时候那样轰轰烈烈了。"我心里暗笑这位阿徐玛老太爷的偏见。

---

① 希腊神话:涅斯托耳是皮罗斯王。希腊各邦联军打特洛亚,他是统帅里最年老、最有识见的人。

他对别的事也是这样。我记得吃饭的时候上了水果,他看着绝好的桃子,说道:"我那时候的桃子比现在大得多。大自然也一天比一天衰退了。"我微笑着暗想:"如此说来,开天辟地时的桃子一定大得出奇呢。"

阿徐玛伯爵差不多到天黑才告辞。我主人等他一走就出门,叫我也跟着。于芙拉霞住处离我们那儿不过一百步光景。她正在一间很讲究的房里。她衣服很时髦,一副小女孩儿样,我以为她还没成年呢,其实她至少足有三十岁了。她还算漂亮,我立刻也钦佩她的聪明。她不是那种口角伶俐、举止轻浮的风骚女人。她行动谈吐都幽娴贞静,说话并不卖弄俏皮,却非常风趣。我打量着她,暗暗惊奇,心想:"啊呀,天啊,看来这样稳重的女人,怎么能卖俏度日?"我以为风流女人都是大胆老脸的,所以见了个文文静静的就诧异,没想到这种女人骗上了贵人阔佬,自会翻花样迎合他们。花钱的主儿喜欢风骚,她们就轻佻放诞;喜欢幽静,她们就装得端庄贞洁。她们见风使舵,会顺着男人的心性变化。

有些大爷喜欢浮浪的女人,堂贡萨勒不然,他讨厌那种女人。要打动他,女人得有守贞不嫁的仪态。于芙拉霞就装出这副样儿。可见会做戏的人未必都在班子里。我撇下我主人和他那美人儿,出来在楼下一间房里碰见个老女用人。我认得她是从前伺候女戏子的,她也记得我,我们别后重逢的景象大可在台上演出呢。她满腔欣喜道:"哎!是你啊!吉尔·布拉斯先生,我不在康斯丹斯家了,你也不在阿珊妮家了吗?"我回答道:"唉,说真话,我早已不在她那儿,我出来以后又伺候过一位大家闺秀了。戏子生涯不配我胃口,我自己扔掉了饭碗走的,一句话也没耐烦跟阿珊妮交代。"这女用人名叫贝雅德丽斯,她道:"那办法很好,我对付康斯丹斯的也差不多。一天早上我冷冷地把账目交代清楚,她接了没哼一声儿,彼此毫无留恋地散了伙。"

我说:"可喜咱们俩在比较上流的人家又碰头了。我觉得堂娜于芙拉霞也算得有身份的女人,并且我相信她性情很好。"那老女用人答道:"是啊,她是好人家出身,看她样儿就知道。她脾气呢,我告诉你吧,谁也没她那么稳善和气的。有种使性子挑眼的女主人,处处找错儿,成天嚷嚷,折磨底下人,弄得咱们竟是在地狱里受罪。她可决然不同。她最不爱吵闹,我还从没听见她骂过人。我有时候做事不合她意,她就不动气色地指正我一下,那些火性子太太滥骂人的浑话她从来不用。"我道:"我主人也很和气,对我不拿架子,不大当我用人,却看得我好像跟他平等似的。总而言之,他是天下最好性儿的人。照这样看来,咱们俩比女戏子家好得多了。"贝雅德丽斯道:"好一千倍呢,我从前过的是乌烟瘴气的日子,现在是清清静静的。这儿除了堂贡萨勒没别的男客。我独自一个儿,以后只有你常来,我很称心。我早就喜欢你,老羡慕萝合福气,有你做朋友;我居然也有指望跟她一样福气了。我虽然不如她年轻貌美,却也有赛得过她的地方。我不爱狐媚子哄人、狠命敲男人竹杠。我用情专一,简直是只小鸽子。"

贝雅德丽斯那老婆子是没人过问、只好上门卖盐的货。尽管她迎合上来,我绝不想沾光。不过我不肯让她看出我鄙夷不屑,还客客气气,说话婉转,不叫她死心。我以为颠倒了个老女用人,这回又错了。那老妈子如此这般,并非看中我。她对女主人一片忠心,不惜竭力效劳,打算哄得我爱上了她,就也甘心替她女主人出力。第二天早上,我替主人送一封情书给于芙拉霞,就把这事看清楚了。那位姑娘殷勤接待,客套了一大泡,那女用人也穿插两句。她们俩一个称羡我相貌好,一个夸我态度安详稳重。听她们说来,堂贡萨勒用到我竟是得了个宝了。总而言之,她们称赞太过,我反而难以相信。我看破了她们用意,不过我装得傻瓜般老实,把她们的米汤全吞下肚,将计就计,哄得两个骗子本相毕露。

于芙拉霞对我道:"你听我说,吉尔·布拉斯,你会不会发财全看你自己。朋友,咱们合个伙儿吧。堂贡萨勒上了年纪了,身子又那么弱,稍为发发烧,再有个把好大夫帮帮忙,一条命就断送了。乘他还有这口气儿,别耽误了工夫,想法子叫他把大份家产都传给我。我一定好好儿分你一份。我这句话就仿佛当着马德里全伙儿公证人说的,决不能赖掉。"我答道:"小姐,随您吩咐吧。您叫我怎么办,一定听命。"她道:"好,你得看住主人,他一举一动都来报我。你跟他谈话的时候,总把话转到女人身上,乘此说我好话,只是别着痕迹;尽力叫他心里老想着于芙拉霞。朋友,我还有件事托你。我要你留心看着巴洽果族里的情形。族里要是有谁对堂贡萨勒大献殷勤，想得他的遗产，你赶忙来通知我。别的不用你管，我自会拆那人的台，不消多少时候的。我知道你主人族里什么人什么性格儿，可以怎样挖苦形容，我已经挑拨得他对那些亲侄儿堂侄儿很不满意了。"

我听了芙拉霞这番叮嘱和一些别的话，知道她是那种专结识阔绰老头子的娘儿。她前几时刚逼着堂贡萨勒卖掉一块地，钱是她到手的。她天天勒索穿的戴的种种好东西，尤其眼红他的遗产。我假装欣然听允。究竟我还是帮着蒙蔽我主人，还是想法叫主人丢掉这个情妇，老实说，我一路回去还没拿定主意。我觉得第二个是正当办法，我本分所在，不愿有亏职守。况且于芙拉霞并没有切实许我好处。大概我没被说动就是这个缘故。我决计赤胆忠心伺候堂贡萨勒。我以为若能把他的心上人去掉，这桩好事干来比那些坏事更上算。

我胸有成算，所以对于芙拉霞假装死心塌地。我编些谎话，只算常在主人前讲起她。她都信以为真。我趋奉得她非常喜欢，竟以为我是帮她的了。我索性哄她到底，假装爱上了贝雅德丽斯。她上了年纪还有年轻人追随不舍，就是虚情假意也不在乎，只要我殷勤就行了。我主人跟我各自陪着个相好，两方面情景不同，风味却相似。我上文形容过堂贡萨勒那副干枯灰白的容色，他要眉眼送情，就像临死翻白眼儿。我的公主娘娘呢，我越装得火热，她也越发做出娇憨之态，把老风骚女人的惯技都使出来，这是她至少费了四十年工夫学来的。有种风月场中的英雄，到老还是狐媚子，一生能叫两三代的男人为她们倾家荡产；贝雅德丽斯伺候过这种人，也就精通此道了。

我不但每晚跟主人到于芙拉霞家去，有时一人白天也去，希望在她家撞见个把窝藏着的少年情人。可是不论我多早晚去，从没碰到个男人，连形迹可疑的女人也没有。我一点儿看不出什么偷汉子的影踪，很觉诧异，因为贝雅德丽斯尽管咬定女主人家里没男客上门，我不信这样漂亮的女人肯为堂贡萨勒守贞不贰。我这断语下得并不鲁莽，你们回头瞧吧，那美丽的于芙拉霞早有个跟她年龄相当的情人，所以能够耐心静待我主人寿终。

一天早上，我照常去送情书给这位公主娘娘。我到她房里，看见壁衣后面露出一双男人的脚。我不露声色,交了信就出来,好像并没留心到什么。这事虽然早在意中,而且也与我无干,可是我非常愤慨。我愤愤地想:"啊!你这个口是心非的混账于芙拉霞!你假惺惺哄了老头子不够,还非要偷汉子叫他做十足的冤桶么?"我后来想想,当时这般见识真傻透了。应该一笑置之;她和我主人应酬得厌倦了,要慰劳自己一下也是应有之事。我至少也该不做声儿,不该乘机卖弄自己是好用人。但是我热心太过,气愤愤地为堂贡萨勒抱不平,就把方才看见的一五一十告诉了他,还说于芙拉霞曾经买嘱我。我把她的话一字不隐全说出来,我主人如果有心要知道他情妇是什么东西,没有看不透的。他仿佛还不大相信,问了我几句话。可是我回答得切切实实,他疑无可疑。他万事镇静,可是这件事却伤了他的心,脸上微露怒色,看来那偷汉子的婆娘要倒霉了。他道:"不用多说了,吉尔·布拉斯。你做事认真,我很满意,我也喜欢你忠心。我现在就到于芙拉霞家去。我要好好儿骂她一顿,跟那忘恩负义的贱人一刀两段。"他说完真的赶去,叫我不用跟,免得质问她的时候我脸上难堪。

我急煎煎等着主人回来,我想他知道那美人儿这样对不起他,回来一定对她心冷了,至少也打定主意不再理她了。我这么一想,觉得这事干得不错。堂贡萨勒这样着迷,对那些合法的承继人很不利。我设想他们要是知道这位亲戚已经醒悟,不知要多么高兴。他们准会谢我吧?一般当用人的总喜欢主人荒唐,不会去劝他们归正,这就可见我不同寻常了。我是爱体面的,我能算得用人里出类拔萃的人物,心上很得意。但是不消几个钟头,这些快意的念头连影子也没有了。我东家回来说:"朋友,我跟于芙拉霞狠狠地吵了一架。我骂她没良心、捣鬼,把她数说了一顿。你可知道她回答我什么?她说我不应该听信底下人的话。她一口咬定你是造谣言。据她说,你是个骗子,是我侄儿侄媳妇的人,为了讨他们好,用尽心计要挑拨得我跟她不对。我看她两眼流泪,那泪珠儿是不会假的。她赌神发誓,说从没买嘱过你,也并没有什么男人去看她。贝雅德丽斯也那么说,我看她很靠得住,不会撒谎。所以我不由自主地火气全消了。"

我气得插嘴道:"哎,怎么的呀,老爷,您以为我不是真心吗?您不相信我……"他也打断我道:"不是的,孩子,我并不冤屈你。我知道你并没有勾结我侄儿侄媳妇。我相信你全是为了我好,我也很感激你。不过万事不可皮相,也许你以为瞧见,并没有真的瞧见,那么你想想,你怪于芙拉霞的话叫她多难堪呀!我无论如何舍不下这个女人,我命该如此,并且我只好割舍你了,因为她说,我要是爱她,非撵掉你不可。可怜的吉尔·布拉斯,这事我很不乐意,老实告诉你吧,我虽然答应她,心上满不情愿。可是我没别的办法,我这人太不争气,你原谅我吧。不过我一定要给了你酬报再打发你走,这点你可以放心。我并且要把你荐给一位太太,她是我朋友,你在她那里一定很称心。"

我赤胆忠心反害了自己,非常懊丧。我咒诅于芙拉霞,又叹恨堂贡萨勒没出息,随人摆布。那老头儿辞退了我去讨好情妇,也自知这种行为太没丈夫气。他既然脓包不济事,就想在别方面弥补,又要哄我委屈从命,所以送了我五十杜加,第二天又领我到夏芙侯爵夫人家,当着我对她说,我这个孩子什么毛病都没有,他很喜欢我,只为家务关系,不便留我,请她收用。她马上就叫我在她家当差,所以我忽然间又换了人家。

# 第 八 章

夏芙侯爵夫人的性格;她门上的客人。

夏芙侯爵夫人是个三十五岁的寡妇,人很漂亮,高高个儿,苗条多姿。她每年有一万杜加的收入,却无儿无女。我看见的女人里要推她最正经、最沉默寡言了。可是她还是马德里最有风趣的太太。她家里高朋雅客常常满座,她那风趣的名气多半是这上面来的,并不全靠真本领。是否如此,我也不敢断言。我只消说,提起她的名字,就叫人想到绝顶天才,城里人把她家唤作天字第一号的文章府。

这也名不虚传,每天有人在她家里朗诵戏曲或诗歌。不过念的都是正经之作,诙谐文字是瞧不起的。不论喜剧多么好,小说多么心思巧妙,趣味横生,他们都认为浅薄得不足挂齿;至于那正经作品,尽管是寥寥短篇,颂也好,牧歌也好,十四行诗也好,都当做天才杰构。可是外面人的意见往往跟他们的品题不合,他们极口赞叹的剧本,大家竟会不留情面大喝倒彩。

我在这家专管接待宾客,职务是替女主人布置房间,以便招待。我先排好男客人的椅子,安好女客人的坐垫,然后站在客厅门口,传报来客姓名,一一请进去。第一天我正在前厅迎接客人,管小僮儿的家人可巧在旁,把来客向我形容得很有趣味。他叫安德瑞·莫利那,是个冷面滑稽,人并不傻。第一个来的是位主教。我传报了姓名,他刚进去,那管家就告诉我说:"这位主教是个妙人。他在朝里有点面子,却要人家以为他揽着大权。他逢人就答应出力,可是替谁也没出过力。有一天他在皇宫里,一位绅士对他行礼,他就拉住了客套一顿,握着手道:'我很愿意为你先生当差,请你让我效劳,否则我也不会闭眼。'那绅士感谢万分。主教等他走了,对一个随员道:'那人有点面熟,好像在哪儿见过。'"

一会儿来了一位贵公子,我请进了客厅,莫利那道:"这位大爷又是个奇人。你想吧,他常常为了要事出去拜客,到告辞出来,那桩要事提都忘记提。"他又看见两位女客,就说:"来的是堂娜安洽拉·德·贝涅斐尔和堂娜马格丽德·德·蒙达尔望。这两位太太完全不同。堂娜马格丽德自命为哲学家,对萨拉曼卡最有学问的博士也不买账,辩论起来一句不让。堂娜安洽拉尽管有学问,却毫无女学究气。她讲话中肯,心思精细,谈吐文雅高华,而且不带矫揉做作。"我对莫利那道:"这一种性格儿可爱,那一种我以为全不像女人家了。"他微笑道:"不大像,好些男人那个样儿都可笑呢!咱们东家侯爵夫人也着了点哲学的迷。今天咱们这儿的辩论可够瞧的,天保佑别再牵上宗教就好了!"

刚说完,只见来了个人,形容枯槁,一副严肃不自在的神气。这个家人也不饶他,说道:"这家伙是那种不苟言笑的冒牌大天才,他们轻易不开口,开口引几句塞内加,人家就莫测高深,看透了原是些笨蛋。"接着来个身材极俊俏的绅士,相貌像希腊人,换句话说,神气很骄盈。我问这人是谁。莫利那道:"这是一位写戏曲的。他一生写了十万行诗，没赚得四个小钱，可是靠他六行散文，倒大阔起来，也算扯了个直。"

我正要追问发的什么财，会这样不费力，忽听得楼梯上一片喧哗，那家人道："好！冈巴那留学士来了。他人没到先自己通报了。他进了大门，话就滔滔不绝，直说到告辞出门才完。"果然，这位大嚷大讲的学士一到，哪儿都是他的声音。他带着个大学毕业的朋友同进前厅，直到告辞，话没停嘴。我对莫利那道："这位冈巴那留先生看来是个大天才了？"那家人道："是啊，他这人会打趣，说话别出心裁，很逗乐儿。可是他说来不但无休无歇，还翻来覆去。说句实在话，我相信他还是靠姿态诙谐有趣，说的话就添了味道。如果把他的趣语编成书，大半是没什么出色的。"

莫利那又把其他来客娓娓形容。他连侯爵夫人也没漏掉，照他的形容，她很合我脾胃。他说："我告诉你，咱们太太虽然讲究哲学，性子却很和平。她一点儿不挑剔，对底下人没脾气。我认得的贵妇人里算她最讲理性了，她什么癖好都没有。她不喜欢赌钱，也无心恋爱，只喜欢清谈。她这种日子，多半太太要觉得无聊的。"我听了那管小僮儿的这番称赞，觉得女主人很不错。可是过了几天，我不禁怀疑她对爱情未必那样深恶痛绝。我怎么生疑，让我讲来。

一天早上，她正在梳洗，有个四十来岁的小矮子来找我。他相貌很讨厌，身上的泥垢比那作家彼德罗·德·莫亚还要厚，而且背很驼。他说要见侯爵夫人。我问他是谁差来的。他傲然道："我不是替人家当差的。你对她说，我就是她昨天和堂娜安娜·德·芙拉斯果谈起的那位绅士。"我把他领到女主人的一溜屋里，就去通报。侯爵夫人立刻惊喜得叫起来，满腔快活，吩咐请里面去。她殷勤接待，而且把女用人都打发开。所以这个小驼子倒比体面人还有艳福，能单跟她两人相对。这场促膝谈心真是妙得很，女用人和我都暗暗好笑。过了近一个钟头，我们太太恭而且敬地送那小驼子出来，看她那种礼貌就知道很中意他。

她听了那人讲话津津有味，所以晚上对我密嘱道："吉尔·布拉斯，以后那驼子再来，你最好别让人知道，就领他到我屋里来。"老实说，她这番叮嘱动了我疑心。可是我依照侯爵夫人的吩咐，那矮子第二天早上再来,我就领他走秘密楼梯直到女主人房里。我奉命惟谨,这样干了两三回。我心想侯爵夫人的嗜好真是特别,不然呢,那驼子准是个拉纤的。

我横着这个念头,暗想:"真是的!我女主人要是爱上个漂亮人,我不怪她。要是她醉心这个丑八怪,老实说,我不原谅这种逐臭之癖。"谁知道我冤枉了我女主人!这小驼子懂魔术。侯爵夫人很会上骗子的当,有人向她夸小驼子的本事,所以她私会了几次。这驼子能圆光,能筛卜,只要有钱到手,就肯把玄机妙法都泄露出来。老实不客气说,他是个骗子,专靠欺骗实心眼儿的人过日子。据说有好几位贵妇人是他的主顾呢。

# 第 九 章

事出意外,吉尔·布拉斯只好离开
夏芙侯爵夫人家;他以后的行止。

我在夏芙侯爵夫人家里六个月,过得很称心。可是命里注定我在这位太太家做不长,在马德里也住不久。出了一件事,逼得我只好别处投身,待我讲来。

我主人家女用人里有一个叫保茜。她不但年轻貌美,我还觉得她品性很好,就爱上她了,没想到我还得从人家手里把她的心抢夺过来。侯爵夫人有位秘书,人很骄傲,爱拈酸吃醋,早看中了我那美人儿。他一瞧出我的心事,也不问保茜心上对我怎样,立刻就要跟我决斗。他约我清早在一个隐僻的地方交手。他是个矮个子,还不到我肩膀高,看来很瘦弱,所以我并不把他当个劲敌。我心里泰然到了那地方。我满以为马到成功,还准备回来向保茜去卖弄呢,谁知道大出意外。这个小矮个儿秘书学过两三年击剑,把我摆布得像个小孩子一般,缴了我的武器。他剑尖逼着我道:"我这下子可以送你的命,你怎么样?若要我饶你，得答应我从今天起离了夏芙侯爵夫人家，把保茜丢开。"我一诺无辞，服服帖帖照做。我打输了没脸再见府里的同事，更怕见我们争风抢夺的那位美人儿。我只回去取了衣服和钱。我那钱袋很饱满，衣服打个包儿背上，当天就动身往托雷都。我并没答应离开马德里，不过觉得还是别待在这里，至少避开几年再说。我决计要遍游西班牙，各处留连一下。我想手里的钱够好些时吃用，我不乱花的。等钱用完，可以再去帮人。我这种小伙子要找事的话，位置多的是，随我挑呢。

我尤其想上托雷都，三天后到了那里。我住在一个上等客店里，穿上我那套猎艳的衣服，看来就像一位有身份的绅士。我装出花花公子的气派，我若有心勾搭街坊上的漂亮女人，都可以上手。不过我听说跟她们来往先得下一大注钱，只好收了心。我有漫游之癖，看遍了托雷都的胜迹，就在一天清早动身往古安加，准备从那儿到阿拉贡去。第二天，我正在路旁客店里打尖，只见来了一队公安大队的警卫。这些老爷奉命去逮捕一个年轻人，他们要了些酒，一边喝，一边形容那人的相貌。我听得一个警卫说："这位大爷至多二十三岁，长长的黑头发，身材挺秀，鹰嘴鼻，骑一匹棕黄马。"

我只装没听见，实在也不大在意。我撇了他们又上路去，不到半公里，我碰到个很漂亮的绅士，骑一匹栗色的马。我想："啊呀，公安大队找的就是这人，准没错儿。他头发又黑又长，鼻子像鹰嘴，他们准是要拿他。我应该帮他个忙。"我就对他说："先生，我冒昧请问您是不是决斗出了事儿？"那年轻人很诧异，眼睛打量着我，并不答话。我说，我并非好管闲事，我就把客店里听来的话全讲出来。他相信我了，说道："你这陌生人真仗义。我不用瞒你，那些警卫是在找我，我肚里有数的。所以我想换条路走，躲开他们。"我道："我想咱们得找个你可以藏身的地方；看这风色，快下大雨了，咱们也借此避了雨。"我们说着找了一条浓荫覆盖的小路跑去，直到山脚下，看见一个避世的隐居。

原来这是个又宽又深的山洞。年深月久，山边穿出了这个窟窿，又有人用石子贝壳在洞前砌了一片台阶，上面长满了茸茸细草。四围野花丛生，清香扑鼻。洞旁石缝里一道泉水，淙淙下泻，蜿蜒流入草地。这间四无邻舍的屋子门前站着个隐居修道之士，看来已经年迈身衰。

他一手拄着拐,一手拿着串粗粒子念珠,十颗一节,至少有二十节①。他头戴栗色羊毛帽,上面有长耳朵,帽子压得很低,胡子比雪还白,下垂腰际。我们迎上去说道:"师父,我们怕有大雷雨来了,能不能借你这儿躲一躲?"那隐士把我细细端详一番,答道:"你们两个孩子请进来,我这里很欢迎,随你们待多久都成。"又指指前面那片台阶道:"你的马匹歇在这儿很好。"我同行的绅士把马牵上去,我们跟那老者进了石室。

不一会儿,大雨如注,又加电光闪闪,一阵阵雷声响得怕人。里面石壁上粘着一张圣巴公谟像②,那隐士跪在像前,我们也学他的样,等雷声住了,大家才起来。可是雨还不停,天快要黑了。那老者说道:"孩子,要是你们没有紧急事儿,我就劝你们这会子别再赶路了。"那年轻绅士和我回答说:我们并没有急事,很想借宿一宵,只怕打扰他。那隐士答道:"一点儿不打扰我,只苦了你们。这里睡得很不舒服,我只有修行人的苦饭请你们吃。"

那道高德劭的老者请我们在小桌子旁坐下,拿出几个葱头、一块面包、一壶水,说道:"孩子,这是我的家常饭。可是我今天看你们面上,要开开斋了。"他说完又去拿了些奶饼和两把榛子,摆在桌上。那年轻绅士没胃口,简直没吃什么。修士对他道:"我看出你平常吃的比这个好;其实你是纵情口腹,把天生的胃口弄坏了。我出家以前也跟你一样。最精致的荤腥,最讲究的烹调,我还嫌不够味儿。但是我隐居以来,胃口又归真返朴了。我现在只爱吃些萝卜山芋之类,还有果子呀,牛奶呀,总而言之,都是咱们第一代老祖宗吃的那些东西。"

他讲话时那年轻绅士只顾出神。隐士看出来了,说道:"孩子,你心上有事。为什么烦恼,可以说给我听么?你不妨开诚相告。我要问你究竟,并非好管闲事,我只有这上面还能济世救人。我这年纪,能替人家出出主意,也许你正用得着。"那年轻绅士叹道:"是啊,师父,我正要人家替我出个主意。你肯指教,我愿意听从。我的事告诉你这样的

---

① 念珠有五节十五节不等,但没有二十节的。
② 第四世纪修士,曾创设寺院多起。

人,想来不会出乱子。"老人答道:"决不会,孩子,尽管放心,什么秘密都可以告诉我。"那绅士就讲了以下的事。

# 第 十 章

堂阿尔方斯和美人赛拉芬的故事。

"师父,我什么都不瞒你,也不瞒这一位先生。他对我那般仗义,我还信不过他就没道理了。我把恨事说给你们听。我是马德里人,我且讲讲我的出身吧。有个德国侍卫队①的军官石坦安巴赫男爵一晚上回家,看见楼梯脚下一个细白布的包裹。他拿到太太房里,打开一看,里面是个新生孩子,包扎得干干净净,身上还带着个字条,说这是贵人家的孩子,将来生身父母要来认领的;还说孩子已经受洗,命名阿尔方斯。我就是那个苦命的孩子。以外的事我都不知道了。我不知道我妈妈还是怕人看破私情,所以把我抛弃;还是上了薄幸男人的当,只好狠狠心扔掉儿子。爱面子也罢,男人变心也罢,总归我倒霉就是了。

"且不问究竟如何,男爵夫妇怜我苦命,自己没儿没女,就决意抚养我成人,称我为堂阿尔方斯。我渐渐长大,他们也越加疼我。我举动讨人喜欢,逗得他们常常来抚弄我,总而言之,我有幸得到了他们爱怜。他们为我请了各种先生,专心栽培我。我父母不来认领,他们非但不着急,倒好像但愿我的出身永远不要有分晓。男爵等我可以从军,就把我安插在军队里,替我弄了个旗手的职位,制备了些轻简的行装。他要激励我立功扬名,对我说:人人都可以挣个体面的前程,战场上的功名靠自己得来,所以特别荣耀。我出身的真相,他一向瞒着我,这时也说给我听了。马德里人只道我是他的儿子,我也自以为是他的儿子呢。老

---

① 西班牙皇帝查理第五(1500—1558)也是德国皇帝,有德国人当他的侍卫。从此以后,西班牙御林军里有一队是德国兵。

实说,我知道了隐情心里很难受。我直到现在,想起来就惭愧。我越自信出身高贵,就越觉得遭生身父母抛弃真难以为情。

"我到荷兰去打仗,可是不久就讲和了。有些国家尽管对西班牙心怀不愤,却没有破脸。我就回到马德里,男爵夫妇对我越加钟爱。我回家两个月,忽然一天早上,有个小僮儿跑到我房里,送给我一封信。信上大致这样说:'我相貌不难看,体态也过得去,你常在窗口看见我,却从不来勾搭。你枉是态度风流,行事何其不称。我恨透了,偏要来撩撩你,一泄心头之气。'

"我看了这封信,知道准是寡妇蕾欧诺写的。她住在对门,是有名的风骚货。我就盘问那小僮儿。他先还遮掩,我给了他一个杜加,他才肯吐实。他还替我带了一封回信,信上说:我已经知罪,而且觉得她的心愿已经了却一半。

"我得了这类的彩头儿不是漠不挂怀的。我这一天门也不出,留心守在窗口看那女人;她也没忘记在那边窗口露脸。我对她做眉做眼,她也回眸送盼。第二天,她叫那小僮儿来说,我如果明晚十一二点之间出门,她在楼下客堂窗口等我说话。我虽然对这样骚辣辣的寡妇并不怎么喜欢,可是我回信却写得火热。我急煎煎等天黑,便是真正情痴也不过如此。天一黑,我就到普拉都公园散散步,专等赴约。我还没到那儿,只见一个人骑匹好马,忽然在我身边下马,莽莽撞撞地说道:'先生,你不是石坦安巴赫男爵的儿子么?'我说正是。他道:'今儿晚上要跟蕾欧诺在她窗口幽会的就是你了?你们俩来往的信件,她那小僮儿都给我看过。我今晚上从你家直跟你到这里,特来告诉你一声,你有个情敌,自负很高,不屑跟你争风吃醋的。我相信不必多说了。这儿很僻静,咱们决斗吧;除非你怕我给你吃苦头,答应从此和蕾欧诺一刀两断。你得为我割爱,不然的话,我就要你的命。'我说:'你只可以请求我割爱,不能勒令我。你好好儿求我,事情还有个商量;你恫吓我,那就休想。'

"他先把马匹拴在一棵树上,对我道:'好啊,咱们交交手吧。以我的身份,屈尊对你这种人请求,成何话说。我辈中人在这个境地,多半还不肯赏你面子这样报仇呢!'我听了大怒,看他已经拔剑在手,也拔出剑来。我们打得真狠,顷刻就见分晓。也许他火气太盛,也许我本领高强,我几下子就刺中他要害,看他摇晃着倒下地去。我只想逃命,骑上他那匹马,直奔托雷都。我知道这事准害石坦安巴赫男爵着急,所以没敢回家。我那时候想到形势凶险,觉得快逃出马德里为妙。

"我在马上惦着这件事,忧闷无比。我直跑到天亮,又跑了一个早晨。到晌午时分,我得要歇歇马了,并且酷热难当,要等太阳过一过才可以上道。我在一个村子里勾留到薄暮时分上路,想一口气赶到托雷都。半夜十二点左右,我已经跑过了依雷斯加斯两哩路,四望旷野,忽然大雷大雨,就像今天这样。附近有一带花园的围墙,我跑去一看,只见尽头是一间小屋,门上面有个阳台,底下还可以躲躲雨。我就拨马闪在阳台下面,紧紧傍着门。我靠在门上,发觉这扇门并没有关,想必是用人粗心忘了。我虽然是好奇心动,实在也因为阳台挡不了雨,想找个合适的地方,所以跳下马,牵着进了那间小屋。

"我一面等这阵雷雨过去,就留心看看这是个什么所在。我只凭电光闪射瞥了几眼,却看准这儿不是寻常百姓之家。我正待雨过上路,只见远远灯光明亮,就变了主意。我把马撒在那间小屋里,小心关上门。我相信这家子还有人没睡,想借宿一宵,就朝那灯光走去。穿过几条过道是一间客堂,门也大开。里面高挂着一个很精致的水晶烛座,上面插着几支蜡烛,照见陈设富丽,我一看知道准是贵人家府第了。铺地是大理石,护壁板很整齐,板上描的金彩也极雅致。飞檐造得非常精巧,承尘上的画看来也是大名家的手笔。我特别留心到不知多少西班牙英雄的半身石像,都配着碧玉座子,排列在客堂四围。我时时侧耳倾听,却不闻声息,也不见有人来。所以我从容把这些东西都细看了一遍。

"客堂一边有一扇门虚掩着。我推开一看,里面是一排房间,只有末后一间透着光亮。我想:'该怎么办呢?回去呢?还是冒冒失失直闯到那间房里去呢?'我明知原路出去最稳当,可是好奇心按捺不住,也实在是命中注定,勉强不来。我走过一间间屋,直到那间有光亮的房里。大理石桌上镀金的蜡台里点着一支蜡烛。我看见房里是夏天的陈设,很讲究华贵。天气炎热,床上帐子半开,我向帐子里一望,立刻全神贯注。里面是个年轻女人,沉沉熟睡,雷响也没吵醒。我轻轻近前细看,烛光底下,她那颜色相貌叫我目迷神眩,顿时一颗心把握不住,觉得魂魄都飞了去。我虽然心动,想到她出身尊贵,我的敬意胜过了爱慕,不敢作非分之想。我正如醉如痴地饱餐秀色,她醒过来了。

"她发现房里半夜来了个陌生男人,那惊惶可想而知。她一看见我,吓得发抖,大叫了一声。我极力劝她别害怕,屈一膝跪下说:'太太,不要怕,我到这里来绝无害你的心。'我还要往下说,可是她吓得一句也不听。她一迭连声叫她的女用人,一看没人答应,就披上床脚边一件薄薄的便服,急忙起来,顺着我经过的那几个房间出去,一路叫唤她的女用人,还叫唤归她照管的一个妹妹。我满以为家里的男用人都要赶来,不由分说地收拾我一顿。可是还算我运气,她喊来喊去,只来了一个老用人,真有什么危急,这老头儿不会有多大用处。不过她有了人,略为胆壮些,就严词厉色问我是谁,打哪儿来,为什么冒冒失失闯进她家。我没辩白得几句,她一听说花园小屋的门开着,立刻嚷道:'天啊!这事动了我的疑心了!'

"她说着拿起桌上的蜡烛,一个个房间照了一遍,她那些女用人和她妹妹都影踪不见,她还发现她们连衣服都拿走了。她觉得真相大白,气急败坏地回来对我道:'混蛋!你干了亏心事,别再撒谎骗人。你到这儿来决非偶然。你是堂范尔南·德·李华手下的人,他干的坏事你也有份。你休想逃走,我这里还有的是人手,尽可以拿住你。'我答道:'太太,别把我和你冤家混在一起,我不认识什么堂范尔南·德·李华,压根儿连你是谁都不知道。我是个倒霉人,因为决斗出了事,只好逃出马德里。我向天发誓,要不是这场雷雨,决不会上你的门。请别当我是坏人,我非但没帮人家干坏事害你,还愿意为你报仇雪恨呢。'那女人听了这话,再听了我说话的口吻,气就平了,好像不把我再当做仇人看待。不过她火气一消,就伤心起来,忍不住痛哭。我给她哭得心软,虽然不知道她为什么伤心,却跟她一样难受。我不但陪着落泪,还一腔义愤,急要替她争一口气。我嚷道:'太太,你受了什么欺侮了?说吧,我把你的委屈揽在自己身上。你要我追上堂范尔南把他一剑刺死么?你要谁的命,说出来,你只要吩咐一声。你以为我这个陌生人和

你的冤家一路，可是我为了你，什么险都肯冒，什么苦都肯受。'

"那女人看我那么热切，诧异起来，收泪道：'哎，先生，我患难之中，未免多疑，请别见怪。我赛拉芬看你这般仗义，知道看错了人，就连家门之玷落在你这陌生人眼里，我也不在乎了。哎，你是个仁人君子，我认错了。你肯帮忙，我很领情。不过我并不要堂范尔南的命。'我答道：'好吧，太太，你要我干什么事呢？'赛拉芬道：'先生，我气恼的是这么一件事。我跟如丽妹妹平常在托雷都住。堂范尔南·德·李华偶然看见我妹妹，就爱上她了。三个月以前，他向我父亲求婚。我父亲是玻朗伯爵，他因为我们家跟李华家有世仇，不肯应允。堂范尔南准买通了我那些女用人，我妹妹还不到十五岁，大概耳朵根软，听信她们的坏主意。那位爷打听得我们孤零零住在乡下别墅里，就乘机哄得如丽私奔。我父亲和哥哥两个月以前到马德里去了，还没回来。我至少得知道堂范尔南把我妹妹藏在什么地方，他们才可以想办法。烦你看上帝面上，到托雷都附近去走走，把这件拐逃的事打听确切，我们家对你感激不尽。'

"这位太太没想到人家急急忙忙要逃出加斯狄尔，不便干这个差使。可是她怎么想得到呢？我自己都没在意。

"这么个绝世美人要依仗我，我受宠若惊，欢天喜地地把那差使承当下来，还答应一定办得又尽心又上劲。我果然不等天亮就要去干事。我请赛拉芬恕我害她吃惊，说一定马上会给她回音，然后立刻辞出。我从原路出去，心心念念只想着这位太太，自己也不难知晓，已是对她一往情深。我想到自己为她当差这样起劲，还在温柔乡里造起空中楼阁，我就越发明白自己所为何来了。我设想赛拉芬虽然满怀愁绪，她看出了我的情苗，心上总也喜欢。我还设想，若能探得她妹妹的确实消息，这桩事能够圆满收场，我就着实有面子了。"

堂阿尔方斯讲到这里，对那老隐士道："师父，我一腔痴情，只顾讲些琐屑，你听着一定心烦，请你原谅。"那隐士答道："没的事，孩子，我并不心烦。我还想知道你对那位年轻太太着迷到什么个田地，我可以对症下药。"

那年轻人讲下去道："我打着如意算盘，兴兴头头费了两天工夫去找那拐带如丽的人。可是我白费心机,影子都没找出来。我一场空忙,非常懊丧,又去看赛拉芬,以为她一定焦急的不得了。想不到她倒还心定。据她说,她比我顺利,已经知道她妹妹的下落。堂范尔南有信给她,说已经和如丽偷偷儿结婚,把她送在托雷都一个修道院里。赛拉芬又说:'我把他那封信送给我父亲了,但愿这事不要弄到不欢。我们两家结仇多年,希望借这番婚姻大礼,可以把宿账一笔勾销。'

"这位太太讲了她妹妹的下落,就说累我辛苦了,又说自己粗心,忘记我是决斗出奔,倒叫我去找那拐逃的人,害我担惊受怕。她请我原谅,说的话非常诚挚。我当时要歇歇,她领我到客堂里,陪我坐下。她穿一件黑白条儿的薄绸便服,帽子也是一样的料子,上面插着些黑色羽毛。我因此想她大概是寡妇,可是她又那么年轻,真叫我猜不准。

"我心痒痒的要知道究竟,她也急急要晓得我的来历。她请问我尊姓大名,说看我气度高贵,尤其看我为她仗义出力,知道我一定是大家出身。我给她问得很窘,涨红了脸,不知所对。我老实说吧,我觉得还是撒谎为妙,可以留些面子。我就说,我是德国侍卫队军官石坦安巴赫男爵的儿子。那太太又说:'我还请问你,为什么逃出马德里。我可以答应在先,我父亲和我哥哥堂加斯巴一定出全力帮你。你为我当差,连性命都不顾,我对这样一位绅士,至少可以许这点儿愿。'我毫不踌躇,把那场决斗源源本本讲给她听。她认为错在那位给我刺死的绅士,还答应一定叫她全家帮我。

"她要问的都知道了,我就请问她些话。我问她有没有丈夫。她说:'三年前,我父亲把我嫁给堂狄艾格·德·拉哈。我已经守寡十五个月了。'我说:'太太,尊夫不幸早故,是什么原因呢?'那太太道:'你都把秘密告诉我了,我这事也可以讲给你听听。'

"她说道:'堂狄艾格·德·拉哈是位一表人才的绅士。不过他尽管一盆火似的爱我,天天温柔亲切地讨我的好,尽管他有许许多多长处,总打不动我的心。人品好、会献殷勤未必能赢得爱情。唉,咱们对一个素昧平生的人倒往往会一见倾心。我实在没法儿爱他。他的柔情蜜意并不讨我喜欢,倒叫我很窘,少不得勉强敷衍。所以我虽然暗怪自己没有情义,却又觉得受了委屈。他不但多情,尤其心细,这就害了他,也害了我。他从我举动言谈里看出我的隐衷,识透了我的心事,老怨我淡漠无情。我当时还不到十六岁,他求婚之前,贿赂了我的女用人,向她们打听,知道我的确从未有过意中人。他明白并没有情敌碍事,因此越发自恨无福,不能得我欢心。他常对我说:'咳,赛拉芬,我宁愿你心上有个人儿,因此对我冷淡,那么凭我这点殷勤,凭你自己的操守,自会使你回心转意。我现在至情相待,你一点无动于中,我这辈子没指望得你欢心了。'这类的话我一遍遍听得腻了,所以对他说,别太多心眼儿,搅得彼此不安,还是慢慢来吧。说真话,这种微妙的情怀,里面许多细腻曲折,我那年龄还不大会体味。堂狄艾格应当听我的那句话。可是整整过了一年,他看我依然如故,就不耐烦了,竟可以说是疯了。他推说有要事入朝,就去当义勇军到荷兰打仗。他存心冲锋冒险、拼掉性命,从此抛却一切烦恼。他不久竟如愿以偿了。'

"那位太太讲完,我们接着谈论她丈夫的性格儿特殊。忽然有个人为玻朗伯爵捎信给赛拉芬,我们的谈话就此打断。她道声歉,拆信来读。我看她一面读,脸容失色,浑身发抖。她看完信,望着天长叹一声,泪流满面。我看她伤心,也不安起来。我很惶恐,仿佛预知大祸临头,吓得冷气攻心。我哑着声儿问道:'太太,我冒昧请问,信上是什么坏消息呀?'赛拉芬把信交给我,满面愁容道:'这是我父亲写的信,先生,你自己看去吧。咳!跟你大有关系呢。'

"我听了这句话心惊肉跳,战兢兢接过信来,只见写着:'汝兄堂加斯巴昨在普拉都与人决斗,中剑受伤,已于今日身故。渠临终时言,凶手为德国侍卫队军官石坦安巴赫男爵之子。我竟未能捕获,尤属恨事。此人已逸,但无论其潜踪何处,必设法寻获。现拟函托各地有司,如凶手路经所辖境内,即予逮捕。并拟函托他方,俾此人无路可逃。玻朗伯爵字。'

"你们试想,我看了这封信多么心慌意乱。我呆了一会儿,说不出话来。当时懊丧之至,看明白我的爱情就断送在堂加斯巴这条命上了。我立刻灰心绝望,跪在赛拉芬脚边,拔出剑来交给她道:'太太,玻朗伯爵也许拿不到我,你省得他费心吧。你下手呀!亲手把你哥哥的凶手杀掉,替他报了仇吧。他是死在这把剑下的,叫他那倒霉的冤家也在这把剑下送命得了。'赛拉芬看我这般举动，有点儿怜惜，答道：'先生，我和堂加斯巴是很亲爱的。你虽然杀得光明正大，并且他也咎由自取，可是你该相信，我跟我父亲一条心地恨你。咳！堂阿尔方斯，我是你的冤家。我为了骨肉之情、友爱之谊，会极力跟你作对。可是我决不乘人之危，你尽管落在我手里，我不会乘此报仇。既然我为着一家的体面得把你当做仇人，我也不能做失体面的事，使卑鄙手段来报仇。主人对客人有保护之责，这是天经地义；况且你为我出过力，我决不愿恩将仇报，把你杀害。你快逃走，想法逃出我们手心，逃脱法网！大难临头，你快逃命。'

"我答道：'太太，这是怎么说呀！你尽可以亲手报仇，倒要等法律来处分，法律未必能替你雪恨。哎，我这个混蛋不值得你怜惜，还是刺死他完了。太太，你待我不必这般仁义。你知道我是什么出身吗？马德里人都以为我是石坦安巴赫男爵的儿子，其实我只是个拣来的孩子，他发慈悲收养了我。我连生身父母是谁都不知道。'赛拉芬听了这话，好像越加难受了，忙打断我道：'那没有关系，就算你是最下贱的人，我总依照身份体面行事。'我说道：'好吧，太太，我杀了你哥哥，你不肯要我的命，那么，我还新犯了一个罪，要惹你发狠呢；我大胆无耻，望你不要饶恕。我爱你，见了你的娇姿，不禁目眩神迷，虽然我出身不明，却指望能和你订结终身。我甚至一片痴情——其实也是一团妄想，以为也许天意垂怜，暂时叫我出身暧昧，将来总有一朝真相大白，我可以把自己的真姓名坦然告诉你。我向你招供了这番狂妄之念，你还不打定主意来惩罚我么？'

"那太太回答道：'我别的时候听了这番冒失的话当然会生气，不过你这时候失魂落魄，我不怪你。况且我身当此境，也没什么心情来理会你吐露的那些话。'她洒了几点眼泪道：'堂阿尔方斯，我再说一遍，我们家给你搅得凄凉惨淡，你走开吧，走得远远的；你在这儿多待一刻，就多加我一分痛苦。'我起身道：'太太，我不再违拗你，只好和你分手了。不过我这辈子既然遭你嫌弃，你别以为我还爱惜性命，要找个之地。我决不，我这身子专诚留给你出气藏身。我就要到托雷都去，等你们快来摆布。我随你们逮去，可以早早解脱烦恼。'

"我说完就走。她家用人把我那匹马牵来,我骑了到托雷都,一住八天。我满不在乎,并不躲藏。可是竟没人来逮我,真不懂是怎么回事。我想玻朗伯爵只想堵得我走投无路,当然料到我会经过托雷都。我在那里逍遥法外,后来觉得腻了,昨天下午就跑出城来。我像个没事人一般,随便走走,到了这里。师父,我方才讲的就是我的心事,求你帮我出个主意。"

# 第 十 一 章

老隐士是谁,吉尔·布拉斯发现原来都是熟人。

堂阿尔方斯把他的伤心史讲完,老隐士道:"我的孩子,你在托雷都待那么久,太大意了。我对你讲的那些事另有看法。我觉得你爱赛拉芬真是傻透了。听我的话,别糊涂,那年轻女人你不会到手的,只有把她忘个干净。你们两人中间障碍重重,还是乖乖地及早罢休,听天由命吧。看来你前途艳遇多着呢!你还会碰到个把年轻女人,既没有杀兄之仇,又同样能叫你醉心。"

他还要讲一大篇道理,劝堂阿尔方斯耐心。这时又进来一位隐士,背着一只饱鼓鼓的口袋。他刚在古安加城里募化了许多东西回来,样子比他那伙伴年轻,留着一部浓浓的红胡子。那老隐士对他道:"你来得正好,安德华纳修士,城里有什么消息吗?"红胡子修士把一张叠成信件似的纸条儿交给他道:"消息很坏,你看了这信就明白。"老头儿打开信,那封信值得细看,他看得聚精会神,看完说道:"谢天!既然事情闹破,咱们只好另行主意了。"又对那年轻绅士道:"堂阿尔方斯先生,咱们换个腔调说话吧,你当面这个人也跟你一样的受尽造化作弄。离这儿一哩路是古安加城,有人在那边法院里诬告我,法院要传我去,决定明天大队人马到这隐居来拿我。不过他们赶到窝里,兔儿早跑了!这种麻烦我也不是第一次碰到。谢天,仗我为人机灵,差不多每次都溜得过。我现在要变个新面目了。你们瞧我这般模样,其实我才不是什么隐士、什么老头儿呢。"

他一面说,就脱下身上的长袍。里面是一件袖子打褶裥的黑哔叽袄儿。他随又脱掉帽子,解下假胡子,立刻变成个三十来岁的年轻人。安德华纳修士学他榜样,脱去隐士装,也解下红胡子,又从一只半烂的旧木箱里拿了件破褂子穿上。我一看那老隐士正是堂拉斐尔大爷,安德华纳修士正是安布华斯·德·拉莫拉、我那有情有义的亲随。我的惊异可想而知。我立刻嚷道:"老天爷啊!原来都是熟人!"堂拉斐尔笑道:"是啊,吉尔·布拉斯先生。你再也想不到,又和两个朋友重逢了。我们的确有点儿对不起你,可是旧事不必重提,谢天咱们又碰到了一起。安布华斯和我愿意帮你的忙,你可别小看了我们的帮忙。别当我们是坏人,我们不打人不杀人,只想占人家点儿便宜过活。虽说偷东西不应该,到无可奈何的时候,不该也就该了。你入了我们的伙,过过流浪生涯吧。只要你乖觉,这种日子很有味儿。当然,尽管我们乖觉,往往会枝节横生,倒霉事儿还是有的。那也不要紧,吃了苦头,就觉得甜头的味道更好。人事的变化,时运的高低,我们是习惯的。"

那假隐士又对堂阿尔方斯道:"大爷,我们也请你入伙。照你目前的处境,我想你不会谢绝。且不提你犯了事露不得面,想来你身边也没多少钱了。"堂阿尔方斯道:"是啊。老实说,我因此又添了一重心事。"堂拉斐尔道:"好啊!那就和我们一起吧,你最好还是入我们的伙。你要的东西应有尽有,而且我们有法子叫你冤家怎么也拿不到你。我们曾经走遍西班牙,差不多处处都熟悉。哪儿是树林,哪儿是山,哪些地方躲得过司法的毒手,我们全都知道。"堂阿尔方斯谢了他们好意,想想自己真是又没钱,又没办法,就死心塌地跟他们一路了。我很喜欢这个年轻人,不愿意离开他,也决计同走。

我们讲定四人合伙,决不分离。安德华纳修士先一天从古安加带回来一皮袋美酒,我们就商量:还是立刻动身,还是先喝点酒再上路。拉斐尔究竟最老练,说我们第一要紧的是安全,主张连夜赶到维拉德萨和阿尔莫达巴之间一个很稠密的树林里,到那儿去休息,要是看来没事,可以歇一天。大家赞成。两个假隐士把衣服粮食打成两包,左右相称地装在堂阿尔方斯的马上。他们干事非常爽利,一切停当,我们就走了。那个隐居里,我们撇下隐士袍两件,白胡子、红胡子各一部,床两张,桌子一只,破箱一个,草垫旧椅两把,圣巴公谟像一幅,让法院去没收。

我们走了一夜,觉得很累,傍亮儿时分望见前面就是我们要到达的那座树林。我们仿佛长途劳顿的水手,望见了港口,气力陡长。我们鼓起劲来,在日出之前赶到了地头。我们钻到树林深处,找个很合适的地方歇下。那是一片草地,四围有许多大橡树,枝叶交错,浓荫如盖,暑气不侵。我们把马背上的东西卸下,解了鞍辔,随它去啃草。我们坐下,从安德华纳修士的口袋里拿出大块的面包和好些烤肉,大家比赛似的狠命大吃。我们虽然饿透了,还时时放下吃的,抱起皮袋来喝酒。一只皮袋传来递去,没个闲的时候。

吃罢,堂拉斐尔对堂阿尔方斯道:"大爷,你向我推心置腹,我也该学你的样,老老实实把身世讲给你听。"那年轻人答道:"我很想听呀。"我嚷道:"我尤其要听。我心痒痒的要知道你的经历,我想准值得一听。"拉斐尔答道:"保管值得一听,我很想将来把它写下来呢。现在我年纪还轻,等老来再写书消遣,还可以多添些篇幅。咱们这会子都累了,睡一会儿歇歇吧。咱们三人睡觉,让安布华斯守望,防有意外,回头再轮替着让他睡。虽然咱们在家儿好像千稳万妥,随时提防总不会错。"他说完就躺在草地上。堂阿尔方斯也躺下,我也学样;拉莫拉上哨。

堂阿尔方斯心事重重,并没睡着。我也合不上眼。堂拉斐尔却一会儿就睡熟了。他一个钟头以后醒来,看见我们都要听他的故事,就对拉莫拉道:"安布华斯朋友,你现在可以尝尝黑甜乡滋味了。"拉莫拉答道:"不用,我一点儿不困。你生平的事迹很可以供我们同道的人取法,我虽然都知道,却愿意再听一遍。"堂拉斐尔就详述身世如下。

# 第 五 卷

# 第 一 章

堂拉斐尔的生平。

"我妈妈是马德里的女戏子,名叫陆珊德,她念台词很有名,干的风流艳事尤其大家知道。我要是自认爸爸是谁,就未免大胆了。我可以说,我出世那时候有位阔人跟我妈相好,可是按时期推算并不能坐实他就是我的生身父亲。吃我妈那行饭的女人防不胜防,就在她好像跟某位爷最相好的时期,也往往有别人顶替着这位花钱的人受用她。

"旁人飞短流长,最好是一概置之不理。陆珊德并不遮遮瞒瞒把我藏在家里养大。她满不在乎,挽着我堂而皇之上戏院去。人家讲我闲话,见了我免不了当面嘲笑,她都不睬。总而言之,她很喜欢我,到她家去的那些男人也都来抚弄我,好像都跟我有父子天性似的。

"人家随我成天玩着各种玩意儿,直到十二岁,简直不教我念书写字,更不认真把宗教的大义来启导我。我只学跳舞唱歌弹吉他,这是我的全副本领。那时候雷加内斯侯爵要我去陪伴他的独养儿子,那孩子和我年岁相仿。陆珊德欣然应允,我从此有了正业。雷加内斯小子并不比我高明,这位小爷看来和学问无缘,家里一位老师请来了一年零三个月,几乎一个字母都没教会他。从前几位老师都无能为力,只给他呕得忍无可忍。他们实在没法严加管教。东家叮嘱得明明白白:教学不得动刑。有了这项吩咐,再加学生顽劣,上课都是枉费功夫。

"可是这位老师想出一个妙法,你们听下去就知道。他可以吓唬这位小爷,却又不犯那爸爸的禁令。他决计每逢雷加内斯小子该罚的时候,用我做替身,抽我一顿鞭子。他果然按计行事。我觉得这个办法不合我脾胃,就逃出来向妈妈哭诉,说先生太不公道。她虽然疼我,却横着心不理会我的眼泪。她算计儿子在雷加内斯侯爵家很占便宜,所以马上把我送回去。我这可落在那老师手里了。他一看他那办法很有效,就老叫我替那小爷吃鞭子。他愈要那小爷牢记在心,愈把我抽得凶。我每天准替雷加内斯小子受罪,可以说,他每认一个字母总要害我吃一百鞭子。你们想吧,他学完文法入门,我得挨多少打!

"我在那家受的委屈还不止挨几下鞭子。人人都知道我是什么样人,所以用人里下贱到厨下打杂儿的都拿我的出身来糟蹋我。我气极了,有一天我设法把那老师的现钱全偷掉,大概有一百五十杜加,我就逃走了。他打我太不公道,我就这样报复,我相信这是最狠毒的手段了。我玩这妙手空空的把戏虽然是头一遭,却玩得很巧。大家找了我两天,我手脚伶俐,没让他们找着。我从马德里到托雷都,没见一个追踪的人。

"那时候我刚十五岁。在那个年龄能够自由自主,多快乐呀!我不久结识了一群小伙子,他们教得我很调皮,又帮我花钱。我随又跟一伙骗子结了帮,他们把我天赋的才能大加培养,不多几时,我就是他们行里一个顶尖儿的人物了。五年之后,我动了游历的兴头,就和那些弟兄分手。我打算从艾斯德马杜尔出发,先到阿尔冈达拉。半路上,我碰到一个可以施展本领的机会;我没肯错过。我是步行,又背着个很沉的包,所以常到道旁树阴底下去歇腿。我碰见两个有钱人家的子弟在草地上说笑乘凉。我客客气气跟他们行礼,看他们好像不嫌,就攀谈起来。两人都很老实,年长的不过十五岁。小的一个对我说道:'先生,我们两家的老头子都是普拉桑西亚的财主。我们心痒痒的要到葡萄牙去观光,各从家里拿了一百比斯多,想趁趁心愿。可是我们虽然步行,还有好老远的路呢,身上只带这点钱,你看怎么办?'我回答道:'我要有这许多钱,哪儿去不得?我可以走遍天涯地角了。好家伙!二百比斯多呢!这么一大笔钱,一辈子也花不完。要是两位不嫌,我可以奉陪到阿尔梅仑。我有个叔叔在那城里住了二十来年,我正要去承袭他的遗产。'

"两个小哥儿有我做伴,都说很高兴。我们三人休息一会儿,就取道往阿尔冈达拉,下午一老早就到了。我们在一家上等客寓里歇下,要了个房间,里面有一只安锁的柜子。我们点了晚饭的菜,店家做着菜,我就邀那两个旅伴儿出去逛逛,他们都愿意。我们各把背包锁在柜子里,一位哥儿带了钥匙,大家一起出门。我们去看了几个教堂,到最大的教堂里,我假装想起一件要事,对他们道:'两位先生,我记起一件事来,托雷都有人托我带口信给一个商人,那人就住在这教堂附近。烦你们在这儿等一等,我一会儿就回来。'我说了就出教堂一口气赶回客店,直奔那柜子,扭开锁,在那两个小哥儿的背包里掏摸一番,找到了他们的比斯多。可怜的孩子!那笔钱我一股脑儿全拿了,只留一个比斯多给他们还店账。我也不管他们死活,急忙出城,取道往梅利达。

"我不过是开个玩笑,就此旅途上很宽裕。我虽然年轻,自觉做事缜密,可算少年老成。我决计买个骡子;到了前面镇上,就买了一头。我又把背包换成手提箱,稍为装出些身份来。第三天我在大路上碰见个人,拉着嗓子大唱晚祷圣诗。我看他神气像个唱圣诗的,就说:'好哇!学士先生!唱得好极了!我瞧你干活儿很得劲啊!'他道:'先生,我是个唱圣诗的,听候你使唤。我很喜欢练练嗓子。'

"我们就这样攀谈起来。我看出那人很逗乐儿,也很和气。他大约二十四五岁。他是步行,我也就骑着骡子慢慢走,可以闲聊消遣。我们谈起了托雷都,那唱圣诗的说道:'那地方我很熟。我在那儿住好久,还有些朋友在那儿。'我问道:'你在托雷都住什么地方呀?'他答道:'住在新街上。我和堂文森·德·勃那·加拉、堂马狄阿斯·德·果德尔,还有两三位有体面的大爷住在一起,起居饮食都在一块儿,过得顶乐的。'我听了很奇怪。我该交代一声,他说的那几位都是我在托雷都同伙的骗子。我说道:'唱诗的先生,你说的都是我的熟人,我也跟他们一起在新街上住过。'他微笑道:'我懂了,换句话说,三年前我一走你就入了他们的伙。'我道:'我动了游兴,刚和那几位分手。我要走遍西班牙,添些阅历,长些本领。'他说道:'这是没得说的,非出门走走不会学得千伶百俐。我在托雷都过得很好,也是为这个道理才出来。'他又道:'谢天,再也想不到会碰到个同道。咱们合伙一路走吧,人家钱袋里的钱咱们捞来花;有机会就把咱们的本领施展一下。'

"他这么爽快殷勤,我当然赞成。他信得过我,我也马上就信得过他了。两人畅言无忌,我把身世告诉他,他也把自己的事全抖搂出来。他说在坡达雷格有个骗局,不凑巧失了风,只得换上这套装束急忙逃走。他把经历讲完,我们决定同到梅利达碰碰运气,弄两注钱,赶紧再上别处去。我们俩从此就有通财之谊了。我这伙伴儿名叫莫拉雷斯。他其实手里不大宽裕,只有五六个杜加,旅行袋里还有几件衣裳;我现钱比他多,不过骗人的手段没他强,两边正扯个直。我们俩轮替着骑那一头骡子,直到梅利达。

"我们在近郊客店歇下,我的伙伴从旅行袋里拿件衣裳换上,两人进城走走,摸索个道路,看有什么下手处。我们事事留心。若叫荷马来说,①我们就像两只老雕,目光四射,要寻些鸟儿当点心。总而言之,我们在等个机会一试身手。忽然看见街上一个头发灰白的人,挥着剑和三个人打架;那三个人使劲向他进逼。我一看众寡不均,动了义愤,而且我生性勇猛,就赶上去帮那老头儿。莫拉雷斯不肯示弱,也拔剑相助。我们向老头儿的三个敌人冲上去,他们只好逃走。

"老头儿看他们跑了,对我们满口道谢。我说:'可喜我们恰恰跑来解了你的围。只是我们究竟帮了哪一位先生的忙,还没领教呢。我再请问,那三人为什么要你的命。'他答道:'两位先生,我对你们感激得很,你们有问,我当然一一奉答。我名叫吉隆·德·莫亚达斯,就住这城里,有点家私可以过活。你们打退的三个凶手里有一个爱上了我女儿,前几天向我求亲,我没答应,所以刚才跟我斗剑,要出那口气。'我道:'我冒昧请问,你为什么不肯把女儿给他呢?'他道:'你听我说。我有个兄弟在这城里做生意,他叫奥古斯丹。两月以前,他到加拉特拉华去,住在他生意上有来往的一个人家里,那人叫如安·费雷斯·德·拉·曼布利拉。他们俩是好朋友,我兄弟要跟那人友上加亲,就把我的独养女儿茀萝朗蒂娜许给那人的儿子。他拿定我听他的话,代我做得下主。他回到梅利达跟我谈这头亲事,我果然手足情重,一诺无辞。他

---

① 意思是模仿荷马史诗来一个引申铺排的长比喻,就是查理·贝罗(Charles Perrault)所嘲笑的"长尾巴比喻"(Comparaison à longue queue);这种比喻是十七八世纪英法两国批评家对荷马诗笔的一个争点。

就把萝朗蒂娜的肖像送到加拉特拉华。可是,唉,他心愿未了,这事没办妥,三星期前他去世了。他临终恳求我务必把女儿许给他生意上有来往的那人的儿子。我答应他了;方才跟我打架的那人虽然是很好的一位配偶,我只得拒绝。我有言在先,不由自主。我眼下正等着如安·费雷斯·德·拉·曼布利拉的儿子来做女婿。其实他们父子两个我面都没见过。'吉隆·德·莫亚达斯又道:'承你们下问,所以讲给你们听,请别嫌烦絮。'

"我聚精会神听他讲完,心生一计。我假装大吃一惊,举头望天,然后用悱恻动人的声调道:'啊,莫亚达斯先生,想不到我跑到梅利达就救了我丈人的性命!真是那里来的好运气。'老头儿听了大吃一惊。莫拉雷斯也诧异得不相上下,他脸上那副神情分明说我是个大骗子。老头儿道:'你说什么?啊?难道你就是我兄弟生意上有来往的那人的儿子么?'我索性面皮厚到底,抱住他脖子道:'是啊,吉隆·德·莫亚达斯先生,我正是要跟可爱的萝朗蒂娜结婚的那个福气人啊。我跟府上攀亲真是快活,不过这话且慢提,我到了这里,不免想起令弟奥古斯丹,让我先向你洒一把泪吧。我这辈子的快乐全亏了他,现在他已成古人,我不是个忘恩负义的,哪得不伤心呢。'我说完把吉隆老头儿再拥抱一番,又拿手去擦眼睛,好像抹眼泪似的。莫拉雷斯立刻看出这骗局有利可图,忙来打边鼓。他只算是我的亲随,对奥古斯丹先生哀悼得比我还深,说道:'吉隆先生,令弟去世,真是您莫大的损失。这么个规矩人,生意场里独一无二,又公道,又靠得住,真是从来没有的。'

"对方是个死心眼儿的老实人,不但没怀疑我们捣鬼,还自钻圈套,对我道:'哎,你怎么不一直到我家去呀?你不应该住客店,咱们这样情分还用客气么!'莫拉雷斯替我说道:'先生,我东家太拘礼,他是有这毛病,想来他不会怪我说他的。'接着又道:'不过照他目前的境况,不肯到府上来也情有可原。我们路上碰到强盗,行李都抢光了。'我接口道:'莫亚达斯先生,这小子说的是真话。我就为了这件倒霉事儿没到府上来。我还没见过小姐,不敢随身衣服上门,所以我派了个用人回加拉特拉华,正等着他呢。'老头儿道:'何必为了这点小事为难,你务必立刻就到我家去住。'

"他说着就带我回家。我们一路上讲着那桩凭空捏造的抢劫。我说,行李里一张莆萝朗蒂娜的肖像也丢了,叫我真痛心。那老头子笑说,这点损失不必介意,一张画像哪有本人好。我们一到他家,他就叫女儿出来相见。她才十六岁,十分的人才。他说道:'你瞧瞧这就是亡弟许给你的小姐。'我做出爱慕的神气道:'啊!先生,这位就是可爱的莆萝朗蒂娜,还用你说吗!这美丽的姿容早已深深地印在我心上,而且还深藏在我的心窝儿里呢。她这样仪态万方,我那张丢掉的肖像不过得个大概;我见了肖像已经千般爱惜,我这时候的神魂颠倒就可以想象了!'莆萝朗蒂娜道:'你夸奖太过,我还不至于那么狂妄,会以为你说的都是实话。'那爸爸插嘴道:'你们客套去吧。'他就撇下我跟他女儿,把莫拉雷斯拉过一边,说道:'朋友,强盗把你们行李抢光,你们的钱一定也光了?他们动手总是先抢现钱。'我的伙伴答道:'是啊,先生。在加斯底尔·布拉俶附近,大伙强盗向我们一拥齐上。我们只剩了随身衣裳。不过回头款子汇来,我们马上就恢复元气了。'

"老头儿掏出钱袋,说道:'现在汇款没来,这一百比斯多先拿去使吧。'莫拉雷斯嚷道:'啊呀,先生,我东家决不肯受的。您不知道他的脾气。咳!他这人银钱上不肯苟且,不像那种纨绔子弟,谁的钱都拿得进。他虽然年纪轻,不喜欢借债,宁可讨饭,也不愿意借人家一个小钱。'那位市民道:'再好没有,我就越发看重他了。我看不惯人家借债。那起贵族呢,我不怪他们,债就是他们的家产。'又道:'我决不勉强你东家,如果送钱给他要叫他难堪,这话就不用再提了。'说着就要把钱袋收回去。可是我的伙伴儿拉住他胳膊道:'且慢,莫亚达斯先生,我东家虽然不喜欢借钱,您这一百比斯多他也许肯受。这全看对他怎么个说法。其实他只是不肯问等闲人借钱,对自家人并不那么狷介。他向父亲要钱满不在乎的。您看得出来,这位大爷对各人各个样儿,他把您老先生当然是看做第二个爸爸了。'

"莫拉雷斯这套话把老头儿的钱袋弄到手。老头儿回来,我跟他女儿正在互相恭维。他打断我们,告诉莆萝朗蒂娜我解了他的围,又对我感恩道谢。我就顺水推船说,他若要报恩,赶早把女儿嫁我,我就感激不尽了。他看我着急,欣然应允。他说,不出三天我就可以和莆萝朗蒂娜完婚;他还说,本来讲定六千杜加陪嫁,可是他愿意陪一万杜加,表示他对我感恩入骨。

"莫拉雷斯和我就住在吉隆·德·莫亚达斯老头儿家,受他款待,喜滋滋地等着那一万杜加。我们准备钱一到手就逃出梅利达。我们虽然快活,却有点担心,只怕不到三天,如安·费雷斯·德·拉·曼布利拉的儿子本人会忽然跑来,碍了我们的道儿,甚至一下子破了好事。这并不是瞎担心。就在第二天,一个农夫模样的人拿着一只手提包到莘萝朗蒂娜父亲家。我那时出门了,我伙伴儿在场。农夫对老头儿道:'我东家是加拉特拉华的彼德罗·德·拉·曼布利拉,就是您的未婚女婿。我们俩刚到这城里,我先来通知您一声,他随后就到。'话刚说完,他主人就来了。那老头儿诧怪得不得了,莫拉雷斯也有点儿着慌。

"年轻的彼德罗是个很漂亮的小伙子。他跟莘萝朗蒂娜的父亲攀话,可是老头子不等他说完,就转身问我伙伴儿这是怎么回事。莫拉雷斯的大胆厚脸原是谁都赶不上的,他神色泰然道:'先生,刚来的这两个人是跟路上抢劫我们的那批强盗一伙的,我认得他们,尤其是大胆冒认如安·费雷斯·德·拉·曼布利拉做爹的那一个。'那老头儿毫不犹豫的信以为真,当那两人是骗子,对他们说道:'两位先生,你们来迟一步,让人家抢先了。彼德罗·德·拉·曼布利拉昨天已经在我家住下。'加拉特拉华来的那年轻人答道:'这话还请想想,你上当了,住在你家的是骗子。我告诉你,如安·费雷斯·德·拉·曼布利拉只有我一个儿子。'老头儿答道:'去你的吧!我知道你的来历。你认得这小伙子吗?你记得你在加拉特拉华路上打劫的人吗?那就是他东家。'彼德罗道:'什么?我打劫他!啊,这混蛋胆敢冤枉我做强盗!要不是在你府上,我准割掉他的耳朵。他亏得你在这儿,我不好当了你的面发脾气。'又道:'先生,我再说一遍,你上当了。令弟奥古斯丹替你小姐相中的人是我。他跟我父亲议婚的许多信件你要看么?他去世前不久,还寄给我一幅莘萝朗蒂娜的肖像,那不是个凭据么?'

"那老头儿打断他道:'不成,肖像信件都不足为凭。那张肖像怎样会落在你手里,我全知道。我忠厚存心,劝你赶快离开梅利达。你们这种人活该挨刑受罚,不早走就难免了。'那位大爷也打断他道:'这太岂有此理了。我不能白让人家冒了我的名,又冤我是强盗。我还有几个熟人在这城里呢。你既然受了骗当我坏人,我现在就找他们同来,见个水落石出。'他说完带着用人走了,莫拉雷斯就算占了上风。吉隆·德·莫亚达斯因此决计叫我和他女儿当天成婚。他立刻去料理一切,要把这事办妥。

"莆萝朗蒂娜的父亲那么安排,对我们便宜极了,不过我那伙伴儿虽然高兴,却不免心里七上八下。他看准彼德罗决不甘休,后事难料,不免害怕,急要把方才的事告诉我。我回来见他心事重重,就说:'朋友,怎么了?你好像心里有事似的。'他答道:'有缘故啊!'就一五一十讲给我听,接着道:'你瞧,我不该上心事么?都是你胆大包天,惹下这场麻烦。我承认这是个好买卖,要是得手,真可算绝世奇功,但是看来要不妙了。我想咱们已经在老头儿身上得了些油水,快逃走吧,免得当场对证。'

"我答道:'莫拉雷斯先生,这话还得从长计议。你太经不起挫折了。咱们托雷都同伙的堂马狄阿斯·德·果德尔一流人的牌子岂不坏在你手里。一个人跟过那些大师,怎么可以这样胆小。我要追步这几位大人物,显得不辱师门。你遇事把头缩,我可要硬着头皮挺,鼓起勇气,挺过这道难关。'我伙伴儿道:'你要是挺得过,我就把你看得比普路塔克记载的那些伟人都了不起了。'

"莫拉雷斯刚说完,吉隆·德·莫亚达斯跑来道:'我刚把你的婚事料理妥当,你今儿晚上就是我的女婿了。'又道:'你用人准把方才那事告诉你了?那骗子硬说他父亲就是我兄弟生意上来往的人,有这样无赖的么?'莫拉雷斯真不知道我怎么自圆其说,一听我的回答,着实吃惊。我凄然看着莫亚达斯,装出一副老实的样子,说道:'先生,我尽可以把你瞒在鼓里,从中取利。可是我觉得我这人不会撒谎到底,我得向你老实招供了。我并不是如安·费雷斯·德·拉·曼布利拉的儿子。'那老头儿又奇怪,又着忙,打断我道:'啊?怎么的?你不是我兄弟相中的人吗?'我也打断他道:'先生,我有一篇衷心话儿要讲,请你听到底。我爱上你女儿整整八天了,就为恋着她,所以在梅利达留连不走。我昨天救了你,本来想向你求亲。可是你说已经把她许了别人,就把我的嘴封住了。你说，令弟临终求你务必把女儿配给彼德罗·德·拉·曼布利拉，你已经答应了他，总之，你有言在先，不由自主。老实告诉你吧，我一听这话，懊丧万分。我心灰绝望，痴情忽生急智，使我现在这条计策。其实我直在良心内愧。不过我要是道破真情，而且让你知道我是个微服游历的意大利王子，我相信你就不会怪我了。瑞士、米兰、萨伏伊交界的洼地是我父王的领土。我还设想，几时我把来历说明，你准会惊喜交集，我和葂萝朗蒂娜结婚以后把这话告诉她，也是做丈夫的一桩乐事，见得我又体贴又喜欢她。'我又换了声调说道：'天不许我这般快乐。彼德罗·德·拉·曼布利拉来了，我吃尽亏也只好把他的名字还他本人。你应允了他，非挑他做女婿不可；我惟有叹口气，无从怨恨。我爵位高，你顾不得；我给你害得苦，你也可怜不得，只好挑选他呀。其实令弟不过是你女儿的叔叔，你是她的爸爸；而且论理你应当报我的恩，你说了一句不足为凭的话，又何苦死要体面讲信用呢。不过这些话我也不必跟你说了。'

"吉隆·德·莫亚达斯嚷道：'对啊，一点不错，这样才合情理，你跟彼德罗·德·拉·曼布利拉两人里究竟该挑谁，我不再犹豫了。我选中了一个救命恩人，况且又是一位王子屈尊肯和我攀亲，就是我兄弟奥古斯丹还活着，也不会怪我。我要是不把女儿给你，不赶快为她办这头好亲事，那就是把好运气撵出门，犯了失心疯了。'我回答道：'先生，不要感情用事，一切三思而行，你只要问你自己是否上算，我虽然出身皇家……'他插嘴道：'你开我玩笑了，难道我还打不定主意么？我已经决定了，殿下，我求您赏脸，今晚就跟那有福气的葂萝朗蒂娜结婚吧。'我说：'好！照这么办得了。你女儿那边你去传个信，把她那锦绣前程说给她听听。'

"那位市民忙去告诉女儿，说一位王子向她拜倒了。我们的话，莫拉雷斯全听见，他乘这当儿向我跪下道：'意大利的千岁爷，管辖瑞士、米兰、萨伏伊交界处那片洼地的大皇帝的东宫殿下，让小的跪叩，聊表欣喜。凭我们骗子的良心说，你真是个奇才！我向来自以为天下第一人，可是你尽管资格没我老，我真对你投降了。'我道：'你现在不着急了吧？'他道：'嗐！还着急么？我现在不怕彼德罗先生了，随他这会儿就来得了。'莫拉雷斯和我已经立于不败之地。那笔陪嫁,我们拿得稳稳,仿佛已经到手了。我们就商量拿了钱由那条路动身。可是那笔陪嫁究竟还没到手,后来的事也不像我们算的那么准。

"一会儿,那加拉特拉华的小伙子又来了,带着两个商人、一个公差。那公差身居高职,再加他那部胡子、那张黄里转黑的脸都令人肃然起敬。莆萝朗蒂娜的父亲正和我们在一起。彼德罗对他道:'莫亚达斯先生,我请来三位有身份的人,他们都认识我,说得出我的来历。'那公差嚷道:'是啊!没错儿的!我说得出来,我可以对一切当事人证明:我认识你,你名字叫彼德罗,你是如安·德·拉·曼布利拉的独养儿子。谁敢道个不字就是骗子。'那老头儿吉隆·德·莫亚达斯说道:'公差先生,我信你的话。你跟同来的这两位大老板说的都是铁证。你们领来的这位年轻绅士是我兄弟生意上有来往的那人的独养儿子,我完全相信。可是这又怎么呢?我不愿意把女儿嫁给他了,我变了心了。'

"公差道:'唷,那又当别论了。我上你门来,不过向你证明我认识这个年轻人。你的女儿当然由你做主;要是不问你肯不肯,强逼你把女儿嫁人,这做不到的。'彼德罗插嘴道:'我也并不想勉强莫亚达斯先生,他的女儿随他去处置。可是我冒昧请问他为什么变心,他对我什么地方不满意吗?啊,我既然好事成空,没指望做他家女婿,只要知道并非咎由自取,也就罢了。'那老头儿答道:'我并非对你不满,而且我不得已失信,心上很抱歉,请你原谅。你的情敌救过我性命,所以我不选中你而选中他,我相信你宽宏大量,不会怪我。'又指着我道:'就是这位先生救我脱了一个大难。还有句话,你听了就对我更加谅解了。这是一位意大利王子,他爱上了莆萝朗蒂娜,虽然门户不相当,定要跟她结婚。'

"彼德罗听了这话目瞪口呆。两个商人也睁大眼睛,满面诧异。可是那公差惯把事情往坏处看,怀疑这桩奇遇是个骗局,他就有好买卖到手了。他仔细把我端详,一看是个生脸,有负他那番盛意,他就盯着看我那伙伴儿。合是我这千岁殿下倒霉,他认识莫拉雷斯,记得曾在修达·雷阿监狱里见过。他嚷道:'嗨!嗨!这是个老主顾!我认得这位先生！我告诉你们，西班牙各州各郡的骗子里，这人的本领是数一数二的。'吉隆·德·莫亚达斯道：'罢呀，公差先生，把稳着些儿。你把这小伙子说得这样不堪，他可是王子的亲随啊。'公差答道：'好得很，我单凭这点儿就知道这是怎么回事儿了。有其仆必有其主，我拿稳这两个流氓是一对骗子，串通一气来骗你的。碰到这种混蛋，我是识货的。我立刻把他们带进监狱，好叫你知道他们实在是骗子。我想请他们跟法官老爷促膝谈心，他们就知道账上还记着好几顿鞭子呢。'老头儿道：'算了，公差先生，别这样不留余地。你们这起先生也不怕得罪好人。难道用人是骗子，主人准也是骗子吗？王子用骗子做用人，是什么新鲜事儿吗？'公差打断他道：'什么王子不王子，你开玩笑吗？我管保这小伙子是骗子，我行使职权，把他跟他伙伴逮捕了。我有二十个警卫在门口，他们要是不乖乖的跟着走，就横拖直拽拉进监牢去。'于是对我道：'来吧，千岁爷，开步走！'

"我跟莫拉雷斯两个听了这话都惊惶失措。吉隆·德·莫亚达斯见我们神色慌张，也动了疑心，竟也看破我们了。他明白我们是存心骗他。不过他这时不失君子之风，对公差道：'公差先生，你也许猜疑错了，也许猜疑得正对。不过错也罢，对也罢，咱们不必追根究底。放这两位年轻绅士出门，随他们走吧。我求你别拦他们，我求这个情，报答他们俩对我的恩。'公差答道：'我要是公事公办，就顾不得你求情，得把这两位先生监禁起来。可是我看你面上，网开一面，不过他们非得立刻出城不可，我要是明天再碰见，嘿！他们瞧着吧！'

"莫拉雷斯和我听说放我们走，心定了些。我们想一口咬定自己是有体面的人，可是给那公差恶狠狠瞪着就没敢出声。我不懂是怎么回事，他们这种人镇得住我们这种人。菲萝朗蒂娜和她的陪嫁只好让给彼德罗·德·拉·曼布利拉，吉隆·德·莫亚达斯的女婿当然是他做了。我跟我的伙伴出门，取道往特于西洛。这番总算赚了一百比斯多，差堪自慰。我们在天黑前一个钟头走过个小村子，当时决定再赶一程。我们看见一家客店，在这种小地方也算很像样的了。店主夫妇在门口石条上坐着。店主人是个瘦长的老头儿，弹着一只破吉他替老婆解闷儿，他老婆好像听着很乐。店主人看我们不住步，就嚷道：'两位先生,我劝你们在这儿歇吧。还得走好长的三哩路才是村庄呢。我告诉你们,那边不如这儿好。我这话是不错的,到我们店里来吧。我们做得好饭菜,价钱也公道。'我们就听了他的话,上去跟店主夫妇行礼,一同坐下闲聊。店主人说他做过公安大队的警官,店主妇是个一团和气的胖女人,看来很会做买卖。

"这时候忽然来了大队人马,把我们的闲话打断。大约有十二个到十五个人,有的骑骡,有的骑马;后面还有驮行李的三十来只骡驮子。店主人看见那么多人,嚷道:'啊呀!好些贵客啊!我哪来地方安置这么许多人呢?'村子里顿时满处都是人和牲口了。幸亏客店旁边有一间大仓房,可以屯骡驮子和行李;客人骑的骡子马匹另有地方安顿。那些客人急着叫店家弄顿好饭来吃,睡觉倒在其次。店主夫妇和一个年轻女用人就悉心备饭。他们把后院的鸡鸭全宰了,又做上些锅烧的兔子和公猫,还有一大锅羊肉煮的白菜汤,全伙儿客人都有得吃。

"莫拉雷斯和我只顾去看那伙人,他们也时时看我们。后来大家攀起话来。我们说,假如他们不嫌,晚饭不妨同吃。他们说很好。大家就同桌坐下。他们伙里有一个人是发号施令的,同伙虽然跟他不拘形迹,却也不敢失礼。这人当然坐首位,说话高声大气,有时候还满不客气地驳别人的话。大家并不回驳,好像对他的主见很看重。大家偶然讲到安达路西,莫拉雷斯就把赛维尔大加称赞。那人道:'先生,你称赞的那个城是我的家乡,至少我的家乡就在那儿附近,我是生在梅瑞那镇上的。'我的伙伴儿答道:'我跟你一样,也是梅瑞那生长的。当地上自官长、下至无名小子,我都认识。我一定知道你的爹妈。你是谁的儿子啊?'那人道:'我爸爸是个有地位的公证人,名叫马丁·莫拉雷斯。'我的同伙又喜又惊,大叫道:'你是马丁·莫拉雷斯的儿子啊!哎呀!这事真怪!那你就是我哥哥马尼艾尔·莫拉雷斯了?'那人道:'我就是啊!我离家的时候有个弟弟叫路易斯,还在摇篮里,想必就是你了?'我伙伴儿道:'那就是我的名字呀。'说着,两人站起来拥抱了好几回。马尼艾尔先生随后对席上道:'诸位,这真是奇事了。我跟这兄弟至少二十多年没见面了,现在天缘凑合,竟会相逢相识。我来介绍一下吧。'那些人彬彬有礼,都站起来跟莫拉雷斯的弟弟招呼,又争着拥抱他。于是大家重新入席,喝了一夜酒,都没睡觉。两兄弟坐在一起,低声谈家事,别人只管喝酒取乐。

"路易斯和马尼艾尔长谈了一番,就把我拉过一边,说道:'皇上新近任命蒙达诺斯伯爵做梅尧克总督。这伙人全是伯爵家的伴当,要把总督的行李押送到阿利冈,预定在那儿上船。我哥哥现是那位爵爷的总管,他邀我同走。我说舍不得你,他就说,你要是愿意,他可以替你找个好位置。'又道:'好朋友,我劝你别瞧不起这条路。咱们一起到梅尧克岛,合适,就住下,不合适,再回西班牙好了。'

"我欣然应允。小莫拉雷斯和我就跟伯爵家的伴当合了伙,傍亮时分一起从旅店出发。我们兼程趱路,到了阿利冈城。我买一只吉他,又做一套很漂亮的新衣服,然后上船。我一片心全在梅尧克岛上,路易斯·莫拉雷斯也跟我一样。我们都好像从此洗手不干那讹人骗人的营生了。其实呢,我们和这些伴当在一起,想充正经人,所以没敢露出本相来。长话短说,我们高高兴兴上了船,指望不多时就到梅尧克。可是我们才出得阿利冈海峡,就碰到暴风。我写到这里,可以乘便来一节形容暴风雨的好文章,什么漫天电光闪闪,雷响隆隆,风声如啸,海波欲立,如此这般的描摹一番。可是这套华词丽藻我都不用了,只说暴风很厉害,我们只好在加勒拉岛岬口停泊。那是个荒岛,上面有座小堡垒,有一个军官带着五六个兵驻守。那军官接待我们很客气。

"我们要修理船上的帆篷绳索之类,得在岛上停留好多天。大家闲着无聊,就想出种种花样来消遣。各人随心所好,有的玩纸牌,有的另找玩意儿。我喜欢散步,就和伴当里有同好的几位在岛上随便走走。那里地势崎岖,极少土壤,到处是石头。我们走路只能从一块石头跳到又一块。有一天,我们看着那荒瘠不毛之地,觉得天意难明,这里膏腴一片,那里又寸草不生;正在赞叹,忽闻得一阵清香。那香气是东面来的,我们按着方向找去,没想到乱石中间长着碧油油一大簇忍冬,比安达路西出产的还要美还要香。这簇灌木芳香四溢,着实可爱。我们欣然走近去,看见一个很深的山洞。这簇忍冬正遮在洞口。那山洞很大,也不怎么黑,有石级盘旋而下,天然成螺旋形,两旁点缀着各种野花。我们拾级到洞底,只见石罅里滴水涓涓,汇成许多小河,蜿蜒而流,渐渐没入地下;水底细沙黄澄澄的赛过金子。我们看泉水那么清,就想喝;喝来冷激齿牙,就想若在这里喝酒一定很乐,决计明天带几瓶酒再来。

"这么个可爱的地方,我们走的时候很依依不舍。我们回去少不得把这个好发现向同伴卖弄。可是驻守堡垒的军官说,他有句忠告:别再到我们心醉的那个山洞里去。我说:'为什么呀?有什么可怕的么?'他道:'当然啊。阿尔及尔和的黎波里的海盗有时候上岸到那个泉源去取水。一次我营里两个兵在那儿出其不意给他们掳去当奴才了。'那军官尽管正言厉色,我们满不在意。我们以为他是开玩笑。第二天,我和三个伴当又到那山洞里去,我们要表示天不怕地不怕,连枪都不带。小莫拉雷斯跟他哥哥一样,宁愿在堡垒里赌钱,不肯同去。

"我们像前一天那样到了洞底,就把带来的几瓶酒激在泉水里。我们正喝得其乐陶陶,一面弹吉他,一面说笑,忽见洞上面来了好些人,都是一脸大胡子,裹着头巾,穿着土耳其装。我们以为是同伙的人和那军官化了装吓我们来的。我们横着这个念头,都哈哈大笑,让他们一个个下来了十个,也没想到防备。可是我们立刻醒悟,大为丧气,知道这是海盗头子带人掳掠我们来了。他口说西班牙话,对我们嚷道:'畜生,快投降!要不然,叫你们一个都活不成。'他同来的人都带马枪,把枪口瞄着我们。我们若道个不字,马上会吃一顿枪弹。可是我们够乖,动都不动。我们宁可当奴才,还比送掉性命好,都把身上带的剑交给海盗。海盗船离那儿不远,他把我们套上锁链,一起牵上船,就扬帆直驰阿尔及尔。

"我们不听驻堡垒军官的警告,活该吃这个苦头。那海盗先来搜我们,把钱都拿去。他发了好一注财啊!普拉桑西亚两个富家哥儿的二百比斯多,还有吉隆·德·莫亚达斯交给莫拉雷斯的一百比斯多偏偏都在我身边,给他毫不留情地搜刮一空。我伙伴的钱袋也很富足,总而言之,这一网捞了一大笔。海盗头儿喜得满脸放光。这杀人不眨眼的魔君抢了我们的钱心还不足,又冷嘲热讽侮辱我们。他笑骂也罢了,我们还得服服帖帖挨他的,尤其受不了。他说笑了一顿,又想出个奚落我们的办法。他手下人早把激在泉水里的酒搬上船,他们就一起喝酒祝我们健康,开我们的玩笑。

"我的伙伴儿这时候把心事全挂在脸上。他们原想到梅尧克岛上去过舒服日子,满肚子如意算盘,不料而今身为俘虏,格外垂头丧气。我呢,横着心听天由命,所以不像他们那般心灰胆落。那海盗挖苦我们,我就跟他搭话,还高高兴兴地说笑附和。这来他很喜欢,说道:'小伙子,我喜欢你这种性格儿,其实还是捺定性子,到那里是那里,总比唉声叹气好。'他见我带着吉他,就说:'弹一曲来听听,瞧瞧你的手段。'我等他松了腕上的链子,立刻遵命弹了一曲,蒙他大加赞许。我的确弹得不错,还唱了个歌儿,他们觉得我弹唱都好。船上那些土耳其人都听得喜欢,做出赞叹的样子;这也可见他们对音乐识得好歹。那海盗头子向我耳边说,我绝不是个没造化的奴才,有这本领,准可以分派个好差使,做俘虏也不吃苦。

"我听了这话有点儿高兴;不过,尽管他说得好听,我想到海盗头儿许我的那份事情,还不免担忧,只怕不合脾胃。我们进了阿尔及尔港,看见一大堆人在那儿迎接,我们还没下船,那些人就乱嚷嚷的欢呼。又加众乐齐奏,喇叭呀、摩尔笛呀,还有其他土乐器,嘈嘈杂杂,响成一片,并不悦耳,只是很热闹。这一番庆祝事出有因,原来城里谣传我们那海盗头儿叛教徒梅黑梅攻打一只热那亚大船丧了命,他亲戚朋友一听得他回家,都抢着来贺喜。

"我们一下船,我和我伙伴儿都给押送到索利曼总督府。一个信奉基督教的书记官把我们分别审问,问明各人的姓名、年龄、籍贯、宗教和擅长。于是梅黑梅把我指给总督看,称赞我嗓子好,说我还弹得一手好吉他。索利曼听了,决计把我留在手下。我派在内室当差,有人带我进去,拨定职务。其他俘虏都押上市场,按例发卖。梅黑梅在船上预料得不错,我果然交了好运。我既没坐监牢,也没做苦工。承索利曼总督特别看顾,叫我跟五六个有身份的俘虏另住一处,他们就要赎身,当着轻松差使。我派在花园里浇浇橘子树,浇浇花,这是最舒服没有的,所以我很觉侥幸。我无端心血来潮,觉得我在索利曼府里准有造化。

"我应该把这总督描写一番。他有四十来年纪,一表人材,在土耳其人里,要算举止斯文、人物风流的了。他有个宠姬是克什米尔人,她凭聪明美丽,摆布得总督千依百顺。他爱得她简直当天神供奉,每天想出些新鲜玩意儿来替她消遣,有时候是吹弹歌唱的音乐会,有时候演一出土耳其戏。那种剧本粗鄙下流,结构也全不合亚里士多德的法则①。宠姬名叫法如娜,是个戏迷,有时候还叫女用人扮演阿拉伯戏给总督看。她也在戏里串个角儿,串来身段轻盈,做工活泼,看的人个个倾倒。有一次串戏,我和乐工在一起,索利曼叫我在两幕戏之间弹一套吉他,还来个独唱。可喜我居然合了索利曼的心,他不但鼓掌,还满口喝彩,看来那宠姬也对我青眼。

"第二天,我正在花园里浇橘子树,一个净了身的奴才挨着我走过,他不止步也不说话,只把一封信撂在我脚边。我拣了信心里七上八下,又喜又怕。我防内室窗里有人看见,就向种橘子树的木槽后面一躲,伏在地下,把信打开。只见里面封着一颗金刚钻,价值可不小,信上写得一篇好西班牙文,说:'基督教少年鉴:你这番被俘,应该感谢上天。你若见了一位美人的姿容动心,那么你有的是艳福;你若有胆量,不怕艰险,那么你还要交财运。人财两得,你做俘虏也可以甘心了。'

"我知道是那位宠姬的手笔,凭信上语气和那颗金刚钻就可以断定。我生来胆子不小,而且能和大贵人的姬妾要好,可以自豪,从她那里也弄得到钱,赎身之外,也许还能多四倍的银子。为此种种,我决不放过这番遇合,把凶险也置之度外了。我仍旧做活,心上盘算怎样进法如娜的房,其实是等她开方便之门,因为我拿定她决不罢休,准会设法就我。我果然没料错。过了一个钟头,方才那个净了身的奴才又走过来,对我说:'基督徒,你盘算过没有?敢跟我走么?'我说敢。他道:'好!天保佑你!明儿早上你又会碰见我,你准备好,到时跟着就走。'他说完去了。第二天早上八点钟,他果然又出现了。他招手叫我,我跑过去,跟他到一间房里。他和另一个净了身的奴才刚搬了一大卷布在那里。那姨太太准备演一出阿拉伯戏给总督看,这卷布得搬到她房里作布景用。

"这两个净身的奴才看我依头顺脑,立刻展开那卷布,叫我横躺在

---

① 文艺复兴时期,意大利批评家从亚里士多德《诗学》里推衍出许多关于戏剧写作的条件,像悲剧主角应当是贵族,剧本里只搬演一件事情,在一个场面上一天里的发展等等。这种主要条件(Conditions maîtresses),法国人唤作"法则"(Règles)。

布上,不顾闷死我,重新卷起布来,把我裹在里面。随就一人抬一头,顺顺当当地直抬到克什米尔美人的卧房里。她身边只有个惟命是听的老婢,她们俩抖开布卷儿,法如娜一看见我,乐得不可开交,那国女人的本性毕露。我虽然胆大,忽然进了深闺,不免有点畏缩。那女人看出来了,就宽慰我说:'小伙子,没有什么害怕的。索利曼刚到乡下别墅去了,要在那儿耽搁一整天呢。咱们可以随意说话儿。'

"我听了这话就安心了,换上另一副颜面,哄得那宠姬越发高兴。她说:'我喜欢你,想叫你少吃些奴才的苦。我相信我对你这片心没有冤枉。你虽然奴才装束,自有华贵风流的气概,看得出不是等闲人物。老实跟我讲,你是什么样人。我很知道出身高贵的俘虏不大肯露真相,指望赎身便宜些。我答应一定还你自由,你对我不用隐瞒,惹得我生气。快说老实话,招认你是个大家公子吧。'我答道:'太太,承您一番好意,我还要撒谎搪塞就不应该了。您既然一定要知道我的家世,我只好直说。我是西班牙一位贵人的儿子。'我说的也许是实话,反正那姨太太信以为真,以为选中了一个贵公子,得意非凡。她对我说,她身不由己,也许不能常跟我幽会。我们谈得很久。我从没见过比她还有趣的女人。她懂好几国语言,西班牙语尤其流利。后来她觉得该分手了,就吩咐底下人把我装在一只大柳条筐儿里,上面盖一幅她亲手绣的丝帕,算宠姬送总督的一份礼,监守内室的执事们要碰一碰就是亵渎;然后她叫那抬我进去的两个奴才又把我抬出去。

"法如娜和我又设法会过几次。我对这可爱的俘虏渐生眷恋,不亚于她爱我了。虽然内室耳目众多,私情事儿隐瞒不了多久,我们的交往在头两个月里却并没人知道。可是事不凑巧,出了乱子,我的好运转了背运。那天演的戏里要用到一条假龙,我藏在龙肚子里混进姨太太卧房。我以为索利曼有事出城了,正和那姨太太说着话,不意他忽然撞进来。他突如其来,那老婢不及通知,我更没躲藏的工夫,因此总督第一眼就看见了我。

"他见了我满面惊诧,顿时怒得眼里出火。我自揣难逃一死,仿佛已经在挨刑受苦了。我看法如娜骨里很惶恐,可是她并不认罪求饶,却对索利曼道:'大人,请您先听我一言,再定我罪名。我嫌疑很重,仿佛对您不忠心,应该严刑拷打。这年轻奴才是我弄进来的,而且使的心机手段竟好像爱得他如痴如狂了。可是我向咱们伟大的教主起誓,我虽然如此作为,对您一点没有负心失节。我要跟这个信奉基督教的奴才谈谈,叫他脱离本教,改信咱们的教。我料定他要倔强的,果然不出所料。可是他那一偏之见总算给我说开了。他刚答应我要皈依回教。'

"我承认当时应该不怕事势凶险,一口否认那宠姬的谎话。可是我吓坏了,又看不过心爱的女人遭难,尤其替自己担忧,所以目瞪口呆,一语不发。总督看我不做声,以为姨太太说的全是真话,气色就缓和了,说道:'太太,我相信你没有对不起我,只为你一心要在教主面前讨个好儿,就干下这等尴尬事儿。只要这奴才马上改教换装,你行为不检我也不怪你了。'他马上派人去请一位回教长老来。人家就替我换上土耳其装束。我全听他们摆弄,一点不敢违拗;其实我当时失魂落魄,自己不知道干了什么事。到此境地,基督徒像我这样没胆气的不知多少呢!

"经过那番典礼,我改名西狄·阿利。索利曼另派我一个差使,不在内室了。我没有再见那个姨太太。不过她手下一个净身的奴才有一天来找我,替她送来价值二千苏丹尼①的宝石,还附了一封信,上面说,我为了救她性命,慨然信奉回教,她一辈子也不忘记。说真话,我不但得了法如娜许多礼物,还靠她做内线弄到一个好差使,比先前的事阔得多。不到六七年,我算得阿尔及尔城基督教叛徒里一个首富了。

"我虽然到回教堂做礼拜,也遵奉其他教规,那完全是装面子,你们可想而知的。我决心要回向基督教,因此想攒些钱,将来或回西班牙,或上意大利。我当时过得很舒服,住一宅漂亮房子,园林优雅,奴婢成群,还有几房极美丽的姬妾。那地方回教徒不准喝酒,可是多半私底下还是喝。我喝得肆无忌惮,叛教徒都那样。我记得有两个酒友,常和他们作长夜之饮,一个是犹太人,一个是阿拉伯人。我以为他们靠得住,所以跟他们一起毫不检点。有一晚我请他们来家吃晚饭。那天我

---

① 古埃及、土耳其等国金币。

心爱的一条狗死了,我们把尸首洗干净,完全按回教葬礼入土。这来并不是讥笑回教,不过闹着玩儿,喝了酒一时来了傻兴,要对那只狗尽个送死之礼。

"可是这事险的断送了我,你们回头看吧。第二天,有个人到我家来说:'西狄·阿利先生,我有要事来找你。法官老爷有话要跟你说,请你立刻就去。'我说:'请问你,他找我干吗?'他说:'他自会跟你说。我只能告诉你,昨晚跟你同吃饭的阿拉伯商人向法官告发,说你亵渎神明,如此这般葬了一条狗。你明白这是怎么回事。我因此今天传你去见法官,我警告你,你要是不去,就要对你刑事起诉。'他说完走了。我着他这一传,心上很慌。那阿拉伯人和我无冤无仇,不懂他为什么栽我这么个跟斗。这事还需费点心思。我知道那法官虽然道貌岸然,骨子里却无耻贪赃。我钱袋里装上二百苏丹尼,就去见他。他把我叫进办公室,疾言厉色道:'你这个亵天渎圣、罪大恶极的家伙,你用回教葬仪埋了一条狗!真是大不敬!难道你这样算是遵奉我们庄严圣洁的典礼么?难道你做了回教徒只想把我们的宗教来开玩笑么?'我回答道:'法官老爷,我那条狗是个忠仆,说不尽的好。对这样一条狗送终尽礼,若算是犯罪的话,对你搬是弄非的那个阿拉伯人、那两面三刀的朋友还是我的同犯呢。我那条狗顶爱慕有才干有声望的人,临死还留了表记。它立下遗嘱,把家当都分给那些人,叫我来执行,有的二十元,有的三十元,它也没漏了您大人。'我一面掏出钱袋说道:'这里二百苏丹尼是它嘱我献给您的。'法官听了不由得回嗔作喜。这时左右无人,他老实不客气地收下钱袋,打发我出去,说:'你回去吧,西狄·阿利先生,你的狗对有声望的人这样尊敬,葬礼隆重确也应该。'①

"我这样算对付过去。从此以后,我虽然没变得言规行矩,却不敢大意了。我再不跟那阿拉伯人和那犹太人一起喝酒。我挑个奴才对

---

① 这段情节,其实是讽刺基督教主教的老故事,勒萨日稍之改头换面,来讽刺法官。十五世纪意大利学者坡玖(Poggio)所辑《笑林》(Facetiae)里的《狗的遗嘱》(Testamentum canis)就是欧洲最早的传说。后来这故事传入法国,极为流行;像《新小说百篇》(Les cent nouvelles nouvelles)的第96篇《狗的遗嘱》,鲁德伯夫(Rutebeuf)的《驴的遗嘱》,葛莱德(Gueulette)的《萨黑德的狗》,以及勒萨日这一节都根据一个蓝本来的。

酊,他是利伏纳的少年,名叫阿萨利尼。一般基督教叛徒待基督教俘虏比土耳其人还要苛刻,我却不是那样,所以我的家奴并不急着赎身。我实在待他们很好,他们有时候对我说,虽然当俘虏的都渴望自由,他们惟恐换主人,倒不怎么想释放。

"有一天,总督的几只海船回来了,满载着抢劫来的人和货。那些船在西班牙沿海抢得一百多男女俘虏。索利曼只留用了寥寥几个,其余都发卖。我到买卖俘虏的地方买了一个十一二岁的西班牙小姑娘。她哭得热泪纵横,伤心欲绝。我奇怪她小小年纪,做了俘虏会这样悲痛。我用西班牙话宽慰她,还说,她主人虽然土耳其装束,却很厚道。那小姑娘一心想着自己的苦楚,并不理会。她只顾叹气怨命,不时凄然喊道:'我的妈妈呀!为什么把咱们分开呀?咱们俩要能在一块儿,我也就捺定心了。'一面说,一面转脸望着几步以外一个年纪在四十五到五十岁的女人。那女人眼皮低垂,默不作声,等人家去买。我问那小姑娘,她看着的那女人是不是她妈妈。她答道:'唉,是啊,大爷,看上帝面上,别叫我们分离!'我说:'好吧,孩子,你如果只要两人在一起就安心,我依你就是了。'我说着到她妈妈那边去讲价钱。我一看那脸,正是陆珊德。我当时的心情可想而知。我暗道:'天啊,这分明是我的妈妈呀。'她却一点不认得我,也许因为她深恨自己没造化,举目四望,觉得都是仇人;也许因为我改了装束认不得;也许十二年不见,我已经变了样儿。我把她也买了下来,和她女儿一同带回家。

"到了家,我要告诉她们我是谁,让她们快活。我对陆珊德道:'太太,你怎么会不认得我呀?你看了我的胡子和缠头布就不认得是你儿子拉斐尔了吗?'我妈听见这话吓了一跳,她把我细细一看,认出来了,我们亲亲热热拥抱了一番。我随又拥抱了她女儿。这小姑娘大概没知道有个哥哥,正像我也没知道有个妹妹。我对妈妈说:'你演的戏里,要比今天这幕重圆再十全十美的恐怕没有了,你得承认吧?'她叹气道:'我的儿子啊,我刚见你面很喜欢,现在又喜尽悲来了。唉!想不到我看见你这个样子!我瞧了你这副可恨的装束,比当俘虏还要痛心千倍。'我笑着插嘴道:'哎,得了,太太,我佩服你的一丝不苟,女戏子能这样真了不得。哎,老天爷!我改了装会叫你看着那么痛心,我的妈妈呀,你真今非昔比了!你何必厌恶我土耳其装束呢,还是把我当个上场串土耳其人的戏子吧。我虽然背叛了基督教,却并不是回教徒,还像在西班牙的时候一样。我此心耿耿,一直皈依自己的宗教。你要知道了我在此地的种种经历,就不会怪我。爱情害我犯了罪,我做了爱情的牺牲。我告诉你吧,我这点儿正像你。'我接着又道:'还有一层缘故,你也不该厌恶我现在的境地。你准备在阿尔及尔当奴才吃苦,可是碰到个主人恰是爱你敬你的儿子,又很有钱,可以丰衣足食的供养你,等有机会,就安安稳稳回西班牙。俗语说得好,凶中有吉,你说不是么?'

"陆珊德道:'我的儿子,你既然准备回国,脱离回教,我心上就松了。谢天,我可以把你妹妹贝雅德丽斯平平安安带回西班牙了。'我道:'是啊,太太,可以啊。咱们三人一有机会,立刻回去,和其他的骨肉团聚。我想来西班牙还有你繁殖的种子呢。'我妈妈道:'没有了,我只有你们两个孩子。你知道贝雅德丽斯是我正式结了婚生的。'我说:'你为什么这来让妹妹比我占便宜呀?你怎么会肯嫁人的呢?我小时候老听得你说,你不原谅漂亮女人嫁人。'她答道:'我的儿子啊,时世变了,心思也会变。主意最老的男人也会变卦,你要一个女人打定了主意一成不变么?'又道:'我讲讲我从你离开马德里以后的经历吧。'她讲述如下。我一辈子不会忘记,这种奇闻也该让你们听听。

"我妈妈说:'你记得吧,你离开雷加内斯小子快十三年了。那年梅狄那·赛利公爵对我说,要跟我吃一顿体己晚饭,约定了一个日子。我就恭候这位大爷。他来了,很喜欢我。他要我把其他的情人全都刷掉。我想他出的报酬不会菲薄,一口答应。他果然没叫我失望。第二天我就收到他的礼物,后来又得了他许多东西。我生怕这么一位贵人不能笼络多久,而且我知道多少有名的美人儿都没抓住他,他刚落圈套,马上又突围而出,所以我越加担心。可是我曲意奉承,他非但不见惯生厌,倒好像一天天越加爱我了。总而言之,我有手段哄得他高兴,不让他随着那浮浪的性儿跑。

"'我们做了三个月相好,我满以为他对我爱情胶固了。有一天,我跟女朋友到一个会场上,公爵和他夫人也在。那是个有弹有唱的音乐会,我们恰恰跟那位公爵夫人坐得很近。她觉得我胆敢在她到的地方露脸,老大不高兴,叫手下一个女用人过来说,她请我立刻出去。我的回答很硬。公爵夫人火了,就对她丈夫告状。公爵就亲自过来说:"陆珊德,你出去。你们这起贱人,别因为有阔佬跟你们相好就忘其所以。我们虽然爱的是你们这种人,敬重的还是自己太太。你要是无礼,想跟她们比,就自讨没脸了。"

"'公爵这番令人难堪的话幸亏说得很低,旁人没听见。我羞惭无地,只好出去。我挨了这顿侮辱,气得哭了一场。没兴一齐来,这事当天晚上就在男女戏子里传遍了。这伙人里仿佛有个恶鬼,专爱东家长西家短的搬嘴弄舌。譬如说,某戏子喝酒胡闹,干了件荒唐事,某女戏子给阔佬包了去,戏班子里马上有消息。所以音乐会上的事,我的伙伴儿全知道。天晓得他们多么幸灾乐祸。他们那种慈心厚道的风气,碰到这种事就看出来了。反正他们嚼舌根我不理会;丢了个梅狄那·赛利公爵,我也宽解得开。他从此没再到我家来,过了不多天,我听说他给一个歌女迷上了。

"'一个女戏子走红运的时候不愁没有情人,而且一经贵人垂青,哪怕三天两天丢开手,也能长她身价。公爵和我绝交的消息一传遍马德里,那些对我倾倒的人立刻就来缠我了。我为公爵而疏远了的那些相好越比从前着迷,成群结队地来讨好。此外对我爱慕的人不知多少。我从来没那么吃香的。那些讨好的男人里有个大胖子德国人,是奥雄公爵的家人,他缠得我很紧。他模样儿长得不大讨人喜欢,可是他把当差攒下的一千比斯多在我身上撒漫着花,想充一名相好,我就见钱眼开了。这个冤桶名叫布鲁当道夫。他有钱,我殷勤接待;他钱花完,我就闭门不纳。他对我这种举动很不乐意,就在上戏的时候到戏院里来找我。我正在后台。他想埋怨我一顿,我就当面嘲笑。他勃然大怒,露出德国人的粗鲁本色,打了我一个耳光。我大叫一声,把台上演的戏也打断了。那天奥雄公爵和他夫人正在场看戏,我跑到台上,向公爵数说他家人蛮横,求他替我做主。公爵吩咐照旧演戏,等散了场再判我们两方的是非。一下戏,我做出满腔愤郁的样子去见公爵,气呼呼地向他诉苦。那德国人分辩的话干脆只有两句:他说打了我非但不懊悔,还要再打一次呢。公爵听两造诉毕,对那德国人道:"布鲁当道夫,你打女戏子的耳光无所谓,可是你胆敢当着家里老爷太太吵得戏演不下去,实在目无长上,我家里不用你了,从此不许再来见我。"

"'这个判决直梗在我心里。那德国人并不因为得罪了我砸掉饭碗,真叫我气愤不过。我以为对女戏子这般侮辱就像犯了欺君罔上的罪,应该严刑处罚,满以为那个家人要挨一顿打的。这桩不痛快的事开了我的眼,我才明白人家并不把戏子和他们演的角色混为一谈。我因此对演戏厌倦了,决计不干这行,要远离马德里,到别处去过活。我看定瓦朗斯城里可以退隐,就改姓换名到那里。我身边带着二万杜加,是我攒下的私房,半是现银,半是宝石;我准备静悄悄地过日子,这些钱尽够我下半世吃用。我在瓦朗斯租下一宅小房子,雇了一个女用人,一个小僮儿。他们和本地人都一点不知道我的底里。我自称是宫廷里一位官员的寡妇,听说瓦朗斯是西班牙住家极舒服的地方,所以搬来。我不大跟人来往,行动非常规矩,人家绝想不到我当过戏子。我虽然深居简出,却惹动了一位绅士,他有个庄子在巴丹那附近。这位爷相貌很过得去,年纪在三十五、四十之间,是个背着一身债的乡绅。这种人各处都有,瓦朗斯也不少。

"'这位乡绅很中意我的模样儿,不知道别的方面是否也合适。他派人四面打听,据说我不但相貌不惹厌,还是个很有钱的寡妇,他听了很高兴。他想我匹配得上,就托媒婆到我家来说:他对我的品貌很倾倒,要向我求亲,如果我愿意,准备和我结婚。我要求三天工夫考虑一下。我向人打听这位绅士,人家并没有把他的景况瞒我,不过都说他好。我就毫不犹豫,不多时跟他结了婚。

"'我丈夫堂马尼艾尔·德·泽利加把我带到他田庄上。那房子古气盎然,他非常得意。据说还是他上代祖先手里盖的,因此他说泽利加是西班牙最老的世家。不过世家说来虽然好听,却已经破落了。那房子好几处支支撑撑,只怕就要塌下来。马尼艾尔娶了我真是好大造化! 我手里的钱一半修理了房子,一半花来撑起一个很光鲜的场面。我这番可算是换了一个天地,变成深院大宅的娇娘、区镇上的命妇了。好个摇身一变! 我是个演戏老手,爬上高枝,自会搭足架子。我装出戏台上演的那副高贵气派,人家看着都以为我出身名门望族,他们要是知道我的底细,不知要怎么笑我呢!本地绅士一定要冷嘲热讽,老乡们对我的尊敬也准要大打折扣。

"'我跟堂马尼艾尔过了快有六年的好日子,他去世了。他撇下乱糟糟一团家务,待我清理;还有你妹妹贝雅德丽斯,那时候才四岁多。我们只剩了那一座田庄,可怜已经押给好几个债主。最大的债主叫贝尔那·阿私刁徒①,他真是名副其实。这人在瓦朗斯当律师,精通打官司的窍门。他研究法律,就是要把舞文枉法的手段学得高明。他真是个可怕的债主!田庄落在这么个律师手里,就仿佛鸽子到了老雕爪下。阿私刁徒先生一听得我丈夫的死信,马上就要夺那田庄。他已经定下计策,我那座田庄看看要完蛋了。亏得我吉星高照,转败为胜。他要起诉,我就和他会谈一番,把他迷上了。老实说,我使尽了通身解数,要他倾心。我一脸狐媚子没有迷不倒的人,我为了保全地产,全对他放出来。我虽有那样本领,还担心那律师不上钩,只怕他一向埋头干他本行,不会知情识趣。可是想不到那调皮促狭、舞文弄墨的刀笔讼师竟对我大有意思。他道:'太太,我不会谈情说爱。我一向专心干我的本行,所以没学得伺候女人太太的那套规矩。可是这里面的主脑,我也有点儿晓得。我单刀直入地说吧:你要是肯嫁我,咱们就把那些上诉的状子一把火全烧光;和我结帮谋你地产的那些债户全归我去打发。将来产业的利息归你,所有权归你女儿。'我为了贝雅德丽斯和我的切身利害,不敢犹豫,一口应允。那律师说到做到,把他的手段反过来对付其他的债主,替我保全了田庄。他为寡妇孤儿出力,大概这是生平第一遭。

"'我虽然做了律师太太,依然是区镇上的命妇。不过这次结婚弄得瓦朗斯的乡绅把我看低了。那些贵妇人觉得我有失身份,不愿意再理我。我只好跟寻常百姓来往。我六年来惯和有身份的太太应酬,所以最初不免有点儿难堪。可是不久我也就不在乎了。我认识了一个法院录事的太太和两个律师太太,都是很有趣的人物。她们的举止行动有种可笑之处,我觉得很好玩。这些娘们自以为与众不同呢。有时候

---

① 西班牙文 Astuto,即刁钻之意。

我看她们忘其所以,心想:哎呀!天下人就是这样,个个都自命不凡!我还以为只有女戏子没有自知之明,现在看来,市民家的女人也一般糊涂。我恨不能罚她们把祖宗的肖像挂出来。哼!她们准不会找轩亮的地方去挂。

"'我们结婚了四年,贝尔那·阿私刁徒先生一病身亡,没遗下儿女。我承袭了他结婚时分给我的财产,再加上我原有的家当,成了个很有钱的寡妇。我也颇有富孀之名,风声传到一个西西里绅士的耳朵里。他名叫郭利斐奇尼,他决计要来勾搭我;或是弄得我声名狼籍,或是和我做正式夫妻,随我自己抉择。他是从巴勒莫到西班牙来游历的,据说已经饱览名胜,正在瓦朗斯等着回西西里。这位大爷年纪还不到二十五岁,个儿虽小,却很俊俏,一句话,我爱上了他那脸儿。他设法私下来看我。我老实说,见了他一面,就给他疯魔了。那小坏蛋呢,好像对我也很着迷。上帝饶恕我吧,要是在那律师的热丧里就容许我重缔良缘,我大概马上会跟这人结婚。可是我自从尝了明媒正娶的滋味,一向就遵守世俗的规矩。

"'我们不敢失礼,决计展期结婚。那时候郭利斐奇尼小意殷勤,对我的情分一天天有增无减。我看出那可怜的孩子没多少现钱,就源源供给他。我年纪差不多大他一倍,而且记得年轻时候也受过男人供给,现在给他钱,就仿佛还债赎罪,借此博个心安。寡妇要再醮,先得守些时候;我们怕人家议论,只好捺着性子。我们守满了期,在教堂里订结终身,然后回到我那个田庄上住了两年。我可以说这两年来我们虽然是夫妇,却像一对款款的情侣。可是,唉!好景不长,一场肋膜炎把我亲爱的郭利斐奇尼断送了。'

"我听到这里,打断我妈妈道:'嗨,怎么的,太太,你第三个丈夫又死了?你准是个克夫的坏子。'她道:'我的儿子,你叫我怎么办呀?死生有命,我怎么能替他们延年益寿呢?若说我死掉三个丈夫,这由不得我呀。两个丈夫我很舍不得。我为那个律师流的眼泪最少。我当初贪利嫁他,他死了我也不大在意。'又道:'可是我再谈郭利斐奇尼的事吧。他有一座别墅在巴勒莫附近,婚约上指定传给我的。他死了几个月,我要亲自去看看那座别墅。我带了女儿搭船上西西里。可是路上碰到阿尔及尔总督的船,把我们掳来,送到这里。亏得你那天到了俘虏市场,要不然,我们落在一个凶横的主人手里,准要受虐待了;也许我们要在他家当一辈子的奴才,你也无从知道呢。'

"以上是我妈妈讲的。于是我请她住最好的房间,让她遂心过日子,这很合她的脾胃。她一次次恋爱,养成习惯,非有个情人或丈夫不过瘾。她先在奴才里物色,可是不久看中了一个背叛基督教的希腊人。这人叫阿利·贝日阑,有时到我家来。她对这个人比对郭利斐奇尼还要痴心。她惯会讨好男人,自有诀窍又把这人迷上。我只做没看出他们的私情。那时候,我一心只想回西班牙。总督许我装备一只海船,可以出海游弋抢劫。我正忙着装备这条船,再过八天就可以停当。我对陆珊德说:'太太,咱们就要离开阿尔及尔,从此可以不看见这个讨你厌的地方了。'

"我妈妈一听这话,脸都青了,冷冰冰一言不发。我很诧异,问道:'这是怎么回事儿?干吗给我瞧一张惊惶失措的脸啊?我要讨你欢喜,倒好像惹你气恼了。我来告诉你一切安排妥当,就可以动身,我以为这是个喜信呢。难道你不想回西班牙了么?'我妈妈答道:'我的儿子啊,我不想了。我在那里受足气恼,再也不愿意回去了。'我心上很难受,说道:'这是什么话呀?唉!你索性说,你是给情丝绊住了。天啊!真是今非昔比!你刚到这里,一眼瞧出去,什么都惹厌。可是阿利·贝日阑替你换了副心肠了。'陆珊德道:'我承认的。我爱这个基督教的叛徒,我要他做我第四个丈夫了。'我心里好生嫌恶,打断她道:'什么打算呀!嫁个回教徒!你忘了自己是基督徒了么?还是你一向不过挂着个基督徒的幌子呢?哎,妈妈,你的前途不堪设想!你真是自寻死路。我出于无奈,你却是甘心背教了。'

"我还说了许多旁的话劝她回心转意。可是我白费唇舌,她主意已定。她下流任性,抛了我去和那个基督教的叛徒住在一起还不心足,竟要把贝雅德丽斯也带去。这来我不答应了,就说:'唉,该死的陆珊德,我这儿既然没法留住你,你自个儿发疯去罢了,别把个天真未凿的女孩子也拖下水。'陆珊德并不答话,只顾走了。我想她还有几分明白,所以不坚执要带女儿同走。我真是没知道我这个妈妈!过了两天,一个奴才来说:'大爷,您当心着。贝日阑的奴才刚告诉我一件秘密,我赶紧通报,您好做准备。您妈妈已经改教了。她因为您扣住贝雅德丽斯,要给您吃点儿苦头,决计要向总督告发,说您想逃走呢。'我知道陆珊德这种女人真会干出那种事来。我闲常把这位夫人细细研究,看出她在悲剧里演惯了杀人不怕血腥的角色,所以犯个把罪只当家常便饭。她很可以害我活活烧死,我相信她把我的死也不过当做一幕悲剧的收场,不会怎么伤心的。

"所以我听了那奴才的警告不敢怠慢,加紧把那条海船装备起来。阿尔及尔那些出海抢劫的船上向来用土耳其人。我也不敢违例。不过我尽量少用,只求不惹人猜疑就是了。我带了所有的奴才和我妹妹贝雅德丽斯,赶紧离港出海。我的现钱和宝石大概值六千杜加,当然也带着走。我们一到海上,先把那些土耳其人拿住。我手下的奴才居多数,把他们锁起来毫不费力。我们恰遇顺风,不日到了意大利沿岸,顺顺当当地进了利伏纳港口。满城的人大概都赶了来看我们下船。我奴才阿萨利尼的父亲不知是碰巧还是好奇,也杂在人堆里看热闹。我的奴才挨次下船,他一个个细认。他虽然是找他儿子去的,却没指望居然找着。父子重逢,欣喜欲狂,拥抱个不了。

"阿萨利尼告诉他父亲我是什么人,怎么会到利伏纳来,那老头儿立刻请我和贝雅德丽斯到他家去住。我重新回向基督教的那些细节这里不说了,只说我这番背叛回教是出于真心,跟当初皈依回教不同。我洗净了在阿尔及尔沾染的垢污,于是卖掉海船,释放了奴才。那几个土耳其人都关在利伏纳监狱里,准备和俘掳的基督徒对换。阿萨利尼父子待我殷勤周至,那儿子竟娶了我妹妹贝雅德丽斯。她是乡绅的女儿,在泽利加还有一座田庄,我妈妈到西西里之前租给巴丹那一个有钱的农夫了,所以阿萨利尼结这门亲实在不错。

"我在利伏纳住了一阵子,想到佛罗伦萨去看看,就动身到那里。我带了些介绍信去。老阿萨利尼有几位朋友在佛罗伦萨大公朝里做官,他把我介绍给他们,说是个西班牙的绅士,又是他亲家。好些西班牙的平头百姓一出本国就老实不客气自称'堂'。我也学样,在自己姓氏上加了个'堂'字。我老着脸自称堂拉斐尔了。我从阿尔及尔带来的钱也撑得起这个场面,所以在朝里很出风头。那些贵人看了老阿萨利尼称赞我的信,就传扬出去,说我是个贵公子。有他们那么说,再加我装出来的气派,人家自然就把我当做有地位的人了。我不久拍上当朝大臣,他们引我晋见了大公。我很荣幸,承他不弃。我对这位国君尽力巴结,并且仔细看他的为人。我留心听朝上那些老资格臣子的应对,从他们话里揣摩国君的性情。旁的不说,我看出他喜欢开玩笑,爱听趣闻谐语。我就按着这个谱儿行事。每天早上,我把当天要讲给他听的轶事写在本子上。我知道的轶事很多,可说一肚子都是。但是我也得省着用,因为越讲越少。要不是我异想天开,无中生有,源源不绝的供给,我只好把讲过的话重来复去,或者让人家知道我的名言警句都说尽了。我编了些风流滑稽的轶事,大公听得津津有味。我又每天早上在本子上写几句趣话,下午应用的时候仿佛当场脱口而出,靠俏皮混饭的人有这种惯伎。

"我还冒充诗人,专做诗称颂大公。老实说,我的诗是不行的,可是也没人说它糟。不过就算我诗做得再好,大公也不能更加欣赏;他已经很惬意了。大概他一看那题目,不由自主地就觉得不错。总而言之,大公渐渐对我非常喜欢,惹得朝中臣子动了猜忌。他们想追究我的底细,可是找不出什么来,只探听得我叛过基督教。他们要坏我的前程,就把这事告诉大公。可是他们没有如愿,倒惹得大公有一天叫我把阿尔及尔之游详细讲讲。我奉命把经历讲了一遍,什么都没隐瞒,他听得趣味无穷。

"他等我讲完,说道:'堂拉斐尔,我喜欢你,我想给你个凭据,你可以放心不疑。我要引你做个心腹,先有桩秘密告诉你。我爱上了一位大臣的太太。朝里的命妇算她最可爱,而且最贞洁。她杜门管家,丈夫把她天神般供奉,她对丈夫也用情专注。佛罗伦萨城里盛传她的艳名,她好像并不知道。你想吧,要得她青眼,谈何容易!可是这位美人虽然不许男人近身,我向她诉说衷情,她偶尔还肯垂听。我设法背着人和她谈过,她知道我的心。要说她已经对我有意呢,我不敢作此妄想。她从没有露什么形迹,我不能平白打这如意算盘。不过照我这样用情胶固、作事机密,也许终于能够得她欢心。'

"他又说：'我对这位太太的痴心只有她本人知道。我并不放肆任性，也没仗着自己是一邦之主，作威作福。我的衷情瞒得谁也不知道。我觉得非这样谨慎对不起我意中人的丈夫马斯卡利尼。他对我赤胆忠心，立过功劳，而且为人正直，我干事只可以很机密小心。我不愿意公然说我爱他太太，这就好比对这个倒霉的丈夫兜心一刀。要是办得到，我只指望他一辈子也不知道我这腔热情。他要是知道了我这时告诉你的秘密，我想他准会气死。所以我只好暗中下手，决计派你去向璐凯思说，我勉强抑制自己，苦恼得很。你替我转达心事，这差使你一定胜任。你去结交马斯卡利尼，极力哄得他跟你要好。你上他家去，慢慢就可以随便见他太太。这是我责成你的。这种精细事要办得机警缜密，我知道你干得了。'

"我对大公说，承他信托，我一定尽力答报，助成好事。我不惜工本地奉承马斯卡利尼，居然很顺手。他瞧大公宠爱的人和他结交，心里高兴，也就迎合上来。我成了他家的座上客，可以跟他太太随意见面。我敢说，我做作得很到家，一点没给他瞧出我是牵线说合来的。在意大利人里，他实在要算不爱吃醋的了。他信得过璐凯思的贞节，往往自己关在书房里，单撇下我和他太太在一起。我直捷爽快，一上来就把大公的痴情告诉这位太太，又说我是专替大公做说客来的。她好像对大公无心，不过我瞧出来，她觉得面上有光彩，所以也不坚拒。她很爱听我代诉衷情，只是并不酬答。虽然她很规矩，毕竟是个女人看到一国之主俯首受他束缚的景象，操守就不知不觉地松懈起来；这点我留心到的。也许到头来大公竟可以不必像达尔甘那样动蛮，璐凯思也会偿他的愿。可是横风吹断了好事。我来讲给你们听。

"我对女人自有一副钝皮老脸的腔；且别管它是好是坏，我跟土耳其人混在一起，养成了这种习气。璐凯思很美。我忘了只该替人游说，却诉起自己的衷情来了。我极尽风流能事，向她献媚。她看我这样大胆，好像并不厌恶，也不动怒，笑盈盈地说道：'堂拉斐尔，你得承认大公委任的人真赤胆忠心呀！你替他这样诚实当差，叫人赞不胜赞。'我也学她的口气道：'太太，别太精明。咱们别去多想，多想了我没有好处，我只是一味任情。反正王公的心腹为私情勾当出卖主人的，我也不是第一个。替大人物拉纤的人往往会变成他们的情场劲敌。'璐凯思答道：'也许有这种事。我呢，心高气傲，除非是一位君王，别人可休想碰我。'又正色道：'你自己斟酌吧。这不用多谈了。你要是从今以后再不提这类的话，我也不把你方才说的记在心上，不然呢，你要后悔的。'

"这是当头棒喝，我应当学个乖，可是我还只顾去对马斯卡利尼的太太谈情说爱。我还越发一盆火地求她别让我单相思，甚至大胆要行非礼。我那种回教徒的言谈举止惹恼了这位太太，她当场拉下脸来。她吓唬我说，要把我的肆无忌惮告诉大公，一定请他按罪处罚。我听了这种恫吓也火了，由爱转恨，璐凯思瞧不起我，我决计要对她报复。我去找她丈夫，先叫他发誓决不牵累我，于是把他太太和大公的私情讲出来，我要描摹尽致不免说得她很爱大公。这位大臣提防万一，就不问情由，把太太关起来，派心腹紧紧看守。看守耳目众多，那位太太没法跟大公通风报信。我就愁容满面地去见大公，告诉他从此只好对璐凯思死心了；我说马斯卡利尼忽然把太太关起来，准是事情败露了；还说我自信一向干事很机警，不知怎么会露马脚，也许是那位太太向丈夫招供的，她怕给人家纠缠得坏了操守，所以夫妇商量通了，关她起来避避风头。大公听了很伤心。我看他苦恼，心肠就软了，几次三番懊悔不该那样，可是已经来不及。而且我老实说，我向那骄傲的婆娘吐露衷情，她夷然不屑，现在我把她害到这步田地，很幸灾乐祸。

"人人都觉得报仇是件快事，尤其是西班牙人；我干了这件快事，一点没吃苦头。忽然一天大公当着五六个大臣和我说：'一个人奉了主上的密命，有负委任，而且竟想剪边，他该受什么处分，你们说说吧。'一位大臣说：应该四马分尸。另一个主张毒打一顿，叫他杖下送命。有一个意大利人心最慈悲，想了个最便宜这犯人的刑罚，他说只要把他从塔顶上推下去就算。于是大公道：'堂拉斐尔有什么主张呢？我相信西班牙人碰到这类事情，手段至少也跟意大利人一样严厉。'

"你们想得出，我当时明白，不是马斯卡利尼背誓，就是他太太设法向大公告发了。我神色张惶，人家都看得出。不过我虽然慌张，却口气镇定，回答道：'殿下，西班牙人气量大。他们碰到这种事，就饶了那个亲信,这样倒可以激发他的天良,叫他一辈子悔恨自己欺心卖主。'大公道:'好吧,我这点气量是有的。我就饶了那个欺心卖主的家伙。其实他那么一个来历不明的人,我听了人家说他的话,原该提防的,我倒引他为心腹,只怪我自己不好。'又道:'堂拉斐尔,我准备这样对付你,你立刻出我的国境,再不许来见我。'我立刻退出,虽然丢尽了脸,却也自幸能这样便宜脱身。第二天,有一条巴塞罗那的船从利伏纳开回去,我就搭了那条船。"

我听到这里,插口道:"你这么个机灵人,既然把大公对璐凯思的私情告诉了马斯卡利尼,怎么不立刻离开佛罗伦萨,我觉得你这来大错了。大公不多时就会知道你欺心,你应该料到的。"陆珊德的儿子道:"是啊,虽然那位大臣答应我决不惹大公对我生气,我确也准备及早逃走的。"

他接着道:"我在佛罗伦萨充西班牙阔佬,把阿尔及尔带回的钱花了一大半。我带着剩下的钱到巴塞罗那。我没在加泰罗尼亚①待多久。我归心如箭,要到可爱的故乡马德里去,就尽快的偿了这个急愿。我到了马德里,随便挑一家公寓住下。同寓有个女人叫加米尔。她虽然不是个年轻姑娘,却风骚动人。吉尔·布拉斯先生约莫也是这时候在瓦拉多利见过她的面,问他就知道。这女人不但相貌好,更妙的是聪明伶俐,什么女骗子都没有她那哄人上钩的手段。靠色相为生的女人对相好也惟利是图,她可不同。她要是刚从什么生意人身上刮了一笔,又碰到个流氓赌棍,只要她喜欢那人,就肯跟他平分油水。

"我们俩一见倾心,又加志同道合,越发好得难拆难分,不多时,钱财也合在一起了。我们家当其实有限,花不了几时就光。偏偏我们俩只图快活,虽然都会沾人家便宜过日子,却一点没把本领施展出来。我们安乐得呆钝了,后来穷极无聊,心思又灵活起来。加米尔对我说:'亲爱的拉斐尔,咱们得换个花样儿,朋友。咱们要是不各找相好,就要完蛋了,别再两口儿厮守着吧。你可以哄上个有钱的寡妇,我可以勾引个把年老的阔人。咱们要是依然我贞你洁,两份财都白丢了!'我答

---

① 巴塞罗那是加泰罗尼亚的省城。

道：'加米尔美人儿,这话正合我心。我也是这个意思,正要跟你说。我的皇后娘娘呀,这办法我赞成。哎,咱们找几个有出息的主顾,你我的恩爱就越加保得住了。你我彼此负心,可以共同得利。'

"我们计议停当,分头出马。我们一上来就大施本领,却找来找去碰不到好主顾。加米尔只碰到几个小白脸儿,换句话说,都是一个子儿没有、想来充恩相好的。我寻来的女人哪里肯出账,倒只想捞摸几个。我们出卖风情救不得急,只好走骗局这条路。我们犯案累累,名气传到当地法官耳朵里,那法官严厉得不得了,派了个公差来拿我们。可是这公差的慈悲恰抵得那法官的凶狠,他得了一点贿赂,就让我们溜出马德里。我们取道往瓦拉多利,预备到那里去安身。我租下一宅房子和加米尔同住;两人只算兄妹,免得人家闲话。我们一上来且不放手干事,等摸熟道路,再作理会。

"一天我在街上,有个人赶来招呼,非常客气。他说:'堂拉斐尔先生,你认得我么?'我说不认得。他说道:'我一见你就认得。我在托斯加纳①朝廷上见过你,我那时候是大公的禁卫。我不当禁卫已经好几个月,跟一个千伶百俐的意大利人到西班牙来,在瓦拉多利待了三星期了。我们一起还有个加斯狄尔人,一个加利斯人,不用说都是有体面的小伙子。我们住在一起,靠双手过活,吃得很好,寻欢作乐,就像王孙公子一样。你要是愿意来合伙儿,我们弟兄很欢迎,因为我一向觉得你是个敢作敢为的大丈夫,生性泼得开,在我们这一行里也是个老手。'

"这混蛋很直率,我也不说假话,答道:'你既然开诚相告,我也该学你的样。我在你们这一行里的确不是初出道儿。假如我脸皮厚,肯把我干的事卖弄一番,你就知道一点没把我过奖。不过这种夸奖的话撇开不谈吧。我应请入了伙,一定使出通身本领来,显得我不辱没你们。'这妙手空空儿听我说愿意入伙,立刻带我到他们下处,和那些人识面。我就在那儿初会大名鼎鼎的安布华斯·德·拉莫拉。那几位先生请教我把人家钱财变为己有的手艺。他们想看看我懂不懂那些法门。我大显神通,他们见所未见,佩服得不得了。我说这种专凭手指灵

---

① 佛罗伦萨是托斯加纳的京城。

巧的勾当不足为奇,我瞧不起,我擅长的是凭心思灵巧来讹人骗人。他们听了越发惊佩。我就把吉隆·德·莫亚达斯的事讲来作例。我讲来不加渲染,他们听了就承认我是个超群绝伦的大才,异口同声推我做头儿。我们干了无数骗局,都归我提调指挥,也算不亏了他们的一番拥戴。有时我们要个女人帮着串戏法儿,就用加米尔,她扮什么角色都惟妙惟肖。

"这时候我们的弟兄安布华斯想回故乡。他动身到加利斯去,答应一定回来。他重见故乡的心愿已了,一路回来,到了布果斯,想发个利市。他相识的一个客店掌柜荐他给吉尔·布拉斯·德·山悌良那先生当用人,还把东家的光景都讲给他听。"于是堂拉斐尔对我说道:"吉尔·布拉斯先生,我们怎样在瓦拉多利公寓里把你的东西卷光,你是知道。你准疑心安布华斯是这桩窃案的主脑,你料得不错。他一到瓦拉多利就来找我们,说你如此这般,几位干没本钱生意的先生就相机行事。可是你还没知道这件事情的下文,我来讲给你听。安布华斯和我拿了你的手提箱就撇下加米尔和伙伴儿,分骑了你那两头骡子取道上马德里。他们第二天不见了我们,准和你一样吃惊呢。

"我们第二天变了计划。我原是出了事离开马德里的,所以不到那里,却打才勒罗斯一路趱行,直奔托雷都。我们到了那城里,先穿上漂亮衣服,只算是两兄弟,加利斯人,出来游历开眼界的。我们不多时就认识了几个绅士,我装惯上流人物,很充得过。人家看见用钱阔绰,往往就眼花缭乱,所以一瞧我们常常盛筵款待女宾,就给蒙住了。我碰到的那些女人里有一位我很中意。我觉得她比加米尔美,并且年轻得多。我打听她是谁,才知道她叫薇娥朗德,是一位绅士的夫人,那绅士爱上了一个妓女,对她厌腻了。我不再问下去,马上打定主意要把薇娥朗德做我的心上人儿。

"她一来就看出我为她颠倒。我跟来跟去,做出种种痴情的行径,要让她明白,她要是心伤丈夫薄幸,不妨由我来温存安慰。那美人儿斟酌一番,嘉许我的意思;我知道了很快活。西班牙和意大利有一种老太婆用处大得很。我托这种人送了好几封信给她,就拿到一封回信。信上只说,她丈夫每晚在情妇家里晚饭,老晚才回来。我很明白那言外之意,当晚就跑到薇娥朗德的窗根底下,和她情话缠绵。我们临别约定,每晚那时候还照老样儿密谈,可是白天若有机缘,不妨还去干其它的风流事儿。

"我一直还便宜了薇娥朗德的丈夫堂巴尔塔萨。可是我谈恋爱要贴皮着肉,所以一晚上我到这位太太的窗底下去,打算说我活不下去了,请求在合适的地方幽会一次,解解我的情急。她一向总没肯答应这件事。我到了那儿,只见街上来了个人,好像在留心把我打量。这人正是那位丈夫,他从婊子家回来,比平日早了些。他见门外有个绅士打扮的男人,就不进去,只在街上徘徊。我等了一会儿,不知道怎么好。后来我打定主意,就去和堂巴尔塔萨搭话。我们彼此都不相识。我说:'先生,我请你今晚别在街上碍着我,下回我也照样与你方便。'他答道:'先生,我正好也要这样求你。我看中个姑娘,她家离这儿才二十来步,她哥哥把她监得很紧。我希望街上一个人都没有。'我道:'咱们尽可以大家称心,各不相妨。'我指着他自己的房子说:'我伺候的那位太太就住这儿。咱们俩谁要是挨了打,还应该互相照顾呢。'他答道:'这办法很好。我就上我约会的地方去。要是出了事儿,咱们彼此帮忙。'他说完走开,以便窥看,他躲在黑地里可以安然瞧个究竟。

"我却信以为真,就跑到薇娥朗德的阳台底下。她一会儿出来,我们谈起话来。我不免逼着我的皇后娘娘,要她在什么个秘密地方跟我幽会一次。她稍为推拒一下,无非是把我请求的那点甜头抬高价钱,然后从衣袋里掏出一封信,摔给我道:'拿去,你向我纠缠不休的那件事儿,这信上我答应了。'她随就退回屋里,因为她丈夫往常这时候就要回来的。我把信藏好,就到堂巴尔塔萨自说有约会的地方。这位丈夫看明我跟他太太有私情,迎上来道:'哎,先生,你的艳遇还称心么?'我答道:'我该说称心了。你呢?干了些什么?私情事儿得么?'他答道:'唉,棘手的很。我那美人儿的死哥哥到了乡下别墅去,我们以为他要明天才回来呢,偏生他今晚就回家了。这个变故断送了我梦想的一场好事。'

"堂巴尔塔萨跟我彼此很要好,约定第二天早上在广场上相会。我们分手之后,这绅士回家,见了薇娥朗德,只做没事人儿。第二天,他到广场上,我一会儿也到了。我们见了面很亲热:一边是真心,一边是假意。那调皮的堂巴尔塔萨假装推心置腹,讲他跟昨夜谈起的那女人怎么私情勾搭。他撒一大篇谎话,无非要逗我也把勾搭薇娥朗德的经过说出来。我果然落了圈套,和盘托出,连女人的信都拿出来念给他听。信上说:'我明天到堂娜依内斯家去吃饭。你知道她的住址。我准备就在这位可靠的朋友家里跟你幽会。我觉得可以让你吃这点甜头,不能再拒绝你了。'

"堂巴尔塔萨道:'这封信许你如愿了,我预贺你快乐。'他嘴里这般说,不免有点儿着急,可是要不给我瞧出他心慌意乱也很容易。我做着好梦,没工夫去观察我这位体己朋友,倒是他怕自己仓皇不安的样子落在我眼里,只好走了。他忙去告诉他连襟。我不知道他们的账,只晓得堂巴尔塔萨乘我跟薇娥朗德在堂娜依内斯家相会,就来打门。我们知道是那位丈夫,我没等他进来,先从后门溜走了。两个女人看见那丈夫撞来,有点儿慌张,不过我一走,她们就心定了,不动声色地招待他。他看那神情,知道我不是藏了,就是溜了。他对堂娜依内斯和自己太太说什么话,我无从讲起,因为我始终没知道。

"可是我还不知道上了堂巴尔塔萨的当,一面出门,一面咒骂那个丈夫。我跟拉莫拉约在广场上相会,就到那里去。可是他没来。这混蛋也有私情事儿,运气比我好。我正在等他,只见我那位冒牌的心腹之交欣然而来。他和我会面,笑着打听我在堂娜依内斯家跟那美人儿幽会的消息。我说:'不知是什么恶鬼见不得我快活,从中作梗。我跟那位太太两个儿背了人,我正在求她成全我的好事,偏偏那天杀的丈夫跑来打门了。我只好赶忙逃走,从后门溜出来,一面把那碍着我道儿的讨厌东西咒到十八层地狱里去。'堂巴尔塔萨看我气恨,暗暗喜欢,说道:'我真替你懊恼,好个讨人厌的丈夫,我劝你切不要饶他。'我答道:'哎,我一定听你的话。我可以告诉你,今儿晚上管保叫他做王八。他太太跟我分手的时候说,别受了一点儿挫折就灰心,叫我务必比往常早一点到她窗底下去,她已经打定主意要放我进门。不过她吩咐我无论如何要把细,得带两三个朋友保镖,以防万一。'他道:'这位太太好仔细呀!我自告奋勇,愿意陪你去。'我喜不自胜,抱着堂巴尔塔萨的脖子道：'啊，亲爱的朋友！我真感激你！'他道：'我还要替你出力呢。我认识个小伙子是位勇士，我叫他同去。你有这么个人保镖就可以不怕了。'

"我这位新交有这样慈悲，我喜欢得不知怎么道谢才好。他既然愿意帮忙，我就领情了。我们约定了傍晚在薇娥朗德阳台底下相会，两人就分手。他去找他连襟，就是他说的勇士；我跟拉莫拉散步到天黑。拉莫拉见堂巴尔塔萨对我的事那么热心关切，有点诧异，却也没起疑心。我们使着猛劲，一头撞进罗网。我承认我们这种人实在不该这样糊涂。我看看是时候了，就跟安布华斯各佩利剑，到薇娥朗德窗下，看见那位太太的丈夫和另外一个人雄赳赳地等着我们。堂巴尔塔萨招呼了我，指着他连襟道：'这位就是我极口夸赞的大勇士。你上情人家去吧，可以放胆尽欢了。'

"我应酬了几句，就去打薇娥朗德的门。一个女监护模样的人来开门。我进了门没管背后，直往客厅上去，那位太太在那里等着。两个奸贼已经跟进来，急忙关上门，把拉莫拉关在外面。我正和那位太太招呼，他们忽然露脸。你们可以设想，我们非动武不可了。他们俩一齐向我杀来，可是我叫他们大吃劲儿，两人忙得招架不及，大概都懊悔没找个更稳当的报仇方法。我一剑把那个丈夫戳了个透明窟窿。那女监护和薇娥朗德在我们交手的时候早已开门逃走；那个连襟瞧堂巴尔塔萨已经不济事，就夺门而出。拉莫拉在街上看见两个女人逃出来，问她们话都不理睬，又听得里面吵闹，也不知是何道理。这时候我追赶那个连襟出来，碰见了他，就同回客店。我们拿了些贵重的行李，跨上骡子，连夜出城。

"我们料定这事还有下文，托雷都城里就要搜查一番了，得及早防备。我们在维拉如比亚过夜，住在一家客店里。一会儿有个托雷都商人到赛果布去，也在这店里住宿。我们同桌吃晚饭。他就讲薇娥朗德丈夫惨死的新闻，一点没想到我们就是局中人，所以我们也大着胆子向他仔细追问。他说：'两位先生，我今儿早上动身的时候听到了这件惨事。他们满处找薇娥朗德；听说当地法官是堂巴尔塔萨的亲戚，要想尽方法把凶手找到呢。我听到的就是这些。'

"我并不怕托雷都法官搜捕。可是我打定主意，赶紧逃出新加斯狄尔。我想薇娥朗德给他们找着，就会全供出来，法院照她形容我的样子，就会追踪到我。所以我们很把细，下一天起就不走大道。好在拉莫拉对西班牙全国的地理十知八九，他知道怎样绕道到了阿拉贡就可以平安无事。我们不一直到古安加，却穿到城前的山岭里。我的向导认识山里的小路。我们走到一个山洞，活像个避世的隐居，就是你们昨晚借宿的地方。

"我举目四望，风光明媚，我的同伴就说：'这个地方我六年前来过，那时候有一位老修士在洞里隐居，待我很仁慈，把饭食分给我吃。我还记得他是个超凡入圣的人，听了他一席话几乎想出家。他也许还活着呢，我瞧瞧去。'安布瓦斯急要知道究竟，说着就下骡跑进那隐居。一会儿他出来叫我道：'快来，堂拉斐尔，来瞧瞧这凄凉景象。'我立刻下骡。我们把骡子拴在树上，拉莫拉带路同到山洞里。只见一位老修士直挺挺躺在破床上，脸色灰白，奄奄一息。他胸口盖着浓浓一部白胡子，合了双手，手上纠结着一串长念珠。他听见我们走近去，两眼将闭，却又睁开，打量我们一回，说道：'弟兄们，不论你们是谁，看了我这番光景，得个教训吧。我四十岁出家，在这里隐居了六十年。唉，我此刻只觉得作乐的日子太多，忏悔的日子太少了。唉，只怕我如安修士的苦行，不够赎当年堂如安·德·索利斯学士的罪过。'

"他说完就咽了气。我们看着他死，触目惊心。最荒唐的人见了这类景象，心上也会留个影子的，不过我们一会儿若无其事了。我们转眼把老修士方才讲的话丢在脑后，就去清点这洞里的家当。这不费多少时候，家具就是你们在山洞里看见的那几件。如安修士不但陈设简陋，厨房更糟不可言。我们找着的粮食只是几颗榛子，还有几块铁硬的大麦面包，想来那圣人的牙床未必啃得动。我说牙床，因为我们看见他一口牙齿都掉光了。这里一切形形色色都见得这位隐士已经超凡入圣。只有一件事很叫我们诧异。他桌上有张纸，折成一封信的样子。我们打开一看，上面说，他请读这封信的人把他的念珠和皮屣送给古安加主教。我们不懂这位沙漠里的新修士①存着什么心，要送这种礼物

---

① 即在沙漠中禁欲苦修的圣安东尼。

给主教似乎有损谦德,俨然以圣人自居了①。也许他只是不懂事,究竟如何,我说不上来。

"我们正在议论,拉莫拉忽然想出一个很有趣的念头。他说:'咱们就在这隐居安身吧。你我都扮成隐士。咱们把如安神父埋了,你顶替他;我假称是安德华纳修士,到附近城乡去募化。咱们一来可以躲过法官的追捕,因为我想人家不会上这儿来找咱们;二来我在古安加还有些好相识可以来往。'这种异想天开我很赞成。我是一时高兴,又仿佛串戏,至于安布华斯讲的那些道理倒在其次。我们剥下老隐士的衣服,那是一件朴素的袍儿,腰里有一条皮带;我们又把他的胡子割下,做我的假胡子用;于是在离山洞三四十步外刨个坑,把他草草埋了。葬事完毕,我们就做了那隐居的主人。

"我们头一天吃得很苦,只能靠死者剩下的粮食充饥。可是第二天一大早,拉莫拉就出场把两头骡子带到托拉尔瓦去卖掉,买了许多吃的用的,晚上满载而归。我们化装少不了的东西他都买全了。他自己做了件粗呢袍儿,又用马鬃毛编一部小红胡子,挂在两耳上,他手工精巧,谁也不信是假的。世界上要算这个小伙子的手最巧了。他把如安修士的胡子也编成一部假胡子,替我挂上,我再戴上那栗色羊毛的帽子,就看不出胡子装上去的痕迹。我们的化装可算尽善尽美。我们打扮得那么滑稽,彼此相看,不禁失笑,那装束和我们太不称了。如安修士的袍儿既然归了我,他的念珠皮屦,我也毫不踌躇占为己有,不给古安加主教了。

"我们在隐居过了三天,没看见个人来。第四天就有两个农夫到山洞里。他们以为老隐士还活着呢,带了些面包奶饼和洋葱给他。我一见他们,忙去躺在那破床上。要哄过他们并非难事。他们认不清我的嘴脸;而且我听见过如安神父的遗言,这时就极力仿他的声调。他们一点也没怀疑我是个替身,只奇怪这里怎么又添了一位修士。拉莫拉看出他们诧异,就假仁假义地说道:'老哥们,我到这个人迹不到的地方来,你们别奇怪。我在阿拉贡隐居,只为这位道高德重的如安修士岁

---

① 天主教所册封为"圣人"的遗物都被重视珍藏。

数大了,要个人时常在旁边伺候,所以我特地离了那边,来跟他做伴儿。'农夫不住地称赞安布华斯好心肠,还说他们很得意,可以夸口说本乡来了两位圣人了。

"拉莫拉上回还买了一只大口袋,他背着到古安加开始募化,那城离我们的隐居只一哩路。他生就一张志诚虔敬的脸儿,又有卖弄那张脸的绝技,招得仁人君子都乐善好施。施舍的东西满满装了一口袋。我见他回来,就说:'安布华斯先生,恭喜你有这样得用的本事,打动了基督徒的心肠。谢天,你简直好像当过圣芳济会的募化修士。'他答道:'我不但募化了这一口袋东西,还干了好些别的事呢!你知道,我找到一位女仙子,是我的旧相好,名叫芭苧。她已经改了样儿,也虔诚信教了。她和两三个信女住在一起,面子上的行为可算得女中模范,背后却过着放浪生涯。她一上来不认识我。我说:'怎么的!芭苧夫人,你的老相好、伺候过你的安布华斯,你怎么不认得了?'她嚷道:'啊呀!拉莫拉先生!我再也想不到跟你重逢的时候你会这样打扮。你为什么事儿变成了修士呀?'我回答道:'这个现在不便讲,说来话长,等明天晚上告诉你吧。我还要带了我的伙伴儿如安修士同来看你呢。'她打断我道:'如安修士?就是隐居在城外附近的那位好修士么?你开什么玩笑,人家说他有一百多岁了。'我说道:'他果然有这么大岁数,不过这几天来年轻了不少,并不比我老了。'芭苧道:'好!请他跟你一起来吧。我看这里面准有花样儿。'

"第二天一到天黑,我们就去拜访那几位信女。她们要好好款待我们,特意备了丰盛的筵席。我们先脱掉假胡子和道袍,老实不客气把自己姓甚名谁告诉那些公主娘娘。她们只怕比不上我们坦白,也就换去庄容道貌,让我们瞧瞧假充虔诚的女人是什么真相。我们差不多喝了个通宵,直到傍亮儿时分才回我们的山洞。我们不多时又去相聚,其实三个月来夜夜如此。我们跟这起娘儿们吃喝,把手里的钱花掉了三分之一都不止。有个嫉妒我们的人把事情都看在眼里,就到法院告发。法院准备今天到那隐居去拿我们。昨天安布华斯在古安加募化,我们一位信女给了他一封信,说道:'我的女朋友写给我这么一封信,我正要专差送给你们。你给如安修士看了,两人斟酌个办法吧。'拉莫拉当着你们两位交给我的就是那封信；我们也正是看了那封信，所以忙忙地撤了我们的那个隐居。"

## 第 二 章

堂拉斐尔和他的听众商定计策；
他们出树林时碰到的事。

堂拉斐尔的经历我觉得太长些，他讲完了，堂阿尔方斯出于客气，只说听得津津有味。于是安布华斯对他的同道说："堂拉斐尔，你算计算计，太阳要下山了，我想咱们得商定个办法。"他那伙伴儿答道："你说得对，咱们得决定上哪儿去。"拉莫拉道："我主张咱们别耽搁，立刻上路，今晚赶到瑞格那，明天进瓦朗斯，到那儿去施展本领。我有个预兆，觉得咱们到那边准会得手。"他的伙伴儿相信他的预兆决没错儿，一口赞成。堂阿尔方斯和我是跟着这两位正人君子走的，毫无主张，专等他们抉择。

我们决定取道往瑞格那，准备出发。我们像早上那样饱餐一顿，然后把一皮袋酒和剩下的粮食装在马上。直等到夜色朦胧，可以放心走路，我们就动身出树林去。可是我们没走得一百步，看见林子里一点光亮，都疑惑起来。堂拉斐尔道："那是什么道理？难道古安加法院派来追踪咱们的走狗探得咱们在这林子里，所以搜寻来了？"安布华斯道："我想不会，多半是过往旅客，错过宿头，到树林子里来过夜。可是我也许料得不对，我去看看到底是怎么回事。你们三人在这儿等着，我一会儿就回来。"那点光离我们不远，他说完就蹑手蹑脚走去。他轻轻拨开碍路的枝叶，那边的情况真值得他仔细窥看。四个人围坐在草地上，中间一墩泥里插着亮煌煌一支蜡烛。他们刚吃完一个肉馅儿烤饼，正在轮番喝那大皮袋里的酒；几步路外，一个女人、一位绅士各绑在树上，再过去停着一辆车，套着两头披盖华丽的骡子。拉莫拉一上来就认定那坐着的几个人是强盗,再听了他们讲的话,知道果然没料错。看来那四名强盗个个都想独占落在他们手里的女人,商量着要拈阄呢。拉莫拉看明究竟,回来把所见所闻一五一十告诉我们。

堂阿尔方斯就说:"诸位,强盗绑在树上的太太和绅士也许是极有身份的人,难道咱们尽强盗去虐待糟蹋吗?我主张杀上去,叫那些强盗一个个死在咱们手里。"堂拉斐尔道:"我赞成。我不论干好事、干坏事一样起劲。"安布华斯也说这是桩美事,很愿意帮一手;还说他预料报酬不会菲薄。这一回,我也敢说我没有临阵害怕,从来游侠骑士为女人出力,没有像我那么豪爽的了。不过说老实话,危险并不大。据拉莫拉告诉我们,强盗的兵器做一堆儿扔在离他们十一二步以外呢,我们要按计行事,没什么困难。我们把马匹拴在树上,悄悄地到强盗那里。他们谈得正热闹,我们乘一片嚷嚷,来个出其不意。他们还没知觉,兵器早落在我们手里。于是我们瞄近了一阵开枪,四人都尸横地上。

这个当儿,蜡烛灭了,树林里漆黑。可是我们居然还把那男女两人解下来。他们都吓软了,没有余力谢我们解救。其实他们还不晓得我们究竟是救星还是另一批强盗,也许抢了他们去一样给他们苦头吃。据安布华斯说,离那儿半哩路有个客店。我们劝他们放心,说送他们上那客店,到了那里,他们可想出种种稳妥的办法,安抵他们要去的地头。他们听了这话好像很满意。我们扶他们上车,牵着骡子的缰绳走出树林。我们那两位修士又在死强盗衣袋里掏摸一番。我们去牵堂阿尔方斯的马,看见强盗的马匹在他们附近的树上拴着,就一起牵走。安德华纳神父骑着驾在车前的一匹骡子,带头领路向客店去;我们带了马匹在后跟随。他虽说客店离树林不远,我们却走了两个钟头才到。

我们把大门擂得山响。店里已经都睡静了。店主夫妇赶紧起来,见了车仗人马,知道要在他们店里花不知多少钱呢,虽然打破了好梦也毫无怨恨。客店里顿时灯烛辉煌。堂阿尔方斯和陆珊德那位鼎鼎大名的儿子把绅士和太太搀扶下车,由店主人领到一间客房里,他两人竟好像两个侍从,一路随侍。我们进屋去应酬一番,才知道援救的正是玻朗伯爵和他的女儿赛拉芬,都吃惊不小。这位太太和堂阿尔方斯相见,彼此的惊奇非言可喻。公爵有别的事,并没留意。他告诉我们遇盗经过,说强盗杀了他的一个车夫、一个小僮儿、一个亲随,又把他女儿和他捉住。他讲到末了说,深感救命之恩,他一月后要回托雷都,如果我们上那儿去,就可以瞧瞧他是不是知恩报恩的人。

这位大爷的女儿也谢我们说,幸喜逢到救星。拉斐尔和我知道堂阿尔方斯满指望得个空儿跟那位年轻寡妇密谈几句,所以我们绊住玻朗伯爵谈话,逗他喜欢,让堂阿尔方斯遂了心愿。他低声对那太太说:"美丽的赛拉芬,我居然能为你效一臂之力,真是有幸,虽然做了亡命之徒也甘心了。"她叹气道:"啊呀!救我性命、全我名节的就是你!我爸爸和我真是受恩深重!唉!堂阿尔方斯,为什么你杀了我的哥哥呀?"她没有再说别的,不过他从这几句话和那口气里,知道不仅自己热爱赛拉芬,赛拉芬对他也一往情深。

# 第 六 卷

# 第 一 章

吉尔·布拉斯和他伙伴跟玻朗伯爵分手以后干些什么；
安布华斯策划了一件大事，他们怎样按计行事。

玻朗伯爵向我们道谢了半个晚上，又说一定要报恩。然后他唤店主人去商量：他要到杜利斯去，怎样可以安抵地头。我们让这位大爷自去斟酌办法。我们出了客店，随拉莫拉带领上路。

走了两个钟头，到康比罗附近，天色发亮了。我们赶忙躲到康比罗和瑞格那中间的山里去休息一天，一面把我们的财产核算一下。我们从强盗衣袋里搜来各式各样的钱值三百比斯多以上，所以我们富裕得多了。我们天一黑又上路，第二天早上进了瓦朗斯境。我们看见一个树林，就躲进去，愈走愈深，找到个地方，只见一道小溪，水明如镜，悠悠然流入戈达拉维亚河。溪边密树成荫，我们可以休息，丰草如茵，又可以放马，就算我们没想歇腿，到此也不由得要逗留了，所以我们没再往前去。

我们下了马，准备舒服一天，可是要吃早饭的时候，看见口粮所余无几。面包不够吃了，酒袋也仿佛失了魂的躯壳。安布华斯说："没酒没饭，任你风光明媚也没趣味。我主张今天进点儿货，我想到才尔瓦采办去。那个城很不错，离这儿不过短短二哩路，我跑一趟只要一会儿工夫。"他一面说，一面把酒袋粮袋都装在马上，上鞍出林而去。照他走得这般快，回来一定不会晚。

我们满以为拉莫拉速去速回，刻刻等着他，可是他还不来。大半天过去，树林里已经夜色朦胧，我们等他迟迟不归，都在着急，这时候才看见我们的买办来了。他带回许许多多东西,出于我们意料之外。不但皮袋里满满的是美酒,口袋里满满的是面包和各种烤野味,马上还驮着一大包东西,引起大家注目。他瞧出来了,笑盈盈地说道:"诸位,难怪你们看了这包东西诧异,你们还不知道我在才尔瓦买了干什么的。保管堂拉斐尔猜不出来,谁也猜不出来。"一面说,就把众人打量着的包儿打开,把里面的东西一件件拿给我们瞧:一领斗篷,一件很长的黑袍,两身衣裤,一套文具,是墨水和笔分两盒儿装了系在一起的,一刀好白纸,一具锁,还有一个大印章和一些绿色的火漆。他把买来的东西全搬给我们看了,堂拉斐尔打趣道:"嗨,安布华斯先生,你买的东西当然很不错,不过请问你,干什么用呀?"拉莫拉答道:"我自有妙用。这许多东西只花了十个双比斯多,我相信咱们可以生发出五百个双比斯多还不止,保管有那么些可赚。我不是个收烂东西的,我有个打算实在是绝顶聪明,等我讲出来,你们就知道我买这些东西不是傻头傻脑。你们回头瞧吧,我相信你们听了一定高兴。待我说来。

"我买了面包,到一个烧烤铺定烤山鸡、小鸡子、兔子各样六只。我等待东西烤熟,只见跑来一个人,怒气冲冲,直着嗓子骂本城一个开铺子的对他无礼。他对烧烤铺掌柜说:'圣雅各在上!在才尔瓦做买卖的要数萨缪尔·西蒙最岂有此理了。他方才当着满店的人给我下不去。那小气鬼明知我是个干手艺的,付得起钱,跟我做买卖一点不吃亏,可是我要赊他六奥纳①布的账,他怎么也不肯。你瞧那畜生妙不妙?他跟大爷们交易,情情愿愿地赊账。他宁可为他们担风冒险,对诚实可靠的市民倒不肯方便。真是怪脾气!他妈的犹太人!但愿他几时上了人家的当!准有一天称了我的心愿,好些做买卖的也这么说呢。'

"那干手艺的还说了许多话,我听着忽发奇想,要替他出气,作弄萨缪尔·西蒙一下。我问那抱怨的人说:'朋友,你说的那家伙是怎么样的人?'他立刻道:'是个坏透顶的家伙。我告诉你,尽管他假装正人

---

① 古尺名,每奥纳合 1.188 米。

君子,实在是个穷凶极恶的放印子钱的。他是犹太人,改信了基督教,不过骨子里还跟彼拉多①一样的是个犹太人,因为人家说他改教完全是想牟利。'

"我留心听了这人的话,一出烧烤铺就去打听萨缪尔·西蒙的住址。问讯到那里,人家把那铺子指给我看了。我打量一番,都看在眼里;我那随机应变的智囊里立刻有了一条妙计,我细细盘算过,并且觉得真不愧是吉尔·布拉斯先生的亲随想出来的计策。我到估衣铺买了这些衣裳回来:一套是扮宗教法庭②检察官的;一套扮书记,一套扮公差。诸位先生,我就是干了这些事,所以回来得晚些。"

堂拉斐尔听到这里,喜不自胜,插嘴道:"啊呀!亲爱的安布华斯,你这个主意妙极了!你的算盘真好!这样足智多谋,我真眼红,我甘心把生平几桩最了不得的勾当换这么一条妙计。哎,拉莫拉,我的朋友,你这条计策的妙处我全看到,干起来也不用你担忧。你得要两个会串戏的做帮手,咱们现在都有。你一脸志诚虔敬,扮宗教法庭的检察官很配;我呢,可以扮书记,吉尔·布拉斯先生请他扮公差。这就把角色都分配了。咱们明天上戏,只要别来个不凑巧,把最周密的安排都弄左,我管保可以得手。"

堂拉斐尔对那计策这样赏识,我却还不甚了了,吃晚饭的时候听说了详细,觉得这把戏很巧。我们狼吞虎咽吃了点野味,又喝掉皮袋里好些酒,就躺在草地上,一会儿都睡着了。我们没睡多久,过了一个钟头,天还没亮,那不饶人的安布华斯就叫道:"起来!起来!要干大事的人,贪懒可不行啊。"堂拉斐尔惊醒了,说道:"嘻!宗教法庭的检察官老爷,你好勤快啊,萨缪尔·西蒙先生该倒霉了!"拉莫拉答道:"我也那么想。"又笑道:"我还告诉你,我刚才梦里正在拔他的胡子。书记先生,这梦对他不吉利吧?"大家说笑了一顿,都很高兴。我们嘻嘻哈哈地吃过早饭,就动手化装。安布华斯穿上长袍、斗篷,活脱儿是个宗教法庭的官员。堂拉斐尔和我也装成书记和差人,都惟妙惟肖。我们化

---

① 彼拉多是审判耶稣的罗马驻犹太总督,这里把他误认为犹太人。
② 十三到十九世纪各天主教国家审问异教和叛教徒的法庭,在西班牙的权力尤大,手段最为严酷。

装了好半晌，过了下午两点才出树林到才尔瓦。我们实在也不忙，这出戏要到傍晚才登场呢。所以我们放慢着脚步，还在城门口歇了一会儿，等太阳下去。

天一黑，我们叫堂阿尔方斯看管马匹，守在那地方。他不用串什么角色，非常称心。堂拉斐尔、安布华斯和我先不到萨缪尔·西蒙家，却到离他家才两三步的一个酒店里。宗教法庭的检察官老爷打头进去，正言厉色对店主人说："掌柜的，我要跟你密谈几句，事关宗教法庭，非常紧要。"店主人把我们领到客堂里。拉莫拉看见没有旁人，说道："我是宗教法庭的官员。"酒店主人一听这话，脸都青了，抖声说，他自信没有冒犯宗教法庭的地方。安布华斯和颜悦色道："所以宗教法庭并不想难为你。要是冒冒失失判罪，不分皂白，上帝也不容！宗教法庭严是严，却从不冤屈好人。反正总要该罚的人才会受罚。我到才尔瓦不是为你，是为一个开铺子的萨缪尔·西蒙。有人告发他为人行事都很不堪。据说他始终信奉犹太教，他皈依基督教别有用心。我以宗教法庭的名义命令你，你知道他什么事情，全告诉我。当心，别因为是他街坊，或朋友，就想包庇他。我告诉你，要是我听出你口供里稍有回护，你自己就完了。"他回头对拉斐尔道："来吧，书记，执行你的职务。"

书记先生早把纸和文具拿在手里，他坐在桌子前面，一脸正经，准备把店主人的口供写下来。店主人声明决不撒一个字儿的谎。宗教法庭的检察官说道："既然如此，咱们就可以开始了。我问什么，你只要回答就成，不用多说。你常看见萨缪尔·西蒙上教堂么？"店主人答道："这个我倒没留心，记不起几时在教堂里见过他。"宗教法庭的检察官喝道："好！写下来，人家从没看见他上过教堂。"店主人道："老爷，我没那么说，我只说没在教堂里见过他。也许他跟我同在一个教堂，我恰恰没看见。"拉莫拉道："朋友，审问你的时候，不准回护萨缪尔·西蒙，你难道忘了？你回护了他会怎样下场，我已经说过。你只可以控告他，不准有一字儿偏袒。"店主人道："学士大爷，要是这样说，我的口供您没多大用处。您问的这个商人我一点儿不认得，他是好是歹，都无从说起。不过您若要打听他怎么过家，我去把他的伙计加斯巴叫来，您可以问他。这小伙子有时候跟朋友到这儿来喝酒。我可以告诉您,他爱嚼舌头,随您要他说多少话他都说。他会把主人一生的事都讲出来,准叫您书记写得不得闲儿。"

安布华斯道:"我喜欢你这样老实。你推荐个熟悉西蒙家常的人,足见你对宗教法庭的一片热心,我要回去呈报的。"又道:"你快去把那个加斯巴找来。可是不要声张,别让他主人知道。"这差使酒店主人干得非常机密爽利。他把店伙计领来。这小子果然是个话匣子,我们正合用。拉莫拉对他说:"孩子,你来得好。我是宗教法庭的检察官,有人告萨缪尔·西蒙信奉犹太教,宗教法庭派我来调查的。你住在他家,他的举动多半落在你眼里。你知道他什么事,说出来。我代表宗教法庭向你下这命令。我想这句话就够,不必再警告你非说不可了。"那店伙计道:"学士大爷,您向我打听,正是找到最愿意讲的人了。您就是没代表宗教法庭下令,我也巴不得告诉您呢。要是人家向我主人去打听我,我相信他决不留情,所以我也不用回复他。我第一要告诉你,他是个不露真相的调皮东西,外面装得活像个圣人,骨子里是个混蛋。他每天晚上到一个小娘儿家里去……"安布华斯打断他道:"你讲出这件事来很好,可见他这人品行不端。不过你且针对着我问的话回答。我职责所在,尤其要知道他信教是否诚心。我问你,他们家吃不吃猪肉?"①加斯巴答道:"我在他家一年,好像没吃过两回。"宗教法庭的检察官老爷道:"好得很,书记,写下来,萨缪尔·西蒙家从不吃猪肉。"接着又道:"他们家猪肉不吃,有时候准是吃羊肉吧?"那伙计答道:"是啊,有时候吃羊肉,譬如上次复活节我们就吃了一只小羊。"这位官员道:"这个日子很巧,书记,写,西蒙守逾越节②。这事很顺手,我看咱们收集了一些好情报了。"

拉莫拉接着又问道:"我还问你,朋友,你看见过你主人把人家男小孩儿摸摸弄弄吗?"加斯巴答道:"常有的事,他看见人家男小孩儿打

---

① 犹太教不吃猪肉。

② 犹太教的大节,和基督教的复活节差不多同时。这天犹太教徒每家吃小羊一只。

我们店前走过,只要长得好看,就拉住了逗他们玩儿。"宗教法庭的检察官道:"书记,写下来,萨缪尔·西蒙嫌疑很重,想引诱基督教儿童到家,图谋杀害。① 这改邪归正的信徒太和蔼可亲了!啊!啊!西蒙先生,我管保宗教法庭要跟你算账的。别以为人家会饶你,随你干这种杀了人当祭品的野蛮勾当。"又向那店伙计道:"加斯巴,你很热心,大着胆子把他的事都说出来,让大家知道这个冒牌基督徒还虔守犹太教的规矩仪节。他是不是每礼拜有一天什么事都不干的?"加斯巴道:"不,这点我倒没有留意。我只看到他有些日子关在自己账房里,好一会儿不出来。"那位官员道:"嗨!这就是了!他准是守犹太教的安息日②,不然的话,我不是宗教法庭的检察官。书记,写明白,他安息日虔诚守斋。啊!这下流东西!我现在只要打听一桩事情了。他跟你们谈起耶路撒冷么?"那店伙计道:"常谈起。他跟我们讲犹太人的历史,又讲耶路撒冷的教堂是怎样毁掉的。"安布华斯道:"对啊,别漏了这点。书记,用大字写:萨缪尔·西蒙渴望重建耶路撒冷教堂,日夜想光复祖国。我调查得够了,不用再问别的。加斯巴诚实不欺,这篇口供可以叫一区上的犹太人都烧死呢。"

宗教法庭的官老爷把店伙计盘问了这么一番,就放他走,不过以宗教法庭名义下令,不准他把方才的事告诉主人。加斯巴说一定遵命,就出去了。我们并不耽搁,也跟着走,我们出酒店的时候还是道貌岸然,和进来的时候一样。我们去打萨缪尔·西蒙的门。他亲自来开,看见我们那副模样的三人上门,吃了一惊,后来听明来由,越发骇然。我们由拉莫拉说话,他作威作福地说道:"萨缪尔先生,我是宗教法庭的官员,我以宗教法庭的名义,命令你马上把你账房的钥匙交出来。有人控告你,我要瞧瞧有没有凭据。"

那商人给这一席话吓慌,仿佛当胸挨了一拳头,竟倒退了两步。他一点没怀疑我们捣鬼,当真以为有人暗里和他作对,害他做了宗教法庭的嫌疑犯。也许他怀着鬼胎,自己知道不是个很好的基督徒,怕人告

---

① 中世纪以来传说,犹太人每年在耶稣受难日把一个基督教儿童钉死在十字架上。
② 犹太教以星期六为安息日,相当于基督教的星期日。

发。不管究竟是怎么回事,我只见他慌张得不得了。他没有道个"不"字,而且毕恭毕敬,活是个经不起宗教法庭审问的人。他替我们开了账房的门。安布华斯一面进去,对他说:"你至少得服从宗教法庭的命令,不得违抗。你到别的屋里去,让我从容执行职务。"萨缪尔对这道命令也不敢违拗,他守在店里,我们三人就进他账房,立刻动手搜寻他的现钱。我们一找就找出来了,都在一只开着盖儿的钱箱里,多得拿不了,装钱的口袋大堆儿叠着,只可惜全都是银元。我们但愿是金的就更好了,不过天下事哪能尽如人意,这是强求不来的。我们衣袋里、裤子里、凡是可以装钱的地方都塞满杜加。总而言之,我们身上沉甸甸地带足了钱,外面却看不出来。这全靠安布华斯和堂拉斐尔的手段,我才知道精通本行是最要紧的事。

我们大为得手,于是出了账房。宗教法庭的检察官老爷就拿出自己带的锁,亲手锁了门,封上火漆,盖上印章。这是什么道理,读者一猜便得。他随即对西蒙道:"萨缪尔先生,我以宗教法庭的名义,禁止你碰这具锁,封上的火漆也碰不得,因为上面有法庭盖的印,你该尊重。明天这时候我再来去封开锁,传宗教法庭的命令。"他说完吩咐开门,我们喜滋滋地鱼贯而出。我们才走了五十来步,就轻轻快快地放步走,虽然身负重担,却好像脚不沾地似的。我们一会儿出了城,跨上马,就往赛果布趱行,一面感谢水德星君①给我们发了这么个利市。

# 第 二 章

这件事后,堂阿尔方斯和吉尔·布拉斯决定了行止。

我们照向来的好办法连夜赶路,傍亮儿到了离赛果布八公里路的

---

① 水德星君(Mercure),古罗马神道,是雄辩家、商人和流氓盗贼的保护神。

一个小村子附近。我们都累了,又觉得不便到村上去歇腿,望见离村一千或一千二百步光景的山脚下有一簇杨柳,就欣然离了大道赶去。柳荫里很清凉,旁边一道小溪,柳树根都淹在水里。我们觉得那地方很好,决计盘桓一天。我们下了马,卸去鞍辔,放它们啃青;自己躺在草地上歇了一会儿,于是把口袋里的粮食和皮袋里的酒吃喝个精光。我们饱餐了一顿早饭,就把萨缪尔·西蒙那儿拿来的钱数着消遣。总共有三千杜加之多,加上原有的钱,我们可算很富裕了。

我们得去买口粮。安布华斯和堂拉斐尔脱掉了宗教法庭检察官和书记的服装,说愿意两人同去采办,又说才尔瓦那勾当引起了他们的胃口,很想到赛果布去看看有没有机缘再来一手。陆珊德的儿子说:"你们在柳树底下等一会儿,我们就回来。"我哈哈笑道:"得了!堂拉斐尔先生,干脆叫我们等太阳西边出吧。你们这一走,看来要好久见不到你们呢。"安布华斯先生答道:"这样猜疑简直是冒犯我们了,不过你说这话也是我们活该。你看了我们在瓦拉多利的作为,难怪要动疑,以为我们又要像上次把伙伴儿撇在瓦拉多利那样,满不在乎地撇下你们。可是你料错了,我们扔下的那几个伙伴都很刁恶,我们跟他们混不下去。对吃我们这一行饭的人有一点不该抹杀,不论什么行业合伙经营,往往争利吵架,还数我们这行里这类事最少。不过彼此性情不投,就不能相处得和洽,这也是人之常情。所以吉尔·布拉斯先生,我请你和堂阿尔方斯不妨对我们再信任点儿,别因为堂拉斐尔和我要到赛果布去就放心不下。"

陆珊德的儿子道:"叫他们不起疑心有个很现成的办法:只要把钱箱交给他们,就是个好押头,管保我们回来。你瞧,吉尔·布拉斯先生,我们直捷爽快。你们俩这来就有恃无恐,我也可以说,安布华斯和我走了决不怀疑你们会卷了这贵重的押头逃走。这是个明明白白的凭据,可见我们真心真意,你们还不十二分相信我们吗?"我说:"我相信了,现在随你们去干事吧。"他们带了粮袋酒袋,立刻动身,撇下我和堂阿尔方斯在柳树底下。堂阿尔方斯等他们走了,说道:"吉尔·布拉斯先生,我得把心事告诉你。我怪自己当初太随和,跟着那两个混蛋到这里。你不知道我懊悔了多少回。昨天晚上我看守着马匹，只觉得万念钻心。我想一个有品的青年不应该跟拉斐尔和拉莫拉这种坏蛋一起混。也许哪天不凑巧，一场骗局害咱们落了法网，我就得含羞忍耻地跟他们一起受侮辱挨刑罚，仿佛也是个贼骨头。我常在设想这种情景。老实告诉你，我不愿意再帮他们干坏事，决计从此跟他们分手了。我这打算想来你不会反对。"我回答道："我决不反对。你别看我在萨缪尔·西蒙那出戏里扮了个公差，就以为这种把戏合我的口胃。我指天为证，我串那好角色的时候心上就在想：'说真话，吉尔·布拉斯先生，你要是这会子给法院一把颈皮抓去，受罚正是活该！'堂阿尔方斯先生，我实在也不甘心跟这种坏人在一起。你要是有意，我可以陪你。等他们俩回来，请他们把钱分了；明天一早或者今儿晚上就和他们分手。"

赛拉芬美人的情郎赞成我那主意。他说："咱们先到瓦朗斯，由那儿上船到意大利，可以到威尼斯共和国去当兵。与其过这种卑鄙龌龊的生涯，当兵不好得多么？咱们有了钱还很可以出头呢。我用这不义之财并非于心无愧。不过一来是迫不得已，况且我要是有一天打仗弄到些钱，我发誓一定要偿还萨缪尔·西蒙。"我说我也是一样的心思。总之，我们决定明天一黑早和我们同伴散伙。我们并不想乘他们不在占便宜，就是说，马上拿了钱逃走。按说我那番在公寓里受过他们骗，这次就是卷逃也情有可原。不过他们既然把钱交托给我们，表示信任，我们就连这种心都不能起了。

安布华斯和堂拉斐尔傍晚从赛果布回来，头一句话就告诉我们，这趟跑得很顺利，已经布置好一个骗局，看来比前番更用得着我们。陆珊德的儿子就要细讲，可是堂阿尔方斯客客气气地声明他生性不惯过这种日子，决计要分手。我说也是这般打算。他们极力劝我们跟着走码头，可是没用。我们把钱四份均分，第二天清早，我们俩就跟他们分手上瓦朗斯去。

## 第 三 章

堂阿尔方斯稍有困厄,随又欢天喜地;
吉尔·布拉斯交运,忽然到手个好差使。

我们高高兴兴到了布诺尔,偏偏时运不凑,只好逗留下来。堂阿尔方斯病了。他大发烧,又抽筋,我怕他要送命。幸亏那地方没有医生,我不过担了一场虚惊。三天之后他已经没事,有我小心伏侍,就渐渐复元。他非常感激我为他尽心。我们真是情投意合,就结成生死之交。

我们又上路,还是决定先到瓦朗斯,一有机缘就上意大利去。可是老天另有安排,替我们留着一步好运呢。我们看见一座很好的庄子门口围着一大簇村民,男男女女成圈儿跳舞玩耍。我们近前去看热闹,堂阿尔方斯大吃一惊,他真是意想不到,看见了石坦安巴赫男爵。男爵也看见他了,张着两臂迎上来,欣喜欲狂地说道:"啊!堂阿尔方斯!原来是你!真是巧遇!满处地找你呢,可可的你撞来了。"

我的伙伴立刻跳下马,赶上去拥抱男爵。我看那男爵乐得不可开交。那老头儿对堂阿尔方斯说:"来,我的孩子,你就要知道自己的出身,交上大好运了。"说完就领他到庄上。我早已下地,把两匹马拴在树上,这时就跟着进去。我们顶头碰见庄主,他五十来年纪,一表好相貌。石坦安巴赫男爵指着堂阿尔方斯道:"大爷,这就是令郎。"庄主堂西泽·德·李华一听这话,就抱住堂阿尔方斯的脖子,悲喜交集,说道:"好儿子,认认你的生身父亲。我迟迟没让你知道出身,实在是万不得已。我常为这事叹恨,可是别无办法。我爱上你妈妈,就娶了她,她门第远不及我。我上有严父管束,这门亲事没经他准许,声张不得。我这秘密只有石坦安巴赫男爵一人知道。他帮我的忙,把你抚养成人。长话短说,我爸爸去世了,我可以声明你是我惟一的继承人了。"又道:"还有呢,我替你定了一位门当户对的年轻太太……"堂阿尔方斯打断他道:"爸爸,别叫我赔了苦恼来换你刚才的喜信。我知道是你的儿子,正觉得荣幸,难道你非要立刻给我一个恶消息么?啊,爸爸,别比你的爸爸更狠心,他虽然不赞成你用情,至少没逼你娶亲。"堂西泽答道:"孩子,我并不想硬逼你。不过你且依我见一见我替你挑的人,你只要听我这一句话。她相貌漂亮,又是个很好的对头,不过我答应你,我决不强迫你去娶她。她就在这田庄上。跟我来,你回头自会承认她是个绝顶可爱的人儿。"他一面说,就领堂阿尔方斯到一溜屋里,我和石坦安巴赫男爵也跟了去。

玻朗伯爵和他的两个女儿:赛拉芬和如丽,还有他的女婿堂范尔南·德·李华,也就是堂西泽的侄儿,都在那里,另外还有几位太太和绅士。堂范尔南带如丽私奔,上文已经说过。这天正因为这一对情人结了婚,附近村民聚来庆祝。堂阿尔方斯一进去,他父亲把他对客人介绍之后,玻朗伯爵立刻站起来,赶上去拥抱他,一面说:"欢迎我的救命恩人!"又对他道:"堂阿尔方斯,你瞧瞧宽宏大度的人多么讲道义。你虽然杀了我的儿子,却救过我的性命。我对你的怨毒一笔勾销。赛拉芬的名节是你保全的,我就把她嫁给你,这样来报你的恩。"堂西泽的儿子忙对玻朗伯爵说他怎么感恩入骨。他既知道了自己的出身,又要做赛拉芬的夫婿,我真不知道他两件事究竟哪件更得意。婚礼果然几天内就举行了,几位当局者都非常称心。

我也是玻朗伯爵的救命恩人。这位爷认得我,他说要尽力看顾我。我感谢他的厚意,却不愿意离开堂阿尔方斯。堂阿尔方斯叫我做了他的管账,十分宠信。他念念不忘诈骗萨缪尔·西蒙的事,一结婚就派我把偷的钱全数还给那商人。我就去偿还欠款。这原是管账们办交代的时候干的事,我却一上任就干了。

第 七 卷

# 第 一 章

吉尔·布拉斯和萝朗莎·赛馥拉大娘的私情。

我到才尔瓦把我们偷的三千杜加送还那位萨缪尔·西蒙。老实说,我在路上有点心动,想吞灭这笔钱,只算做了管账发个利市。我尽可以来这么一手,逍遥无事,只要逛五六天回去,就算把差事办完了。堂阿尔方斯和他父亲偏袒我,不会动疑。万事都很凑手。可是我没有干出来,而且竟可以说,我自居君子,克制了贪心。一个跟大骗子混过的小子居然能这样就很难为他了。好些人只跟上等人交往的也未必那么廉洁。受委托代管钱财的人,中饱了不怕拆穿,他们对这类事情知道得最清楚。

那商人想不到这笔钱会偿还。我交代清楚,就回到李华的庄上。玻朗伯爵已经带着如丽和堂范尔南上路往托雷都去了。我觉得新主人对赛拉芬越发痴情,赛拉芬也很喜欢他,堂西泽有这一对儿子媳妇非常欣慰。我极力讨好那位慈父,居然如愿。我做了合府的总管,一手经理大小家事:田租由我收,日用由我开销,用人统统受我约束。总管照例作威作福,我却不然。我不把我嫌的用人撵走,也不责备用人对我一人尽忠。他们要是向堂西泽父子当面求恩,我非但不从中作梗,还帮着说好话。两位东家喜欢我,常常形于辞色,我感激得一心愿为他们效力。我只为他们打算,在我任内从没弄过一分玄虚。我这种总管,人家哪里去找呢。

我正欣幸交了好运,那爱情之神看见命运这般待我,好像动了醋意,要我也对他感恩。他叫赛拉芬手下为头的仆妇萝朗莎·赛馥拉大娘对总管先生大为倾倒。要是用史家直笔写来,为我颠倒的人儿已经靠五十岁了。可是她神气清爽,脸儿也不讨厌,一双美目惯会流盼送睐,因此还算得是男人家的艳遇。我只嫌她脸色不红润,因为她苍白得厉害。我以为这都是没嫁男人清淡出来的。

这大娘一双含情的眼睛只顾来撩我。可是我并不和她眉来眼去,起初只装不知不觉。她看我外行,倒不讨厌。她以为这小子不解事,单靠眉目传情不行,所以第一次跟我谈话就把衷情讲得明明白白,不由我再糊涂。她完全是此中老手的行径;她装出怪不好意思的样子,一口气讲完,就遮着脸儿,仿佛道破了心病害羞得紧。我只好承她的情了。我这来并非完全真心,大半出于虚荣,但是我装得很感激她这番情意。我还做出热切的样子,好像情不自禁,竟招她怪了几句。萝朗莎说得很和婉,虽然嘴里叫我尊重,我看出她并不恼我放肆。我还要闹下去,可是我心爱的人儿恐怕我上手太容易,会把她看得轻贱。我们就此分手,等下回再聚。赛馥拉以为假意推拒了一番我准把她当个守贞的处女了;我却做着好梦,想不日就成其好事。

我这件私情事儿正得手,堂西泽的跟班告诉我一个扫兴的消息。有种好管闲事的用人,家里什么事情都钻头觅缝地打听,这小子就是那种人物。他对我趋奉得很,每天总来讲些新闻凑趣。一天早上,他说探得一件趣事要告诉我,只是不可以说出去,因为干系到萝朗莎·赛馥拉大娘,怕招她的恨。我急要知道,当然答应决不泄漏。我只作漠不关心,极力做得镇静,问他探得了什么来给我解闷的。他说:"萝朗莎每晚上偷偷儿把村上的外科医生弄到她屋里去,那家伙是个结结实实的年轻小伙子,在她房里总有好一会耽搁。"又很调皮地说:"也许这里面毫无暧昧,我但愿如此;不过你承认吧,一个小伙子鬼鬼祟祟溜到个女人屋里,不会当她好货的。"

我听了大气,仿佛真爱上了那个女人似的,只是我不露在脸上,尽管这消息刺心,我勉强还打了个哈哈。不过我等到左右无人,立刻把这股逼住的气发泄个畅快。我骂啊,咒啊,又盘算怎样对付。我一会儿瞧不起萝朗莎,想不跟那骚货理论就把她丢开;一会儿想想,自己体面有关,不能放过那个外科医生,就要找他决斗。我决计这样办。我傍晚等在暗地里，果然看见那人鬼鬼祟祟地进女监护的屋里去。我一腔愤火本来也许会退，这来就难消了。我跑出田庄，候在那个情人回家必经的路上。我气昂昂地等着，急要动手，一时一刻都难耐。好一会儿我的情敌来了。我气势汹汹地抢上几步，可是不知怎么回事，我就像荷马史诗里的一位英雄那样，忽然一阵害怕，不敢向前。我跟帕里斯上场和墨涅拉俄斯①交手的时候一般慌张。我把那人端详一下，觉得他身强力壮，他的剑也长得出奇。这对我都有影响，越见得事情凶险，又加我生就的脾气只想退缩，但是体面攸关，或者还有别的缘故，我居然大胆迎着那外科医生，挥剑杀上去。

他见我这般行径，吓了一跳，嚷道："怎么回事儿啊？吉尔·布拉斯先生，干吗做出这副游侠武士的腔儿来呀？你开玩笑吧？"我答道："呸！理发匠先生②，谁跟你开玩笑！我要瞧瞧你的胆量可赶得上你的风流劲儿。你要跟方才在田庄幽会的女人做相好，休想我会让你安顿！"那外科医生哈哈大笑道："圣贡玛③在上，这是笑话了！天啊，万事不能只看皮毛的。"我一听这话，料想他怕打架不亚于我，就越加盛气凌人，打断他道："去你的吧！朋友！去你的吧！别以为抵赖一句我就买账。"他道："我看只可以跟你讲讲明白，免得你我总有一人遭殃。吃我们这行饭，嘴要关得紧，可是我不得不向你泄漏一件阴私了。萝朗莎大娘偷偷儿把我弄到她屋里去，因为防别的用人知道她的病。她背上有个多年治不好的恶瘤，我每晚去替她包扎疮口。我去看她就是这个道理，倒害你疑神疑鬼。从此你放了心吧。不过，你要是以为我这几句辩白还不行，一定要跟我交手，你只消说一声，我不是个不肯动手的人。"他一壁拔出那把吓得我发抖的长剑，摆出阵势，神气很不好惹。我把剑插进鞘里，说道："这就成，我不是蛮不讲理的家伙，你一讲明白就不是我的冤家了。咱们拥抱吧。"他听了这话，方知我起初看来凶狠，其实不然，他笑着插上剑，张臂相迎。我们就和和气气分手。

---

① 荷马史诗《伊利亚特》第三卷开首写帕里斯出阵，墨涅拉俄斯见了仇人，直扑上去。帕里斯看来势凶猛，心惊胆怯，退入阵内。
② 从前理发师往往兼做外科医生。
③ 古罗马时代殉教的基督徒，是医生的保护神。

从此我想到赛馥拉只觉得厌恶。她找我密谈，我总是躲避。我躲得太露痕迹，竟给她看出来了。她奇怪我前后大不相同，要知道什么缘故。她得空把我拉过一边，说道："总管先生，请问你干吗见我就跑？从前你变着法儿来找我，现在一心只想避我。当然是我先来就你，不过你也有意思呀。请你追想咱们俩私下说的话吧。你那时候一盆火热，现在阴冰冷气，这是什么道理？"这一问，叫个坦率的男人很难应对。所以我很窘。我忘了怎样回答的，只记得她听了气得不得了。赛馥拉虽然看样儿和婉柔顺，像只小绵羊，一发火可像只母大虫。她眼睛里又恨又怒，瞅着我道："我十分抬举你这种小人，向你吐露衷情，大爷贵人得我如此也要受宠若惊呢。我自轻自贱，会看上个混蛋流氓，活该受这番报应。"

她不就此罢休。要不然，我太便宜了。她气头上一条舌头把我千般辱骂，越骂越凶。我明知应该平心静气挨她的，并且应该想想，我勾引得人家肯为我失身，倒又鄙夷不屑起来，这种罪过女人决不原谅。要是个晓事的人身当此境，一笑置之罢了。可是我火气太旺，不肯受她辱骂，我按捺不住，说道："大娘，咱们别瞧不起人。你说的那些大爷贵人要是见了你的背脊，一定索然扫兴。"话刚出口，那女监护气疯了，下死劲打了我一个大耳刮子，女人发狠从没这般下毒手的。我不等她来第二下，赶快逃走，躲过了雨点也似的一顿拳头。

我感谢上天保佑我逃出这重难关，以为那女人出掉一口恶气，事情就完了。我想她要面子，不会把这事说出来。果然，过了半月没听见提起这话。我自己也不去想它了，忽然听说赛馥拉在生病。我还是个好人，听了消息很难受。我可怜她，以为那倒霉的痴情人害了单相思，支撑不住。我想到病由我起，心里抱歉，虽然不能爱她，至少是怜她的。我真看错了她！她由爱转恨，一心只想害我。

一天早上，我跟堂阿尔方斯在一起，看见这位大爷忽忽若有所思。我恭恭敬敬问什么缘故。他说："我气的是赛拉芬糊涂，没公道，没良心。"他见我诧异，就说："你想不到，可是这是千真万确的。我不懂赛馥拉大娘为什么恨你，不过我可以告诉你她恨你到什么田地。她说，假如你不赶快离了这儿，她就活不成了。赛拉芬一向喜欢你，她看见人家恨你，当初很不以为然，否则她也就没公道没良心了。不过她毕竟是个女人。她是赛馥拉带大的,对她情分很深,把她当妈妈看待,如果不偏护着她,真的害了一条命,于心不安。但是我尽管爱赛拉芬,决不肯脓包也似的迎合她,惟命是听。你虽然是个用人,倒像我的兄弟,让西班牙的女监护都死尽,我也不放你走的!"

我等堂阿尔方斯讲完,说道:"大爷,我生来是造化的玩物。我在您府上,看一切情形,都好像从此可以过快活安闲的日子,满以为再不受命运播弄了。可是我尽管称心,只得咬定牙关往别处去。"堂西泽的儿子很厚道,回答说:"不,不,让我跟赛拉芬理论去。总不成纵着个女监护的脾气割舍了你;我们别的事上已经爱护得她无微不至了。"我答道:"大爷,您拂逆了赛拉芬,反叫她赌气。我再待在这儿,万一害得你们一对好夫妻不和不睦,倒不如走开好。如果出了这种不如意的事,我要抱恨终身的。"

堂阿尔方斯不准我打这个主意。我看他决计撑我的腰,我要是挺一挺,萝朗莎准是枉费心机。要是我意气用事,也许会来这么一下。我有时候气不过这个女监护,真想不饶她。可是这个可怜东西的病都是我害的,要是再把她瞒人的事闹出来,就好比拿刀子戳她,何况她害了两重不治之症,眼看着要送命的。我这样一想,就只可怜她了。我想自己既然是个害人精,应该老老实实抽身引退,让田庄上重过太平日子。第二天清早,我就这样做了。我没有向我两位主人告辞,怕他们情谊深重,不让我走。我只把做总管任内的账目详细开了一篇,留在自己房里。

# 第 二 章

吉尔·布拉斯离了李华的田庄,如何下落;
他恋爱不成,却交了好运。


我骑的是自己的好马;手提箱里有二百比斯多,大半从杀掉的强盗身上和萨缪尔·西蒙那儿抢的三千杜加上来的。堂阿尔方斯掏腰包还了整笔的钱,没叫我把分的赃吐出来。我因为款子已经还清,觉得手里的钱名正言顺是我的了,拿着于心无愧。我有了这点本钱可以不忧来日,而且在我那年纪,总自信很有本领。再加托雷者还有我安身的好地方。我拿定玻朗伯爵准欢迎救命恩人,愿意收留。不过我把这位爷只当做一个退步,不想马上就去投靠。我决计先到缪西和格拉纳达游历一番,花掉些钱;尤其想到格拉纳达去。我打定了主意,先上阿尔曼萨,于是沿路一处处逛,直到格拉纳达,没碰到什么不如意的事。命运之神好像作弄得我够了,不再捣乱。可是这促狭鬼还安排下好些圈套给我钻呢,看下文就知道。

我在格拉纳达街上头一个碰见的就是堂范尔南·德·李华——堂阿尔方斯的连襟,玻朗伯爵的女婿。我们会在那儿碰头都觉得诧异。他喊道:"怎么的?吉尔·布拉斯,你在这儿啊!跟谁来的呀?"我答道:"大爷,您想不到会在这个地方碰见我吧,您听见了我离开堂西泽大爷父子的缘由,还要诧异呢!"于是我把赛馥拉和我的事源源本本地讲了,一无隐瞒。他哈哈大笑,又正色道:"朋友,让我来替你打个圆场吧。我写一封信给我内姨……"我急忙打断他道:"不,不!大爷,请不要写信给她。我出了李华的田庄,不想再回去。承您一番好意,请在别处帮忙吧。您的朋友若要用个书记或管账,求您帮衬几句。我敢说,决不会弄到人家怪你保荐非人。"他道:"很好,我依你就是了。我这回到格拉纳达来看望一位年老多病的姑母。我有个田庄在罗基,如丽就住在那庄上,我在这儿再耽搁三个礼拜就要回去的。"他又指指一百步以外一家客店道:"我就在那里住。你过两天来看我吧,说不定我会替你找着个合适的事。"

下一回我们见面,他果然说道:"格拉纳达大主教跟我是亲戚而兼朋友,他要用个人,这人得读过点书,写一笔好字,能替他誊清稿子,因为他是个大作家。他写过不知多少宣教劝善的文章,现在还天天写,朗诵出来,人家听了都很赞叹。我觉得他正用得着你,我向他保荐,他已经应允。你去见见他,就说我叫你去的。你看他接待的态度就知道我有没有替你说好话了。"

这事正合我心。所以我一个早上想去见见那位教会里的大佬,打扮整齐,就上大主教府去。我若要摹仿小说家的笔法,得把格拉纳达大主教府邸铺张描摹一番:形容房子如何构造,夸说陈设如何富丽,叙述里面有什么雕像、什么图画,连画的故事也要一一交代。可是我干脆只说一句话:这位大主教的府邸辉煌富丽,赛得上皇宫。

府里成群的教士和带剑的人,大半是大主教大人手下的执事:主持本府弥撒的教士呀,家人呀,和侍从亲随之类,那些在俗没出家的,一个个衣服华丽,看来哪里像什么仆从,倒像是贵人大爷。他们神气活现,装得身份十足。我看着他们,忍不住心中暗笑。我想:"好哇!这起人真有福气,不知道自己是奴才。我想他们要是知道,就不会这样骄矜。"这时候大主教书房门外站着个道貌岸然的胖子,专管开门关门,我上去招呼,恭恭敬敬地求见大主教。他冷冷地说:"你等着吧,大主教大人就要出去听弥撒,你可以拦上去见他一面。"我听了一声儿没言语。我捺定性子,想跟府里执事攀谈几句。可是他们哼一声都不屑,只把我从脚下看到头上,彼此使个眼色,傲然微笑,笑我不识进退,居然敢和他们交谈。

老实说,我受了这起用人的怠慢觉得很窘。我心神还没十分镇定,忽然书房门一开,大主教出来了。那些执事立刻鸦雀无声;他们一见主人,马上收敛起傲态,装得毕恭毕敬。这位教会大佬已经六十九岁,长得有点像我舅舅吉尔·贝瑞斯大司铎,换句话说,是个矮胖子。再加他两腿往里弯,头上光秃秃,只剩后脑一撮儿头发,所以只好戴上一顶长耳朵的细羊毛帽子。虽然如此,我觉得他自有一种高贵的气度,这当然是因为我知道他地位高贵的缘故。我们平头百姓对贵人阔佬有成见,尽管他们生相庸俗,也觉得气宇不凡。

大主教先走到我旁边,声气和悦地问我有什么事。我说我就是堂范尔南·德·李华荐来的人。他不等我说下去就道:"啊!是你!他夸赞的就是你!我留你在这儿做事了,要借重你呢。你就搬来住得了。"他说完又跟几位教士谈了几句,就扶着两个侍从出去。他一走,方才那些不屑理我的执事立刻赶来攀话。他们围着我献殷勤,欢迎我做了同僚。他们听见主人对我说的话,急要探问我的职位。可是我使乖不说,他们瞧我不起,我要出口气呢。

大主教大人一会儿就回来。他叫我到书房去密谈。我瞧透他要考我,所以小心翼翼,准备字斟句酌的回答。他先问我经典,听我对答得不错,知道我对希腊、拉丁著作还算熟悉。不出我之所料,他接着又考我雄辩学。他觉得我这一门很内行。他有点诧异,说道:"你受的教育不错啊。现在瞧瞧你的书法吧。"我忙把特意带去的一页字掏出来,这位教会大佬看了也还惬意,说道:"我喜欢你这笔字,更喜欢你的才学。多谢我的外甥堂范尔南荐给我这么个好孩子,我受惠不浅。"

这时候到了几位当地的绅士,大主教请来吃饭的,我们谈话就此打断。我撇下他们,退到执事班里。那些执事对我殷勤得不得了。开饭的时候我跟他们同吃;他们很留心我,我也仔细看他们。那些教会中人看来都是些有道之士!我到了这府里不由得肃然起敬,觉得他们都是圣贤一般。我一点没想到他们是仿造的假货,满以为教会首脑左右决没有这种人。

我座旁是个老亲随,名叫梅尔希华·德·拉·洪达。他只顾挑好菜敬我。我也殷勤还敬,他很喜欢我彬彬有礼。饭后他低声说:"先生,我很想跟你密谈几句。"他带我到府里一个僻静去处,说道:"孩子,我一看见你就很喜欢。不信你瞧,我有几句机密话相告,你可以得益不浅。咱们府里鱼龙混杂,要摸清路数不知得何年何月。我免得你费时候费心思,想把各人的脾气性格儿跟你讲讲。你以后做人就容易了。"

他又道:"我先从大主教大人说起吧。这位教会大佬很虔诚,孜孜不倦地讲道说教、劝人为善,讲稿都亲自动笔,里面全是金玉良言。他离开朝廷已经二十年,全心全力做教民的司牧。他是个博学之士、雄辩之才,专爱讲道,讲来非常动听。也许他这里面有几分是好名,不过肉眼瞧不透人心,况且我吃他的饭,不该找他的错儿。要是许我挑眼的话,那我就要说他太苛刻。他对有过错的教士非但绝不宽容,还惩罚得太凶。有些教士自信无罪,对他倔强,仗法律来撑腰,他就越发狠心害他们。他还有一种短处,也是贵人的通病。他虽然对底下人厚道,却不把他们的功劳放在心上,随他们做到老也不想帮他们成家立业。他偶尔也给些赏赐,不过要是旁人没说好话,他就从来想不到给用人一丝一毫的恩惠。"

这是老亲随讲他主人的话。他随又讲到他对同席那些教士的意见。他刻画的真相和这几位的外表大不相同。其实他也没说他们是坏人,只说是很糟的教士。但是也不可一概而论,有几个据说人品很好。我见了那起先生从此不觉得局促了。当夜晚餐的时候,我就学他们装出一脸道学,这又不费什么的。所以假道学先生那么多,实在难怪。

# 第 三 章

吉尔·布拉斯做了格拉纳达大主教的红人，
向大主教求情只消走他的门路。

那天午后，我到客店里搬了行李马匹，回大主教府去吃晚饭。府里已经替我收拾好一间很讲究的屋子，床上铺着鸭绒被褥。第二天清早，大主教召我去，叫我誊写一篇宣教的文章。他叮嘱我务必小心，不许脱误。我果然抄得一字不错，音标句读一个都没漏掉。他看了满脸欢喜，带几分惊奇。他把我的誊清一页页看了一遍，快活得不得了，说道："老天爷！要这样一字不错，哪里还有啊？你抄写得这样地道，一定文理精通。朋友，你老实告诉我，你抄来有哪儿不顺眼么？有什么造句欠斟酌，或者措词不妥当的地方么？我一口气放笔写来，难免疏忽的。"我谦逊道："啊，大人，我哪有眼光来批评呢；就算有那眼光，我相信对您大人的文章也没得说的了。"那教会大佬听了微微一笑。他没说什么，不过我看得出，他尽管满脸虔敬，可是做了个文人，还是难免流露出文人的通病来。

我这番奉承赢得他欢心，从此日见宠幸。堂范尔南常来省视，据他说，我那样得宠准有前程。不多几时，我主人也当面跟我那么说，我且讲讲当时的情形。他要上大教堂讲道，前一夕先在书房里向我演习，把讲稿念得兴会淋漓。他不但问我大体如何，还逼我把特别惊心动魄的地方指出来。可巧我举的几段正是他得意之笔，因此他以为我这人对文章妙处颇能领悟。他说道："这才叫有文心！有文情！好！我的朋友，老实跟你讲，你不是个没耳朵的俗物。"他对我喜欢极了，高高兴兴地说："吉尔·布拉斯啊，你从此不要担心前途了，都在我身上，准叫你得意。我喜欢你，不信只要看，我叫你做我的心腹呢。"

我听了这话感恩入骨，立刻跪在他大人脚边，一片诚心地抱住他那对弯腿，自以为青云得路了。大主教给我这来打断了话头，他稍停又道："真的,孩子,我要嘱咐你几句心窝里的话,你留神听着。我喜欢讲道,我上邀天佑,我的宣教文章能够感动罪人,使他们反躬自省,悔过向善。我居然能使守财奴听了我形容贪吝的报应吓得大破悭囊,慷慨施舍;我能使贪欢纵欲之徒收心敛迹;热衷进取之辈纷纷出家修道;给野男人引动心的妻子守贞不贰。这类改过自新的事很多,我应该单为这点去苦干。可是老实说,我有个毛病:人家对琢磨精致的文章总很钦佩,这点文名我还贪图,我虽然律己很严,常常责备自己不该如此,也是枉然。我羡慕的荣誉就是做个尽善尽美的修辞家。人家觉得我的文章兼有阳刚阴柔之美。可是才高的文人往往一辈子写个不休,我要不犯这种通病,在享盛名的时候就搁笔不写。"

那位教会大佬接着道:"所以,亲爱的吉尔·布拉斯,你既然赤心为我,我责成你一件事。几时你看出我老朽颓唐、才思减退,务必告诉我。我自己看不准,自矜自负的心会叫我糊涂的。要有超然事外的眼光才断得明白。你眼光不错,我选中了你,将来凭你裁定。"我答道:"谢天保佑,您大人离那时候还远着呢。况且像您大人这种天才,自会比人家保持得长久,实在是永远不会衰退的。齐莫内斯①红衣大主教才力过人,不但老而不衰,而且老当益壮,我看您也是这样。"他打断我道:"朋友,别奉承!我知道我会突然间一落千丈的。到我这年纪,身体渐衰,心思才力也就差了。我再跟你说一遍,吉尔·布拉斯,几时你认为我老朽昏庸,立刻警戒我。尽管直说,尽管说真话。我听了你的警戒,就相信你是真心爱我。而且这也跟你切身利害有关。要是外面议论我文章没有先前那样神完气足,应该搁笔,这话要是吹在我耳朵里,你要倒霉的:我干脆对你说吧,到那时候,我对你的情分、我许你的前程,一股脑儿都完了。假如你死心眼儿以为不向我直说为妙,就落得这样下场。"

我东家说到这里,就顿住看我怎么说。我答应他一定遵命。他从此什么都不瞒我,把我当亲信。除了梅尔希华·德·拉·洪达之外,府里那些执事见我得宠,个个心怀妒忌。那些家人侍从对待大主教大人的心腹,态

---

① 齐莫内斯(Francisco Ximenès de Cisneros,1436—1517)红衣大主教是西班牙皇帝斐狄南(Ferdinand)朝里的权臣。

度煞是好看。他们要讨我好,不惜卑躬屈节,我简直以为他们不是西班牙人。我虽然看透他们对我恭而且敬是别有用心,我还是与人方便。我说了情,大主教大人就为他们出力。他替一个家人弄到个军官的职位,又帮他置备行装,让他在军队里有体面。他替另一个家人在墨西哥弄到个要职,送他上任去了。我又替我的朋友梅尔希华求得一大笔恩赏。我因此知道那位教会大老虽然自己想不到给下人好处,却不大拒绝人家的请求。

我帮过一个教士的忙,这事值得一叙。有一天,我们的管家带了一位路易·加西亚斯学士来见我。这人年纪还轻,相貌很漂亮。那管家说:"吉尔·布拉斯先生,这位教士是上等人,跟我很要好。他在修女院里做过驻堂神父。外面造谣言糟蹋他。有人在大主教大人面前说他坏话,他大人就把他停职,而且真糟糕,他大人对他横着成见,谁去求情都不理会。我们找了几位格拉纳达最有地位的人代他请求复职,咱们东家一点松动的意思都没有。"

我说道:"两位先生,这事已经弄得很糟了。他们没替学士大爷求情倒还罢了;这一帮忙反而帮坏了事。我知道他大人的脾气。求情啊,说好话啊,反叫他把这教士的过错看得大了。我新近还听他自言自语说:'一个不守清规的教士越是请托得人多,他的丑事就越闹得大,我越要对他罚得凶。'"那管家道:"这可惨了,我这位朋友要不靠一笔好字,就难过日子了。亏得他书法精妙,靠这本事还可以混。"人家这般夸赞他的书法,我很想瞧瞧比我的如何。那位学士随身带着字样儿,拿出一页来给我看。我一瞧佩服得很,真像大书家的手笔。我展玩着这页好字,忽然心生一计。我请加西亚斯把这页字留下,我说也许用得着,对他的事不无小补,目前且不说明,过一天再细讲。管家大概在学士面前夸过我聪明,那学士告别的时候非常高兴,竟好像已经复职了似的。

我真愿意他复职,当天就按下面说的办法去行事。我跟大主教两人在一起,我就拿出加西亚斯的字样子请他看。我东家好像很喜欢。我乘机道:"大人,您既然不愿意把您讲道的稿子付印,我想至少得用这样的字来个抄本。"

那位教会大佬答道:"你的书法很好。不过我老实说,我的文章要是用这样的字抄一份,倒实在不错。"我答道:"您大人只要说一声呀。写这笔好字的人是我相识的一位学士。他可怜得很,现在光景艰难,要是能借此打动您的慈悲提拔一下,他替您效劳越发高兴了。"

那位教会大佬不免问起那学士的姓名。我说:"他名叫路易·加西亚斯。他失了您的欢心非常苦恼。"他打断我道:"我要是没记错,这个加西亚斯做过修女院的驻堂神父,曾经受到教会的惩罚。我还记得人家向我控诉他的报告书呢。他品行不大好。"我也打断他道:"大人,我不想替他辩护,可是我知道他有冤家。据他说,对您来控告他的人一心想陷害他,讲的都是谎话。"大主教道:"也许有这种事,世上确有极阴险的人。况且,就说他过去品行有亏,现在也许已经悔改了。总而言之,一切罪过都是可以宽恕的。你带这位学士来见我,我把他的停职处分解除了。"

苛酷透顶的人看见切身利益受到干碍,就会这样宽大。当初权贵说情,大主教都不理;现在他要自己的文章誊写得漂亮,贪这点好看,就毫不为难地卖了个情面。我赶紧把这消息告诉管家,他就去通知他的朋友加西亚斯。这学士第二天跑来,得了这般恩典,对我自有适当的道谢。我带他进见,我主人只轻描淡写地责备几句,就把自己的讲稿给他誊清。加西亚斯抄写得非常好,所以恢复了原职。他还得了加比的俸收,那是格拉纳达附近的一个大镇。可见吃教会的俸禄不在乎道德。

# 第 四 章

大主教中风。吉尔·布拉斯的为难;他如何对付。

我这样东帮人忙、西帮人忙的当儿,堂范尔南·德·李华要离开格拉纳达了。我在这位爷动身之前去看他,因为承他荐了我这个好事情,再去道谢一声。他看我非常得意,就说:"亲爱的吉尔·布拉斯,你在我大主教舅舅那儿称心,我也很高兴。"我答道:"我喜欢这位教会大佬,我也应该喜欢他呀!他这位爷不但为人和气,而且给我种种恩典,我真感激不尽。亏得这样,我离了堂西泽父子还差可自慰。"他道:"我相信他们俩少了你也很懊恼。不过你们未必永远不聚头,也许命中派定,将来又会碰在一起。"我听了这话有点儿伤心。我叹了口气,当时觉得对堂阿尔方斯情分很深,要是李华府里那重魔障已经消除,可以安身,我情愿撤了大主教以及他许下的美满前程,再回那边去。堂范尔南看出我心烦意乱,也很感激,他拥抱了我说,他们全家人对我的运道一辈子关心的。

这位绅士动身两个月以后,正在我最得宠的时候,大主教府里突然起了个大惊慌,大主教中风了。幸亏救治迅速,医疗得法,几天后他就霍然而愈。不过他的心思才力大受损伤,我瞧他病后第一篇讲道的稿子就觉知了。可是我看这一篇跟他以前的文章虽然有差别,还不显著,不好贸贸然就说这位修辞家已经才退。我等他下一篇来看看清楚,再行定夺。啊!这一篇可是毫无疑义了。这位教会大老说话重来复去,格调忽然高不可攀,忽然又俗不可耐。这篇讲稿噜噜苏苏,一派老学究的套语,是很滥俗的宣教文章。

这事不单我看出来,听讲的人大半也像奉命留心他文章的,都窃窃私语道:"这篇演讲有点痰气。"于是我想道:"唅!鉴别说教文章的先生啊,该执行职务了。你看出他大人一落千丈,你不但做了心腹应该告诫,还得防他或有心直口快的朋友抢在你头里呢。那么以后的事就可想而知。他传给你的一份遗产准比赛狄罗学士的图书值钱,这样一来,遗嘱上就把你一笔勾销了。"

我这样盘算了一会儿,又反过来想想,觉得这个忠告很难出口。我想那种沾沾自喜的文人听了不会入耳。可是我撤开这个念头,想他曾经那么叮叮嘱嘱,决不会动气。况且我自信措词委婉,能把这丸苦口良药顺顺当当送下他的咽喉。总而言之,我认为讳而不说更不妥当,所以决计告诉他。

我不知从何说起,这也是个难题。可巧这位修辞家替我解了难题,问我外面有什么议论,对他最近的讲道是否满意。我说:"您的讲道向来人人佩服;不过最近一篇好像没有从前那样动人。"他诧异道:"怎么的? 我的文章碰到什么法眼了?"我答道:"不是的,大人,不是这话。您这样的文章谁还敢批评,那是人人倾倒的。不过呢,我因为您吩咐过,您叫我直说,叫我说真话,所以我大胆告诉您,我觉得您最近讲的一篇仿佛没有从前那样气力充沛,您也觉得么?"

我主人一听这话,脸都青了,勉强笑了一笑,说道:"吉尔·布拉斯先生,原来我这篇文章不合你的脾胃?"我慌忙打断他道:"不是这话,大人,我觉得非常之好,只是比了您别的文章,稍为差劲点儿。"他答道:"我懂你的意思,你觉得我才退了,是不是?干脆说吧,你以为我该作退计了?"我道:"您大人要没有吩咐在先,我决不敢这样大胆胡说。我只是敬遵台命,我诚惶诚恐求您别怪我放肆。"他忙打断我道:"我哪里怪你!上帝也不容的,那就全不讲公道了。我一点儿不怪你把意见说出来,我只怪你那点意见。你一知半解,我从前真是上了你的大当。"

我虽然狼狈,还要想法圆转几句,把话说回来。可是惹恼了一个文人,而且又是个吃惯马屁的文人,有什么法子来平他的气呀?他说道:"不用多说了,孩子。你还是个毛头小伙子,看不出真正好歹。我告诉你吧,我这篇讲道文章不入你眼是个憾事,不过这却是我生平最得意之笔。谢天保佑,我的才力还一点儿没有衰减呢。从今以后,我挑选亲信得仔细点,要找个比你高明的人才行。"他推着我肩膀,把我直撵出书房,一面说:"走吧,去找我账房付一百个杜加,你拿了这笔钱让天照应你吧!再见了,吉尔·布拉斯先生,愿你万事如意,看文章的眼力也再长进些。"

# 第 五 章

吉尔·布拉斯给大主教辞退后的行止;凑巧碰到
受过他大恩的那位学士,那人如何报答。

我从书房出来,一路咒骂大主教反复无常,说得干脆些,我竟是骂他昏聩无理。我失了宠懊丧,还在其次,实在是对他气愤不过。我甚至于踌躇了一下,要不要拿他那一百杜加。可是细细一想,为什么不拿,我才不那么傻。我以为这笔钱并不能封住我的嘴,我还是可以把这位教会大老挖苦的。我发愿只要有人提起他的讲道文章,决不饶他。

我就去问账房讨了一百杜加,一字儿没提起主人和我方才的事。于是我去找梅尔希华·德·拉·洪达,跟他告别。他和我交情很深,看我倒霉,不免惋惜。我讲给他听的时候,就看他脸露愁容。按理他应该很尊重大主教,可是也忍不住派大主教不是。我火头上发咒不饶过那位教会大老,要叫他做满城的笑柄,但是梅尔希华懂事,劝我道:"听我的话,亲爱的吉尔·布拉斯,你还是吞下这口气吧。平头百姓不论受了贵人多大的委屈,也得恭而且敬。当然有些大人物是庸才俗子,不值得佩服,可是他们害人的本领是有的,应该对他们存着个畏惧之心。"

我谢谢老亲随的良言,说一定领教。于是他说道:"你要是到马德里去,可以找我的外甥若瑟夫·那华罗。他在堂巴尔塔扎·德·苏尼加家里做管家,我敢说那孩子做得你的朋友。他直心眼儿、热心肠,肯帮人忙,很讨人喜欢。我愿意你们俩结个相识。"我说我少不得要回马德里的,准去看若瑟夫·那华罗。于是我出了大主教府,从此不进去了。我得宠的时候以为我那匹马用不着了,已经卖掉,要不然,我也许立刻动身上托雷都。我这时候去租了一间公寓,打算在格拉纳达耽搁一个月,然后去找玻朗伯爵。

快吃中饭的时候,我问店主妇附近有没有饭店。她说离那儿几步路有一家很好,招待极周到,许多上等人都去光顾。我叫她指明地方,马上就去。里面是一大间,像修道院里的食堂。一张长桌上铺了块肮肮脏脏的桌布,约莫十个到十二个人围坐着且谈且吃那菲薄的客饭。店家送上我的一客,要是在别的时候,我对着这种饭就要可惜刚砸掉的饭碗儿了。可是我当时恨透了大主教,宁可店里吃得清苦,也不稀罕他家的好酒好肉。我嫌他家饭食太丰盛,就和瓦拉多利的医生一鼻孔出气,想道:"吃他家那种害人的饭真倒霉,得刻刻留心,防贪嘴吃坏肚子。一个人尽管吃得少,也总足够。"我向来把这种金玉良言搁在脑后,这时候没好气,就大加赞赏。

我吃那种客饭不必提防贪嘴;正吃着,路易·加西亚斯学士跑来了。他怎么做到加比教区神父,上文已经讲过。他一看见我就亲亲热热赶来招呼,举止竟是喜不自胜似的。我给他紧紧抱在怀里,还得听他长篇大套的道谢。他要表示感恩,谢得我心也烦了。他挨着我坐下,说道:"啊!谢天!亲爱的恩人,我既然有缘和你相逢,咱们总得喝两杯再分手。这里没好酒,咱们吃完这顿便饭,你能不能跟我上一个地方去,我要请你喝一瓶最纯粹的吕赛那酒,然后再来个封加拉尔的葡萄美酒。咱们非痛饮一顿不可,求你务必赏光。但愿你能到我的加比教区去,就是小住几天我也多么快活啊!我在那儿过的舒服安闲日子全亏了你,我一定把你当慷慨的梅塞纳斯①一般款待。"

他说着话,客饭已经开上来。他一面吃,还只顾偷空恭维我。我乘这时候插进几句话。他问起那位做管家的朋友,我也把自己离开大主教府的事直言不讳,并且把我失宠的详细情形都讲了。他聚精会神地听着。照他方才的口气,谁都以为他准要义愤填胸地咒骂大主教了。可是他绝无此意,却冷冷地若有所思,一顿饭罢,没再对我说话;于是他匆匆起身,阴冰冷气地招呼一下,一溜烟地走了。这个没良心的家伙料我再也帮不了他的忙,就本相毕露,连敷衍都不耐烦了。我看他忘恩负义,只置之一笑。我夷然不屑地瞧着那个鄙夫,又提高了嗓子叫他听见,嚷道:"哈!修女院里恪守清规的驻堂神父啊,把你许我的那瓶吕赛那美酒激冷了请我喝啊!"

# 第 六 章

吉尔·布拉斯去看格拉纳达的戏班子演戏;
看见一个女戏子,吃了一惊;后事如何。

加西亚斯刚走,两个衣服很讲究的绅士进来坐在我旁边。他们谈起格拉纳达的戏班子和正在扮演的一个戏。听他们的口气,这出戏正轰动全城。我听了心痒,想当天就去看看。我到了格拉纳达还没上过

---

① 梅塞纳斯(Mécène,公元前70—公元8),古罗马的政治家,以照顾提拔文人著名。维吉尔、贺拉斯等都歌颂他的慷慨。

戏园子。我差不多一直在大主教府里,那儿对看戏一事痛绝严禁①,所以我总没敢寻这个快乐。我只把那些劝善说教的文章作为消遣品。

到开戏的时候,我就上戏院去,里面已经挤了许多人。戏还没开场,我听得四面早在议论这个剧本了。我留心到人人都插嘴批评。有的说好,有的说不好。右面有人说:"再要出色的剧本是没有的了。"左边有人说:"这个戏里的词儿真陋!"其实,说句公道话,糟的作家固然不少,糟的批评家更多。戏曲家免不了挨骂受气,看客既一窍不通,淆乱视听的假内行又恶毒毒地责备求全;我每想到此,总奇怪还有人胆子够大,居然满不在意。

一会儿小丑出台,戏就开演了。他一上场满座鼓掌,我就知道他是那种惯坏了的戏子,什么毛病都能蒙看客大度包容。果然,这戏子一言一动都赢得喝彩声。他吃香得很,就恃宠而骄。我看出他在台上有时忘其所以,亏得人家十分偏护着他,否则就看不入眼了,人家对他的鼓掌往往应该是喝倒彩才对。

另有几个戏子也一上场就博得满座彩声,尤其是一个扮丫头的女角儿。我仔细一看,原来就是萝合、我那亲爱的萝合。我当时的惊诧简直非言可喻,我以为她还在马德里伺候阿珊妮呢。看来分明是她。那身段、那相貌、那声音,都确确凿凿是她,我一点没认错。可是我仿佛信不过自己的眼睛和耳朵,就向旁边一位绅士请教这个女戏子的芳名。他道:"哎!你是打哪儿来的呀?你连艾斯戴尔美人都不知道,准是外路新来的。"

她和萝合一模一样,决不会是别人。我料得到萝合改了行也会把名字改掉。我心痒痒的要打听她的近况。反正戏子的事大家都晓得,所以我就问方才那人,这位艾斯戴尔有没有什么阔相好。他说两个月以前格拉纳达到了一位葡萄牙贵人,叫马利阿尔华侯爵,在她身上花了好些钱。他大概还知道些别的事呢,可是我没敢多问,怕他不耐烦。我

---

① 基督教传统里,有一种反对文艺的理论,说文艺是"撒谎",是"魔鬼的工具",尤其对戏剧深恶痛绝。基督教大理论家特杜林(Tertullien,160—240)的权威著作《论公众娱乐》(*De Spectaculis*)第十节,把戏剧说成世道人心的大害,甚至说:"戏院就是酒魔色鬼的巢穴。"(见"勒勃古典丛书"本《特杜林著作二种》第258页)

一心只想着这桩新闻,看戏倒在其次了。要是散戏之后有人问我演的情节,我一定不知所对。我心上颠来倒去的只想着萝合和艾斯戴尔,决计过一天要去拜访这位女戏子。我不免心虚,不知她如何接待。照她这样得意,料想未必怎么喜欢见我。我还想到我从前的确对她不起,她那种做戏的惯家,见了我这种男人大可装作不认识,出口怨气。可是我还不死心。我吃了一顿清淡的晚饭,那饭店里也没有不清淡的饭可吃,于是回客店,急煎煎的只等明天。

我通宵睡不稳,清早就起来了。不过我想阔佬的外室不会一早见客,所以先打扮啊、剃面啊、搽粉啊、熏香啊,消磨了三四个钟头,才上她家去。我希望见她的时候我的模样儿不会丢她的脸。我十点左右出门,先在戏子的寓所打听得她的住址,就去找她。她住一所大房子的第一层楼。一个女用人来开门,我说,有个年轻人要见艾斯戴尔夫人。女用人进去传报,接着我就听见她女主人提高了嗓子说:"那年轻人是谁啊?找我干吗?请他进来吧。"

我一听知道来得不巧了,那葡萄牙相好准在看她梳妆,她高声说话,准是要表明自己不是那种跟人暗里勾搭的娘们。我猜得一点不错,马利阿尔华侯爵差不多天天早上都跟她在一起。我准备碰个钉子了,可是这位与众不同的女戏子一看见我就张臂迎上来,亲亲热热地嚷道:"啊呀!哥哥!原来是你啊!"说完连连地拥抱我;于是回脸对那葡萄牙人道:"大爷,我碰到了亲骨肉,在你面前放肆了,请别见怪。我跟哥哥很要好,一别三年,不由得一见面就至情流露了。"她又对我说道:"哎!亲爱的吉尔·布拉斯,说点儿家里的消息我听听;你出门的时候家里怎么个样儿?"

我一上来莫名其妙,可是我立刻明白萝合这番话的用意,就帮着扯谎,我装出来的一副神气在我们合串的这出戏里恰合身份。我回答说:"妹妹,靠天照应,爹妈身体都好。"她道:"我想你看见我在格拉纳达做女戏子,一定很奇怪。可是你别不问情由就派我不是。你记得三年前,爹满以为替我攀了一门好亲事,把我嫁给堂安东尼欧·西罗上尉。我丈夫把我从阿斯杜利亚带回他乡马德里。到那儿六个月,他的暴躁脾气挑得他跟人家决斗起来。一位绅士对我献了点儿殷勤,给他杀了。那人是豪门大族,家里有权有势。我丈夫没权没势,只好带了家里的现款首饰逃到加泰罗尼亚,他在巴塞罗纳上船,到意大利,投入威尼斯军队去当兵,后来在摩瑞跟土耳其人打仗送了命。我们的家产只有一块地,那时候充公了。我守寡穷得不得了。到这山穷水尽的地步,叫我打什么主意呢?一个规规矩矩的年轻寡妇实在窘得很。我又没法子回阿斯杜利亚,回去了又怎么办?家里人无非吊唁几句就算对我抚慰过了。我自小儿受了好教养,又决不甘心堕落风尘。有哪条路好走呢?我要保全名节,就做了女戏子。"

我听萝合编完这套鬼话,直想笑出来。我居然忍住,一脸正经道:"妹妹,我赞成你这种行为。我这回看见你在格拉纳达体体面面地安身立业,非常高兴。"

马利阿尔华侯爵把这些话一字不漏地全听进去,堂安东尼欧的寡妇信口胡扯,他却死心眼儿信以为真。他还插嘴问我在格拉纳达做什么事,还是在别处做事。我踌躇一下要不要撒谎,觉得不必,就说了实话。我把怎么进大主教府、怎么出来,一五一十、仔仔细细讲了一遍。这位葡萄牙贵人听得乐极了。我尽管答应梅尔希华,其实还是把大主教挖苦取笑了几句。妙在萝合以为我也在学她的样儿扯谎,忍不住哈哈大笑,她要是知道真有其事,不会那样。

我讲到搬入客店为止,把事讲完,他们已经开饭了。我忙要告辞了到我那个饭店去吃饭。可是萝合拉住我道:"哥哥,你这算什么意思呀?当然在我这儿吃饭。我也不让你再去住客店。我想你可以在这儿吃,在这儿住。今晚就把你的行李搬来,这里有你的床铺。"

那葡萄牙贵人大概不乐意她这样好客,就对萝合说:"不成,艾斯戴尔,你这房子不便留客。我瞧你这位哥哥很讨人喜欢,又沾你的光是你至亲,所以我也对他关切。我要留他在手下做个最亲信的书记,把体己事儿托他。叫他今晚务必住到我那边去,我回头吩咐替他安排住处。我给他四百杜加的薪水,他要是不负我的期望,事情的确做得好,我还要提拔他,叫他知道对大主教说了老实话,到头来并不失算。"

我谢了侯爵,萝合接着谢得比我更恳切。侯爵打断了我们的话道:"不用多说,这事已经讲定了。"他说完就辞了他那位戏台上的公主出门。萝合立刻把我拉进个小房间,那里没有旁人。她嚷道:"我直想笑,再忍着就要闷死了!"于是她倒在一只安乐椅里,捧着肚子尽命大笑,像个疯婆子。看了她那样儿,不由得我不学她。我们笑了个畅。她说道:"吉尔·布拉斯,咱们串了一场滑稽好戏!你说不是么?可是这个结局我却没想到。我只打算照顾你个膳宿;认你做哥哥就名正言顺。你碰运气得到这么个好差使,我真高兴。马利阿尔华侯爵是位慷慨的大爷,他明儿给你的实惠准比他嘴里许你的好处还多。"接着又道:"要是别人碰见你这种对朋友不告而别的家伙,未必客气招待。不过我是那种好性儿女人,跟相好的混蛋重逢总是开心的。"

我老实承认自己欠礼,求她饶恕。于是她领我到一个很干净的饭间里。我们一同吃饭,还是兄妹相称,因为有一个女用人和一个跟班的在旁看着。饭后我们回到方才谈话的小房间里。我那位绝世无双的萝合天生是兴高采烈的脾气,这时乘兴,要我把别后的事全讲给她听。我详详细细讲了一遍。她好奇之心已了,就也来偿我的心愿,把自己的事叙述如下。

# 第 七 章

萝合的故事。

"我怎样碰巧吃上了演戏这行饭的呢,我来讲给你听,能简的地方尽量从简。

"承你那么礼貌周全的把我撇下以后,我们那儿大起变故。我的女主人阿珊妮不演戏了,因为她对热闹场里的生涯虽然不算厌恶,却有点儿厌倦。她把各国相好送她的钱在萨莫拉附近买了一座很好的田庄,带了我一同去住。我们不久在萨莫拉交了些朋友,常进城去住个一天两天;回来就在庄上关了门过日子。

"有一次进城,本城法官的独养儿子堂斐利克斯·马尔多那多碰巧看见我,觉得很中意。他想法找我幽会;不瞒你说,我也给他些方便。这位爷还不到二十岁,相貌美得世间没有,简直可以入画,而且举止风流豪爽,比那模样儿更惹人喜欢。他把手上戴的一只大钻戒送给我,那态度又慷慨又恳切,我只好受了。我有了这么个漂亮相好,快活得忘其所以。可是做丫头的跟有权有势的大家子弟勾搭,真是太不知进退!这个法官比别的法官利害,他知道了我们的交情,赶紧防备。他派一伙公差把我捉进悔省院,我哭喊也没用。

"悔省院的女院长老实不客气地叫人把我的戒指和衣服脱掉,替我换上一件灰呢的长袍儿,腰里束一条黑皮带,带上挂一串大粒子念珠,直拖到脚跟上。人家又带我到一间屋里,有个不知什么会的老神父对我讲道,劝我悔罪,就仿佛雷欧娜德大娘在地窟里劝你忍耐一样。他说,我应当感谢关我进去的人,我不幸掉在魔鬼的罗网里,承他们行功德救了出来。我老实说吧,我毫无感激之心,非但不承他们的情,还满嘴把他们咒骂。

"我灰心绝望,数着日子过,连一分钟都数上,这样过了八天。到第九天,我的运气看来要转了。我正穿过一个小院子,碰见悔省院的总管。这个人权势最高,连院长也听他指挥。他只属本城法官管辖,只向本城法官交代,本城法官又对他完全信任。他名叫彼德罗·森多诺,家乡在比斯盖省萨尔司东镇。他是个苍白干瘦的高个子,若要画耶稣十字架旁的好强盗①,只要照他的模样儿临摹就行。他对那些悔省的姊妹好像一眼都不看的。你尽管在大主教府里待过,想来也没见过那么假道学的嘴脸。

"我碰见了森多诺先生,他叫住我说道:'姑娘,你别难受,你走了背运我很可怜你。'他没再说下去就走了,这句简括的文章由我去自下注解。我把他当做个规矩人,满以为他特意查过我进院的缘故,觉得我罪不至此,不该受这般侮辱,所以要在法官面前替我说好话呢。我真没看透这个比斯盖人,他原来别有用心。他在打算逃走,过了几天就把这心事来告诉我。他说:'亲爱的萝合,我真舍不得你受苦,决计要救你。我知道这来是自寻死路,可是我现在身不自主,只愿为你活了。我看了你目前情形,心如刀割,准备明天把你救出这座牢狱,亲自送你到马德

---

① 耶稣钉在十字架时,两边十字架上各钉一个强盗。右面的强盗临死忏悔,因此称为"好强盗"。

里去。我甘心舍弃一切,只求能做你的救星。'

"森多诺这番话叫我快活得差点儿晕倒。他听我道谢的口气,知道我只想脱身,所以第二天竟大胆当着大家把我带走,你听我讲来。他对女院长说,奉命带我去见法官。法官在离城二哩路的别墅里。他特地买下一辆旅行马车和两头拉车的好骡子,这时候就大模大样地带我上车。我们只带一个用人赶车,这个人是对总管赤胆忠心的。我上了路以为是往马德里去,可是我们并不走那个方向,却朝葡萄牙边境进发。等到萨莫拉的法官知道我们逃走,派人来追,我们已经进葡萄牙边境了。

"那比斯盖人备了一套男装,将要进布拉冈斯就叫我换上。他拿定我是和他一条心的,到了客店里对我说:'萝合美人儿,别怪我把你带到葡萄牙来。萨莫拉法官准把咱们当一对犯人通缉,咱们在西班牙安身不住了。可是这里是外国,虽然现属西班牙管辖①,他也奈何我们不得。这里至少总比本国安全。我的天仙,听我的话,我爱你,你跟了我吧。咱们到果安伯去住下,我可以做宗教法庭的密探,这个法庭威风凛凛,咱们托它庇荫,可以安乐度日。'

"我听了他这么热情的请求,知道我对手这位侠客带公主出奔并不是图仗义尚侠的名气。我看出他拿稳我会感激他,尤其拿稳我身边没钱。他尽管占这两点便宜,我还是夷然不屑。我这样慎重,实在有两个极大的缘故:一来他不合我脾胃,二来我也不信他有钱。可是他还来缠我,答应我先结婚,又给我瞧他做总管攒的油水确实够好多时的吃用。不瞒你说,我就心活了。他摊在我面前的金子钻石耀花了我的眼睛。我领会到钱跟爱情一般,都会叫人物变相。我渐渐觉得这比斯盖人变了个人了:那瘦长的骨架子变了秀挺的身材,灰白脸儿变了白净面皮,连那副假道学气我也有好听的名目。于是他对天起誓,和我结为夫妇,我情情愿愿地嫁了他。以后我就都随着他了。我们继续上路,不久就在果安伯城里做起人家来。

"我丈夫替我买了很漂亮的衣服,又送我许多钻石,有一颗我认得

---

① 1580 至 1640 年,葡萄牙是西班牙属国。

就是堂斐利克斯·马尔多那多的。即此可知这些钻石都是哪里来的,也可知我丈夫不是严守摩西第七诫①的人。不过我想到他耍这套花手心第一是为了我,就原谅他了。女人只要是自己美貌惹出来的事,就是犯罪也不计较。要不然,我准觉得他混账极了。

"头两三个月他待我不错,总是态度温存,柔情款款。可是这些面子上的情爱全是假装的。这混蛋存心欺诈,正设法摆布我。女人给坏人勾引了,都该提防这一着。一天早上,我听弥撒回来,只是家里四壁萧然,家具、陈设连我的衣服,都运走了。森多诺和他那位忠仆办事真有成算,不到一个钟头,把家里东西搬得空空如也。所以我只剩了随身衣服和碰巧戴在手上的一只堂斐利克斯的戒指;我像个阿里阿涅②,给负心汉遗弃了。不过我告诉你,我没有自悲自叹来消磨时日;倒感谢上天,保佑我撤掉了一个混蛋,他早晚难逃法网的。我们同居的日子我只算是光阴虚度,连忙设法追补。当时我要是愿意留在葡萄牙,跟上个什么贵妇人,饭碗多的是。可是我一心只想回西班牙,也许是我故国情深,也许是命里要在那边交好运,冥冥之中要我回乡。我找了个宝石商人,把钻戒兑了金元,于是跟一位要回赛维尔的西班牙老太太一同乘马车回国。

"这位太太名叫多若泰,家住赛维尔,这回到果安伯来看了亲戚回去。我们俩情投意合,第一天就做了朋友;一路上交情越深,到了地头,那太太不放我别处去,要留我住在她家。我结了这么个相识真不冤枉。我见过的女人里要数她性格儿最好了。看她那相貌和那双灵动的眼睛,当年想必颠倒过好些人。所以她的先夫有好几位,都是名门大族,她靠他们划给寡妇的遗产,日子过得很体面。

"我单提她一个好处,她对倒霉女人很同情。我把糟心事儿告诉了她,她大动义愤,把森多诺千般咒骂,听她那口气,仿佛也跟什么总管打过交道似的。她说:'那些狗男人!混账东西!天下是有这种坏蛋,把哄骗女人当玩意儿的。'又道:'亲爱的孩子,有一桩我还称心:照你

---

① 摩西第七诫是:"勿盗窃。"
② 希腊神话:阿里阿涅(Ariane)是克里特王弥诺斯的女儿,嫁给杀牛头怪人的忒修斯,后被遗弃,投海而死。一说她转嫁酒神狄俄尼索斯(Dionysos)。

讲来,你跟那个背誓负信的比斯盖人算不得正式夫妻。如果作为你和他同居的借口,那番结婚尽算得数;可是话又说回来,你要是有机会另结良缘,那又尽可以不算数,你并不受牵制。'

"我每天跟着多若泰或上教堂,或访朋友;这样马上就会有遇合。好多贵公子对我垂青,有几个就想探我意思。他们托人向我东家老太太去讲,但是有的没钱养家,有的还未成年,我也就懒得理会了。跟这起小爷来往,我知道什么下场的。有一天多若泰和我忽然有兴去看赛维尔戏班子演戏。他们的招贴上说要演洛佩·德·维加·加比欧的名剧《自命钦差》。①

"我在登场的女戏子里认出一个老朋友来。我记得那个斐妮丝,一个嘻嘻哈哈的胖子,从前当萝利蒙德的贴身女用人,你也见过,也许还跟她在阿珊妮家同吃过晚饭。我知道斐妮丝离开马德里有两年多了,可是没知道她下了海。我急要去拥抱她,只觉得这出戏长得不耐烦。也许因为那些戏子做功平常,说不上好,也说不上坏,乏味得很。我是个爱笑的,说老实话,我觉得演来一场糊涂的戏子跟好戏子一样逗乐儿。

"我好容易等到头,那'名剧'演完,我就和那寡妇跑到后台。斐妮丝正装出一团和气、百般张致,听个年轻小伙子喃喃密语,那人大概是听了她念台词迷上的。她一瞧见我,就含笑撇下那人,张臂迎上来拥抱,亲热得无以复加;我也一片真情地拥抱她。我们互道重逢之乐,可是那时那地都不便长谈,所以约定第二天到她下处细诉衷情。

"谈天的滋味最合女人脾胃,我尤其喜欢。我一夜眼睛都合不上,心痒痒的要和斐妮丝较量一下辩才,一句句叮着问她许多事情。我要到她说的那住址去,天知道我起得多早。她跟戏班子同人住在一个大公寓里。我一进去碰见个女用人,就请她领到斐妮丝屋里去。她带我到楼上一个过道里,那儿一溜有十个到十二个小房间,只用板壁隔开,

---

① 洛佩·德·维加·加比欧(Lope de Vega Carpio,1562—1635),西班牙大戏曲家,所著各体剧本,约一千八百种。此处原题是"La famosa comedia, el Embaxador de sí mismo",查洛佩·德·维加作品里无此名称,只有《假冒的钦差》(*El Embaxador fingido*)一个剧本,恐怕是勒萨日笔误。

都是那伙嘻嘻哈哈的人物住的。领我的女人在一扇门上敲敲,斐妮丝来开了门。她一条舌头跟我的一样发痒呢。我们等坐下再讲都来不及,就叽叽呱呱地放怀畅谈。彼此要问的事真多,一句句滔滔不绝,真令人吃惊。

"我们各叙了一番经历,又讲了目前的景况,斐妮丝就问我打算干什么事。她说:'无论如何,你得做点儿事情,你这点年纪不能做世上的废物呀。'我说目前要是没有好事情,想去伺候个大家闺秀。我这位朋友嚷道:'呸!你胡说呢!我的乖乖,你难道做用人还没做腻么?你得听人家使唤,顺着她们的脾气,挨她们的骂,千句并一句,就是当奴才,你还没厌倦么?你还是学我样儿做个戏子吧!一个人天赋了才能偏偏出身贫贱,干这一行最好:地位不高不下,正在贵族和平头百姓之间,自由自在,不受日常礼法的束缚。我们的本钱在看客口袋里,利息由他们现钱交付。我们总是过着快活日子,钱怎么挣进来,就怎么花出去。'

"她又说:'女人做戏尤其占便宜。我想起来真难为情,从前伺候茀萝利蒙德的时候只配结交皇家戏班子里的末等角色,有体面的人谁也没正眼瞧到我的脸儿。什么道理呢?因为我没出头呀。一幅头等好画,不挂在轩亮的地方就埋没了。可是我自从安上了座子,换句话说,我登了台,就大不相同了。我们随便到什么城市,那里最时髦的年轻大爷都追逐着我。所以女戏子这个行业干来很有趣味。她要是规规矩矩,我意思说,她要是一时只有一个相好,那就声名好极了,人家称赞她端庄;她换个相好只算是寡妇再嫁。寡妇家要是嫁了三次,人家就瞧不起,男人要了她好像有伤体面。女戏子却不然,相好越多,身价越高,有过上百个相好就其味无穷,成了大爷们开胃醒脾的什锦鲜汤了。'

"她讲到这里,我打断她道:'你这话跟谁说呀!打量我不知道这些便宜吗?我常常想到的,不瞒你说,像我这种女人正就贪图那些好处。我生性也喜欢演戏,不过那还不成呀。演戏得有天才,我又没有。我有时候念几段台词给阿珊妮听,她老觉得不行,我对这一行就心冷了。'斐妮丝道:'你真是碰不起钉子!你不知道那些名角儿总是心怀妒忌的吗?虽然自以为了不得,却只怕别人本领盖过她们。总而言之,我可不把阿珊妮的意见作准,她未必说老实话。我呀,跟你说吧,不是奉承你,你是做戏子的料儿。你很自然,姿态活泼,丰韵很足,声音柔软,嗓门儿又大,再加你那标致模样儿,啊呀!你这个小家伙,明儿做了女戏子不知要怎样的颠倒人呢!'

"她还说好些动听的话,又叫我朗诵几行诗,她原意无非要我知道自己确有演戏之才。可是她一听我朗诵,就另是一回事了。她极口赞赏,把我抬到马德里一切女戏子之上。这么一来,我要再不自信也说不过去。阿珊妮妒忌欺诳的罪名是审明判定的了。我只得自认是个了不起的人才。这时候进来两个戏子。斐妮丝逼我把方才朗诵的几行诗当着他们再念一遍。他们惊喜欲狂,定下神来,把我大捧特捧。老实说,他们三人若要比赛谁把我捧得最高,也想不出更过火的词儿来。我虽然谦逊,经不起这般称赞,渐渐觉得未可妄自菲薄,一颗心就此转到做戏这方面了。

"我对斐妮丝说:'好,我的宝贝,就照你这么说吧。如果你们戏班子要我,我就听你话,进你们的班子。'我那朋友一听这话,高兴得疯了,就来拥抱。她两个伙伴瞧我有这意思,好像也一样起劲。我们决定明天早上我到戏院去,把刚才显的本事当着全班戏子再表演一番。我只念了二十来行,大蒙赞赏。我在斐妮丝房里虽然博得好评,全班戏子的公评还要来得好。他们欢迎我进了他们的班子,以后我就一心只忙着初次登台了。我把卖钻戒的余钱全花在这上面,我虽然做不起讲究的行头,至少能巧出心裁,豪华不足却花骚有余。

"我居然第一次登台了。那掌声和赞声好不热闹!朋友,要是光说我风魔了看客还是句谦词。你要亲眼看见我轰动赛维尔才会相信呢。满城里只在讲我;整整三个礼拜,大家成群结队拥来看戏。那个戏班子已经不大吃香,靠这个新鲜玩意儿又走红了。我初次登场就这样倾倒了一切人。我这一出场就仿佛标了价等顾客了。有二十位绅士、老老少少、各色各等,都愿意来庇护我。要是称我的心呢,就挑个最年轻最漂亮的。可是我们那一行的人安身立业是正经,只该为自己的好处和前程打算;这是做戏子的金科玉律。所以我挑选了堂安布如修·德·尼萨那。这人年纪老了,相貌又丑;可是他有钱,人也慷慨,并且是安达路西亚的权贵。我要的价钱实在也不轻。他为我租下一座漂亮的房子,陈设非常富丽;替我雇了一个好厨子、两个跟班、一个贴身女用人,每月还贴我一千杜加的开销;外加华贵的衣服和好些钻石首饰。阿珊妮从没有那么阔气的。我真是运气大转特转了!我简直忘其所以,仿佛忽然换了个人。怪不得有些女人靠大爷们一时喜欢,爬上高枝,立刻就把当年的挨穷受困忘个干净。我老实告诉你,戏院里看客的彩声、各界的赞扬以及堂安布如修的痴情兴得我癫狂。我觉得天才高就是地位高。我摆出一副贵妇人气派;从前滥送秋波,这时恰好倒个个儿,谁都正眼不瞧,打定主意,只有公爵伯爵侯爵才值得我顾盼。

"尼萨那大爷每晚带几个朋友上我家吃晚饭。我也特为把班子里最逗的女戏子请来陪酒;我们喝酒取乐,直到夜深。这种快乐日子我很过得惯。可是先后只不过六个月。大爷们总不免喜新厌旧,不然的话,他们就太好了。那时候赛维尔新到了个年轻姑娘,是格拉纳达地方的人,长得还俏,又很会卖她那几分俏。堂安布如修为了她就把我扔了。不过我只伤心了二十四小时,立刻挑选了堂路易·德·阿尔加赛来填缺。这位大爷才二十二岁,相貌之美是西班牙人里很少有的。

"你准要问了,我明知跟年轻公子打交道凶多吉少,干吗又找这么个相好呢?这话不错呀。可是堂路易父母双亡,家产在自己手里了。而且我告诉你吧,这种交易,只有下贱的女用人、混账的女拆白之流干不得。我们这行业的女人干来是名正言顺的。人家见色着迷,不干我们的事。谁家子弟为我们倾家荡产就是那家活该!

"阿尔加赛和我恩爱无比,像我们那样打得火热,我相信是从来没有的。我们要好得如痴如狂,仿佛着什么符咒魔住了。凡是知道我们交情的都以为我们是天下最快乐的一对,其实我们大概是最苦恼的了。堂路易虽然满面春风,却非常猜忌,一天到晚无缘无故的怀疑我,害我气恼不堪。我顾怜他那毛病,拘谨得对男人瞧一眼都不敢,这样还不行。他心眼儿真多,会深文周纳地派我罪名,我拘谨也没用。我在台上的时候,他总觉得我一面做戏,一面向几个年轻公子飞眼风,就要埋怨一顿。总而言之,我们的腻谈软语总是带吵带闹的。这也实在没法儿含忍,我们俩都受不了,就客客气气地分了手。你真想不到,我们相好的末一天倒是最快活。我们俩都苦恼得够了,临别欣喜得抑制不下。我们正像两个怪可怜的囚徒,受尽牢狱之苦,忽又重获自由。

"我从此对恋爱大有戒心,不愿意再坠情网,闹得失魂落魄。别人可以害相思病,我们这种人是不宜的。我们在戏里把爱情形容取笑,自己就不应当多情。

"我那时候刻意求名,远近盛传我是个超群绝伦的女戏子。格拉纳达的戏班子震于我的大名,写信请我去,还把他们日常开销和卖座的账目附来,让我瞧瞧这事大可贪图。我看了那账单,觉得此去有利,就答应了。可是我实在舍不得跟斐妮丝和多若泰分手。女人和同伙的交情像我对她们那样,可算仁至义尽了。我就把斐妮丝撇在赛维尔;当时有个打造金器的小个子商人痴心要包女戏子做外室,斐妮丝正忙着销熔他的金器。我忘了告诉你,我下海的时候忽然想着把萝合这名字改为艾斯戴尔。我是顶着这个新名字到格拉纳达的。

"我在格拉纳达初次登台和在赛维尔一样顺利。不多几时,追逐我的人就把我包围起来。可是我非要人家拿出真凭实据来才肯垂青,所以装着非常端重,把那些人都蒙过了。我这种行为并非出于本性,只是怕落了一场空、自己白吃亏。那时候有个年轻的财政审计员看中我,这人市民出身,做了官儿就充大爷,家里弄得好菜,出门坐得漂亮马车。我正打算和他勾搭,恰好碰到了马利阿尔华侯爵。这位葡萄牙贵人到西班牙来游历,路过格拉纳达,就逗留下来。他去看戏,我那天没上台,他把露脸的几位女戏子一一端详,看中了一个。第二天他去攀相好,差点儿就要包她下来;恰好我在戏台上出现了。我的模样儿、腔调儿立刻叫这个见异思迁的人变了心,我那葡萄牙人只对我来用情了。老实说,我知道这位大爷已经看中了我的伙伴儿,所以煞费苦心挖他过来的。我很运气,居然如愿以偿。我明知她恨我,可是我非如此不可。她应当想想,这种事在女人队里是势所必然的,就是最要好的朋友之间也绝不可以犹豫顾忌。"

# 第 八 章

格拉纳达的戏子欢迎吉尔·布拉斯；
他在后台又碰到个旧相识。

萝合刚讲完她的故事，邻居一个老女戏子跑来找她同上戏院去。这位年高望重的女角儿要是扮做科堤斯①女神就恰配身份。我妹妹不免把她哥哥介绍给这个古董，彼此就客套了一大顿。

我对那位总管的寡妇说，等我把行李送到马利阿尔华侯爵的寓所，立刻上戏院去找她。侯爵的住址她已经告诉我。我撇下她们俩回客店跟女掌柜算了账，叫个人拿着手提箱，同到我新主人住的一个大公寓里。我进门碰见总管，问我是不是艾斯戴尔夫人的哥哥，我说正是。他说："欢迎得很，大爷。我是马利阿尔华侯爵的总管，他吩咐我好好儿接待你。你的房间已经收拾好，我领你去吧。"他带我上楼到顶层一间小屋里，那儿放一张狭床、一个柜子、两张椅子，就没有余地了。那就是我的房间。领我去的人说："你这里不宽畅，不过话又说回来，将来到了里斯本准给你住高堂大屋。"我把手提箱锁在柜子里，钥匙带在身上，就问几时吃晚饭。他说那葡萄牙贵人不在家吃饭，每个用人每月干折饭钱。我又问了些话，知道侯爵手下的人很闲散。我跟总管略谈几句，就辞了他去找萝合；一面预先想想我的新差使，觉得很称心。

我到了戏院门口，一说是艾斯戴尔的哥哥，就到处通行。几个看门的连忙让路，仿佛我是格拉纳达的大贵人。一路碰到班子里的小角色、收入场券和临时出场券的职员，都对我毕恭毕敬地行礼。全班戏子闹着玩儿在后台来了个隆重的欢迎典礼。我但愿能够好好儿把那情景向读者形容一番。他们都化装停当，准备上戏了。萝合把我介绍之后，男

---

① 科堤斯（Cotys）是希腊女神，象征淫欲。

女戏子一拥齐上:男的争着来拥抱我,女的把涂得五光十色的脸蛋儿贴到我颊上,红红白白抹了我一脸。大家抢着客套,七张八嘴地嚷嚷。我简直敷衍不过来。可是我妹妹忙来帮忙,有她一张利嘴帮忙就四面圆到了。

我受了男女戏子的拥抱不算数,还有管布景的、奏乐的、提词儿的、剪蜡烛的、剪蜡烛的助手,一句话,所有执事人等我都得应酬。他们听见我到了,大伙儿赶来看,他们仿佛全是街上拣的野孩子长大的,从没见过什么哥哥弟弟。

这时候戏已经开场,后台有几位先生忙去找座儿看戏。我算是自家人了,还在跟没上场的戏子闲谈。有一个戏子人家叫他梅尔希华。这名字很熟,我把那人仔细端详,好像在哪儿见过。后来我记起来了,认出他就是这部书第一册里讲的那个走码头的穷戏子,那个在泉水里蘸干面包吃的梅尔希华·萨巴塔。

我立刻把他拉过一边,说道:"我记得一次在瓦拉多利到赛果维的路上,有幸跟一位梅尔希华先生临清流而同进早餐,你仿佛就是那位先生,我没认错吧?我一起还有个理发店的伙计,我们带着些干粮,就跟你带的合在一起,三人同吃了一顿便饭,有说有笑,吃得很香。"萨巴塔想了想,答道:"这事我一想就想起来了。那时候我刚在马德里初次登过台,要回萨莫拉去。我还记得那时候穷得很。"我回答道:"我也分明记得,你穷得那劲儿啊,一件紧身袄的里子全是戏院的招贴。我也没忘记你那回还抱怨你娶的老婆太正经。"萨巴塔忙道:"啊,我现在不抱怨了。谢天,那婆娘已经改过,所以我的袄儿里子比从前的好了!"

那位老婆居然变得通情达理,我正想向他道贺,他恰该上台,只好把我撇下。我很好奇,想认认他那老婆,就找了个戏子,请他指给我看。那人指点着说:"就是那一位,她叫娜茜莎,除了你妹妹,我们班子里数她最美了。"我想马利阿尔华侯爵在看见艾斯戴尔之前选中的女戏子一定是她。果然我猜得不错。戏散了场,我陪萝合到家里,看见好几个厨子在安排盛馔。萝合说:"你不妨在这儿吃晚饭。"我说:"我不来。侯爵也许喜欢跟你两人对吃。"她道:"哎,才不呢!他回头带两个朋友和我们班子里一个戏子同来,加你就是六个,你尽管来。你明知道在女戏子家里,书记可以跟东家同桌吃饭的。"我说道:"确有其事,不过我现在还不能以心腹书记自居呢,得替他当过体己差使才够得上这样的大面子。"我说完从萝合家出来,上我那个饭店;主人家既然不开伙食,我准备天天去光顾。

## 第 九 章

那天他跟个奇人同吃晚饭,席上谈的话。

我留意到饭堂里一个老修士模样的人,穿件灰色粗呢袍子,坐在一壁厢独吃晚饭。我好奇心动,就在对面坐下,向他很客气地招呼,他答礼也一般客气。店家送上我的一小份饭,我满口香甜地吃起来。我不说话只顾吃饭,一面时时偷眼去瞧那人,只见他目不转睛地看我。我给他老盯着看,不耐烦了,就说:"老师父,咱们在别处碰见过吧?你这样看我,仿佛有点认识我似的。"

他一本正经地说:"我在相你的面。照你这相貌,一定饱历风波,我很钦佩,所以只顾看你。"我冷嘲热讽道:"原来你老师父善于风鉴?"那修士答道:"那是我可以夸口的。我的预言到头来句句都准。我相手的本领也不差。要是让我把面貌手纹对照着看,我敢说我是个铁嘴。"

这老头儿虽然看来满腹智慧,我却觉得他疯疯癫癫,忍不住当面笑他。他并不怪我无礼,只付之微笑。他两眼向满饭堂溜了一转,看见没人在听我们说话,就照旧谈他那一套,说道:"现在人家把那两种学问看得很无聊,怪不得你也有成见。研究这类东西很费工夫,又很烦难,弄得向学之士都灰心了。他们学不成,就丢下不干,一股怨气,说这劳什子没道理。我呢,尽管那些学问艰深奥晦,尽管那烧炼的秘法、点金的妙术学来困难重重,我总是百折不回的。"

他又说道:"不过我想你这位年轻先生不会真把我讲的道理当做

梦话。我只要显一点本事出来，你自会另眼相看，不必我空费唇舌。"他就从衣袋里掏出一小玻璃瓶子的红水，说道："这是我今天早上把几种草木的汁用蒸滤法提炼的仙水。我和德莫克利特①一样，几乎花了一生的精力去研究药石。你回头就会知道这东西的妙处。咱们晚饭喝的酒很坏，我能教它变成好酒。"他说着把那仙水在我的酒瓶里滴下两滴，我那酒就立刻比西班牙的醇醪美酒还要美。

怪事可以打动人的幻想，一着了那道儿就执迷不悟了。我看他有这种妙诀，不胜欣喜，想他准比魔鬼还来得。我满心钦佩，说道："啊，老师父，我一上来当你是老疯子呢，请不要见怪。我现在不敢轻看你了。你不用再显本领，我已经相信你随意会把铁块儿马上变成金条。我要是有这种了不起的学问多快活啊！"老头儿长叹一声，打断我道："天保佑你一辈子别有那本事！孩子啊，你还没懂得你企图的是什么呢。我这叫枉费心血，自寻烦恼；别羡慕我了，倒是可怜我吧。我老在担惊受怕，惟恐给人家瞧破，叫我一辈子坐监牢，毕生辛苦只落得这样下场。我防这一着，所以行踪无定，乔装打扮，或者扮成出家的宣教师修士之流，或者扮成在俗的绅士农夫之类。懂了点金术要赔上这许多烦恼，你想还犯得着吗？有了钱不能安心享用，可不是活受罪吗？"②

我对那哲人道："我觉得你这话颇有道理。人生在世，第一要心地太平。我听了你这话，点金石③也不稀罕了。我只请你说说我未来的事吧。"他答道："我很愿意啊，孩子。我已经相过你的面了，现在拿手来瞧瞧吧。"我把手伸给他的时候，那种一心信服的样子大概有些读者会瞧不起的。不过他们设身处地，只怕也跟我一样。他细细看了一会儿，很起劲地说道："啊呀！忧变喜，喜变忧，多少反复啊！失意得意，否泰相承，突兀极了！不过你那一高一低的运气大半已经应验，以后简直没什么坏运；你就要有贵人扶持，一帆风顺，再没有变

---

① 德莫克利特（Démocrite，公元前460—前357），古希腊大哲学家。后人依托他名字，伪作《自然与神秘》一书，专讲点金炼丹等秘法，是西洋巫术魔术的主要渊源。
② 基督教因为巫术是邪魔外道，惩罚极严。
③ 魔术家相信可以化炼出一种物质，能把铅铜铁锡之类变成黄金。这种物质叫做点金石。

故了。"

他担保这番预言句句可靠,于是辞别走了。我还只顾把他的话细细咀嚼。我相信马利阿尔华侯爵一定就是他说的贵人,所以觉得那预言当然有准儿。虽然事情没见一点影子,我还把那假修士的话深信不疑;我实在给他那瓶仙水哄得心悦诚服了。我自己呢,决计要破天荒地向侯爵尽忠,指望早交好运。我想定主意,就回公寓,心上说不出的快活。娘儿们算了命也从没有我那样称心满意的。

# 第 十 章

马利阿尔华侯爵派吉尔·布拉斯一个差使,
这位忠心耿耿的书记怎样交差。

侯爵还在他那位女戏子家里,几个贴身用人等着他回来,就在他房里玩纸牌消遣。我跟他们攀谈,笑笑闹闹,直到半夜两点主人才回家。他看见了我有点儿出于意外,说道:"怎么的?吉尔·布拉斯,你还没睡么?"他那神情很和气,我想他一下午准过得很乐意。我回说,先要知道了他有什么吩咐再睡。他说:"也许明儿早上有事叫你干。等明天再吩咐尽来得及呢,睡觉去吧。记着,以后你不必等我,我只要有几个贴身用人使唤就行了。"

我听了这话心中暗喜,因为这种苦差有时候很讨厌,他这就免了我了。我撇下侯爵,回到我那楼顶上的小屋里,上床睡觉。可是我睡不着,我就想照毕达哥拉斯①的遗训,晚上把白天的行为反省一下,干了好事可以自赞,干了坏事应当自责。

---

① 毕达哥拉斯(Pythagoras,约公元前580—约前500),古希腊哲学家兼数学家。关于他的遗教,传说纷纭。相传他教门徒洗心澄念,以求灵魂的纯洁,因此该静默无言,每天做严密的反省功夫。

我有点儿内愧，不能心安。我也责备自己不该帮萝合圆谎。我可以替自己开脱，说女人一团好意地为我撒谎，我不能无礼揭破她，而且相情度势也只好通同捣鬼。但是这话说不响，所以我想这事不该再闹下去，那位大爷信任我，我却给他上这样个当，再要留在他左右，真是老脸无耻了。总而言之，我这样严密反省之后，承认自己就算不是个流氓，也相去无几。

我又想到这事的下场，觉得这样欺骗一个有地位的人，干系不小，也许天理昭彰，不久就会败露。我深思熟虑，不禁有点怕惧；但一想到有舒服日子过，有利可图，又把那点戒惧之心忘个干净。再加那个有仙水的人断过我终身，那是一颗定心丸子。所以我一味地打起如意算盘来。我做着加减乘除，计算当了十年差薪水会有多少。我又把主人的额外赏赐也加上去，我的如意算盘可说是打得太如意了。按照主人那样慷慨，或者竟说，按照我这样贪心，我算起来，发的财大得无穷无尽。我这样称心如意，就渐渐困上来，睡去的时候还忙着造空中楼阁呢。

第二天我八点起身，想去向主人请示。可是我开门吃了一惊，原来他就在门外，身披便衣，头戴睡帽。这时左右无人，他说道："吉尔·布拉斯，我昨儿晚上跟你妹妹分手的时候，答应今天上午去看她。可是我有一桩要事，只好失信了。你替我去告诉她说，不凑巧得很，我非常懊悔，还对她说，我今儿晚上一定还在她那儿吃晚饭。"他又把一只钱袋和一只镶嵌钻石的驴皮小匣子交在我手里，说道："还有一件事，把我这小像送给她，钱袋你留着，里面有五十比斯多，是我给你的，可见我已经很喜欢你了。"我一手接了他的画像，一手接了那只受之有愧的钱袋。我立刻赶去看萝合，欢天喜地，心里想："好！眼看着那预言有准了。做了漂亮风流女人的哥哥多福气啊！又赚钱，又享福，只可惜不大体面。"

萝合跟一般女戏子不同，她起身很早。我撞去她正在梳妆，乘那葡萄牙人还没来，使出风流女人的全副手段，把天生丽质加以人工的辅助。我进门就说："可爱的艾斯戴尔啊！外国人的香饽饽啊！我现在可以跟主人同桌子吃饭了，因为他赏我一个差事，我就有那面子了。我就是替他来当差的。他今天上午不能践约，不过晚上来吃晚饭，聊以补过。他还送你一张小像，我觉得这倒更可以补过。"

我随就把匣儿交给她。她见了匣上闪亮的钻石,乐得观之不足。她打开把小像瞥了一眼应个景儿,又合上盖去玩赏那些钻石。她称赞钻石非常好,笑眯眯地对我说:"做戏的女人最爱这种小像,对本人倒在其次。"

于是我告诉她,那慷慨的葡萄牙人给我小像的时候还赏了我一个钱袋,里面有五十比斯多。她说道:"恭喜恭喜。这位大爷一上来手笔就这样阔,别的大爷到分手的时候还未必能够呢。"我答道:"这是靠你的福呀,可爱的人儿!侯爵无非看我妹妹面上赏的。"她道:"我但愿他天天这样待你。我说不出多么爱你。我从第一次见了你就恋恋不舍,虽然光阴几变,我还是旧情未断。我在马德里失掉了你,总觉得还会相见,一直没死心。昨天和你重逢,我觉得命里注定你要到我身边来的,所以我那样接待。干脆一句话,朋友,天派定咱们俩是一对儿。我想嫁给你,只是咱们先得发了财再说。咱们务必从这步做起,事情才妥当。我还要有三四个相好,就可以替你挣个舒服日子了。"

我彬彬有礼地谢她肯为我这样操心。两人谈谈说说,不知不觉已经晌午时分。我就告辞,要去回报一声,礼物是怎样收下的。虽然萝合并没有教我怎么说,我却在路上编了一套绝妙的谢辞,预备代她说。不过这个心思是白费了,因为我回到寓所,旁人告诉我侯爵刚刚出门。命里派定我从此跟他没再见面。欲知究竟,请看下章。

# 第十一章

吉尔·布拉斯听到个消息,仿佛晴天霹雷。

我跑到我那个饭店去,碰到两个谈吐有趣的人,就一起吃了饭,坐到上戏的时候大家才分手。他们去干他们的事,我就上戏院去。我顺带要说,那时候我刚和两位绅士谈得高高兴兴,又正当鸿运高照,应该很快活;可是我不由自主地愁上心来。据此而论,谁还说坏运临头没有预兆呢!

我到了戏院后台,梅尔希华·萨巴塔跑来低声叫我跟他走。他带我到戏院里一个僻静去处,说道:"先生,有个紧要消息,我觉得应该特来告诉你。你知道马利阿尔华侯爵一上来先看中我老婆娜茜莎,他要来吃我那条里脊,日子都定好了。艾斯戴尔那刁货这时候就设法破了好事,把那葡萄牙贵人勾引到自己家去。你想一个女戏子失掉了这般好主顾,哪有不怀恨的。我老婆念念在心,只要能出得这口气,什么都会干出来。合是你倒霉,她抓住了一个好把柄。你记得么,昨天班子里所有的小角色都赶来瞧你了。剪蜡烛的助手告诉几个伙伴儿说他认得你,说你绝不是艾斯戴尔的哥哥。"

梅尔希华又道:"这话今天吹到娜茜莎耳朵里,她就去追问说这句话的人,那小角色一口坐实。他说他认识你的时候,你跟艾斯戴尔都在马德里伺候阿珊妮,那时候艾斯戴尔名叫萝合。我老婆发觉了这个底细高兴极了,专等马利阿尔华侯爵今晚来看戏就向他告密。你自己斟酌吧。你要实在不是艾斯戴尔的哥哥,我为你的好,也看咱们旧交情分上,劝你想个万全之计。娜茜莎只要害一个人,她许我先来报个消息,让你乘早逃走,免遭祸害。"

他不用多说了。我承那戏子报信,向他道谢。他看我神色慌张,知道我决不敢反驳剪蜡烛助手的话;我实在也没心情干那么无赖的事。我甚至于不想去向萝合告辞,怕她要叫我老着面皮挺到底。我料想她那么个做戏的惯家自会替自己开脱,我却难免吃苦头;我还不够痴情,不甘心冒这个险。我只想带了家堂神①就是我那些家当溜之大吉。我眨眼早出了戏院,一会儿工夫就把手提箱搬到一个驴夫家里,他半夜三点钟就要上托雷都去。我恨不得已经到了玻朗伯爵家里,觉得只有那儿可以托足。可是一时上还到不得他那儿,得在这城里耽搁些时候,我不免心上焦急,生怕当夜就有人来找我。

我急急慌慌,像个躲债的人知道背后跟了一群公差似的,可是我还上我那饭店去吃晚饭。我相信这顿晚饭吃了不会消化的。可怜我心魂不定,饭堂里什么人进来,我都仔细端详一下。那地方常有相貌凶恶的

---

① 罗马人家都有家堂神,用银子、象牙或蜡做成神像供奉,搬家就带着走。

顾客,不巧来了一个,我就害怕得发抖。我提心吊胆吃完晚饭,就赶回驴夫家,在一堆新铺的干草上直躺到动身。

这时候,我的耐性可说是大受锻炼,我只觉万虑攒心。有时我蒙眬睡去,就梦见侯爵怒冲冲把萝合那娇嫩的脸儿打得青一道红一道,把她的家具也捣个稀烂;或者睡梦中听得他吩咐用人一顿棍子把我打死。于是我就吓醒了。做了噩梦醒来总觉得舒服,可是我醒来比梦里还要苦。

我正在大受罪,幸亏驴夫救了我,他来说驴子要上路了。我立刻起来。谢天,我临走对萝合再不眷恋,对相面也再不相信了。我们一步步离开格拉纳达,我的心也一点点定下来。我跟驴夫闲聊,他讲些有趣的故事,我听得直笑,不知不觉的恐惧全忘。我们头一天停在于贝达,我放心大睡。第四天到托雷都。我忙着先打听了玻朗伯爵的住址,找到他家去,满以为他准会留我住下,可是我太托大了。我到他家只看见门房,据说他主人得到赛拉芬病危的消息,前一天动身到李华庄上去了。

我到了托雷都正有兴头,却没料到伯爵会出门,不免倒抽一口冷气,只好另打主意。我想此地离马德里不远,决计上那儿去吧。我想可以到朝里钻营一番,据说在朝廷上出头,不必才具过人。我过一天雇了一匹往回里走的马到西班牙京城。命里注定我要在那里大有作为,不像以前庸庸碌碌,所以冥冥之中把我掇弄了去。

# 第十二章

吉尔·布拉斯住在客店里,认识了沈琦勒陆军大尉。
这军官是何等人物,到马德里作何营干。

我一到马德里就下了客店。同寓的客人里有个年老的陆军大尉,他觉得份里很该有恩俸,就从新加斯底尔的边远地方入朝请求。这人名叫堂安尼巴尔·德·沈琦勒。我第一次看见他,不免有点诧异。他年纪有六十岁,身材高得出奇,又非常瘦;唇上一大撮菱角胡子,两角直翘到鬓边。他不但断了一只胳膊缺了一条腿,还瞎了一只眼睛,上面贴着块绿绸子;脸上又有好多疤痕。此外他也就跟别人长得没什么差异。而且他心思也还灵敏,神气更为庄严。他道学得近乎拘谨,尤其自负对体面讲究得一丝不苟。

他跟我聊过两三回,承他看得起,就对我讲心腹话。不多几时,他的事我全知道了。他告诉我怎么把一只眼睛撇在那普尔斯,一只胳膊撇在朗巴狄,一条腿撇在荷兰。他讲起那些交战、围城的经历,有一点我很佩服,他从不吹牛,从没一句话夸赞自己。其实他已经半身残废,就算把那剩下的半身大吹大擂,聊以自慰,我也决不怪他。有许多军官前敌归来,身无片伤,口气还未必像他那么谦逊呢。

他说,有一件事最烦心:他把一份很大的家产都报效在军队里了,现在一年的收入不过一百杜加,他要修饰那部胡子,付房租,请人抄写呈文,那几个钱简直不够花的。他耸耸肩膀说道:"先生,我承上帝保佑,天天上一个呈文,上头总是不理睬。我跟首相仿佛打了个赌,要看看究竟是我这个上呈文的还是他那个收呈文的先不耐烦。我也有幸,常上呈文给王上。可是一君一臣恰好不相上下。我在这边老等,我那沈琦勒的庄子没钱修理,都塌败了。"

我对大尉说道:"凡事不可灰心。你有所不知,朝廷的恩典总要你痴等一番才会到手呢。说不定朝廷马上就要额外加恩,补报你的劳苦功高。"堂安尼巴尔答道:"我不该作此妄想。三天以前,我刚见过那大臣的一位秘书,他的话要是可信,我大可称心乐意呢。"我道:"大尉先生,他怎么说的?像你这般光景,难道他觉得还不该酬劳么?"沈琦勒道:"你听吧。那秘书对我说得很干脆,他说:'乡绅先生,别卖弄你怎么赤胆,怎么忠心。你为国家出生入死,不过是尽你的本分。立了大功,博个美名就可以自慰了,一个西班牙人不应该再有别的希冀。你要是把请求的赏赐看做朝廷欠你的债,你就打错了主意。除非皇恩浩荡,觉得对功臣应该有些酬劳,才会准你那请求呢。'"那大尉又道:"可见我还多多亏负了国家。看来我是徒劳往返了。"

看见一个好人落难,不免为他关切。我劝他不要灰心,又自告奋勇,愿替他抄写呈文,不要润笔。我甚至打开钱袋,请他要多少拿多少。有人闻得一声请,就老实不客气了,他却不然。他在这上面非常狷介,只傲然谢了我的美意。他又说,他不肯依赖旁人,所以渐渐儿熬练得饮食非常廉薄,吃一点儿就够了。这倒是真话。他只吃几个葱头当饭,所以瘦得皮包骨头。他不愿意人家看见他吃的苦饭,因此老躲在房里吃。我央求他中饭晚饭跟我同吃,他居然答应。我很可怜他,却设法不让他瞧透我的用心,免得他脸上难堪。我故意要了许多酒食,自己吃不了,就劝他吃喝。他刚一上来还要客气;禁不得我苦请,也就吃了。渐渐地他面皮老了些,自己就来帮我把盘里的肉和瓶里的酒吃喝个罄尽。

他喝下四五口酒,肠胃里又装了些滋补的东西,欣然说道:"吉尔·布拉斯先生,你实在讨人喜欢,弄得我什么都依你。我本来还想,别因为你厚道我就得步进步;现在看你待人殷勤,我连这点顾忌都不讲了。"我觉得大尉这时候不拘谨了,要是乘机再把钱袋揣给他,他也不会推拒。不过我没有给他这番考验,我只邀他一同吃饭,替他抄写呈文,而且还帮他起稿子。我因为誊录过讲道文章,懂得修辞,也算得个作家。那老军官呢,也自负笔下很来得。我们俩协力逞奇,炼出来的辞令妙品充得过萨拉曼卡等名师的手笔。可是我们俩虽然呕尽心血把呈文做得花团锦簇,却无济于事,真是俗语所谓在沙砾里播种。我们尽管措词巧妙的表扬堂安尼巴尔的功勋,朝廷上总是不瞅不睬。因此那残废的老军人不再赞扬军官倾家助饷了。他没好气就怨恨命运不济,把那普尔斯、朗巴狄和荷兰各国狠狠地咒骂。

有一天,他眼看阿尔伯公爵引进的一个诗人在御前背诵了一首恭祝公主诞生的十四行诗就得到五百杜加的年俸,越发气上加恼。亏得我极力安慰,不然的话,那残废的大尉准会发疯。我看他愤愤不平,就说:"你怎么了?何苦为这事生气呀!从古以来,诗人不是照例受帝王供养的吗?每朝皇帝总有个把诗人吃他的俸。我说句不足为外人道的话,把俸禄赏给诗人,这事少不了传闻后世,于是皇恩帝德、万代流芳;要是赏给旁人,往往对帝王的名声没有好处,白赔了本。奥古斯都[①]给

---

① 奥古斯都(公元前63—公元14),古罗马帝国开国皇帝。

人的酬劳、赏人的恩俸不知该有多少呢,可是我们直到我们的末代子孙,都只记得这位皇帝赏给维吉尔的二十万块钱。①"

随我向堂安尼巴尔怎么譬解,他看了人家一首十四行诗的报酬,心上好像压了个铅饼子,排遣不了。他准备就此罢休。不过他还要孤注一掷,再上个呈文给赖玛公爵②才肯死心。我们特地一同上首相府。我们在府里碰见个年轻人,他对大尉行个礼,亲亲热热地说道:"亲爱的老主人,想不到是你! 有什么事找我们大人啊? 你如果用得着一个有点儿路数的人,找我得了。我愿意替你出力。"那军官答道:"怎么的? 贝德利尔,听你这口气,仿佛在这府里当着什么重要差使似的。"那年轻人答道:"我至少有本领替你这样一位上等君子人效劳。"大尉微笑道:"既然如此,我就请你照应了。"贝德利尔道:"我无不尽力。你只要讲明来意,我一定叫你从首相身上沾些油水。"

这小伙子既然一番好意,我们就把事情讲了。他随即问明堂安尼巴尔的住址,答应过一天给回音。他没说如何着手,也没说他是否赖玛公爵的家人,就一溜烟走了。我觉得这贝德利尔非常机灵,很想知道他是怎么个人。大尉说道:"这孩子几年前伺候过我,瞧我穷,就撇了我另找好事情去了。我这倒不怪他,爬高枝儿原是人之常情。这家伙很机灵,一肚子鬼主意。不过他尽管本事大,刚才又向我一股子热劲儿,我看来不会有多大效验。"我说道:"也许他有点儿用处。譬如说吧,也许他伺候的是位公爵手下的要员,他就能帮你忙了。你知道,在权贵左右不论干什么,都靠使诡计、结死党;那些大老爷随着亲信的二爷们摆布,二爷又由三爷来摆布。"

第二天早上,只见贝德利尔到我们客店来了。他说道:"两位先生,我昨天没讲怎样帮沈琦勒大尉的忙,因为那地方不便深谈,并且我

---

① 勒萨日这话不知有何出典。据古罗马大历史学家史威东(Suétone,66—141)的《维吉尔传》第十三节,只说他有近一千万小银币(Sesterce)的财产,都是阔朋友送给他的。奥古斯都要把充公的地产赏给他,他踌躇不肯受(见"勒勃古典丛书"本史威东《十二大帝传及名人传》第二册第 12—14 页)。

② 赖玛公爵(Duc de Lerme,1552—1623)在西班牙斐利普三世(1598—1618)朝上专权二十年。

要先看看风色,再告诉两位。我主人就是赖玛公爵的头等秘书堂罗德利克·德·加尔德隆。我是他亲信的跟班。我那主人很风流,他在王宫左右为一个阿拉贡歌女经营了一个香巢,差不多每晚去吃饭。那姑娘是阿尔巴拉森山里的人,长得非常漂亮。她很聪明,唱起歌来能叫人魂迷心醉,所以叫做仙籁娜①夫人。我天天早上送情书去,这会子刚见过她。我对她出了个主意,叫她认堂安尼巴尔做舅舅,认了个假亲就可以叫她的相好照应。她很愿意干一下。因为她不但有点儿小利可图,而且也很喜欢人家以为她是个有身份的正经人的外甥女儿。"

沈琦勒大尉听了这话皱眉头。他说不愿意合伙行骗,尤其不能让女拆白冒认亲戚,丢他的脸。他觉得这不但有损本人体面,而且可说是辱及祖先。贝德利尔大不以为然,觉得这种讲究太不合时宜,说道:"你这样看法,不是开玩笑吗?活是你们这起土乡绅行径!死爱面子,简直可笑。"又对我说道:"大爷,你听听他慎重得有道理吗?老天爷,朝廷上的事都要这么仔细推敲,那还了得。什么下流无耻的事,只要此中有利,人家就决不错过。"

我很赞成贝德利尔的议论。禁不得我们极力撺掇,那大尉只好充仙籁娜的舅舅了。我们煞费唇舌,才说得他降心相从。于是我们三人同做了一篇新呈文给那大臣,又笔削一番,由我誊个清本,贝德利尔就拿去交给那阿拉贡姑娘。她当晚托了堂罗德利克大爷。那秘书听她讲得热闹,真以为她是大尉的外甥女儿呢,就答应出力。不多几时,这计策灵验了。贝德利尔得意洋洋,又到我们客店来,对沈琦勒道:"好消息!王上要赏赐武官和教士的俸邑,另有些人的恩俸,旨意就要颁布了,不会漏掉你。我奉命来安你的心,还叫我问问,你打算向仙籁娜送个什么礼?我告诉你,我自己什么报酬都不要;我只要能助我旧主人一臂之力,让他光景宽裕些,就比得了全世界的金子还高兴。我们那位阿尔巴拉森的美人儿可不同。若要她与人方便,她就有点儿犹太人脾气。她有这点小毛病,就是为她亲爸爸也非钱不行,何况你这个冒牌舅

---

① 仙籁娜(Sirena)这个名字从 Sirène 来,是希腊神话中半人半鸟的妖妇。航海的人为她歌声所迷,往往失慎触礁。

舅呢。"

堂安尼巴尔道:"她要多少,随她自己说吧。假如她每年要我三分之一的俸,我也答应。即使崇奉正教的国王陛下把举国之富都赏了我,这样谢她也不少她的了。"堂罗德利克的跑腿道:"我呢,满相信你的话,知道你说一是一,说二是二。可是跟你打交道的那小娘儿心眼很细,而且她喜欢你能先把头两年的回扣一次现款付清。"那军官听了焦躁起来,打断他道:"唉,叫我哪儿来钱啊?她当我是财政大臣吗?你一定没把我的光景告诉她。"贝德利尔道:"请不要怪我,她明知你比约伯①还穷呢。她听了我的话不会不知道。可是你别着急,我这人很足智多谋。我认得一个做财政审计员的老家伙,他按十分利放债。你去找个公证人立一张移让笔据,上开你曾收过他一注款子,合有一年俸钱之数,出保愿将第一年的俸移让给他。他按那数目扣掉利息,就把款子付你。至于抵押品呢,现有你那沈琦勒的庄子,就像现在那破破烂烂的样子,债主也不会挑眼,这方面不会有什么争执的。"

大尉说,假如侥幸过一天颁布的恩赏有他的份,他就答应这些条件。他果然没落空,得了个俸邑,年俸三百比斯多。他一听得这个消息,就把答应人家的事办妥,料理了些杂务,带着几个剩下的比斯多回新加斯底尔去了。

# 第 十 三 章

吉尔·布拉斯在朝里碰到好友法布利斯,两人都很
欣喜;他们同往何处,谈些什么奇事。

我每天早上常到宫廷去消磨两三个钟头,瞻仰那些出出进进的贵人。我觉得他们一到那里,平时的气焰都黯然消失了。

---

① 《旧约全书·约伯记》,叙约伯屡遭灾厄,穷困不堪,所以俗语"穷得像约伯"。

有一天我在待见室里昂头阔步,踱来踱去;许多人都在那里做出这副傻相。忽然我一眼看见了法布利斯;我跟他分手的时候,他还在瓦拉多利伺候慈惠院院长呢。他正跟梅狄那·西董尼亚公爵、圣克华侯爵说话,看来和他们很熟。我大为诧异。那两位大爷仿佛听着他说话津津有味,而且他衣服讲究,跟贵人不相上下。

我心上想:"我没看错吗?这人真是尼聂斯理发师的儿子吗?也许是个年轻的朝臣,模样儿长得像他。"我的疑团一会儿就打消了。我等那两位大爷出去,跑到法布利斯跟前,他一看就认得我,拉住我的手挤透了人堆,走出待见室,拥抱我道:"亲爱的吉尔·布拉斯,我见了你真快活,你在马德里干什么?还当用人吗?在朝廷上有什么差使吗?光景怎么样?你突然离了瓦拉多利,后来怎么了,都告诉我听呀。"我答道:"你一口气问的事儿真不少。我的经历也不便在这儿讲。"他道:"你说得不错,还是到我家去。来吧,我领路。我家离这儿不远。我现在无拘无束,住得很舒服,自己置备了家具,写意得很。我过得称心,非常快乐,因为只要我自得其乐就够了。"

我赞成法布利斯的主张,跟他到一座漂亮的房子前面,据他说就住在这里。我们穿过一个院子。那院子一头是个大台阶,上去是高堂大厦;另一头有座小楼梯,又狭又黑,上面就是法布利斯向我夸口的寓处。统共是一间,我这朋友会想花样,用木板隔成四间:一间是卧室的前房,后间就是他睡觉的地方,一间书房,一间厨房。卧房和前房的板壁上糊些地图和学院里的试题纸。屋里的家具跟墙上的裱糊恰是彼此相称。一张大床,床褥倒是锦缎,已经破烂不堪;几只旧椅子,是黄哔叽的面儿,镶着格拉纳达丝的流苏,和面儿一色;一张桌子,脚是金漆的,桌面上铺了个皮单子,新的时候大概是红的,边上金色流苏,年深月久,变得乌黑了;还有一个雕花的乌木柜子,雕工很粗劣。书房里有一张小桌子,算是写字台;沿墙几层木板架子上有几本书、好几捆纸,那就是他的图书了。厨房设备也不相上下,有些碗碟和几件必不可少的家伙。

法布利斯让我把他的几间屋子从容打量一遍,说道:"我这家具、我这寓处,你觉得怎么样?喜欢不喜欢?"我微笑道:"哎,好极了。你穿得那么漂亮,在马德里一定很得意。你准在当什么差使吧?"他道:

"天保佑我别当什么差使!我做的事比什么差使都高。有个阔人,就是这房子的主人,给了我一间房,我分做四间,布置成这样子。我爱干什么就干什么,而且衣食无忧。"我打断他道:"你说得明白点儿吧。我急要知道你干什么呢,别撩得我心痒痒的。"他道:"好吧,我来告诉你听。我是作者,我专心极力要做才子,诗也来,文也来,是个多面手。"

我笑嚷道:"你居然文星高照了!这可是我一辈子也想不到的!随你做什么,都没有这个事来得奇怪。吟诗作文有什么好处呢?我觉得大家都瞧不起这种人,一日三餐都吃不周全的。"他也嚷道:"哎,得了!你说的是倒霉文人,他们写出来的东西,书店和戏班子都打回票。那种家伙理该遭人白眼,这也值得大惊小怪吗?可是朋友啊,得意的文人地位可就高了。不是我夸口,我也算个得意的。"我说道:"那当然!你一肚子才情,写出来的东西准好。我只奇怪你怎么得了写作的瘾?我觉得这倒值得打听一下。"

尼聂斯答道:"怪不得你奇怪。我在马尼艾尔·奥东内斯大爷家心满意足,再不想换别的事了。可是我像普劳图斯①一样,虽然身操贱役,灵性却渐渐地超然自拔。我编了一个喜剧,给戏班子在瓦拉多利上演了。虽然那个戏一钱不值,却很叫座。因此我知道戏院的看客是一头好奶牛,要挤它的奶水很容易。我打了这个算盘,又加手痒难熬,想再写新戏,所以对慈惠院也不贪恋了。我诗文兴浓,爱钱的心就淡下来。我因为马德里是人文荟萃之处,决计到这里来长些见识学问。我向院长辞职,他非常喜欢我,虽然照准,不无惋惜。他说:'法布利斯,你为什么要走?是我意中委屈了你么?'我说:'不是的,大爷,你是主人里最好的了。你的恩德,我刻骨铭心。可是你知道,一个人拗不过自己的命。我觉得天派我要从词章这一路名垂不朽的。'那位好市民答道:'真傻呀!你在慈惠院里已经生了根,你是个做总管的料,有时候连院长也做得。你偏不肯脚踏实地走正路,倒去寻那旁门左道。孩子啊,活该你了。'

---

① 普劳图斯(Plautus,约公元前254—前184),古罗马大喜剧家。奥勒斯·格留斯(Aulus Gellius)《雅典夜读录》(*Noctes Atticae*)第三卷第三章第十四节说他做买卖折尽了本,做面包师家奴隶,为他推磨(见"勒勃古典丛书"本第一册第250—251页)。

"那院长瞧我主意已定,就付清工钱,又送了五十杜加,算是额外的酬劳。有了这笔钱,再加平时奉命办差打下的偏手,我到马德里之后可以打扮得像样了。西班牙作者一点不讲究整洁,可是我在这上面没肯马虎。我不多时认识了洛佩·德·维加、加比欧、米格尔·德·塞万提斯·萨维德拉①,还有些别的名士。可是我在这些名家以外别有师承,那就是果都瓦的青年学士、绝世无双的堂路易·德·贡戈拉②,西班牙从古以来天字第一号的大才子。他不愿意生前把文章付印,只要读给朋友们听听就算了。他天赋奇才,各种体裁都来得,这一点是他与众不同之处。他尤其擅长讽刺诗,那是他的拿手。卢齐利乌斯③的诗像浊浪滔滔,泥沙俱下;他的诗却不然,像塔古河一派清流,水底下金沙灿烂。"

我道:"你把这位学士描摹得好极了。这样有本事的人物,我想准有好些人妒忌他呢。"他答道:"一切文人,好好坏坏,都攻击他。有人说他老爱用夸张的词儿、双关的字眼,还爱用譬喻和倒装句。又有人说,他的诗意义晦涩,像古罗马战神的祭司在赛会时唱的颂歌,没人懂得。还有人怪他一会儿做十四行诗,一会儿写叙事诗,一会儿又是剧本,又是十行诗、情歌,等等,仿佛妄想一手把各种作者都盖下去似的。可是这个才子真是贵贱共赏,那些忌刻之词碰不了他一根毛。

"我是跟这样大本领的师傅学的。不是我夸口,我的作品,看得出是他嫡派亲传。我学得了他的神髓,有几篇晦涩之作简直可以署他的名字。我亦步亦趋,也把作品到阔人家去推销。那些人并不难对付,待我颇加优礼。我这张嘴实在也很会说,这对我的作品有益无损。总而言之,好些大爷喜欢我,我跟梅狄那·西董尼亚公爵尤其亲密,就像贺拉斯和梅赛那斯一样。我就这么摇身一变,成了作者。我没什么别的

---

① 塞万提斯(Miguel de Cervantes Saavedra,1547—1616),西班牙大小说家,《堂吉诃德》作者。
② 路易·德·贡戈拉(Luis de Gongora,1561—1627),西班牙作家,早期文笔质朴明白,中年以后,雕琢字句,求巧求奥,矫揉扭捏,因此作品大为风行,创了所谓"贡戈拉文派",又叫"雅人深致派"(Cultismo culteranismo)。
③ 卢齐利乌斯(Lucilius,公元前180—前102),古罗马讽刺诗人,风格以粗豪著称。

可讲了。你来吧,吉尔·布拉斯,把你的事迹赋咏一番吧。"

我就讲给他听,把无关紧要的事省掉,照他问的话详细回答。接着就该吃饭了。他从乌木柜子里拿出两方擦嘴布、一块面包、一个吃剩的烤羊肩、一瓶好酒,两人对吃起来,欣欣喜喜,不愧是一对久别重逢的故知。他说:"你瞧,我过的是自由自主的日子。假如我要学同行诸君的榜样,可以天天上阔人家去做食客。不过我爱躲在家里写作,而且我算得个小小的阿里斯提波斯①,不论市朝山野、酒池肉林或者饭蔬饮水,都能随遇而安。"

我们觉得那酒真好,不免又从柜子里拿出一瓶来。吃过水果,要吃奶饼的时候,我请他拿一篇作品出来看看。他立刻从稿子堆里拣出一首十四行诗,抑扬顿挫地念了一遍。他朗诵得虽然动听,我觉得那首诗意义晦涩,莫名其妙。他瞧透我的心思,说道:"你听着这首诗不甚了了,是不是?"我就老实说,希望这首诗还能够显豁一些。他打着哈哈笑我道:"朋友,假如你听了这首诗不懂,那是再好没有了。十四行诗、颂诗和一切力求风格高超的诗,万万不可简易流利,妙处就在晦涩。只要诗人肚里明白就行了。"我打断他道:"别跟我开玩笑,不论哪种体裁的诗,总得命意好,并且要词能达意。假如你那位绝世无双的贡戈拉写得也像你这般晦涩,老实说,我就以为他很不足道。这种诗人顶多只哄得过他那一代。现在请你拿点散文出来瞧瞧吧。"

尼聂斯的戏剧集正在排印,他把卷头语的稿子给我看,问我以为如何。我说:"你的散文跟你的诗一样不入我的眼。你的十四行诗不过是拿腔作势的胡说八道。你这篇序文里有些词藻过于搜奇爱僻,有些字眼儿全是不经见的,有些句法可以说是矫揉造作。总而言之,你的文笔怪得很。古代好作家笔下不是这样的。"法布利斯嚷道:"你这个可怜的瘟生!你不知道现在散文家若要博文笔高雅的名气,就得古怪扭捏,却不入你的眼了。我们有五六个胆敢标新立异的人,

---

① 据狄奥吉尼斯·雷厄提斯《哲学家列传》第二卷第六十六节说,阿里斯提波斯能随机应物,不论何时何地,都安之若素(见"勒勃古典丛书"本第一册第 195 页)。

要把西班牙文搅它个黑白颠倒。只要天照应,我们准会如愿,洛佩·德·维加、塞万提斯,还有好些大才子尽管把我们新创的文体挖苦取笑也没关系。许多有地位的人都附和我们,甚至有几位神学家也入了我们的伙了。"

他又道:"反正我们志气可嘉。平心说来,有种不事雕琢的作家,词句像平头百姓的说话一样,我们的格调比他们高得多了。我不懂为什么许多上流人物都看重他们。像他们那样,在雅典和罗马那种不分贵贱的世界里确是很相宜。所以苏格拉底对阿耳喀比阿得斯说,人民是最好的语言教师。① 可是在马德里,文字有雅有俗,朝廷贵人讲起话来和市井小民不同。我这点不是信口开河。千句并一句,我们的新体比那跟我们竞争的旧体好多了。我只要举一个例,就见得我们用字雅致,他们用字滥俗。譬如他们说:'戏里有了插曲就更好看了。'这句话一点文采都没有。我们说来就漂亮,我们说:'戏里有了插曲就添娇增媚了。'留心'添娇增媚'这个词儿,多聪明!多文雅!多可爱!你觉得吗?"

我哈哈大笑,打断这位标新立异的作家道:"得了!法布利斯,你这个舞文弄墨的怪东西!"他答道:"你呀,你是个平铺直叙的蠢家伙!"接着就引格拉纳达大主教的话道:"走吧,去找我账房付一百个杜加,你拿了这笔钱让天照应你吧!再见了,吉尔·布拉斯先生,愿你万事如意,看文章的眼力也再长进些。"我听了他打趣,越发大笑起来。我把法布利斯的文章不当一回事,他并不见怪,依然高高兴兴。我们喝完第二瓶酒才散,两人都酒醉饭饱。我们出门要到普拉都公园去散散步,路过个酒店,一时高兴,就进去了。

那地方常有上等人光顾。里面分两间,这一间和那一间里顾客取乐的方法大不相同。一间里有玩纸牌的,有下棋的;另一间里,两个靠

---

① 见柏拉图所作《阿耳喀比阿得斯》(Alcibiades)对话上篇,与勒萨日所引稍有出入。阿耳喀比阿得斯说,群众是他的先生。苏格拉底就追问这些先生教他些什么。阿耳喀比阿得斯说:"我跟他们学怎样说希腊文。"苏格拉底道:"群众充希腊文教师是胜任的,而且可以教得很好。"(见"勒勒古典丛书"本《柏拉图对话集》第八册第125页)

天才吃饭的名士在那儿辩论,旁边十个到十二个人悉心静听。我们老远就听出他们在争论一句玄学上的话。他们讲得面红耳赤,激烈非常,仿佛着了鬼迷似的。我想假如把艾雷萨①的神环放在他们鼻子底下,鼻孔里准有邪鬼钻出来。我对我的朋友说:"哎,老天爷,好大的火气,好大的嗓门儿啊!这两个辩论的人,天生是叫喊消息的报子。世上一大半人都跟他们的地位不相称。"他答道:"是啊,一点儿不错。从前罗马理财家诺维欧斯②的嗓子,大伙儿赶车人也嚷他不过。这两位分明是他一类人物。他们嚷得人耳朵都聋了,却全说些废话,我最受不了。"我当时已经头昏脑涨,我们就避开这些大呼小喊的哲学家,才免了我一场头痛。我们到那一间屋里,坐在一边,喝点儿酒清清神,看着那些出出进进的客人。尼聂斯差不多个个都认识。他嚷道:"天啊!咱们那些哲学家一时上还辩论不完呢,又来了生力军了。那进来的三个人就是去上场比赛的。刚出去的两个怪人你瞧见没有?那黑瘦的小个子、直长头发一半披在前面一半披在后面的,叫堂如连·德·维拉奴诺。这人是个年轻的财政审计员,拼命充花花公子。有一天我跟朋友上他家吃饭,看见他正在干一件怪事。他在书房里跟一只大猎狗玩儿,把自己稽查的一宗案卷一封封扔开去,叫那只狗衔回来。那猎狗把这些卷宗咬得粉碎。跟他一起的那个红脸的学士叫堂颜如盘·钝头③,他是托雷都教堂里的大司铎,天下第一笨蛋。可是你看他满面笑容、精神焕发,还以为他很聪明呢。他目光炯炯有神,练成一副狡猾顽皮的笑容,仿佛很精明似的。要是念一篇极细腻的文章给他听,他聚精会神,仿佛很能领会,其实他什么也不懂。那天他也在财政审计员家里吃饭。大家讲了不知多少的趣事妙语。堂颜如盘一句话也没说,只凭他嬉嘴

---

① 艾雷萨(Eléazar),古犹太魔术师,据弗拉维欧斯·周塞浮斯(Flavius Josephus)《犹太旧闻录》第八卷第四十六至四十七节,此人传得所罗门王的法术,有个神环能驱邪鬼,周塞浮斯曾亲眼见他施法(见"勒勃古典丛书"本第五册第595—597页),勒萨日所讲就从那一节来。

② 见贺拉斯《代简与讽刺诗集》第一卷第四篇第42至44行,略谓若同时有二百辆大车和三起大出丧拥挤喧哗,诺维欧斯高声大嚷,能够把一切吹号打鼓的声音都盖下去(见"勒勃古典丛书"本第80—81页)。

③ 钝头,西班牙文为 Tonto,是傻瓜的意思。

扬眉、手舞足蹈来助兴。他这副姿态好像比我们说的俏皮话还高明。"

我问尼聂斯:"这边两个落拓不修边幅的人,胳膊撑在桌上,咬着耳朵窃窃私语的,你认得么?"他说:"不认识,那两个是生脸。不过看那样子,准是咖啡馆里的政客①,在讥弹朝政。瞧那位温文尔雅的大爷,吹着口哨踱来踱去,有时丁字步站住,或是歇着左腿,或是歇着右腿;那是年轻诗人堂奥古斯丹·莫瑞多。他有点才分,只是给那起一味恭维、一窍不通的人捧得简直癫狂了。他招呼的那人是同行,擅写押韵的散文,也是个风魔了的家伙。"

外面又来两个带剑的人,他指给我看,说道:"又是两个作者!他们好像都约齐了到这儿来受你检阅的。那是堂贝尔那·喋嘶谰言怪多②和堂赛巴斯田·德·维拉·维修萨。堂贝尔那满肚子怨毒,是个生性阴沉的作家;他只想害人,无人不恨,也没人喜欢他。堂赛巴斯田却是个老实孩子,是个心地光明的作家。他新近编了个戏,演来非常叫座;他就把那剧本印出来,让大家瞧瞧个透,免得自己浪得虚名。③"

贡戈拉的存心忠厚的徒弟还要把眼前人物一一指示,这时梅狄那·西董尼亚公爵的家人来打断他道:"堂法布利斯大爷,我找你来了。公爵大人想跟你谈谈,在家等着呢。"贵人有什么呼唤,一刻也迟延不得;尼聂斯懂得这个道理,马上撇了我去见他的梅赛那斯。我听人家称呼他"堂",吃了一惊,他爸爸只是克利索斯东理发师,儿子却成了贵人了。

---

① 这是作者失检,那时候西班牙还没有咖啡馆。
② 西班牙文 Deslenguado 是肆口谰言恶语的意思。
③ 亚里士多德《诗学》里说,悲剧不在乎舞台上的演出,舞台上的景象是作品以外的东西(见"勒勃古典丛书"本第29页及49页)。法国古典主义理论的主要源泉意大利批评家路维果·卡斯德维特罗(Lodovico Castelvetro,1505—1571)的《亚里斯多德诗学诠释》就进一步说,戏院的看客都是些粗俗无知的人,所以需要布景等等把剧本在台上演出(见赛巴多尼斯版第23页)。因此西洋文评里常说,剧本印了出来,作为读物,就难哄过识者。

## 第 十 四 章

法布利斯把吉尔·布拉斯荐给西西里
贵人加连诺伯爵。

我急要再见法布利斯的面,忍不住第二天大清早就到他家。我进门就说:"堂法布利斯大爷,阿斯杜利亚的呱呱叫、簇簇新的贵人啊,我向您请安。"他听了大笑道:"人家称我'堂',给你听在耳朵里了?"我道:"是啊,绅士大爷,你不见怪,我可要说了:你昨天讲你怎么摇身一变,却把最妙的节目漏了。"他道:"你说得对。不过我借用这个头衔,虽然是自己爱面子,实在也因为人家讲面子,不得不然。你知道西班牙人的脾气,好好一个人,不幸出身贫贱,就受尽白眼。我还跟你说吧,我看见过好多人自称什么堂方思华、堂加布利尔、堂贝德、堂这个那个,天知道他们是什么东西。可见贵人不是件希罕物儿,有才有能的平头百姓愿意跟他们为伍还是抬举他们呢。"

他接着道:"咱们讲别的话吧。昨儿晚上梅狄那·西董尼亚公爵请去吃饭的客人里有个西西里贵人加连诺伯爵。席上偶然谈起爱面子的笑话。我很得意,恰恰有个现成例子可以讲出来让大家笑笑,就把你那个说教文章的故事讲了一遍。你可以想象,在座诸君都听了大笑,把你那位大主教挖苦得淋漓尽致。你可没有吃亏,因为大家都为你惋惜。加连诺伯爵向我详细打听你,不消说,我回答得都很得体。他托我带你去见见。我正想来找了你同上他寓所去呢。他大概要用你做个书记。我劝你答应。在这位大爷手下做事好极了。他很有钱,在马德里阔绰得像个钦差大臣。听说有些王家的产业赖玛公爵想让给西西里,这人就是上朝来谈判的。总而言之,这加连诺伯爵虽然是西西里人,看来很慷慨,很正直光明。你跟上这位大爷再好也没有。照应你在格拉纳达断的终身,照应你发财的大概就是他了。"

我对尼聂斯说:"我本来还想闲一程子寻寻快乐,然后找事情。可是听你这么说来,我心活了,巴不得已经追随着他。"他答道:"你马上就会如愿的,决没有错儿。"我们就一同到伯爵寓所,他住的是他朋友堂桑式·德·阿维拉的房子,主人那时候正在乡下。

我们在院子里看见不知多少小僮儿和跟班,都穿了又华丽又漂亮的号衣,接待室里又有许多侍从、家人和其他执事。他们一个个鲜衣美服,只是相貌丑怪,好像一群穿了西班牙装束的猴子。老实说,有些男人女人的相貌,随他们怎么刻意修饰也是枉然的。

门上传报了堂法布利斯的名字,一会儿就请他进去,我也跟着。伯爵穿着便装正坐在沙发上喝巧克力。我们毕恭毕敬行了个礼。他略微点点头,脸色很和气,我立刻一片心都向他了。贵人们对咱们稍假词色,往往有这种奇效。除非他们十二分傲慢无礼,我们是不会生气的。

那位爷喝完巧克力,就逗着身边一只大猴子玩儿。那猴子叫"爱神"。我不懂为什么给那畜生取了这个名字,大概它和爱神一般都顽皮促狭,此外实在毫无似处了。那猴子只是畜生,可是主人把它当做开心丸子,觉得它可爱,成天抱着。尼聂斯和我看那猴子跳跟作耍,并不有趣,可是也装出十分喜欢的样子。这来哄得那西西里人很高兴。他放下那玩意儿,对我说道:"朋友,你只要有意,不妨在我这里做一员书记。你要以为相宜,我一年给你二百比斯多。只消堂法布利斯做你的荐头和保人就行了。"尼聂斯道:"好啊,大爷,我比柏拉图胆大,他向暴君德尼斯①推荐了一个朋友,却不敢做保。我是不怕你埋怨的。"

我对这位阿斯杜利亚的诗人行了个礼,谢他为我这般大胆。于是我对东家说,一定要赤胆忠心地伺候他。这大爷一瞧我答应,马上叫他的总管进来,低声吩咐了几句,然后对我说道:"吉尔·布拉斯,你的职

---

① 德尼斯(Denys,公元前405—前368),西拉古斯(Syracuse)暴君。柏拉图的第十三封信是写给他的,第一节说:"我荐个人给你,名字叫海利根(Hélicon)……这人颇有风趣,脾气也好。我话虽这么说,心里却有点担忧,因为我说的是一个人,人固然不是个卑贱的动物,却是个变化不测的动物……你自己小心察看他吧。"(见《柏拉图的十三封信》,柏斯特〔L. A. Post〕译注本第18—19页)勒萨日所说,想指这件事,但希腊学者对这封信的真伪还有疑问。

务,回头再跟你讲。你现在跟我的总管去吧,我刚吩咐了他怎么样安置你。"我就听命,撇下法布利斯陪着伯爵和"爱神"。

那总管是个调皮透顶的梅西那人。他领我到他屋里,客气得不得了。他把为他们全宅人做活的裁缝叫来,吩咐他为我赶做一套衣服,要跟头等执事穿的一样讲究。裁缝量了我的身材就走了。那梅西那人道:"我为你挑了一间很舒服的卧房。"又问我:"哎,你吃过早点没有?"我说还没有。他道:"啊,你这个可怜的孩子,怎么不说呀?你在这里,要什么,只消说一声。来,我带你到一个地方去,靠天之福,那儿要什么都有。"

他说完带我到伙食房,见了伙食头儿。那是个那普尔斯人,跟这个梅西那人本领不相上下,可说是我不输你,你不输我。那位有体面的伙食头儿正陪着五六个朋友,把火腿呀、牛舌头呀,还有些腌货尽量往肚里塞,吃得嘴燥,就一口口地喝酒解渴。我们也坐上去,一起痛饮伯爵大人的好酒。我们在伙食房大吃大喝的当儿,厨房里也有宴会。厨子款待三四个朋友,他们正和我们一样的狠命喝酒,一面把兔肉馅饼、野鸡馅饼填肚子。便是厨下小打杂儿也可以放量偷吃。这个人家仿佛没主人的,尽人偷盗。可是这还不算什么,还有许多我没见到的呢,相形之下,这不过是鸡毛蒜皮罢了。

# 第 十 五 章

加连诺伯爵派给吉尔·布拉斯的职务。

我出去把行李搬入新居。回来的时候伯爵和许多客人正吃饭,其中有尼聂斯诗人。他左右有人伺候,谈谈说说,态度很自在。我还留心到他每讲句话,总使满座生春。天才真了不起!一个人有了才,就由得他做什么等人物了。

我和府里的执事同桌,吃得简直和东家差不多。我饭后回到自己房里,把处境思量一番。我想:"哎,吉尔·布拉斯,你现在跟上了个西西里的伯爵,还没摸着他的脾气。看情形,你在他家正是如鱼得水。不过事情是拿不稳的,你已经几次三番遭厄运播弄,流年还未必吉利呢。况且你又不知道东家派你什么差事。他现有几个书记、一个总管,要你效什么劳呢?大概是要你替他送信拉纤。好得很!在贵人家做事,若要马上得意,这是条捷径;如果靠你规规矩矩当差,只好一步步挨,还未必能挨到头呢。"

我正打着这个好算盘,一个跟班的来对我说,客人散了,伯爵叫我去。我立刻赶到他房里,看见他挨着那只猴子躺在沙发上,准备同睡午觉。

他说:"吉尔·布拉斯,过来,坐下听我说。"我都遵命。他说道:"堂法布利斯说你许多好处,尤其夸你赤心为主、是个诚实不欺的孩子。我就为这两点,决计要用你。我要个有情有义的用人,处处为我打算,心心念念不肯让我吃亏。说真话,我很有钱,可是我每年入不敷出,亏空很大。怎么回事儿呢?因为有走失呀。我这家里仿佛一座树林,简直是个贼窝。我疑心伙食头儿跟总管串通一气。要是我怀疑没错,他们这样尽可以叫我倾家荡产。你也许要说,既然怀疑他们是坏蛋,叫他们滚就完了。可是天下老鸹子一般黑,好一点的货哪里去找呢?我只可以另用个人,授他权监视那两个家伙。吉尔·布拉斯,我就挑你来干这差使。你要是干得好,我决不会亏负你,你可以放心。我一定照应你在西西里好好的成家立业。"

他说完叫我出去。这天晚上,他当着全家用人派我做了大总管。那梅西那人和那普尔斯人一上来还不怎么丧气,他们以为我是个好性儿的小伙子,只要让我利益均沾,他们依然可以干他们的营生。过了一天,我向他们声明,我这人对一切揩油作弊深恶痛绝。这来他们可呆住了。我叫伙食头儿把家里存的伙食向我报账。我又去查看酒窖。我把伙食房里银器、桌布之类的什物一一清点。于是我警戒他们俩:主人家的东西要爱惜,不许浪费。末了还说,若有什么弊端落在我眼里,我都要禀告主人的。

我一不做二不休。我要找个内线,探探他们两人是否一条藤儿。我挑了个小打杂儿,许他点好处,把他买通了。他说,我若要打听宅里的事,他知道得最清楚。他说:伙食头儿和总管勾结,百端浪费,仿佛把一支蜡烛两头点;每天买的荤腥,他们要吞灭一半;那普尔斯人养个外室,在圣托马斯学院对面,梅西那人的外室在太阳门附近,这两位先生每天早上把买的各种伙食送给他们的姘头;那厨子也把佳肴美味送给街坊上相识的一个寡妇;他对那两人死心塌地,极力伺候,他们见他的情,就把窖里的酒也让他一起享用;总而言之,伯爵大人家开销浩大,就费在这三个用人身上。那小打杂儿还说:"你要是不信,劳驾明天早上七点左右到圣托马斯学院附近去等着。你亲眼看见我背着一筐伙食,就证据确凿了。"我道:"原来你替那两个风流买办当差。"他答道:"我替伙食头儿当差,我有个伙伴儿替总管当差。"

我觉得这个消息值得我费功夫查明一下。我有那好奇心,第二天早上就在指定的时间跑到圣托马斯学院左近。我没等多少时候,看见我那耳报神背着一只大筐来了,筐里满满地装着各种肉啊、家禽啊、野味等等。我逐件点看一遍,在记事本上做了一篇调查报告,回头去给主人看。我叫那个小打杂儿照常干他的事去。

那位西西里大爷火性很大,气头上要把那普尔斯人和梅西那人都撵走。可是他深思熟虑之后,只辞掉个梅西那人,把他的位子给了我。我那大总管之职派下来没多久就此取消了。老实说,这倒正中下怀。干那个事其实不过当个体面的奸细,只有个虚架子。做了总管先生,钱箱就由我掌管,这是实权所在。大人家的用人向来是总管地位最高。做到这个位子就有许多生财之道,尽管你毫不苟且也总会发财。

那个那普尔斯人鬼花样还多得很。他看我铁面无私,天天一早起来查点他买回来的伙食,登记上账,他就不再打偏手。可是那混蛋每天买的东西还跟从前一样多。这样一来,吃剩的菜也就多了。按规矩,那是他的好处。他不能把荤腥趁新鲜送给相好,至少可以烧熟了送去。那家伙依然一点不吃亏;伯爵得了总管里的尖儿顶儿,还是没便宜。我一看每餐的菜多得吃不尽,就想出个新办法,马上把每道菜酌量减克,堵住这个漏卮。不过我极有分寸,一点不露寒俭,看上来还照常的饮食若流。我这番经纪省下不少开销。主人也就是要我如此,他要省钱而豪华不减。他虽然爱钱,场面却要撑足的。

我还不罢休,另又除了一个弊端。我觉得酒消耗得太快了,怀疑里面还有花样。真的,譬如一桌十二位大爷要喝掉五十瓶酒,有时喝到六十瓶。我很吃惊,就去问那鬼灵精的小打杂儿。我和他暗里约会。厨房里大家不防他,他就把所见所闻一五一十都告诉我。他说那是伙食头儿和厨子以及斟酒的跟班串通了作的弊。跟班把一瓶酒斟掉半瓶,就收进去,以后他们同伙儿的大家分。我就对跟班发话,警告他们说,要是再干这种事准叫他们滚蛋。他们这来就害怕了,只好循规蹈矩。我留心把我替东家打的小算盘都一一禀告主人。他满口称赞,对我的宠爱与日俱增。我也要谢谢那小打杂儿帮了我好大的忙,就升他做厨子的下手。阔人家忠心的用人是这样一步步高升的。

那个那普尔斯人处处逃不出我手心,简直气疯了。他每次报账,总吃我细细盘驳,他为这事恨得咬肉。我防他揩油肆无忌惮,所以亲自到菜市去打听行情。这么一来,我就知道他搞什么鬼了。他不免欺骗主人,我就狠狠地盘问。我相信他一天准要咒我一百回。不过他居心不正,我想他咒骂也不会应验。我不懂他怎么不怕我种种作难,还要待在这西西里贵人家当差。他一定还有便宜可图,我作难也是徒然。

我偶尔碰到法布利斯,就把我做了总管种种破天荒的奇功伟绩告诉他听。他却不以为然。有一天他对我说:"你赤心为主这样出力,但愿天保佑你会有好报。不过咱们私底下说说,我想你跟那伙食头儿要是不那么认真,你还要顺利呢。"我答道:"什么话呀!那贼丧尽廉耻,账上把四个比斯多的鱼开十个比斯多,你要我这也马虎过去么?"他冷冷地说:"干吗不马虎呀?他只要把油水分一半给你,就是按规矩了。"他又摇头道:"说老实话,朋友啊,你是个聪明人,这来可太笨了。你真是东家的走狗。你凑口馒头不肯吃,看来当用人的日子长着呢!我告诉你吧,运气好比轻狂的风骚女人,风流子弟要是不赶紧下手,她就跑了。"

我听了尼聂斯的话只一笑置之,他自己也笑了,只算是说着玩儿的。他出了坏主意没见采纳,自己觉得不好意思。我还是矢忠矢勤,贞固不移。我果然始终如一。我敢说,靠我的经纪,四个月里至少替主人省下三千杜加。

## 第十六章

加连诺伯爵的猴子遭了意外之灾,这位大爷的着急。吉尔·布拉斯得病,如何下场。

于是伯爵寓所出了件意外,闹得家翻宅乱。这事读者看来虽然琐屑不足道,对我们用人却紧要非凡,尤其是对我。我东家看做命根子的猴儿,就是上文讲的"爱神",一天从这窗口跳向那窗口,失脚跌在院子里,把条腿跌脱了臼。伯爵一知道,顿时失声大叫,像个女人一般。他急得不可开交,把手下人个个埋怨遍,险的叫全伙儿用人都滚蛋。他居然沉住火气,只怪我们粗心,咒诅谩骂了一顿就罢了。他立刻把马德里接骨合臼的头等外科医生都请来。他们看了那条摔坏的腿,拍上臼,包扎停当,都一口担保没事。可是我主人定要留一个医生看着那猴子,直等它复元了才放走。

我应该讲讲那西西里贵人当时焦愁的情形。他成天守着那宝贝猴子,寸步不离;说起来大家不会相信的。他亲眼看人家替猴子包扎,晚上三遍两遍起来瞧它。用人都整夜不得休息,尤其是我,我们随时要听使唤去伺候那只猴子,真是讨厌透了。总而言之,全家忙得马仰人翻,直到他妈的那畜生复元,照常又跳啊蹦啊翻跟斗,这才安顿下来。史威东记载加利古拉①爱极了他的马,甚至给它一所陈设富丽的住宅,用了许多人伺候,还要封它做执政官。我们看了那猴子的遭际,对史威东的话还会不相信吗?我主人对他那猴子着迷得正也不相上下,也巴不得叫它做个法官呢。

---

① 加利古拉(Caligula, 12—41), 古罗马暴君,史威东《十二大帝传》第四卷第五十五节说他宠爱一匹马,叫做"飞马"(Incitatus), 为它造了大理石马厩,象牙马槽,还有讲究的住宅,陈设仆役,一应俱全,四周有卫兵站岗,叫人民肃静回避,免得吵扰了它(见"勒勃古典丛书"本第一册第488—489页)。

我要讨主人的好,比别的用人分外卖力。我为他那"爱神"操劳太过,一头病倒。这是我倒霉了。我寒热大作,人事不省,半个月来病得七死八活,也不知道人家是怎么处置我的。我只知道亏我年纪轻,寒热打不倒我,医药大概也治不死我,居然神志又清楚了。我一醒过来,发觉不睡在自己屋里。我要知道是怎么回事,就问那个守着我的老婆子。她叫我别说话,医生讲明不许的。一个人身体好着,总把医生不当一回事;到生了病,就乖乖地听他们吩咐了。

　　我虽然心痒痒的想跟伺候的老婆子说话,也就忍住不说了。我正在反复思量,只见进来两个花花公子似的人,打扮得非常俏皮:丝绒衣裳,极讲究的衬衣,上面还绲着花边。我以为那是主人的朋友,看他面子来瞧我的。所以我挣扎着想要坐起来。我不敢怠慢,把睡帽也扯下。可是伺候的老婆子按我躺下,说那两位是我的医生和药剂师。

　　那医生上来给我把了脉,又看了我的脸色,看见种种征候都是快要痊好之象,就满面得意,仿佛多亏了他。他说只消再吃一帖药就功德圆满,他可以自夸妙手回春了。他说完就随口说了个方子,叫药剂师笔录下来;一壁厢照着镜子整理头发,做出种种怪相。我虽然病得那样,看着也忍不住好笑。于是他似招呼非招呼地对我一点头就走了。他一味想着自己的模样儿,开的药方倒并不在心上。

　　那药剂师来了不是没事的。医生走后,他就准备动手。他要干什么,一猜就知道。他也许怕那老婆子手脚笨,也许是卖弄本事,定要亲自动手。他手段尽管高,不知怎么一来,他还没完事,我就把他灌注给我的东西一股脑儿奉璧,溅得他丝绒衣裳上一塌糊涂。他认为吃了药剂师那行饭难免这种倒霉事儿,一言不发,拿块布擦拭一番就走。那套衣服他准得送出去干洗,干洗费决计要出在我账上的。

　　第二天早上,他把医生开的药送来。这回他不怕脏了衣服,可是他穿得朴素些了。我一来因为身体渐觉健旺,又加我前一天就把医生和药剂师厌恶透顶,甚至还咒骂他们出身的大学堂;他们杀了人逍遥法外的权力都是大学堂授予的。所以我发誓说,再不要吃药了,希波克拉底和他的徒子徒孙都滚他妈的蛋。那药剂师配了药只要我付钱就罢,我吃不吃,他满不在乎。他把药放在桌上,一声不响地走了。

我马上吩咐把这一文不值的药扔到窗外头去；我成见很深，相信吃下去准会毒死。我一不做二不休，还有桩事也不听医生吩咐了。我不再闷声不响，我口气很硬，命令那伺候的老婆子务必把我主人的消息告诉我。那老婆子要说，又怕我气坏了，性命难保；要不说，又怕惹出我的病来，她只是吞吞吐吐。可是经不起我急催紧逼，到头来她只好告诉我说："大爷，你现在自己做主，没别的主人了。加连诺伯爵已经回西西里去了。"

　　我听了不相信；不过这事千真万确。我生病的第二天，那位大爷怕我死在他家里，承他情把我连人带东西搬到个客店里，满不在乎地撇下不管，随老天爷和一个老婆子照应去。那时候他接到本国命令，召他回去。他急急动身，把我忘得一干二净。也许他以为我已经死了，也许贵人都是忘事的。

　　伺候的老婆子把这些事讲完，又说医生和药剂师是她找来的，惟恐我病死没人偿命。我听到这些好消息，呆得半晌说不出话来。西西里的好家业啊，休想了！一场好梦都完了！有一位教皇曾经说："你要是遭遇大不如意的事，反躬省察，就会明白总是咎由自取。"我并不敢冒犯这位圣人，可是这一回怎么咎由自取，我却不懂。

　　我一肚子如意算盘落了一场空，心上只惦着我那只手提箱。我吩咐拿到床上来让我瞧瞧。我一看箱子已经打开，叹口气道："哎！我宝贝的手提箱、我惟一的安心丸呀，看来你已经遭过劫了。"那老婆子道："没那事，吉尔·布拉斯大爷，你放了心，什么也没偷掉你的。我看守你这只箱子，就仿佛看守自己的名节一样。"

　　我上伯爵家当差的时候穿的那套衣服还在箱子里，可是梅西那人叫裁缝给我做的一套却找不着了。也许我主人以为不应该留给我，也许是给什么人捞摸了去。别的衣着都没动，连我装钱的一个皮子做的大钱袋都在。我生病之前，钱袋里有二百六十比斯多，这回只剩了五十比斯多。我数了一遍不信，又数第二遍。我就问伺候的老婆子说："老妈妈，这是怎么回事儿？我的钱剩了这一点点了！"老婆子答道："你这钱全是我经手的，我花得再省俭没有了。可是生了病花费很大，动不动都要钱。"我这位好当家从口袋里掏出一叠纸，说道："这是开支的账目。我这笔账是真金不怕火烧的。

你瞧了就知道我一个子儿也没乱花。"

那账单总共有十五页到二十页,我从头到底看了一遍。天啊,我人事不知的时候买了那么多的鸡鸭呀!单是那一项菜肉合煮的汤至少就花了十二比斯多。别的东西也跟这项相称,木柴啊、洋蜡啊、水啊、笤帚啊,等等,真不懂她怎么用得了那许多。可是她尽管开虚账,总数不过三十比斯多,还亏一百八十个比斯多呢。我跟那老婆子说了,她一副天真老实的样儿,赌神发咒,说伯爵的伙食头儿把我那手提箱交给她的时候,钱袋里只有八十比斯多。我忙打断她道:"老妈妈,你说什么?我的东西是那伙食头儿交给你的吗?"她答道:"没错儿是他。我分明记得,他一面把东西交给我,还对我说:这个你拿去,老妈妈,等吉尔·布拉斯大爷两腿挺直,务必好好儿发送他,这箱子里有的是钱。"

我恨道:"啊!该死的那普尔斯人!我少的钱是哪里去的,不问可知了!我碍着你的道儿,害你少揩了东家的油,你就在我身上出账,把我偷个精光。"我骂了一番,又感谢上天,那混蛋没把我偷得一个子儿不剩。我虽然觉得那个伙食头儿大有做贼的嫌疑,却也不信伺候的老婆子手脚干净。我一会儿怀疑伙食头儿,一会儿怀疑老婆子,不过我反正总是一样的遭殃。我没对老婆子说什么话,连她那篇妙账也没跟她计较。计较也徒然,况且她也是靠山吃山、靠水吃水,理所当然。我沉住气,三天后跟她算清账,把她打发走就算了。

她大概出门就去通知药剂师,说她不在我那儿了,还说我已经很健朗,难保不付药账、溜之大吉。所以不一会儿那药剂师就气喘吁吁地赶来。他把账单给我,上面开的药名目繁多,都是我神识昏迷的时候吃的;我虽然也做过医生,从没见过那些药名。这笔账可算是名副其实的药账①了。付账的时候我们就吵起来。我要打它个对折,他发誓一个子儿也不能少。可是他一算计,跟自己打交道的这小子可以马上离开马德里,那就一个子儿都捞不到手,倒不如依着对方随意出多少吧。照我答应的数目,他已经利市三倍。我满不情愿地把钱数出来;他钱到手

---

① 药剂师的药账往往随意乱开,所以法文里药剂师的账单(Parties d´apothicaire)就指虚账。

就走,灌肠那天吃的一点亏这回完全出本了。

医生跟脚也来了;医生和药剂师原是狼狈一气的。他出诊的次数很多,我付清诊金,打发得他很称心。他临走还仔细讲,我那个病会转成种种险症,多亏他防止有方,可见没白赚我的钱。他用的字眼儿非常好听,神气也很和悦,不过我听来莫名其妙。我把他送走,以为一个个催命使者都打发干净了。谁知不然,又来了一个从没见过的外科医生。他对我恭恭敬敬行了个礼,恭喜我得了重病居然化险为夷,又说:这全亏他两番为我放掉许多血,又使抽血器抽过几回。这又该我破钞了,我还得受外科医生的克剥。这样几次三番的出账,我那钱袋里的膏血挤得所余无几,又干又瘪,成了个空躯壳。

我一瞧光景又很窘,就发起愁来。我在最后几个主人家过得太舒服,养坏了骨头,不能再像从前那样做鄙夷一切的哲学家来熬穷受苦。不过老实说,我这样忧闷是不对的;时运升沉,我饱经惯历,应该知道否极就要泰来。

# 第 八 卷

# 第 一 章

吉尔·布拉斯交了个好朋友,找到个位置,补偿了加连诺伯爵对他的负心。堂瓦雷留·德·路那的故事。

我很奇怪,怎么这些时候总没听到尼聂斯的消息,想他准是下了乡。我刚能起床,就上他寓所去,果然三星期前他跟梅狄那·西董尼亚公爵到安达路西亚去了。

一天早上,我一觉醒来,忽然想到梅尔希华·德·拉·洪达。我记得在格拉纳达的时候曾经答应他说,如果我能回马德里,一定去拜访他外甥。我想当天就还了这个愿吧。我打听得堂巴尔塔扎·德·苏尼加的住址,就到那里去约瑟夫·那华罗先生;一会儿他出来相见。我向他招呼,还通报了自己的姓名,可是他虽然有礼貌,却很冷淡。我觉得他待人这般冷冰冰,不像梅尔希华描摹的那位管家。我决计不再来找他了,正要告辞,他忽然笑脸相向,高高兴兴地说道:"啊,吉尔·布拉斯·德·山悌良那先生,我方才失礼,请别见怪。我有心和你要好,偏偏记性不行,坏了事了。四个多月以前,格拉纳达那边来信提起你,我把你大名都忘了,没想到你就是信上讲的那位先生。"

他欣喜欲狂,抱住我的脖子道:"我真要拥抱你啊!我把梅尔希华舅舅当自己的爹那样敬爱。他叮嘱我要是有缘和你相见,该把你当他儿子看待;如果有可以效劳的地方,不但我该尽力,还要揩我朋友的面子呢。他夸赞你才德兼备,所以尽管他没有托付我,我也乐于帮忙。我看了舅舅那封信,他的心就是我的心了,请你别再见外。我愿意做你的朋友,请你也跟我做个朋友。"

约瑟夫这样殷勤,我也满心感激,向他答谢。我们俩都是又热情又恳挚的人,当场结为密友。我直捷爽快把景况告诉他。他听了立刻说道:"我留心替你找个事情。目前你务必每天到这里来吃饭。这儿的饭比饭店的包饭好。"我刚病好,手头很窘,嘴倒吃刁了,听了正合我意,当然不会推辞。我一口应允;我在他家补养得非常好,半月之后,吃得一张脸和贝那丹会的修士一样了①。我觉得梅尔希华这位外甥发财得不得了。怎么会不发财呢?他有三路财源,酒窖、伙食房、厨房,都归他一人管。并且,尽管他是我的朋友,我敢说,他和总管通同一气。

我身体已经完全复元。一天,我照例到苏尼加家去吃饭,看见我朋友约瑟夫跑来,满脸喜色地说道:"吉尔·布拉斯先生,我替你找着一个好事情。你可知道,西班牙国王陛下的首相赖玛公爵全副精神处理国家大事,所以把家务交给两个人,免得分心。他用堂狄艾格·德·蒙德赛管他家的收入,堂罗德利克·德·加尔德隆管支出。这两人是他的心腹,各有全权办事,彼此不相牵制。堂狄艾格手下有两个收钱的账房。我今天早上听说他回掉了一个,就去求他把你补上。蒙德赛先生是知道我的,不是我吹牛,他也喜欢我。他听我担保你品行好、本事也好,就毫不为难地把你补上了。咱们吃过饭上他家去。"

我们到时就去。堂狄艾格·德·蒙德赛接待我很客气,派我顶了那个账房的缺;职司是巡看田庄、派工修缮、经收田租,总归一句,我经管田产,每月向堂狄艾格报账。他听过那管家说我许多好话,可是查起账来还是非常仔细。我正要他如此。我尽管在旧主人家吃过大亏,还决心要正直到底。

有一天我们听说赖玛的庄上起火,烧掉了大半。我立刻赶到那里调查损失。我查明起火的情形,据实写了一篇详细的报告,蒙德赛就送给赖玛公爵看。这位大臣知道了这个坏消息心里很懊恼,可是他很赏识这篇报告,忍不住问是谁做的。堂狄艾格不但说了我的名字,还把我十分夸赞了

---

① 贝那丹(Bernardin)会里的修士以饮食丰盛著名,所以十七、十八世纪法国成语称一顿好饭为"贝那丹修士的饭食"(Le repas de Bernardins)。

一番,因此六个月之后又出事故的时候,首相就记起我这人来。这事我下面再讲。要不是这件事,恐怕我一辈子也不会在朝廷上做事。

原来那时候公主大街上住着一位老太太,叫伊内西尔·德·康达莉拉①。她究竟什么出身,大家也不知底细。有人说她爸爸是乐器匠,有人说他是授圣雅各勋章的爵士。这些都不去管它,反正她是个了不起的人物。她得天独厚,一辈子能迷惑男人,活到七十五岁,魅力依然。先王临朝时的贵人把她奉若神明,当今朝里的贵人还是向她拜倒。光阴对姿色是不留情的,但是对她无法可施,她尽管容光消减,依然妩媚动人。她气度高华,聪明可爱,而且有一种天生的风韵,所以到老还能叫人颠倒。

赖玛公爵有一个书记叫堂瓦雷留·德·路那,年方二十五岁,对伊内西尔一见倾心。他向她求情,对她如醉如狂;情痴又加年少,竟一盆火似的赶着她。老太太别有用心,不肯如他的愿,却也不知道怎样去抑制他。有一天,她以为想到一个办法了。她把那个少年叫到屋里,指着桌子上的钟对他说道:"你瞧瞧现在几点钟。我是七十五年前这个时辰出世。说真话,到我这年龄,还配风流么?我的孩子,你细细想一想,你这番情感对你对我都不合适,还是克制了吧。"这席话很有道理,可是这位大爷早已不平心讲理,他痴情颠倒,一切不顾了,说道:"狠心的伊内西尔,你何苦弄这种无聊的花样呢?你以为这一来我眼睛里看你就两样了么?别存这妄想,自己哄自己。不管我看见的是你本来面目还是我着了障眼法,反正我一辈子也不能不爱你。"她答道:"好吧,你既然这样固执,纠缠不休,我再不要你上门了。我禁止你来,从此不许你再来见我。"

你也许以为堂瓦雷留听了这话没法,就会规规矩矩的告辞。可是他反而越发不知趣了。爱情摆布人就像酒摆布醉汉一样。这位绅士先是哀求苦诉,后来忽然发了狠,软来不行,就要硬做。老太太一点不怕,

---

① 这段情节看来离奇,却有事实根据。勒萨日影射妮侬·德·朗克罗(Ninon de Lenclos)和她儿子德·维叶爵士(Chevalier de Villiers)那桩轰动一时的惨事,可看伏尔泰(Voltaire)《记妮侬·德·朗克罗》(Sur Ninon de Lenclos),莫朗(Moland)编《伏尔泰全集》第二十三册第209页。妮侬·德·朗克罗(1620—1705)在当时享有盛名,不仅是勒萨日笔下所描画的那种人物,并且有思想,有识见,许多法国文人都跟她来往。

把他推开,一壁生气道:"你这人好大胆,住手!让我斩断你的痴情。听着:你是我的儿子!"

堂瓦雷留一听这话吓呆了,不敢再乱来。可是他以为伊内西尔说这话是要免得他再求欢,就说:"你不让我称心,故意编出这么个谎话来。"她抢着说道:"不,不,我告诉你个秘密。我本来想瞒你一辈子的,可是你逼得我非说不可了。二十六年前,你爸爸堂彼德·德·路那是塞哥维亚的都统,我跟他相爱,生育你。他承认你是他的儿子,扶养你成人。他没有旁的孩子,你又品性很好,所以就把财产传给你了。我呢,也没有丢下你不管。你初见世面,我就引你到我家来,要熏陶得你温文尔雅,这样才可以充风流人物;年轻哥儿们惟有跟女人交际才学得到这种风度。不但如此,我还尽力借我的面子,把你安插在首相手下。总而言之,我对你关切也是妈妈对儿子应尽的本分。我这话说明白了,你自己打主意吧。假如你能清心断念,把我当妈妈看待,我并不禁止你来看我,还照向来那样疼你。要是你不能克己,乱伦背理,那么你快快走吧,别叫我看着厌恶。"

伊内西尔讲了这段话。堂瓦雷留默默无言,好像激发了向善的心,就要遏止自己的情欲了。谁知并不如此。他别打主意,要当他妈妈的面演另一场戏呢。他打不开幸福的障碍,就此心灰意懒,拔出剑来,一下戳进了自己的胸膛。他像俄底浦斯①那样惩罚了自己,不过有一点不同:那忒拜人是犯了罪悔恨,所以挖掉自己的眼睛;这西班牙人却因为犯罪未成,伤心得把自己戳死了。

可怜堂瓦雷留戳了那一剑没当场就死。他还清醒过来,求天饶恕他自杀的罪。他一死,赖玛公爵手下空了一个书记的位子。这位大臣没忘记我那篇火灾的报告,也没忘记人家赞我的话,所以挑我填补了这个空缺。

---

① 希腊神话,俄底浦斯(Oedipe)是忒拜(Thèbes)国王子,一生下就遭遗弃,因为神道启示说,这孩子长大要杀父亲。他经人捡得,在外国长大。后来他到忒拜游历,旅途中碰见一个老头儿,不知道就是父亲,吵起架来,把那老头儿杀了。不久他做了忒拜国王,娶了前王后,不知道就是生身母亲。到真相大白,他悔恨无及,把自己的眼睛都挖掉。好多作家,像索福克勒斯(Sophocle)、高乃依(Corneille)等都把这个传说作悲剧的题材。

## 第 二 章

吉尔·布拉斯见赖玛公爵,当了他手下一名秘书;
这位大臣叫他做事,很为嘉许。

报告我喜讯的是蒙德赛,他说:"吉尔·布拉斯朋友,我虽然舍你不下,可是对你情谊很深,你能顶堂瓦雷留的缺,不由我不高兴。我有两句话,只要你照做,准会得意。第一,你对公爵得非常巴结,叫他相信你赤胆忠心。第二,你得小心奉承堂罗德利克·德·加尔德隆,因为主人在他手里像一团蜡,搓得圆、捏得扁。假如你运气好,结交上这位心腹秘书,我敢一口担保,你马上就会有远大的前程。"

我谢了堂狄艾格的良言,然后问道:"先生,请问堂罗德利克是个什么样的人。我听人家讲来,口碑很坏。可是人家对朝里权贵的考语虽然有时候得当,往往靠不住。所以我请你告诉我,你以为堂加尔德隆怎么样。"这总管狡笑道:"这话叫我很难说。要是对别人呢,我就毫不犹豫,说他是个很有体面的绅士,为人没点儿可以挑剔的地方。可是我对你得说老实话。我相信你这孩子口风很紧,况且我既然劝你好好儿对付他,就应当把肺腑之言讲给你听,不然我帮你就没有到家。"

他接着说:"你知道,首相从前只是堂方斯华·德·山多瓦尔,那时候罗德利克不过是他的家僮,后来一步步爬到一等秘书的职位。他是个最骄傲不过的人。人家对他客气,他除非是非还礼不可,往往睬都不睬。总而言之,他自以为是赖玛公爵的同僚;据说他实在也和赖玛公爵平分首相的大权,可以任意分派大小官职。外面因此很有闲话,可是他满不在乎,只要有抽头儿回扣,对人言置之不理。你听了这话,就明白该怎样对付这个骄横的家伙了。"我答道:"哎,我明白!我会对付他。我要是不得他欢心,那就糟了。知道了人家的软处,存心要拍他马屁,只有大笨蛋才拍不上呢。"蒙德赛道:"那么我现在就带你去见赖玛公爵。"

我们当时就去见首相，他正在一间大厅上会客。求见的人比上朝的还多。有的是授圣雅各勋章和加拉特拉华勋章的爵士，来求做都统和总督的；有的是各教区的主教，据说不服水土，想换换空气，所以来求升大主教；有的是圣多明我会和圣芳济会的神父，所求不奢，只想弄个主教做做。我还留心到有些残废军官，和前文讲起的沈琦勒陆军大尉一样，也磨烂了心在等退伍的恩俸。公爵虽然并不有求必应，至少和颜悦色地接受陈请书。我看他对求见的人说话很客气。

我们耐心等首相把一切求见的人都打发掉，于是堂狄艾格说："大人，这是吉尔·布拉斯·德·山悌良那，就是您挑来补堂瓦雷留那个缺的。"公爵对我看看，赏脸说：凭我往日为他当的差，该补这个位子。他就叫我到书房里去密谈，其实是要考问考问我。他先问我出身，又问我的经历。他吩咐我据实道来。这真叫我为难！要向西班牙首相撒谎，看来是不成的。可是许多事我又说来丢脸，不愿意一概招供。怎样渡过这个难关呢？我决计把那些老实说来要骇人听闻的地方稍微加点文饰。我尽管加工点染，却瞒不过他。他听我讲完，微笑道："山悌良那先生，我看来你从前未免有点儿流氓行径。"我涨红了脸答道："大人，您大人吩咐我老实说，我只好遵命。"他答道："我不怪你。真的，孩子啊，还便宜了你，想不到你看了那些坏样，居然没有不可救药。许多上等人要是受到命运这般磨炼，只怕要变成大坏蛋呢！"

首相又道："山悌良那朋友，旧事别去想它了。你只要记着，你现在是王上用的人，从此要一心为他效忠。你跟我来，我告诉你干些什么。"公爵说着领我进一间小书房，和他的书房相通，里面架子上堆着厚厚二十来册对折页的大簿子。他道："你以后就在这里办事，这些簿子是一部人名录，西班牙王国管辖下一切邦郡的贵族都记在上面。一本本册子上是各人的小传，按姓名第一个字母的次序排列，本人和他祖先替国家出过什么力，跟谁决斗过，小传里都写明。此外如财产多少、品行怎样——总而言之，一切长处短处全记在上面。每逢他们向朝廷有所请求，我只要一翻簿子，就知道该不该照准。我要把这类事情调查得千真万确，所以雇人四面打听，叫他们写了报告送进来。可是报告都很嚕苏，满篇乡谈土语，得重新编写，润色字句，因为王上偶尔要我把这部人名录念给他听。写这种报告，文笔应当简洁,我现在就派你来。"

他一面说,就拿出一个塞满了纸张的大文书夹子,抽出一篇报告,交在我手里,自回书房,让我从容试笔。我把报告看了一遍,不但满纸村谈,语气也过于激烈。这篇报告还是索尔松城一位修士写的。这位修士学着正人君子的口吻,把好好一家加泰罗尼亚贵族攻击得体无完肤,天知道他说的是不是真话!我就像读了一篇恶意诽谤的文章,当时心里踌躇,不愿意干这种事,恐怕变成那修士的帮凶。不过我虽然初入朝廷,却顾不了许多,让那位好修士去受他的果报吧。假如这是罪过,我把全部罪过都归在修士账上,就提起笔,用优雅的西班牙词藻去糟蹋这一家两三代人,说不定都是好人。

我写了四五页,公爵急要看我写的怎样,跑进来说:"山悌良那,把你写的给我瞧瞧,我急着要看呢。"他拿我的稿子去看,细读开头一段。我没想到他会那么惬意。他说:"我虽然听了人家的话早以为你本领好,可是老实说,没想到你本领这样好。你不但叙事简洁精切,正合我意,而且笔致还很活泼。我挑你写这报告,真没挑错,我有了你就不惋惜你的前任了。"首相还要夸奖,可是这个当儿他的外甥勒莫斯伯爵①跑来,打断了话头。首相拥抱了他几回,从他接待的态度上,我看出他很疼这个外甥。他们俩关上门窃窃私语,谈一桩家事,当时公爵对这件事比国家大事还要关切,下文我会交代。

他们俩还在密谈,我听得打十二点钟。我知道秘书和职员等人这时候下班,可以随意出去吃饭。我就搁下我的大著作出门。蒙德赛已经把我的薪水付清,和我分手;我不上他那儿,却到附近最有名的一家馆子里去。我再上普通饭馆就有失身份了。我念念不忘公爵对我说的话:"记着你现在是王上用的人。"这话在我胸中播下野心的种子,这种子时时刻刻在滋长。

---

① 勒莫斯伯爵(Comte de Lemos,1576—1622),西班牙政客,塞万提斯的《堂吉诃德》就是献给他的。

## 第 三 章

吉尔·布拉斯听说他那职位也有苦处。他听了这消息的焦愁,和迫不得已的行为。

我跑进饭馆,特意叫掌柜知道我是首相的秘书。我不知道按这身份该点些什么菜,我怕点的菜显得寒俭,就说随他上什么菜吧。他做的菜很丰盛,而且伺候周到,我就比吃了好菜还称心。付账的时候,我把一个比斯多扔在桌上,店家至少该找回四分之一,我都便宜了跑堂的。于是我挺着胸脯跑出馆子,活是个得意洋洋的少年人。

离饭馆二十来步是一家大旅馆,常有外国贵宾寄寓。我租下一套房间,有五六间,陈设很好。我那气派,仿佛每年有两三千杜加的进账似的。我还预付了第一个月的租金。于是我回去办公,整下午忙着早上未完的事。我隔壁的办公室里还有两个秘书,他们只管誊清公爵亲手交去的稿子。我当晚下班才跟他们认识,我想结交他们,就请到我那个饭馆里,叫了最好的时鲜菜和西班牙最出名的美酒。

我们入席谈谈说说,虽然没多少风趣,兴致却很高。说公道话,我一眼就看清这两位客人的职位绝不是靠自己本事得来的。他们对书法的直体斜体等等确有研究,可是大学里的科目他们连皮毛也不知道。

他们别有所长,对切身小利精明得很。我从说话里知道,他们虽然荣任相府职司,并不欣喜欲狂,而且还有牢骚。一个说:"我们五个月来一直是赔本当差,一个子儿薪水没到手。最糟是我们的薪水没有规定,无从知道自己是什么地位。"那一个说:"我呀,情愿领二十皮鞭当薪水,只要还我自由,让我到别处去做事。我抄写过秘密文件,所以不敢擅离职守,也不敢请求解职。否则塞哥维亚的塔呀、阿利冈的堡垒①

---

① 西班牙两个要塞,国家大监狱所在,重要政治犯都禁锢在那里。

呀,我很可能去观光一下呢。"

我问道:"那你们怎么过活呢?想必是自己有钱的。"他们说,钱是很有限,不过还算运气,住在个寡妇家里,她为人很好,许他们赊账,一年各要一百比斯多的饭钱。这些话我一字不漏地全听进去,立刻低了气焰。我想,我当然不会蒙人家另眼相看,对自己的职位不该太得意,这事并不像预计的那么有实惠,手里几个钱,省吃省用还怕来不及呢。我这么一盘算,那股子撒漫使钱的劲儿都消了。我才懊悔请了这两位秘书来,但愿饭快快吃完。算账的时候我和掌柜吵起嘴来。

两位同事到半夜和我分手,因为我没请他们再多喝。他们回寡妇家,我就回到我那个华丽的寓所,当时懊恨租了这套房间,决计到月底就搬走。我尽管睡在温软的床上,却愁得合不上眼。我想怎样可以不白替国王当差,直盘算到天亮。这时候我忽然想起蒙德赛的劝戒。我就起床决计去向堂罗德利克·德·加尔德隆请安。照我当时的心境,去见那么骄矜的人恰好合适,因为我正有求于他。我就到这位秘书家去。

他跟赖玛公爵居处相连,华丽也相等。但凭布置陈设,主人家和用人家没甚分别。我请门上通报,说堂瓦雷留的后任求见;我还免不了在前厅等了一个多钟头。我等待的时候对自己说:"新任的秘书先生啊,请你忍耐着点儿。你要人家来趋奉你,先得赔足小心趋奉人。"

客厅门总算开了。我进去赶到堂罗德利克跟前。他刚写完一封情书给那美丽的仙籁娜,正把那封信交给贝德利尔。我对加尔德隆大人恭敬极了,比对格拉纳达大主教、对加连诺伯爵,甚至对首相都还要恭敬。我一躬到地,求他栽培,满嘴卑鄙乞怜的话,想起来真觉得羞惭。换了个不是他那样骄横的人,看我奴颜婢膝,心里会厌恶。对他呢,这来正投其所好。他还算客气,回答我说:如有机会,一定给我好处。

我听了千恩万谢,还发誓说,愿意一辈子伺候他。我怕他讨厌,连忙告辞,一面请他恕我耽搁了他的要务。我无耻趋奉了一番,赶紧出来,满腔的羞愧;我回到办公室,把派给我的事做完。公爵上午就跑来,他对我写的结尾跟开头一样满意。他说:"好得很!你把这篇小传誊在西班牙人名簿上吧,字要写得好。然后你在文书夹子里再拿一篇报告出来,照这样修改。"我跟首相大人谈了好一会儿,很喜欢他那种温和随便的气度。他和加尔德隆真是大不相同，两副脸截然相反。

这天我在一个价钱公道的小饭铺吃饭，决计隐姓埋名地天天到这里来吃，等我的殷勤趋奉见了成效再说。我的钱至多维持三个月。当傻瓜的时期越短越好，我打算只在这三个月里赔钱当差，要是到那时还支不到薪水，就撇下朝廷和那套空场面了。我是这样计算的。我竭力把加尔德隆奉承了两个月，可是怎么讨好，他也满不在乎，弄得我灰心了。我对他变了态度。我不再去向他请安，只在公爵跟我谈话的时候乘机巴结。

# 第 四 章

吉尔·布拉斯得赖玛公爵宠信，
公爵告诉他一件机密。

说起来，首相大人不过每天在我眼前现一现，可是他不知不觉地给我迎合上了。一天下午，他对我说道："吉尔·布拉斯，你听我说，我爱你这性格，想栽培你。你这孩子又热心，又忠心，而且非常聪明缜密。我想信任你这样个人没有错儿。"我听了连忙下跪，他伸手拉我起来，我恭恭敬敬吻他那只手，说道："承蒙您大人这样错爱，我真喜出望外。多少人看了您给我恩典要暗底下跟我做冤家呢。可是我只怕一个人恨我，就是堂罗德利克·德·加尔德隆。"

公爵答道："那你不用担心。我知道加尔德隆，他从小就跟我。我敢说，他的心思和我完全一样，所以我喜欢的他都喜欢，我嫌恶的他也都嫌恶。你非但不怕招他恨，还应该拿稳他是你的朋友才对。"我听了知道罗德利克是个调皮东西，早把首相大人蒙蔽住了，对付这个人应当非常把细。

公爵接着说道："我拿你当个心腹，先把我盘算的一件事告诉你。你得明白了情节才能把我交下来的差事办得妥当。好多年来，我知道我的权威已经大家倾服；我有什么决策，人家不问情由，只管照办；我可以随心所欲的分派一切差使官爵，委任都统总督，颁给教会的俸禄。我胆敢说,我是西班牙一国之主。我富贵已极。可是快有风波来了;我要保全富贵,所以希望外甥勒莫斯伯爵接我的手做首相。"

首相讲到这里,看见我听了非常诧异,就说:"山悌良那,我明白你为什么惊奇。你奇怪我怎么不挑自己的儿子于才德公爵继任,却挑个外甥。可是我告诉你,我儿子才具不开展,不配我这个位子,而且我是他的对头。他知道讨好王上的窍门儿,王上宠爱着他呢,这叫我怎么受得了。一国之君的恩宠就好比心爱的女人的身体,是个吃醋的根源,你便是跟至亲好友也不甘心平分春色的。

"这是我心里的隐事。我对王上说过于才德公爵坏话,没有见效,所以又另用手段。我希望勒莫斯伯爵能拍上王太子。他现是东宫侍从官,随时可以见到太子。他很机灵,再加我有个计策,保他成功,万无一失。我使这条计策可以叫我外甥和我儿子作对。我离间了他们表兄弟俩,叫他们都来求我撑腰;他们都依仗我,就都受我节制了。这是我的打算,正用得着你两边跑跑腿。我想叫你替我跟勒莫斯伯爵暗通消息。"

我听了这场心腹话,好比现银子到手一般,不再担心。我想:"我居然有这一天,躲在屋檐承溜底下等着下金雨了①。西班牙大权在握的人用我做心腹,我还怕不立刻发财吗!"我心上美满得很,虽然眼看我那可怜的钱袋渐渐露底,也不在乎。

# 第 五 章

吉尔·布拉斯乐极,贵极,穷极。

朝廷上大家马上就看出首相喜欢我。他向来自己拿了公事皮包去

---

① 这句话的意思,也许也可以把德国诗人海涅(Heine)《哈尔茨山游记》(*Die Harzreise*)里面的话衬托出来。海涅慨叹自己命运不好,说:"我相信即使下的一阵雨都是银元(Thaler),也只会把我脑袋砸个窟窿。"(瓦尔蔡尔[O. Walzel]编《海涅全集》第四册第 20 页)头上有承溜(Gouttière)挡住,就不怕金雨砸破脑袋了。

开内阁会议,现在总交给我拿,这就仿佛当着大庭广众表示他喜欢我。大家看了这件新鲜事儿,就当我是他的宠信,我因此招了许多人的妒忌,也受了好些米汤。我办公室隔壁的两位秘书也抢着恭维我要指日高升了,又请我到那寡妇家去吃晚饭,算是还席,其实是结交我,指望将来帮他们的忙。人人都请我吃饭。连那个傲兀的堂罗德利克都对我一变故态。他从前对我总是"你"呀"你"呀的叫,从不称一声"先生",现在叫我山悌良那先生了。他当了东家的面尤其殷勤得吃不消。可是老实说,他的对手不是个傻子。我心里越恨他,面子上应酬得愈加客气,想来老官僚的敷衍功夫也不过如此。

公爵大人通常是一天朝见王上三次,我也跟去。早上万岁爷睁开眼,他就晋见。他跪向床头,奏这一天万岁爷该做的事,还口授这天该说的话。于是他告辞出来,他等万岁爷一用完饭,又去晋见,这回不谈国家大事,只讲闲话助兴。他雇了人四面打听马德里的新闻,所以消息最灵通,就讲些替万岁爷解闷儿。末了在晚上他第三次晋见,把一天的公事随意奏禀一番,又照例请明天的旨意。他跟王上讲话,我在待见室伺候,有些趋炎附势的贵人就来攀谈,我只应酬几句,他们就觉得荣幸。我到此地位,怎么能不以要人自居呢?朝廷上好些人没到这地位就自以为了不得了。

有一天,我越发脸上增光了。王上听见公爵夸奖我的文章,就想看些样品。公爵大人叫我带了西班牙人名簿,引我朝见,吩咐我把修改的第一篇读给王上听。天颜咫尺,我起初很惶恐不安,可是有公爵在旁,立刻又胆壮了些。万岁爷听我读了文章,天颜甚喜,开恩夸赞,还叫首相留心提拔我。这来只会添我的骄气;又过几天,我和勒莫斯伯爵谈了一席话,越发野心勃勃了。

我奉他舅父的命令,到王太子宫里去找勒莫斯伯爵。我呈上公爵介绍信,上面说:他们的计划我全知道,我是他挑来替他们俩传递消息的,对我可以畅言无忌。伯爵看完信,领我到一间房里,关上门,说道:"你既然是赖玛公爵的亲信,一定靠得住,我也该毫不犹豫地把你当个亲信。你知道,我们很顺手。东宫侍从官个个对太子巴结讨好,他却只对我另眼看待。今天早上他和我密谈,说话里好像很牢骚。他性情豪爽,王上偏偏吝啬得很,不让他称心花钱,他连王太子的场面都撑不起。我当然替他叫屈,乘机答应明天在他起床见客的时候先送他一千比斯多,马上还要送他大笔的款子。他听了很快活,只要我不食言,准能博他欢心。你把这一切情形告诉我舅舅,他怎么说,你今儿晚上再来回报。"

我等他说完,连忙辞了他去见赖玛公爵。公爵听了我的回报,就叫人问加尔德隆要一千比斯多,吩咐我当晚送给伯爵。我一路上想:"咳!那条万无一失、保管成功的妙计原来如此。他倒是不错。看来他尽管大注的钱送人,也绝不会破产。这些响当当的比斯多是谁家钱箱里的,我一猜就着;反正拿爸爸的钱供儿子花,还不天公地道吗?"我向勒莫斯伯爵告辞的时候,他低声说:"再见吧,亲爱的心腹朋友。王太子有点儿好色,咱们一有机会得谈谈这桩事情,我预料就要你帮忙的。"我一路回去,只在想这几句话。这话并不费解,我听了满心欣喜。我想:"真想不到,我就要替国家的储君拉纤了!"我不曾想想这是好事还是坏事,这位风流人物是个大贵人,弄得我不辨善恶是非了。王太子寻快乐要我帮闲,这是好大的面子!也许人家要说了:"啊,吉尔·布拉斯先生,别太得意了!你只是帮闲的帮闲!"这话我也承认,不过底子里,做王太子的帮闲和做他帮闲的帮闲一般体面,只是实惠不同罢了。

我当了这些体统差使,首相对我的恩宠又与日俱增,前途正未可限量。只可惜雄心填不饱我的肚子!我从那豪华的公寓搬出来两个多月了,租了一间最简陋的小屋子。虽然不大舒服,可是我一清早就出门,只晚上回来睡睡觉,也就忍耐着了。我整天工夫都在我那个戏台上,就是公爵府里。我在那儿串演个贵人。可是一回到我那个破房间,贵人失踪,只剩个可怜的吉尔·布拉斯,身边一个钱也没有,而且糟得很,连生财之道也没有。我又很骄傲,不肯让人家知道我穷,何况也告贷无门。我只有堂那华罗可以通财,不过自从我入朝办事,就把他丢过一边,现在不敢去找他了。我只好把衣裳一件件出卖,卖得只剩随身少不了的几件。我不再上饭馆,因为没钱付账。那么我怎么过活呢?听我讲吧。办公室里每天管一顿中饭,有一个面包卷儿和一点儿酒,此外首相府不供给我们什么了。我一天就吃这点东西,晚上十之八九饿着肚子睡觉。

一个在朝廷上出足风头的人原来这般光景,实在是可怜无可羡了。我穷得忍耐不住,打定主意要找个机会向赖玛公爵陈诉。恰好过几天王上和太子到艾斯古利阿尔去,我在那儿向他开了口。

# 第 六 章

吉尔·布拉斯向赖玛公爵诉穷,
这位大臣对付的方法。

王上在艾斯古利阿尔驻跸,跟去的人都不必自己开销,所以我的苦处又不觉得了。我睡在公爵卧室旁边一个衣帽间里。一天早上,这位大臣照例天一透亮就起来,他叫我拿些纸和文具,跟他到御花园里。我们坐在树下,他吩咐我把帽子放在膝盖上,做出按着写字的样儿,他自己手里拿一张纸,仿佛在念。远远看来,我们好像正忙着紧要公务,其实首相喜欢闲扯,我们只在聊天儿。

我兴致很高,讲了一个多钟头的趣话,逗他喜欢。忽然两只喜鹊飞到荫盖我们的树上来喳喳地叫,引得我们留意了。公爵说道:"这两只鸟儿好像在吵架,我很想知道他们吵些什么。"我说道:"大人,您动了这个好奇心,我就想起个印度寓言来了,我记不清是在比尔贝①还是在别的寓言集里看到的。"首相问我那寓言讲的什么,我就讲了下面的故事:

"从前波斯有个好皇帝,他缺乏雄才大略,不善治国,就都交给宰

---

① 比尔贝(Pilpay),古印度作者,编有《寓言集》五卷(Panchatantra),很早就译成阿拉伯文,从此转译为希伯来、希腊等等文字。法国在十三世纪就出版了拉丁文的译本。但勒萨日讲的故事,比尔贝书里并没有。

相去管。这位宰相叫阿搭尔缪克,才干过人。他负担得起偌大一个国家的重任,治得境泰民安。他竟有本领叫大家对皇朝不但敬服,而且爱戴。他又是皇帝的忠臣,又是百姓的慈父。阿搭尔缪克手下的秘书里有个克什米尔籍的少年名叫柴安吉,他最蒙宠爱,宰相喜欢跟他谈话,带他出去打猎,把心里隐事都告诉他。有一天他们同到树林里打猎,宰相看见两只乌鸦在树上呱呱地叫,就对那个秘书道:'我很想知道这两只鸟儿说的什么话。'那克什米尔人答道:'大人,这事您可以如愿的。'阿搭尔缪克问道:'啊?怎么呢?'柴安吉道:'一个精通幻术的法师教过我鸟语。您若要知道它们说些什么,我可以听了一字字报告您。'

"宰相说:'好!'那克什米尔人走向乌鸦,做出专心静听的样子,于是回报主人道:'大人,您相信么?它们正在谈论咱们俩呢。'波斯的宰相道:'有这么么!说咱们什么呢?'那秘书道:'一只乌鸦说:"这就是宰相阿搭尔缪克。他庇护着波斯全国,一点儿不懈怠,就像一只大老鹰张开翅膀覆盖自己的窝。他国事勤劳,要散散心,所以带了他那个忠心的柴安吉到这树林里来打猎。这秘书真是哪来的运气!伺候这样一个主人,大大小小的事都蒙他看顾。"那一只乌鸦打断他道:"且慢着!别夸张这克什米尔人的运气。阿搭尔缪克对他的确不摆主人架子,推心置腹,并且我相信也要安插他一个要职。不过到那时候,柴安吉早饿死了。这可怜家伙住在客寓的一间小屋里,无以为生。总而言之,他日子很窘,朝上却没人瞧出来。宰相并没想到问问他的景况,怀了一番好意就算完事,尽他去穷死也不管。"'

我不讲下去了,让赖玛公爵自去领会。他微笑着问我说,阿搭尔缪克听了这篇讽喻有何感想,没生气怪这个秘书狂妄么?我给他一问,有点儿心慌,回答道:"大人,他没有。寓言上说他并不生气,反而给秘书许多恩典。"公爵板着脸说道:"那还算运气。有的宰相可不喜欢受人家教训。"他打断了谈话,站起来说:"我想王上快醒了,我该到他床前去伺候。"他说完大踏步进宫去了,没再跟我讲一句话,好像听了那个印度寓言很不乐意。

我跟到万岁爷寝室门口,然后把那些纸放回原处。我跑到那两个誊写员的办公室里,他们这次也跟驾来的。他们看见我,说道:"山悌良那先生,怎么了?你神色仓皇得很,出了什么岔儿吗?"

我只愁那篇讽喻坏了事,也就不勉强遮饰。我把方才的话说出来,他们看我惶恐非凡,也很关切。一个说:"这事的确不妙,这位大人有时候要闹别扭的。"那一个说:"这话千真万确,但愿你别像红衣主教斯宾诺萨的一个秘书那样吃苦头。这个秘书在主教大人手下做了十五个月的事,没领到薪水,再也熬不住了,有一天大胆向主教大人诉苦,讨几个钱过活。主教说:'很对,你该支薪水。'他把一张一千杜加的支票放在他手里,说道:'拿去,你到国库去领这笔钱吧。不过记着,我这儿不再麻烦你了。'那位秘书要是能够领到那一千杜加,又可以另外找事,停职也情愿。可是他刚走出红衣主教的府邸,就给一个公差拿住,送往塞哥维亚塔里监禁了好些时候。"

我听了这个故事愈加害怕。我自以为完了,无可譬解,只好怨自己性急,倒好像还耐心不够似的。我对自己说:"唉!为什么冒冒失失讲那个倒霉的寓言,惹首相生气呢?也许他正要周济我;也许我竟会忽然发财,谁都料不到。我一时莽撞,把多少功名利禄都断送了!我应该想想,有种大人先生不喜欢人家向他们开口,要人家把一点儿应得的酬劳也当做他们的赏赐。我其实还是半饿半饱挨日子,不向公爵吐露为妙。我竟应该忍耐着直到饿死,才可以怪他不对。"

我那时也许还暗存几分指望,可是饭后一见主人的面,心全死了。他一变平时的态度,正言厉色,一句话也不跟我讲。我那半天真是急得要命。我晚上也心惊胆战,懊恨一场好梦落了空,又害怕国家监狱里要添我这一名囚犯,一晚上只是唉声叹气。

第二天是生死关头。早上公爵召我。我跑到他房里去,比等待判罪的犯人还要战战栗栗。他扬着一张纸片儿说道:"山悌良那,这张支票你拿去……"我听见"支票"两字就发抖,心想:"天哪!又是一个斯宾诺萨红衣主教!押送我到塞哥维亚去的囚车就要上路了。"我一阵害怕,不等首相说完,忙向他脚边跪倒,眼泪双流道:"大人,我诚惶诚恐,求您大人恕我冒昧,我实在迫不得已,才向您诉苦的。"

首相看我惊慌失措,忍不住笑了。他道:"吉尔·布拉斯,你放了心。你对我诉苦,就仿佛责备我不及早看顾你。可是,朋友,我不生气。

我倒怪自己没问问你的景况。我要补救这点疏忽,先给你这张一千五百杜加的支票。你可以到国库去兑现。我还答应你,以后每年给你这么些钱,而且要是有手笔慷慨的富翁请你帮忙,你可以替他们向我求情。"

我听了不胜欣喜,就去吻首相的脚。他叫我起来,待我依然很和气。我也想振作兴致,可是没法儿突然转忧为喜。我呆呆瞪瞪像个临刑忽蒙赦免的死囚。我主人以为我怕得罪他,所以惶恐,其实我还是怕长期监禁。他说他故意把我冷淡,要瞧我难过不难过,因此就看出我确有忠忱,所以愈加喜欢我了。

# 第 七 章

一千五百杜加的用途;他第一次
代人求情,得到报酬。

王上仿佛是免得我心焦,过一天就回马德里。我飞也似的赶到国库,当场把支票换了现款。叫花子忽然发财,难免头重脚轻。我运气转了,马上人也变了,从此只知道爬向高位子,摆出阔排场。我把那间寒窘的小房间让给不懂鸟语的秘书。上回住的那套漂亮房间幸好还空着,我又搬回去。我叫了一个有名的裁缝来,花花公子的衣服差不多都是他做的。他量了身材,带我到一家衣料铺里剪了五奥纳的料子,据他说这才够做一件衣服。做一件西班牙式的衣服要五个奥纳!天啊!……可是别在这上面计较了,走红的裁缝总比普通裁缝费料子。我又买了几件亟待替换的内衣、几双丝袜子和一顶帽子,帽檐儿上有西班牙式的绣花。

我少不得要个跟班才够体面,就请房东文森·佛瑞罗替我找一个。他店里那些外国旅客多半到了马德里雇西班牙用人,因此找事的用人都聚在那里。先来一个小伙子,脸上那副和善虔诚的神情活像安布华斯·拉莫拉,我看了就不要他。我对佛瑞罗说:"我不喜欢道貌岸然的用人,我上过当。"

我刚打发了这人,第二个来了。这一个样子很机灵,一副钝皮老脸,又带几分无赖劲儿,正合我意。我问了几句话,他回答得伶牙俐齿,看来竟天生是个诡计多端的家伙。我觉得这个人正合用,就雇定了。我用了他没后悔,因为马上知道这个人真是个宝贝。蒙公爵允许,我肯帮谁的忙都可以向他求情,我决不放过这句话,所以正要一只猎狗替我寻找些野味,换句话说,正要个手段巧妙的混蛋,替我打听谁有事求首相,把他引上门来。这正是我这用人西比翁的特长。他刚从东宫的奶妈堂娜安娜·德·葛华拉家出来;这位太太是那种自恃朝里有人、招权纳贿的娘儿,他在她家里曾经大展奇才。

我对西比翁说,我能够叫王上开恩;他立刻出马,当晚就来说道:"大爷,我找到一注很不错的买卖。有个格拉纳达的年轻绅士刚到马德里来,他名叫堂罗杰·德·拉达。他最近跟人家决斗出了事,不得不求赖玛公爵庇护,准备出一大笔谢仪。我跟他谈过了。有人对他夸张堂罗德利克·德·加尔德隆的权势,他本来想去找这位爷,可是我告诉他,这位秘书的情面是称着分两当金子卖的,而您呢,只要一点酬劳就成了。我又说,要是您景况好,照您那个又慷慨又廉洁的脾气,还愿意白帮忙呢。这样我就把他拉过来了。总而言之,我已经跟他说定,这位绅士明天早上在您起身的时候来见。"我说道:"怎么的?西比翁先生,你做事情真快!我看你干那些鬼鬼祟祟的勾当是个老手了。真想不到你还这样穷。"他答道:"这是没什么希奇的。我爱花钱,左手来、右手去,从来不攒着。"

堂罗杰果然来见。我接待的时候客气里带些骄矜。我说:"先生,我要答应帮你,先得知道累你上朝的那桩决斗是怎么回事,因为也许是不便跟首相说的。请你讲一讲,不要遮掩。你放心,如果那是正人君子帮得了忙的,我一定尽力。"那年轻的格拉纳达人答道:"很好,我就把我的事老实告诉你。"下面就是他讲的。

# 第 八 章

堂罗杰·德·拉达的故事。

"格拉纳达有位绅士名叫堂安那斯塔修·德·拉达。他跟夫人堂娜艾斯德法妮住在安德盖拉城里,快乐度日。这位太太贞洁温和,相貌又非常美丽。她对丈夫一片柔情,丈夫也发疯似的爱她。这位丈夫性好吃醋,虽然太太的节操无可置疑,他还是不放心。他只怕暗地里有冤家不让他安顿,要装他的幌子。他什么朋友都信不过,只除了堂俞贝多·德·奥达雷斯;其实这个人倒应当提防,他凭自己是艾斯德法妮的表兄,在他家任意出入。

"堂俞贝多果然看中了表妹。他不顾亲戚之分,也不顾堂安那斯塔修朋友之谊,竟胆敢向她诉说衷情。这位太太是识大体的,她没有翻脸,省得把事情闹大,只和和气气责备了那亲戚一顿,说他不该存心诱惑,塌她丈夫的台,还一本正经叫他别再妄想。

"她这般温和,反撩得那位爷更狂了。他以为对这样性格儿的女人应当逼得紧,才会如愿。他就举止轻佻起来,有一天竟大胆求欢。那太太正言厉色地拒绝,并且恫吓他说,他这样无礼,她要叫堂安那斯塔修给他惩戒。那位风流人物吃不起吓,就一口应允从此不谈情说爱。艾斯德法妮以为他说话会守信,也不追究往事了。

"堂俞贝多生性非常阴险。他一股热情碰了这个大钉子,不免动了个报仇的恶念。他知道堂安那斯塔修是个软耳根子的醋罐子,因此就想出一条恶毒透顶的计策,不是混蛋想不出来的。一天黄昏,他和这位胸无主见的丈夫散步,装出满面愁容,说道:'好朋友,我有桩心事,再不告诉你,就要闷死了。我本来想瞒你,可是你的体面第一要紧,你的心境安宁还在其次。咱们俩对于伤风败俗的勾当再不肯放松,所以你家的事,我也不好让你蒙在鼓里。你听了会又气又惊,你心里先有个

数吧。我这话是要伤你心的。'

"堂安那斯塔修已经心慌意乱,插嘴道:'我懂了,你表妹对我不贞。'奥达雷斯气愤愤地说道:'我不认她表妹,跟她断绝了!她哪里配有你这个丈夫!'堂安那斯塔修嚷道:'别逗得我心焦了,说吧!艾斯德法妮干了什么事呀?'堂俞贝多答道:'她干了对不起你的事。你有个情敌跟她私通。可是我说不出他的名字,因为黑夜里看不清奸夫是谁。我只知道你受欺,这是千真万确的。我对这件事理该关切,所以说的话决不虚诳。我非得确切知道艾斯德法妮失节,才可以派她不是。'

"他瞧出这席话没有白说,就道:'我不必多讲了,我看得出你痛恨人家负心,打算名正言顺地报这个仇。我赞成!别管谁死在你手下,且让本地人瞧瞧,你为了体面什么都不爱惜。'

"这奸贼这样一挑拨,离间了轻信的丈夫和无辜的太太。他又说丈夫要是不报仇就如何丢脸,说得淋漓尽致,激得这位丈夫疯了。堂安那斯塔修好像凶神附身,不由自主。他回家去,横了心要把他那个倒霉的妻子一刀戳死。他到家太太刚要上床。他先忍着,等用人都睡定。他不怕上干天怒,也顾不得玷辱家声,甚至对太太肚里怀了六个月的孩子也没有一点骨肉之情,他走向那个遭殃的女人,厉声喝道:'贱东西!我要你的命!我现在宽限你一会儿,快求天饶恕你对我犯的罪吧。你已经丧尽名节,可是我还不愿你死后灵魂受苦。'

"他说着拔出短刀。艾斯德法妮看他这般举动,听他这番话,吓得双膝跪地,合着手慌忙失措地说道:'大爷,你怎么了?我犯了什么过错害你这样生气?你干吗要你老婆的命呀?你要是怀疑她失节,那就误会了。'

"那醋罐子丈夫凶狠狠地道:'绝没有错儿!你对我不起,我知道得千真万确,告诉我的人是靠得住的。堂俞贝多……'她急忙打断他道:'啊,大爷,你应当提防堂俞贝多,别以为他够朋友。假如他说我什么坏话,别相信他。'堂安那斯塔修答道:'住嘴!你这不要脸的东西!你叫我提防奥达雷斯,以为这样可以去我的疑心,不知道越发添了我的疑心。你这个亲戚知道你的丑事,所以你想叫我提防他。你要我不相信他作证,可是这种花言巧语都是白说的,反而挑得我越发要惩罚你。'艾斯德法妮伤心哭道:'亲爱的丈夫,请你别凭着一股火气,不分青红皂白。你要是气头上干出事来,一旦明白是冤枉了人,要后悔无及的。看上帝分上,不要发火!至少把这段嫌疑弄清楚再说,这样对一个问心无愧的女人还公道些。'

"换了别人,听见这番话,尤其看到说话的人这样凄惨,一定要心软了。可是这狠心人反而重新命令妻子快向上帝忏悔,竟举起刀来要动手。她叫道:'住手!你这个凶横无理的人!假如你已经不爱我,把我的温柔体贴也忘记干净,我的眼泪动不了你的狠心,那么,珍重你自己的亲骨血吧!别向这个没出世的无辜孩子下毒手。你宰了他,天地也不容你。你杀我,我可以恕你的罪;可是记着,你杀这孩子可罪孽深重,要有报应的。'

"堂安那斯塔修虽然咬紧牙关把艾斯德法妮的话当耳边风,可是听到末了几句,想想害怕起来,心就软了。他惟恐心一软怒气就要泄掉,所以乘余愤未消,赶忙下手,一刀戳在她太太右胸口。她立刻倒在地下。他以为死了,马上出门,从此安德盖拉城里不见了他的踪迹。

"这位苦命太太戳得昏过去,躺在地下好半天,就像死人一样。她醒过来哼哼叫痛,一个伺候她的老婆子听见声音赶来。这个好老太婆看见女主人的惨相,急得大叫大喊,把别的用人和紧邻都吵醒。大家立刻都拥到她房里。有人去请了几个外科医生。他们瞧了伤口,以为并不凶险。医生断得很对,不多时就把艾斯德法妮治好。三个月之后,她平安无事地生了个儿子。吉尔•布拉斯先生,她那次凄凄惨惨生下来的就是我。

"虽然谣言不大放松女人的名节,居然倒没人说我妈妈的坏话。本地人都认为丈夫吃醋发了疯,闹出这个血案。人家确实知道我爸爸性子躁烈,一来就生气。奥达雷斯知道他表妹怀疑他造谣挑拨了堂安那斯塔修,就不再去看她,反正他的仇至少已经报了一半,也可以称心了。我不细讲我的教育,免得你先生厌烦,只说我妈妈特别要叫我学击剑。我在格拉纳达和赛维尔最有名的击剑学校里学了好一程子。她眼巴巴地只等我长大,可以把堂俞贝多冤枉她的事向我诉说,让我跟他比剑。她熬到我十八岁,就把心事说出来。她讲的时候眼泪满面,十分悲威。一个有胆气有心肝的儿子看妈妈这般景象,哪里受得了!我立刻去找奥达雷斯,约他到僻静地方,两人决斗了好一会儿,我刺中他三剑,把他刺翻在地。

"堂俞贝多自觉受了重伤,两眼将闭,看着我说:他坏过我妈妈的声名,现在死在我手里,正是报应不爽。他招认他是恨我妈妈严词正气,所以一心报仇害她。他临死求上天饶赦,也求堂安那斯塔修、艾斯德法妮和我恕罪。我想不便回家报告妈妈,风声自会传到她耳朵里。我爬山越岭,到马拉加城,上了一只正要出港游弋的武装民船。船长看我不像个没胆量的人,欣然许我加入船上的义勇队。

"我不久就有个大显身手的机会。我们在阿尔布朗岛邻近碰到一只梅利拉来的海盗船。那船在卡达吉那纬度圈上抢了一只满载货物的西班牙船,带着开回非洲海岸。我们向非洲人迎头痛击,把两条船都夺过来。船上还有掳到北非洲去做奴隶的八十个基督徒。那时候开向格拉纳达恰遇顺风,我们不多时就到了朋达·德·海里那。

"我们问那些俘虏是哪里人,我问到一个人相貌很好,大概有五十来岁。他叹气说,他是安德盖拉人。我听了不知怎么心里一动。我看他见我激动,也有感触似的。我说:'我是你同乡。请问贵姓。'他答道:'唉!你问我这话,又勾起我的伤心。我离开安德盖拉已经十八年了。大概安德盖拉人想起我只会厌恨。也许你常听人家讲起我的,我名叫堂安那斯塔修·德·拉达。'我叫道:'天啊!会有这事吗?怎么!你是堂安那斯塔修吗?你是我的爸爸吗?'他大吃一惊,打量着我,失声道:'年轻人,你说什么?我逞一时气愤向我老婆下了毒手,她肚里还有个可怜的孩子,难道就是你吗?'我说:'是啊,爸爸。出凶事的那个夜里,你不是把清白无罪的艾斯德法妮撇在血泊里么,三个月以后她就生下了我。'

"堂安那斯塔修不等我说完,就抱住我的脖子,紧紧拥抱了我一刻钟,两人同声叹气,眼泪交流。我们这样重逢,自然天性流露,尽情亲热了一番。于是我爸爸仰面谢天救了艾斯德法妮的性命。可是他过了一会儿,又怕还未可欣幸,忙问我大家怎么知道他妻子是无罪的。我答道:'爸爸,除你之外,谁也没怀疑她什么。你太太的品行一向无瑕可击。我应当把真情告诉你。你可知道,你上了堂俞贝多的当。'我就把这位亲戚怎样奸诈、我怎样报仇和他临死忏悔的话都告诉他。

"我爸爸重得自由固然快活,听了我讲的消息尤其快活。他喜不自胜,亲亲热热地拥抱我。他翻来覆去只说他多么喜欢我。他说:'哎!孩子,咱们赶快回安德盖拉去吧!我心焦得很,我老婆受了我作践,我要去跪在她脚边讨饶呢。我听说冤屈了她,懊悔得心都裂了。'

"我急要我那两位亲人早早见面,不肯把这件乐事延宕。我爸爸不愿再受海上的风险,所以我辞了船长,把战利品里分得的一份钱在阿德拉买了两头骡子。一路无事,他就讲他的经历,我听来津津有味,好比伊塔刻王子听他父王的历险故事①。我们走了几天,到贴近安德盖拉的山下歇下来。我们想悄悄溜回家去,所以逗留到半夜才进城。

"我妈妈以为跟丈夫永不见面了,一旦相会,试想她多么诧异。而且我爸爸回家的情形说来也算是个奇迹,更使她惊奇。爸爸痛悔前非,求我妈妈不计较他的蛮横。我妈妈看他那样真切,心便软了。她不把丈夫当凶手,只以为是天假手于他。规矩女人把"丈夫"两字看得这般至高无上!艾斯德法妮一直为我担忧,见我回家很快活。不过她喜里带忧。奥达雷斯有个姊姊,正在上诉,叫人四处追捕杀害她兄弟的凶手。所以我妈妈觉得留我在家不妥当,放不下心。先生,我因此当晚就走,上朝来求王上赦罪。你既然肯尽力帮忙、代我向首相求情,我就赦免有望了。"

---

① 这是指忒勒马科斯(Télémaque),伊塔刻(Ithaque)王尤利西斯(Ulysse,即俄底修斯)的儿子。尤利西斯出国参加特洛亚战争,战事结束,飘零在外十年,忒勒马科斯云游各地去找他。荷马史诗第二部《奥德赛》就是叙述尤利西斯的经历。《奥德赛》第十六卷里写父子重逢,惊喜交集,只说忒勒马科斯问父亲坐什么船来的,和尤利西斯的回答。法国十七世纪费内隆(Fénelon)的有名著作《忒勒马科斯》(Télémaque)第十八卷里写忒勒马科斯不认识父亲,相逢又错过了,一问一答,话更简单。在《奥德赛》第二十四卷里,尤利西斯回家,跟珀涅罗珀(Pénélope)夫妇团圆,讲体己话,把离别后的事略谈了一下,但这时候忒勒马科斯显然不在旁边。

堂安那斯塔修那位勇敢的儿子讲完了,我就摆出架子道:"成了,堂罗杰先生,我觉得你可以得赦的。我回头详细告诉首相大人,我敢保证他会庇护你。"那格拉纳达人听了没口的称谢。要不是他还答应我事成之后有谢仪,那空言道谢从我这一只耳朵里进去、早从那只耳朵里跑了。可是他一拨动这根弦子,我立刻上了劲。我当天把这事告诉公爵,蒙他许我领这位绅士晋见。公爵见了他说道:"堂罗杰,我知道你为了什么一桩决斗案子到朝里来,山悌良那把情形告诉过我了。你放心,你做的事都情有可原。那些为了雪耻跟人决斗的绅士,万岁爷特别开恩赦罪。照规矩你得坐坐监牢,不过绝不会关禁多久。山悌良那是你的好朋友,此外的事他自会料理,赶紧放你出来。"

堂罗杰对首相深深致敬,他有了这句担保,就放心回家乡去坐牢。我立刻替他弄到了赦免状。不上十天,我就让这个新忒勒马科斯和他的尤利西斯和珀涅罗珀团聚了。假如他朝里没有靠山,手里没有钱,只怕坐了一年的监狱还不会放呢!我帮了这个忙只到手一百比斯多。这算不得一注大财,可是我还没到加尔德隆的地位,小注儿买卖也在乎。

# 第 九 章

吉尔·布拉斯不多时发了财,装出大气派。

这事引起我的胃口来了,西比翁拿了我十个比斯多的佣钱,也添了兴致去找新买卖。他这方面的本领我已经称赞过,他真当得起伟大的西比翁这个称号①。他拉来的第二个主顾是个印书商,出版武侠小说的。那些书全是胡说八道,他却靠此发了财。这人盗印同行出版的一部作品,全版的书给公家没收了去。我得了三百杜加,设法把没收的书

---

① 指古罗马的名将及政治家,号称"非洲人"的西比翁(Scipion L´Africain)(公元前234—前183)。

发还，又免他一大笔罚款。首相本来不必过问，可是他大人看我面上，很愿意仗他的威力出面调停。又一个主顾是个商人，为了这样一件事：有一只葡萄牙商船给北非洲的海盗抢去，后来由加狄斯的武装民船抢回。这船上三分之二的货物是那个里斯本商人的。他没法追还这批货，所以到西班牙朝上来找个有面子的靠山替他把货讨回来。他运气好找到了我。我拿了四百比斯多的谢仪，替他出力追回了全部货物。

我讲到这里，仿佛听得一位读者嚷道："努力呀！山梯良那先生！攒点儿！积点儿！你走运了，多弄两个钱吧！"啊，那还用说！如果我眼睛没看错，我用人又带着个新上钩的主顾来了！果然，来人正是西比翁，听他怎么说吧。他说："大爷，让我引见这位卖药的大夫。他要求在西班牙王国各城市里专利卖药十年，别人不得竞争。换句话说，他到什么地方做买卖，同行就不得在那里营业。谁能替他弄到这份专利证书，他愿意出二百比斯多的谢仪。"我摆出当朝大老的神气，对这个走江湖医生说道："成！朋友，我可以办到。"果然不出几天，我就弄到一份特许他哄骗西班牙全国人民的专利证，打发了他。

俗语说："越吃越馋。"我发见这句话一点儿不假。我的钱越多，心越贪，而且前四次向首相求情很容易，我毫不犹豫又要第五次向他求情了。这回是求一个都统的职位。格拉纳达沿海的维拉城出了个都统的缺，有个授加拉特拉华勋章的爵士送我一千比斯多，托我谋这个位子。首相看我那么贪财，不禁笑了，说道："天啊，吉尔·布拉斯朋友！你好上紧啊！发疯似的为人家出力。你听着：小事情呢，我不跟你计较。不过逢到都统的缺或是别的大宗买卖，对不起，一半钱归你，还有一半该向我交账。"又道："我开销真大，要好多进账才撑得起我这个排场呢，你哪里想得到。外面人看我清廉，老实说，我不至于那么没成算，肯把家产来赔补亏空。你照我这意思做去吧。"

我听了主人这番话，竟是受了鼓励，不再怕他厌烦，就一次次干个不休，越比从前要钱得狠了。我恨不能贴出招子说：谁要向朝廷求情，只消上我门来。我和西比翁分头干事。我专看银子分上替人帮忙。那位授加拉特拉华勋章的爵士出一千比斯多做了维拉的都统；不多时我照这价钱又把个都统的缺卖给一个授圣雅各勋章的爵士。我不但出卖都统的实缺，也出卖勋爵的头衔。凭我弄来一纸勋位授予状，就把个好好的平民变成个混账的绅士。我也向教士施恩。俸禄不大的教士、神长和另外几种教会里的职位归我分派。至于主教和大主教，那是堂罗德利克·德·加尔德隆授任的。行政长官、将军、总督也由他任命。就此可以想见当时的大官小吏一概不行，因为我们把大小官职做这般好买卖，委任的人物未必能干，品行也未必端方。我们明知马德里人把我们冷嘲热骂，可是我们像守财奴一般，看见了金子就笑骂由人。

伊索格拉底说得不错：有了钱就不免奢侈愚妄①。我手里有了三千杜加，而且可以再弄十倍的钱，觉得应当撑起个场面，才不愧做了首相的心腹。我租下整宅房子，陈设得很体面。有个公证人当初要摆阔，置办了一辆马车，现在没饭吃，只好出让，我就买了过来。我又雇了一个车夫和三个跟班。旧用人按理应当升级，西比翁就荣膺了亲随、书记和总管三个职司。首相允许我家用人和他家用人穿一式的号衣，这尤其使我志得意满。我心里本来还剩几分明白，这一来都没有了。坡修斯·拉特罗②的门徒喝了些茴香汤，喝得脸色和老师一样苍白，就自以为学问也和老师一般渊博；我也这样狂妄，几乎自以为是赖玛公爵的本家了。我想外面大概当我是他一家人，或许竟以为我是他的私生子，这使我说不出的高兴。

我又看见首相家食客盈门，就也要请人吃饭。我因此叫西比翁去找个有本事的厨司。他找了一个来，古罗马贪口腹出名的诺门达奴斯③大概也不过用那样的厨司。我的地窖里屯满了醇醪美酒，我又买了各种食品，就摆酒请起客来。每天总有几个相府里的要员来吃晚饭，一个个神气活现，仿佛都是部长。我款待得非常丰盛，客人总吃得醉醺醺地回家。西比翁呢，跟我是主是仆，也在下房开一桌酒席，花我的钱

---

① 伊索格拉底（Isocrate，公元前436—前338），古希腊雄辩家。这是他劝戒狄莫尼克斯（Demonicus）的话，勒萨日只引了个大意。原文说："财富并不提高人的品性，而常滋长罪恶，使人懒惰，引人一味享受。"（见《勒勃古典丛书》本《伊索格拉底集》第一册第6—7页）
② 坡修斯·拉特罗（Marcus Portius Latro，公元前55—公元3或4），古罗马雄辩学教师。
③ 诺门达奴斯（Nomentanus），这个人在贺拉斯《讽刺诗》第二卷第八首23—26行里出现，是个讲究饮食的富人。

招待他的朋友。不过我喜欢这个小伙子,而且我觉得他既然帮我赚钱,也有权帮我花钱。再加我年纪还轻,看他撒漫使钱,只以为添我的场面,没见到害处。我不把这些放在心上还有个道理:官爵和教会的各种职位是滚滚财源。我眼看着一天比一天富足。我相信这一回把好运气留在我家里了。

我志得意满,只恨法布利斯没看见我的阔排场。我料他准已经从安达路西亚回来。我要出其不意,就送他一个无头请帖,上面说:和他要好的一个西西里贵人约他吃晚饭。我注明了吃饭的日期、时间和地点,就是约在我家里。尼聂斯跑来,一看请吃饭的外国贵人就是我,非常诧异。我说道:"是啊,朋友,我就是这宅房子的主人呀!我有一辆马车,我办得好筵席,我还有钱箱。"他高兴地嚷道:"你怎么会发了财了?我把你荐给加连诺伯爵真没错啊!我跟你说的,他是个慷慨的大爷,你靠他不久就会有好日子。我劝过你对那个管家不要太精明,想来你一定听了我的良言了,我恭喜你。做大人家的总管,非这样乖不会吃得这么肥。"

我让法布利斯去自鸣得意,以为我全亏他荐给了加连诺伯爵。然后我要杀杀他的兴致,就细细讲给他听这位大爷如何报答我的功劳。我们这位诗人一听,立刻做起翻案文章来。我就说道:"我不怪那西西里人没良心。这话咱们俩私下说说,我正该自己侥幸,不该怨恨他。假如伯爵没有亏负我,我一定跟着上西西里,到如今还在他家当用人,不知几时撑得起家业来呢。总而言之,我就不会做赖玛公爵的亲信了。"

尼聂斯听了末一句话,惊奇得半晌不能出声。他怔了一会儿才道:"我没听错吗?怎么的,您是首相的亲信啊?"我道:"首相相信我和堂罗德利克·德·加尔德隆两个人。看一切情形,我很有前程。"他道:"山悌良那先生,我真佩服您,您干什么事都行。您真是个通才。借用咱们赌场上的话,您是个'路路通',到处有用。而且,大人,我看了您大人的成功,高兴得很。"我打断他道:"哎,得了!尼聂斯先生,别大人不大人!免了这些称呼,咱们俩在一起总不要拘形迹。"他答道:"对,你虽然阔了,我还该照旧看待。不过我老实把我的毛病告诉你听,你走了红运,耀得我眼睛都花了。亏得我眼睛花一程子就好,这时候看看你,依然是我的朋友吉尔·布拉斯。"

这时有四五个相府要员到我家来，打断了谈话。我介绍尼聂斯，说道："诸位先生，今晚请到堂法布利斯跟咱们同吃晚饭。他的诗简直充得过奴玛王①的诗，他的散文是独创一格的。"可惜这几位先生瞧不起吟诗作文，气得诗人脸都白了。他们正眼也不瞧他。他要不遭冷落，白说了些很俏皮的话，人家也没听懂。法布利斯非常生气，就使出个做诗的奔放不羁之法，悄悄地溜了。那几位要员并没有知觉，他们坐下吃晚饭，问都没问起他。

第二天早上，我刚穿好衣裳要出门，这位阿斯杜利亚的诗人进我房来，说道："朋友，昨儿晚上也许我当面得罪了你那几位要员，请你原谅。不过说老实话，我跟他们臭味太不相投，实在受不了。那些讨厌东西！一副死板板自以为了不得的神气！你这样聪明透顶的人，怎么会跟那种沉闷的客人合得来，我真不懂。我今天要带几个有生气的客人来看你。"我答道："很欢迎。我相信你有知人之明。"他道："是啊，我保证他们都是大天才，而且非常有趣。我立刻上一家酒店去，他们一会儿都在那里聚会。我去留住他们，免得给别人请去。因为他们真有趣，谁都抢着请他们，不是吃中饭，就是吃晚饭。"

他说完走了。到晚饭的时候，他只带来六个作家，一一介绍，对每个都标榜一番。听他说来，这些大才子比希腊罗马的大作家还了不起，他们的作品都应当印成金字。我客客气气接待，做尽殷勤的样子，因为作家这类人都有点儿虚骄之气。我虽然没吩咐西比翁办盛筵，他知道今天款待的是什么样人，早已多添了菜。

我们高高兴兴入席。这些诗家就谈论起自己来，自吹自唱。一个傲然列举某某阔佬某某贵妇人赏识他的作品。另一个说文士院新选的两位院士不合适，还谦逊说，他自己应当入选。其他各人也是一样的大言不惭。正吃着晚饭，他们又是吟诗呀念文章呀烦得我要死。他们轮流背自己的作品：一个哼一首十四行诗，一个朗诵一幕悲剧，另一个念一篇喜剧的批评。轮到第四个人，他要读一首译诗，是阿那克里翁②的原作，译成很糟的西班牙韵文。一位同行打断他说，有个字翻译得不恰当。译者

---

① 勒萨日自注："古罗马战神的祭司每年赛会时唱的颂歌，意义很晦涩，是奴玛王（Numa）所作。"

② 阿那克里翁（Anacréon，约公元前六—前五世纪），古希腊抒情诗人，专歌咏恋爱与酒。译者

不服气,争执起来。在座的这些大才子也都插嘴,分成两派。他们辩论得动起火来,就破口谩骂;这还不够,几位疯子竟站起来挥拳了。法布利斯、西比翁、我的车夫、我的跟班和我自己费了好大力气才把他们拉开。他们也不向我赔礼,一哄而散,仿佛我家就是个酒店似的。

我先听了尼聂斯的话,原以为这一顿饭可以尽欢的。他看见这样的事,待了好一会儿。我道:"好啊!朋友!你还对我夸你请来的客人吗?你真是找来了一群卑鄙小人!我宁可请那些职员,别再跟我提什么作家。"他答道:"我也不再介绍旁的作家了,方才那几个还是作家里最通情达理的呢!"

# 第 十 章

吉尔·布拉斯在朝里变得十分下流无耻;
勒莫斯伯爵委他办差,跟他合伙捣鬼。

大家一知道我得赖玛公爵宠信,都来趋奉。每天早上,来客挤满了待见室,我起床时就接见。上门来的有两种人:一种是出钱请我向首相说情的,另一种是不出钱苦求我说情的。我对第一种人总悉心静听,出力帮忙。我对第二种人,或者推托几句,当场打发掉,或者一味敷衍拖宕,弄得他们不耐烦再等。我入朝以前,原来心慈肠热;不过人到了朝里就没有那种通病了,我的心肠竟硬得赛过石子。所以我对朋友也不怜惜,也没感情,把这些一股脑儿都铲除了。我对付约瑟夫·那华罗的办法就是个证据。我讲讲那桩事情吧。

那华罗对我恩深义重。总而言之,我当初全亏了他才能发迹。有一天他跑来看我。他见了我照例先亲热一番,然后托我向赖玛公爵讨个情,安插一位朋友。他说那位绅士人不讨厌,也很能干,可是谋不到事,度日艰难。约瑟夫还说:"我知道你是好心眼儿,也够朋友,准肯帮助这位穷绅士。他窘得很,你正该扶一把。让你有这机缘行个善事,想来你一定还要谢我呢。"这就是干脆说我得白效劳了。虽然他这话不入耳,我却装出惟命是听的样子,说道:"承你从前种种照拂,我感激得很,现在可以报答一下,那是妙极了。只要你对谁关切,我准替他出力,旁的都不用提。请放心,你替那位朋友谋的事一定到手。这事你不用管,交给我得了。"

约瑟夫听我一口应承,对我很满意,就告辞走了。可是他荐的人并未弄到那个位子。我卖给另外一个人,到手一千杜加,存在钱箱里。我觉得这笔钱比那个总管的空言道谢美得多。下回见面的时候,我做出懊丧的神气,说道:"啊,亲爱的那华罗,你上次来托我,已经迟了一步。加尔德隆抢先一着,把那位子给了别人了。我十分懊恼,没个好消息报你。"

约瑟夫信以为真,我们分手的时候,越发要好。不过我料他马上知道了个中底细,因为他从此不上我家来了。我这样待一位恩深义重的真心朋友,非但不惭愧,反而洋洋得意。因为他对我的恩惠成了我的背累,况且按我当时在朝里的地位,也不该再跟人家的总管来往。

我好久没提勒莫斯伯爵,现在要讲到这位大爷了。我见了他几回。我送过一千比斯多给他,已见上文。后来我该交给他那位公爵舅舅一千比斯多,公爵大人吩咐我也送给他。那天蒙勒莫斯伯爵赏脸,跟我谈得很久。他说他居然如愿以偿,太子对他十分喜欢,当他惟一的亲信。于是他托我办一桩体面差使,就是上次对我提起的。他说:"山悌良那朋友,这事得着手了。拿出全副本领来,替我找个年轻美貌、可以陪伴风流太子取乐儿的姑娘。你是个聪明人,不用我多说。你四面八方找去吧,几时找到了合适的来通知我。"我答应他一定好好儿干,决不懈怠,好在众人齐着力,事情是不难办的。

我不是寻访美人的老手,不过相信西比翁准又来得。我一到家就叫他来密谈,说道:"朋友,我有机密要事告诉你。你可知道我虽然一切顺利,总觉得还有点儿美中不足。"他不等我说完,就抢着说道:"不足的什么,我一猜就着。您少个可人意儿的女仙子陪您解闷取乐儿。说老实话,像您年正青春,身边竟没个女人,真是件怪事。那些一本正经的老头儿还少不了她们呢。"我微笑答道:"我佩服你眼光锐利。对!

我的朋友,我是少个女人,要你替我弄一个来。不过我预先告诉你,我选人很严。我要你替我找个美人儿,可是她得品行规矩。"西比翁微笑答道:"您要的却是件希罕物儿。不过,靠天之福,咱们这个城里什么样女人都有,我想不久就可以找到一个您合意的。"

果然三天之后,他对我说道:"我找着一个宝贝了。是个年轻姑娘,叫加德丽娜;好人家出身,美丽得叫人心醉。她跟姨母住在一所小房子里,靠点儿薄产过正经日子。我认识她家女用人。刚才听她说,她们虽然不准闲人上门,假如是位阔绰的风流公子,绝不会闭门不纳,不过得等天黑了悄悄地去,免得外面说长道短。我就对那个女用人把您描摹了一番,说您这位绅士正是应该开门迎接的,托她向两位女主人提一下。她答应了,明天早上在约定的地点给我回音。"我说:"好得很,不过我怕刚才和你会面的女用人也许说的是假话。"他答道:"不,不,我这人不容易上当。我已经打听过街坊,听来这位加德丽娜小姐正配做您的意中人。换句话说,她就是个达那厄①,您可以像朱庇特那样化作一阵金钱雨落到她家里去。"

我对这类艳遇虽然早有戒心,这次却放心。第二天那个女用人来告诉西比翁说,我尽可以当晚就去拜访她的女主人,因此我到十一点以后,就悄悄地溜了去。女用人在黑地里开了门,搀我到一间很讲究的客厅里。只见夫人和小姐打扮得漂漂亮亮,坐在缎墩上。她们一看见我,立刻起身迎接,态度斯文,看来像两位有身份的女人。那姨母叫曼西亚夫人,虽然风韵犹存,我没多留意。说老实话,我眼睛里只看得见这个外甥女儿,觉得她仿佛是天上神仙。要严格品评起来呢,她还算不得十全十美。可是她有风头,一股子妖娆之气,男人眼睛里就看不见她的短处。

我见了她神魂飞越,忘掉只是为拉纤而来,倒自己出面向她说尽了痴情颠倒的话。我觉得这年轻姑娘可爱极了,把她的一分聪明看成三分,她对答的话简直风魔了我,我有点儿把持不住了。这时候,她姨母

---

① 希腊神话:达那厄(Danaé)是古希腊阿耳戈斯(Argos)国王的女儿。神道启示说,这女儿将来生的儿子要杀死外祖父。所以国王不准女儿嫁人,把她禁锢在一座没人可进去的塔里。宙斯(Zeus)化作一阵金钱雨打入塔里,达那厄就有孕生了个儿子。

在旁浇冷水,发话道:"山悌良那先生,我跟你打开天窗说亮话。我听人家夸你大爷,所以许你上门,没有拿架子。不过别以为这样你就可以得步进步。我这外甥女儿在深闺长大,从没让男人过目,说来你还是头一个呢。你要是以为她配做你的太太,赏她这个面子,我很高兴。你瞧瞧她合不合这个条件,这是最低的条件。"

这般单刀直入,把个正要向我射箭的爱神吓跑了。换句平淡的话说,这样露骨的提亲点清了我的头,我马上又是替勒莫斯伯爵拉纤的忠仆了。我改了调儿,回答曼西亚夫人道:"太太,我喜欢你直爽,也愿意学你的样。我尽管在朝里也是一尊人物,却配不过这位绝世无双的加德丽娜。我现有大阔佬来匹配她,想把她配给西班牙的东宫殿下呢。"那姨母冷冷地答道:"你不要我的外甥女儿就完了。我觉得你不肯娶她已经够无礼,不必再来嘲笑。"我忙说:"太太,我并没嘲笑,我认真得很。我奉命找个值得东宫微服光顾的姑娘,在你家找着了,用粉笔在门上做了标记①。"

曼西亚夫人听了大出意外,我看她很喜欢。不过她以为应当假作正经,说道:"就算你的话当真,我告诉你,我可不是那种人,看外甥女儿做了王太子的外室就会臭得意。我是个品行正经的人,想到这种事就厌恶……"我打断她道:"你品行正经再好没有!你就跟市民家的傻婆娘一般见识了。这种事情,讲什么道德,你不是开玩笑吗?一讲道德就杀尽风景了。你眼睛应当向好处看:设想一国的储君向加德丽娜拜倒,把她奉若神明,送不知多少礼物;还想想,也许她会生下个流芳百世的英雄儿子,连做妈妈的都要不朽呢!"

这位姨母虽然满心要应允,却假装打不定主意。加德丽娜早愿意笼络西班牙的东宫,却也做得满不在乎。因此我只得加紧进攻,后来曼西亚夫人看我锐气挫尽,准备要退兵了,这才回心转意,向我投降。我们订了个和约,有以下两款:第一,西班牙东宫听了我赞美加德丽娜如果动心,准备几时晚上来光顾,那么由我负责,连日期一并通知夫人和小姐;第二,东宫只能以普通风流公子的身份到她们家来,除了我和那

---

① 帝王出巡,驻跸的房子,供奉官先用粉笔标识出来。

个主要的媒人,不带其他侍从。

条约订毕,姨甥俩对我种种讨好,一点不拿架子。我乘机大胆搂搂抱抱,也没碰钉子。我临走她们自己上来拥抱,百般亲热。女人和她们用得着的拉纤一混就有交情,实在是件奇事。人家看我出门的时候这样受宠,准以为我真的有艳福呢。

勒莫斯伯爵听见我找到了他要的人,非常高兴。我把加德丽娜极口称赞,他就要亲自去看。第二天晚上他跟我去看了加德丽娜,承认我这事办得很好。他对夫人小姐说,他想王太子对我选中的人一定称心,她们有这样一个情人也准会满意;又说这位少年太子性情慷慨,而且温柔慈祥;末了又说,几天之内就领王太子来,按照她们要求的办法,悄悄默默的不带随从。于是这位大爷告辞,我也一同出来。我们是坐了他的马车来的,车还停在街口。两人上了车,他先送我到家,托我明天把这件刚着手的事告诉他舅舅,还代他要一千比斯多,可以把事办好。

第二天我源源本本报告了赖玛公爵,只瞒掉一件事。我没提西比翁,只算加德丽娜是我自己觅来的,因为一个人在贵人前面,凡事都自己居功。

我讨来几句不够味儿的夸奖。首相嘲笑道:"吉尔·布拉斯先生,我高兴极了,你有那许多本事不算,还会找到肯行方便的美人儿!几时我要找个把女人,可以烦你了。"我也用同样口气答道:"大人,蒙您青眼,可是我这话您不见怪吧,替您帮闲的事我不便兜揽。堂罗德利克先生干了那么多年了,我不该抢他的。"公爵听了微微一笑,就拨转话头,问我他外甥玩这个把戏要钱不要。我说:"对不起,他向您要一千比斯多。"首相答道:"好吧,你送去就得了。你叫他不要省俭,太子要花钱,总从旁赞助。"

# 第十一章

西班牙王太子私访加德丽娜;赠送礼物。

我当时就送了五百双比斯多给勒莫斯伯爵。这位大爷对我说道:

"你来得再巧没有。我已经跟太子谈过,他上了钩了,急煎煎地要去看加德丽娜。今天晚上他要悄悄地溜出王宫,上她家去,这事已经决定,一切都布置好了。你去通知那两个女人,就把带来的钱去送给她们,好让她们明白,光顾的不是个寻常情人,而且帝子王孙向女人用情,总先施恩惠。"又道:"你回头跟我一起陪他去,记着今天晚上到他寝宫去伺候。还有,我觉得坐你的车去妥当,叫你的车半夜停在王宫附近等着。"

我立刻赶到那两个女人家里。据说加德丽娜歇着呢,我没有见,我只见了曼西亚夫人,对她说:"太太,请原谅我大白天上你门来,可是我没别的法儿。王太子今儿晚上要来拜访你们,我得通知你一声。"我又把一口袋比斯多交在她手里,说道:"这是他献给爱神庙里的一点供养,求各位神灵保佑。你瞧,我替你介绍的事儿不错吧?"她答道:"我感激不尽。不过,山悌良那先生,我请问你,王太子喜欢音乐么?"我说:"他喜欢得要命。他最爱听个好嗓子,再配上个轻拢慢拨的琵琶。"她喜得叫道:"好极了!我听了你这话真高兴!因为我外甥女儿的嗓子就赛得夜莺,她又弹得一手绝妙的琵琶,跳舞也好极了。"我也喜得叫道:"谢天,我的姨妈!她真是多才多艺!女孩子家要走红,不消这许多本领,单有一头已经成了。"

我这样先事安排,直等到王太子回寝宫的时候。于是我吩咐了车夫,就去找勒莫斯伯爵。他告诉我:太子要早早打发掉外人,就假托身子不舒服,又想装得像病人,所以上床睡了,可是一个钟头以后就会起床,从一扇暗门后面的秘密楼梯到院子里去。

他把他们商量好的事告诉了我,叫我在他们必经之处等着。我苦等了好久,以为我们那位情人走了别条路,或者懒得去看加德丽娜了,竟好像帝子王孙对这类事还未如愿就会兴尽的。我以为他们把我忘了,忽见两个人跑来。我一看正是我等的人,就领到我停车的地方。他们都上了车,我坐在车夫旁边点指,离女人家五十步就叫车停下。我搀扶王太子和他同伴下车,步行到我们要拜访的人家。我们走到那里,门就开了;我们一进去,门又关上。

一进门,里面黑沉沉,和我初次来的时候一般,只是此番壁上特为挂了盏小灯。灯光昏暗，只有一点儿亮，什么东西也照不见。我们这位主角看了这个情景觉得越发有趣。客厅上灯烛辉煌，对院子里的黑暗沉沉恰好是有余补不足。夫人和小姐在那里迎接，王太子一见大为颠倒。姨甥俩都穿着式样风流的便服，自有一种巧出心裁的俏丽，见了不由人不动心。如果只有曼西亚夫人一个儿，我们的王太子已经很中意，可是年轻的加德丽娜千娇百媚，当然把她比下去了。

勒莫斯伯爵说道："哎，殿下，我们哪儿去替您找两个更漂亮的人呢！"太子答道："两位都美得迷人。我这颗心别想把持得住了，即使没给外甥女儿抓住，也逃不过姨妈的手心。"

他先对做姨妈的这般恭维，然后对加德丽娜说了许多爱慕的话，她也对答得非常伶俐。这时候容得拉纤的人插嘴说话，只要说来助兴。所以我对太子说：这位姑娘唱歌弹琵琶都是第一手。王太子听说她如此多才，喜欢得很，逼着她显些本领。她欣然从命，拿起一只调好声音的琵琶，弹了几曲多情的调子，唱得也非常动听。太子又爱又喜，发狂似的跪在她旁边。不过这场情景不必再多写了。单说这位西班牙王国的储君掉在迷魂阵里，转瞬之间已过了几个钟头，天都快亮了，我们得拉他出来。两位帮闲连忙送他回宫，送进卧室。于是他们各自回家，都欣欣得意；他们引太子姘识了一个邪路女人，竟好像替他匹配了一位公主一般。

第二天早上，我把这事告诉赖玛公爵，因为他要知道一切经过。我刚讲完，勒莫斯伯爵走来说道："王太子一心恋着加德丽娜，非常喜欢她，想常去看她，跟她结个不解之缘。他今天要送那个女人价值两千比斯多的首饰，可是身上一个子儿也没有。他对我说：'亲爱的勒莫斯，你得立刻替我筹这笔款子。我明知这是给你麻烦，把你榨干了，我心上真感激不尽。假如有一天我能够不仅空言道谢，我决不亏负你对我的种种报效。'我回答说：'殿下，我有朋友，借得动钱。您要的数目我就去弄来。'我说完立刻就告辞出来。"

公爵对他外甥道："要遂他的心愿并不难。山悌良那就可以把这笔钱交给你。或者呢，你要是愿意，首饰可以叫他去买，因为他是内行，对于红宝石尤其识货。可不是么，吉尔·布拉斯？"他狡猾地看着我。

我答道:"大人,您好挖苦人啊!我知道您是要拿我替伯爵大爷开心呢。"果然,那外甥免不了问这句话里的文章。舅舅笑着说:"没什么,不过是山悌良那要拿钻石去换人家的红宝石,结果又丢了脸,又赔了本。"

假如首相不再讲下去,就太便宜我了。他不怕絮烦,把加米尔和堂拉斐尔在公寓里作弄我的骗局都讲出来,把我最难堪的地方讲得特别详细。公爵大人把我取笑得够了,就吩咐我跟勒莫斯伯爵一同出去。伯爵带我到一家首饰店里,我们选了些首饰,拿给王太子看过,就托我去送给加德丽娜。然后我再回家取了公爵的两千比斯多,去付首饰店的账。

礼物是一对漂亮的耳环和坠子,送给外甥女儿的。我奉命当晚送去,夫人小姐看了殷勤接待,自不必说。她们俩得到这些表记,看出东宫又多情又手笔阔绰,喜得就像两个村婆子似的,话匣子开个无休无歇,又谢我为她们找了这么个好相识。她们乐得忘了情,漏出些话来,我听了怀疑自己为我们大王的太子弄了个女骗子了。我不知道是不是当真干了这么一桩好事,所以出来的时候决计叫西比翁来问个明白。

# 第十二章

加德丽娜原来是谁;吉尔·布拉斯又为难,
又着急;他图自己心安,作何防备。

我回家听得一片吵嚷,问是什么事。家里人说,西比翁请六个朋友吃晚饭呢。他们扬着嗓子唱歌,连声哈哈大笑。这餐饭当然不是希腊七位贤哲的宴会。

宴会的主人听得我回家,对他的朋友道:"诸位,东家回来了。这没关系,你们别拘束,照旧吃喝,我跟他说两句话就来。"他就来见我。我说:"好闹啊!你那儿招待些什么人呀?诗人吗?"他回答道:"对不起,不是诗人。把您的酒请那种人喝,太可惜了,我另有妙用呢。我请的客人里有个很有钱的年轻人,想走您门路买个职位。我为他请了这顿晚饭。他多喝一巡酒,我就把你的报酬抬高十个比斯多。我准备叫他直喝到天亮。"我说道:"这样说来,你还陪他们吃喝去吧,千万不要爱惜我窖里的酒。"

我觉得这会子不便跟他讲加德丽娜,第二天我起身的时候对他这样说:"西比翁朋友,你知道咱们俩是怎么样儿相处的。你算是我的用人,其实我把你当伙伴儿看待。所以你要是把我当个主人那样来哄骗就不对了。咱们彼此都不要藏头露尾。有一桩你听了要奇怪的事,我想告诉你;你呢,也说给我听听,你觉得替我介绍的女人怎么样儿?咱们俩私下说说吧,我怀疑她们是两个邪货,越要装老实,越显得调皮。要是我没冤枉她们,那就对不起王太子了。老实告诉你吧,我叫你找女人就是为了他。我领他去看过加德丽娜,他爱上那个女人了。"西比翁答道:"大爷,您待我这样好,不容我不拿真心出来。昨夜我和这两位公主娘娘的女用人有个约会,她把两个女主人的身世讲给我听了,我觉得怪有趣味。我简括告诉您,您听了一定很乐。"

他接着说:"加德丽娜是阿拉贡一个小乡绅的女儿,十五岁上就没了爹娘。她穷得很,也美得很。一个老爵士娶了她,名为丈夫,其实是当她的爸爸。他带她到托雷都,半年之后就死了。她承袭了遗产,那不过是随身衣着和三百比斯多的现款,于是她就跟曼西亚夫人合了伙。这位夫人已经有点儿走下坡路,可是还算得个红人呢。这一对好朋友住在一起,所作所为渐渐地惹得警察注目了。两个女人没趣,一赌气,还不知有什么别的缘故,突然离了托雷都到马德里来。她们在马德里住了将近两年,和街坊的女人从不来往。可是我讲最妙的事给你听:她们租两宅小房子,中间只隔着一堵墙,有一座地下楼梯走得通。曼西亚夫人带着个年轻女用人住一宅房子,爵士的寡妇住那一宅,用一个老年的女监护,只算是她的奶奶。所以咱们这位阿拉贡女人一会儿是姨妈带大的外甥女儿,一会儿又是奶奶照顾的孙女儿。她充外甥女儿的时候叫加德丽娜;装孙女儿的时候叫做仙籁娜。"

我一听得仙籁娜这个名字,脸都白了,忙打断西比翁道:"你说的什么？你吓得我发抖了。哎呀，我生怕这个天杀的阿拉贡女人就是加尔德隆的外室！"他答道："哎！对呀！正是她！我以为您听了这个新闻会乐得不可开交呢。"我道："你说着玩儿吧？这个新闻哪里会叫我快活，只会招我发愁。你没想到这会惹出事来吗？"西比翁道："天晓得，我没想到。会出什么乱子呢？堂罗德利克未必会知道。您要是怕他知道，只消趁早告诉首相。您老老实实告诉他，他就知道您是无心。如果加尔德隆要中伤您，首相就明知他无非是挟仇陷害了。"

我听了西比翁这番话就不害怕了。我照他的主意，把发现的这件不如意事告诉赖玛公爵。我说的时候还装出满面愁容，叫他相信我十分懊丧，无意中抢了罗德利克的外室去给太子。可是首相非但不为他那位亲信叫苦，反而嘲笑一番。他叫我只管照常行事得了，加尔德隆能和西班牙太子同爱上一个女人，平分春色，究竟还是他的体面。我把这事也告诉了勒莫斯伯爵。他说，如果那个一等秘书发现了这段私情向首相进谗言，他一定袒护我。

我以为凭这手段，可以一帆风顺，不愁搁浅，所以就不怕什么了。我还是陪太子去光顾加德丽娜，也就是那美丽的仙籁娜。她自有手段稳住堂罗德利克不叫他上门，偷出几夜工夫来接待他那位高贵的情敌。

# 第 十 三 章

吉尔·布拉斯依然做他的阔佬。他听到家里消息，
有何感触。他和法布利斯吵翻。

上文说过，每天早晨我的前厅上常是一大堆人，有事等着求见。不过我不愿他们口头陈述，我按照朝里规矩，或者竟可以说，要摆架子，一概吩咐："拿陈请书来。"我说溜了口，有一天我房东来要一年的房租，我竟也照样回答他这句话。肉铺和面包铺按月准开上账来，倒不消我再问他们要陈请书。西比翁一举一动都学我；翻版和原本可说是相

差无几。有人托他向我求情,他也同样行事。

我还有一桩可笑之处,这点我也不用讳言。我虚骄透顶,说起头等贵人的时候,仿佛和他们如兄若弟。譬如说,我要提起阿尔伯公爵、奥宋公爵或是梅狄那·西董尼亚公爵,就不客气直称阿尔伯、奥宋或是梅狄那·西董尼亚,总而言之,我变得骄傲浮夸,竟不像我爹妈的儿子了。唉,可怜的女监护!可怜的侍从!我并没打听打听你们在阿斯杜利亚过的什么日子,压根儿没放在心上,念头从没想到你们俩!我们到了朝里,好比喝过来德河水①,把穷亲戚穷朋友都忘记干净了。

所以我从不想起老家。忽然一天早晨,一个小伙子跑来,说要和我密谈。我把他叫进办公室,看他是个平头百姓,所以也没请他坐,只问找我有什么事。他说道:"吉尔·布拉斯先生,怎么的?你不认得我了?"我把他细细端详,认不出来,只好说陌生得很。他道:"我是你的同乡,也是奥维多人;我爹就是你那位大司铎舅舅的邻居,开油盐铺的贝尔特朗·穆斯加达。我倒一看就认得你,咱们俩常常捉迷藏玩儿的。"

我说:"小时候的玩意儿记不起了。一向事情忙,心上记不得这些旧事。"他说道:"我找我爹生意上有来往的店家算一笔账,所以到马德里来。我听人家讲起你,据说你在朝里很有地位,已经富得像个犹太人了。可喜可喜。我回到家乡,要把这个喜信告诉你家里,让他们快活。"

我迫于礼貌,只得问他离乡的时候我爹妈舅舅景况怎样。可是我勉强塞责,非常冷淡,这个油盐铺的小伙子也觉得我太没骨肉之情了。他这意思全露在脸上。他看我对至亲这样漠不关心,好像很骇然。他是个粗汉,就老实不客气地说:"我以为你对亲人还要稍微热和关切点儿呢。你问起他们的时候多冷淡呀!好像早已把他们忘在脑勺子后头了。你可知道你爹妈的景况吗?我告诉你,你爹你妈一直在帮人。那位好人大司铎吉尔·贝瑞斯又老又病,已经去死不远。一个人总该有点儿人性!你现在有力量帮你家里,我凭朋友分上,劝你一年送他们两百比斯多。这个数目你不在

---

① 希腊神话:来德河(Léthé)是阴间的一条河,死人阴魂一定要喝些来德河水,才会把生前的事忘记干净。

乎,他们靠了你这点救济也可以过些舒服快乐的日子。"

他叙述我家的情形,我听了无动于衷,只怪他冒昧,我并没向他请教,他倒就来劝告我。要是他措词委婉,也许我会听他;他那样直率,反而撩得我火了。他分明看出我生了气不开口,还只顾劝我,算是一片好心,其实多半是恶意。我听得不耐烦,炸起来了,说道:"哎,你太没分寸了。我跟你说,穆斯加达先生,别多管闲事。找你爹生意上来往的店家算账去吧。我责任所在,轮得到你来下命令吗?这事我该怎么办,我比你明白些呢。"说完,我把这个卖油盐杂货的推出办公室,让他回奥维多卖他的胡椒丁香去。

可是他的一席话却打动了我,我自愧不孝,不禁心软下来。我回忆小时候受的提携教育,想到父母的恩勤,也有几分感激,不过感激一阵,也就完了。我立刻又忘恩负义,随就撇开不想了。好些做父亲的有这种孩子呢。

我全凭贪心和野心摆布,脾气整个儿变了。我兴致全无,闷闷不乐,心事重重,总而言之,成了一头毫无灵性的畜生。法布利斯瞧我利欲熏心,对他很冷淡,就难得上门来。可是有一天他忍不住对我说道:"说真话,吉尔·布拉斯,你换了个人了。你入朝以前,一向心地舒泰,现在我看你老在烦忧。你出了一套套花样弄钱,钱越攒得多,你越要多攒。而且,我对你说吧,你对我不像从前那样一片真心、不拘形迹了;像那样才有交友之乐。你可不然,遮遮掩掩的不拿真心向我。你对我多礼,我就觉得不舒服。总而言之,吉尔·布拉斯跟我以前认识的吉尔·布拉斯不同了。"

我冷冷地说:"你真是说笑话了。我不觉得有什么改变。"他答道:"不能凭你的眼光来看呀,你眼睛花了。我这话不是哄你,你变了相可是千真万确的。朋友,你老实说吧,咱们还像从前那样相处吗?从前我早上来打门,你总亲自来开,往往还睡眼迷离,我就不拘形迹直闯到你屋里来。现在呢,大不相同了!你有那些跟班的,他们叫我在前厅等着,先要通报姓名,才许进见。见了面,你又怎样接待我呢?你冷冰冰地对我客气,还摆出一副大爷架子。看来你渐渐讨厌我上门了。你想,一个当你老朋友的人会喜欢你这样接待吗?不喜欢的呀,山悌良那,我完全不惯的。再见吧,咱们俩好离好散,大家丢开手——你呢,少个人来指摘你的行为;我呢,丢开个忘本的暴发户。"

我听了他的责备虽然有几分感动,却生气得厉害。我一句话没留他,由他走了。照我那时候的心境,觉得跟一个诗人做朋友算得什么呢,绝交也不值得伤心。我没有他,另有别人做朋友。我结识了几个朝里的小官,因为气味相投,不多时就亲密得很。这些新交多半不知是什么出身,凭运气做到了目前的职位。他们都已经很富裕。这起小人都和我一样忘本,受了王上深恩,只觉得是应该的。我们自以为是非常高贵的人物。啊,命运之神呀,你就是偏心这种人!斯多噶学派的艾比克泰德①说你是个大家闺秀,却专跟底下人鬼混,真是一点儿不错。

---

① 斯多噶学派的艾比克泰德(Le Stoïcien Épictète):斯多噶学派是古希腊哲学里的一派,以忍耐痛苦、抛弃享受、坚毅自持为宗旨;艾比克泰德(公元前一世纪)出身奴隶,是这学派里最能感化人的大师。艾比克泰德语录里并没有勒萨日引的这句话。

# 第九卷

# 第 一 章

西比翁要为吉尔·布拉斯寻一门亲事,说的女家是开金饰店的有名富户。这事如何撮合。

一晚上,来吃饭的客人都散了,我身边只剩西比翁一人,就问他一天来干了些什么。他说:"干了件呱呱叫的事。我在替您弄一份大家业。我认识个金饰店的掌柜,想替您说合他的独生女儿。"

我满脸鄙夷不屑,说道:"金饰店掌柜的女儿!你糊涂了吗?怎么替我说个平头百姓家的姑娘呀?我觉得一个人有点儿本事,而且在朝廷上有点儿地位,眼界还应该高些呢!"西比翁答道:"哎!先生,别这等看法。要知道妻以夫贵,我举得出上千个贵人都不像您这样挑剔呢。您可知道,我说的这位阔小姐至少有十万杜加的嫁妆,不是好一尊金人儿吗?"我听说有这么一大笔钱,心上活动多了,就对我那书记说:"好吧,我为的是那份嫁妆。你准备几时让我到手啊?"他答道:"且慢着,先生。等一等!我先得把这意思告诉那个父亲,说得他肯了,再讲别的。"我哈哈大笑道:"好哇!原来才不过是这么一回事儿呀?好一头踏踏实实的亲事!"他答道:"也不像您想的那样没影儿,我只消跟那个金饰店的掌柜谈上一个钟头,保管他愿意。不过咱们先把条件讲讲明白好不好?我要是替您弄到十万杜加,您给多少回扣?"我说:"两万。"他道:"谢天啊!我想您只肯谢我一万,您比我手笔大了一倍。好,我明天马上去交涉,保管成功,除非我是笨蛋呢。"

过了两天他果然来对我说:"我已经跟那金饰店掌柜加布利尔·德·萨勒罗讲过了。我把您的权势和本领说得天花乱坠,所以他一听我要替您说合他女儿,就很乐意。他只要您证明自己确实是首相的红人,就肯把女儿嫁您,再陪上十万杜加。"我就对西比翁道:"他要是只有那个条件,我马上就可以结婚。至于那女儿,你瞧见没有?模样儿美不美?"他道:"不如她的嫁妆美。咱们私下说说,这位有钱小姐相貌并不怎么漂亮。好在您也满不在乎。"我答道:"哎,朋友,我是不在乎的,我们在朝里的人结婚不过是娶一门亲罢了,若要找美人儿,有的是朋友的太太;自己万一娶到了漂亮太太也一点不在意,所以受她们亏负也是活该。"

西比翁又道:"还有一件事,加布利尔先生今晚请您吃饭。我们说定暂且不提亲事。他还要请好些做生意的朋友,您不过是个平常的客人;明天他也只算个平常的客人上您家来吃晚饭。可见这人先要把您研究一番再说呢。您在他面前得小心才好。"我很有把握地打断他道:"好,随他研究得了,万无一失的。"

这事就逐步做去。我跟西比翁到金饰店掌柜家,他待我很熟,仿佛已经见过好几面似的。这人是个老实的生意人,殷勤得叫人受不了。他介绍我见了他太太玉珍妮亚和女儿小加布利拉。我因为有言在先,并没提起亲事,不过对她们极恭维,说了一大套很好听的敷衍话,全是朝上贵人的谈吐。

我虽然听了我书记先入之言,却觉得加布利拉并不讨厌。也许因为她加意打扮,也许因为我是从陪嫁的钱眼儿里看她。加布利尔先生家里真讲究!我相信他家的银子赛得过秘鲁的银矿呢。到处是各式各样的银器,间间屋子都是个宝库,尤其我们吃饭的那间。真叫做女婿的看得眼红!那丈人要把这顿饭请得特别体面,所以邀来五六个生意人,都是呆板乏味的人物。他们只谈生意经,不像朋友宴会,倒像讲行情做买卖。

第二晚我款待那金饰店的掌柜。我虽然不能拿银器来炫耀,却另有迷他的办法。我请的陪客是朝廷上最出风头的人物,并且我知道他们是雄心勃勃、没有餍足的。这些人无非谈些富贵的场面以及念念不忘的高官厚禄。这一套果然灵验。加布利尔掌柜尽管有钱,给他们的豪贵压倒了,相形之下,自觉惭愧。我装得很恬然,我说只求家道小康,譬如一年有二万杜加的收入就知足了。那几位渴求功名利禄的朋友都说我不对,既承首相那般宠爱,岂可毫无大志。那位丈人句句话都听在肚里,我看出他临走很称心。

　　第二天早上,西比翁去看他,问他是否喜欢我。那位市民道:"很喜欢,这孩子实在中我的意。不过,西比翁先生,看咱俩老交情分上,请你说老实话。你知道,咱们人人都有毛病。你把山悌良那先生的毛病说给我听听。他爱赌吗?爱女人吗?有什么坏习气?请别瞒我。"那媒人道:"加布利尔先生,你问这话,我可生气了。我一心为的是你,主人倒在其次。他要是有什么坏习气,将来要害你女儿惹气,我还会说这个媒吗?天知道不会的呀!我一片心全是为你打算。不过我私下跟你说说,毫无毛病就是他惟一的毛病,年轻人这样太正经。"那金饰店的掌柜道:"再好没有了!我倒是喜欢他那样。我告诉你,朋友,你去对他说,我女儿准嫁给他,就算首相不宠爱他,我也要他做女婿。"

　　我书记把这话告诉我,我马上赶到萨勒罗家,谢他见爱。他已经把意思告诉太太和女儿。我看她们接待我的态度,知道她们心上也愿意。我先一天通知了赖玛公爵,就带丈人去晋见。他大人接见的时候非常客气,又表示很快活,因为他选中的女婿恰是自己十分宠幸、一手提拔的人。他随又夸赞我种种长处,说得我不知多么好,那老实的加布利尔替女儿找到我这位大官人,简直以为是西班牙顶儿尖儿的好对头了。他喜得满眼是泪,临别紧紧抱住我道:"我的儿子,我等不及地要看你和加布利拉结婚,不出八天,你就是她的丈夫了。"

# 第 二 章

　　吉尔·布拉斯偶然想起堂阿尔方斯·德·李华;
要挣自己的面子,就替他出了些力。

　　我的婚事且按下慢表。这部自传有个层次,我得讲讲我替旧主人堂阿尔方斯出的力。我已经把这位大爷忘得一干二净,因为以下情形,才想起他来。

当时瓦朗斯城出了个都统的缺,我得到消息,就记起堂阿尔方斯·德·李华。我想这个职位给他做再合适也没有,决计去替他求取。我虽然是为交情,也许大半还是为了卖弄。我想假如弄到手,脸上多么风光。所以我就跟赖玛公爵说了。我说我做过堂西泽·德·李华父子的总管,受恩深重,所以冒昧求他把瓦朗斯都统的缺或者给老子或者给儿子。那大臣说道:"很好,吉尔·布拉斯,你知恩报恩,心胸慷慨,我看着也喜欢。况且我很器重他们家。李华世代是王上的忠臣,这个位子他们得之无愧,你去给他们吧,就算我送你的一份结婚礼。"

我如愿以偿,不胜欣喜,连忙赶去见加尔德隆,请他下个委任状给堂阿尔方斯。堂罗德利克家里成群结簇的人,都肃静无声,等候他传见。我从人堆里挤过去,到书房门口,就有人开门请我进去。里面人很多,有各等的爵士以及其他有身份的人。加尔德隆挨次接见。他对人的态度各各不同,煞是好看。他对这人不过略为点点头,对那人就深深鞠躬,直送出书房。他待人接物的礼数可说是极有分寸。我看出有几位绅士受了怠慢很气愤,心里自怨迫于处境,只好向他摇尾乞怜;还有一种人却不然,看了他那副自命不凡、不可一世的神气,肚里暗笑。我虽然留心到这许多,却并不引为鉴戒。我在家里,待人接物也跟他一模一样,不管人家对我那倨傲的态度是赞成还是埋怨,只要他们买我的账就完了。

堂罗德利克一眼看见我,立刻撇下了接见的人来拥抱我,那副亲热的样儿简直叫我吃惊。他说:"啊,老哥!什么风把你吹到这儿来的呀?有什么事要我效劳么?"我说明来意,他满口应承,担保过一天这时候准把我要的东西发下来。他这样客气也罢了,还把我直送出接待室,他只有送大贵人才走得那么远,临别又拥抱了我一番。

我出来心上想:"这样多礼是什么道理?是凶是吉?加尔德隆想要陷害我吗?还是要跟我结交呢?还是觉得自己渐渐失宠,笼络了我可以求我在东家面前说好话呢?"我捉摸不准。第二天我又到他家,他还是那样待我,又亲热,又多礼,真叫我当不起。他对我的礼数其实都是从接见别人的礼节上克扣下来的。他对有些人粗暴无礼,对有些人阴冰冷气,弄得差不多人人抱怨。不过那天有件事替大家出足了气,我应当讲讲,让那些当书记、当秘书的看了知所鉴戒。

有个人衣服很朴素,看不出什么身份。他来找加尔德隆,说他上过赖玛公爵一个呈文,不知下落如何。堂罗德利克正眼也不瞧他,很不耐烦地问了声:"你叫什么名字?朋友。"这绅士从容答道:"我小时候叫方西罗,后来叫堂方西斯果·德·苏尼加,现在叫贝德罗萨伯爵。"加尔德隆听了大吃一惊,一瞧对方是头等贵人,就想自打圆场,对伯爵道:"大人,请您原谅,我不识尊颜,也许……"方西罗满脸鄙夷,打断他道:"你不用撇清。你傲慢得可鄙,撇清得也可鄙。你要知道,大臣的秘书对各色人等都应该有礼貌。你尽管骄得自以为是主人的替身,可是别忘了,你不过是他的用人。"

那不可一世的堂罗德利克这来膁了一鼻子灰。可是他并没有学乖。我却把这事引为前车之鉴,决计以后接见什么人一定要辨明来头,是好欺负的才可以对他摆足架子。堂阿尔方斯的委任状已经写好,我就带回去,专差送给那位年轻公子,还附了一封赖玛公爵的信,他大人信上说,王上任命他做了瓦朗斯的都统。我并没告诉他这事我尽了什么力,连信都没写,想等他上朝宣誓的时候当面讲,给他个意外之喜。

# 第 三 章

吉尔·布拉斯筹备结婚;天外横风,吹断好事。

再讲我那个漂亮的加布利拉吧。不出八天,我就是她夫婿了。我们男女家都忙着筹备婚事。萨勒罗替新娘子做了鲜衣华服,我为她雇了一个贴身女用人、一个男用人、一个老侍从,都是西比翁找来的。他只等我嫁妆到手,眼巴巴盼着那好日子,比我还心切。

那天的前夜,我在丈人家晚饭,同席都是新娘本家和外家的亲戚。我串那假意殷勤的女婿真是面面俱到。我对金饰店掌柜夫妇非常孝顺,见了加布利拉又装得一往情深,对全家人都极力敷衍;他们那种陈腐的谈吐、伧俗的议论,我都耐心恭听。我这般涵养赢得亲戚们个个喜欢,都觉得这门亲结得真好。

饭后,客人都到大客厅上去听音乐:有唱的,有弄乐器的,虽然不是马德里的头等角色,却也演奏得不错。我们听了好些欢乐的音调,兴致勃勃,合伙儿跳起舞来。我们跳得如何只有天知道。我只在夏芙侯爵夫人家跟那个教小僮儿的跳舞师学过两三回,懂得一点入门初步,他们已经把我当做忒普西科瑞①的高徒。我们作乐得兴尽,该回家了。我四面鞠躬拥抱,好不忙碌。萨勒罗拥抱我说:"再见啊,我的女婿,我明儿一早送嫁妆到你家来,都是黄澄澄的金元。"我答道:"亲爱的丈人,你明天来欢迎得很!"我的马车在门口等着,我辞别了他们家人,就上车回寓。

我离开加布利尔先生家还不到二百步,只见一队人,约莫有十五到二十个,挂剑带枪,有的步行,有的骑马,围住我那马车不放前进,嘴里都嚷着:"奉圣旨!"他们恶狠狠地把我拉下来,推上一辆双轮马车。他们的头儿也上了车,吩咐车夫开往塞哥维亚去。我料定旁边这人是个有体面的公差。我想问问他为什么逮捕我,可是他开口就是公差老爷的调儿,凶悍得很,说不用向我交代。我说也许他认错人了,他答道:"绝没有错儿,我有把握。你是山悌良那大人,我奉命押送的正是你。"我听了没什么说的,就不开口了。我们一路上悄默无声,马车沿着曼萨那瑞斯河直走到天亮,在高莫那换了马,傍晚到塞哥维亚。他们就把我关在这个要塞的塔里。

# 第 四 章

吉尔·布拉斯在塞哥维亚塔里受的待遇;
他知道了下狱的缘由。

他们先把我关在一间牢房里,撇我在干草堆上,像个该判死刑的囚

---

① 忒普西科瑞(Terpsichore)是希腊神话里歌舞的女神。

犯。我还没完全领略到我的苦况,所以这一夜并不伤心绝望,只在寻思下狱的缘由。我拿定是加尔德隆害的。我捣的鬼他大概全知道了,只是我不懂他怎么竟会调唆得赖玛公爵对我下这等毒手。我一会儿想,也许他大人不知我被捕;一会儿想,也许就是他为了什么政治干系把我下牢的,大臣对亲信有时候用这种手段。

我千思万想,心乱如麻,一会儿太阳照进装栅栏的小窗,我才看清楚这里多么凄惨。我悲痛极了,想到从前得意,泪流不止。我正在哭个痛快,一个禁子送进来一块面包、一瓯白水,给我一天吃喝的。他尽管是个禁子,看见我泪痕满面,也动了悯怜之心,就说:"囚犯先生,不要悲伤,倒了霉不该这样伤心。你年纪轻轻,日子还长着呢。目前且乖乖地吃王上家的面包吧。"

他说了这几句宽慰的话就走了。我并不回答,只唉声叹气。我整天怨命,一点不想吃这份口粮。我当时觉得这份粮与其说是皇上的恩典,倒不如说是他生气的表示,因为倒霉人吃了,受的苦不会减轻,只会延长。

天渐渐黑下来,一会儿我听得钥匙响。牢房门开处,一个人举着支蜡烛到我跟前道:"吉尔·布拉斯先生,我是你的老朋友。我就是跟你在格拉纳达同事的堂安德瑞·德·陶狄西拉斯,那时候你在大主教手下很得宠,我是大主教的家人。你也许还记得,承你求了情,他替我在墨西哥弄到个职位。不过我没有上船到美洲,就在阿利冈城逗留下来。我娶了阿利冈堡卫戍长官的女儿,种种经历回头再讲,现在我做了塞哥维亚塔的典狱官。也是你运气好,奉命来收拾你的人恰恰是个朋友,正极力想法子要你少受些牢狱之灾。我接到明令:不许你跟任何人讲话,叫你睡在干草上,一天只给些面包白水吃。不过我心肠很软,见你遭了难,不由得可怜你;何况你帮过我的忙,我感恩心切,顾不得上头的命令了。我非但不会做人家的爪牙来虐待你,还要尽力看顾你呢。起来跟我走吧。"

我该向这位典狱官道谢几句,可是我心烦意乱,一句话也说不出。我跟他穿过个院子,上一座很窄的楼梯,到塔顶一间小屋里。我进去很诧异,只见桌上一对铜蜡台里点着亮煌煌的蜡烛,还齐齐整整摆着两份刀叉。陶狄西拉斯说:"一会儿就开上晚饭,咱们俩在这儿对吃。我想让你住在这个小窝儿里比那间牢房舒服。你可以临窗眺望:艾瑞玛河两岸都是花;从新旧加斯狄尔分界的那座山脚下直到果加,一片沃野,风光明媚。你起初当然无心欣赏景致,等你的悲痛渐渐儿变为惆怅,那时候你一眼望去,会心旷神怡。此外呢,一个爱清洁的人少不了的被单衬衣等等,这里一应俱全。并且床铺温软,饮食丰足,你要看多少书,都可以供给。总而言之,一个囚犯能享的福,应有尽有。"

我听他要这样殷勤相待,宽慰了些,精神也振作起来,就对我的典狱官千恩万谢。我说,亏他厚道,使我死里重生,但愿将来有报恩的日子。他答道:"嗨!怎么会没有呢?你以为从此一辈子不得自由了吗?要那么想就错了。我敢担保,你坐几个月牢就会释放。"我忙道:"堂安德瑞先生,你说什么?你好像知道我遭祸的缘由。"他答道:"老实告诉你吧,我的确知道。押送你的公差把这个机密告诉我了,我可以说给你听听。据他说,王上得到密报,说勒莫斯伯爵和你晚上把王太子带到个来历不明的女人家去。王上要惩罚你们,把伯爵贬谪出去,把你送到塞哥维亚塔里,叫你吃尽牢狱之苦,你来了已经尝到些滋味。"我问道:"王上怎么会得到密报的呢?我就是要知道这一层。"他答道:"那公差没说起,大概他自己也不知道。"

我们讲到这里,用人七手八脚开上晚饭来。他们摆上面包、两个杯子、两瓶酒、三个大盘子:一盘是锅烧兔子,里面搁了许多葱头、油和蕃红花;一盘炖什锦肉;一盘是茄子糖酱垫底,上面坐一只小火鸡。陶狄西拉斯不愿意用人在旁边听我们说话,一看晚饭齐全,就把他们都打发开。他关上门,我们俩对面坐下。他说道:"吃吧,赶快!你饿了两天,今儿应该有胃口了。"说着把各种肉往我盘里堆。他想我很饿,要放量饱吃一顿,这样想其实很入情入理,不过我却叫他失望了。我在这个境地,心里郁结,尽管肚子空虚,东西却梗在喉头,咽不下去。那典狱官要我把剪不断的愁思暂时放开,所以只顾劝我喝酒,又夸赞酒好,可是都没用,就算他斟下玉液琼浆,我喝来也不辨滋味。他看出来了,另想了个办法替我解闷儿。他用诙谐的口吻,把自己那段婚姻讲给我听。这来更没用。我心不在焉,他讲到完,我也不知讲了些什么。他看透当夜要我解闷是办不到的。饭后他起身道:"山悌良那先生,我让你安置吧;或者老实说,让你去思量你那糟心事儿,不来打搅你了。不过我再说一遍,这不是长局。王上生性很仁厚。他以为你在受罪呢,等他火气过了,想到你情境可怜,也许就以为惩罚得你够了。"典狱官说完下楼,叫用人来撤家伙。他们连蜡台都撤去,剩墙上一盏昏灯,我就躺下睡了。

# 第 五 章

他这晚临睡的感想,和惊醒他的声音。

我把陶狄西拉斯的话反复寻思,至少有两个钟头之久。我想:"原来因为我做了储君的帮闲,所以关到这里来!替这样年轻王子当这种差使,真是冒失!我犯罪就因为他年纪太轻;他要是再长几年,王上也许置之一笑,不会大发雷霆了。不过谁会不顾王太子和赖玛公爵怀恨、去向万岁爷告密呢?这位大臣准要替外甥勒莫斯伯爵报仇的。王上究竟怎么知道的呢?我想不明白了。"

我想来想去,总不明白。不过我想到自己的财产尽人家偷抢一空,尤其难受,满心懊丧,排遣不开。我叹道:"我的钱箱呀!哪里去了?我宝贝的财产呀,现在怎么了?落在谁手里了?唉!我的钱来得快,去得更快!"我想自己寓所一定搅得七零八乱,越想越伤心。这样千思万想,弄得精疲神乏,倒也有好处,前夜睡不着,这时却瞌睡上来。再加床铺舒服,身体困倦,又熏了些酒香肉味,都可以送人入睡。我睡得很熟,照那光景,真可以一觉睡到大天光。可是忽然有个监狱里想不到的声音把我惊醒。我听得弹吉他声,和着男人的歌声。我倾耳细听,又听不见了,以为是做梦呢。可是过一会儿,又听得方才的琴声歌声,唱的词儿是:

> 唉！终年欢乐，
> 一阵轻风似的飘过！
> 可是须臾苦恼
> 却像一百年的折磨。

这首诗好像为我而发的，不禁触动愁肠。我想："这话千真万确，我有切身体会。我只觉快活日子流水般过去，进狱以来倒好像有一百年了。"我又只顾凄凄惨惨的寻思，仿佛爱尝愁滋味，又伤心起来。我叹恨到天明，看见朝阳照进屋里，心境才平静了些。我起来开窗换空气；记起典狱先生曾经把景物刻意描摹，我就也瞅瞅风光。他那话有何根据，竟看不出来。我以为艾瑞玛河至少跟塔古河同样宽广，一看只是条小河。所谓"两岸都是花"原来是些荆棘；所谓"一片沃野，风光明媚"原来大半是没开垦的荒原。大概我的悲痛还没变成惆怅，到时我自会另眼相看的。

我就穿衣服，刚穿一半，陶狄西拉斯来了，背后跟着个老妈子，来送些衬衣脸布之类的东西给我。他说道："吉尔·布拉斯先生，这些洗换的东西你不必省用，我总让你有富裕。"又道："哎，昨夜怎么样？有没有睡会子休息一下呢？"我答道："有人弹着吉他唱歌，把我吵醒。不然的话，我这会子还睡着呢。"他道："吵醒你的那位大爷是个国事犯，就住在你隔壁，是授加拉特拉华武士勋章的爵士，相貌很漂亮，他叫堂加斯东·德·高果罗斯。你们可以会面，一同吃饭。两人谈谈，也可以彼此劝慰。你们俩一定合得来。"我对堂安德瑞说，承他许我跟那位大爷同病相怜，我很感激。典狱官照应周到，看出我急要认识那个患难中的伴儿，当天就让我如愿，叫我跟堂加斯东同吃饭。他人物秀美，使我暗暗吃惊。我一双眼睛看惯朝廷上的英俊少年，可是一见他还不免眼花缭乱，他那人就可想而知了。你设想一位翩翩公子，就像传奇里的主角，公主们一见会害相思病。造物禀赋常常美中不足，高果罗斯却又得天独厚，他很聪明，又很勇敢，是位十全十美的绅士。

我喜欢那位绅士，承他也不嫌弃。他怕吵我，晚上总不唱歌了，我请他不要拘束，他也不听。我们两个落难的人一见如故，相识不久就很亲热，交情与日俱深。我们可以随意谈话，这最好没有，两个人谈谈说说,彼此都觉得痛苦好受些。

　　一天下午,我上他屋里去,他正要弹吉他。他屋里没别的座位,只有一张板凳,我就坐着,听得舒服点儿。他坐在床尾弹了个很动人的调子,又合着琴声唱了支歌儿;唱的是硬心肠的女郎害得痴情汉子肠断。我等他唱完,笑道:"爵士大爷,你跟女人来往,一辈子不至于用到这种歌词。生成你这么个人才,女人不会对你硬心肠。"他答道:"你过奖了。我刚才唱的歌儿是我抒情之作,因为有一颗心像钻石一样坚贞,有一位小姐待我非常冷酷。我要把那歌词去化刚为柔,叫那位小姐垂怜。我应该把这件事讲出来,你听了就会明白我为什么遭祸。"

# 第 六 章

　　堂加斯东·德·高果罗斯和堂娜海丽娜·德·加利斯悌欧的故事。

　　"差不多四年前,我从马德里到果利亚去看我姨妈堂娜艾蕾欧娜·德·拉克萨利拉。她是旧加斯狄尔最有钱的寡妇,承继人只我一个。我一到她家,就给爱情弄得神魂颠倒。她安置我的卧房,窗口正对隔街一个女人的百叶窗帘。帘眼儿很疏,街道又窄,看过去很清楚。我不免张望一番,发现我那位邻居非常美丽,一眼就看中了。我马上对她大送秋波,用意显然。她也瞧明白了,不过像那样的小姐碰到这类事不会自鸣得意,至于酬答我那顾盼之情更是没有的事。

　　"我就打听这位使人一见销魂的祸水姓甚名谁。原来她叫堂娜海丽娜,是堂乔治·德·加利斯悌欧的独养女儿。离果利亚几哩外最大的一个封邑就是她家的,收入很可观。许多人想求亲,可是她爸爸一概回绝,因为他打算把女儿嫁给自己的外甥堂奥古斯丁·德·奥立格拉。目前虽然没有成婚,这位表兄天天可以来拜访表妹。我并不心死,反而越加情痴了。也许痴情还在其次,倒是好胜心切,要挤掉个得宠的情敌,所以不肯罢休。我还向海丽娜眉目传情,又对她女用人斐丽霞送眼风,流露出恳请之态,好像向她求救似的,甚至做手势打暗号。可是这番功夫全冤枉了,她们是主是仆,都满不理会,一对儿狠心肠,没法亲近。

"我眉挑目语既然不蒙答理,只好另找人通话。我派人出去探听斐丽霞在城里有什么朋友,他们探得有个老太太叫戴欧多拉跟她最要好,两人常见面。我得了消息,不胜欣喜,亲自去见戴欧多拉,送些礼物,请求帮忙。她愿意为我出力,答应设法让我和她朋友在她家密谈一次。她这句话第二天就做到了。

"我对斐丽霞说:'承你垂怜,我就不烦恼了。多亏你朋友劝得你肯和我会面。'她答道:'大爷,我对戴欧多拉惟命是听,她说得我一心都为你了。假如我能够成全你,你马上会如愿以偿。但是我空有一番好意,只怕没多大用处。我应该老实说,你这事是千难万难。你看中的那位小姐已经此心有主,而且她的为人呀,真是骄傲透顶,心里的事一点不露在脸上;竟算你志诚专一、小意殷勤,打动了她的心,她好强负气,决不肯让你瞧出来。'我添了愁闷,说道:'唉,亲爱的斐丽霞,干吗把一重重难关指点出来呀?你这样是要我的命。宁可你哄我,别叫我灰心。'我说完紧紧捧住她的手,把一只价值三百比斯多的钻戒套在她指头上,一面又说些悱恻动人的话,勾得她眼泪都出来了。

"她听了我的话很感动,看我那样待她也很称心,所以不免宽慰我几句。她把那些难关打开了几重,说道:'大爷,你也不用听了我方才的话就灰心。你的情敌的确不是小姐的眼中刺,他可以上门拜访表妹,随意跟她会面,可是这倒于你有利。他们俩天天见面惯了就有点儿厌腻。我觉得他们分手既不依恋不舍,会面也不欣喜欲狂,竟像结过婚的那样了。总归一句话,我们小姐对堂奥古斯丁的情意,我瞧也淡得很。况且他人材跟你不能比,像堂娜海丽娜那样精细的小姐,不会分不出好歹。所以你不要丧气,照旧献你的殷勤。你讨好她的一举一动,我只要有个机会,总叫她领情。她尽管不露声色,我会看破她的掩饰,猜透她的心思。'

"斐丽霞和我谈了这一番,彼此很相得,就分手了。我加劲向堂乔治的小姐送眉眼;晚上又在她窗下奏乐,我做了方才唱的那支歌儿,叫个好嗓子唱给她听。奏乐完毕,那女用人要探探她小姐,问她听了喜欢不喜欢。堂娜海丽娜道:'我喜欢那嗓子。'女用人问道:'唱的那歌儿不是很多情吗?'小姐答道:'我倒是一点没留心;我只在听他唱;唱的什么词儿,谁为我奏的乐,我都不理会。'女用人道:'这样看来,可怜的堂加斯东·德·高果罗斯只是痴心妄想了,他成天望着咱们的窗帘子,好傻呀!'那小姐冷冷地说:'未必是他,也许方才是别位公子哥儿来奏乐诉说痴情,你弄错了。'斐丽霞道:'别怪我多嘴,那不是别人,正是堂加斯东。只要想,他今天早上在街上还赶来招呼我,求我对你说:你尽管对他冷酷无情,他还是对你拜倒;只要你许他献点儿殷勤,奏点儿音乐,聊表爱慕之情,他就得意极了。这些话足见我没弄错。'

"堂乔治的小姐陡地变了脸,正色看着她女用人道:'这种非礼相干的话,你大可不必来传。请你以后别再传这种话。要是那年轻人胆大无知,再敢来找上你,我吩咐你对他说:请他另找个喜欢他讨好的人去;还请他另找个正当的消遣,别成天守在窗口望我的房间。'

"我第二次见斐丽霞的时候,她把上面的话一五一十告诉了我。她认为该追索言外之意,硬说我这事很顺手。我却听不出这话里有什么奥妙,不相信可以曲解成为佳音,她的笺释我也就将信将疑。她笑我犹豫,问她朋友要了些纸和墨水,对我说道:'大爷,你赶快写封信给堂娜海丽娜,用痴情人伤心绝望的笔调,把你的苦恼描摹得恳恳切切,尤其要抱怨她不许你看窗口。你答应遵她的命,不过得告诉她,这样你就活不成了。你们这起大爷很会写信,你把这话好好写出来,此外的事全在我身上。你对我料事不大相信,可是我希望事情不出我所料呢。'

"这是写信给意中人的好机会,没一个多情郎君肯错过的。我写了一封缠绵悱恻的信,先给斐丽霞过目,再折叠起来。她看了笑嘻嘻地说,女人固然有迷惑男人的手段,男人可也有哄骗女人的法门,彼此旗鼓相当。那女用人拿了我的信说:假如不见功效,绝不是她不尽心。她又叮嘱我务必把窗户关上几天,于是她就回到堂乔治家去。

"她一见堂娜海丽娜,说道:'小姐,我碰见堂加斯东了,他赶上来想跟我应酬。他像个待决的囚犯,声音都抖索索的,问我替他传话了没有。我急要照你吩咐的话做,就毫不客气地打断了他,对他发作起来。我把他大骂一顿,骂得他呆瞪瞪的,我就撇下他走了。'堂娜海丽娜道:'你替我打发了那个讨厌家伙,我很高兴,不过你也不必出口伤人。姑娘家总应该和和气气。'那女用人答道:'小姐,你对一个痴情颠倒的人说话和气是打发不开的,就是使性子发脾气都未必有用呢。譬如堂加斯东吧,他就没死心。我不是刚告诉你,把他大骂了一顿吗,我原来奉你命上你的亲戚家去,就赶去了。那位太太偏叫我耽搁得太久。怎么说太久呢,因为我回来又碰见那位先生了。这可没想到。我一看见他就着急了,我的舌头向来很会随机应对,可是急头上竟一句话也说不上来。这个当儿,你猜他怎么?他乘我没说话,其实竟是乘我仓皇,就把一张纸塞在我手里,我拿了还没知道是怎么回事,他立刻一溜烟跑了。'

"她说完从怀里掏出我的信来,一面说着闲话,随手把信交给她小姐。小姐仿佛是拿来看着玩儿,可是却认真看了一遍,于是又摆出满脸端庄。她一本正经说:'斐丽霞,你收人家这封信,真是个糊涂东西!真是个傻子!你可想想堂加斯东会怎样猜测吗?我自己也还能不动疑心吗?照你这行为,我可以怀疑你把我出卖,他可以怀疑我对他有情。唉!也许他这会子以为我把他写的信翻来覆去读得有味儿呢;瞧你把我的面子扫尽了。'那女用人答道:'唷,那是不会的,小姐,他断不会有这个心思,也不会长久。我下回看见他就说:我把他的信给你瞧了,你冷若冰霜地瞥了一眼,反正是看都没看,就夷然不屑地撕掉了。'堂娜海丽娜道:'你可以理直气壮地说我没看,若要问我信上的话,我连一句两句都说不上来。'堂乔治的小姐不但嘴里这么说,还把我的信撕掉,并且不许她的女用人再谈起我。

"我答应不再守在窗前做痴情汉子,因为人家不喜欢。我就把窗子关了好多天,指望这样奉命惟谨,可以愈得爱怜。我不能眉目送情,就想为我那狠心的佳人再奏几回音乐。一晚上,我带了乐队到她阳台底下。他们刚在弹吉他,就有一位绅士拿着把剑跑来干涉。他挥剑乱斫,那些乐师立刻都吓跑了。这个无法无天的家伙火气真大,惹得我也冒火。我迎上去想给他吃点苦头,就和他狠狠地交手起来。堂娜海丽娜和她的女用人听得击剑之声,隔着百叶帘子一望,看见两人在动武。她们大嚷大喊,把堂乔治和男用人都叫起来。他们忙下床赶来劝解,还有许多街坊也来了。可是他们迟了一步,街上只剩一个绅士,淹在血泊里奄奄待毙。他们认得这位倒霉的绅士是我。人家把我抬到姨母家,请了城里最高明的几个外科医生来救治。

"人人都可怜我,尤其堂娜海丽娜,她这会子真情流露,也不想掩饰了。你想得到吗?她从前争强尚气,见我殷勤献媚,要做得漠然无动;这番却变为一片柔肠,只顾对我怜惜了。她那晚上跟她的女用人直哭到天明。她们断定害她们伤心落泪的准是她表兄堂奥古斯丁·德·奥立格拉,着实咒骂了他一番。的确是他杀风景干涉了奏乐。他和他表妹一样深沉,他看出我的用心,却一点不露在脸上。他以为小姐也对我有意,所以下这样辣手,让人家知道他不是个肯吃亏的人。过了不久,有件喜事把那件惨事盖过了。我虽然身受重伤,那几位外科医生手段高明,竟把我治好。我还没出病房,我姨妈堂娜艾蕾欧娜就去找堂乔治,求他把堂娜海丽娜嫁给我。堂乔治那时候以为一辈子不会再见堂奥古斯丁了,对这头亲事就越加愿意,一口应允。那老头儿因为奥立格拉从前跟表妹随意可以见面,早能够赢得她欢心,生怕他女儿不愿意嫁我。她却好像非常愿意听从爸爸的话,足见无论在西班牙或是在别国,女人总是喜新厌旧的。

"我私下见到斐丽霞的时候,得知她小姐因为我决斗吃亏,心疼到如何田地。我因此拿稳自己是这位海伦的帕里斯了。我自幸受了伤,爱情才会有这样的好结局。蒙堂乔治大爷允许女儿由女用人陪着出来相见。我对这次的会面真是称心!我问小姐,她爸爸把她许给我,她心上有没有委屈;我求她、逼她说,她只好承认,她不仅仅是谨遵严命。我听了她这个婉转动人的口供,一心只想讨她喜欢,为她想出种种寻欢作乐的宴会,一面等待着结婚的好日子。结婚那天的仪仗里要有个排场阔绰的马队,果利亚和附近的贵胄都要在里面显耀一番。

"我姨母有一所讲究的别墅,在靠近曼瓦的郊外。我在那儿摆酒大请客。堂乔治和他女儿以及他家亲友都到了。我安排了一个音乐会,有唱的,有奏乐器的;又叫了一班走码头的戏子来演个趣剧。正在热闹的当儿,底下人通报:客厅里来了个人,说有要事找我。我出去一瞧,并不认识,样子像个用人,他交给我一封信,我拆开看,上面说:

你是个有武士勋章的爵士,应当爱惜体面。如果你是个爱体面的,明晨务必到曼瓦郊外一行。有位绅士在那里等你。他侮辱过你,现在愿意给你个雪耻的机会;他要是力能从心,准叫你娶不成堂娜海丽娜。

堂奥古斯丁·德·奥立格拉

"西班牙人固然把爱情看得重,可是把报仇看得更重。我读着那封信,心就按捺不住。我一见堂奥古斯丁的名字,立刻七窍生烟,几乎把主人应尽之谊都忘了,想马上溜出去找我的仇人。可是我怕搅散了宴会,只得按住性子,对那个送信的人说:'朋友,上复你主人说,我一心只想和他见个死活,明天日出以前准在约定的地点等他。'

"我这样打发了来人,重又入席陪客,脸上不露一点声色,谁也不知我肚里的心思。我装得和别人一样,只顾趁热闹取乐儿,直到半夜。客人散席,各自乘了来时的车骑回城。我就住在别墅里,推说明早要在野外呼吸新鲜空气,其实是要早点赴约。我不睡觉,急煎煎地等天亮。天一亮,我挑一匹好马骑了独自出门,好像是到野外去散心的样子。我向曼瓦行去,看见旷野里一人飞马而来。我也拍马向前,想半路迎上他。不一会儿,我们就碰头了。来的人正是我的冤家。他态度倨傲,说道:'爵士,我这番又来跟你交手,并非得已,不过这是你自己找的。你那晚奏乐出了事就该安分识趣,对堂乔治的小姐死了心;或者肚里该有个数,知道如果还一味博她欢心,准有苦头吃。'我答道:'你太得意了,你上回得胜,也许是黑夜里占了便宜,未必本领高强。你不想想,比武的胜负是拿不稳的。'他满面骄矜,说道:'我可拿得稳。我要叫你瞧瞧,不论白天黑夜,谁胆敢跟我交手,总要受我惩罚。'

"我听了这派夸傲的话,一言不答,立刻下马。堂奥古斯丁也下了马。我们把马拴在树上,两人都鼓足勇气交起手来。我老实承认,虽然学过两年击剑,不如我对手高强。他的剑术已经登峰造极。我的性命真是岌岌可危。可是天下常有这等事,强的反会被弱的打败。我对手本领虽高,给我一剑刺中了心,顿时直僵僵地倒地死了。

"我马上回别墅,把方才的事告诉我的亲随。这人赤胆忠心,我素来知道。我又说:'亲爱的哈米尔,乘这事还没闹得官里都知道,你赶快骑上一匹好马去通知我姨妈。你替我问她要些金子钻石,然后到普拉桑西亚来会我。我在进了城第一家客店里等着你。'

"哈米尔这事办得很爽利,我到了普拉桑西亚三个钟头,他就赶来了。他告诉我说:堂娜艾蕾欧娜虽然着急,却更觉得快活,因为我这番决斗把上回的羞耻雪尽了。她把所有的金子钻石都给我,让我且舒舒服服在外国游历一番,她一面把这事设法调解。

"枝节琐事都不讲,只说我经过新加斯狄尔,进瓦朗斯境在德尼亚上船。我到了意大利,准备上朝出点风头。

"我抛下我的海丽娜远行,心里的相思和烦恼只好强自排遣;这位小姐在果利亚也惜别伤离,背人洒泪。她家里人因为我杀了奥立格拉,叫法院来追捕。她并不赞成,反希望赶快调解了事,我可以早早回去。我们分离已经六个月,假如让她死守,我相信她天长地久也不会变节,可是禁不得魔障太厉害了。有个堂布拉斯·德·贡巴多斯,他是加利斯西部的乡绅,到果利亚来承受一大笔遗产。他亲戚堂米盖尔·德·加普拉拉和他争夺,没有夺到手。他觉得果利亚比家乡好,就住下来。贡巴多斯相貌漂亮,举止温文有礼,并且最会小意儿讨人喜欢。他不多时和城里有地位的人都认识了;人家的私事也无所不知。

"没几时,他得知堂乔治有个女儿,美丽得真是祸水,男人一爱上她就要遭殃。他动了好奇心,很想认认这么个可怕的小姐。他因此向那位父亲讨好,哄得老头儿非常喜欢,早把他当女婿一样看承,许他上门,并且自己在场的时候还许他跟堂娜海丽娜见面。这个加利斯人立刻就爱上她了,这也是势所必然。他把心事告诉堂乔治,堂乔治说他很赞成,只是他不愿勉强,得由女儿自己做主。于是堂布拉斯千方百计向这位小姐献媚。她满不理会,一片心只在我身上。斐丽霞却给那位绅士买了过去,使出通身解数来替他拉拢。那爸爸又在一边谆谆劝导。但是闹了整一年,他们两人只缠得堂娜海丽娜很烦恼,却无法叫她变心。

"贡巴多斯一看堂乔治和斐丽霞徒劳无功,就对他们献了个计策,好哄得这个痴情胶固的女子回心转意。他说道:'我想出来这么个办法。咱们只说果里亚某商人新近接到一个意大利商人的信,信上先讲些生意经,接着说:

> 巴尔姆朝上到了一位西班牙贵人,名叫堂加斯东·德·高果罗斯。他自己说是果利亚富孀堂娜艾蕾欧娜·德·拉克萨利拉的外甥,也是她惟一的承继人。他想娶一位权贵的小姐,可是人家得知道了他底细才肯答应。我受人之托,向你打听一下,请你告诉我:你是否认识这位堂加斯东,他姨妈有些什么财产。人家要凭你回音定夺那桩亲事。在巴尔姆,这……(下略)

"老头儿把这骗局只看做弄小聪明的勾当,认为情场中行得这种诡计。那女用人更比老头子无顾忌,非常赞成这个办法。他们知道海丽娜是心高气傲的姑娘,只要没看破玄虚,马上就会打定主意,所以他们越觉得这计策妙不可言。堂乔治准备把我变心的话亲自去告诉女儿,还要叫她见见那个冒充接到巴尔姆来信的商人,这样一来,假事就越装越像真的了。他们依计而行。那爸爸装出一副怒冲冲、气愤愤的样儿,对堂娜海丽娜道:'女儿,咱们亲戚天天求我一辈子别和堂奥古斯丁的凶手联婚,这句话我不再说了。我今天要告诉你个更大的缘由,叫你跟堂加斯东一刀两断。你对他一片痴心,好不羞死人啊!他是个三心二意、言不由衷的人。我这里有他负心的铁证。人家刚从意大利寄了这封信给一个果利亚的商人,你自己瞧去吧。'海丽娜颤巍巍地接过那封假信,看了一遍,一句句细细咀嚼,得知我已经变心,悲不自胜。她痴情流露,不由得掉了几滴眼泪。但是她马上又争强好胜起来,擦掉眼泪,斩钉截铁地说道:'爸爸,您刚才看我没出息,可是您也瞧瞧,我争回这口气来了。我主意已经打定,我瞧不起堂加斯东,觉得他是小人败类。这话不用多说了。好,我现在一无牵挂,情愿嫁给堂布拉斯。别让那个负心的骗子比我先结婚!'堂乔治听了大喜,拥抱了他女儿,称赞她果断,他私幸诡计有效,忙着去偿我情敌的心愿。

"堂娜海丽娜就此另有所属了。她突然嫁了贡巴多斯,尽管心里对我还是眷恋,也不理会;尽管那消息只哄得过轻信的情人,她却一点没起疑心。那心高气傲的小姐只图争气。她以为我瞧不起她的相貌,愤恨得连爱情也不顾了。可是她结婚不久,也颇自悔孟浪。她忽然想到商人的信也许是捏造的,猜疑一动,就很不安心。不过多情的堂布拉斯不让太太有那闲工夫去寻烦恼,只想逗她高兴,他有本事连一接二想出各种花样来娱乐,哄得她很快活。

"她嫁了这个风流郎君好像十分称心,两人过得很和好。这个当儿,我姨妈跟堂奥古斯丁家里人磋商,把我闹的那件事调解了。她立刻写信到意大利来通知我。我那时候在加拉布利亚后部的瑞求那地方。我被爱情支使,长了翅膀似的由西西里回西班牙到果利亚。堂娜艾蕾欧娜没说起堂乔治的女儿结婚,我到了家才告诉我。她看我听了伤心,就说:'我的外甥,你失掉了一个没常心的女人实在犯不着伤心。听我的话:那位小姐不值得你留恋,别再去爱恋她、怀念她。'

"我姨妈不知道堂娜海丽娜受骗,难怪这样说;她劝我的话也很入情入理。我决计听她,即使情不自禁,至少也装得若无其事。可是我心痒难熬,想知道那婚事是怎么撮合的。我要打听究竟,决定去找斐丽霞的朋友,就是上文所说的戴欧多拉老太太。我到她家,恰巧碰见斐丽霞。她想不到会碰见我,不免仓皇失措,又知道我定要向她质问,就想溜之大吉。我拦住她道:'你干吗躲我?那负心的海丽娜抛弃了我,还不够称心吗?是不是她不许你听我抱怨呀?还是你光为了要向那忘恩负义的人去讨好儿,所以躲着我不理呀?'

"那女用人答道:'大爷,我老实说,你在这儿叫我很窘。我见了你,不由得百般悔恨。我小姐是上了人家的当,我该死,也一条藤儿骗她。我做了这种事,在你面前怎么能不惭愧呢。'我诧怪道:'天啊!你要说什么话呀?说明白点儿吧。'那女用人就把贡巴多斯如何设计娶到堂娜海丽娜,一五一十讲了一遍。她看我心如刀割,就竭力来安慰我。她自告奋勇,愿在小姐面前为我出力,答应向她说破真情,还要把我的苦恼形容给她听,总而言之,她看我命苦,竭力要给我点儿安慰。我居然给她说得有点心活,愁怀就宽舒了些。

"她要劝得堂娜海丽娜肯和我相见,不知碰了多少钉子,不必细说。这事总算给她做到。堂布拉斯有时候到乡间庄上去打猎,往往要逗留一两天。她们决定等他再下乡的时候,偷偷儿把我引到家里去;不多几时,就按计而行。那丈夫下乡去了,她们叫人来通知了我,晚上把我引到太太房里。

"我开口想埋怨她,可是她立刻堵住了我的嘴。这位太太对我说:'过去的事不用再提。咱们这会子不是来相对伤心的。你要是以为我会遂你的私情,那就错了。我对你明明白白地讲,堂加斯东,我所以依允了人家的恳求,肯和你偷偷儿会这一面,无非要亲自跟你说,从今以后,你应该决心把我忘掉。也许我嫁了你更称心,可是天既然另有安排,我也就听天由命了。'

"我回答道:'哎,太太,什么话啊!我眼睁睁看你给人家娶去,眼睁睁看着我惟一的意中人让堂布拉斯有福气去安闲消受,这还不够苦恼,还非得要忘掉你吗?你简直是要挖掉我的心,把我仅有的慰藉都夺去了。嗐,狠心的人啊,一个男人爱上了你,你以为他那颗心还收得回去吗?劝你再有点自知之明,别枉费唇舌叫我忘掉你。'她忙道:'好吧,那你也休想我会来报答你的热情。我干脆只有一句话:堂布拉斯的太太绝不做堂加斯东的情人,你照我这话打主意去吧。'又道:'快走吧!这番约会虽然我问心无愧,总觉得不应该,赶快散了吧,再下去就是我的罪过了。'

"我一听这话,什么想头都没有了,就向那太太下跪,哀哀切切地恳求,甚至还拿眼泪来感动她。她也许略动了些怜悯之心,但是一点没流露出来;况且她名分攸关,顾不到这些。我说尽温言软语,求呀哭呀都毫不济事,我的柔情变了愤恨。我拔剑想当着那铁石心肠的海丽娜把自己戳死。她一看我这般行径,忙上来拦住我,说道:'住手,高果罗斯,你这样子是顾全我的名誉吗?你这样一死,人家就要说坏我,并且把我丈夫当做凶手了。'

"这句话我当时该听了三思,可是我气破了心,满不理会。她们主仆俩拉住我不让自杀,我却只想挣脱她们。要不是堂布拉斯赶上来帮着她们,只怕我早就如愿以偿了。原来他得到密报,知道我们有约会,所以并没有下乡,却躲在壁衣后面偷听我们谈话。这时候他忙来捉住我的胳膊,说道:'堂加斯东,你且把神思清一清,别这样没志气,只顾逞一时之愤。'我打断贡巴多斯道:'怎么你倒来劝我呢?你亲手拿刀子来戳我胸膛才是道理。我虽然私情未遂,究竟是侮辱了你。你夜里在太太房里捉到我,还不够吗?你还要怎样才想报仇呀?快戳死我,结果了我这个人,我一口气没断,总要向堂娜海丽娜拜倒的。'堂布拉斯答道:'你想抬出我的体面来叫我杀你,这是没用的。你胆大胡闹,已经讨足没趣。这会子方见得我老婆的贞洁,我非常感激她,虽然是她召你来的,我也原谅她了。高果罗斯,你听我的话,别垂头丧气,像个没出息的痴情人;事情无可奈何,你就得硬着头皮承当。'

"这加利斯人很有识度,他这派话把我的火气渐渐平下去,把我的丈夫气激发了。我辞了他们,决计离开海丽娜和她住的地方,跑得远远的。我过了两天,就回到马德里。我只以前途为念,就上朝走走,结交了些朋友。我不幸跟维拉瑞尔侯爵交情很深。他是葡萄牙的权贵,人家怀疑他策划葡萄牙独立,想摆脱西班牙的统治。他现在监禁在阿利冈堡垒里。赖玛公爵知道我跟他要好,也把我逮捕了,送到这里。这位大臣以为我竟会通同去干那种勾当,这对一位贵族、一位西班牙的贵族,真是奇耻大辱。"

堂加斯东讲到这里就不响了。我安慰他道:"爵士大爷,你这桩糟心事不会玷污你的体面,往后你一定还是有便宜的。等赖玛公爵知道你无罪,准会给你个重要的职位;这样一来,他就替一个受人诬告叛国的上等人昭雪名誉。"

# 第 七 章

西比翁到塞哥维亚塔里探望吉尔·布拉斯,
告诉他许多消息。

陶狄西拉斯这会儿跑来打断了我们谈话,他说:"吉尔·布拉斯先生,有个小伙子到监狱门口来探望,我刚跟他谈过话。他要打听你是不是关在这里,我不肯说,他就含着一包眼泪道:'典狱老爷,山梯良那先生是不是在这里,我诚惶诚恐,求您务必告诉我。我是他的用人头儿,您要是许我见见他,真是功德无量。塞哥维亚人都说您是一位厚道的君子,希望您开恩让我会会我的好主人吧。他只是时运不济,并没犯什么大罪。'"堂安德瑞接着道:"总而言之,我觉得这孩子一心要见你,所以准了他今儿晚上进来。"

我对陶狄西拉斯说:"这小伙子大概有要事通报,你要是领他进来,真对我大行方便了。"我知道这人准是忠心的西比翁;我急煎煎地等着,果然是他。天晚了人家领他进来,他见了我真是欣喜欲狂,只有我的快活可以跟他的快活相比。我见了他高兴得忘情,张臂去抱他,他就不客气地把我抱在怀里。两人这番重逢,说不尽的称心,抱在一起,不分是主是仆了。

我们拥抱完,我就问他出门的时候我寓所的情形。他答道:"您现在没什么寓所了。我干脆把那里的情形讲个明白,免得您一桩桩问。您的东西,一半给警卫抄去,一半给家里用人抢去。他们看准东家一辈子不得翻身,凡是可拿的东西,都拿去折自己工钱了。还是您运气,我居然有本事从您钱箱里抢出两大口袋双比斯多,没落在他们手里,总算是保住了。我托萨勒罗替您收着,等您出狱还您。我想您在这儿吃王上家的闲俸不会多久,因为您被捕的事赖玛公爵并没与闻。"

我问西比翁怎么知道我这次遭殃他大人没有与闻。他答道:"啊,没错儿的,我打听得很清楚。我有个朋友是于才德公爵的亲信,他把您被捕的缘由都对我讲了。据他说,加尔德隆有个用人做耳目,发现仙籁娜夫人晚上改换了姓名接待西班牙王太子,这件私情事儿是由勒莫斯伯爵帮闲、山悌良那先生拉纤的。他决计要叫这两人和他的外室吃点苦头,因此偷偷去找于才德公爵,和盘托出。这位公爵得了个好把柄可以断送他的冤家,大为高兴,当然不肯错过机会。他禀告了王上,还说王太子冒多少风险,说得有声有色。万岁爷得知此事,大发雷霆,立刻把仙籁娜关进悔省院,贬谪了勒莫斯伯爵,判了吉尔·布拉斯终身监禁。"

西比翁又道:"这都是我朋友的话。可见您这番祸事是于才德公爵或者竟可说是加尔德隆一手造成的。"

我听了这话,觉得也许过些时候我还能重整旗鼓。赖玛公爵气不过外甥受贬,一定尽力弄他回朝。我如意算盘,料他大人也决不会把我撇在脑后。希望真是奇妙。我顿时觉得家当抢光也无所谓,高兴得仿佛有了喜事似的。我并不想自己要有终身牢狱之灾,却以为这是运气的波折,由此可以飞黄腾达。我有我的想法。首相有许多羽翼:像堂范尔南·德·博佳,吉隆·德·弗罗朗斯修士;而路易·德·阿利亚加修士能常在王上左右,无非靠首相的力量。有这些权势赫赫的朋友旁敲侧击,首相大人可以把冤家都打下台去。再不然,国家也许就要换个新局面。万岁爷体弱多病,等他归天,王太子的头一件事准是把勒莫斯伯爵召回来,伯爵立刻就会救我出狱,引见新王,新王就会赏我许多恩典,算是受了罪的补报。我这样一心想着未来的快乐,差不多把眼前的苦痛都忘记了。我忽然心情大变固然因为有了希望,可是我书记所说的存在金饰店掌柜家那两袋双比斯多大概也是个原因。

我深感西比翁赤心为我、诚实不欺,要给他些报酬。我要把他所保住了没抢掉的钱分一半给他。他不肯受,说道:"我要您换个样儿报答我。"他不受钱,又说这话,我都觉得奇怪,就问他要怎么报答。他道:"让我一辈子跟着您,和您同甘共苦。我对别的主人从没有像对您这样的情分。"我说道:"朋友,我也敢说没有辜负你。你起初来找事的时候我就喜欢你,咱们俩准有天秤星或双子星照命,据说这两座星宿是主朋友的。你肯跟我做伴儿,我很愿意。我先去求典狱老爷把你也关在塔里。"他说:"好极了,我就是这意思,正要请您去求这个情。我宁可牺牲了自由来跟您做伴儿。我只要偶然到马德里去替您探探消息,看看朝廷上出了什么新鲜事儿,是否于您有利。这样一来,我就一身兼做了您的亲信、您的信差、您的侦探了。"

这真是个大便宜,我当然不肯错过。典狱官很照应,不愿意夺了我这么好的慰藉,所以毫不为难。我就把这样一个有用的人留在身边了。

## 第 八 章

西比翁一上马德里;他这一趟的用意和成就。
吉尔·布拉斯得病,病后的情形。

常言道,用人是我们最大的仇人①;他们要是有情有义,就该说是我们最好的朋友。西比翁对我那样一片赤忠,我只能把他当做另一个自己了②。所以吉尔·布拉斯和他的书记不分尊卑,也不拘形迹。他们一屋子住,一床上睡,一桌子吃饭。

西比翁谈话非常有趣,真可以称为快活人。而且他很有心思,我认为他出的主意颇有道理。有一天我说:"朋友,我想给赖玛公爵去封信总没害处。你看怎么样?"他答道:"哎!可是贵人一时一个样儿,我猜不准他得了你的信什么态度。你信只管写,总不会吃亏。不过首相虽然喜欢你,别指望他因此就会记着你。这种靠山不听见人家不提起你,马上就把你忘了。"

我道:"你这话很对,不过别以为我的靠山那么靠不住。我知道他厚道。我相信他一定可怜我受罪,念念在心。大概他等着王上的火气消了,好救我出牢。"他道:"好吧!但愿你没看错他大人。你就恳恳切切写封信去求他吧。我替你送去,一定当面呈交。"我立刻要些纸和墨水,写了一篇绝妙好辞,西比翁觉得很凄恻动人,陶狄西拉斯以为我那文章压倒了格拉纳达大主教的训戒。

我想赖玛公爵读了信上虚造的一篇苦况,准会动怜悯之心。我打发了信差,自以为千拿万稳。他一到马德里,就上这位大臣的府邸。他

---

① 西班牙有句谚语:"用人是拿酬报的冤家。"
② "另一个自己"(un autre moi-même),西塞罗《朋友论》(*De Amicitia*)第二十一节说:"朋友是另一个自己(alter idem)。"(见"勒勃古典丛书"本第 188 页)后来成为欧洲各国的习惯语。

碰着个跟我要好的亲随,由他设法引见。西比翁呈上捎去的书信,说道:"大人,有个为您赤心效忠的人,现在塞哥维亚塔不见天日的牢房里,躺在干草上。承牢里禁子发慈悲,方便他写了这封信。他诚惶诚恐求您过目。"那位大臣拆开,一目十行地看了一遍。这信上描写的情景,铁石人见了也会心软,可是他好像丝毫无动;他提高嗓子,满面怒容,当着旁边几个听得见他说话的人,对送信人道:"朋友,你去对山悌良那说,他干了无耻的事,活该受那样的罪,还敢写信给我,真是胆大妄为。那混蛋不应该再指望我帮忙,我随他由皇上惩办。"

西比翁尽管涎皮赖脸,听了却不知所对。他怔了怔,还想代我求情,说道:"大人,那可怜的囚犯听了您大人的回答,准要伤心死了。"公爵一言不答,瞪了他一眼,就转身和旁人说话。那位大臣要撇清他替王太子拉纤的嫌疑,就这样对付我。在权贵手下干机密、冒凶险的走狗,都该准备这样下场。

我的书记回到塞哥维亚,告诉我这趟差事一无结果,我听了又沉在苦海底里,就像第一天进监狱时那样。而且我比那时候还要苦恼,因为不能再依仗赖玛公爵了。我志气消沉,随人家怎么激励,总戴着个愁帽儿,恹恹的竟生了重病。

典狱官怕我性命难保,以为最好请大夫来瞧,就请来两个,神气都活像催魂使者。他领来说道:"吉尔·布拉斯先生,这两位神医来瞧你的病,就会把你治好。"我对一切医生横着成见,我要是还有一点儿贪生,准对他们大不客气。可是我那时候生趣毫无,陶狄西拉斯要把我交托给他们,我只有感激。

一个大夫说:"大爷,你第一要相信我们。"我回答道:"我完全相信。有你们帮忙,不消几天,一定百病消除。"他道:"是啊,再靠天保佑,你一定百病消除。我们至少把应尽的人事都做到。"这两位先生果然尽心竭力,紧紧地催命,眼看着我就要到黄泉路上去了。堂安德瑞看我不中用了,早请了个圣芳济会的修士来给我办临终的法事。这位修士干完事出去,我自觉大限临头,就招手叫西比翁到床前来。我又吃泻药，又放血，人已经虚透，一丝没两气地对他说道："亲爱的朋友，我存在加布利尔家的钱，一口袋留给你，另外一口袋烦你送到阿斯杜利亚给我爹妈。他们要是还活着，一定很穷。不过，唉！只怕他们为我不孝已经气死了。穆斯加达回去准说我没心肝，也许就此断送了他们。假如靠天保佑，虽然我辜负了养育之恩，他们倒还好着，你就把那袋双比斯多送去，说我没有孝顺他们，求他们饶恕。他们要是死了呢，我托你用那笔钱做些功德，保佑他们和我灵魂儿早早升天。"我说完伸手和他握别。那可怜的孩子舍不下我，伤心得一句话都说不出，眼泪滴了我一手。可见承受遗产的人也不一定面上哭、心里笑的。①

我准备着死却没有死。医生撇下我随我去挣扎，就此救转了性命。据他们诊断，我那发烧准会送命，可是我的烧竟退清了，好像是故意戳破他们的谎话。我侥幸得很，居然渐渐复元。我害了这一场病，变得心如止水。这会子我不用人家安慰了。我当初以为大限临头，把功名利禄都看破，病后也还是这种见识。我一经彻悟，倒自幸遭了这番祸事，觉得这是上苍格外垂慈，谢天不置。我打定老主意，即使赖玛公爵召我回朝，我也再不去了。我倒是想，有一天出得牢狱，就去买座草舍，隐居学道。

我的亲信赞成这个打算，他说若要早早偿此心愿，他得再上马德里去求求情，弄我出狱。又道："我想到个办法。我认识一个人可以帮你忙。那是王太子奶妈得宠的女用人，一个很伶俐的姑娘。我想托她求求她女主人。我要钻头觅缝地救你出来，这里尽管待你好，终究是座牢狱。"我答道："你说得对。去吧，朋友，别耽搁了，磋商这件事去吧。天啊，我恨不得咱们这会子已经过着清闲日子了！"

---

① 公元前一世纪罗马诗人普布留斯·西如斯（Publius Syrus）说："承受遗产的人在哭泣的假面具下暗暗嬉笑。"（见"勒勃古典丛书"本《拉丁小诗家合集》第 48 页）后流传成为一句名言。

## 第 九 章

西比翁再上马德里,设法嘱买,把吉尔·布拉斯救出来。

他们出了塞哥维亚塔,同到 一个地方去,一路上谈的话。

西比翁又到了马德里去。我等着他回来,一面认真读书。陶狄西拉斯送来的书我读不胜读,都是问一个袭武官俸邑的老爵士借来的。那位爵士不会看书,却要假充风雅,藏书很富。我最爱读些修身养性的好著作,因为我厌恶官场,想避世隐居,而书里常常看到合我脾胃的名言佳句。

替我办差的人去了三星期,杳无音信。好容易他回来了,欢天喜地地说道:"这回呀,山悌良那先生,我给你带喜信来了!那位奶妈太太在替你出力。我求了她的女用人,又付给那女用人一百比斯多的押金,承她情说动奶妈去求王太子救你。我不是常跟你说吗,王太子对奶妈惟命是听,他已经答应求父王放你出狱。我赶紧来报个消息,得立刻回去把未了之事办妥。"他说完就辞了我,又赶回朝去。

他第三回出门没多大耽搁,八天后就回来,告诉我说,王太子大费周折,已经求得圣旨放我出狱了。那典狱官当天就坐实了这个消息。他来拥抱我,说道:"亲爱的吉尔·布拉斯,感谢上天,你自由了!可以出这座监狱的门了!不过有两件事你得照办,也许很叫你难堪,我不得已只好跟你说。万岁爷不准你再上朝,限你一个月里离开新旧加斯狄尔。你不能上朝,我真懊丧。"我答道:"我倒非常高兴。上天知道我的心思。我只求王上一个恩典,他却赏了我两个。"

我确实知道已经得赦,就叫人雇下两头骡子。第二天,我辞别了高果罗斯,又反复谢了陶狄西拉斯种种照拂,于是我和我地亲信骑上骡子,欣欣喜喜地取道上马德里。我们去向加布利尔先生要还那两袋钱,每袋有五百双比斯多。路上我的伙伴儿说:"咱们的钱要是买不起富丽堂皇的大田庄,至少总可以买一所不大不小的。"我答道:"我就算只有一间小棚子,也乐天知命了。虽然我还没到中年,对世事已经厌倦,只求个逍遥自在。而且我告诉你,我想象到乡居的乐趣,不胜向往,预先就在享受了。我仿佛已经看见田野一片苍翠,听见夜莺啼啭、流泉呜咽,我有时打猎,有时钓鱼,作为消遣。朋友,你想想住在乡间的种种乐趣,也会像我一样心醉的。至于咱们的饮食,越素淡越好。咱们有块面包吃,就可以知足,肚子饿的时候吃来自然香甜。好味道不在东西讲究,全是咱们吃出来的。这句话颠扑不破,所以我生平吃得最有滋味的几顿饭,菜肴都不精致,也并不丰盛。清淡可算是养生的无上美味。"

我的书记打断我道:"你别见怪,吉尔·布拉斯先生,你打算拿那种清淡的饮食来款待我,我可不大赞成。干吗吃得像那些克欲的哲学家呀?咱们即使吃好些,未必就吃坏了身子。听我的话,咱们既然靠天照应,有钱舒舒服服过清闲日子,别把咱们家弄成个穷饿的人家。咱们买下房地,就该屯些好酒,上等人吃惯的东西都该存些。咱们离群索居,并不是要戒绝人生的享受,却是要从容享受。赫西奥德说:'东西在家里藏着,没有害处,欠缺了却足以为害。'又说:'家里应有尽有,总比要一件没一件好。'①"

我也打断他道:"唷!西比翁先生,你还读过希腊诗!哎,赫西奥德的诗你打哪儿学来的呀?"他答道:"在一位饱学之士家里。我有一程子在萨拉曼卡伺候一位学究,他是位笺注大家。他眨眨眼就替你写出一大本书,里面都是希伯来文、希腊文、拉丁文的征引;他从收藏的书里抄出来,译成西班牙文。我替他誊写,所以像我方才背的那种好句子,我记熟了不知多少。"我说道:"如此说来,你真是满腹珠玑呢。不过咱们言归正传,你说咱们将来修身养性的地方在西班牙哪一处最相宜?"我的亲信答道:"我主张到阿拉贡去。那边有几处好地方,咱们可以过得悠闲快活。"我道:"好,依你,咱们决定到阿拉贡去住,我赞成。

---

① 赫西奥德(Hésiode,约公元前八世纪),古希腊诗人,他《工作与时日》那首诗第363—365行说:"家里藏着的东西不会有害处;宁可把东西藏在家里,在外面就难保损失。"(见"勒勃古典丛书"本第31页)跟这里西比翁所引稍有出入。

但愿咱们找到个住处,可以享受我想象的种种乐趣!"

## 第 十 章

他们到马德里以后干的事。吉尔·布拉斯在
街上碰见个人,有何下文。

我们到马德里,下了个小客店,西比翁几番出门都住在那儿。我们先到萨勒罗家去取寄存的双比斯多。他礼貌周到,说看见我出狱非常高兴,接着道:"我向你声明,我瞧你倒霉,大有感慨,再也不愿意跟朝上贵人攀亲了。他们的富贵真是过眼云烟。我已经把小女加布利拉嫁给一个富商了。"我答道:"你这事办得很好,一来稳当,二来呢,一个平头百姓的丈人对贵人女婿总不会称心的。"

于是我掉转话头,说到正经。我说:"加布利尔先生,请你把那两千比斯多还我们……"那金饰店的掌柜忙打断我道:"你的钱现成在这里。"他领我们到他的账房里,拿出两只口袋,上面有签条写着:"吉尔·布拉斯·德·山悌良那先生的双比斯多。"他说道:"这是你寄存的钱,交给我是怎么个样儿,还是那么个样儿。"

我谢了萨勒罗照应,深幸他女儿已经另嫁别人。我们拿了钱回客店,点一下数目不错,只少五十个双比斯多,是弄我出狱的使费。我们就一纳头地准备到阿拉贡去。我们要买一辆二轮车和两头骡子,这事归我书记去办;我管添置内外衣着。我正在街上来来往往买东西,碰到石坦安巴赫男爵,就是抚养堂阿尔方斯的德国侍卫队军官。

我跟这位德国军官行礼,他也认出我来了,赶上来拥抱我。我说:"我快活极了,一来瞧你先生很清健,二来乘便可以问问亲爱的堂西泽·德·李华、堂阿尔方斯·德·李华两位大爷的消息。"他答道:"我有的是确实消息,他们俩正在马德里,就住在我家。他们到这城里来向王上谢恩,来了快三个月了。王上因为他们家世代功臣,所以赏堂阿尔方斯个恩典。他并没去请求，也没有托人，就补上了瓦朗斯城的都统。这是了不起的恩宠，可见咱们万岁爷不会亏负好人。"

我虽然比石坦安巴赫熟悉内中情形，却只做不知。我热锅上蚂蚁似的急要去拜见旧主人。他让我如愿，马上带我到家。我很想试试堂阿尔方斯的心，看他怎样接待就知道他对我还有没有情分。他在客厅里跟石坦安巴赫男爵夫人下棋，一看见我，忙站起来。喜不自胜地赶上来抱住我的头，那一脸欢欣，看得出是真情流露。他说道："山悌良那，你居然回来了！我真快活呀！咱们的分离错不在我。你大概记得，我求你别离开李华的庄子，你满不听话。我并不是怪你，你那番苦心我还很感激。不过你走了也该通通消息，免得我白费心机。我连襟堂范尔南来信说你在格拉纳达，我叫人到那边去找你没找着。"

他埋怨了我这两句，接下道："告诉我，你在马德里干些什么。你大概在这儿做事吧？我越比从前关心你了，这是真话。"我答道："大爷，四个月以前，我在朝里有个很重要的职位。我有幸做了赖玛公爵的秘书，并且还是他的亲信。"堂阿尔方斯奇怪得不得了，说道："有这事吗！怎么？你是首相的亲信吗？"我答道："我得了他的欢心，现在又失宠了，这事待我讲给你听。"于是我源源本本讲了一遍，末了说，我打定主意，把得意的时候剩的几个钱买座草庐茅舍，清闲度日。

堂西泽的儿子仔细听我讲完，说道："亲爱的吉尔·布拉斯，你知道我一向喜欢你。我现在越发喜欢你。我既然靠天之福有力量照应你，应该给你点儿实惠，见得你我的交情。你从此可以不受命运播弄了。我要给你一份命运夺不掉的产业，叫命运奈何你不得。我们家有个小小的田庄，在李利亚斯附近，离瓦朗斯有四哩路，你知道那个庄子；你既然打算住乡下，我就把那个庄子送给你。这份礼我们送得起，我敢担保我父亲准赞成，赛拉芬也一定乐意。"

我忙向堂阿尔方斯下跪，他立刻扶我起来。我感激他给我的好处，尤其感激他对我的好心，我吻了他的手说："大爷，您的行为真叫我钦佩。我觉得这份礼特别好，因为您还不知道我为您出过点力。我宁愿那是出于您慷慨施与，比报恩酬谢还好。"这位都统听了有点诧怪，忙问我出的什么力。我详详细细告诉了他,他越加奇怪。他和石坦安巴赫男爵一样,都梦想不到瓦朗斯都统的位子是靠我的力量来的。他知道了,就说:"吉尔·布拉斯,我的官既然是靠你来的,送你一个李利亚斯的小庄子还不够,我每年再送你两千杜加。"

我这时忙打断堂阿尔方斯道:"快别这么说,不要勾起我的贪心来。家当只会败坏我的品行,我已经深有体会。您送我李利亚斯的田庄,我领您的情。我自己还有点儿钱,可以过得很舒服。我这样就知足了,非但不贪多,还愿意把多余的钱都扔了呢。一个人避世隐居,为的是安闲,钱多了是个累。"

我们正谈着这些话,堂西泽来了。他见了我,欣喜得和他儿子不相上下。他听说我为他们家出了力,就一定要我受那笔年金。我还是不肯受。长话短说,他们父子俩马上领我到一个公证人家里,立下个赠予文契;两人欣然签上名字,比在有利可得的契约上签名还要高兴。这张契据办妥,他们交在我手里说:李利亚斯的庄子从此不属他们了,随我什么时候去做主人都行。于是他们回石坦安巴赫家,我就飞也似的赶回客店。我告诉我的书记,我们在瓦朗斯境内得了一所庄子,又讲怎么样得来的。他十分欣羡,问道:"那座小庄子值多少钱?"我说:"年利五百杜加。我保管那是个清静好地方。我替两位李华大爷当总管的时候去过几回,所以都熟悉。那房子不大,在果达拉维亚河边上,一村有五六个人家,风景很秀美。"

西比翁道:"我尤其喜欢那边野味多,还有贝尼加罗地方出产的酒,还有葡萄美酒。好,主人啊,咱们赶快避世隐居去吧。"我道:"我也急急要到那边去呢,不过先得上阿斯杜利亚去走一遭。我爹妈在那边光景并不好,我想接他们到李利亚斯,让他们享几年晚福。也许天给我这个安乐窝就是要让我孝养他们;我要是不尽子职,天要罚我的。"西比翁极力赞成这个打算,还催我赶快去干。他说:"别耽搁了。我已经买下一辆二轮车,咱们快去买了骡子,就可以上路往奥维多去。"我答道:"好啊,朋友,尽早动身吧。我觉得和生身父母同享安乐是我应尽之责。咱们不久就可以在咱们那个村子里安顿下来。我一到那里,要在门额用金字写下这两行拉丁诗:

我已经进港;永别了,希望和命运!
你们作弄得我够了,现在可去作弄别人!①"

---

① 这首诗是翻译一个希腊无名氏的作品,原诗是《希腊警句选》(*Anthologia Graeca*)第九卷第49首(见"勒勃古典丛书"本第三册第27页)。

第 十 卷

# 第 一 章

吉尔·布拉斯动身到阿斯杜利亚,路过瓦拉多利,见了旧主人桑格拉都大夫。他无意中碰到慈惠院院长马尼艾尔·奥东内斯先生。

我和西比翁要从马德里动身到阿斯杜利亚去的当儿,教皇保罗五世任命赖玛公爵做了红衣大主教。这位教皇因为要在那普尔斯境内设立宗教法庭,就替这位大臣披上紫红道袍,可以叫他怂恿斐利普国王赞许这个好打算。熟悉这位新任红衣大主教的人都和我一般见识,认为教会得了个有用之材。

西比翁宁愿我在朝上做大官,不要我离群索居、埋没一辈子,就劝我去参见那位新任命的红衣大主教。他说:"也许大主教大人看见王上已经赦你无罪,觉得不必再装出对你有气的样儿,说不定还会给你个事儿。"我道:"西比翁先生,我答应立刻离开新旧加斯狄尔,才蒙释放,你大概忘了吧?而且你以为我对李利亚斯的田庄已经厌倦了吗?我跟你说过,现在再说一遍:即使赖玛公爵又宠我,竟把堂罗德利克·德·加尔德隆的位子给我,我也不要。我主意已经打定,我要到奥维多接我爹妈到瓦朗斯附近的乡下去。你呢,朋友,你要是跟了我懊悔,只消说一声,我马上分一半钱给你,你拿了到马德里尽力谋你的前程去。"

我的书记听了这话有点儿感动,说道:"怎么的呀!你竟怀疑我不大愿意跟你去隐居吗?这就寒了我一片赤胆忠心了。哎!西比翁这个忠心的用人因为要和你共患难,在塞哥维亚塔里陪你一辈子都甘心,现在跟你快乐逍遥倒会不愿意吗?不会的呀,先生,绝不会。我并不想违拗你的意思,老实说,那是我使的乖。我劝你去见赖玛公爵,因为很想试试你的心,看你还有没有一星半点儿的官瘾。好,你既然对荣华富贵一无留恋,咱们想到那种淳朴悠闲的清福又那么心醉,咱们就赶快离开京城去享受吧。"

我们俩果然不多时就动身,乘一辆车,两匹壮健的骡子拉车,一个小伙子赶车。我觉得该添个用人,所以雇了这个赶车的。我们第一天在阿尔加拉·德·黑那瑞斯城过夜,第二天在塞哥维亚过夜。我没有耽搁了路程去拜访那位厚道的典狱官陶狄西拉斯,却一直赶往杜柔河上的贝涅斐尔城,过一天就到瓦拉多利。我望见这座城,不禁长叹一声。我同伴问我什么缘故。我说:"朋友,我在这地方做过好一程医生,想到就惶恐。这会子是我良心内愧。怎么说呢?仿佛我断送的那些病人都从坟墓里钻出来,要把我撕成一块块似的。"我书记道:"真是想入非非了!山悌良那先生,你这人实在太好。你不过是吃那行、干那行,有什么懊悔的呢?你瞧瞧那些头号老资格医生,也像你这样良心内愧吗?嗨!才不呢!他们照常行事,病人死了是那个病好不了;好了呢,是医生的功劳。"

我答道:"是啊,我一心一意师法的桑格拉都大夫就是这种人。他相信放血和喝水,说是百病良方,尽管天天眼看着二十个人死在手里,绝不怪自己治疗不对,还以为病人送命都是喝水不多、放血不够。"西比翁哈哈大笑道:"天呀!你说的这人真是一绝了。"我说:"你要是好奇,想见他面听听他议论,明天就可以如愿,只要桑格拉都还活着,还住在瓦拉多利。不过我想不大会,因为我和他分手的时候他已经上了年纪,到现在又过好多年了。"

我们一下客店,就去打听这个医生。据说他还活着,不过老态龙钟,不能出诊,行动也不大方便,所以已经让位给三四个靠新医道出名的医生。这些新进跟桑格拉都也相差无几。我们决定第二天在瓦拉多利耽搁一下,又可以让骡子歇歇脚,又可去看看桑格拉都先生。我们早上靠十点到他家;他正拿着本书坐在安乐椅里,看见客来,忙起身迎接。七十岁的人有他那样,要算步履轻健的了。他问我们找他有什么事。我说:"医士先生,请你仔细认认,你想不起来了吗?我还有幸当过你学生呢。你可记得从前在你家做事、替你出诊的那个吉尔·布拉斯?"他道:"什么! 是你吗,山悌良那?"他拥抱了我,样子很亲热,说道:"我不认得你了,我见了你很快活。你跟我分手以后干了些什么? 准是在行医吧?"我答道:"我颇有此心,不过碍着几件事儿,没能够如愿。"

桑格拉都道:"可惜了,你学了我的秘诀,只要天保佑你别着了化学的魔道,准可以成个有本事的医生。"他接着慨然演说道:"嗐! 我的孩子! 这几年的医学跟从前不大相同了! 实在怪不得我吃惊,怪不得我气愤。他们丢尽了医学的荣誉和价值。从古以来,医道以人命为重;现在的医生胆大武断,而且是所谓'不知而作'①,把人命当儿戏。那些新派医生草菅人命,事实昭彰,不久石头都要叫屈,所谓'顽石出声呼'了。你在这城里,可以看到有些医生,或者自称的医生随声附和锑剂百效的学说,所谓'锑到病除',有的是帕拉切尔苏斯②学派的,有的专相信锑朱砂;还有的为人治病只是碰运气,以为只要会配制药剂就算得精通医学。怎么说呢? 他们的办法都是莫名其妙的。譬如从前难得脚上放血,现在专用这个法子;从前的泻药温和无害,现在却改用了呕吐剂和锑朱砂。真是闹得乌烟瘴气,各行其是,越出了我们祖师辈定下的法则和道理。"

我听了这样可笑的议论真想笑,却极力忍住,还痛骂锑朱砂,把发明的人也乱咒一顿,其实那药是什么东西,我一点不知道。西比翁看出我在取笑,也要插一嘴,就对桑格拉都道:"医士先生,我有个叔公是老派的医生,所以难怪我也和你一般见识,不赞成那些化学药剂。我那叔公已经去世,愿上帝对他的亡灵垂慈。他对希波克拉底真是五体投地,看到那些庸医瞧不起这位医学之王,常和他们争吵。亲骨肉总有相似之处,我也真想一手杀尽那些翻新花样的无知小子,就是说,你理直气壮痛骂的那些人。那起混蛋在世上为害真不小啊!"

那医生道:"你想不到害处多大呢。我出了一本书反对医生胡乱杀人,可是毫无用处,草菅人命的事反而一天一天多了。那些行手术的人,发疯似的想做医生,自以为尽做得,反正只要用些锑朱砂和呕吐剂,

---

① 桑格拉都大夫说话爱用拉丁文,这节里加引号的字句,原文都是拉丁文,或拉丁化的法文。

② 帕拉切尔苏斯(Paracelse,1493—1541),瑞士医学家,主张用化学药剂。

再随意来个脚上放血就成。他们甚至于把锑朱砂调在草头汤药和滋补的药水里,以为这样一来,名医处方也不过如此了。连修道院里都沾染到这种习气。有些修士又做药剂师,又做外科医生。这种冒牌医生研究了化学,配制些害人的药,为他们的修士催命。瓦拉多利现在有六十多所修道院,男女各半。你们算算他们的锑朱砂、呕吐剂、脚上放血法可以害死多少人!"我道:"桑格拉都先生,难怪你对那起毒药害人的家伙这样愤恨。我跟你同声一叹,同为人命担忧。他们治病的方法和你的完全不同,分明要害死人的。恐怕有一天化学要断送医学,好比伪币能颠覆国家一样。但愿天照应,这倒霉日子别就到眼前来!"

讲到这里,一个年老的女用人给医生送上一盘东西:一块又松又软的面包,一只杯子,两个瓶子,一瓶是水,一瓶是酒。他一边吃,一边喝。其实他喝的只是冲了水的酒,一份酒对三份水,可是这来给我捉住错儿,不免要埋怨他几句。我道:"啊呀!啊呀!医士先生,给我当场捉住!你向来反对喝酒,你一生的四分之三只喝白水;我听了你的话,十年来滴酒不入口,你怎么现在喝起酒来了?你打什么时候起这样言行不符的呀?你不能把年纪来推委;你文章里有一处下了个界说:'衰老就是使人干枯消损的天然痨病',因此你慨叹有些人愚昧无知,会把酒当做老年人的牛奶。你还有什么话替自己辩白呀?"

那老医生答道:"你这样攻击我真是冤枉。我要是喝不掺水的酒,你可以说我立法自坏;可是你瞧,我酒里对上许多水呢。"我道:"亲爱的老师啊,这又和你说的不合了。可记得,赛狄罗大司铎喝的酒搀了许多水,你也说他不对。你还是老实承认,你发觉自己错了,你著作里说喝酒伤身,其实并不然,只要喝来有节制。"

我说得这位医生有点不好意思。他的著作上明说酒是喝不得的,这话他无从抵赖;可是他又惭愧,又要争面子,不肯承认我责备得有理。他不知怎么回答,窘得说不上话。我免得他难堪,忙撇下这话不谈了。过一会儿我就告辞,临走还劝他对那些新兴的医生一辈子不要让步。我说:"桑格拉都先生,鼓起劲儿来!反对锑朱砂,不要懈怠;攻击脚上放血法,不要放松。你对正宗医学这样赤心爱护,假如还是敌不过那伙庸医,成规旧法还是给他们推翻,你至少已经尽力,可以问心无愧。"

我和我的书记回客店,一路上谈论着那医生的古怪可笑,忽然碰见个五六十岁的人,眼睛望着地,手里拿一大串念珠。我仔细一认,立刻认得是虔诚的慈惠院院长马尼艾尔·奥东内斯先生,我在这部书第一卷里曾经表扬过的。我做出毕恭毕敬的样儿,招呼他道:"道高德劭、规行矩步的马尼艾尔·奥东内斯先生,世界上照顾穷人最合适的人啊,我听候您使唤。"他听了盯住我打量一番,说看着有点脸熟,却记不起哪儿见过。我答道:"我想您记不得了,您不会留意到我。我有个朋友叫法布利斯·尼聂斯,从前在您家做用人,我那时候到您府上去过。"那院长很乖觉地一笑道:"啊!我现在记起来了,我分明记得你们两个伶俐孩子一起干的好些顽皮勾当。唉,那可怜的法布利斯现在怎么了?我一想到他,总挂念他的景况。"

我对马尼艾尔先生道:"我冒昧在街上招呼您,正因为有他的消息奉告。法布利斯现在马德里,专写些杂拌儿。"他道:"什么叫杂拌儿?我可不大明白。"我笑道:"我意思说,他或用诗体,或用文体,又编剧本,又做小说。一句话,这小子有点儿天才,阔人家把他当做上客的。"那慈惠院院长问道:"可是他的面包师对他满意吗?"我答道:"不如阔人家对他满意。咱们私底下说说吧,我想他不怎么有钱。"奥东内斯道:"啊!那是不用说的。随他怎样去伺候阔人,逢迎谄媚,卑躬屈节,他到手的好处比靠作品赚的还少。我对你预断一句,他总有一天要进慈惠院。"

我答道:"这一点儿不希奇。诗文把好些人送进慈惠院去了。我的朋友法布利斯要是一直跟着您先生好多着呢,到今天准发大财了。"马尼艾尔道:"他至少可以很富裕。我喜欢他,正要一步步提拔他,让他在慈惠院里脚跟站稳;他却异想天开,去充才子了。那疯子!他编了个剧本,给这城里的戏班子上演,那个戏很叫座,从此那位作者就着了魔。他俨然自以为洛佩·德·维加再世,宁可丢掉我替他筹划的实利,去追逐观众捧出来的虚名,就向我辞职了。我可怜他,想劝他回心转意。我劝他别丢了嘴里的骨头去抢水里的骨头影子①。可是劝也没

---

① 伊索寓言:狗衔了块骨头,在河边看见自己在水里的影子,就放下嘴里的骨头去抢水里的骨头影子。

用,那疯子要写文章发了狂,身不由己,我留他不住。"那院长又道:"他真是得福不知;只要看看他的后任,就是个很好的证据。那孩子不如法布利斯伶俐,却比他懂道理。他一心好好做事,讨我喜欢。我看他应该提拔,所以提拔了他。他现在慈惠院里占着两个职位,单靠那小的一个职位就尽够养活一大家人了。"

# 第 二 章

吉尔·布拉斯又上路,安抵奥维多。他家里
各人的情形。他父亲去世以及后事。

我们从瓦拉多利走了四天到奥维多。俗语说:强盗老远就闻到旅客身边金银的气味,我们却一路平安无事。其实他们倒有一注好买卖可做,只消地窟里来两个人,不费一点儿力就可以把我们的双比斯多抢去。我没在朝里练出胆量来,那赶车的贝特朗看来也未必肯为东家的钱袋舍命,只西比翁一人还会蛮拼几下。

我们赶进城,天已经黑了。我们下了个客店,跟我那位大司铎舅舅吉尔·贝瑞斯家很近。我想先打听一下家里各人的情形,再去相见。我知道这家店主夫妇对街坊上的事很熟悉,最好问他们。店主人仔细把我一端详就认得了,嚷道:"圣安东尼·德·巴德①在上!这是侍从先生布拉斯·德·山悌良那的儿子呀!"店主妇道:"真的!可不是他么!我一看就认得,简直一点儿没变,还是那个一肚子鬼主意的伶俐小子吉尔·布拉斯,那时候他拿着个瓶子来替舅舅买晚饭喝的酒,如在目前呢。"

我道:"大娘,你记性真好。请你告诉我一点儿家里的消息,我爹妈光景大概不好吧?"店主妇道:"给你一猜两着,他们苦极了,你怎么

---

① 传说圣安东尼·德·巴德(Saint Antoine de Pade,1195—1231)能保佑人失物重得。

也想不到的。贝瑞斯老头儿已经半身不遂,看来是日子不长的了。你爹新近就住在大司铎家,他得了肺炎,干脆说吧,他这会子正在挣命;你妈身体也不好,还得伺候两个病人。这是他们的景况。"

这席话打动了我的孝思。我把贝特朗和车马撇在旅店里;我的书记不肯相离,就跟我同到我舅舅家。我一到妈妈跟前,她心上立刻有种感应,虽然还没看清我面目,就知道是谁了。她拥抱了我,凄然道:"我的儿啊,来替你爹送终吧。你来得还是时候,还能看到这个凄惨景象,心上留个影子。"她说完领我进一间房,可怜的布拉斯·德·山悌良那奄奄一息,躺在里面一张床上。一看这张床,就知道做侍从的多么穷苦了。他已经罩在沉沉死气里,可是还略有知觉。我妈对他说道:"老伴儿啊,你儿子吉尔·布拉斯来了;他给你受了气,现在求你饶恕,还请你祝福。"我爹听了这话,睁开将要永闭的双目,盯着我看。他虽然病得昏昏沉沉,还看出我伤心舍不下他,也就很感触。他想说话,可是没力气了。我拉着他一只手,哭得他满手是泪,一句话也说不出。他就在这个当儿咽了气,仿佛专等我到了家,这口气才断得下。

我妈妈早就准备他要死了,所以还能节哀。我爹一辈子对我漠不关心,可是我也许比妈妈还要悲痛。儿子死了父亲已经伤心,我没有略尽子职,尤其懊恨。我想自己那么狠心,简直是个狼心狗肺的畜生,竟可说是个杀父的逆子。于是我又去瞧我的舅舅,他躺在另一张床上,看来很可怜。我一见又添了愧恨。我受他种种恩惠,这时都涌上心来。我埋怨自己道:"你这个丧尽天良的孩子,罚你瞧瞧自己家里人这样苦恼。他们靠大司铎的收入,好些东西买不起;要是你进监牢以前分一些多余的钱给他们,让他们能买来享受,也许你爹就不至于死了。"

可怜的吉尔·贝瑞斯已经返老还童,一点记性一点头脑都没有了。我抱住他跟他亲热,都是枉然,他好像全不知觉。我妈还只管告诉他:我是他外甥吉尔·布拉斯,他只傻瞪瞪地看着我,一句话不说。就算我对恩深义重的舅舅没有骨肉之情和感激之心,单看他那副可怜样儿也要恻然的。

这时候西比翁一言不发地陪我伤心;他眼看朋友这样,也同声叹息。我想妈妈和我分别了这么久,准要跟我谈谈,旁边有了个陌生男人也许不方便。所以我把他拉过一边,说道:"朋友,你去吧,到客店去歇歇,撇我在妈这儿好了,我们要长谈呢;谈的无非是家务事,你在这儿待着,也许这位老太太要多嫌你的。"西比翁怕碍着我们,就出去了。我和妈妈果然谈了个整夜。我们各把我离开奥维多以后的经历细讲了一遍。她把在别人家当女监护的苦恼,一五一十地讲个不休;我虽然没什么要瞒我书记,有些话却不愿意给他听见。不是我得罪妈妈,这位老太太实在有点啰唆,她要是讲得扼要,可以省掉四分之三的话呢。

她好容易讲完,我就讲我的事。我把所经所历轻描淡写地带过,但是提到油盐铺掌柜贝尔特朗·穆斯加达的儿子到马德里见我的事,就讲得很仔细。我道:"老实说,我很怠慢那小子。他要出口气,准对你们说得我很不堪。"她答道:"果然呀,他说你得了首相欢心,一团骄气,不屑认识他了;他对你讲我们怎么穷、怎么苦,你听了漠不关心似的。做爹妈的总袒护自己孩子,我们就不信你会那么坏。你这回到奥维多来,就可见你的确是好孩子,不是我偏袒;再看你这样悲伤,我再没有一点怪你的心了。"

我答道:"你太偏护我,小穆斯加达的话有点儿根由。他来看我的时候,我只想做官发财,利欲熏心,没工夫想到爹娘。他跑来一副村气,恶狠狠地对我说:你们穷苦得很,听说我比犹太人都有钱,特来劝我送些钱给你们;还破口骂我不把家里人放在心上。照我那时候的心境,对这种人自然不客气了。他那样直率,惹得我很生气,按捺不住,就推着他肩膀把他推出书房。我承认那番吵架是我不对,我应该想想:那油盐铺的小子无礼不是你们的错,而且他尽管说得不客气,究竟是良言。

"那是我撵走了穆斯加达以后才想到的。我虽然一腔火气,骨肉之情还没有泯灭。我想起对父母的责任一点没尽,不禁面红耳赤,良心内愧。可是我不能拿这个来替自己挣面子,因为我只想发财升官,一会儿就把那点惭愧的心压下去了。后来王上降旨把我关进塞哥维亚塔,我在牢里生了一场重病,亏得那场病救转了你这个儿子。说真话,我生过这场病,坐过这番牢,天良重现,对朝廷再没丝毫留恋。我厌恨那烦扰的日子,以后只求清静了。我这番到阿斯杜利亚,无非要接你去同享清福。我有个庄子在瓦朗斯境内,你要是愿意,就跟我同去,咱们在那儿可以过得很舒服。当然我也想接爹去的,天既然另有安排,但愿还能接了妈去;从前没孝顺她,但愿以后能尽心奉养,替自己赎罪。"

我妈妈道:"你这番意思很好,我很感激。要是没有为难之处,我一定干干脆脆跟了你去。可是你舅舅这般情形,我丢他不下;况且我在这里根生土长,离不开了。这事应该盘算周到,我还得慢慢地想一下再说。现在咱们且打算办你爹的丧事吧。"我道:"这事交给我带来的小伙子办去。他是我书记,人很伶俐,也很忠心,咱们可以放心托他。"

我刚说完,西比翁又来了;这时候已经天亮。他问我们这会子家里有了事,有什么用他之处。我说他来得正好,恰有要事嘱咐他。我对他讲了,他说:"成,出殡的全副排场我肚里已经有个谱儿了。这事都在我身上。"我妈道:"留心不要铺张,我丈夫的丧事越简陋越好,他是个最穷苦的侍从,城里人人知道的。"西比翁答道:"老太太,他再穷也得照我那排场,一个小钱都不能省。这桩事,我只为东家着想。他做过赖玛公爵的亲信,老太爷的丧事应该办得体面。"

我赞成我书记的主张,还吩咐他不要省钱。我还有点儿爱面子的心,这时候又活起来了。我爹没传下什么产业,我肯为他破费,自以为人家准会佩服我手笔阔绰。我妈呢,虽然说得很卑逊,但是丈夫丧事办得风光,总没什么不乐意的。我们就完全委托了西比翁,他马上把应办的事都办起来,准备安排个大出殡。

他办得太风光了。那出殡的仪仗非常豪华,惹得城里城外的人都恨我。奥维多地方无论贵贱,看了我那排场都不入眼,街谈巷议很扫我面子。一个说:"这暴发的走狗,奉养父亲,一个钱没有,替他办丧事倒有钱了。"一个说:"父亲活着孝顺点儿,比死了这样排场好多着呢!"总而言之,大家舌剑唇枪,一句不饶我,我成了众矢之的。他们这还不甘心,等西比翁、贝特朗和我出教堂的时候,又来侮辱我们,骂呀,嘘呀,一路掷石子,把贝特朗赶回客店。我舅舅的大门口挤了一大堆人,我妈妈只好出场声明她很喜欢我这样办,才算解了围。还有些人赶到客店里要把我存的车拆掉。亏得店主夫妇想法平了他们的火,没让他们干出来。

他们对我种种侮辱,也都是那油盐铺的小子到处骂我激出来的。我因此恨透了本乡人,决计马上离开奥维多;不然的话,我也许要耽搁好一程子。我把这意思干脆向我妈说了,她看人家那样待我,非常生气;我忙着要走,她一点不作难。她不过要知道我怎样为她安排。我说:"妈妈,既然我舅舅少不了你,我也不再勉强你同走。不过他看来挨不了多久了,你答应我,等他一死就到我庄子上来。你肯来就是表明爱我,我盼望着呢。"

我妈道:"这话我不能答应,因为办不到。我要在阿斯杜利亚了我余生,并且我要自己当家做主的。"我答道:"你在我庄上,不还是你当家做主吗?"她答道:"我可不知道了。你只要爱上个年轻姑娘,就会娶她;她是媳妇,我是婆婆,我们不能一处过日子。"我说道:"你愁得太远了。我一点儿不想结婚呢。等我想结婚的时候,我担保,准叫我老婆不问三七二十一全听你的话。"我妈答道:"你这个担保冒失得很,保人自己就保不住。只怕你捧着个老婆,就忘了骨肉天性;我要是跟你老婆有什么争吵,尽管她理屈,保不定你还是偏护她的。"

我的书记插嘴道:"老太太,您这话真对,我也是这样想,孝顺儿媳妇是少有的。您既然一定要住在阿斯杜利亚,我东家又一定要到瓦朗斯去,有个办法可以两便,他只要叫我每年给你送一百比斯多。这样一来,娘和儿子相隔二百哩,都可以过得很称心。"我们两造都赞成这办法。我就先付了一年的钱。我怕众人把对待圣艾田①的手段来待我,所以第二天一大早离开了奥维多。我在家乡受到的欢迎就是如此。平头百姓在外面发了财,想回故乡去充大人物,看了我就是个好榜样。他们越要卖阔,越招同乡的恨。

---

① 圣艾田(Saint Etienne),基督教殉教者,被犹太人乱石掷死。

## 第 三 章

吉尔·布拉斯取道瓦朗斯,到了李利亚斯。那田庄的一幅写景;庄上有什么人,怎样欢迎他。

我们从雷翁、巴伦西亚一站站走,走了十天到赛果伯。我的庄子离那儿只三哩路,我们过一天上午就到了。我们渐走渐近,我书记把两旁田野里一座座庄子都仔细端详,我瞧着很有趣。他每见一所大庄园,准要指着对我说:"我真希望那是咱们的隐居。"

我说:"朋友,我不知道咱们那庄子在你心目中是什么个样儿。我预先告诉你,你如果以为是高堂大厦,是座阔佬的庄园,你就大错了。你要是不愿意把空中楼阁自哄自骗,只要想象萨班乡下、悌勃河边、梅赛那斯送给贺拉斯的那所小房子①。堂阿尔方斯送我的礼跟那个不相上下。"西比翁道:"糟了,那我只好准备它是所草舍了。"我道:"草舍也还不是。不过你该记得,我向你形容那庄子,总说得它很简陋;我的描画是否确切,这会子你可以自己瞧。你顺着果达拉维亚河望过去,沿河挨着个约莫有九个到十个人家的小村子,一所房子有四个小阁的就是我的庄子。"

我的书记赞叹道:"啊呀!好精致的房子呀!有了那几座楼阁,自然就气象华贵,再加位置也适宜,建筑也讲究。人家专说上有天堂、下有赛维尔,这四周的风景比赛维尔那边还明媚可爱呢。就是让咱们自己挑,也挑不到再合我脾胃的了!说真话,我很喜欢那地方,既有清流灌溉,而且树林深密,日中可以在树阴里游散。好个清幽的

---

① 贺拉斯《讽刺诗集》第二卷第6首描写自己乡间的一个小庄子,风景幽美,远隔嚣尘,庄子里的设备虽不奢华,却很舒适。在欧洲文学里就立下个典型,尤其十七八世纪的作家常常描写这种田园或别墅。

所在！啊呀！亲爱的主人，看上来咱们准要在那儿常住下去了。"我说道："你喜欢咱们那窝儿，我很高兴。那里的乐趣，你还没十分领略呢。"

我们谈谈说说，已经到了庄上。西比翁一说是田庄主人吉尔·布拉斯·德·山悌良那大爷到了，立刻大门敞开。门上人听见这个名字肃然起敬，让车开进大院子。我下了车，沉甸甸地倚在西比翁身上，摆足了架子走进屋里。立刻就来了七八个家人，说是来参见新主人，又说堂西泽和堂阿尔方斯挑他们来伺候我的：一个是厨子，一个是他助手，一个是厨下打杂儿的，一个看门的，几个跟班，都奉命不得拿我一文小钱，家用开消全在那两位大爷身上。厨子叫做尤阿兴司务，是这群用人的头儿，话都是他说的。他献殷勤说，已经把各种好酒储藏了许多；又说，他在瓦朗斯大主教大人府上当过六年厨子，若要讲究吃，他自信总会烹调点儿提胃口的好菜。他又说："我准备做一席菜让您尝尝我的勺口儿。这会子还不开饭呢，大爷，您溜溜去，瞧瞧您这房子您大人是否住得。"

我当然要去瞧瞧房子，西比翁比我更有兴，拉着我一间间看。我们把整所房子从头层到底层看了一遍，处处留心，连一个角落都没漏掉，至少我们自以为全走遍了。每到一处，都不由我不感谢堂西泽父子的恩德。我特别喜欢两个房间，里面的陈设非常精致，却一点不奢华。一间里挂着个荷兰出产的壁衣，床椅都是丝绒的，虽然都是摩尔人侵占瓦朗斯时代的东西，却一点不破旧。另一间的陈设，精雅不相上下：壁衣床椅都是上代热那亚锦缎做成，一律黄色，镶着蓝的丝流苏。这些陈设在账单上写着没甚希罕，这里看见，才觉得非常珍贵。

我书记和我把形形色色细看一遍，就到饭厅上。桌子已经摆好，放着两份刀叉。我们坐下，送上来的炖什锦肉一到嘴就觉得味道真好，我们不禁替瓦朗斯大主教可惜，少了个会做这样菜的厨子。其实我们胃口也好，所以越吃得香。我的新用人拿大杯满满地斟上曼夏省的好酒，我们每吃一口菜，他们就送上酒来。西比翁乐得不得了，但是不敢当着用人流露出来，只拿眼睛向我示意；我也用眼色表示和他一样称心。接着来了一盘烧烤：一对肥嫩的鹁鸪，中间夹一只烤得香喷喷的小野兔子。我们忙放下炖肉,把烧烤吃了个饱。我们吃得像两个害馋痨的,酒量也跟食量相称;于是起身到花园里去找个凉快的好地方,舒舒服服睡午觉。

我的书记方才看了一处处地方都很满意;这回见了那花园尤其喜欢,以为不输艾斯古利阿尔王宫①的花园,真叫他观看不厌。堂西泽有时到李利亚斯来,他原来喜欢种花栽树,装点园林。园里有整齐的石子路,两边种着橘树;白色大理石的池子中心有一只紫铜狮子,嘴里喷着水;而且花也开得好,果子种类又多,都叫西比翁欣喜欲狂。他尤其爱那一条下坡的长路,夹道密树成阴,直通到庄丁的住处。我们一面赞赏这个避暑胜地,就歇下来坐在一棵小榆树脚下。两个酒醉饭饱的汉子一会儿就睡熟了。

我们睡了两个钟头,忽然被好几下枪声惊醒。那声音近得很,我们都吓一跳,忙起来到庄丁家去打听。只见那里聚了八个到十个庄稼人,都是本村住户。他们刚知道我到了,所以拿出年久生锈的枪来放几声庆祝一下。他们多半认识我,我当总管的时候到这庄上来办事,相见不止一次。他们这时一看见我,齐声高叫道:"我们的新主人万岁!欢迎您到李利亚斯来!"于是装上火药,再为我合放了一阵枪。我做出最和气不过的样儿向他们答礼,不过我觉得不该跟他们不拘形迹,所以和气之中却拿定身份。我答应庇护他们,还散给他们二十个比斯多,我相信这来很得他们的心。我让他们再放了一阵空枪,就跟我的书记回到树林里。新到手的产业真叫人喜欢,我们看了那些树木,只觉观之不足,一直在林子里盘桓到天黑。

厨子跟他助手和打杂儿的这会子正忙着做菜,这顿晚饭比午饭还要讲究。我们一进饭厅,简直呆住了。只见桌上当中是一盘四只烤山鸡,一边是锅烧兔子,一边是带汤煮的阉鸡;吃完这些,又送上小吃;猪耳朵呀,腌鸡呀,然后是奶油巧克力。我们喝了好些吕赛那出产的酒和其它许多好酒,觉得再喝要过量了,就打算睡觉去。我的几个跟班拿了蜡烛,领我到一间最精致的屋里,忙着伺候我脱衣服。我等他们送上便

---

① 艾斯古利阿尔(Escurial),西班牙的王宫,斐利普二世所造。

服睡帽,就打发他们出去,摆着主人架子道:"诸位去吧,今晚上不用你们了。"

我把他们都打发走,留下西比翁要跟他谈谈。我们先得意这回真是享福了。我书记快活得那股劲儿难以形容。我说:"嗨!朋友,两位李华大爷叫他们这样款待咱们,你觉得怎么样?"他答道:"说真话,我觉得不能再好了,但愿能够长久。"我道:"我却不作此想。我不应该让我的恩人为我这样破费,那就是看他们慷慨、一味沾光了。况且别人出钱雇的用人,我也用不惯,仿佛不是在自己家里似的。再说,我到这儿来没准备过得这样阔绰。好傻呀!咱们要用那么一大群用人么?没有的事,咱们已经有贝特朗,只要再有一个厨子、一个打杂儿、一个跟班,就尽够了。"虽然我书记巴不得永远受瓦朗斯都统的供养,却也不反对我这点清介。他依着我的意思,也赞成改革一下。商量停当,他就回房睡觉。

# 第 四 章

吉尔·布拉斯到瓦朗斯去,见了两位李华大爷,
谈了一番话;赛拉芬热诚欢迎他。

我脱了衣服上床,却一点不困,就一味前思后想。我想到两位李华大爷为我忠心,待我很厚,近来又给我这许多赏赐,真使我感恩入骨。我急要道谢,决计第二天就去看他们。我已经想象到跟赛拉芬会面的快乐,但是并非完全快乐;我去见她就要碰到萝朗莎·赛馥拉大娘,她大概还没忘掉打了我那一下耳光,不会喜欢见我。我想到这层,有点儿发愁。我这样万念纷纭,觉得困了,居然蒙眬睡去,直到第二天日高三丈才醒。

我赶忙起来,一心想着要去走这一遭,急急穿上衣服。我衣服刚穿好,我的书记来了。我说:"西比翁,我准备到瓦朗斯去呢,想来你不会

反对。我有这份小小的产业,全亏那两位爷,我急要向他们请安去;这是我应尽之谊,觉得一时片刻的迟延都是忘恩负义。朋友,你不用陪我,你留在这儿,过了八天我就回来。"他答道:"你去吧,先生。好好儿趋奉堂阿尔方斯和他爸爸。我觉得他们很赏识你对他们的心,也很感激你为他们出的力。这样的阔人真少有,随你怎样尊敬他们也是应该的。"我吩咐叫贝特朗准备上路。我一面喝巧克力,等他套车。临走我叮嘱家里用人,西比翁和我不分彼此,他的话就是我的话,不得违拗。于是我就上车。

不上四个钟头,我就到瓦朗斯了。我一直进了都统的马房下车,把车撇在那儿,叫人领着上这位大爷的房间去。他正和他父亲堂西泽在一起。我不拘礼节,自己开了门,恭恭敬敬上前道:"用人见主人不用通报,你们的老用人特为请安来了。"我说着就要下跪。可是他们拉住我,两人都拥抱了我,他们对我的一片真情完全流露出来。堂阿尔方斯道:"好!亲爱的山梯良那,你到李利亚斯去做主人了吗?"我答道:"去了,大爷,请您让我把那庄子还给您吧。"他道:"为什么呀?有什么地方不合你的意吗?"我答道:"那庄子是好极了,我喜欢得很。我只有一样不称心,您为我雇了大主教的厨子,用的用人比我要用的多了三倍,害您花费浩大,毫不实际。"

堂西泽道:"我们在马德里请你每年受我们二千杜加;你要是肯受,我们单把这座庄子送你就罢了。可是你没答应,所以我们觉得应该照我们那样办,来个扯直。"我答道:"这就过分了。我得了这座庄子已经心满意足,你们不该额外再加赏赐。我把意思老实说出来吧,那许多用人不但破费你们,也拘得我不自在。干脆一句话,两位大爷,让我在庄上自己做主,不然呢,就让我把那庄子还给你们。"我说得非常恳切,他们父子并不愿意勉强我,总算答应随我处理。

我谢谢他们许我便宜行事,否则我不会心安理得。这时堂阿尔方斯打断我道:"亲爱的吉尔·布拉斯,我要领你去见一位太太,她很想跟你会会。"他说完拉了我的手,领我到赛拉芬房里。她见了我欣喜得叫起来。那位都统道:"太太,咱们的朋友山梯良那到瓦朗斯来,我相信你也跟我一样高兴。"她答道:"这是千真万确的。我从前受他的恩,过了这些时候并没忘记;他又为你出过力,我不但自己感激,还代你感激呢。"我对都统夫人说,我从前拚了命和伙伴一同救她,虽然冒些危险,却不值得他们这样重谢。我们彼此客套了一顿,堂阿尔方斯就陪我出来。堂西泽正在客堂里招待许多来吃饭的贵宾,我们也跑了去。

这些贵客跟我招呼都很客气。堂西泽说起我做过赖玛公爵的机要秘书,他们越发多礼。他们大半也许还知道堂阿尔方斯做到瓦朗斯都统是靠我的力量,因为事情总会泄漏出来的。不管究竟如何,反正那天席上大家谈论的无非是那位新任命的红衣大主教。有的人很捧他,不知道是出于真心还是口头上的假话;有的人皮里阳秋,明赞暗骂。我看透他们想激我批评大主教大人,要听我挖苦取笑他。至少我猜想他们是这意思,我也很想把肚里的话说出来,可是我忍住没说。靠这点克己功夫,我在诸君心目中显得很稳重谨慎。

饭后客人各自回家午睡。堂西泽父子也觉得困倦,都回房休息。

我久闻瓦朗斯是个漂亮城市,急要去观光一下,就出了都统府邸,想上街走走。我在大门口碰到个人,恭恭敬敬迎上来道:"我可以向山悌良那先生请安吗?"我问他是谁。他答道:"我是堂西泽的亲随。您做总管的时候,我是个跟班。我天天早上总来向您请安,您很照应我。我常把府里的事来告诉您。譬如有一天,我告诉您李华村的外科医生偷偷儿到萝朗莎·赛馥拉大娘房里去,您不记得吗?"我答道:"我一点儿没忘记呀。说起这位女监护,她现在怎么了?"他答道:"唉!那可怜虫!您走之后,她病恹恹的就死了。赛拉芬还舍不得她,堂阿尔方斯却并不怎么惋惜。"

堂西泽的亲随把赛馥拉病死的消息告诉了我,道歉说,耽搁我了,就让我走路。我想到这个可怜的女监护,不禁叹息。我心中不忍,怪自己害了她,没想想她结果这样苦不关我的操守,却是她那毒瘤作祟。

我把城里名胜一处处都游览到。大主教府邸用大理石造成,庄丽悦目;交易所的门楼也很美观。我又留心到一所大厦,许多人都往里拥。我不懂为什么那里聚了大群男女,近前去一看,看见门额上有块黑色大理石,刻着"大戏院"几个金字,才恍然大悟。戏院的招子上说,今天首次上演堂加布利尔·特利阿盖罗①新作的悲剧。

# 第 五 章

吉尔·布拉斯上戏院观看新悲剧,那戏很叫座。瓦朗斯看客的识见。

我在戏院门口站了一会儿,看看进去的人。各式各等都有。有些绅士相貌漂亮、服装华丽;有些人形容委靡、衣衫褴褛。有些是贵妇人乘了马车来看戏,预先定下包厢;有些是女骗子,来勾引男人的。我瞧见这群看客鱼龙混杂,无所不有,也勃然兴动,想去凑个数。我正要买票,都统夫妇到了。他们在人堆里看见我,叫人来请,带我上他们的包厢。我就坐在他们背后,跟两人说话都方便。

戏院里上上下下客满,池子里挤得结结实实,戏台旁边挤满了佩武士勋章的爵士;三种武士章这里都能见到。我对堂阿尔方斯道:"到的人真不少。"他答道:"这不足为奇,上演的悲剧作者是堂加布利尔·特利阿盖罗,大家称为时髦诗人的。戏招子上一贴出这位作家的新剧本上演,瓦朗斯就全城轰动。不论男女,无非谈这个戏。包厢全数定掉,第一天上演只有池子里的座位不涨价,因为那部分看客碰不得,惹火了不是玩的;其他各种座价尽管长了一倍,戏院门口的人还拚着命要进来呢。"我说道:"真是发疯!看客对堂加布利尔新编的戏这样先睹为快,迫不及待,这位诗人想必是个大天才了。"堂阿尔方斯道:"且慢,别心里先横着成见。有的戏卖弄小聪明,使看客一时眼花缭乱,要到剧本印了出来,才断得定好坏。"

---

① 特利阿盖罗(Triaquero),原意是走江湖卖假药的骗子,勒萨日借这个名字来影射同时代大作家伏尔泰,详见莫利斯·阿兰(Maurice Allem)编注本《圣伯夫(Sainte-Beuve)论法国大作家》第十册第19页又第26页。

讲到这里，戏开场了，我们连忙屏息静听。才道开场白，台下就鼓起掌来，每一句诗都引起哄然彩声，每演完一幕，全场掌声雷动，仿佛戏院都塌下来了。戏演完了人家把这个剧本的作者指给我看，他正跑到一个个包厢里去，低着脑袋虚心领受先生太太们给他戴的一顶顶桂冠。

我们回到都统府第，一会儿来了三四位爵士；另外又来两位老资格的作家，在他们本行里都是有声望的；还有一位马德里来的绅士，人极聪明，也很有眼光。这些人都是刚看了戏。晚饭席上，大家无非讲这个新戏。一位授圣雅各勋章的爵士道："诸位先生，你们觉得这悲剧怎么样？也像我一样感动吧？真算得十全的作品。命意超妙、情致缠绵、诗笔雄健，样样都到家。总而言之，这个戏曲是用上流有身份人的腔吻写的。"一位授阿尔冈达拉勋章的爵士道："我想这是谁也没得说的。剧本里好些句子仿佛竟是阿波罗①口授的，情节的安排也巧妙无穷。"他又对加斯狄尔来的绅士道："我请教这位先生吧，我觉得他很有讲究，我可以打赌，他一定跟我所见略同。"那位绅士含讥带讽的笑道："爵士先生，且不要打赌。我不是本地人。我们在马德里不这样立刻下案语。我们才听过一遍戏文，决不就断定好坏；戏子嘴里念来虽然动听，我们并不作准。我们尽管感动，总要读过剧本再说。一个戏在台上演来好看，其实白纸黑字读起来就未必那么有趣。"

他接着道："我们先要把一件作品细细看过，才肯称赞，不论作者的名气多大也唬不倒我们。就是洛佩·德·维加和卡尔德隆②的新戏上演，人家尽管佩服他们，批评起来却一点不放松；要真正值得捧，才捧得天高呢。"

授圣雅各勋章的爵士插嘴道："唷！得了！我们可不像加斯狄尔地方诸位先生那么胆小。我们要断定一个剧本是好是坏，不必等它出

---

① 希腊神话：阿波罗（'Apollon）是诗与音乐之神。
② 卡尔德隆（Pedro Calderón de la Borca，1600—1680）是继洛佩·德·维加而起的西班牙大戏剧家。照小说中年代考来，赖玛公爵新任红衣大主教时，他才十八岁，还未成名。勒萨日这里的洛佩和卡尔德隆暗指高乃依（Pierre Corneille，1606—1684）和拉辛（Jean Racine，1639—1699）两位十七世纪法国大戏剧家。

版，只要看了头场戏就完全知道了。我们也不用聚精会神地听，知道是堂加布利尔的手笔，就拿准不会有毛病。这位诗人该算是划时代的，从他起才开始有高雅的作品。洛佩和卡尔德隆之流和这位戏剧大师一比，只是学徒罢了。"那位马德里的绅士把洛佩和卡尔德隆看做西班牙的索福克勒斯和欧里庇得斯①，听了这派狂言，大吃一惊。他不服气，愤然道："这种剧评简直是非圣无法！诸位先生，你们既要我看了头场戏来下断语，我就说吧。你们这位堂加布利尔新编的悲剧，我看并不好；非但算不得杰作，而且毛病百出。他的戏曲装点得华而不实。里面四分之三的句子，不是修辞恶劣，就是押韵牵强。而且人物写得不自然、不贯串，意思也往往很含糊。"

同席两位作家怕人家怀疑他们嫉妒，始终没开口。这样持重实在难能可贵。但是他们听了那绅士的话，眼睛里不免流露出赞许之意。我因此知道他们一声不响是世故，并非那个剧本无懈可击。几位爵士又把堂加布利尔没口称赞，直把他捧得天上有、地下无。这种滥赞瞎捧惹得那位加斯狄尔绅士不耐烦了。他忽然像鬼神附上了身，举起两手，喊道："啊，高妙入神的洛佩·德·维加，你是少有的大天才，加布利尔之流想赶上你，真望尘莫及呢！婀娜多姿的卡尔德隆！你诗笔温雅，精洁而不浮夸，谁也学不来。文艺女神新拣的那个野孩子推不翻你们的宝座。后世对你们还会像现代一样欣赏；可是要有人再会提到他的名字，就很便宜他了！"

大家没料到他会开玩笑嚷着古人的名字通诚一番，逗得大笑；他们欣然散席，各自回去。堂阿尔方斯已经叫人为我铺设好卧房，他这时吩咐用人领我去。床被很舒服，我这位大爷就上床睡觉；临睡想到那些无识之徒冤屈了洛佩和卡尔德隆，不免和那加斯狄尔绅士一样的感慨。

---

① 索福克勒斯(Sophocle，公元前499或497—前405)和欧里庇得斯(Euripide，公元前480—前407或406)是希腊两大戏剧家。

## 第 六 章

吉尔·布拉斯在瓦朗斯街上闲步,
碰见个脸熟的修士,原来是谁。

前一天我来不及逛遍全城,所以第二天起来又出门去,想再走走。我在街上看见个苦修会的修士,大概正忙着干他会里的事。他走路两眼不抬,一副虔诚的样子,惹得人人注目。他挨着我过去,我看他像堂拉斐尔,就是在这部书头两本里充一个要角的那位骗子。

我这次碰见他大出意外,待了一下,没上去招呼;他已经在这个当儿走远了。我心上想:"天啊!两个脸竟是一模一样的,什么道理呢?果然是堂拉斐尔吗?难道竟会不是他吗?"我觉得这事蹊跷,忍不住要去打听个水落石出。我问明了到苦修院去的路径,马上赶去,指望能在那人回苦修院的时候再碰见,我打定主意要拦住他谈几句话。可是不用等他回来,我就知道真相了。我一到苦修院门口,又看见个熟脸,就此疑团打破。我认得那看门的修士正是我从前的亲随安布华斯·德·拉莫拉。你们可以料想我多么吃惊。

我们在这个地方重逢,彼此一般诧怪。我招呼他道:"我没看错吧?咱们不是老朋友吗?"他一上来不认识我,大概是假装。可是他一看假装不成,就做出恍然记起旧事的样子,说道:"啊,吉尔·布拉斯先生,请别见怪,我竟不认得你了。我进了这圣洁的地方,一心恪守清规,从前在外面所经所历都渐渐忘怀,尘世的形形色色,我心上影子都没有了。"

我说道:"我和你一别十年,现在看你披上了庄严的道袍,真是高兴。"他答道:"你曾经亲眼见我为非作歹,我现在这般装束,见了你很觉得惭愧。我看着身上这件袍儿,时时刻刻悔恨从前的罪过。唉!"他长叹了一声道:"我应该一向清清白白,才配穿这件道袍。"我答道:"我听了你这话很喜欢,亲爱的修士,分明是上帝点化了你了。我再说一遍,我看了你这样非常高兴。我刚在城里看见堂拉斐尔穿了苦修院修士的服装,我想一定是他。我心痒得要死,真想知道什么个奇迹会把你们两人引上这条正路。我后悔没当路拦住他讲话,所以到这儿等他回来,可以挽救这桩憾事。"

拉莫拉道:"你一点不错,你看见的正是堂拉斐尔。你问的事呢,我来讲给你听。陆珊德的儿子和我跟你们在赛果伯附近分手之后,就取道往瓦朗斯,想去做几注买卖。有一天我们偶然跑进苦修会教堂,恰好那些修士在堂里唱圣歌。我们把他们细细端详,领会到混蛋看见了美德会油然生敬。我们钦佩他们祈祷的虔诚。他们那副清心寡欲、无贪无恋的神情,他们脸上一团静穆之气,见得内心舒泰。

"我们看在眼里,都沉思起来,这对我们身心很有益处。我们把自己的品行和这些好修士的比一下,觉得相去很远,不禁惶恐不安。我们出了教堂,堂拉斐尔说:'拉莫拉,你看了他们,觉得怎么样?不瞒你说,我心里很七上八下。我从来没这样震荡过,这才头一回责备自己为非作歹。'我答道:'我跟你有同感,我的罪过这会子都冒上心头,我从来不知道什么叫懊悔,现在却痛悔前非了。'我的伙伴儿说:'哎,亲爱的安布华斯,咱们是两只迷途的羔羊,天父慈悲,要领咱们回到羊群里去。朋友,是他在叫唤咱们。咱们别堵着耳朵不理会,别再干诈人骗人的勾当了,结束了荒唐生涯吧。由今天起,咱们要为拯救自己的大事努力,应该进这个修道院去志诚忏悔,了咱们的余生。'"

安布华斯修士接下道:"我赞成拉斐尔的意思,我们立下了弘愿,要进苦修会修行。我们就去见苦修院的院长。他听了我们的志愿,要试试我们是否有根基,派我们各住一间斗室,把我们当修士般约束了整整一年。我们谨守清规,始终如一,就蒙他们收留,做了初学的修士。我们很满意,而且一腔热忱,对初学修士的苦行一点也不怕。于是我们宣誓入会。他们觉得堂拉斐尔有干才,就挑他去帮助管庶务的老神父。陆珊德的儿子那时只求养性修行,恨不得整日整夜都花在祈祷上。不过会里既然要用到他,他只好抛弃自己的爱好。他渐渐对修道院的一切生财之道都熟悉了,三年后老庶务去世,人家觉得他可以继任。堂拉斐尔现在就做这个位子。会里的修士很称赞他善于经营,他办的事可说是人人满意的。他虽然掌管银钱出入,看上去一心只想着永生极乐,这一点是最意想不到的事。他事情一空就潜心默祷。总而言之,他算得这修道院里一个优秀人物。"

这时候我看见堂拉斐尔来了,不胜欣喜,打断拉莫拉道:"他来了!这位超凡入圣的庶务叫我等得好心焦啊!"我一面就赶上去把他拥抱了一会儿。他随我拥抱,见了我也不露一点惊奇的神气,柔声道:"该颂赞上帝,山悌良那先生,我又能和你相见,真该颂赞上帝。"我答道:"说真话,亲爱的拉斐尔,我满心为你快活。安布华斯修士已经把你改邪归正的事源源本本告诉了我,我听了很高兴。两位朋友啊,上帝只选中不多几人永生极乐,你们两位居然可以自慰也算在里面,太便宜了!"

陆珊德的儿子满面谦逊,答道:"像我们这样两个混蛋,不该抱那样的奢望。不过犯了罪只要忏悔,慈悲的天父会饶恕的。吉尔·布拉斯先生,你也想到怎么求他饶恕你的罪过吗?你到瓦朗斯来干什么?别不巧来干什么坏事吧?"我答道:"不是的,谢天。我自从离开朝廷,所作所为都不失为正人君子。我有座田庄在城外附近。我有时在庄上住,享田居之乐;有时上瓦朗斯都统家来玩玩,他是我的朋友,你们俩也跟他很熟。"

于是我把堂阿尔方斯·德·李华的故事讲了一遍。他们听得很留神。我说起我们从前抢萨缪尔·西蒙的三千杜加,那位大爷已经派我去送还原主,拉莫拉插嘴对拉斐尔道:"伊莱尔神父,照这样说来,那开店的家伙没什么抱怨的了,他抢掉的钱已经加上重利还他。这件事咱们俩可以安心。"那圣人庶务道:"安布华斯修士和我在进会以前,悄悄地托一位诚实的教士捎了一千五百杜加给萨缪尔·西蒙。那位教士不辞辛苦,特地到才尔瓦去送还了那笔钱。山悌良那先生已经把抢的钱全都还给萨缪尔,他还拿得进咱们那钱,那是他自作孽了。"我说道:"可是你们那一千五百杜加确实送到了他手里吗?"堂拉斐尔道:"没错儿!我能担保那个教士诚实可靠,就像担保我自己一样。"拉莫拉道:"我也可以担保。他是一位道高德劭的教士,惯替人家当这种差使。他为了经手的款子打过两三回官司，都是他打赢的，讼费也由对方出账。"我道："既然如此，就不用说了，送还的款子准有牢靠的着落。"

我们又谈了一会儿，他们劝我常要有畏惧上帝之心；我请他们为我祈祷，于是我们分手。我赶忙回去找了堂阿尔方斯道："您可知道我刚才跟谁在长谈，您再也猜不到！我刚和两位苦修会的修士分手，都是您的旧相识，一位叫伊莱尔神父，一位叫安布华斯修士。"堂阿尔方斯道："你弄错了，我不认识什么苦修会的修士。"我答道："对不起，您在才尔瓦见过的宗教法庭检察官就是安布华斯修士，那书记就是伊莱尔神父。"都统吃惊道："啊呀！天哪！难道拉斐尔和拉莫拉会进苦修会吗？"我答道："真有其事呀。他们已经进会几年了。拉斐尔是苦修院的庶务，拉莫拉是看门的。一个管钱箱，一个管大门。"

堂西泽的儿子寻思了一番，摇头道："我看这位宗教法庭的检察官老爷和他那个书记要在这里串一出新把戏呢。"我答道："也许。不过我跟他们谈了一会儿，说老实话，我想他们不至于如此。当然，知人知面不知心，不过看样子那两个坏蛋改邪归正了。"堂阿尔方斯道："这种事也有。好些荒唐鬼无法无天，震惊一世，后来却进了修道院去苦修忏悔。我希望咱们这两位修士也是这一类。"

我说："哎！怎见得他们不是呢？他们是自愿进会的，况且已经循规蹈矩过了好多年了。"那都统答道："随你怎么说，我总觉得修道院的钱箱在伊莱尔神父手里可不妙，我信不过他。我想到他那篇有趣的经历，就替苦修会的修士担忧。我但愿能像你一样，相信他们进会是出于一片志诚。不过金子放在眼前自会引起贪心；把戒了酒的酒鬼关在酒窖里总不妥当。"

过了不多几天，堂阿尔方斯的怀疑就证实了，管庶务的神父和那个看门的修士拐了钱箱不知去向了。这消息立刻哄传全城。那些爱刻薄的人不免挖苦嘲笑一番。他们看见广有财源的僧侣碰到些不如意事，老是幸灾乐祸的。都统和我很为苦修院的修士惋惜，可是没向人夸说早认得那两个叛教徒。

## 第 七 章

吉尔·布拉斯回到李利亚斯庄上,西比翁告诉他一个好消息;他把家里改了个样儿。

我在瓦朗斯富贵场中过了八天,起居饮食就像伯爵侯爵一般。看戏呀,跳舞呀,听音乐呀,宴会呀,和贵妇人谈话呀——都是承都统和他夫人的情想法儿给我的消遣。我对他们奉承得非常好,他们看我要辞别回李利亚斯,很依依不舍。分手之前,他们定要我答应每年一半时候在乡间过,一半时候到他们家去住;约定我在瓦朗斯过冬,在那个庄上过夏。讲定之后,我的几位恩人才放我去领受他们的恩典。于是我取道回李利亚斯,觉得这趟出门很称心。

西比翁急急等着我回家,见了我很快活,又听我讲了出门以后的种种,越发高兴。我说道:"朋友,我不在家,你日子怎么过的呢?过得有趣吗?"他答道:"当然最好是有你主人在家,不过我也尽量寻快乐的。我把咱们这小小的庄子南北东西都走遍了。这树林里有一股清泉;阿尔布妮亚住的树林里不是有个圣泉,满林子都是泉水的声音吗①,咱们的泉水就跟那个泉一样清澈。我有时候坐在泉水旁边,看看水波明丽,欣然有会;有时候躺在树下,听听鸟语莺啼。长话短说,我打过猎,钓过鱼,还读了好些既有益又有趣的书,觉得比什么消遣都好。"

我连忙截断我书记的话,问他书是哪儿来的。他道:"这田庄上有一间很好的藏书室,尤阿兴司务带我去的。我看的都是那儿的书。"我道:"哎!你说的藏书室究竟在哪儿呀?咱们来的那天不是把整所房

---

① 阿尔布妮亚(Albunéa)是古罗马传说里一个女神巫,住在悌勃(Tibur)河上的树林里。勒萨日"满林子都是泉水的声音"这句话是从贺拉斯《颂歌集》第一卷第 7 首生发出来的(见"勒勃古典丛书"本第 22—23 页)。

子都看遍了吗?"他答道:"你自以为看遍,可是我告诉你,咱们只看了三座阁,把第四座漏掉了。从前堂西泽到了李利亚斯,常在那藏书室里看书消遣。里面有很好的书。明儿咱们花园里花谢了,树林里叶子落了,无可消遣的时候,他们留下的书可以供你怡神解闷。两位李华大爷事事周到,不但养你口腹,还养你的性灵呢。"

我听了这话大喜。我叫他领着到第四座阁里,一看很中意。有一间房是从前堂西泽的卧房,我就决定自己住。那位爷的床和其他陈设都还是原来的样子,陈设不过是一幅壁衣,上面织的是罗马人强奸萨冰女人的故事①。外间是书房,四壁都是矮书橱,装着满橱的书,橱上面挂着历代帝王的画像;窗下摆一张乌木书桌,桌子前面放一张黑摩洛哥皮的大沙发椅,窗外一片田野,风光明媚。可是我特别留心的却是那些藏书。里面有哲学著作,有诗集,有历史,还有许多武侠小说。我想堂西泽一定爱看这种小说,所以收藏很富。我老实说,惭愧得很,这种书里的情节虽然荒唐怪诞,我却不讨厌。也许因为我那时看书并不苛求,也许西班牙人吃这一套。不过我得把话替自己说回来,我顶喜欢的是那种讲道论德而不沉闷的书;我爱读的作者是鲁辛、伊拉斯谟斯②、贺拉斯。

我把藏书约略看了一遍,对西比翁道:"朋友,这些书够咱们消遣的了。不过咱们还有一件别的事要干,比什么都要紧:咱们当家过日子得改个样儿才行。"他道:"这事我不叫你费心了。你走之后,我把你那些用人细细观察,我敢说都认清了。就从尤阿兴司务说起吧。我相信他是个十足的混蛋,从前在大主教府上一定是账目出了毛病砸掉饭碗的。不过咱们还是留他,有两个原因:第一他会做菜;第二他逃不过我的眼睛,一举一动有我看着,除非调皮透顶才哄得过我呢。我昨天对他说,你打算回掉四分之三的用人,我看出他听了这消息有点儿着急。他甚至于对我说,他喜欢伺候你,宁可工钱减半也舍不得别处去。因此我

---

① 萨冰(Sabine)是古罗马邻国。古罗马开国之君罗慕路斯(Romulus)设宴诱萨冰人赴席,就叫手下兵士奸掳萨冰女人。

② 鲁辛(Lucien,约生于120年),古希腊讽刺家;伊拉斯谟斯(Erasme,1467—1536),荷兰大学者,亦有讽刺作品。

疑心这村上准有什么小姑娘他放不下。"又道:"那厨子的助手是个酒鬼,看门的是个蛮横无理的家伙,都用不着。还有那个打猎找野味的也可以省。这事我能胜任,咱们这儿有的是鸟枪火药子弹,我明天显些本事你瞧好了。那些跟班呢,里面有个阿拉贡人我觉得是个好孩子,咱们留了他。其余都不是东西。就算你要用一百个用人,我也不劝你用他们。"

我们仔细盘算了一番,决计留一个厨子、一个厨下打杂儿的和一个阿拉贡人,其余的都好好儿打发。西比翁从我们钱箱里拿出几个比斯多,代我发给他们,当天就把这事记上账。我们这样一整顿,又把家事处理得井井有条,每个用人都有一定的职务,于是我们就自己当家过起日子来。我是粗茶淡饭也就知足了,不过我的书记却贪口腹,爱尝好烹调,不肯辜负了尤阿兴司务的手段。这厨子大显本事,每天做的中饭和晚饭就像贝那丹会修士的饭食一样讲究。

# 第 八 章

吉尔·布拉斯爱上了美人安东妮亚。

我从瓦朗斯回李利亚斯两天以后,佃户巴西尔在我起床的时候来参见,说他女儿安东妮亚想拜谒新主人,能否引她进来。我说很欢迎。他出去了一会儿,带着美人安东妮亚进来。我觉得美人的名称她当之无愧。这位姑娘大概有十六到十八岁,相貌端正,颜色鲜妍,一双眼睛真是世间少有。她穿的不过是哔叽,可是体态丰盈,举止庄重,而且风韵优雅,那是年轻姑娘里少有的,看着叫人不觉得她衣服朴素。她没戴帽子,只把头发挽个髻,簪一束花,像古代斯巴达女人的打扮。

她走进来,我一见她的美貌,目迷神眩,仿佛查理曼大帝朝上的武士见了美丽的安日丽克公主一样。① 我接待她的时候原该安闲自在,奉承她几句,再恭维她爸爸好福气,有这么个漂亮女儿。可是我仓皇失措,目瞪口呆,一句话也说不上来。西比翁看我窘,就代我应酬,少不得对这可爱的姑娘称赞一番。我那时披着便服,戴着睡帽,在她眼中看来并不显得华贵。她落落大方,对我行了个礼,还说了句应酬话,虽然是句常谈,却风魔了我。我的书记跟巴西尔父女俩互相客套的当儿,我心神渐定,方才呆若木鸡,这会子又矫枉过正,仿佛要想补救的样子。我满口奉承,一盆火热,把巴西尔吓坏,他以为我是那种变尽花样去引诱安东妮亚的人,赶忙带了女儿出去,大概打定主意再也不让我见她的面了。

西比翁看见旁边没人,笑吟吟地说道:"山悌良那先生,又多了个解闷的方法了! 我不知道你佃户有这样漂亮的女儿。我虽然到他家去过两回,却从没见过。他一定把女儿藏得严严密密,这也难怪他。吓!好一块肥羊肉!"又道:"我想这话不用我说了吧,你一见她就颠倒了,都落在我眼里。"我答道:"我承认的。哎,朋友,我仿佛看到了天上神仙,一见生情,遭雷劈也没那么快。"

我的书记狂喜道:"你居然爱上了人,我真高兴。你在这儿隐居享福,一应俱全,只欠个情人。谢天! 现在可齐全了!"又道:"我知道巴西尔防范很严,瞒过他不容易。不过这事在我身上。我打算不出三天就设法叫你和安东妮亚幽会一次。"我说道:"西比翁先生,尽管你拉纤本事大,恐怕办不到吧。不过我并不想试你的本事,我决不愿意引诱这位姑娘,我觉得不该对她存这种心。我倒不用你帮我去引坏她;假如她心上还没有人,我打算托你做个媒,娶她做太太。"他道:"我没想到你突然打定主意要结婚。别的一乡之主在你这境地,都不会这样以礼相求;他们要没法儿哄得安东妮亚上手,才肯正式娶她呢。不过你别以为我不赞成你这样用情,我倒是非常赞成。你佃户的这位姑娘当得起你

---

① 安日丽克(Angélique):意大利文艺复兴时大诗人布阿雅都(Boiardo)有名的叙事诗《痴情颠倒的奥兰都》(Orlando Innamorato),写中国(Cataio)皇帝派他女儿安日丽克到法国查理曼大帝朝上来诱惑基督教武士,害得他们都神魂颠倒。勒萨日所引,见此诗第一卷第一节第21—23行。

抬举,只要她一颗心还没有主儿,对你的殷勤也不是木然无动。我今天去找她爸爸或是和她本人谈谈,就会知道。"

我的心腹是说了话很当真的人。他悄悄地去看了巴西尔,晚上到我书房来找我。我正在那里等他,又焦急,又有点担忧。我看见他笑容满面,觉得是好兆,说道:"你一脸喜色,大概要来告诉我不久可以如愿了。"他答道:"是啊,亲爱的主人,什么都顺手。我见过巴西尔和他女儿,把你的意思对他们讲了。那位爸爸听说你想做他的女婿,高兴得很。我还可以告诉你,安东妮亚也喜欢你。"我喜极欲狂,插嘴道:"天哪!怎么的!我竟有福气能赢得这位可爱的姑娘喜欢吗?"他答道:"你放心,她已经爱上你了。当然她嘴里没那么说,不过我瞧她知道了你的意思喜形于色,就拿稳她是爱你的。可是你有个情敌。"我失色道:"情敌!"他答道:"别着急,这个情敌不会得到你意中人的欢心。他就是你的厨子尤阿兴司务。"我大笑道:"啊!那家伙!所以他满不愿意离开我这儿呢!"西比翁答道:"正是这缘故。前几天他向安东妮亚求婚,她婉言拒绝了。"我道:"你瞧怎么样,我觉得咱们该乘早打发了他,别等他知道我要娶巴西尔的女儿。你知道,厨子是个危险的情敌。"我的心腹答道:"你这话很对,把细起见,咱们家得裁人。我明天一早乘他还没有动手做菜就辞退他。你就不必提防他的烹调,也不必提防他的爱情了。"接着又道:"去了这么个好厨子我倒有点儿舍不得。不过你的性命要紧,我顾不得口腹了。"我说:"你不用这样放他不下,他不是少不了的,我可以从瓦朗斯弄个手段相当的厨子来。"我果然立刻写了封信给堂阿尔方斯,说要个厨子。第二天他就送来一个,西比翁一吃他的菜就很称心。

这个热心的书记虽说看透安东妮亚的心,以为她颠倒了主人家很得意,我却不敢信以为真。我恐怕他是误会。我要问个着实,决计亲自跟安东妮亚美人儿谈谈。我因此到巴西尔家,把我媒人说过的话又申明一遍。那好佃户是个诚朴直爽的人,听了我的话,就说他很愿意把女儿配我,又说:"可是至少请你别以为我看你是一乡之主所以应允。就算你还是堂西泽、堂阿尔方斯的总管,我在许多追求我女儿的人里面还是挑你的。我向来喜欢你,只是安东妮亚没有大注的陪嫁银子带给你,这是我的憾事。"我道:"我不求她什么嫁妆,我只爱慕她这个人。"他嚷道:"你先生在上,区区不是这个打算。我不是穷光蛋,不会这样嫁女儿的。谢天!我巴西尔·德·玻诺悌果陪得起女儿呢。你会供给她午饭,我就会叫她供给你晚饭。干脆一句话,你这庄子一年不过收五百杜加,加上陪嫁,我叫你一年有一千杜加的收入。"

我答道:"亲爱的巴西尔,随你爱怎么样都好,你我不会为了点儿小利吵起架来。咱们俩已经讲妥,只等你女儿答应了。"他道:"我已经答应你,难道还不行吗?"我答道:"还欠着点儿。你的准许当然少不了,她的允可也一样要紧。"他道:"她肯不肯全看我。我倒要瞧瞧,她敢在我面前咕哝一声儿!"我答道:"安东妮亚恪遵父命,一定百依百顺。但是我恐怕她心里不愿意,万一有个委屈,我害了她不快活,一辈子不安心的。总而言之,你尽管把她许给我,还得她本人愿意才行呢。"巴西尔道:"好吧!我不懂这套大道理,你自己跟安东妮亚说去,你回头瞧,除非我糊涂透顶,她嫁你再称心没有了。"他说完叫了女儿来,撇下我跟她两人谈一会儿。

我乘这千金难买的机会,立刻言归正传,说道:"美丽的安东妮亚,我的命运在你手里,请你决定。虽然你爸爸已经把你许给我,你可别以为我会拿他的准许来勉强你。假如你并不愿意,不过是逼于严命,你只要说一声;尽管我娶到你是个天大之喜,我也肯割舍的。"安东妮亚脸上略为红了红,答道:"我没有那意思。你来求婚我很乐意,哪会不愿意呢。我很赞成爸爸的挑选,并不觉得委屈。"接着道:"我这话不知道说得是否得体。不过我要是不喜欢你,我会对你直说;为什么反过来的话就不能照样直说呢?"

我听了不由得喜欢,屈一膝向安东妮亚跪下,乐极欲狂,捧着她一只玉手,亲亲热热吻了一下道:"亲爱的安东妮亚,我喜欢你直说,你再说下去,别拘束。你是跟自己的丈夫说话,不妨把心里的意思都抖出来。照你这话,我可以自慰,你是愿意跟我同甘共苦的了。"这个当儿巴西尔来了,没让我说下去。他急要知道女儿的回答,她要是对我露一点嫌恶的意思,就准备骂她一顿,所以又跑来。他对我说道:"嗨,安东妮亚没有违拗你吗?"我答道:"我心满意足,这会子就要去筹备婚事了。"我说完辞别他们父女,要去找我的书记商量这事情。

# 第 九 章

吉尔·布拉斯和安东妮亚的婚礼,那排场
和贺客,以及礼成之后的热闹欢乐。

虽说我结婚不必向两位李华大爷请示,可是西比翁和我都以为该把我打算娶巴西尔女儿的事通知他们,才算合礼,并且还应该给他们面子,请他们准许。

我马上动身到瓦朗斯。他们想不到我会去,也想不到我的去意。堂西泽和堂阿尔方斯见过安东妮亚不止一次,所以认得,都恭喜我挑中了这样一位夫人。堂西泽的贺喜尤其热闹,幸亏我知道他早已不寻欢作乐,否则真会疑心他有时到李利亚斯去不是专为看那庄子,倒是为了那佃户家的姑娘呢。我要是有点吃醋的生性,这来准要着急了。可是我深信未婚妻是规矩人,一点没动这种心。赛拉芬对我说,我的事她总很关切,又说,听得外面对安东妮亚的口碑非常好。于是她带些调皮,仿佛埋怨我对赛馥拉无情,说道:"我即使没听见人家赞她美,我知道你胃口精,赏识的人绝不会错。"

堂西泽和他儿子不但赞成我的婚事,还声明开销全出在他们账上。他们说:"你回李利亚斯去,安心等着我们的消息。我们来替你办这个喜事,你都不用管。"我恭敬不如从命,就回到自己庄上。我把我那几位恩主的意思告诉了巴西尔和他女儿,我们就捺定性子等消息。等了八天,杳无音信。可是我们没白等,到第九天,只见来了一辆车,驾着四头骡子,车上坐着几个裁缝,带了漂亮的绸缎衣料来打扮新娘子。还有好些穿号衣的家人,骑了高头大马,随车同来。一个家人为堂阿尔方斯送了封信给我。这位大爷的信上说,过一天他夫妇俩跟他父亲同到李利亚斯来,再过一天举行婚礼,由瓦朗斯总教区的大神父来主持。堂西泽果然跟他儿子和赛拉芬带着那位教士到我庄上。他们四人乘一辆驾六匹马的车,前面一辆四马车上坐的是赛拉芬的几个女用人,后面跟的是都统的卫队。

都统夫人一到庄上,忙着要看安东妮亚。安东妮亚也是一听得赛拉芬到了就赶来拜见,来吻她的手;她行礼的姿态娴雅,大家都啧啧称羡。堂西泽对他媳妇道:"嗨,太太,你觉得安东妮亚怎么样?山悌良那挑得不能再好了吧?"赛拉芬答道:"再好没有了。他们俩正是好一对儿。我相信他们的婚姻一定美满。"总而言之,人人都称赞我的未婚妻。她起初只穿一身哗叽,人家就十分称叹,等她换上了鲜衣美服,越发叫人喜爱。她气度高贵,举止大方,看来就像绫罗裹大的。

到了行婚礼的时辰,堂阿尔方斯挽了我,领我上教堂的祭台前去。赛拉芬也屈尊搀扶了新娘子。我们依次上本村教堂去,大神父在那里等着为我们成礼。巴西尔请了李利亚斯的老乡和附近有钱的田家来观礼,他们一片欢呼。他们的女孩子也一起来了,都系着缎带,戴上鲜花,手里还拿了小手鼓。行礼完毕,我们就回到庄上。西比翁掌管酒席,着人摆了三个长桌:一桌请贵宾,一桌请他们的家人仆妇,第三桌最长,吃喜酒客人都在这一桌。安东妮亚坐在第一桌上,这是都统夫人的意思;我坐第二桌,巴西尔坐在老乡一桌。西比翁三桌上都没他的座儿,只在几个桌边转着满处张罗。

酒席是都统家几个厨子办的,当然讲究透顶。尤阿兴司务屯的好酒,这时就拿出来请大家痛喝。客人渐有醉意,都兴高采烈。这个当儿出了件事,害我吃了一惊。我正跟堂阿尔方斯家的大管事、赛拉芬的女用人等一起喝酒,我的书记跑到我们这间屋里,忽然倒地晕过去了。我忙去救助,正想法救醒他,席上一个女客也晕了过去。大家觉得两人双双晕倒,其中必有道理,果然不久就见了分晓。西比翁一会儿清醒过来,低声对我说道:"怎么你最好的日子偏是我最倒霉的一天?背运真是逃不掉的。赛拉芬的一个女用人原来是我老婆。"

我道:"什么?竟有这样的事!哎?跟你一起晕倒的女人是你的老婆吗?"他答道:"是啊,先生,我是她丈夫。我跟你说吧,我这时候会碰见她,可算是命运恶作剧透顶了。"我答道:"朋友,我不知道你为什么嫌你的老婆。不过,尽管她咎有应得;请你且耐着点儿;看我面上,别发脾气搅乱了今天的席面。"西比翁答道:"准依你。你回头瞧我多会装面子。"

他说完跑到他老婆跟前,她的伙伴已经把她救醒,西比翁一盆火热地拥抱她,和她重逢仿佛喜不自胜似的,说道:"啊呀,亲爱的贝雅德丽斯,咱们一别十年,天又叫咱们重圆了。我这会子真快活呀!"他老婆答道:"你这回碰见我是否真有点儿快活,我不知道;不过我相信你没有拿到我什么错儿可以把我遗弃。什么呀!堂范尔南·德·李华爱的是我女主人如丽小姐,我不过替他牵线。你看见我跟他在一起,就怀疑我不顾你我体面在勾勾搭搭,立刻醋得昏了头,也不向我问个明白,竟离了托雷都,把我当个凶魔恶煞似的躲开我。请问你,咱们俩谁的冤屈大呀?"西比翁答道:"那是你冤屈大,没什么说的。"她答道:"当然是我冤屈大呀。你离开托雷都不久,堂范尔南跟如丽结了婚,我就一直伺候她。后来她短命死了,我又伺候她姐姐赛拉芬夫人。赛拉芬夫人跟她所有的女用人都可以保证我是清白的。"

我的书记听了,觉得这一席话决无虚谎,就欣然前嫌尽释,他对老婆说:"我再说一遍,是我不对;我当着在座诸位贵客向你赔罪。"于是我也帮着求情,劝贝雅德丽斯别重提旧事,担保她丈夫从今以后一定不叫她委屈。她听了这话就回心转意了,满座都赞成他们夫妇重圆。大家要好好儿庆祝,叫他们并肩坐在一张桌上,传杯喝酒祝贺。人人都来向他们道喜,仿佛那宴会专为庆贺他们重归于好,我的喜事倒在其次了。

第三桌散得最早,年轻的庄稼人把爱情看得比吃喝重,都离席拉了那些农家姑娘一同跳舞去。别桌上的人听见她们手鼓的声音,立刻也要学样了。人人都跳舞:都统家的管事和都统夫人的女用人一起跳,有些大爷都混在里面,堂阿尔方斯和赛拉芬跳了个慢步西班牙舞,堂西泽和安东妮亚也跳了一个,于是安东妮亚就跟我同跳。她不过在阿尔巴拉参城里亲戚家学过些跳舞初步,要算难为她了;我呢,上文曾经说起我在夏芙侯爵夫人家学过,所以在场诸君看来已经是个行家。贝雅德丽斯和西比翁两人就窃窃私语,互诉别后种种。赛拉芬得知他们俩久别重逢,召去向他们道贺,才打断话头。她道:"孩子,今天是喜庆的日子,我看见你们俩又言归于好,真是喜上加喜。西比翁朋友,我对你声明,你老婆的品行从来没点儿毛病。我现在把她交还你,你们俩和和气气在这儿一起过吧。贝雅德丽斯,你跟定了安东妮亚,也要像你丈夫对山悌良那大爷那样赤胆忠心。"西比翁这回把老婆看成了个珀涅罗珀①,答应要无微不至地体贴她。

村里男男女女跳舞了一天,各自回家;可是庄上还有宴会。晚上大排盛筵,临睡大神父祝福了我们的合欢床,赛拉芬替新娘脱衣,两位李华大爷也屈尊替我脱衣。妙的是堂阿尔方斯的家人和都统夫人的女用人闹着玩,也要来一套这样的仪节,就去替贝雅德丽斯和西比翁脱衣裳。这两人有意凑趣,一本正经地由他们脱了衣裳盖在被里。

# 第 十 章

吉尔·布拉斯和美人安东妮亚婚后的事。
西比翁自述身世开场。

我这番又承两位李华大爷美意,百般照拂;我结婚第二朝,他们就回瓦朗斯去。于是庄上只剩我和我书记、我们的老婆和几个用人。

我们的内媚功夫都没有白费,不多几时,我老婆爱我不亚于我爱她了;西比翁的老婆也把丈夫从前给她受的气恼忘个一干二净。贝雅德丽斯性情和顺,自然而然的赢得新主妇亲信。长话短说,我们四人融融洽洽过起日子来,真叫人家看着羡慕。我们天天都是散心作乐。安东妮亚很端重,可是贝雅德丽斯和我都爱说爱笑;我们即使兴致不好,只要有西比翁在一起,绝不会郁闷。他是独一无二的好伴侣、到哪里总逗大家发笑的那种诙谐人物。

---

① 尤利西斯十年飘零在外,他妻子珀涅罗珀坚贞不二,许多人向她求婚,她都不理。

一天饭后,我们忽然想在树林里最惬意的地方睡午觉。我的书记兴高采烈,讲的话有趣得很,我们听着都不要睡了。我说:"朋友,住嘴吧,听了你说话没法儿睡觉。不然呢,你不让我们睡,就讲个值得我们静听的故事。"他答道:"好得很啊,先生,我讲贝拉由国王的生平,好吗?"我说道:"我倒是爱听你自己的生平。你跟了我这些时候,从没想到要讲给我听,看来你永远也不会讲。"他道:"我为什么不讲呢?你一向好像不想听,我也就没讲,你不知道我的旧事怪不得我。你如果要听,我马上讲得了。"安东妮亚、贝雅德丽斯和我当真都洗耳恭听,反正他讲来不是解闷,就是催眠,总有益无害。

西比翁说道:"我要是自己做得下主,准生在头等贵人家里,至少也找个授圣雅各或阿尔冈达拉勋章的爵士家。不过爸爸不是自己挑的。我爸是公安大队里一个老实的警卫,叫托利比欧·西比翁。他吃这行饭,成天得在大道上来回巡逻。一天他无意间在古安加到托雷都的路上碰见个吉卜赛姑娘,觉得是个美人。她独身步行,背着个包,家当都在里面。我爸爸生来嗓子很粗,这会子放软了声音说道:'我的娃娃,你这是上哪儿去呀?'她答道:'绅士大爷,我上托雷都,想去谋生,规规矩矩过日子。'他说道:'你志向不错呀。我瞧你谋生的方法多着吧。'她答道:'是啊,靠天之福,我有好些本事。别的不说,我会做女人很需要的油膏和香精,我会算命,会转筛子找寻失物,会用镜子或玻璃球来圆光。'

"托利比欧一想,自己虽然做事巴结,靠这个职位还难过日子;像他这么个男人,匹配这样个姑娘大有好处,所以就向她求婚。那吉卜赛姑娘承公安大队的警卫求婚,哪有不屑之理,欣然应允。两人订下婚约,连忙赶到托雷都去结了婚。这个高门对大户的姻缘就产生了我这个宝贝。他们住在郊外,我妈妈起初卖一点油膏和香精,不过这买卖利息不大,就改行算命。这一来,银子金子雨点也似的落到我家来了。成千的男男女女都来上当,吉卜赛女郎果斯果丽娜的大名立刻四处传扬。每天总有人上门请教:有时候是个穷侄儿,来算算叔叔几时寿终归天,好让他承受全部财产;有时候是个大姑娘,要卜卜那位尝过甜头答应迎娶的情郎会不会食言。

"请你们留心,我妈的预言总往好处说。说着了再好没有,要是人家怪她正说了个相反呢,她面不改色,说都是魔鬼不好,虽然给她用禁咒勾来预言,那家伙有时候会撒刁哄她。

"我妈妈要替她那个行业挣面子,有时候觉得应该在她做法的当儿叫魔鬼出现一下,于是托利比欧就充这角色。他装得惟妙惟肖;他嗓子粗,相貌丑,装来恰合身份。心眼儿老实的看见我爸的脸就害怕了。可是有一天偏偏来了个蛮不讲理的军官,要看魔鬼。他一剑把魔鬼戳了个透明窟窿。宗教法庭听说戳死了魔鬼,就派人到果斯果丽娜家,把她连人带家当都扣押起来。我那时候才七岁,给他们送在孤儿院里。孤儿院出大价钱请些慈悲的教士来教育可怜的孤儿,费他们的心教孤儿读书写字。他们觉得我这孩子很有出息,所以另眼看待,挑我当差。他们叫我满城里送信,替他们跑腿;他们哪一位做弥撒的时候,唱诵一句,要人答应一句,就也叫我来。他们给我的酬劳就是教我拉丁文,可是教得很严,我白替他们当了许多小差使,他们待我凶极了,我实在受不了。一天我有差事出门,就乘机溜之大吉。我不回孤儿院,竟出了托雷都城,向赛维尔那方向逃走。

"我那时候虽然还不足九岁,已经领会到自由自在、无拘无束的快乐。我没钱没面包也不在乎,我不用念书作文了呀!我走了两个钟头,小腿儿渐渐走不动了。我从来没走过这样长的路,只好停下来歇歇腿。我坐在道旁树脚下,无聊得很,掏出口袋里的拉丁文法来读着玩儿。可是我想起这本书害我吃的棍子鞭子来,就把它撕成一片片,发狠道:'啊,这臭书!你不能再害我掉眼泪了!'我正把名词变化、动词变化一页页撒了满地出气,只见走来一位白胡须的修士,戴着副大眼镜,道貌岸然。他走近来把我细细端详,我也留神看他。他笑眯眯地说道:'小孩儿,我觉得咱们俩你瞧我我瞧你都很有情谊,我的隐居离这儿不过二百步,你不妨跟了我去一起过日子。'我急忙回答道:'您老,我一点儿不想修道。'那老头儿听了哈哈大笑,拥抱了我说道:'我的孩子,别瞧了我这套衣裳害怕,我这衣裳虽然不好看,却有用处。我有个舒服的隐居,我也算得附近几个村子的主人。那些村上的人不但敬爱我,并且尊奉得我像神道一样,这都是亏了这件衣裳。跟我去吧,没什么害怕的。

我将来也给你一件像我这样的袍儿穿。你要是称心,就跟我一同享福,要是过不惯,我不但让你走,管保还有些好处给你。'

"我给那老修士说动了,就跟他同走。他一路上问我许多话,我老实回答,我后来就没那样老实了。到了那隐居,他给我吃些水果。我饿了一天,只在孤儿院吃过一块干面包做早点,见了水果就大吃。那修士瞧我嚼得那么有味儿,说道:'吃呀!我的孩子,尽量吃好了。靠天照应,我这里多的是水果。我带了你来不是叫你挨饿的。'这话倒是一点不假。我们回来了一个钟头,他点上火,拿扦子扦上一条羊腿叫我烧烤,自己摆上一只小桌子,铺一块肮脏的桌布,放下两份刀叉,他跟我各一份。

"肉烤熟了,他取下来切几片当晚饭。我们不是单吃肉不喝酒的,有上好的酒喝,他屯得很多。饭后,他说道:'哎,我的小娃子,我这家常便饭你吃着好不好?比你孤儿院里的强吧?你要是跟我,每天就是这样的饭食。并且你在这个世外的幽居里无拘无束。我只要你常陪着我到附近村子里去募化。我有一头小驴儿,背两只筐子,那些行好事的村里人常把鸡蛋呀、面包呀、肉呀、鱼呀,装得筐子里满满的。你替我牵着那小驴儿,我只叫你干这一件事。我瞧这不会苦了你。'我道:'啊,你只要不逼我学拉丁文,随你要我干什么都行。'那老者名叫克利索斯东修士,他看我天真烂漫,忍不住笑了,重新又安慰我说决不相强。

"我们第二天就带了小驴儿去募化,我牵着缰绳。我们收成很好,老乡们个个欣然施舍,搁些东西在我们筐里。有的扔下整个面包,有的大块猪油,有的是一只肚里填馅儿的鹅,有的是一只山鸡。我怎么说呢,我们带回去的伙食尽够吃个八九天,可见村上人很敬爱这位修士。他实在很有用处:老乡们有事请教,他会出主意;家里吵嘴,他去调解;他觉得谁家姑娘伤春,就替她找丈夫;两个有钱的农夫起什么争执,他就去拜访,排难解纷;而且不论人家害什么病,他有的是对症的药;女人希望生孩子,他会教她们经咒。

"你们听了以上的话,就知道我在那隐居吃得很好。我睡得也很舒服,躺在软软的干草铺上,枕一个棕色粗呢垫子,盖一条棕色粗呢的被,放倒头一觉直睡到大天光。克利索斯东修士答应给我一件道袍,他亲自把自己的旧袍子改做了一件给我,管我叫西比翁小道童。我穿了这件道袍,跑到村上,村上人觉得我很可爱,小驴儿驮回来的东西就越发多了。人家看了那小道童的脸儿真喜欢,抢着舍东西给他。

"我跟着那位老修士过得又舒服又清闲,在我那年龄的孩子岂有不乐意的。我觉得配口胃极了,真会一辈子住下去。但是天意不然,命里注定我不得长久安闲,就要和克利索斯东修士分离。怎样的情形,且听我讲来。

"那老头儿睡觉枕个垫子,我常看见他向那垫子下功夫,老是拆了又缝,缝了又拆。有一天,我看见他把钱塞在里面。我就此好奇心动;他照例每星期要一人到托雷都去一趟,我打算等他下次出门,了我这重心愿。我急急等着那一天,不过当时只想明白个究竟,并没有其它用心。好容易那老头儿走了。我拆开他的枕头,看见枕头心子的羊毛里藏着各式各种的钱,大概值五十艾古①。

"老乡亏修士治好了病,村上大娘念了他的经咒生了孩子,这些钱大概就是他们的谢仪。不管是怎么来的,反正我一想拿了这笔钱决无后患,我那吉卜赛人的本性立刻露出来了。我直想偷,想必我的贼骨头是世袭的。我并没有什么天人交战,就随着心干了。我把钱装在我们搁梳子和睡帽的棕色粗呢口袋里,脱掉道袍,换上孤儿院的制服,逃出隐居,满以为美洲的金银财富②一股脑儿都装在我那只口袋里了。"

西比翁接着道:"那是我初试身手;你们一定等着听一串儿相仿的事呢。我不叫你们白等的,还要讲几桩类似的勾当,然后才说到我干的好事。回头我讲到我干的好事,你们就知道坏蛋也会变成君子。

"我虽然是个小孩子,却是够乖觉,并不回头往托雷都走。那就难保不碰见克利索斯东修士,他会硬逼我把钱还给他。我另走一条路,到了加尔夫斯村,上一个客店歇脚。女掌柜的是个四十岁的寡妇,干她那小本经纪十分来得。这女人一瞧我的服装,知道准是孤儿院里逃出来的,就问我是谁,到哪里去。我说爹妈都没了,要找个事做。她道:'孩

---

① 货币名。
② 原文"Les richesses des Indes",那时候西班牙人称美洲为印度,本书第十一卷第十一章里就说得很明白。

子,你认得字么?'我说认得字,而且还写得一笔好字呢。其实我能画画字母,联起来看着有点儿像字,在乡村客店里抄抄写写,这也可以对付了。女掌柜的说道:'我就留你在这儿做事吧,你有点儿用处,可以替我记记人欠欠人的账目。'又道:'我不给你工钱,反正有上等主顾光临,会给底下人一些好处,保管你有好些小账呢。'

"我一口答应,不过你们想得到,我自有主意,几时不高兴待在加尔夫斯,由得我换地方。我得了这客店里的差使,平添了个大心事,越想越觉得不妥当。我不愿意人家知道我有钱,想不出藏在哪里才不给人家拿掉。这座房子我还不熟,有几个地方看来可以藏东西,可是我又拿不稳。有了钱真麻烦呀!我只在担惊受怕。我们仓房壁角有一堆干草,我决计把我的口袋藏在那里;我以为比别处妥当,勉强放下心。

"这客店里共有三个用人:一个胖马夫,一个加利斯姑娘,还有我。我们都极力在过路客人身上想好处。我把账单子送给客人,常赚到几个小钱。马夫替他们照顾牲口,也有几文进账。那加利斯姑娘是过往骡夫的心上人儿,她挣的艾古比我们挣的小钱还多。我每得一文钱,立刻就拿到仓房里,跟我的宝藏积蓄在一起。我越有钱,小心眼儿里越爱钱。我有时候吻吻我的钱,看着心花怒放,这大概只有守财奴才懂得。

"我爱我的宝藏,忍不住一天要去看个三十回。我常在楼梯上碰见女掌柜的。她生性多疑,有一天好奇心动,不知我为什么时常到仓房里去。她以为我或许偷了她家什么东西,藏在那仓房里,就上去四面搜寻。她挪开那堆干草,发现了我的口袋,打开一看,里面有艾古、有比斯多;不知她是真是假,就怪我偷了她的钱。她很便宜地把那只口袋拿去了。于是她一面骂我小瘪三小混蛋,叫马夫狠狠地打我五十鞭子。马夫对她惟命是听,抽了我好一顿。女掌柜的说她家不收小流氓,把我推出门外。我申明没偷东家的,可是没用,她一口咬定我偷她的,人家相信她,不相信我。克利索斯东修士的钱就从男贼手里到了女贼手里。

"我失了钱哭得仿佛死掉了独养儿子似的。我虽然不能把失掉的东西哭回来,至少哭得几个旁人恻然心动。其中一人是加尔夫斯教区的神父,偶然路过。他看我那么悲切,好像于心不忍,就把我一带带到他家。他要哄我说心上话,其实竟是要盘问我的秘密,就来可怜我。他满脸同情,说道:'这苦孩子真可怜哪!没个人当心!这样小小年纪,无依无靠,干了坏事怎怪得他呀!成年人要一辈子不干坏事还很费克己功夫呢。'于是又对我说道:'我的孩子,你是哪儿人?爹妈是谁?你看来像个好人家子弟。老实告诉我,放心我不会出卖你。'

"教区神父这套又狡猾又慈悲的话,哄得我把自己的事一点一点都说出来,一无遮掩。我全盘招供之后,他说:'我的朋友,做修士的虽然不应该攒钱,你的罪还不会减轻。你偷克利索斯东修士的东西,总是犯了十戒里"勿窃盗"的一戒。不过我一定逼那女掌柜的把钱吐出来,叫人送到那个隐居去还给修士,这点你可以自慰,从此不必挂在心上。'老实说,我并没有挂在心上。那教区神父自有打算,还不罢休。他接着说道:'我的孩子,我想替你出点力,给你找个好事情。我有个侄儿是托雷都大教堂的大司铎,明天我叫个骡夫送你到那儿去。他看我面上,一定收你做一名跟班。他家的跟班靠他那教区的收入过得很舒服,一个个都像吃俸禄的教士。你去了一定称心满意,我可以担保的。'

"我听了这话很安心,竟把那钱袋也忘了,挨的一顿鞭子也忘了。我只想跟吃俸禄的教士一般快乐过活。第二天,我正吃早饭,一个骡夫奉教区神父的命令,牵着两匹鞍辔齐备的骡子来了。人家把我扶上骡子,骡夫骑了另一匹,两人就取道往托雷都去。我的旅伴儿是个嘻嘻哈哈的家伙,尽爱开人玩笑。他对我说:'小弟弟,加尔夫斯教区神父真是你的好朋友!他有真凭实据给你瞧。他把你荐给那位做大司铎的侄儿,可见他爱你是千真万确的。我很荣幸,也认识那位大司铎,他是神职班上的顶儿尖儿,那是没什么说的。有些信徒,一张脸消瘦灰白,一望而知是个教人吃苦禁欲的,他不是那种人。他是圆圆脸儿,红红的颜色,是满面高兴的享福人,眼前有什么快乐都要享受,尤其好吃好喝。你到了他家真受用不尽呢。'

"那混蛋的骡夫瞧我听了他的话很高兴,就把做了大司铎的用人怎么享福对我吹个不了。他一路没停嘴,直到奥比萨村,我们就停下来歇歇骡子。合是我天大的运气,到了那里发觉自己上当了。我且讲讲是怎么一回事。那骡夫在客店里跑出跑进,偶然口袋里掉出一张纸。

我很机灵,拣了起来没让他知道,乘他到马房去的当儿拿出来一看,原来是写给孤儿院神父的信,上面这样说:

  诸位先生:你们孤儿院里逃出来一个顽童,我慈悲为本,理应送他回来。我瞧他很鬼,你们要是行方便把他关禁起来,正是他活该。我相信打几顿准能够变化气质。愿上帝赐福给诸位虔诚仁爱的先生。

加尔夫斯教区神父上

  "我看完这封信,知道了教区神父的一片好心,马上打定个主意,顷刻之间,我已经跑出客店,逃到一哩路外的塔古河边。我心里害怕,就像插翅似的要逃避孤儿院的那班神父,我怕透了他们教拉丁文的方法,怎么也不肯回孤儿院了。我一团高兴地跑到托雷都,仿佛已经捧稳了饭碗。当然那是个富庶的城市,一个机灵人穷途末路,要从旁人身上沾光过活,在那里是饿不死的。我还太小,不会设法谋生,不过运气还算不错。我刚到大街上,有一位衣服很讲究的大爷打我身边过,他拉着我胳膊道:'小孩儿,你愿意伺候我么?我很喜欢有你这样个跟班。'我答道:'我也很喜欢有您这样一位主人。'他道:'既然如此,你这会儿就是我的用人了,你只要跟我走就成。'我一声不响,跟了他就走。

  "这位大爷大概有三十岁,名叫堂阿贝尔。他住在一个公寓里,住一套很漂亮的房间。他靠赌钱为生。我们是这样过日子的:每天早上,我替他剁碎些烟叶子,够他抽五六个烟斗;我把他的衣服刷干净,出去叫个理发师来替他刮脸修胡子;于是他出门上赌场,直到晚上十一二点钟才回来。他每天早晨出门以前,总从口袋里掏三个瑞阿尔给我作一天的用途,随我自在逍遥到晚上十点回去。他只要我先回公寓等着,就很满意了。他叫人给我做了一身号衣裤,穿上活像妓女家送信的小幺儿。这事情我很做得惯,我实在也找不到更合脾胃的事了。

  "这样的快活日子我过了将近一个月,我主人问我跟他相处是否称心。我说称心极了。他道:'好!我有事要到赛维尔去,咱们明天动身吧。你准喜欢看看这座安达路西亚的京城。常言道:"没见过赛维尔,没开过眼。"'我说,到哪儿都愿意跟他。我主人的衣服都装在一只大箱子里,到赛维尔去的车夫当天就到公寓来搬走了这只箱子,再过一天,我们就动身到安达路西亚去。

"堂阿贝尔大爷手气好极了,除非故意要输,总是赢人家的。他怕那些吃亏的人不饶他,只好常常换地方。我们这趟出门就是这个道理。我们到了赛维尔,住在郭都门附近的公寓里,又像在托雷都那样过起日子来。不过我主人发现这两个地方不同:赛维尔赌场里的赌棍,手气跟他一样好,所以他有时候回家来气呼呼的。一天早晨,他因为隔夜输了一百比斯多,气还没消,他问我为什么不把他的脏衣裳交给一个女人去洗了熏上香。我回说没想着。他这来火了,下毒手打了我五六个耳光,打得我眼里金星乱迸,比所罗门教堂①里的蜡烛光还多。他说:'你这小混蛋!给你吃这几下,叫你做事当点儿心。你要我成天跟在背后提醒你做这个做那个吗?你饭倒会吃,为什么事情就不会好好儿做啊?你又不是个笨猪,我要你做的事,你不会先想想吗?'他说完就出去了。我为那点儿小过失吃了一顿耳光,气得不得了,打定主意要等个机会报仇。

"不多时他在赌场里不知出了个什么事,一晚上回来,怒气冲冲地说道:'西比翁,我决计要到意大利去,有只船要开回热那亚,我后天就上船。我这次出行自有道理,想来你也愿意跟我走,乘这个好机会去见识见识世界上最可爱的地方。'我说再好没有,还装模作样,仿佛急要到意大利去见识见识,可是我暗打主意,准备到他动身的时候溜之大吉。我想这来可以对我主人出口气了,觉得这办法很聪明。我得意之至,街上碰到个打手,忍不住就把我的主意告诉他。我到赛维尔之后,结识了几个坏东西,跟这人尤其熟。我先讲如此这般挨了主人一顿耳光,于是说,打算在堂阿贝尔临上船的当儿溜走,问他这主意好不好。

"那个打手一面听,皱着眉头,拈着他那菱角胡子。他一脸正经,把我主人怪了一顿,说道:'小家伙,你打算那样报仇,简直是儿戏了;要是照那么办,你就一辈子没脸做人。你撇堂阿贝尔一人动身,算不得什么,太便宜他了。他欺侮你几分,你就该给他几分厉害。没什么游移

---

① 犹太人最大的教堂,系以色列王所罗门所造。

不定的,咱们把他的衣裳和钱拐走,等他动身以后,咱们俩亲兄弟似的拿来平分。'我虽然骨头里有些贼性,听他说要这样大来,就胆怯了。

"可是那个出主意的贼头儿终究说动了我。我且讲讲那桩事情的下场。那打手是个高高大大很有力气的人,他第二天傍晚到公寓来找我。我主人已经把自己的衣裳归着在箱子里。我把那箱子指给他看,问他一个人可捎得动这么沉的东西。他说:'什么沉!你可知道,我偷人家东西的时候,挪亚的方舟①都捎得动呢!'他说完过去,毫不费力地把箱子捎在肩上,就蹑脚下楼。我也蹑脚跟下去。我们快要出大门了,堂阿贝尔真是好运气,无巧不巧地跑回来,和我们撞个劈面。

"他问我道:'你把这箱子搬哪儿去?'我慌得目瞪口呆。那打手一看失了风,怕人追究,扔下箱子拔腿就跑。我主人问了一遍又问两遍:'你究竟把这箱子搬哪儿去呀?'我吓得七死八活,答道:'先生,您明天坐船上意大利,我叫人把这箱子搬上船去。'他说道:'哎,你知道我乘哪一只船啊?'我答道:'先生,我不知道,不过只要不是哑巴,罗马也走得到呢。我到了码头上可以打听,总有人会告诉我。'他一听这话,动了疑心,恶狠狠瞪了我一眼。我以为他又要打我耳光了,只听他喝道:'谁吩咐你把这箱子搬出公寓的?'我说:'是您自己呀。'他诧异道:'谁?我吗?是我吩咐你的?'我道:'当然是您。您可记得前几天骂我的话吗?您不是一面打我,一面说,我得把事情做在头里,不必等您吩咐,该办的事得自己做主吗?现在我就照您这话,叫人把您这箱子搬上船去呀。'那赌棍没想到我这样调皮,这回才领教了,他冷冷地请我滚蛋,说道:'你走吧,西比翁先生,求天保佑你吧。你这点子年纪,不应该这样刁钻。有一种人赌起牌来一会儿多一张牌、一会儿少一张牌,我不爱跟那种人赌。'于是他声调一变道:'快滚,不然的话,准收拾得你叫皇天。'

"我不消他说第二遍,转身就跑,生怕他要逼我脱下号衣,急得要死,幸喜他让我穿走了。我身上只有两个瑞阿尔,一路走,一路盘算到

---

① 《旧约全书》记载天降洪水,上帝启示挪亚造个大船,携带全家避灾,又把各种动物搬一对在船上留种。

哪里去过夜。我跑到大主教府门外。这时候里面厨房里正为大主教大人弄晚饭，香气洋溢，方圆几哩内都闻得到。我心上想：'啊呀！这香喷喷的炖肉拿点来吃吃倒不错！只要能蘸他一手汁子来也可以杀我的馋。可是怎么呢，这样好的肉，我只能闻香，可以想个办法吃它到嘴吗？为什么不能呀？看来不是办不到的。'我聚精会神地想，想出个主意，马上照做，果然有效。我进了大主教府的院子，直往厨房跑，一面大声叫：'救命啊！救命啊！'仿佛有人追着要杀我似的。

"大主教的厨子狄艾果司务听得我一迭连声的叫喊，就和三四个厨下小打杂儿赶出来瞧是什么事，一看只我一个人，就问我干吗狠命的叫。我装出一副惊惶的样儿道：'啊呀！大爷，看圣坡利卡普①分上，求你救救我吧！有个恶棍发疯也似的要杀我呢！'狄艾果问道：'恶棍在哪儿呀？你单身一人，背后连个影子也没有。去吧，孩子，别害怕，大概是人家吓唬着你玩儿的。他幸亏没跟进来，不然的话，我们起码也得割掉他的耳朵。'我对那厨子道：'不！不！他不是追我玩儿，那坏蛋是个大高个子，要剥我的衣裳，我知道他准在街上等着我呢。'厨子道：'那就叫他多等等吧，你今晚住在这儿。你回头跟我的小打杂儿同吃晚饭同睡觉，他们有好东西请你吃呢。'

"我听了心花怒放。我跟狄艾果司务到厨房里，那里正忙着安排大主教大人的晚饭，我看着真是艳羡不置。我一数动手做菜的有十五个人，各色菜肴数也数不清；大主教府里的吃用，老天爷照顾得多周到啊！我方才老远闻到的肉香，这会子扑鼻都是，我才知道什么叫做口福。人家赏脸让我跟小打杂儿同吃晚饭同睡觉，他们果然款待了我一顿。我跟他们好上了。第二天我去谢狄艾果司务大度收留，他就说：'我几个厨下打杂儿的很喜欢你那脾气，都来跟我说：要是有你做伴儿，他们就乐极了。你本人喜欢跟他们一伙儿吗？'我说，我要有这福气，就称心满意了。他说：'既然如此，朋友，你现在就是大主教府里的用人了。'他说完带我去见总管，总管瞧我机灵，觉得可以留下做个厨房打杂儿的。

---

① 基督教殉难的主教。

"阔人家厨子照例把买的荤腥偷偷儿送些给相好,狄艾果司务也未免如此。我得了那个体面差使,他就挑我替他送东西给街坊上一个女人:有时是牛肋条,有时是鸡鸭或野味。那女的是个寡妇,至多三十岁,人很漂亮,很风骚,看来未必一心一意向那厨子,那厨子却不但把肉呀、面包呀、糖呀、油呀送给她,还供给她酒,这些东西一股脑儿都开在大主教大人的账上。

"我在大主教府上学得千伶百俐。我给他们上过一个当,这事很有趣,赛维尔人到现在还说起呢。大主教大人生日,那些小僮儿和别的家人想演个戏来庆祝。挑的剧本是《贝那维德斯》①,戏里要个我那样年纪的孩子扮演雷翁的小国王,他们就选上了我。那总管自以为会念台词,我就归他来教。他教了几回,说我演起来准不错。做生日的花费是东家出的,你们可以料想大家只求体面,决不省钱。府里大厅上搭了座戏台,布置得很好。戏台侧面铺一片草地,我上场该睡熟在那片草地上,摩尔人就掩上来捉我去做俘虏。等到我们演习熟了,大主教就指定日期上演,欣然请了城里最阔气的贵人命妇来看戏。

"到了那天,每个角儿都忙着自己的行头。总管费神教了我念台词,觉得也该他来打扮我;他带个裁缝把我的行头送来。那裁缝给我穿上一件贵重的蓝丝绒袍儿,钉着金边金纽扣;袖子很宽绰,袖口钉着金流苏。总管亲自给我戴上一顶硬纸做的王冠,上面钉满了小珍珠和水钻。他们又给我系上一条玫瑰红的丝腰带,上面有一朵朵银花。我身上每添一样装饰,就觉得他们给我添了翅膀似的,好让我高飞远走。傍晚那个戏好容易开场了。雷翁的小国王最先出场,说一段很长的独白。这角儿是我演,我开场背了一段诗,意思说:我困得很,要睡觉了。我背完就退到戏台侧面,躺在铺好的草地上。可是我不睡觉,却在设法溜出去,想卷了这套国王的行头逃走。戏台下面有一座狭窄的秘密楼梯,通到大门进口的厅上,我觉得走这条路可以如愿。我轻轻爬起来,乘人不备,一溜烟下楼梯到门口厅上,一路喊:'让路啊! 让路啊! 我要换衣裳了!'大家都闪开让我,一转眼我已经一无遮拦地乘黑夜溜出了大主

---

① 洛佩·德·维加所作的喜剧。

教府,跑到和我要好的打手家里。

"他看见我打扮成那副模样,诧异极了。我如此这般告诉了他,他哈哈大笑。他一打如意算盘,雷翁国王的衣裳他也有份,所以越发高兴地拥抱我;他恭喜我这一下干得真好,说我要是一直这样下去,靠我的聪明,将来名闻天下呢。我们俩很乐,笑了个畅,于是我说:'咱们把这套贵重的衣裳怎么办?'他答道:'这个不劳你费心。我认识一个诚实不欺的旧衣商人,他只要有利可图,什么货都收,绝不管人家的闲账。明天早上我去找他到这儿来看你。'那打手果然一老早把我撇在他床上就出门去。过了两个钟头,收买旧衣的带着个黄布包儿跟着他来了。打手说道:'朋友,这位是伊巴涅兹·德·赛果维先生,买旧衣的若有一个诚实可靠,那就是他了;尽管同行的榜样坏,他自负一丝不苟。你要卖的衣裳回头让他估一估,他的价钱靠得住。'买旧衣的说道:'哎,这是没错儿的。我要是估低人家的货,就是个大混蛋。谢天,从没谁怪过我这种事,我伊巴涅兹·德·赛果维一辈子也不干这种事的。'又道:'你要卖的衣裳咱们瞧瞧吧。能值多少,我总凭良心说。'打手把我的衣裳摊出来,说道:'这儿呢。讲究极了吧?瞧这热那亚的丝绒多美!这镶边多值钱!'买旧衣的把衣裳细细看了一番,说道:'我看很好,真是美极了。'我的朋友道:'你瞧这皇冠上的小珍珠怎么样?'伊巴涅兹道:'再圆点儿就是了不起的价钱,照这样也很不错了,我觉得跟其他几件东西一样好。'又道:'你的话很对,我也喜欢还人家个公道。滑头的买旧衣的人在我这境地,就要假意嫌好道坏,想压低价钱,老脸无耻的估个二十比斯多;我可是个讲道德的人,我出四十比斯多。'

"伊巴涅兹就是估一百比斯多还不是实价,单那些珠子就值二百比斯多呢。打手跟他串通一气,对我说道:'瞧你运气多好,碰着这个诚实不欺的人。伊巴涅兹先生估的价就仿佛临死断气的时候说的话。'买旧衣的道:'一点儿不错。所以我的价钱是一个子儿不减、一个子儿不加。'接着道:'好,这事情说定了吗?我付钱之外,还有别的话吗?'打手道:'且慢,我叫你带给我小朋友穿的那套衣裳得先让他试试,我看准合身。'买旧衣的打开包裹,拿出一套半旧的棕色布衣裤,钉着银钮扣。我起来一穿,又长又大,可是那两位先生觉得像量着我身子做的。伊巴涅兹定价要十个比斯多；他既然不打价,只好依他。于是他从钱袋里掏出三十个比斯多,摊在桌上,把我的王袍王冠另打个包拿去；他清早发了个大利市,准在暗暗得意。

"他走之后,打手道：'我觉得这个买旧衣的人很好。'他当然说他好,我拿稳他至少要抽一百比斯多的回扣。可是他还不甘心,老实不客气把桌上的钱拿了一半去,剩一半给我,说道：'西比翁小朋友,我劝你拿了这剩下的十五个比斯多,赶快到别处去吧。你知道,大主教大人准派人出来找你。你干了这桩可以夸傲生平的事儿,大显了一番身手,回头要是傻头傻脑给捉进监狱里去,我就气死了。'我说早打定主意要离开赛维尔的。我买了一顶帽子、几件衬衣,果然出城到了清旷的田野里,那儿一边是葡萄,一边是橄榄树,直达卡蒙那古城。三天后我到了高都。

"我住在市场口一家客店里,只说是托雷都大家子弟出来游历的。我衣裳还整齐,充得过去；我又有意无意地把几个比斯多露在店主人眼里,他就一点不怀疑我了。也许因为我年纪很小,他想我准是个小荒唐鬼,偷了爹妈的钱逛码头玩儿的。不管他怎么想,反正他听了我的话并不寻根究底,大概怕一追究会把我逼走。他那店里生意兴隆,一天出六个瑞阿尔就过得很好。那天吃晚饭一桌就有十二个人。妙的是人人闷声不响地吃,只一人絮絮叨叨话不停嘴；尽管大家默不作声,有他一人说话尽够热闹。他又卖弄风趣,又讲故事,煞费气力地要把俏皮话来逗人。大家偶然也笑两声,其实是因为他那人可笑,倒不是他说话逗乐儿。

"我一点儿没留心听那家伙,要是他话里没牵涉到我,我吃罢一餐饭也回报不出他讲了些什么来。他到快要吃完饭的时候,说道：'诸位先生,我刚才讲的那些,比了我这会儿要讲的事就不足道了。我把这桩最妙的新闻留到末了讲。这是前两天赛维尔大主教府里出的事。我认识的一位学士当时在场,他告诉我的。'我听了这话心里一跳,知道准是我干的事,果然不错。这人一五一十地讲,我还不知道我走以后大厅上的情形,他也都讲了；我来告诉你们听。

"照他们演的那个剧本,摩尔人要来掳我去。我逃走不久,他们就上场,以为我睡熟在草地上,准备掩上来捉我。可是他们要拥上去捉雷翁国王的时候,一看国王无影无踪,都大吃一惊。这出戏当场停演。戏里的角儿都着了忙:有的喊,有的找,这个叫唤我,那个咒骂我。大主教看出后台乱成一团,就问什么缘故。一个扮小丑的小僮儿听见这教会贵人垂问,忙上禀道:'大人,您不必再为雷翁国王担忧,怕他给摩尔人俘虏去,谢天,他已经披着王袍逃走了。'大主教道:'真该感谢上天!跟咱们教会作对的人准备监禁他呢,他逃走好极了。他准是回雷翁京城去的。但愿他一路平安!你们谁也不许去追他,我不愿意侮辱那位王上。'他大人说完,叫人代我念台词,把这出戏演完。"

# 第 十 一 章

西比翁续述身世。

"我手里有钱,店主人眉开眼笑,十分奉承;一看我钱花光了,就翻面无情,和我寻事吵了一场,一天早上竟撵我到别处去住。我昂然走了出来,跑到圣多明我修道院的教堂里。我正在望弥撒,一个老叫花子问我要钱。我从口袋里掏了两三个小钱给他,说道:'朋友,代我求求上帝,保佑我立刻找到个好事情。要是你的祷告灵验,我不会亏负你,一定要谢你的。'

"那叫花子听了把我仔细打量一番,认真问道:'你想找个什么样的事?'我说:'想找个好人家去做用人。'他问我是否着急得很。我说:'急得很了,要是眼前找不到事,只好饿死,或者做你的同行,没有第三条路。'他道:'你没有过惯我们的日子,要是逼上这条穷途末路,你就苦了。不过你只要过惯了,就宁可像我们讨饭,总比做用人好,这是没什么说的。你既然不喜欢我这种逍遥自在的生涯,要去做底下人,你立刻可以找到个主人家。你别瞧我这副模样,我能帮你的忙。我今天就替你想想法子。你明天这时候到这儿来听我的回音。'

"我不会爽约,第二天又到老地方去;不一会儿,那个叫花子来了,叫我跟他走。我跟他到一个地窖里,那儿离教堂不远,是他的家。我们俩进去坐在一条长凳上,这凳子少说也用了一百年了。他说道:'行了好事总有好报。你昨天舍钱给我,所以我决计替你找个好位置,只要老天爷保佑,马上会成功。我认识一个多明我会的老修士叫阿雷克西斯神父,他是个道高德劭的修士,指迷劝善的大师。承他叫我当差送信;他瞧我做事谨慎忠心,所以也肯为我和我的朋友出力。我已经对他说起你,他听了我的话,愿意帮你忙。你几时高兴,我带你去见那位神父。'

"我对那老花子说:'不能耽搁了,咱们立刻去见那位好神父吧。'花子一口答应,马上领我去找阿雷克西斯神父,看见他正在房里写几封劝人修心向善的信。他放过一边,就来接见我。他说,听了那花子求情,很愿意帮我。又说:'我知道巴尔塔札·维拉斯盖斯要找个跟班,所以今天早上写了封信保荐你。他回信刚来,说我荐的人他不问三七二十一一概收用。你今天就可以去见他,说是我叫你去的。我是听他忏悔的神父,也是他的朋友。'于是那位修士费了三刻钟工夫劝戒我好好儿做事。他尤其谆谆嘱咐我务必赤胆忠心地伺候维拉斯盖斯。于是他说,只要我不叫主人家责备,他一定照应我捧住饭碗。

"我谢了修士的好意,就跟花子同出修道院。花子告诉我说,巴尔塔札·维拉斯盖斯是个有年纪的呢绒商人,很有钱,人又老实又和气。他说:'我想你到他家去一定好极了。换了我也喜欢在他家做事,比贵人家还好。'我答应那花子等事情牢靠一定谢他;于是问明商人的住址,立刻找去。原来那是个铺子,两个年轻店伙计穿得干干净净在里面踱来踱去,装出一副高贵的气派,等主顾上门。我问他们主人在家吗,说我是奉阿雷克西斯神父的命来见他的。他们一听见这个大名,就领我到铺子后屋,有位商人正把一大本账簿摊在书桌上翻看。我恭恭敬敬行了个礼,说道:'大爷,我是阿雷克西斯神父荐来当跟班的。'他道:'啊,我的孩子,欢迎得很。你是那位圣人荐的,就够格儿了。人家有三四个跟班要荐给我,我单挑了你。这事已经说定,你的工钱就从今天算起。'

"我在商人家不多几时,就看出他果然名不虚传。我瞧他老实极了,总觉得我着实要点克己功夫才会忍住不去作弄他。他太太没了已经四年,有两个孩子:儿子二十五岁,女儿才十一二岁。女儿有严紧的女监护带领,又有阿雷克西斯神父管教,很循规蹈矩。她哥哥伽斯巴·维拉斯盖斯尽管家里极力管教,要他成个上等人,却是个十足的浪荡子。他有时候两三天不回家,回来如果爸爸想说他几句,他嗓子比爸爸的还高,叫老头子做声不得。

"有一天,那老头儿对我说:'西比翁,我这个儿子是我的孽障。他花天酒地,无所不为。我真奇怪,他也是好好管教过来的。我请了好先生教他,我的朋友阿雷克西斯神父费尽心思,要引他走正路,可是,咳,他也力不从心,伽斯巴一味是浪子行径。你也许要说,我在他少年时期太纵容,所以害了他。可是没那事儿,我要是觉得他该打,我总打他;我虽然好性子,应该严厉的时候从不放松。我还把他送进监牢里关过,可是他变得越发坏了。总而言之,他是个不成器的东西,凭你给他好榜样也罢、劝也罢、打也罢,都改不好;要改得他好是个奇迹,只有天办得到。'

"我听了那位倒霉爸爸诉的苦,尽管不在心上,至少也装得很关切。我说:'先生,我也可怜你!像你这样的好人,儿子不该这样坏。'他答道:'我的孩子,这有什么办法呢?上帝不让我这样称心呀。'又道:'我把心事告诉你吧,伽斯巴实在招我生气,别的不说,有一桩我很担心,他尽想偷我的钱;我虽然防得紧,他常有法子偷到手。你前任的跟班跟他串通一气,所以我辞退他。你呢,我相信他买不动。你准是帮我的,阿雷克西斯神父一定着实叮嘱过你了。'我说道:'你放心,阿雷克西斯神父训了我一个钟头,叫我一心一意帮你。不过我可以说,这点我不消他劝。我自己愿意死心塌地伺候你,这片忠诚保管怎么也不会变。'

"一面之词是不能作准的。维拉斯盖斯小爷是个十足的纨绔,他一看我的脸,知道我跟前任跟班一样好骗。他引我到僻静的地方,说道:'你听着,朋友,我瞧你是我父亲的耳目,他老监视着我。可是我警告你,你当心,这事会惹出麻烦来的。我要是发现你监视我,准把你一顿棍子打个臭死;不过你要是肯帮我骗父亲,我什么样的酬劳都肯给。这话还不够明白吗?咱们俩捞摸的钱,你总有一份儿。你只要打个主意,这会子就说说明白:帮父亲还是帮儿子,别含糊推委。'

"我答道:'先生,你逼得我好急呀!我知道,尽管我心里不愿意出卖维拉斯盖斯先生,却不由得我不跟你一伙。'伽斯巴道:'你不必犹豫,那老吝啬鬼还把我当小娃娃似的管着呢。人到二十五岁,寻欢作乐就是性命,那混蛋不许我作乐就是要我的命。你对我父亲应当这样看法。'我道:'先生,这就没什么说的了。他实在对不起你,没法儿替他分辩。我声明帮你,你干的事儿很好,我愿意从旁出力。不过千万别让人家看出咱们俩串通一气,免得你这个忠心的助手给撵出门去。我想你不妨假装恨我,在人前对我恶声恶气,破口大骂;就是打几下耳光,屁股上踢两脚也不碍事。你越做得嫌我,巴尔塔札先生倒越会相信我。我也装得话都不跟你说。我伺候你吃饭,好像满不情愿;说到你少爷,别见怪,我要说得你不是个东西。这样一来,家里人就都蒙在鼓里,以为咱们俩是死冤家了。'

"维拉斯盖斯小爷一听这话,说道:'谢天!我真佩服你,朋友。你这点年纪,捣鬼的本领看来很惊人了。有你这样,我将来一切准大吉大利。仗你帮着出主意,我希望能把父亲的比斯多偷得一个不剩。'我说道:'承你过奖,对我的本事这样倚重,我一定尽心竭力,不负你的赏识。要是办不到,不是我的错。'

"我不久就让伽斯巴知道,我实在是他少不了的人。我且讲讲第一次帮他的忙。巴尔塔札的钱箱放在卧房里,夹在床和墙壁中间,那老头儿当祷告台用。我每次看见这个钱箱,就觉得眼睛里舒服,心上常想:'钱箱朋友啊,你老对我深闭固拒吗?我永远没福气看见你怀里的宝藏吗?'这屋里只有伽斯巴不准进去,我可以随意出入。有一天,老维拉斯盖斯以为没人,开了钱箱,然后又锁上,把钥匙藏在壁衣后面;我正好看见。我认清那地方,就把这个发现告诉小东家。他喜得拥抱我道:'啊,亲爱的西比翁,真是个喜讯!咱们发财了,孩子。我回头给你些蜡,你把钥匙的模型印下来交给我。高都和西班牙其他城市一样,有的是坏蛋,肯行方便的锁匠我一找就有。'

"我对伽斯巴道:'咱们可以用原钥匙,何必假造呢?'他答道:'你这话很对,可是我恐怕父亲多心眼儿,或者别有缘故又把钥匙藏在别处;最妥当还是自己弄一个。'我觉得他有深谋远虑,很赞成他,就准备把钥匙的模型印下来。一天早上,我老主人出去拜访阿雷克西斯神父,他们往往谈得很久,我就乘机把那事干了。我一不做二不休,还用那钥匙打开钱箱;一看满箱大袋小袋的钱,喜得心忙意乱。我这也贪,那也爱,不知挑了哪一袋好。可是我怕人撞破,来不及细细研究,随手抓了最大的一袋。我关上钱箱,把钥匙放在壁衣后面,出来把贼赃藏在一间小小的藏衣室里,准备相机交给小维拉斯盖斯。他跟我约定在一处相会,我忙赶去,把刚才干的事告诉他。他觉得我好极了,对我十分亲热,又很慷慨地要把袋里的钱分一半给我。我没要他的。我说:'不不,先生,这头一袋钱是你一人的,你去花吧。我马上可以再到铁箱里去拿。谢天,那一箱子钱够咱们俩花的。'过了三天,我果然又拿出一袋。这一袋和头一袋一样,各有五百艾古。伽斯巴一定要跟我平分,可是我只肯拿四分之一。

"这年轻人爱的是玩女人和赌钱,手里一富裕,可以随心所欲,就昏天黑地地混在里面。有一种风骚女人,随你家资千万,能叫你不多几时花个精光。他偏偏就迷上了这么个有名的女人。他为她挥金如土,我只好常常去光顾那只钱箱,到后来老维拉斯盖斯看出来了。一天早上,他对我说道:'西比翁,我得把心事跟你讲讲。朋友啊,有人偷我东西,开了我的钱箱拿掉好几袋钱。这是千真万确的事。做贼的是谁呢?换句话说,除了我儿子,谁会干这事呢?准是伽斯巴溜到我房里去了,或者就是你放他进去的。你们俩尽管冤家似的,我怀疑你们串通一气。'又道:'不过阿雷克西斯神父担保你靠得住,我也不愿意把这点疑心当真。'我说:'谢天,人家的东西引诱不动我。'我一面撒谎,还装出一副正人君子的嘴脸,替自己遮饰。

"老头儿果然不跟我再提这件事,不过他还是怀疑我。他防我们不怀好意,钱箱上另装了新锁,把钥匙老带在身上。这样一来,我们跟那些钱袋无缘了。我们一筹莫展,尤其是伽斯巴,他不能像先前那样在他那美人身上撒漫使钱,就怕要见不到她的芳容。他倒是聪明,想出个办法又阔绰了几天。这办法很巧,他只算问我借,把我从钱箱里榨来的膏血都搜刮了去。我一文也没剩。我觉得这可算是老商人的承继人预先替父亲向我讨债。

"这年轻人把这注钱花完,一瞧再没有别的来源,就愁成一团,渐渐的心地糊涂了。他觉得父亲害了他一辈子。那混蛋穷极无赖,不顾骨肉之情,恶向胆边生,竟想毒死爸爸。他不但把这个没天理的打算告诉我,还主使我帮他报仇。我听见这话,吓一大跳,说道:'先生,敢情你要天诛地灭了,你怎么会生这个凶心呢?什么!你竟要害死生身父亲吗?最野蛮的国家,这种事也没人敢起意,倒在基督教首善之国的西班牙犯下这等罪来吗?'我又跪下道:'好主人,你干了这事要动天下人的公愤,还要遭刑受辱,千万来不得。'

"我还说了好些话,劝伽斯巴别干这大逆不道的事。我劝他别走上绝路,那一套嘉言正论也不知是哪儿学来的。我年纪虽小,而且还是果斯果丽娜的儿子,可是讲起话来实在像个萨拉曼卡的博士。我劝他深思熟虑,毅然铲除掉横在心里的恶念,可是说来无用,只是枉费唇舌。他低垂着头,随我干什么说什么,只是死不做声,我瞧他一点儿没有回心转意。

"于是我打定主意,决计向老主人全盘招供。我请求跟他密谈,他答应了,我们俩关上门,我说:'先生,让我跪在你面前,求你发个慈悲。'我说完就跪下,情不自禁,满面泪痕。那商人看我这般行径,又看我神色张皇,诧异起来,问我干下什么事了。我答道:'我做了一件错事,现在很后悔,一辈子也于心有愧。我主意不牢,依了你儿子,帮他偷你的钱。'我就老老实实一桩桩告诉他,然后又把伽斯巴跟我谈的话和他的打算,一五一十全都讲出来。

"老维拉斯盖斯尽管看得儿子无恶不作,听了这话,竟也不能相信。不过他知道我说的是真话。我还跪在他脚边,他一面拉我起来,说道:'西比翁,你告诉我这个要紧消息,我也就饶恕你了。'又高声道:'伽斯巴要我的命呢!啊!你这个没天良的儿子!你这畜生!养大了你变成个杀父的逆子,倒不如生下地就把你闷死!你凭什么要谋害我呀?我每年给你一大笔钱,够你寻欢取乐,你心还不足!我就得称你的心,随你把妹妹的钱都花光,把家产都送掉么?'他提着儿子的名字恨恨地数说了一顿,嘱我别说出去,又说这事很费心思,得让他想个办法。

"我急要知道这可怜的爸爸打算怎么办。当天,他叫了伽斯巴去,脸上若无其事,说道:'孩子,刚有人从梅利达来信说:你要是想结婚,有个十五岁的小姐配给你,是个十全的美人,还有一大笔陪嫁。你要是愿意,咱们明天一清早动身到梅利达去看看那位小姐。配你胃口呢,就娶她;不然呢,这头亲事就不提了。'伽斯巴听说一大笔陪嫁,仿佛钱已经到手,毫不犹豫,说立刻可以出门。所以第二天一老早,他们俩不带从人,骑上两匹好骡子就动身上路。

"他们到了斐齐拉山里,有一处是强盗最喜欢而过客最害怕的地方,巴尔塔札在那里下骡,叫儿子也下来。那年轻人依了他的话,还问为什么叫他这里下来。老人满眼悲愤,瞧着他道:'我要告诉你,咱们不到梅利达去,我说的婚事是谎话,我编了哄你到这儿来的。你这个没良心没天理的儿子啊,你要犯的弥天大罪我已经有数了。我知道你要弄毒药给我吃;可是你真糊涂,你如意算盘,以为这样干掉了我就没事儿吗?你完全错了!你想想,你犯的罪马上会败露,你就得挨刽子手一刀。要称你那发疯似的狠心,还是我这办法妥当,免得你身败名裂而死。咱们这儿没人看见,这地方天天有几起谋杀案子,你既然非要我的命不可,就当胸一刀戳死我吧,人家准以为是强盗杀的。'巴尔塔札说完,露出胸膛,指着心道:'伽斯巴,这里一刀可以致命,你戳吧,我生了你这个混蛋,该受这罚!'

"这话仿佛是对小维拉斯盖斯当头棒喝,他并不分辩,眼前一黑,一头跌倒在父亲脚下。这老头儿瞧他那样,好像他有懊悔的意思,毕竟做父亲的心软,忙去救助。伽斯巴一醒过来,觉得父亲怒得理直气壮,他实在无颜相对,忙挣扎起来,骑上骡子,一句话不说就跑掉了。巴尔塔札看他走得无影无踪,让他去自恨自责。他一人回到高都,过了六个月,知道儿子已经进了赛维尔苦修院,准备忏悔终生了。"

## 第十二章

西比翁述完身世。

"有时候看了坏样儿反会学好。小维拉斯盖斯的行为使我认认真真地反躬自省。我开始用克己功夫来抑制那偷偷摸摸的脾气,要做个诚实孩子。我见了钱能偷就偷原是一次次积久养成的习惯,不容易改掉。可是我希望能改过来,因为常听人说,修身只须志诚。我就去干这件大事,好像也蒙皇天默佑;我瞧着老商人的钱箱再不起贪心,我相信即使打开随我偷,我也不偷了。不过我老实说,我那诚实不欺的心那时刚在萌芽,真要这样试我,未免风险太大,所以维拉斯盖斯很留心,不让我见财起意。

"有位年轻绅士常上我们铺子来。他叫堂曼利克·德·梅德拉那,是授阿尔冈达拉勋章的爵士。他是我们老主顾,虽然不是最好的主顾,却是个很有身份的主顾。承他喜欢我,每次来了总逗我说话,好像听着很有趣。有一天他跟我说:'西比翁,我要是有个跟班像你这样脾气,我就如获至宝了。我是瞧你东家面上,换了你在旁人家,我一定用尽心机勾你到我手下来。'我答道:'先生,这不用您费劲儿的,我有个毛病,喜欢贵人,羡慕他们那副优游自在的样儿。'堂曼利克道:'既然如此,我就去请巴尔塔札先生把你让给我,我想这点面子他总给。'维拉斯盖斯果然答应,他觉得走了个混蛋用人并不是一辈子的缺憾,所以更没有一点为难。我这样一换很高兴,觉得平头百姓的用人跟阿尔冈达拉爵士的用人一比,只好算瘪三。

"我来描摹一番我的新主人吧。这位大爷相貌很俊俏,大家喜欢他举止温文,人物聪明。他也很勇敢,很正直,只是没钱。他家虽然算名门,却不是富户,他又是小儿子,只好靠着个年老的姨妈过日子。这姨妈住在托雷都,当他亲生儿子一般宝贝,他的花费全归姨妈供给。他衣服总很讲究,到处做上宾。他常拜访城里的贵妇人,其中一位是阿尔梅娜拉侯爵夫人。这位夫人是七十二岁的寡妇,和蔼可亲,聪明可喜,高都有身份的人都爱到她家去,男男女女,全喜欢听她谈话;她家是有名的'高朋雅集'。

"我主人是她门上的熟客。一晚上,他从那里出来,我觉得他神气异常,我说:'大爷,您好像心绪不宁,您忠心的用人可以问问什么缘故吗?您碰到什么意外了吗?'爵士听了笑笑说,他才跟阿尔梅娜拉侯爵夫人谈要事,这会子实在是想起了那番谈话。我笑道:'我但愿那位七十多岁的老美人儿向你求情了。'他答道:'不是开玩笑,我告诉你,朋友,侯爵夫人爱我。她对我说:"爵爷,你出身华贵而家境清贫,我都知道。我喜欢你,打算嫁给你,让你过舒服日子。因为只有如此才能够依法合礼的把家当给你。我明知道这么一嫁,人人都要把我当笑话,把我糟蹋,总而言之,我就成了个守不住空房的老风流了。可是不要紧,我只要你享福,不去管人家说什么短长。只怕我有此心,你却未必愿意。"'

"爵士接着道:'侯爵夫人跟我这么讲的。她是高都城里最循规蹈矩、懂事达理的女人,所以我听了这话越发奇怪。我说她向来矢志守节,想不到肯赏脸下嫁。她说因为富有资财,情愿在生前跟心爱的人共享。'我插嘴道:'您大概打算拼着干一下了。'他答道:'那当然,侯爵夫人是个大财主,再加她有才有德,我要是错过这头便宜亲事,真是失心疯了。'

"我很赞成主人的打算,乘这个好机会挣下个家业。我只怕有变故,还劝他上劲。好在那位夫人比我更心切,一点不放松,把事情安排得有条不紊,不多几时,婚事筹备就绪。高都人一听说年老的阿尔梅娜拉侯爵夫人要嫁给年轻的堂曼利克·德·梅德拉那,一班刻薄鬼就把这寡妇挖苦取笑。可是随他们嚼烂舌根,侯爵夫人绝不回心转意;她不管人家闲话,跟着她那位爵士上教堂圣坛前去了。他们的喜事办得非常热闹,越添了笑骂的资料。人家说,这新娘子至少也该有点廉耻,顾些体统,别这样大锣大鼓地招摇;老寡妇嫁年轻男人,这个样子不对景。

"侯爵夫人这样年纪做了爵士的夫人,一点没有忸怩之态;她欢天喜地,毫不遮遮掩掩。她家大摆酒席,一面还奏乐助兴;席散又有个跳舞会,高都城里的贵族,男男女女都到了。舞会快散的时候,新夫妇带了贴身女用人和我溜到一间房里,关上了门。这又给来客抓住个把柄,怪侯爵夫人情急,其实大家错怪了这位夫人。她一看旁边没有别人,就和我主人说:'堂曼利克,这是你的卧房,我睡在另一处。咱们晚上分开睡,白天一起过,像母子那样。'那爵士一上来误会了,以为这无非是要他逼着求情;他觉得按礼应当装出一盆火的样儿,所以挨上去,急煎煎地要求贴身伺候。可是她不让他来代脱衣裳,正色推开他道:'住手,堂曼利克,你要是把我当做那种老风流女人,没有操守而要再嫁,你就错了。我嫁给你,婚约上给你那些好处,并不是有求于你,那完全出于情分;我不要你什么报答,只要你一点友谊。'她说完撇下我们主仆,一定不许爵士跟随,就带着她女用人走了。

"她走之后,堂曼利克和我听了方才的话还在发怔。我主人道:'西比翁,侯爵夫人方才那番话,你想得到吗?这样的女人,你觉得怎么样?'我答道:'先生,我觉得世界上找不到第二个。您娶了她真好福气!好比领干薪。'堂曼利克道:'这样品性高贵的老婆,我真佩服。她为我不惜玷污清名,我只有尽心体贴来补报了。'我们把这位夫人又谈论了一番,各自安置。我睡在藏衣室里一个铺上,我主人睡一张特地铺设的漂亮床。我想他对这样慷慨的老婆尽管感激涕零,不嫌老大,骨子里还是宁可独宿的。

"第二天还有庆祝,新娘子满面喜色,惹得轻薄人大开玩笑。她听了人家那些话,打头先笑。她任人挖苦,逗得挖苦的人都乐了。爵士也喜气盎然,跟他老婆不相上下。他对她顾盼、跟她说话时那股亲热劲儿,仿佛越老越配他胃口呢。他们两口子晚上又谈了一番,决计照结婚以前那样过日子,彼此各不牵制。不过堂曼利克有一点可取,别的丈夫就难得像他那样顾念老婆了。他本来跟一个小家女人相好,可是想到老婆对自己体谅入微,不好丢她的脸,所以不肯再跟那女人来往,就和她断了。

"他拿出这样真凭实据来感谢那位老太太,老太太虽然不知道,也在赔了重利报答他。她把钱箱交给他管,那钱箱比维拉斯盖斯的还殷实。她守寡的时候裁减了些开销,这会子又回复她前夫在时的排场,家里添了用人,马房里养满了骡马,长话短说,我主人原是阿尔冈达拉爵士里最穷的一个,靠她慷慨照应,成了最阔的了。你们也许要问,我挨在里面得了些什么好处呢。我女主人给我五十比斯多,我主人给我一百比斯多,用我做了他的书记,一年有四百艾古的薪水;他对我十分信任,还叫我做他的管账。"

我听到这里,哈哈大笑,打断西比翁道:"他的管账啊!"他神气自若,一脸正经道:"是啊,先生,是啊,做他的管账。我敢说,我这事做得很争气。其实我也许还欠下些钱,因为我从钱箱里预支薪水,后来突然离开东家,说不定账还没清。反正那是我末了一次的过错,从此以后,我总是正直不欺了。"

果斯果丽娜的儿子接着道:"我做了堂曼利克的书记兼管账,彼此很相得。忽然他收到托雷都来信,说他姨母堂娜戴欧朵拉·缪斯果索怕要病得不起了。这位夫人多年来就像他妈妈一般,所以他得到消息非常着急,立刻动身赶去。跟他出门的只有我和一个亲随、一个跟班。一行四众骑了我们马房里的好马,急急赶到托雷都。我们一看堂娜戴欧朵拉的病还有指望,虽然给她瞧病的老医生断定她好不了,我们的诊断毕竟没错。

"我们这位好姨妈眼看着健朗起来,这未必是吃的药灵验,倒是宝贝外甥在身边的功效。这个当儿,我这位管账先生逍遥自在极了,结识的一班年轻人专引我花钱。他们带我去找女人,我少不得破钞供她们寻欢作乐;他们有时还带我上赌场,跟我赌钱。我不是旧主人堂阿贝尔一流的老赌棍,输的遭数远比赢的遭数多。我渐渐赌出滋味来,要是竟任情滥赌起来,势必到钱箱里去预支半年或三个月的工资。可巧我堕入情网,那钱箱和我的品行才算保全了。有一天我走过红衣会修士的教堂,附近人家有一处窗帷没拉上,我隔着百叶帘子望见个年轻女人,在我眼睛里,她不像世间凡人,竟是天上神仙。这话还不够劲儿,描摹不出我心目间的影子,只是我也说不来了。我就去打听,一问出来,知道她叫贝雅德丽斯,是玻朗伯爵的小女儿堂娜如丽的女用人。"

贝雅德丽斯哈哈大笑,插嘴向我老婆道:"安东妮亚美人儿,请您把我仔细认认,瞧我有神仙味儿吗?"西比翁道:"你那时候在我眼睛里的确有啊;我知道了你没对我负心,就越发觉得你美了。"我的书记回敬了这句讨好女人的话,仍然讲他的故事。

"我看见这女人就爱上她了,其实我是居心不正的。我老实说吧,我想只要送的礼物能打动她的心,不难哄上手。可是我看错了这位贞静的贝雅德丽斯了。我由买通的几个女人去向她使钱献好,她总是夷然不屑。我碰了钉子非但不死心,反撩上火来了。我只好下最后一着棋子,正式向她求婚。她打听得我是堂曼利克的书记兼管账,就一口应允。我们觉得这件亲事最好瞒几时再说,所以偷偷儿结婚,在场只有赛拉芬的保姆萝朗莎·赛馥拉大娘和另外几个玻朗伯爵的家人。我跟贝雅德丽斯一结婚,她就大开方便之门,让我白天去看望,又给我个花园小门上的钥匙,约我晚上进花园相会。比我们更相亲相得的夫妇恐怕找不到了。她和我都热锅上蚂蚁似的等着见面,都急急赶去相会;聚的时候尽管长,总觉得一眨眼就过去。总而言之,我们虽然是夫妇,倒像一对情人。但是尖酸忌刻的命运马上就不让我们快活了。

"我每晚很乐,可是有一个晚上却苦恼得很。我进花园去,看见小门没关,吃了一惊。这是从来没有的事,我很不放心,觉得凶多吉少。我面容失色,身子哆嗦,仿佛知道要出事儿。我跟老婆常在一个亭子里会面,这时候暗地里走去,忽然听得一个男人的声音。我忙站住细听,听得说:'亲爱的贝雅德丽斯,别叫我害相思病了,成全了我的好事吧。你该想想,这和你的利害有关。'我没有耐着心听下去,以为不用再听了。我醋得如疯如狂,只想报仇,拔剑冲进亭子,嚷道:'啊!你这不要脸的奸徒,我不管你是谁,你想要装我的幌子,你得要了我的命才行呢。'我一面说,就挥剑去刺那个跟贝雅德丽斯说话的人。他连忙回手,我只在高都学过几回击剑,手段没他了得。不过他剑术虽然高明,给我得空刺中一剑,也许是他一失脚,我瞧他跌倒了。我以为他受了致命伤,就拔腿飞奔,贝雅德丽斯大声叫我,我也不理。"

西比翁的老婆插嘴道:"是啊,确有这事,我要叫他回来跟他解释。亭子里跟我谈话的是堂范尔南·德·李华。那位爷爱上如丽小姐,打算带她私奔,以为只有这个办法才能够如愿。我亲自约他在花园相会,商量怎样私奔,他答应事成一定重谢。可是我拼命叫我丈夫也叫不回来;他气糊涂了,把我当个水性女人撇下不顾了。"

西比翁道:"我那时候什么都干得出来。过来人都知道妒火中烧是怎么回事,连明白人都会胡做乱来,难怪我这个糊涂行子要犯失心疯了。我顷刻之间由爱极转为恨极,先前对我老婆的柔情这会子变成怨毒。我发誓不要她了,从此把她忘个一干二净。而且我以为杀了一位绅士,怕送官法办,惶惶不安,仿佛干了亏心事儿,到处有恶报神追赶着似的。我觉得形势凶险,只想逃命,也没回寓所,即刻溜出托雷都,除了随身衣服,什么行李都没带。我身边实在还有六十来个比斯多;一个小伙子打算还要当用人的,有这些钱也尽够了。

"我走了一夜,该说跑了一夜,我心上老想着那些公差,力气就源源而来。天亮我正在罗狄拉斯到马盖达的路上。我到了马盖达镇,有点累了,教堂刚开门,就进去祷告一番,坐在长凳上歇歇。我想想自己的事真是一团糟,但是没来得及细想,听得外面三四下鞭子响,想必有赶骡子的路过。我连忙起来瞧瞧是不是,门口看见个骡夫,骑一匹骡子,还牵着两匹。我说道:'朋友,你停一停,这几匹骡子上哪儿去?'他答道:'上马德里。我从那儿送两位圣多明我会的修士到这里,现在往回里走。'

"我有这机会上马德里,就心动了。我跟骡夫讲定价钱,就骑上一匹骡子同往伊尔加斯,准备在那儿过夜。那骡夫大概有三十五到四十岁光景,我们刚出马盖达镇,他就拉着嗓子大唱圣诗,从大司铎的早祷词唱起,接着就唱'信条',像大弥撒上唱的一样;于是又唱晚祷词,连圣母马利亚的赞美歌都没漏掉。我给那家伙闹得耳朵都聋了,可是又忍不住好笑;他少不得停会子喘口气,我还叫他唱下去。我说:'唱啊!朋友,再唱啊!你没辜负了天生的好嗓门儿。'他嚷道:'唷,那倒是没有。大半赶车人唱的歌儿,不是有伤风化,就是不敬神明,谢天,我跟他们不同,就连讲咱们跟摩尔人打仗的诗歌都从来不唱。这类事情就算不下流,至少也很无聊,好好一个基督徒,该置之不理。'我道:'你心地一尘不染,真是骡夫里少有的。朋友,你唱的歌儿挑选得一丝不苟,你到了有女用人的客店里也不犯色戒吗?'他答道:'当然!我在那种地方,向来洁身自好,这也是我一桩得意的事。我只想尽我本分,伺候我的骡子。'这人可算骡夫里独一无二的了,我听了他的话非常诧异,觉得他是个有才有德的人,等他唱了个畅,就跟他攀谈。

"我们傍晚时分到伊尔加斯。我们落了客店,我让那旅伴儿去照看骡子,自己到厨房里吩咐店主人做一餐好晚饭。他说一定做得好,准叫我一辈子也忘不了在他店里住过;又说道:'问问你的骡夫,我是什么样人。嗨!找遍马德里和托雷都,我不信哪个厨子炖的肉赛得过我。我今晚照我的法子为你做个炖兔子,你回头瞧是不是我胡吹瞎卖。'他就给我看一锅东西,据说是剁成块儿的兔子。他道:'我想把这个给你当晚饭,另外还有一只烤羊肘子。这锅里回头加些胡椒、盐、酒、一把香草和一些别的作料,炖出来可以请贵人老爷们吃呢。'

"店主人吹了一通牛,才去动手做晚饭。他在那儿忙,我在一间屋里找到个床铺,就躺下了。我前宵整夜没睡,疲倦得很,一会儿就睡着。过了两个钟头,那骡夫来叫醒我说:'先生,你的晚饭得了,请来吃吧。'屋里桌上摆着两份刀叉,骡夫和我坐下,店家送上炖兔子。我饿虎扑食似的大吃,也许是饿了吃来特别香,也许的确是厨子烹调得好,我觉得味道美极了。接着又送上一块烤羊肉,我瞧那骡夫专吃这一个菜,就问他干吗不吃别的。他笑嘻嘻地说,不爱吃炖肉。我觉得他话里,尤其是笑里有文章。我说:'你不吃炖兔子另有缘故,你瞒着我呢。请你告诉我吧。'他道:'你这样好奇,我就讲给你听吧。有一次我从托雷都到古安加,在一个客店里吃晚饭,店家给我吃个剁成小块儿的公猫,只说是野兔子。从此以后,我怕吃炖肉,看见炖的肉丁儿就恶心。'

"我一听这话,虽然饿得慌,顿时胃口全无。我怀疑吃的兔子不是真的,看着那盘炖肉就皱眉头。我的伙伴儿又讲些话,越叫我放心不下。他说,西班牙的客店主人常常干这套挂羊头卖狗肉的把戏,做馅饼的也捣这种鬼。你们瞧,这话可算得安心丸吗?所以那锅炖肉我再也不想吃了,连烧烤都不碰,恐怕羊肉跟兔子肉一样靠不住。我把那炖肉、那客店主人、那客店一股脑儿地咒骂,站起身不要吃了。我又上床,想不到一夜睡得很安静。第二天大清早,我仿佛受了店家十分款待似的,付掉一大笔账,于是离开伊尔加斯,心心念念还只管想着那公猫,看见什么畜生都以为是猫。

"我到马德里时候还早,跟骡夫算清账,就在太阳门附近租下一间客房。我虽然见过点世面,这会儿瞧着常聚在王宫一带的大爷们,不免眼花缭乱。那马车不知有多少,跟随贵人的那些家人呀、小僮儿呀、跟班呀数都数不清,我瞧着羡慕得很。王上早起,御榻前后左右围簇着朝里贵人,我见了越发向往。我觉得好看极了,心想:'真是荣华富贵!气象万千!怨不得人家说:马德里朝廷的豪华是想象不到的,非要亲眼看见才知道呢。我来了真高兴,心里仿佛有个预兆,不会虚此一行。'可是我竟一无所获,结识了几个人都毫无实惠。我的钱越花越少了。可巧我认识一位萨拉曼卡的学究,他原是马德里人,这会子有事回故乡。我抱着通身本领,投得这个主儿已经喜出望外。我做了为他打杂差的用人,跟他回萨拉曼卡大学。

"我的新主人叫堂伊尼亚求·德·伊比尼亚。他做过一位公爵的教师,得了'堂'的头衔和一笔年俸;他又是学院退休的教授,另有一笔年俸;他每年要出几本书,用基督教教旨来发挥伦理,一年又有二三百比斯多的收入。他著作的方法大可一谈。这位大名鼎鼎的堂伊尼亚求几乎成天在看希伯来、希腊、拉丁文的著作,看到一句格言或是一点新奇的意思,就摘录在一小方纸片上。等到纸片儿一张张写满,就叫我把这些片子用铁丝穿成个圈儿,每一圈可以做一本书。我们制造了不知多少恶劣的书籍,每个月至少两本,印刷机立刻就忙不迭地印。他收集了这些东西,都算他的新著作,这最奇怪了。如有批评家怪作者剽窃古人,他气盛脸厚,引句拉丁诗道:'做贼也堪豪。'①

"他又是个笺注大家,他的注解渊博极了,不必注解的地方往往也注解一通;他那纸片儿上引证的赫西奥德和其他作家,有时候牛头不对马嘴。虽然如此,我在这位饱学之士家里很有进益,要是连这点不承认,我就没良心了。我替他誊写稿子,练习得书法工整。他待我不大像用人,倒像学生;他留心培养我的才能,而且对我的品行也一点不放松。

---

① 这是节引法国诗人桑德尔(Jean Baptiste Santeuil,1630—1697)一首拉丁诗里的句子,全句是:"诗中做贼也堪豪。"

他要是听说谁家用人干了欺心事,就要对我说:'西比翁,我的孩子,当心别学那混蛋的坏样。用人伺候主人,不单是应该巴结,还得拿出一片赤心。一个人要是造化低生性不良,应当发奋自修,学成个好人。'总而言之,堂伊尼亚求随时随地总劝诱我学好。他的话对我很有益处,我在他家十五个月,从没想要欺骗他。

"上文说过伊比尼亚博士是马德里人。他有个亲戚叫加德丽娜,是王太子奶妈的贴身女用人。我后来要救山悌良那先生出塞哥维亚塔,就走了这女用人的门路。她有心帮堂伊尼亚求的忙,撺掇女主人替他向赖玛公爵求个大教堂副监督的职位。这位大臣就派他做了格拉纳达大教堂的副监督;格拉纳达在咱们征服的地界里,那儿的官职归王上任命。伊比尼亚博士要在上任之前面谢两位女恩人,所以我们得了消息立刻赶到马德里。我和加德丽娜会了几次面,她爱我嘻嘻哈哈的脾气,逍遥自在的样儿。我也很赏识她,因此她对我小意儿讨好,我也少不了向她答报。长话短说,我们就要好了。亲爱的贝雅德丽斯,这点请别见怪,当时我满以为你对不起我呢,我这点过失也情有可原。

"这个当儿,堂伊尼亚求博士准备动身上格拉纳达。他那亲戚和我一看别离在即,着急得很,就想出个法子,免了两人拆散。我只说有病,头里不舒服,胸口又不舒服,装得浑身是病。我主人就去请医生,我以为这位神医准看透我一点没病,所以很心虚。亏得他仿佛是跟我串通的,把我细细诊视一番,认真说:这病可不轻,瞧这光景,得躺好一程子呢。那位博士急要去上任,觉得不便耽搁,宁可另雇用人了。他托个女人照看我,交给她一笔钱,我死了就做丧葬费,我病好了就算是伺候他一场的赏钱。

"我知道堂伊尼亚求已经动身到格拉纳达去,假装的病立刻都好了。我起来回掉那位高明的医生,辞退照看我的女人。她把应该还我的钱干没了一半。我在这边串戏,加德丽娜也在她女主人堂娜安娜·德·格娃拉面前弄手段。她说我是个智多星,撺掇女主人用我跑腿当差。那位奶妈太太贪财,常出花样弄钱,正要用到这种角色,就收我做家人,立刻试用了我的本领。她给我的差使要些手段,不是夸口,我办得不错呢。她觉得我很行,我却对她很不满。那太太真小气,我辛辛苦苦替她弄来的好处,她一点儿也不分给我。她按期给工钱,就以为待我很宽了。这样一钱如命,我很不乐意;我是看加德丽娜待我的情分才留下的,不然早走了。我们俩越打越热,后来她正式提出要嫁我了。

"我说:'且慢,我的宝贝,咱们还不能马上行这个大礼;有个小娘儿抢在你头里了,我自作孽已经跟她结婚,现在得等她死了才行呢。'加德丽娜道:'去你的吧!我没那么傻,会相信你这套话。你想拿结过婚来哄我,为什么呀?因为你不愿意娶我做老婆,不好意思直说。'我极力分辩,说我讲的话千真万确,也没用处;她把我的真心话当做推托之词,觉得我无礼,对我就改了样儿。我们并没有吵架,不过眼看着交情冷淡下来,彼此只是客客气气、不碰破面子罢了。

"这个当儿,我听说西班牙首相的秘书吉尔·布拉斯·德·山梯良那先生要找个跟班,而且据说这个位子好极了,所以越发合我的心。人家告诉我,山梯良那先生很有本事,是赖玛公爵的红人,前途未可限量;而且他心胸豪爽,替他干事,沾光很多。我不错过机会,忙去见吉尔·布拉斯先生。我一见就喜欢他,他也只看看我的相貌就要我了。我毫不踌躇,辞了奶妈太太上他家。但愿天保佑,他是我末了一个主人了。"

西比翁的身世到此讲完。于是对我道:"山梯良那先生,我现在请求你向两位太太证明:我在你手下,一向是个又忠心又巴结的用人。她们得要你做了证人,才会相信果斯果丽娜的儿子已经品行清白,弃邪归正了。"

我就说:"是啊,两位太太,这点我可以担保。西比翁小时候固然是个地道的流氓,后来改过自新,已经算得用人里的模范了。我对他非但没有责备,还该说多亏了他。我押送到塞哥维亚塔里去的那晚,家里抢得七零八乱,他替我救出一点家当,好好保藏起来,其实他尽管自己拿了也没人过问。他不但照管我的东西,他出于一片交情,不希罕逍遥自在,宁可跟我有难同当,觉得苦中自有乐趣,所以还赶到监里去陪我坐牢呢。"

# 第十一卷

# 第 一 章

吉尔·布拉斯乐极灾生。朝局有变动，
山悌良那再度入朝。

我说过安东妮亚和贝雅德丽斯十分相得，一个做惯依头顺脑的女用人，一个学着做女主人也很乐意。西比翁和我都是很殷勤、很恩爱的丈夫，所以不多时都有做爸爸之喜，她们俩差不多同时怀孕了。贝雅德丽斯生个女儿；过了不多几天，安东妮亚生个儿子，大家都快活得无以复加。我逢到这样喜事，乐不可支，派我书记到瓦朗斯去向都统报信。都统就带着赛拉芬和一位普利果侯爵夫人到李利亚斯来参与两个孩子的洗礼。我已经承他种种厚爱，他还要恩上加恩。这位大爷做了我儿子的干爹，侯爵夫人做了干妈，孩子取名阿尔方斯。都统夫人赏我脸，要结个双重亲家，就和我做了西比翁女儿的干爹妈，替她取名赛拉芬。

我生了儿子，不但田庄上人高兴，李利亚斯的老乡们也庆贺，可见我这一乡之主有了喜事，全乡都跟着快活呢。可是，唉！好景不常，或者干脆说，祸生不测，欢天喜地一霎时变了呼天抢地。这事我二十多年来总撇不开，只怕一辈子也忘不掉。我儿子死了，他妈妈虽然生产顺利，跟脚也去了。我那亲爱的老婆嫁我才十四个月，发一场高烧，就此不起。我当时的伤心，读者诸君如能想象，就自去揣摩吧。我仿佛一下子打闷了，哀痛过深，变成麻木不灵的样子。我这样过了五六天，一点东西都不肯吃，要没有西比翁，我相信不是饿死，准会发疯。我这书记很乖巧，他陪着伤心，就替我解开些；他哄我喝汤也有个窍门儿，他赔上一副苦脸，仿佛不是来延我的命，倒是来添我的恨似的。

这位有情有义的用人写了封信给堂阿尔方斯,把我所遭的伤心事、所处的苦境界,一一告诉。那位大爷是个软心肠,又是个义气朋友,就马上赶到李利亚斯来。我现在回想那次见面,忍不住还要下泪。他拥抱我道:"亲爱的山悌良那,我不是来安慰你,我是来陪你哭安东妮亚的;假如司命之神抢了我的赛拉芬去,你也会陪着我哭她。"他真的泪流满面,跟我同声叹气。我虽然悲伤,看到这位爷待我的情分,不由得衷心感动。

堂阿尔方斯和西比翁谈了好久,商量怎样来劝慰我。他们觉得我在李利亚斯处处会想起安东妮亚,应该暂时出门散散心。堂西泽的儿子主张我到瓦朗斯去,我书记一力撺掇,我就答应了。我在田庄实在是触景伤情,所以撇下西比翁夫妇跟都统动身。到了瓦朗斯,堂西泽和他的儿媳妇费尽心思替我解闷,想了种种法儿供我消遣,可是都没用,我一味哀伤,鼓不起兴来。西比翁也尽力来安慰我,常从李利亚斯到瓦朗斯来问候,见我宽怀了些,回去就高高兴兴,否则就闷闷不乐。我瞧出他这样,很觉喜欢;我感激他流露的这片真情,自幸有这么个知痛着痒的用人。

一天早上,他到我房里来,神色异常,说道:"先生,城里传开了个消息,干系着全国呢。据说斐利普三世驾崩,王太子即位。还说红衣大主教赖玛公爵已经垮台,连上朝都不准了;现任首相是奥利法瑞斯伯爵堂加斯巴·德·古斯曼。①"我听了不知怎的心里一动。西比翁瞧出来了,问我是不是关怀朝里的新局面。我道:"哎,你要我关怀什么呀,我的孩子。我已经离开朝廷,当然对朝里的翻覆都漠不关心了。"

果斯果丽娜的儿子道:"你才这点年纪,也太看破世情了。换了我就有个好奇的心愿。"我打断他道:"什么心愿呢?"他道:"嗨!我要跑到马德里去见见小万岁爷,瞧他可记得我。这个愿我是要了的。"我道:"我懂你的意思,你要我再上朝碰碰运气,换句话说,要我再变成个专想发财做官的家伙。"西比翁答道:"怎么见得你上了朝廷又要没品

---

① 据正史,赖玛公爵垮台后,继任首相的,先是于才德公爵,然后才是奥利法瑞斯伯爵。本卷第八章所说就与正史符合。

行呢？你对自己的修养还可以拿得稳些呀。我就保得住你。你失意以后已经看破朝里的富贵，再不怕什么危险。这片海上的暗礁你都有数，放胆开船就是了。"我笑道："你这甜言蜜语的家伙，别多说了，你瞧我过着清闲日子，你不耐烦了吗？我的心身安泰，想不到你竟毫不在意。"

我们讲到这里，堂西泽和他儿子来了。他们说王上驾崩和赖玛公爵失势两项消息都确，还说这位大臣请求退居罗马，没有批准，奉命要回到他的侯爵封邑德尼亚去。于是他们俩仿佛跟我书记串通一气的，以为我认得新王上，而且我替他效的劳是贵人们都愿意犒赏的，所以也劝我到马德里朝上去露露脸。堂阿尔方斯说："我想他准会谢你。他做王太子的时候欠的债，现在做了斐利普四世当然要偿还的。"堂西泽道："我也这样心血来潮，觉得山悌良那这番入朝，准有机缘会身居要职。"

我说道："两位大爷，你们这话真是没仔细想想。听你们说来，仿佛我只要跑到马德里，就会有金钥匙①到手，或者就会做什么封疆大员，你们可错了。我看来不然，即使我挨在王上面前，我拿定他不会留意到我。你们真要我去试试，我不妨去一趟，免得你们痴心妄想。"两位李华大爷捉住了我这句话，我少不得答应他们立刻动身上马德里。我书记瞧我决计出行，顿时快乐得不得了。他以为我只要身到御前，新万岁爷就马上会在人堆里认出我来，把说不尽的高官厚禄叫我承当。他做着好梦，把我抬到了国家元勋的地位，自己也乘势步步高升。

堂西泽和他儿子以为我马上会蒙至尊垂青，我准备再度入朝不过是顺着他们，并非求什么遇合。其实我心底里也有点好奇，想瞧瞧这位青年王上是否记得我这个人。我并没什么指望，也不想在新王朝上谋什么好处，只是给这一点好奇心引动了，就和西比翁取道上马德里。贝雅德丽斯很能干，田庄由她照管。

---

① 西班牙职位显要的大臣，腰悬金钥匙，可出入皇帝卧室。

## 第 二 章

吉尔·布拉斯到马德里,在朝上露脸,王上记得他,荐给首相,后事如何。

堂阿尔方斯给我们两匹好马,可以尽快赶路,我们不出八天就到马德里。我们在旧房东文森·佛瑞罗的客寓里住下,他和我重逢也很高兴。

这人自以为朝野消息无所不知,我就向他打听新闻。他答道:"事情多得很呢。斐利普三世归天以后,红衣大主教赖玛公爵的党羽想保住他大人的地盘,大忙一阵,可是白费心机,都斗不过奥利法瑞斯伯爵。人家以为朝局这番变动对国家不会有害处;新首相雄才大略,全世界都治理得下。但愿靠天保佑吧!"接着道:"有一头是没什么说的,老百姓觉得他本领通天呢。究竟撤换了赖玛公爵是好是坏,咱们往后瞧吧。"佛瑞罗讲动了头,又把奥利法瑞斯伯爵执政以来朝上的变动一一告诉我。

我到马德里两天之后,下午进王宫,守在王上到书房去的过道上。他瞧也没瞧我。第二天我又去守在老地方,还是不凑巧。第三天他走过瞥了我一眼,可是好像一点也没留心到我这个人。于是我打定主意,对身边的西比翁道:"你瞧,王上并不记得我,或许记得,可是不高兴理会我。我想咱们还是回瓦朗斯好。"我的书记道:"别那么急呀,先生!朝廷上的事得捺定性子才行,这还用对你说吗?你总要让王上常常照面;你老挨在他眼前,他少不得把你仔细瞧瞧,就会记起加德丽娜美人的牵线来了。"

免得西比翁后来怪我,我乖乖地照这样守了三星期,居然一天万岁爷觉得我脸熟,召我晋见。我进了他书房,和皇上相对,不免惶悚。他问道:"你是谁?我瞧你脸熟,不知是哪儿见过的。"我战战兢兢答道:

"万岁爷,一次晚上您赏脸叫勒莫斯伯爵和我陪着到……"皇上打断我道:"啊!我想起来了,你是赖玛公爵的书记,你好像叫山悌良那吧?我记得那回你为我很卖力,辛苦一场,却吃了大亏。你不是为那事坐了牢么?"我答道:"是啊,万岁爷,我在塞哥维亚塔里关了六个月,靠您恩典出来的。"他道:"那还不够报答山悌良那,放他出狱不算什么,他为我受罪,我应该补偿。"

话刚说完,奥利法瑞斯伯爵来了。得宠的人总觉得谁都碍着道儿,他看见里面有个陌生人就奇怪,后来听了皇上的话,越发诧异。皇上说:"伯爵,我把这年轻人交给你吧,安插他个位子,托你留心提拔。"那大臣做出奉命惟谨的样儿,一面把我脚上看到头上,满腹狐疑,不知我是谁。万岁爷挥手叫我出去,说道:"去吧,朋友,伯爵准会好好安插你,让你替我出力,你自己也得些好处。"

我连忙出来,找着了果斯果丽娜的儿子,他正像热锅上的蚂蚁,急要知道王上跟我说了些什么话。他见我满面得色,就说:"要是我眼睛没昏花,看来咱们不用回瓦朗斯,要留在朝里了!"我答道:"大概要留下了。"一面就把万岁爷跟我谈的几句话一字不改地告诉他。他听得乐极了,兴头上说道:"亲爱的主人,你下回还不信我的预言吗?我撺掇你到马德里来,你现在可不怨我了吧?我仿佛已经瞧见你做大官了。你准可以在奥利法瑞斯伯爵手下做到加尔德隆的地位。"我打断他道:"我倒一点没有这个想头,那地位仿佛四围都是悬崖绝壁,我不贪图。我要的好差使,该是那种没法营私舞弊、把王恩换臭钱的才行。我从前那样仗势胡为,现在更得小心检点,别再让功名利禄熏了心。"我的书记道:"好,那位大臣准会给你个好位置,不妨碍你做正人君子的。"

我听说,奥利法瑞斯伯爵不分冬夏,每天清早总是在蜡烛光下见客;我原想去瞧瞧,西比翁却比我还急,催得我第二天就上门求见。我悄悄在客厅一边等着,伯爵出来我就把他看了个饱,因为那天在王上书房里没瞧仔细。他是高高的身材,在这个满眼尽是瘦人的国里,可算个胖的了。他扛着肩膀,尽管不是驼背,看着像驼的,脑袋非常大,低垂胸前,头发又黑又直,一张长脸,皮色青黄,嘴往里凹,尖尖的下巴颏儿往上翘。

这副嘴脸不会漂亮,不过我以为他是要照应我的,所以有点偏护,觉得他并不难看。说真话,他对来客都和颜悦色,总客客气气接受呈文,这就抵得过天生好模样了。可是轮到我上去行礼通名,他却对我恶狠狠瞪了一眼,理都不屑理会,就转身回书房去。于是我觉得这位贵人丑极了,其实他生相还不至于那样。我受了这般怠慢,出来时呆瞪瞪的莫名其妙。

西比翁在门口等着,我见了他说道:"你可知道人家怎么样接见我的?"他道:"我不知道,可是一猜就猜出来。那位大臣要紧奉行王上的旨意,准给了你一个重要的职位。"我答道:"才没那事儿。"我就把接见的情形告诉他。他听得很留神,说道:"真奇怪!伯爵一定把你忘了,或者把你当了别人。我劝你再去见见,他一定不会再那样简慢你。"我听了我书记的话,第二回又去见。他比上次还不客气,瞪着我直皱眉,仿佛见我就讨厌似的;于是他正眼都不瞧我,一句话也没跟我说就进去了。

这种举动惹得我火了,想马上回瓦朗斯去;可是西比翁还不死心,一力反对。我说:"你没瞧出来吗?伯爵不要我待在朝上。万岁爷明说要照应我,这就招了权臣的忌了。朋友啊,这个冤家可了不得,咱们自己识趣,别去跟他拼。"他气不过奥利法瑞斯伯爵,答道:"先生,我可不那么好说话。他那样无礼,我要跟他理论的。我告御状去,说这位大臣把王上的推荐不当一回事儿。"我道:"朋友啊,这主意不妥当,我要是冒冒失失做出来,马上会后悔。说不定我逗留在这城里都有危险。"

我书记听了这话,细细一想,我们的对手真有本事叫我们再进塞哥维亚塔,也就害怕起来。我急要离开马德里,决计过一天动身,他也不再拦阻。

# 第 三 章

吉尔·布拉斯决计离朝,又因事中止;
若瑟夫·那华罗帮他个大忙。

我回客寓去,路上碰见老友若瑟夫·那华罗,就是堂巴尔塔札·

德·苏尼加的管家。我一时没了主意,不知该假装没看见呢,还是迎上去赔个不是,求他原谅。我决计用第二个办法。我向那华罗行个礼,客客气气开言道:"你记得我吗?还肯理会这忘恩负义的混蛋吗?"他答道:"你原来也知道有点儿对不住我?"我道:"是啊,你可以理直气壮地痛骂我一顿,我是该骂,不过我事后的懊悔也许可以抵罪了。"那华罗拥抱我道:"你既然懊悔,我也不应该再放在心上。"我也抱住若瑟夫,两人又像当初那样要好了。

他知道我进监牢一败涂地,不过还不晓得以后的事。我一一告诉他,把王上跟我谈的话也说了,连方才在大臣家受怠慢、这会子打算下乡隐居等等都老实讲出来。他道:"你千万别走。万岁爷说了要照应你,绝不会白说。我跟你私底下讲讲,奥利法瑞斯伯爵脾气有点儿特别,这位爷常叫人捉摸不定,有时候,就像你这回吧,他的行径叫人受不了,究竟那样古里古怪算什么意思,只有他自己知道。可是你别管他为什么对你无礼,只死钉在这儿别动,王上要对你施恩,他拦阻不了,这点我能担保的。我主人堂巴尔塔札·德·苏尼加大爷是奥利法瑞斯伯爵的舅舅,两人同掌朝政。我今儿晚上可以把这事跟他谈谈。"那华罗说完,要了我的住址,就和我们分手。

他没叫我多等,第二天就来找我,说道:"山悌良那先生,你有个靠山了,我主人肯帮你的忙;他听了我称扬你先生的话,答应在他外甥奥利法瑞斯伯爵面前替你打打边鼓,我相信伯爵准会觉得你不错,我敢写保票的。"我的朋友那华罗好人做到底,过两天带我去见堂巴尔塔札。这位大爷很客气,对我说:"山悌良那先生,我听了你朋友约瑟夫把你那样称赞,想帮你一把。"我对苏尼加大爷深深一鞠躬,说我久闻他大人是"枢廷之光",真是名不虚传,我能蒙这样一位大臣栽培,一辈子要衷心感激那华罗的。堂巴尔塔札听了我恭维,笑着拍拍我肩膀道:"你明天可以再去见见奥利法瑞斯伯爵,他不会再像从前那样待你。"

我又第三次去见首相。他在人堆里看见我,含笑瞥了我一眼,我觉得是个好兆。我心想,这回好了,舅舅点拨得外甥通情达理了。我想他准殷勤接见,果然。伯爵见完客,召我到书房里,一点不拿身份,说道:

"山悌良那朋友！我开个玩笑,害你受窘了,可别见怪。我要试试你是否明哲保身,要瞧你假如生了气会怎么个行径,所以惹着你玩儿的。你准以为我讨厌你,可是并不然,朋友,我老实告诉你,你这人正中我意。真的,山悌良那,我喜欢你,就算王上没叫我提拔,我自己也要提拔的。况且我舅舅堂巴尔塔札·德·苏尼加也有意栽培你,托我照应;我对他言听计从,单凭他这句话,我就一定重用你。"

他开口这段话说得我衷心铭感,不知所对。我跪在那大臣脚下,他扶我起来,说道:"你下午再来找我的总管,他会传我的话。"他大人说完就出去望弥撒,他每天见完客照例如此,然后就到御榻前去伺候王上起床。

# 第 四 章

吉尔·布拉斯在奥利法瑞斯伯爵手下得宠。

我下午到首相府找总管,这人叫堂瑞蒙·加玻利斯。我通了姓名,他立刻恭恭敬敬行礼道:"大爷,请你跟我来;这里有几间房派给你的,我带你去。"他说完就领我上一座小楼梯,上面一套五六间房,都在二层楼的侧厢里,陈设很简朴。他道:"这是我们大人给你的住房,你可以开六份饭食,归他出账。你有他家用人伺候,此外又专为你备了一辆马车。还有,他大人着着实实叮嘱我把你当古斯曼家的人一般看待,不得怠慢。"

我心上转念:"这是什么道理?这样另眼相看是怎么回事儿?那大臣十分赏脸是作弄我吗?又在开玩笑吗?我怀疑他正是如此,因为他究竟是西班牙一国的首相,何必这般待承我呢?"我正疑疑惑惑,又是害怕,又有希冀,只见个小僮儿来说,伯爵召见。我马上赶去,他大人独在书房里。他说:"好,山悌良那,你瞧见你那套房间了,听见我吩咐堂瑞蒙的话了,你称心吗?"我答道:"您大人的恩典,我真当不起,实在惶恐。"他道:"何必呢?你这人是王上交托给我、吩咐我照应的,我还不该尽力抬举吗?这是理所当然,我抬举你不过是尽本分罢了。往后我对你的照拂不足为奇;你对我要是也像对赖玛公爵那样死心塌地,前途的富贵可以千拿万稳。"

他接下道:"提起这位爷,据说跟你不拘形迹。我很想知道你们怎样认识的,那位大臣叫你干些什么事。你不要遮遮掩掩,得老实告诉我。"我就想起赖玛公爵也给过我这道难题,我取个巧没给难倒,这回又照样应付,很有效验。换句话说,我把不雅的地方说得好听些,不甚体面的事轻描淡写。我要是对赖玛公爵嘴舌不留情,也许说来更中听,但是我也替他遮盖。至于堂罗德利克·德·卡尔德隆,我就一点也不饶他了。我把他卖官鬻爵的一注注好生意,尽我所知,和盘托出。

奥利法瑞斯伯爵打断我道:"有人对我投状子告卡尔德隆,你讲的跟他们告的正合拍,状子上有几条大罪状,情节还要严重呢。这事就要付公诉了,你如果要借这件事搅他个完蛋,准可以如愿。"我说道:"尽管他害我在塞哥维亚塔里关了好一程子,非干掉我不甘心,我倒并不要他的命。"首相大人诧异道:"怎么?害你坐牢的是堂罗德利克吗?我可不知道。堂巴尔塔札从那华罗那儿听了你这桩事来告诉我,明明说先王为你晚上带王太子到下流地方去,所以罚你坐牢。别的我不知道,我倒想不出卡尔德隆在这出戏里串什么角儿。"我答道:"串的是个恩客,给人家剪了边想报仇。"我就把那事一五一十讲给他听,他觉得非常有趣,虽然道貌岸然,也忍不住好笑,竟笑得涕泗交流。他觉得加德丽娜一会儿串外甥女、一会儿串孙女,妙不可言,赖玛公爵在这出戏里插一手也很滑稽。

伯爵等我讲完,说过一天有事烦我,就打发我出来。我要谢谢堂巴尔塔札帮忙,还要把刚才首相跟我谈的话以及他大人对我的赏识告诉我的朋友若瑟夫,所以立刻就赶到苏尼加家去。

## 第 五 章

吉尔·布拉斯和那华罗密谈；奥利法瑞斯伯爵
委他办的第一桩事。

我一见若瑟夫，忙说有好些事要告诉他。他带我到个背人的地方，我一一讲完，问他以为如何。他道："我瞧你就要飞黄腾达了。你一切顺手，你已经赢得首相的欢心。当初你进格拉纳达大主教府，我舅舅梅尔希华·德·拉·洪达帮过你点忙，现在我可以照样帮你一下，这也对你不无小补。他把大主教和府里几个大管事的性格儿一一告诉你，免了你费心揣摩；我也想学样，让你明白伯爵和他夫人以及他们独养女儿堂娜玛利亚·德·古斯曼是什么样的人。

"先从那位大臣说起吧。他心思敏锐，能策划大事。他对各种学问都知道些皮毛，自负无所不通，件件内行：又是渊博的法学家，又是大将，又是老谋深算的政治家。而且他非常固执，总不肯听别人的话，惟恐人家以为他认输。咱们偷偷儿说说吧，这毛病会闹出乱子来的，但愿天保佑咱们国家别遭殃！我还告诉你，他口才很好，在内阁出尽风头。他笔下也不弱，不过他极力要文章写得庄严，就弄得晦涩不自然了。他心思很怪，我记得跟你说过，他喜怒无常，很难捉摸。他的才气、性格，我都说了，再讲讲他的心肠吧。他很豪爽，也够朋友。有人说他睚眦必报，可是哪有西班牙人不这样的呢？还有人说，于才德公爵和路易·阿利阿加神父对他大有帮助，他把两人放逐出去，足见忘恩负义。这事更不能怪他了，要做首相，就顾不得恩义。

"奥利法瑞斯伯爵夫人名叫堂娜阿妮丝·德·苏尼加·艾·维拉斯果。我只知道她一个毛病：若要托她求情，一分情就要一分金子。堂娜玛利亚·德·古斯曼是一位多才多艺的小姐、她爸爸的掌上明珠；不用说，她是当今西班牙第一个好配偶。你就按着这个谱儿行事吧。好好儿趋奉夫人小姐;对奥利法瑞斯伯爵呢,要比你进塞哥维亚塔之前对赖玛公爵还显得忠心,这样一来,你准会大富大贵。

"我还劝你常到我主人堂巴尔塔札门上来走走,以后你尽管不靠他提拔,也不要冷了他。他觉得你不错,该保住他始终器重你、喜欢你,说不定还有用到他的地方呢。"我道:"他们舅甥俩同掌朝政,彼此不猜忌么?"他答道:"不,他们倒是融洽得很。奥利法瑞斯伯爵要没有堂巴尔塔札,恐怕做不到首相的地位。斐利普三世归天以后,山多华尔一族①的党羽大忙一通,有的帮红衣大主教,有的帮他儿子。可是朝臣里论手段,数我主人第一,伯爵也不相上下。他们俩破了那些人的计策,施展神机妙算,拿稳首相一席,对手都落了下风。奥利法瑞斯伯爵做了首相,就和他舅舅堂巴尔塔札同揽大权,外交归舅舅管,自己专理内政。两位爷原是至亲,这来就越发密切了,两人各当一面,却相安相得,我看来不会有什么变故的。"

我听了若瑟夫这样一席话,决计领教。我又去谢苏尼加大爷出力扶助。他很客气地说,有机缘总会照拂,他外甥称了我的心,他也很高兴;又说,他还要在外甥前面替我吹嘘,这句话至少可见他对我的关切,我的靠山不止一座,竟有两座。堂巴尔塔札看那华罗分上,存心要提拔我呢。

我当晚从旅馆搬进首相府,就和西比翁在我的房里吃晚饭。我们的神情煞是好看。吃饭的时候有府里用人伺候,我们绷着脸,神气活现,那些用人奉命向我们足恭尽礼,大概肚里正在暗笑。他们撤了家伙下去,我那位书记松了口气,一团高兴,无穷希望,说了一大泡傻话。我虽然自知要飞黄腾达,也很欣喜,但是还把持得住,一点没有昏了头,所以上了床并不胡思乱想,睡得很安静。西比翁却野心勃勃,睡都睡不稳,大半夜工夫只在盘算怎样积了钱嫁他的女儿赛拉芬。

第二天早上我还没穿好衣裳,首相大人就派人来叫了。我连忙赶去,他说:"哎,山悌良那,咱们来瞧瞧,你能做些什么事。你不是说从前替赖玛公爵写报告书吗,我有一篇要你试试。我把里面的话讲一讲,你留心听着。我要做篇文章赢得百姓拥戴我执政。我已经暗里散播流言,说国事一团

---

① 就是赖玛公爵的一族。

糟;现在我就要让朝野臣民瞧瞧,国事糟到什么田地。你得把那情形描摹得惊心动魄,免得人家对我的前任还有怀念。然后你就把我的措施大吹一顿,那些措施无非要当今这一朝辉煌显赫、国富民欢。"

首相大人说完,就把前任首相祸国殃民的一篇账交在我手里。我记得共有十款,里面最轻的项目也可以吓坏西班牙的好子民。于是他领我到他书房旁边一间小书房里,让我自去做文章。我就尽心竭力做这篇告国人书。我开头儿先说国内情形如何腐败:府库空虚,公款饱了私囊,海军完全垮了。我接着指出前朝大臣种种误事,如何贻害。末了,我又形容国事如何危急,把前任首相痛加责备。照我那篇告国人书,赖玛公爵下台竟是西班牙的大幸。说老实话,我虽然跟那位爷无怨无仇,可是我照应了他这一下,心里并不愧怍。人情原是这样的!

长话短说,我把西班牙当前的忧患形容得骇人听闻,然后又替大家压惊,花言巧语,叫人人心目间有个美满的前途。因此我代替奥利法瑞斯伯爵说的话,那口气仿佛他是天降给西班牙的救星,向百姓把天都许下了半边。总而言之,我完全迎合新首相的意思。他看完那篇东西,满面惊异,说道:"山悌良那,你会写这样的告国人书,我真想不到。你知道,这篇文章就算是内务部长的手笔,也充得过呢。怪不得赖玛公爵要用你这枝笔了。你笔下又简又雅,还嫌不够雕琢。"他指出几处不合他脾胃,亲笔修改,我看他改笔,知道那华罗说的不错,他喜欢用晦涩不自然的字眼。他虽然要把文章做得庄严,或者竟可说是爱矫揉做作,也只改掉我三分之一。饭后堂瑞蒙奉命送来三百比斯多,聊表爵爷对那篇告国人书的赏识。

# 第 六 章

吉尔·布拉斯得了三百比斯多的用途,
　　他托西比翁的事;那篇告国人书很见效。

那位大臣的恩典少不得又叫西比翁得意,说我幸亏到了朝上来。

他说:"瞧,你先生鸿运高照呢。你现在还后悔出山吗?天保佑奥利法瑞斯伯爵长命百岁!这位东家跟他前任完全不同。你对赖玛公爵一片忠心,他随你熬穷挨饿了好几个月,一个比斯多也没给。你伺候伯爵没有多久,还不敢有什么希冀,他倒已经赏了你这一笔外快了。"

他又道:"我真希望两位李华大爷能看见你得意,至少能知道你得意。"我答道:"是该送个信去了,我正要跟你讲这句话。他们准在心焦,等着我的消息。我要等事情有了把握,说得定留不留在朝里,再去告诉他们。现在我事情牢靠了,随你几时到瓦朗斯去一趟,把我现在的情形告诉那两位爷。这都是他们一手造成的,要不是他们撺掇,我绝不会打定主意到马德里来。"果斯果丽娜的儿子说道:"既然如此,我马上就把你现在的情形去报告堂西泽和堂阿尔方斯。他们知道了你的遭遇,不知多乐呢!我恨不得这会子已经到瓦朗斯城门口了!不过我不多几天就会赶到。堂阿尔方斯的两匹马随时可以上路。我想带个首相府的用人同走,一来路上有个伴儿,二来呢,你知道,首相府的号衣可以耀花人家的眼睛。"

我忍不住笑我书记死爱面子,但是我大概比他有过无不及,竟随着他干去。我说:"你去吧,早早回来,我还有件事要你办呢。我要你到阿斯杜利亚去送些钱给我妈妈。上回说定按期送她一百比斯多,你答应亲自送去的;我没放在心上,都过了期了。做儿子的得把这种话当天经地义一般小心遵守,不应该这样马虎。"西比翁答道:"先生,你说得不错,我也不好,没来提醒你。可是你别急,不出六星期,我准替你办妥这两个差使;我去见两位李华大爷,还到你庄上瞧瞧,再回奥维多去走一遭。我想起那个地方,就要把奥维多人十停里八停半咒骂个死!"我数了一百比斯多交给果斯果丽娜的儿子,那是我年常孝敬妈妈的钱;另又给他一百比斯多,让他出远门不用自掏腰包。

他走了几天以后,首相大人把我们的告国人书付印,一经流传,立刻变了马德里城里的谈资。百姓喜欢新奇,看了这篇东西很中意;上面描写国穷财尽,有声有色,激得他们对赖玛公爵怨恨起来。文章里对那位大臣放的箭,虽然并未博得齐声喝彩,至少不乏附和的人。至于奥利法瑞斯伯爵许下的那些宏愿,尤其是开源节流、不累及人民那一项,哄得全国人人欢喜。他们本来佩服伯爵识见高明,这番觉得没有看错人,所以满城一片声的赞扬伯爵。

这位大臣做这篇告国人书,无非要得民心,一看心愿已偿,不胜欣喜,就想做一件于王上也有利的善政,不辜负百姓爱戴。因此他效法加尔巴皇帝①,逼着那些中饱了公款发财的人把钱吐出来。他把那些吸血虫吸得的膏血挤还国库,填满了亏空;还想常保富裕,就要把恩俸恩赏一概裁掉,连自己的恩俸也在内。这办法要行得通,势必把政府面目更新,所以他又叫我写篇呈文。他讲明里面说些什么,怎样措辞。他还叮嘱说,文字别像我往常那样平易,务必力求高卓,词句该堂皇些。我答道:"行,准照您大人的意思,写得高华灿烂。"我关在上回做告国人书的那间书房里,默祷上天把格拉纳达大主教的生花妙笔借我一用,于是动手写起来。

我开头说:国库的钱,应该搁着不动,备国家万一急需,这笔钱仿佛是谨守勿失的法物,要留着为威震敌国之用。这呈文是上给万岁爷的,我指出恩俸恩赏都侵蚀到经常收入,裁掉了依然有办法论功行赏,不必动用府库也可以厚酬重赐。有的人可以赏总督、都统、爵士勋章或一般的武职;有的可赏封职、封邑上的出息,或是地方官职和爵位;至于那些教士呢,可以把各种教区里的俸禄赏给他们。

这篇呈文比前一篇告国人书长得多,我费了差不多三天工夫,幸喜倒做得合东家脾胃。他一看文章花团锦簇,把我称赞个不了。他指出我铺张夸饰的几处道:"这里写得很好,这才是措辞得当。好!我的朋友,看来我准要大大的借重你呢!"他虽然满口称赞,还是笔削了一番,添上许多话,做成一篇绝妙好文章。王上和满朝大臣看了大为钦佩。百姓也很称赞,觉得前途有望,有这样一位大人物执政,本国准会重光再造。首相大人一看这篇文章替他大挣面子,要谢我出力,赏了我一个加斯狄尔的封邑,每年有五百艾古的出息。我觉得这是我规规矩矩赚来的,虽然得之容易,来路却正大光明,所以越发喜欢。

---

① 公元前三世纪古罗马暴君,贪吝残酷,即位后把前朝的俸赏完全裁除,军官的薪给一概停发。见史威东《十二大帝传》第七卷第十二、十五、十六章(见"勒勃古典丛书"本第二册第210—217页)。

## 第 七 章

吉尔·布拉斯偶然在一处重逢老友法布利斯；
法布利斯的景况，两人谈的话。

首相最爱打听马德里人对他掌权施政的舆论。他天天问我外面说他什么话，甚至出钱雇人当探子，把城里动静一一上报。他们听了片言只语，都来告诉。百姓的嘴没遮拦，说话不留情面，那些人奉命据实呈报，有时弄得首相大人很难堪。

我看出伯爵爱听外间的议论，所以常在午后到公共场所去，碰到上等人，就跟他们攀谈。他们每谈到政府，我总全神贯注地听，要是有话值得回报首相大人，我一定去回报。我得说明一句：人家骂他的话，我可一字不提。我觉得对他那种性格儿，只可以如此。

一天，我从那类地方出来，路过一个慈惠院，就想进去瞧瞧。我走过两三个躺满病人的房间，一路东张西望。我瞧着这群可怜虫，心里恻然。忽然里面有个脸很惹眼，好像是我同乡老友法布利斯。我到那床前细细一看，分明是诗人尼聂斯。我瞪眼瞧着他不说话。他也认出我来了，也瞪着眼看我。后来我开口道："我眼睛没花吗？真会在这儿碰见法布利斯吗？"他冷冷地说道："正是他呀，你不用大惊小怪。我跟你分手以后，一直充作家。我写过小说、喜剧，各种作品。我青云得路，走进了慈惠院。"

我听了这话，尤其看他说得那么一本正经，忍不住笑了。我说："嗨，怎么的！文艺女神把你送到这地方来了！真是恶作剧。"他道："你瞧，这里常常是才子退隐的地方。朋友啊，你很好，没走我这条路。不过你仿佛已经不在朝里，你的光景也跟从前不同了，我记得还听说王上有旨意把你关在牢里呢。"我答道："的确有这事。咱们分手的时候，我还一帆风顺,不久就走了背运,家当给人家抢光,自己入了监牢。不过,朋友,云开日出,我现在比你见我的时候越加得意了!"尼聂斯道:"不见得吧,你样子谦恭持重,并没有得意场中那副骄矜之气。"我答道:"我失意之后,养得炉火纯青;经了忧患,长了见识,发财也不会昏头了。"

法布利斯一股劲儿地坐起来,打断我道:"告诉我,你到底得了什么差使?现在干些什么?是不是在败落的贵人手下或有钱的寡妇家里当总管?"我答道:"我的事还要好。这会子别多问了,我下回告诉你听。眼下我只有一句话:你要是能够答应我从此不吟诗作文,我可以帮你个忙,或者竟可以叫你下半世衣食无忧。你许得下这么个大愿吗?"他道:"我重病刚好,病中已经对天许下这个愿。有位圣多明我会的修士劝过我,他以为做诗这玩意儿虽然不是犯罪的勾当,至少引人走上迷途,不去修身向善。我听了他的话,已经绝笔不做诗了。"

我答道:"恭喜你,亲爱的尼聂斯,你这来好极了,朋友,不过留心别故态复萌。"他斩钉截铁道:"啊!绝不会!我打定主意把那些文艺女神都抛弃了。你进来的时候,我正在做诗向她们诀别。"我摇头道:"法布利斯先生,你说绝笔不做诗,那圣多明我会的修士和我也许还不该信以为真,我觉得你对那几位有才有学的姑娘痴情得很呢!"他答道:"不,不,我早已跟她们一刀两断。不但如此,我对读者也厌恨,我恨得有理。作家把东西献给他们看,真是冤枉。我要是有东西会投合他们,我才不愿意!"他接着道:"别以为我说这话是赌气,我心平气和着呢。他们赞也罢,骂也罢,我全不当一回事。他们要捧谁,要倒谁,你猜不准;他们一天一个样儿,心里没有主见。戏剧家写了卖座的戏自鸣得意,真是傻透了!新戏上演,尽管轰动一时,等到剧本出版,还想走红就很难,要是二十年以后再上演,大都很不吃香了。这一代批评上一代的眼力,下一代又翻这一代的定案。我一向留心到这点,可见现在的红作家该等着将来挨骂。小说和各种有趣的流行书籍都是如此。尽管一上来你称我赞,渐渐的人家就瞧不起了。所以靠作品风行挣来的名望不过是空花幻影,仿佛稻草烧出来的火,一会儿就烟消焰灭了。"

我明知这位阿斯杜利亚诗人在发牢骚,不过我假装没瞧透,说道:"你才子做得腻了,吟诗作文的疯病断了根,可喜可喜。我保管立刻替你找到事,你不用大展奇才就可以发财。"他道:"再好没有了!说到才情,我就心里作呕。我现在看来,那是天生最害人的东西了。"我道:"亲爱的法布利斯,我但愿你不要变心。我再跟你说一遍:只要你咬紧牙关不做诗,我马上替你弄到个又体面又赚钱的事。"我一面拿出钱袋,里面有六十个比斯多,我送给他道:"你且等我替你找起事来,咱们老朋友,这点小意思你收了吧。"

尼聂斯理发师的儿子感喜交集,说道:"啊,朋友,你好慷慨!我真要感谢上天,叫你跑进这慈惠院来。承你这点情,我今天就可以出院了!"他果然就搬到个客寓里。我和他分手以前,把住址告诉他,请他病好就来看我。他听说我住在奥利法瑞斯伯爵府上,顿时满面惊诧,说道:"啊呀,吉尔·布拉斯!你多福气啊!命里注定你会讨大臣喜欢。你交了好运,携带旁人沾光,所以我也替你高兴呢。"

# 第 八 章

吉尔·布拉斯日益得主人宠爱。西比翁返回马德里,把一路上的事回报山悌良那。

奥利法瑞斯伯爵以后该称伯爵兼公爵了,因为这时候蒙王上开恩,又加了他一个爵位。他一味要得人心;我瞧破他这个毛病,很占便宜。他觉得谁真心相向,就引为亲信。我既然看到这点,决不放松。他有什么吩咐,我不但好好儿去办,还做出一副巴结的样子,使他喜欢。我留心他各种嗜好,以便迎合,尽力先意承旨。

这样干来,差不多总对劲儿。我渐渐成了主人的宠信。我也有他那毛病;他对我拿出真心来,我也就死心塌地地向着他。我巴结得他非常喜欢,竟和他的一等秘书加那侯先生一样蒙他信任。

加那侯讨好首相大人的办法和我一模一样;他得宠极了,竟参与内阁的机要。这秘书跟我是首相的两个心腹,都是替他办机要事儿的。不过有一点不同,他跟加那侯只谈公事,跟我只谈私事,因此我们俩是所谓各自为政,各得其所。我们俩共事,彼此无恩无怨。我那位子实在不错,我常有机会追随爵爷,在他左右,看得透他的心。他生来城府很深,但是知道我赤心向他,也就对我没有隐瞒了。

有一天他对我说:"山悌良那,你见过赖玛公爵当权,他竟不像得宠的大臣,倒像个专制皇帝。不过他最得势的时候还不如我称心。他有两个劲敌:一个是自己的儿子于才德公爵,一个是听斐利普三世忏悔的神父①。我现在不然;王上左右没人有资格逸言中伤我,我也不猜疑谁对我心怀不愤。"

他接着道:"我初上台当首相,的确很留心,王上左右安插的都是我的亲戚朋友。我要一身独被皇恩,朝里大臣谁有些本事,会分我的宠,我就派他做总督呀、大使呀,一个个打发出去。所以我可以说,眼下没有一位权贵碍着我的道儿。你瞧,吉尔·布拉斯,我把心都掏出来了。我看准你对我一片赤诚,所以选你做个心腹。你很聪明,我想你也持重懂事,谨慎小心;总而言之,照理一个伶俐人会办的各种差使,我瞧你都很来得。"

我听了这话,把持不住,又动了希冀之心,顿时梦想升官发财,万念攻心,自以为已经克制下去的念头又怦怦大动起来。我对首相说,一定悉心尽力,听他调度,他以为可以委我办的事,我绝不踌躇,一切从命。

我又要祈求时运做美了。这个当儿,西比翁出远门回来。他说:"我没多少话回报。我把王上记起了你如何接见以及奥利法瑞斯伯爵怎样相待告诉两位李华大爷,他们很高兴。"

我打断西比翁道:"朋友,你要是能把我如今在首相大人身边的地位告诉他们,他们还要喜欢呢!真是奇事,你出门之后,我飞快地蒙他大人日见亲信了。"他答道:"谢天照应,亲爱的主人,我早觉得咱们前途好着呢。"

---

① 指阿利阿加神父。

我道:"这话不说了,且讲讲奥维多吧。你到阿斯杜利亚去过了,我妈妈怎么样?"他立刻换上一副愁容道:"啊,先生,那边的消息可凄惨得很。"我道:"天啊,准是我妈妈没了!"我书记道:"那位老太太是六个月以前去世的,你舅舅吉尔·贝瑞斯先生也不在了。"

小孩子必须妈妈抚爱,大来才会有孝思。我妈妈从没有那样待我,不过她死了我也很悲伤。我承大司铎老好人栽培,我为他流泪也是理所当然。说老实话,我的悲痛一会儿就淡下去,变而为忆念之情了;我对我的几位亲人是终生忆念的。

# 第 九 章

爵爷嫁他的独养女儿,嫁个什么人;
这重姻缘的凄凉结局。

果斯果丽娜的儿子回来没有几天,忽然爵爷一连八天只管默默寻思。我以为他策划什么大政变,可是他只在想他的家务。一天下午,他对我说道:"吉尔·布拉斯,你准看出我心事重重。是的,孩子,我在想件事,这事不了,我一辈子不得安心。我很想讲给你听听。

"我女儿堂娜玛利亚已经成年,许多王孙公子抢着要娶她。其中两人看来资格最好:一个尼艾布雷斯伯爵,是古斯曼族长、梅狄那·西董尼亚公爵的长子;一个堂路易·德·阿罗是加比欧侯爵的长子,他妈妈就是我姐姐。这一位人才出众,朝上都拿定我选中他做女婿了。我且不说为什么我对他和尼艾布雷斯伯爵都不中意,只说我赏识的是多拉尔侯爵堂拉米尔·尼聂斯·德·古斯曼,阿布拉多斯的古斯曼一支以他为长。我全部财产准备传给这位公子和他娶了我女儿生下的子女;奥利法瑞斯伯爵的爵位、将来还有我这个大公的爵位都归他们承袭。这样一来,阿布拉多斯和奥利法瑞斯两支所出的我那些外孙辈以及他们的子孙就可算古斯曼族里的长房了。"

他又道："哎，山悌良那，你瞧这打算好不好？"我答道："大人，您别见怪，这打算只有您的大才才想得出来，不过我有个愚见，容我上禀。我恐怕梅狄那·西董尼亚公爵要不愿意的。"首相道："随他不愿意好了，我满不在乎。古斯曼一族原是阿布拉多斯一支居长，他那一支却侵占了长房的权利，承袭了长房的爵位，我厌恶他们。他怨恨也罢了，我只愁我姐姐加比欧侯爵夫人看见儿子落空不免生气。不过，无论如何，我要称自己的心，要堂拉米尔把他那些情敌压倒；这可算是定局了。"

爵爷主意已定，就去干事，又把他与众不同的政治手腕重新施展一下。他上个奏章，求王上和王后替他女儿择配，列举各位求婚人的资格，请国王王后做主。不过他说到多拉尔侯爵的语气里表示喜欢这个人。王上对这位大臣言听计从，就降旨说：

> 朕意堂拉米尔·尼聂斯堪配堂娜玛利亚，然此事须卿自决。卿所属意，必当朕心。此谕。

首相故意把这道谕旨给人家看，只算是奉万岁爷的命，赶紧把女儿嫁给多拉尔侯爵。加比欧侯爵夫人以及想娶堂娜玛利亚的古斯曼族为这头急就的婚姻都很生气。他们两家没法破人好事，只能装做欢天喜地，都来庆贺。他自己族里也仿佛阖门同庆。但不多时爵爷有了件伤心事，那些憋着一肚子气的人才算出了口气。堂娜玛利亚十个月后生了个女儿，下地就死了；自己不久也产后身亡。

这爸爸可说心眼里只有个女儿，而且还想去夺梅狄那·西董尼亚一支的长房权；女儿没了，打算又落空，真是创巨痛深。他伤心已极，几天关在房里，除了我谁都不见。我迎合他的心情，仿佛哀悼得不亚于他。老实说，我是借机又在哭我的安东妮亚。我看多拉尔侯爵夫人和她死得相仿，触拨了心头旧痛，不禁悲切起来。那大臣虽然哀不自胜，看了也很诧异，不料我会跟他如此分愁。有一天，他见我痛不欲生的样儿，就说："吉尔·布拉斯，我能有你这么个知痛着痒的亲信，也可以自慰了。"我就把自己的伤心泪一股脑儿送他做了人情，答道："啊，大人，我不跟您息息相关就是没良心的铁石人了。这么一位才德兼备的小姐,又是您的宝贝,您哭她,我怎么能不陪着掉眼泪呢?大人,我受恩深重,不由我不一辈子跟您同甘共苦。"

# 第 十 章

吉尔·布拉斯偶又碰到诗人尼聂斯,得知他写了个悲剧,
不日在皇家剧院上演。这戏并不叫座,
可是作者意外交了好运。

首相悲怀渐减,所以我也高兴起来。一天下午我一人坐了马车出去散散心,路上碰到阿斯杜利亚的诗人。他出慈惠院以后,和我还是第一次见面。他衣服穿得很整齐。我叫住他,请他上车,就一同到圣吉隆公园去。

我说道:"尼聂斯先生,幸亏恰巧碰到你,不然我没法儿跟你……"他忙打断我道:"别怪我,山悌良那,说老实话,我是不愿意来找你,我告诉你什么道理。你答应我说,只要我绝笔不做诗,就替我找个好饭碗。我现在只要做诗,就有金饭碗到手。这更合我的脾胃,我就干了。我有个朋友把我荐给堂贝特朗·果梅斯·德·李伯罗,全国船政的经费都归他掌管。这位堂贝特朗要出钱雇个才子当秘书,有五六个作家去应征,他觉得我的诗笔很好,就挑中了我。"

我说:"亲爱的法布利斯,恭喜你。这位堂贝特朗大概很有钱。"他道:"何止有钱呀!据说他的钱多得连自己都没数。不管他钱有多少,我且讲讲我在他家干的事。他自负是风流郎君,又要充才子,跟许多才女信札来往,就叫我代笔写些俏皮有风趣的信。我写给这一位的是诗,那一位的是文,有时我还亲自出马当信差,显得我多艺多能。"

我说道:"我最要紧打听的事你还没告诉我呢。你写那些隽言妙语的尺牍,润笔丰不丰?"他道:"丰得很!有钱的人未必手松,我还领

教过他们中间真正的鄙吝小人;可是堂贝特朗待我很大方。除了一定的薪水二百比斯多,我还常有些零碎外快,因此可以充大爷,或者跟几个像我这种爱寻快乐的文人一同玩乐。"我道:"可是你那位理财大员识得作品好歹吗?"尼聂斯答道:"啊!那可不行了。他尽管讲来滔滔不绝,神气活现,却完全外行。他还自以为是当代的达尔巴①呢!他大着胆子乱下批评;说自己有理的时候,提高了嗓子,一口咬得斩钉截铁;争辩起来,动不动破口乱骂,人家怕挨他一顿,只好让他。"

他又道:"我当然很小心,随他怎么荒谬,从不驳他,否则准会讨一顿臭骂,还很可能砸掉饭碗呢。我总是乖乖巧巧,顺着他说好说坏。我对那些用得着的人,自有本事迎合,又不费我什么,这样一来,就哄得东家又器重又喜欢。他叫我写个悲剧,把意思都告诉我了。他督促我把这个戏写完,要是演来叫座,那就亏他点拨之功,他脸上也有光彩。"

我请教我们这位诗人,那个悲剧什么名称。他答道:"叫《萨尔丹聂伯爵》。不出三天,这个戏就要在皇家剧院上演。"我说:"希望这个戏大红特红,我很佩服你的大才,所以这般希望。"他道:"我也很有这个愿望呢。不过这还是痴心妄想;剧本叫座不叫座,作家毫无把握,他们总是料错的。"

居然那个戏第一次上演了。那天我得替首相当差,不能去看戏。我又很关切,只好叫西比翁去,还可以当晚就知道演来如何。我等得很心焦,看见他回来那副神气,就知道不妙。我说:"哎,《萨尔丹聂伯爵》叫座不叫座?"他答道:"大挨骂,没那么惨的,池子里的看客无礼之至,我一路出来还直生气呢。"我说:"我气的是尼聂斯又发疯,要写什么剧本。真是丧心病狂!我可以给他个好好的前程他偏不要,宁可给看客辱骂,这不是失心疯吗?"我这样怨骂阿斯杜利亚的诗人,无非因为他是我的朋友;他的戏不叫座,弄得我代他气恼。可是这个当儿,他正自得其乐呢。

两天以后他来看我,欢天喜地,说道:"山悌良那,我有桩喜事特来告诉你。朋友,我写了个很糟的剧本,就此发财了。你知道,看客对待

---

① 达尔巴(Tarpa)古罗马奥古斯都大帝朝"国立诗人院"(Collegium poetarum)的头一号批评家。

《萨尔丹聂伯爵》的态度是少有的。大家抢着痛骂,这满场痛骂就造化了我一辈子。"

我听了诗人尼聂斯这番话很诧异,说道:"怎么的?法布利斯,难道你因为悲剧失败,就快活得不得了吗?"他答道:"一点不错。我不是跟你说过,剧本里有堂贝特朗的一手吗,所以他觉得那个戏好极了。他一看大家跟他高见不同,就非常气愤。今儿早上他对我说:'尼聂斯,"上天助强,加东扶弱。"①你的剧本虽然不中看客的意,有我喜欢尽可以相抵,你这就够了。如今的人没眼力,亏负了你,我要给你些补偿,我把家产上的出息每年给你二千艾古。咱们这会子就去找我的公证人,立下个文契。'我们马上去找了公证人,那位理财大员在赠与文契上签了名,就把第一年的钱先付给我了。"

我对法布利斯说:"《萨尔丹聂伯爵》倒了霉,真是可喜可贺,因为作者因祸得福了。"他道:"这事你真该贺我!你知道,池子里的看客不喜欢我那个戏恰是我天大的好运。我挨他们狠狠地骂一顿,多便宜呀!要是他们心肠好些,赏我脸捧捧场,我有什么好处呢?一点好处都没有。我只好赚数得清的几个小钱罢了,可是承他们一骂,倒一下子照应了我下半世的丰衣足食。"

# 第十一章

西比翁靠山悌良那的面子得
了个差使,动身上美洲。

我的书记看了尼聂斯诗人天外飞来的好运,不免眼红,七八天来跟

---

① 这是引一世纪罗马诗人鲁岗(Lucain)《咏罗马内战的史诗》(*De bello civili*)第一卷第128行(见"勒勃古典丛书"本第12页)。加东(Caton)是公元前一世纪罗马政治家及雄辩家,以忠直严正著名。

我讲个不休。他说:"运气这东西实在古怪,好的作家挨穷受饿,糟的作家倒往往大发其财。我真愿意时运忽然高照,一宵醒来已经变了富翁。"我说:"会有这种事,也许还突兀得出于你意外呢。我觉得首相府可算是运气的宝殿,那里常常颁发宠命,一下就叫人发财;你恰好在这个殿里行走。"他答道:"先生,你这话千真万确,不过得捺定了心去等呢。"我答道:"西比翁,我再说一遍,别着急,也许你马上就会有什么好差使到手的。"过了不多几天,果然有个机会,可以用他在爵爷手下当个好差使,我没有错过。

一天早上,我跟首相的总管堂瑞蒙·加玻利斯聊天儿,谈到首相大人的收入。他说:"全国的武爵封邑都在咱们大人手里,一年有四万艾古的收入;他拿了这些钱,只消身上挂个阿尔冈达拉的武士勋章。此外他又兼内廷大臣、侍从大臣、美洲大臣,靠这三个职位,一年又有二十万艾古的进账。可是比起他在美洲发的财,这真算不得什么。你可知道那财是怎么发的? 王上的船从赛维尔或里斯本开往美洲,爵爷就把奥利法瑞斯封地出产的酒呀、油呀、谷类呀装上船,运费分文不出。这些货色在美洲出卖,比在本国利市四倍。于是他就收买些香料、颜料等等。这些东西在新大陆不值钱,到了欧洲就是好价钱了。他丝毫没有亏负万岁爷,单靠这种交易就赚了好几百万了。"

他又道:"当然替他经手买卖的人回来也都赚饱了。首相大人愿意让他们有利同享的。"

果斯果丽娜的儿子在旁边听了这话,忍不住插嘴道:"啊呀! 加玻利斯先生,我要是做了那个事情,我真乐死了。而且我早就想到墨西哥去瞧瞧。"总管道:"只要山悌良那大爷不为难,你马上可以如愿。到美洲去做这买卖的人是归我挑选的,选得非常审慎。可是只要你东家有意,我就不管三七二十一把你的名字开上去。"我对堂瑞蒙道:"承情得很,请你给我这点面子吧。西比翁这孩子我很喜欢,他人也聪明,也会检点自己,绝不出毛病。总而言之,我可以替他担保,就仿佛担保我自己一样。"

加玻利斯道:"这就行,他只要马上赶到赛维尔去,那些海船一个月里就得挂帆开往美洲了。他应该记着,首相大人的利益千万碰不得。他要自己发财,不能害首相吃亏。这里面有些诀窍一定得知道,我等他临走给他封信去见一个人,那人都会教他。"

西比翁得了这项差使喜不自胜。我给他一千艾古,让他到安达路西亚去买些酒和油,到美洲交易赚钱。他就赶紧动身到赛维尔去。他希望这趟出门一本万利,乐得不得了,可是和我分手却又掉下泪来,我也很依依不舍。

# 第十二章

堂阿尔方斯·德·李华到马德里有何事故;
吉尔·布拉斯先忧后喜。

西比翁走了不久,相府一个僮儿送来个条子,上面说:"山悌良那先生倘欲一晤好友,烦到托雷都街一行,认明招牌上画圣加布利尔像之客店即是。"

我心里嘀咕:"这个朋友不说名字,不知是谁。干吗藏头露尾呢?大概要叫我喜出望外吧。"我马上出门往托雷都街去,到了地头一看,原来是堂阿尔方斯·德·李华,大为惊诧。我说:"是您吗?大爷,您会到这儿来呀!"他紧紧拥抱了我,答道:"是啊,亲爱的吉尔·布拉斯。这可不是堂阿尔方斯吗!"我说:"哎!您到马德里有何贵干呢?"他答道:"我说出来准叫你又吃惊,又着急。我已经革掉瓦朗斯都统的职位,首相传我入朝来审问的。"我呆了好半晌才挣出话来。我说:"什么罪状呢?准是您有了什么不小心的地方。"他答道:"红衣大主教赖玛公爵软禁在他德尼亚的田庄上有一个多月了;我三星期以前曾经去拜访他一次,想来这是倒霉的原因。"

我打断他道:"啊,那就对了。不用追究旁的原因,您去胡乱拜访,就种了祸根。您别见怪,您平时很谨慎,这次上那位失势大老的门,未免冒失了。"他道:"大错已经铸成,只好死心塌地。我预备全家退回李华的田庄上去,安安静静地了我余生。只是我还得去见一位气焰万丈的首相，也许要受他怠慢，有点儿发愁。一个西班牙人怎么丢得下这个脸！这是无法可想的了。不过我要先和你见见面，再去挨他的。"我答道："大爷，这事让我来。等我先打听明白您究竟有何罪状，再去见首相，说不定还可以转圜。无论如何，我对您感恩知己，理该替您出力奔走一番，请您领我这点情。"我说完答应立刻给他回音，就告辞出来。

我自从写了那两篇铺张扬厉的报告，对国家大事就没问询过。我去看加那侯，问问堂阿尔方斯·德·李华是否真把瓦朗斯的都统坏了。他说确有其事，只是不知原委。我当下毫不犹豫，决计亲自向首相大人请示，究竟堂西泽的儿子有什么罪名。

我为这件不如意的事烦恼得很，不必装什么愁容，爵爷就看出我在发愁。他一见面就说："山悌良那，你怎么了？我瞧你一脸气恼，眼泪都要掉出来了。这是什么道理？别瞒我。谁得罪了你吗？你说出来，我马上替你出气。"我流泪道："大人，我的烦恼，要瞒您也瞒不过来，我伤心透了。我刚听说堂阿尔方斯·德·李华把个瓦朗斯的都统丢了，这消息气得我要死，真是我最伤心的事。"首相失惊道："怎么说的？吉尔·布拉斯，这个堂阿尔方斯和他那都统跟你什么相干？"我就把两位李华大爷对我的恩义一五一十告诉他听；又讲怎样为堂西泽的儿子向赖玛公爵求得了都统的职位。

首相大人一团好意，静听到底，说道："朋友，把眼泪擦掉吧。你讲的那些事我一点不知道；而且我老实告诉你，我以为堂阿尔方斯是赖玛红衣大主教的私人呢。你设身处地想想，他去拜访那位红衣大主教，不叫人怀疑吗？我现在看来，他的官职是那位大臣给的，大概他知恩感恩，才有这番举动，我也不怪他了。人家靠你得的官，给我坏了，我很抱歉。我虽然拆了你的台，也会挽救。我对你的照拂，还要比赖玛公爵的胜几分呢。你的朋友堂阿尔方斯不过是瓦朗斯一城的都统，我现在叫他做阿拉贡一郡的总督。你可以去通知他，叫他来宣誓就职。"

我当初愁得要命，听了这话，顿时喜得不可开交，心忙意乱，向首相道谢都道谢不来。爵爷听我语无伦次，倒并不嗔怪，他听我说起堂阿尔方斯已经到了马德里，许我当天就引去晋见。我连忙赶到圣加布利尔客店，向堂西泽的儿子报告他得的新官职，他欣喜不置。他简直不能相信我的话,觉得首相尽管宠我,可是看我面子就把总督那类的官职赏人,实在有点不可思议。我引他去见爵爷,爵爷很客气,对他说:"堂阿尔方斯,你在瓦朗斯都统任上政绩斐然,王上觉得你更可重用,特地委任你做阿拉贡的总督。这点荣宠,在你的出身说来不算逾分,阿拉贡的高门大族也不会怪朝廷任用非人。"

首相一字没提到我,外间并不知道这事有我一手。这就保全了堂阿尔方斯和那位大臣的令名,否则人家对我一手造成的总督要说闲话的。

堂西泽的儿子看见事情已经牢靠,忙派急足到瓦朗斯去通知他父亲和赛拉芬。他们立刻都上马德里来,一到先来看我,向我道谢了一大泡。他们三个是我最亲密的人,看他们抢着拥抱我,真叫我且感且傲。他们既感激我热肠关切,又觉得总督一职真是光耀门庭,所以不住口地千恩万谢。他们竟当我平交看待,仿佛忘掉我做过他们底下人似的,亲热得无以复加。闲言少叙,且说堂阿尔方斯领得委任状,向王上和首相谢过恩,照例宣了誓,就带着一家老小,离马德里往萨拉戈萨去立门户了。他上任说不尽的阔绰荣华;阿拉贡人一片欢呼,可见对我替他们弄来的这位总督很中意呢。

# 第十三章

吉尔·布拉斯在王宫碰到堂加斯东·德·高果罗斯和堂安德瑞·德·陶狄西拉斯,三人同到个地方去。堂加斯东和堂娜海丽娜·德·加利斯悌欧的事有了结局。山悌良那替陶狄西拉斯出力。

我顺顺当当地把个革职的都统变为总督,乐不可支,便是两位李华大爷也没我快活。不多时我又有机会替一个朋友出了些力。我想应该把这事讲讲,让读者知道我吉尔·布拉斯今非昔比,不是那个在前任首相手下卖官鬻爵的人了。

有一天,我在王宫待见室和一些等候晋见的贵人闲谈。他们知道我是首相的红人,也屈尊跟我说话。我忽在人堆里看见堂加斯东·德·高果罗斯,就是我撇在塞哥维亚塔狱里的国事犯。典狱官堂安德瑞·德·陶狄西拉斯跟他在一起。我连忙撇了那伙人,过去拥抱这两个朋友。三人竟会在此地重逢,他们固然想不到,我更出意外。彼此亲亲热热拥抱了一番,堂加斯东说:"山悌良那先生,咱们有许多话要讲,这里不大方便。请你跟我到一个地方去,陶狄西拉斯大爷和我很想跟你长谈呢。"我一口应允,我们挤透人堆,走出王宫。堂加斯东的马车等在街上,三人上车,到了斗牛广场所在的那个闹市,有座极漂亮的房子,那就是高果罗斯的寓所。

我们到了一间陈设富丽的客堂里,堂安德瑞说:"吉尔·布拉斯大爷,我记得你离开塞哥维亚的时候很厌恶官场,发愿绝迹不再入朝了。"我道:"我确有这个意思,先王在位的时候,这个心始终没变。后来我听说王太子即位,就想瞧瞧新万岁爷是否记得我。他倒贵人没有忘事,还承他接见,颇加恩礼,亲自把我荐给首相。首相引我做了个亲信,我在赖玛公爵手下从没有这样得宠的。堂安德瑞,我的事讲完了。你说吧,你还在塞哥维亚塔里当典狱官吗?"他道:"哪里呀!爵爷另选能人了。他准以为我是向前任首相尽忠的。"堂加斯东道:"我释放的原因恰好相反。首相一知道我下塞哥维亚狱是赖玛公爵的命令,马上就放我了。吉尔·布拉斯先生,我现在要把我出狱以后的经历讲给你听听。"

他接着道:"我谢了堂安德瑞在狱里种种照拂,先赶到马德里去见奥利法瑞斯爵爷,他说:'你遭这场横祸不会有玷名誉,你可以放心。你的罪名已经完全昭雪。人家说你是维拉瑞尔侯爵的同犯,侯爵既然无罪,你当然更没有罪了。他虽然是葡萄牙人,而且还是布拉冈斯公爵的亲戚,却心向着我们万岁爷。所以你跟这位侯爵的交情不能罗织成罪,王上瞧你屈受了叛国的罪名,要给你些补偿,赏你做了羽林军中尉。'我接了这个差使,求首相许我到职之前回果利亚去省视我姨妈堂娜艾蕾欧娜·德·拉克萨利拉。首相给了一月假,让我回去一趟。我就带了一个跟班动身。

"我们过了高莫那城,在两座山间的洼地上,忽然看见三个人围着一个人厮打,那人奋勇招架。我毫不犹豫地要帮他一臂,忙赶去助战。我交手的时候留心到我们对手都戴面具,而且都剑法高强。可是他们力气虽大,武艺也高,还是输了。一人中了我一剑,颠下马来;那两人立刻溜了。其实我们虽然得胜,跟那死者也相去无几。我和我的同伙这时候都发觉身受重伤。我一看同伙的正是堂娜海丽娜的丈夫贡巴多斯,我的惊异可想而知。他看见帮手原来是我,吃惊也不相上下。他道:'啊呀,堂加斯东,怎么,救我的是你吗?你挺身相助,不知道恰恰帮了个夺你所欢的人。'我答道:'我的确不知道。不过就算知道,你想我会犹豫吗?你这样不知心,竟当我卑鄙小人吗?'他道:'不,不,我知道你绝不是那样的。我受的伤如果致命,但愿你没事,我死了还可以便宜你。'我说道:'贡巴多斯,我对堂娜海丽娜并未忘情,可是请你记着,我绝不要你送掉性命,好让我趁愿。我帮你打退了那三个凶手还很得意,想必你夫人会对我很见情呢。'

"我们说话的当儿,我用人下了马,跑到躺在尘埃里的死人身边,揭开面具,露出本来面目。贡巴多斯一看就认得,嚷道:'这是加普拉呀!这个亲戚真混蛋,硬要夺我一大笔遗产,没有到手,心怀不愤,早就蓄意要害我,他挑了今天来了他的心愿,谁知道天罚他害人反自害了。'

"这时节我们血流如注,眼看着委顿下去。可是我们负伤挣扎,居然到了维拉瑞候镇,离我们打架那儿只有两箭之地。我们到了第一家客店,立刻就去请外科医生。来的一个据说很有本事。他瞧了我们的伤口,说凶险得很。他替我们包扎好,过一天又来,拆开看了,就说堂布拉斯受的伤要致命,我受的伤不大碍事。他说的都准。

"贡巴多斯瞧自己大限临头,就一心准备死了。他把遭遇的事故和他当前的惨境派急足通知他老婆。堂娜海丽娜连忙赶到维拉瑞候。她来了又愁丈夫性命难保,又怕和我重逢了旧情复炽,这两事心头夹攻,搅得仓皇无主。堂布拉斯见了她道:'太太,你来得正好,还赶得及跟我永诀。我就要死了,我想这是天罚,因为我使诡计拆散了你和堂加斯东的姻缘。我一点儿不怨天,你的心本来向他,我硬夺过来,现在我亲口劝你把那颗心依旧归他吧。'堂娜海丽娜答不出话来,只有哭泣的份儿。她对我余情未断,忘不了那条使她负心的恶计,所以实在也无话可说,惟有报以眼泪。

"外科医生的诊断完全应验,不到三天贡巴多斯伤重毙命,我却日有起色。那年轻寡妇一心忙着把丈夫的遗骸运回果利亚去,按照礼节料理丧葬。她离开维拉瑞候回家之前,来问候了我一下,仿佛不过是礼到罢了。我一起床跟脚也到果利亚,在那儿身体渐渐复元。我姨妈堂娜艾蕾欧娜和堂乔治·德·加利斯悌欧决计叫堂娜海丽娜和我赶快结婚,免得好事多磨。堂布拉斯还是新丧,这次婚礼没有铺张。过了几天,我就带着堂娜海丽娜回马德里来了。爵爷准我的假早已满期,我恐怕他把许给我的中尉的职位另给了别人。那缺倒还留着,我说明愆期的缘故,承他宽洪大量,并没见怪。"

高果罗斯接着道:"我现在是羽林军中尉,这位子很舒服。我结交了些性情相投的朋友,彼此很相得。"堂安德瑞道:"但愿我也能如此,不过我实在要怨命,我那官儿很有出息,这会子丢了,又没个大力的朋友替我弄个肥缺。"我笑眯眯地插嘴道:"对不起,堂安德瑞大爷,我这朋友也许能有点儿用处的。我刚才说在爵爷手下比跟赖玛公爵的时候还要得宠,你倒好意思当着我面说没人能替你弄肥缺吗?我从前不就帮过你这么个忙吗?你可记得我求格拉纳达大主教出力替你在墨西哥弄了个事吗?要不是爱情使你在阿利冈城勾留下来,你准在那边发财了。现在首相对我言听计从,我更可以帮你的忙。"陶狄西拉斯道:"那么我多承你了。"接着又含笑道:"不过请你别把我送到美洲去,即使叫我做墨西哥的大理院院长,我也不想去。"

这时堂娜海丽娜跑来,打断了我们的话。她风姿很美,恰合我的想象。高果罗斯说:"太太,这位就是山悌良那大爷,我跟你谈起过,我在监牢里有了这个好伴儿,常靠他消愁解闷。"我对堂娜海丽娜道:"是啊,太太,堂加斯东这话不假,他爱听我谈话,因为总把您做谈资。"堂乔治的女儿听我客套,也谦逊了几句;我又恭喜他们有情人终成眷属,于是起身告别。我请陶狄西拉斯把地址告诉我,说道:"堂安德瑞,咱们还要见面呢,我希望不出八天,叫你瞧瞧我有此心也有此力。"

我这话说到做到。就在第二天,爵爷给了我个机会,正可以照顾那位典狱官。首相大人说:"山悌良那,瓦拉多利掌管大牢的职司出缺了,这位子每年出息在三百比斯多以上呢,我想把你补上。"我答道:"大人,即使这个位子每年有一万杜加的出息,我也不要。不追随您左右的差使我一概不就。"那大臣道:"可是你不必离开马德里,尽可以遥领,只要常到瓦拉多利监狱去看看就行了。你瞧,这是可以两全的呀。"我答道:"随您怎么说,我还是不要,除非许我转让给一个好人,他叫堂安德瑞·德·陶狄西拉斯,是塞哥维亚塔的前任典狱官。我在狱里承他种种照拂,愿意把这位子送他作为报答。"

首相听了大笑道:"换句话说,吉尔·布拉斯,你做成了一个总督,又照样要做成个掌管大牢的官。好吧,朋友,就依你,那个缺随你去给陶狄西拉斯好了。不过你老实告诉我,你这来可以捞摸点儿什么呢?你又不傻,不会平白替人效劳。"我答道:"大人,欠了债不该还吗?堂安德瑞从前极力周全我,并没有什么贪图;我不应该照样待他吗?"首相大人笑道:"你变得廉洁得很,山悌良那先生,我记得你在前任首相手下远不是这么回事儿。"我答道:"我承认的。我看了坏榜样也学坏了。那时候一切非钱不行,我也就同流合污;现在一切不用出钱,我又重新诚实不欺了。"

我替堂安德瑞·德·陶狄西拉斯弄到了掌管瓦拉多利大牢的职位,不日就打发他到那边去。他得了新官,我报了旧恩,彼此都很惬意。

# 第十四章

山悌良那到诗人尼聂斯下处;
碰见的人物,听到的议论。

一天下午,我忽然想去看看阿斯杜利亚的诗人,不知他下处是什么个样儿。我跑到堂贝特朗·果梅斯·德·李伯罗府上去找尼聂斯。门口一个用人说:"他不住在这儿了,"一面指指隔壁道:"他住在那后面一排房子里。"我就跑去,穿过个小小院落,到一间房里,陈饰全无,只见我的朋友法布利斯和五六个客人酒席还没散呢。

他们吃喝得已经差不多,所以辩论得正热闹;一看见我,顿时鸦雀无声。尼聂斯连忙起来迎接,说道:"在座诸公,这就是山悌良那先生,承他大驾光临,咱们一起向这位首相的红人致敬吧。"满座都站起来行礼。他们看我那头衔分上,对我礼貌甚恭。我虽然不想吃喝,却不过情,只好坐下。他们还举杯祝我健康,叫我干了一杯酒。

我觉得他们有我在旁,说话不自在了,就说:"诸位请别拘束,大概我打断了你们的高论。请谈下去吧,不然我就走了。"法布利斯道:"他们几位正在谈论欧里庇得斯的悲剧《伊斐革涅亚》①。梅尔希华·德·维雷加斯学士是个渊博透顶的人,他在问堂侠生德·德·罗玛拉特:这剧本里哪一桩最叫人全神贯注。"堂侠生德道:"是啊,我说是伊斐革涅亚遭遇的危险。"那位学士道:"我对他说,剧本里最叫人全神贯注的不是她遭遇的危险,我说得出道理。"一位老学士加布利尔·德·雷翁嚷道:"请问是什么呢?"梅尔希华学士答道:"是风。"

这妙对逗得哄堂大笑;我想梅尔希华这话不是当真,说说笑话罢了。我真不识人,这位学究一点不会说笑。他面不改色,说道:"诸位,随你们笑个畅,我一口咬定,使看客全神贯注、惊心动魄的是风,不是伊斐革涅亚的危险。你们想想,希腊要出师攻特洛亚城,已经大军云集,将帅士卒撇下了心爱的家堂神呀、老婆呀、孩子呀,急急地要干完大事,好早早回家;偏生他妈的逆风仿佛把他们使钉子钉住,不得出港,只好耽搁在奥利斯,如果风头不转,他们就不能去围打普里阿摩斯王的城。所以这个悲剧叫人全神贯注的是风。我帮希腊人,赞成他们举兵,只求船队出发;伊斐革涅亚的死不过是向神道求顺风的方法,所以她尽管在生死关头,我看着漠然无动于中。"

维雷加斯说完,又是哄堂大笑。尼聂斯促狭,故意附和这位学士,好让大家越发取笑。大家都就风字上生发,抢着开了一大通玩笑。学士冷然傲然瞧着大家,在他眼里,那些人都是不学无知的伧夫俗子。我

---

① 希腊联军围攻特洛亚事,联军船队在奥利斯阻风不进,神示要联军统帅阿伽门农(Agamemnon)杀爱女伊斐革涅亚(Iphigénie)为祭,方赐顺风。古希腊悲剧作家索福克勒斯、欧里庇得斯等都以此为题材。

时时刻刻只怕几位先生动了真火,揪着头发厮打起来,他们的辩论往往是打架完事的。我却料错了,他们只吵骂了一场,酒醉饭饱就都散了。

客人走了,我问法布利斯为什么不住在那位理财大员家里,是否吵翻了。他道:"吵翻吗!天保佑别有这事!我跟堂贝特朗越发相得了。他许我另开门户,所以我租了这排房子,可以款待朋友,一起寻欢作乐,无拘无束。你看透我的性格儿,我绝不肯留着好大一份家私给我的承继人享受,所以常常请客;好在我有的是钱,尽可以天天高朋满座。"我答道:"亲爱的尼聂斯,恭喜恭喜,你写了那个悲剧会这样得意,不由我不再向你道贺。大戏剧家洛佩写了八百个剧本①,赚的钱还不如你《萨尔丹聂伯爵》一个剧本弄来的四分之一呢。"

---

① 据称他生平戏剧作品有一二千种。

# 第十二卷

# 第 一 章

首相派吉尔·布拉斯到托雷都;
这趟出差所为何来,有何成绩。

近一个月来,首相大人天天说:"山悌良那,我不日要叫你一显身手呢。"可是那日子还没到。后来有一天他对我说:"听说托雷都戏班子里有个年轻女戏子,才艺很负盛名。大家说她跳舞唱歌都神乎其技,念的台词把看客全风魔了,而且相貌很美。这样的人才大可上朝来露露脸。万岁爷对演戏、唱歌、跳舞,件件都喜欢,难得有这样一个人物,怎么可以不让他一饱眼福耳福呢。所以我决计派你到托雷都去瞧瞧那个女戏子,是否真个了不起。我全凭你的见闻作准,我相信你的鉴别一定没错儿。"

我对首相大人说,准把这事据实回报。我只带一个用人出门,不许他穿相府的号衣,干事可以机密,这很合首相大人的意思。我取道往托雷都,到了就下在堡垒附近的客店里。店主人准以为我是乡下来的绅士,看我一下马,就说:"大爷,明天这里有宗教裁判①,仪式隆重,你想必是上城瞧热闹来了。"我嘴里答应是的,心里想,随他这样猜测最妙,免得他问我到托雷都的来意。他道:"明天游街的队伍真是盛况空前。据说有一百多囚犯,里面十多个是要烧死的。"

第二天太阳还没出,我果然听得城里一片钟声,这就是宗教裁判快

---

① 宗教裁判(Autodafé)是宗教法庭(Inquisition)极严肃的大典,当众裁判宗教罪犯,罪重的常活活烧死。

要开始,向大家报讯的。我没见识过这个可怕的大典,好奇心切,忙穿上衣服赶出去。凡是队伍必经之路,挨墙傍壁都搭着看台,我花些钱也上了台。一会儿,看见先来了一队多明我会的修士,前面打着宗教法庭的旗子。跟着就是当天要处决的可怜虫。他们一个跟着一个,光头赤脚,手里拿支蜡烛,每人旁边有个人陪护①。有的犯人身披"锡福衣",是一种黄布法衣,上面满是斜交的红十字;有的头戴圆锥形高帽,硬纸做成,上面画满了火焰和鬼物。②

我目不转睛地看着这群可怜家伙,心里恻然,只是不敢露在脸上,免得人家瞧见了加我罪名。忽见戴圆锥高帽的那队罪人里,一个是伊莱尔神父,一个是他的伙伴安布华斯修士。他们打我身边走过,相去咫尺,我绝不会看错。我想:"啊呀!这两个混蛋一辈子为非作歹,老天爷不能容忍,把他们交给宗教法庭去裁处了!"我这样一想,凛然畏惧,浑身直打哆嗦,惶恐得差点儿晕过去。我从前跟他们合伙,还同在才尔瓦行骗,总之,跟他们同干的事这时候齐上心来。我蒙上帝保佑,没有落在披法衣、戴圆锥高帽的那一伙里,真是感恩不尽。

大典完毕,我回到客店,看了那些骇人的形形色色,还在心惊肉跳。不过我心里那一片悲惨的迹象渐渐消失,我又只盘算怎样不辱主人的使命了。我想先应该去看戏,急急等着戏院开门,一到时候,就上戏院,坐在一个授阿尔冈达拉武士章的爵士旁边。我立刻跟他攀谈,说道:"大爷,恕我素昧平生,却想斗胆问句话。"他很客气,答道:"大爷,承你下问,不胜荣幸。"我道:"人家很夸赞托雷都的戏子,果然好吗?"那爵士答道:"好!他们的班子不错,里面还有几个很了不起的呢;尤其是那个十四岁的女戏子璐凯思美人儿,你看了准会吃惊。她上了场,你不用指点,一瞧就知道哪个是她。"我问爵士今天有没有她的戏。他说有,而且扮的是戏里很出风头的角儿。

戏上场了。出来两个女戏子都已经用尽功夫替自己添娇增媚,可是尽管她们珠光宝气,都不是我心目中的人。我听了那个爵士先入之

---

① 勒萨日自注:每个犯人由宗教法庭指定个保人,陪护着游街。
② 悔过得赦的犯人身穿"锡福衣"(Sambenito),戴的圆锥形高帽上画有十字;要受刑的罪犯,帽上衣上都画火焰和鬼物。

言,对璐凯思期望很高,要不是亲眼看见,简直想象不出她的模样。后来这美人儿出台了,大家好一阵鼓掌,仿佛报讯说她上场了。我暗道:"呀!这是她了!真是气度高华,丰姿优雅!她一双眼睛真美!好个动人的姑娘!"我看了她实在很惬意,竟可以说,我见到那样的人才大为震惊。我听她背了头两行诗就觉得又自然又有劲道,而且难得她小小年纪,已经很能领悟。她的戏赢得满场彩声,我也欣然和着鼓掌。那爵士道:"哎,你瞧见璐凯思多么吃香了吧?"我道:"我一点儿不奇怪。"他道:"你要是听了她唱歌,就更不奇怪了。她是个'仙籁娜',谁要是没像尤利西斯那样先有个防备①,听了她唱歌就完蛋了!她跳舞的魅力也不相上下,她的舞态叫你眼迷心醉,跟她那歌喉一样的媚惑人。"我道:"这样说来,准是个奇才了!这么个爱煞人的姑娘,不知哪一位有艳福为她倾家荡产呢。"他答道:"她还没有明公正道的相好,人家背后也没说她有什么私情。她归姨妈艾斯戴尔带领;不用说,女戏子里数这位艾斯戴尔最有手段了,所以璐凯思大概就会有相好的。"

  我一听得艾斯戴尔的名字,忙打断爵士,问他这个艾斯戴尔是不是托雷都班子里的女戏子。他道:"这是班子里的头等好戏子,今天咱们不巧,没她的戏。她常扮女用人,扮来惟妙惟肖。她演戏演得真俏皮啊!也许俏皮得过火了,可是这毛病也不讨厌,不必责备她。"爵士把艾斯戴尔夸赞了一通,我听他的描摹,知道这个艾斯戴尔准是萝合,就是这部书里见过好几回、我后来把她撇在格拉纳达的。

  我等戏散场,到里面去打听个着实。我找艾斯戴尔,东张西望,只见她在后台和几位大爷说话呢,大概在他们眼里,她不过是璐凯思的姨妈罢了。我上前去招呼萝合,可是她不知是一时任性呢,还是怪我在格拉纳达仓皇逃走,存心给我碰个钉子,她仿佛不认识我似的,对我非常冷淡,我简直有点下不来台。我应该含笑怪她对我冷若冰霜,可是我傻得很,竟动了真气,怫然而出,火头上决计过一天就回马德里去。我想,我也要给萝合吃点儿苦头,不让她的外甥女儿有体面见到万岁爷。我只消向首相把璐凯思描摹一番,由得我怎样说;我只要说她舞态很俗,

---

  ① 尤利西斯在海上遇"仙籁娜",用蜡塞耳,得免于难。

歌喉太尖,总之,只是卖她年轻。我相信首相大人就不会想弄她到朝上去了。

萝合那样相待,我打算这样报复。可是我生气并没有多久。第二天,我正预备动身,一个小僮儿跑来道:"有封信送给山悌良那大爷。"我答道:"孩子,我就是。"一面接了信拆来看,上面写道:"别把昨夜戏院后台受的怠慢放在心上,请跟着送信人同来。"我马上跟了那小僮儿出门。我跟他到戏院附近一座很漂亮的房子里,进了一套极讲究的房间,看见萝合正在梳妆。

她起来拥抱我,说道:"吉尔·布拉斯大爷,昨夜你到我们后台来招呼我,我一定得罪你了;对你这么个老朋友,不应该那样冷淡的。不过我有个缘故,请你原谅:我那时候正在大生气。我把外甥女儿的体面看得比自己的还重;有位大爷说了她闲话,你进来的时候,我正一心想着那些话呢。你回身就走,我才发觉自己心不在焉,忙叫我的小僮儿跟着你,瞧你住在哪里,打算今天来赎罪。"我说:"我一点不怪你了,亲爱的萝合,这话不用再提。我自从那天事不凑巧,恐怕活该要挨顿好打,急急逃出了格拉纳达,和你一别到今;咱们这会子还是谈谈别后的景况吧。我撇下你的时候,你不是有个大难关吗?你怎么过去的?你尽管聪明,只怕也不容易吧?你要稳住那个葡萄牙相好,大概得把通身本领都使出来。"萝合答道:"没那事儿!你可知道男人在这种场合好打发极了,简直不用女人费心辩白一番的。"

她接着道:"我对马利阿尔华侯爵一口咬定你是我哥哥。对不起,山悌良那先生,我说话还像从前那样随便,这是我的老脾气,改不过来了。我告诉你,我厚着脸皮子挺到底。我对那个葡萄牙贵人说:'你瞧不透吗?这都是人家忌我恨我捏造出来的。我同伙的冤家娜茜莎瞧我安安稳稳得了你的欢心,她自己偏没得到,气得疯了,就想出这个花样来害我。我并不怪她,争风吃醋要想出口气,也是女人的常情。那剪蜡烛的助手给她买通,帮她报仇,竟老着脸说他看见过我在马德里做阿珊妮的女用人,真是荒谬绝伦!堂安东尼欧·西罗的寡妇向来心高气傲,决不肯去伺候做戏的姑娘。还有一层,可以证明他们都是胡说,设了计害我;你只要看,我哥哥忽然不见了。他要是在这儿,准会驳倒那些浑话。娜茜莎一定另又使了什么手段,把他哄得影踪不见了。'"

萝合接下道:"我虽然强词夺理,承侯爵厚道,不再追究。这位好性儿的大爷直到离格拉纳达回葡萄牙,始终没变心。其实你走了不多时他就回国的。萨巴塔的老婆很称心,眼看着我从她那儿夺了个相好来,这会子也丢了。我以后在格拉纳达又待了几年。戏班子里往往要闹意见,我们那班子就是闹翻了,各人走各人的路,有的到赛维尔,有的到高都,我就到了托雷都来,跟我外甥女儿璐凯思在这里一住十年。你昨天来看过戏,已经瞧见她上台了。"

我听到这里,忍不住笑了。萝合问我笑什么。我道:"你猜不着吗?你又没个兄弟姐妹,不会是璐凯思的姨妈。我又算算跟你分别了多少时候,把那年份跟你外甥女儿的相貌对证一下,觉得你们俩还不止那点儿亲呢。"

堂安东尼欧的寡妇脸上红了一红,答道:"我懂你的意思,吉尔·布拉斯先生。你真会考订年代!没法儿哄你。好吧,朋友,你说得不错,璐凯思是我跟马利阿尔华侯爵生的女儿,这事瞒不过你。"我道:"我的公主娘娘,你从前跟萨莫拉悔省院总管私奔的事都告诉我了,这点秘密要费你那么大劲才说出来呀!我还有句话,璐凯思是个奇才,你把这样的成绩公之于世,大家都感谢无穷,但愿你那些伙伴儿的成绩都不输于你才好。"

也许促狭的读者看到这里,想起我在格拉纳达当过马利阿尔华侯爵的书记,那时候跟萝合私下来往,因此疑心荣任璐凯思爸爸的就是我,未必是那位爷。我却要老实说,我惭愧得很,这点疑心是没有根据的。

我也把自己经历的大事和目下的景况告诉萝合。她全神贯注地听着,可见很关切。她听我讲完,说道:"山悌良那朋友,照我看来,你混了一辈子,混得地位不低了。你真不知道我多么高兴呢!将来我带璐凯思上马德里弄她进皇家戏班,我斗胆希望山悌良那大爷能做她撑腰的大老板。"我答道:"还用说吗,全在我身上。你和你女儿几时想进皇家戏班,我可以弄你们进去,这点我办得到,答应得下。"萝合道:"我就把你的话当真了呢!要不是这里戏班子的合同绊住身子,我明天就上马德里去。"我道:"只要朝廷下一纸公文,就还你自由了;这事归我去办,不出八天,准把那个公文交给你。我真愿意把璐凯思弄出托雷都;天生了这样好相貌的女戏子,非朝廷贵人不配消受,论理她应该是朝廷上的人物。"

我刚说完,璐凯思来了。她又妩媚,又苗条,仿佛女神赫柏临凡。她这时才起来,天生丽质,不用装饰就明艳夺目。她姨妈道:"过来,外甥女儿,来谢谢这位大爷对咱们的一番美意。他是我的老朋友,在朝里很有权势,要出大力把咱们俩都弄进皇家戏班里去呢。"那姑娘听了似乎很快活,深深行个礼,软眯眯地笑道:"我多多谢您厚爱照拂。可是,大爷,我不知道这会不会反而害了我呢。我在这里吃香,到了马德里,保得定那边的看客不嫌我吗?也许我换了地方要吃亏的。我记得姨妈说,有些戏子在一处出风头,换了一处就吃不开。所以我有点儿担忧,恐怕不入朝里贵人的眼,带累您也担不是。"我答道:"璐凯思美人儿,你我都不用担这个心,我倒是怕你风魔了满朝大臣,弄得彼此争风反目起来。"萝合道:"还是我外甥女儿愁得有理,不过我希望你们都只是瞎担心,璐凯思的风貌不会弄得满朝轰动,可是她演戏也不至于糟人白眼。"

我们谈了一会儿,我听璐凯思的谈吐,知道她是个绝顶聪明的女孩子。我起身告辞的时候,答应她们朝里马上会有公文召她们到马德里去。

# 第 二 章

山悌良那向首相交差,又奉命把璐凯思弄到马德里。这女戏子到京都首次登台。

我回马德里见爵爷,他急要知道我这趟出门,事情办得怎么样。他说:"吉尔·布拉斯,你看见那女戏子了吗?值得弄上朝来吗?"我答道:"大人,美人儿往往是见面不如闻名,不过这年轻的璐凯思实在是闻名不如见面,她是个色艺双绝的人才。"

首相道:"真有那么可爱吗?"他满心喜欢,眼睛里流露出来,我看了暗想,他派我上托雷都原来是为自己打算。我答道:"你瞧见了她,就知道她的姿容不是夸赞得尽的。"首相大人道:"山悌良那,把你出门以后的事仔细讲讲,我很想听呢。"我就遵命,连萝合的故事都一起讲了。我说有个葡萄牙贵人马利阿尔华侯爵路过格拉纳达,勾留几时,爱上了这个女戏子,璐凯思就是他们俩的孩子。我又把自己跟萝合的交情源源本本地告诉了首相大人,他道:"可喜得很,璐凯思原来是贵人的女儿,我越发对她关心了,一定得弄她来。不过,朋友,有一句话我要嘱咐你,这件事还照你开头那样去办,别把我牵扯进去,一股脑儿全归你吉尔·布拉斯·德·山悌良那承当。"

我去找加那侯说:首相大人要他下一纸公文,把托雷都戏班里的艾斯戴尔和璐凯思调到皇家戏班来。加那侯皮里阳秋地微笑道:"行啊,山悌良那大爷,看来你对这娘儿俩很关切,这事我马上照办。我还希望不但你称了心愿,看客也可以沾光呢。"这位秘书一面说,就亲自写了个公文给我,我叫跟我到托雷都的用人立刻送给艾斯戴尔。八天之后,母女俩到了马德里。她们住在皇家戏班附近的客寓里,一到就送信通知我。我立刻赶去答应千方百计效劳,她们也千恩万谢;于是我辞别出来,让她们去准备登台亮相,我只愿她们能够大大地叫座。

戏招子上说,这两人是朝廷为皇家戏班新聘的女戏子。她们演的是在托雷都很吃香的一个戏。

普天之下,谁看戏不爱个新鲜?这天戏院里拥挤异常。我当然也去了。开场之前,我有点儿慌;尽管深信她们母女俩本领不弱,可是关心者乱,很为她们捏着把汗。她们一开口,就满场彩声,我也一颗心落了地。大家公认艾斯戴尔演喜剧真是拿手,璐凯思扮多情女子不愧奇才。这位姑娘风魔了全场看客,有的爱她眼睛美,有的爱她声音软,大家都觉得她风姿绰约,而且恰当妙龄,容光焕发;散场的时候,没一个不颠倒。

我没想到爵爷对这个女戏子的头场戏那么关心,那晚上也去看了。我瞧他看完戏出来,仿佛对这两个女戏子很满意。我急要知道他究竟喜欢不喜欢,就追随回家,跟他到书房里,说道:"哎,大人,您觉得那马利阿尔华小姑娘不错吧?"他笑眯眯地道:"本大人要是不跟大家同声赞叹,就太难说话了。孩子,你这趟上托雷都真是不虚此行。我觉得你那璐凯思很好,万岁爷看了一定喜欢。"

# 第 三 章

璐凯思轰动朝廷;王上看她演戏,
爱上了她,下文如何。


新来两个女戏子首次登台,立刻哄传朝上。第二天王上早起,御榻前后的大臣也在谈这事。有几位贵人把那年轻的璐凯思格外称赞,描摹得她千姣百媚,把万岁爷都打动了,只是他不露声色,也没开口,仿佛没留心听似的。

王上等大家散了,只剩奥利法瑞斯爵爷在左右,就问人家大捧特捧的女戏子是谁。首相说,是个托雷都来的年轻女戏子,昨晚初次登台,非常叫座。他接着道:"这女戏子叫璐凯思,吃那行饭的女人叫这个名字很相宜。① 山悌良那认得她,对我极力夸赞,所以我想她到您万岁爷的戏班里来正合适。"王上听见我的名字,面露笑容,大概马上记起从前替他和加德丽娜拉纤的就是我,预料我这番又会照样效劳。他对首相道:"爵爷,我明天要去看这个璐凯思的戏,烦你去关照她。"

爵爷把这席话和王上的意思告诉了我,叫我去通知那两个女戏子。我连忙赶去,先碰见萝合,我道:"我来报个要紧消息,明天一国的至尊要来看你们的戏呢,首相派我来通知一声。我知道你们母女一定极卖力,不会辜负万岁爷赏脸的;可是我劝你们选个有歌有舞的剧本,好让

---

① 古罗马烈妇名,这名字也引申为假正经女人的别称。

璐凯思把通身本领都拿出来。"萝合道："我们准听你的话,决不误事,万岁爷要是看了不惬意,不会是我们的错儿。"这时候璐凯思跑了来,家常便服,比台上华装艳饰愈见得体态风流,我说："万岁爷看了一定惬意,他顶喜欢歌舞,你这位标致外甥女儿就更可以投其所好,也许竟会动他爱慕的心呢。"萝合答道："我绝不希望他动这个心,任凭他是一国之君,有权有势,要偿这个愿,还有些障碍呢。璐凯思确是在戏院后台长大的,可是她很有品行,尽管上台爱人家捧,却宁愿人家当她大家闺秀,不要当做名伶看待。"

马利阿尔华姑娘这时候插嘴道："姨妈,何苦凭空造出些魔障来,回头又费手脚去降魔消障。王上不劳我给钉子碰,他眼界很高,不至于垂青到我,自讨没趣。"我道："可是璐凯思美人儿啊,假如万岁爷爱上你,要挑你做个外宠,你竟狠得下心,也把他当寻常人看待,随他去害相思吗?"她答道："当然啊!为什么不呀!就把品行撇开不讲,我觉得不领他这段情,比领了更可以自豪。"我听萝合的徒弟说出这等话来,暗暗吃惊,就称赞萝合管教有方,一壁起身告辞。

王上急要看看璐凯思,第二天就上戏院去。那天演的戏里有歌有舞,我们这位年轻女戏子大显身手。我从开场到散场,一双眼睛直盯着万岁爷,极力想从他眼睛里看出他的心思来。可是他自始至终装得道貌岸然,我实在瞧他不透。我直到第二天才释得心头之痒。首相说："山悌良那,我刚从王上那里来,他谈到璐凯思真有劲儿,准是着了这年轻女戏子的迷了。我讲过她是你从托雷都弄来的,所以他说很想召你一人去谈谈这件事。你赶紧到他寝宫去,已经有旨放你通行。快走吧!早早回来把谈的话告诉我。"

我立刻飞也似的赶去,看见王上独自一人等着,大踏步踱来踱去,仿佛有心事似的。他叫我讲讲璐凯思的身世,问了许多话,又打听这小娘儿有过风流事儿没有。这种事情很难保,可是我大着胆子一口咬定她没有,王上听了似乎很高兴。他道："既然如此,我就挑你去向璐凯思送信,我要你去告诉她,我向她拜倒了。"他又把一只首饰匣儿交在我手里,那匣钻石价值五万艾古以上;他说："你替我去告诉她,这点礼物,请她先收了,往后我这片热情还有更值钱的表记呢。"

我暂且搁下这差使,先去找爵爷,把王上的话一五一十讲了一遍。我以为首相对璐凯思有意思,要是知道自己的主子成了情敌,准要着急,断不会快活;谁知我料错了。他听了大喜,毫无懊恼之色,忍不住说出几句话来,落在我耳朵里。他道:"哼哼!斐利普!你由得我摆布了!这回你就怕问政事了。"爵爷这几句提着名字说的话,把他的机谋都透露出来。我才知道这位爷惟恐王上管国家大事,要设法迎合他的嗜好,引他寻欢作乐。他说:"山悌良那,别耽搁了,朋友。上头的命令要紧,快去干事吧,朝里好些贵人巴不得有这么个体统差使呢。"又道:"你想想,这儿没什么勒莫斯伯爵来分你一大半功劳,你独居其功,而且独享其利。"

首相大人这样就把一丸苦药涂上糖面,我滑溜溜地吞下肚去。我多少还是尝到些苦味,因为我自从监禁了一番,看事总以道德为重,不管人家对我怎么说,总觉得做个天字第一号的拉纤并不那么体面。我虽然不是个拉了纤恬不知耻的坏坯子,但是也没有谢绝不干的骨气。我只求讨好首相,这一回既是王上的旨意,恰又合首相的心思,我越发奉命惟谨了。

我想最好是先找萝合,私下跟她谈谈。我婉转其辞,把来意说明,末了拿出那首饰匣儿来。这女人见了钻石,快活得心花怒放,按捺不住,嚷道:"吉尔·布拉斯大爷,你是我最要好的老朋友,我不必拘束,我要是假充道学、拿腔作势,就不对了。哎,不用说,有这样的人向我女儿拜倒,真是稀罕名贵,我高兴极了,料想有种种好处呢。不过我偷偷儿跟你说说吧,只怕璐凯思别有见地。我跟你讲过,她虽然是个女戏子,却非常正经。有两位又漂亮又阔绰的青年公子向她求过情,都碰了钉子。你当然要说,那两位比不得万岁爷。这话也对,璐凯思承一国之君眷爱,大概她那贞节之心也就把握不住。可是我得告诉你,这件事拿不稳;还有句话,我决不勉强我女儿。万一她不识抬举,王上对她的露水恩情,她不以为荣,反以为辱,务请巍巍一国之君不要见怪。"又道:"她或是答应,或是退回那匣钻石,你明天再来听消息吧。"

我拿定萝合不会劝璐凯思守正经,准引她走邪道儿,料想她这番劝导一定大有功效。真想不到,第二天萝合告诉我,她劝女儿走邪道,就仿佛旁的妈妈教女儿学好样一般费劲。更想不到璐凯思和万岁爷几度幽会以后,深悔给他随心取乐,忽然斩绝尘缘,进了降生修道院,忧忧悒悒,不多时得病死了。萝合失了爱女,伤心不已,觉得都害在自己手里,也就进了悔修院,去忏悔少年时的欢乐生涯。王上瞧璐凯思突然出家,也很伤心,不过这位年轻国王不是那种忧郁的性格儿,渐渐的也就淡忘了。至于爵爷,面子上尽管装得漠不关心,读者可以想见他心里非常懊丧。

# 第 四 章

首相派山悌良那的新差使。

璐凯思薄命,我也很感伤,想到自己也插一手害了她,内疚于心,不管我替什么样儿身份的人说风情,总自惭下流无耻,决计再也不当拉纤了。我甚至向首相申明再不干这等勾当,请他派我另一路的事吧。他瞧我有品,仿佛很惊奇,说道:"山悌良那,你不肯苟且,我很喜欢。你既是这样的正人君子,我想给你个事,你这个规矩人干来,比较相宜。是这样一件事,你留心听着,我有心腹话跟你讲呢。

"在我上台前几年,偶然一天我看见个模样儿很端正很漂亮的女人,就叫人去跟她。我打听得她是热那亚人,名叫堂娜玛格丽达·斯比诺拉,在马德里出卖色相为生。还听说有个名叫堂方西斯果·德·华雷萨的法官,他有钱、上了年纪,也有太太,在这风骚女人身上花钱不少。我听了这话,应该对她不屑过问了,可是我却勃然心动,想跟华雷萨平分春色。我既然这样动了心,就找了个拉皮条的女人帮忙,靠她的手段,不久就和那热那亚女人幽会一次,以后又常常相聚,居然和我那情敌一样,都出钱买到了优待。说不定她还有别的相好也跟我们一样称心。

"这且不去管它，玛格丽达有许多男人温存供养，无分彼此，渐渐地有了身孕，生下个儿子。她暗地向一个个相好都说孩子是他的，可是各人抚心自问，都不敢以爸爸自居，谁也不愿意认这儿子，那热那亚女人只好用自己的风流进账来抚养。孩子抚养到十八岁她死了，没留下一个钱，更糟的是没给她儿子一点教育。

"这就是我要告诉你的心事，现在再把我想定的大计说给你听听。我想提拔这个卑微不足道的苦命孩子，承认他是我儿子，加他爵位，叫他从极贱变为极贵。"

我听了这个荒唐打算，忍耐不住，嚷道："大人，您怎会想出这个怪主意来？我这话您别生气，我一片热心，说溜了嘴。"他忙道："你听我说了缘故，就觉得这个打算有道理了。我不愿意让我的旁系亲属做承继人。你也许说，我这年纪还有指望跟奥利法瑞斯夫人生个把孩子。可是一个人自己有数，我只消告诉你，我求子心切，什么秘方妙药都试过，全没效验。既然造化肯补救天生的缺陷，给了我这个孩子，我就认做儿子了，说不定正是我的亲骨血呢。这事我已经打定主意。"

我知道首相打定了主意，宁可做傻瓜也不肯放松的。他既然横着念头要认这儿子，我就不再打破句。他道："我想这孩子没有封爵以前就取名堂亨利·斐利普·德·古斯曼。现在无非是要教育他。亲爱的山悌良那，我挑你做他的导师。你人又聪明，又对我忠心耿耿，我就托付你替他当家，替他请各种先生，总之，把他栽培成个十全的大家公子。"我想推辞，就对爵爷说，我才疏德薄，又从没教导过青年子弟，不胜此职。可是他打断我说，将来要叫这个儿子担当国家重任，无论如何要我教导。他说到这话，我也不便再开口了。我谨遵大人之命，准备干这件事。他瞧我依头顺脑，要给些报酬，就为我营谋了个曼布拉的封邑，其实竟是他给的；我每年的薄俸又添了一千艾古。

## 第 五 章

爵爷立案承认热那亚女人的儿子,为他取名堂亨利·斐利普·德·古斯曼。山悌良那替这年轻公子当家,请了各种先生教他。

不多几时,爵爷果然把堂娜玛格丽达·斯比诺拉的儿子认做亲生子,蒙王恩准许立案。他替那个杂种羔子取名堂亨利·斐利普·德·古斯曼,立案时宣称:他是奥利法瑞斯伯爵封地以及圣路加公爵封地的惟一承继人。首相要这事无人不知,就叫加那侯通知各国使节和国内权贵,害得他们大吃一惊。马德里的刻薄鬼取笑了好一程,一班讽刺诗人乘机会也挥毫弄笔,一显辛辣尖酸的本领。

我问爵爷,他委托我管教的主儿现在哪里。他道:"在这城里,跟他姨妈在一起。等你为他弄好房子,立刻接过来。"这事不久就办好。我租下一座房子,陈设得富丽堂皇,雇了几个小僮儿、一个门房、几个跟班,又请加玻利斯帮忙,用了各色管事人员。我等到家丁一应俱全,就禀告首相大人。他马上把那位出身不分明的古斯曼家新嗣子接来。我看见个身材高大的孩子,相貌很讨人喜欢。首相大人指着我道:"堂亨利,这位爷是我挑来指点你立身处世的导师,我完全信托他,你得一切服他管教。"接着对我道:"真的,山悌良那,我把他交给你了,我相信你决不会辜负我的托付。"首相又叮嘱那孩子几句,叫他听我的话,我就带了堂亨利到他自己寓所。

我们一到家,我把所有的家丁叫来,让他过目,一壁告诉他各人的职务。他处境一新,举止却并不失措;随人家足恭尽礼的伺候,他泰然自若,仿佛从小在这种天地里长大,并不是侥幸交了好运。他生性不笨,只是一窍不通,读书写字都不会。我替他请了个先生,教他初入门的拉丁文;另又请了地理教师、历史教师、击剑教师。当然我不会漏掉跳舞教师,只是人选为难。这时候马德里有名的跳舞师很多,我不知请了哪个好。

我正为难,只见我们寓所院子里来了个衣服华丽的人,说要找我。我以为他至少是个授圣雅各或阿尔冈达拉武士勋章的爵士,就迎上去接见。我问他有何贵干。他连连行礼,一看他那副神气,就知道是吃哪行饭的了。他道:"山悌良那大爷,听说堂亨利大爷的教师都归您大人挑选,所以我特来自荐。我叫马丁·李式侯,谢上天照应,颇有微名。我向来不自己找学生,那是蹩脚跳舞师的勾当;我是等人家上门来请的。我教过梅狄那·西董尼亚公爵,堂路易·德·阿罗,和古斯曼族里另外几位贵公子,可算是天造地设为公子们效劳的,所以我理应关照你一声。"我道:"听来你正是我们要的人,你一月多少学费?"他道:"四个双比斯多,这是行市,并且我每礼拜只上两次课。"我道:"一月要四个双比斯多,太贵了!"他诧异道:"怎么贵呀!你请个哲学教师一月就要一个比斯多呢!"

这妙语真叫人无言可对。我哈哈大笑,我问李式侯先生:是否真以为干他那一行的人,身份比哲学教师来得贵。他道:"确实如此。我们比那起先生有用得多。一个人没经我们点拨,算什么东西呢?直橛橛的身子,还是未经琢磨的粗坯;可是跟我们学了几回跳舞,那身段体态就渐渐地出来了。总之,我们能教得他们举止文雅,气度尊严。"

我觉得这位跳舞师说得不错,这种艺术大师既要四个双比斯多一月,我就出这样的学费请他教堂亨利。

# 第 六 章

西比翁从美洲回来,吉尔·布拉斯派他伺候堂亨利。
这位公子的学业,他封了爵位,爵爷又为他娶了老婆。
吉尔·布拉斯不由自主地升为贵人。

西比翁从墨西哥回来了,那时候我正替堂亨利物色家丁,大半名额还没有着落。我问他这趟出门是否称心。他道:"总该称心了。我拿出去三千杜加现款,带回来六千杜加的货色,都是在本国很有销路的东西。"我道："恭喜你,孩子,你这番财星高照,只消明年再到美洲去跑一趟,就可以做富翁了。你要是不愿意为几个钱吃辛吃苦,跑那么大老远去,宁愿在马德里吃口舒服饭,你只要开句口,我现成可以照顾你。"果斯果丽娜的儿子答道："唉,我是毫不踌躇的,如果再要我漂洋过海,担惊受怕,怎么大的财我也不贪了;我宁可在您大人左右当个好差使。不知道您想给小的做个什么事儿,请您讲讲。"

我要讲个明白,就告诉他爵爷弄进古斯曼家的那位小爷是什么出身。我源源本本叙完这桩奇事,又说首相派我做了堂亨利的导师,然后说想叫他做这位嗣子的贴身用人。西比翁求之不得,欣然应允。他做得非常好,不到三四天就很蒙新主人宠任。

我以为热那亚女人的儿子到那年龄,学不进东西了,请那许多先生教他都是白费心力;谁知我没料着。他无论学什么,一来就懂,也不忘记,老师们都很满意。我忙把这消息禀告爵爷,他听了喜得不可开交,乐极欲狂似的嚷道："山悌良那,我听你说堂亨利记性又好,悟性又好,高兴极了,可见是我的骨血;而且我把他疼得仿佛是我跟奥利法瑞斯夫人亲生的似的,这就证明他的确是我的儿子了。朋友,你由此可以知道,天性自然会流露的。"我对这事自有见解,绝不去告诉爵爷;我可怜他这点痴心,随他去自得其乐、满以为是堂亨利的亲爸爸吧。

古斯曼族人把这位新簇簇临时制造的贵公子彻骨痛恨,但是他们老于世故,隐忍不露,有的还假意跟他结交。当时在马德里的国外使节和国内权贵,都登门拜访,足恭尽礼,就仿佛他是爵爷正配嫡生的儿子。这位大臣看人家捧他的宝贝疙瘩,大为得意,忙要替他弄几个官衔来风光一下。他为堂亨利先向王上求了个阿尔冈达拉的武士勋章,附带的封邑每年有一万艾古进账。过了不多几时,又代他谋到个内廷侍奉官的职位。于是他决计替儿子完婚,娶个西班牙高门大族的小姐,就选中了加斯狄尔公爵的女儿堂娜如安娜·德·维拉斯果。虽然公爵和他的族人不大愿意,爵爷仗着权势,强迫成亲。

首相大人举办这桩婚事的前几天,召了我去,把几张纸交在我手里道："听着,吉尔·布拉斯,我又要送你一份礼,你想必喜欢的。这是我替你弄的勋位授予状。"我听了很诧异,答道："大人,您知道我是女监护和侍从的儿子;我觉得勋位到我头上就不值价了。王上赏我这恩典,我完全不配,也毫无用处。"首相道:"你的出身没多大关系,你在赖玛公爵任内,又在我手下干过国家大事。"又微微一笑道:"况且你替万岁爷出的力不是就应该补报吗?总而言之,山悌良那,我给你这点尊荣,你尽可当之无愧。还有一层,更叫你没什么可说的:照你在我儿子身边的地位,非贵勋不可。老实告诉你吧,我给你这份勋位授予状,也就为这个缘故。"我道:"既然您大人坚要我受,我就从命了。"我说完把那份勋位授予状塞在衣袋里,告辞出来。

我走在街上暗想:"我现在是绅士大爷了!不靠爹娘,也成了勋贵!我尽管可用堂吉尔·布拉斯的称呼。若有相识的人听了当面嘲笑,我可以把我这份勋位授予状拿给他们瞧。"我一面掏出来,自己道:"且让我看看,一个人是怎样把贱坯子熏沐得变成贵人的。"我读了一遍,大意说:皇上因我为君为国,屡著勤劳,特赐勋位,聊酬忠爱。我敢自己称赞一句,我看了并不得意。这点尊荣愈显得我出身微贱,并不增光,只有丢脸。所以我决计把这份授予状搁在抽屉里,不拿出来卖弄。

# 第 七 章

吉尔·布拉斯偶然又碰见法布利斯。两人最后一次谈心,尼聂斯劝山悌良那一句要紧话。

那位阿斯杜利亚的诗人很不愿意跟我来往,这是显而易见的。我呢,也有我的事情,没工夫去找他。自从那天听大家讨论欧里庇得斯的《伊斐革涅亚》以后,我和他一直没见面。可巧我在太阳门附近又碰到他。他从一个印刷所出来。我迎上去道:"哈哈!尼聂斯先生,你刚从印刷所出来,看来又要有新作问世了。"

他道:"你们等着瞧吧!我忽然动念,写了个小册子,正在排印,出来了准会轰动文坛。"我道:"你的东西一定好。只是不料你有兴写小册子,我以为这是无聊弄笔,不会长你的文名。"法布利斯道:"小册子里偶然也有好文章。就说我的吧,虽然草草写成,就算是好的了。老实告诉你,这是我救急之作。你知道,狼饿得慌,就出山来了。"

我嚷道:"怎么饿啊?这位不是《萨尔丹聂伯爵》的作者吗?一年进账两千艾古的人,怎么说出这等话来?"尼聂斯打断我道:"且慢,朋友,我现在不是坐领厚俸的福气诗人了。那位理财大员堂贝特朗突然出了事:他有侵吞公款的罪,财产全部入官,我的年金也吹了。"我道:"可惜可惜。还有挽回的余地吗?"他道:"没想头了!果梅斯·德·李伯罗大爷已经完蛋,跟他手下的才子一样穷了,据说他再没有出头的日子。"

我道:"这样看来,我得替你找个事情,好贴补你那笔年金的损失。"他道:"不劳你费心。即使你替我在首相手下找的事一年有三千艾古的薪水,我也不要。才子不是当书记的,我非以文章自娱不可。怎么说呢,老天生我,以诗人始,以诗人终,我不愿意违拗我的命。"

他接着说:"你也别以为我们很可怜,我们不但无拘无束,而且无忧无虑。人家以为我们常常挨饿,其实并不然。我的同行都是阔人家的座上客,就连那种编日历的人也是。我有两处饭碗儿是拿稳的。我献过一部小说给一个经管农场的胖子,他家里稳有我吃的饭。另一处是马德里一个财主家里,他席上非有个把才子不欢,好在他眼界不高,他要多少才子,这城里就有多少。"

我对阿斯杜利亚的诗人道:"你既然觉得境遇不恶,我也不来怜惜你。无论如何,有一句话我要再跟你说一遍:我吉尔·布拉斯不怕你冷淡,一辈子是你的朋友,你要是没钱使,只管来找我,千万别爱面子断绝了一注稳当的接济,叫我无从尽心。"

尼聂斯嚷道:"山悌良那,你这样热心大度,我就看出你的人来了。我对你这番好意真是感激不尽。我也该向你进个忠告,聊表寸心。现在奥利法瑞斯爵爷还大权在手,你又很得宠,乘此机会赶紧多弄些钱。我听说这位大臣站不稳了。"我问法布利斯消息确不确。他道:"一位授加拉特拉华勋章的老爵士这么说的,他有个特长,什么秘密机要都瞒不过他,人家都推他料事如神。昨天他在讲:'爵爷有许多冤家,结了帮要拆他的台。他拿得太稳,还以为王上由他摆布呢。人家冤枉之辞已经上达天听,万岁爷并不觉得逆耳。'"我谢了尼聂斯的忠告,却并不放在心上,就回寓所去,深信我东家的权位推拔不倒,好比根深柢固的老橡树,一任风狂雨暴,依然矗立不动。

# 第 八 章

吉尔·布拉斯得知法布利斯所言不虚。
王上巡幸萨拉戈萨。

阿斯杜利亚的诗人对我说的话并非无稽之谈。王宫里确有些人暗地结成党羽,跟爵爷作对,据说魁首就是王后。他们划策定谋,要倒这位大臣,外面却一点没走风。此后一年多,我看王上对他的宠眷丝毫未减。

这时候加泰罗尼亚人靠法国扶持,造起反来,大军征剿失利,弄得人心骚动,对政府有怨言。因此开了个御前会议,王上叫圣罗马帝国①驻西班牙大使格拉那侯爵也来出席。当下大家商议:王上应该留在加斯狄尔呢,还是到阿拉贡去让军队瞻仰天颜。爵爷不愿意王上到军队里去,就第一个开口,说御驾不宜离开京师,讲来入情入理,振振有辞。他一讲完,除了格拉那侯爵之外,大家都立刻起来附和。那位侯爵一心只向着奥地利王室②,不赞成首相的意思,而且他们那国的人生来心直口快③,他竟振振有辞地出来反对。王上觉得他理足,不管大家异议,竟听从他的主张,指定日子,准备动身到军队里去。

万岁爷公然不听那位幸臣的话还是生平第一遭。这桩空前之举,

---

① 圣罗马帝国(Saint-Empire Romain,800—1806)包括后来日耳曼、奥地利等国。
② 西班牙王室是奥地利王室的分支。
③ 自从一世纪罗马史家塔西佗(Tacitus)和史威东表扬以来,"日耳曼人的忠实"就成为欧洲成语。

首相看做自己的奇耻大辱，羞恼无比。他正要独自到书房去生气，一眼瞧见我，就招我进去，把会上的事气呼呼地告诉了我。他仿佛失惊之后心神未定似的又对我道："是啊，山悌良那，这二十多年来，王上附和着我，两人是一张嘴一条心；这番他却听信了格拉那的话，还加那副神气叫人难堪。他把这位大使赞了又赞，尤其称扬他对奥地利王室披肝沥胆，好像我倒不如这个日耳曼人忠心呢。"

首相又说："分明有人合帮拆我的台，我瞧透这是王后领头的。"我道："哎！大人，您何必挂心？王后怕她什么呢？这十二三年来，国事全归您做主，向例不叫王上请教她，这位娘娘早冷搁在一边惯了。至于王上听从格拉那侯爵的主张，也无非急要检阅一下军队，想去打个仗罢了。"爵爷打断我道："不是的，实在是这么回事：我的冤家希望王上到了军队里，给随驾的权贵包围起来；那里面不少怨我的人，就敢对王上毁谤我的相业了。可是他们没算准，王上尽管出巡，我自会叫那些权贵一个也靠不拢身。"他这话果然没空说，那办法很值得细讲。

万岁爷出巡那天，嘱王后暂摄朝政，就起驾上萨拉戈萨；他路过阿朗瑞斯，觉得真是个好地方，逗留了近三个星期。首相随又把他弄到古安加，引他寻欢取乐，勾留得更加长久。王上又在莫利那·德·阿拉贡打打猎，玩了一程才到萨拉戈萨。大军驻扎离此不远，王上准备上大营去。可是爵爷打消了他的去意，只哄他说：法国兵已经占据蒙松，王上去了难保不落在他们手里。王上其实大可放心，但是一听这话，吓得慌了，决计深居不出，仿佛给人禁锢了一般。首相看他害怕，乘机以保卫为名，简直就把他看管起来，不让人见面。那些权贵花了好多钱随驾出征，想私下一见至尊，也不能如愿。斐利普在萨拉戈萨起居饮食既不舒服，尤其无法消遣，说穿了，竟是坐监牢。他住得气闷，就回马德里去，只由大军统帅维雷斯侯爵想法替西班牙去立威。万岁爷御驾亲征，落得这样个下场。

## 第 九 章

葡萄牙革命,爵爷失宠。

　　御驾回朝不久,马德里听到的风声很不好,据说葡萄牙人瞧加泰罗尼亚人作乱,以为天赐其便,想乘机摆脱西班牙的桎梏,已经起兵,并且拥戴布拉贡斯公爵做国王。他们一心要他坐稳宝位,算准不会有失着,因为西班牙正四面受敌,日耳曼、意大利、荷兰、加泰罗尼亚都在起衅。他们受了西班牙的压制深恶痛绝,要重获自由,这个时机实在是再好没有了。

　　消息传来,朝野大震,不料爵爷偏在这时候对王上去取笑布拉贡斯公爵。嘲笑不当景,往往要落在自己头上。斐利普觉得他那笑话不入耳,板着个脸儿;首相很惶恐,自知不妙。王后又公然作对,痛骂他失职误事,造成葡萄牙之变;他听到这句话,知道站不住了。朝里许多权贵,尤其是随驾到萨拉戈萨的那些人,一看爵爷祸临头上,立刻附在王后一起。偏生火上加油,曼都公爵的母亲,就是前葡萄牙总督夫人恰从里斯本回马德里,她老实对王上说,葡萄牙起事都是首相之过;这来把王上对他的宠眷完全断送。

　　王上听了这位贵妇人一席话,深深有动于衷,就此看破他的幸臣,把恩宠一笔勾销。首相知道王上专听他冤家的话,心生一计,上了个奏章,说人家把他执政期间出的乱子都归罪于他,实在冤枉,所以请求准他辞职下野。他以为王上旧恩未尽,不会放他走,这个奏章上去,一定大有效验。可是万岁爷批了照准,随他到哪里去退休。

　　首相没想到这样的御笔亲批,仿佛顶门上着了个焦雷。他虽然惊慌得不知所措,却故作镇静,问我设身处地该怎样办。我道:"我就毫不犹豫,丢下官儿,还山安度余年去。"我东家道:"这话很有识见。我打算到娄式斯去退老,不过先还要见见万岁爷,表白一番:我担当了国家大任,凡是人力所及,没有一点疏忽;大家归罪于我的种种灾祸是无法防备的,好比有本事的领港人,费尽心力,船还是给风浪卷了去,那不是他的错。"这位大臣还希望向王上陈述了一番,事情会有转圜,可以卷土重来。可是他求见没准,连他进内廷用的钥匙也追缴去了。

他一看再没什么想头,就认真预备退休。他把自己的文件细看一过,谨慎起见,烧掉了许多;于是派定要带走的家丁和用人,叫他们料理起身,决定第二天上路。他恐怕出了官邸遭百姓辱骂,所以大清早从后门悄悄溜走,带着个听他忏悔的神父和我,三人乘一辆破马车,安然无事的取道上娄式斯。他是那一乡之主,他夫人曾经在那里造过一所壮丽的圣多明我会修女院。我们不上四小时就到了地头,所有随从人等一会儿也都跟来了。

# 第 十 章

爵爷起初烦恼不安;后来就心平气和。
他的隐居生涯。

奥利法瑞斯夫人让丈夫先到娄式斯去,自己还在朝里逗留几天,打算痛哭哀求,或许朝廷会把爵爷召回来。她白费功夫想好了一篇求情的话,向王上王后匍匐陈请,王上满不理会,王后本来恨她入骨,看她眼泪直流,心中大快。首相夫人还不甘休,竟卑躬屈节地求王后侍女帮忙。这样不顾羞耻,只落得大家白眼,并没人可怜。她抛尽颜面也无能为力,只好死了心跟到丈夫那里去。做斐利普四世那种国王的首相,可算得赫赫当朝第一人,一朝失位,他们夫妇俩惟有同声叹恨了。

夫人来讲了马德里的情形,越添爵爷的烦闷。她哭着说:"你那些冤家,像梅狄那·赛利公爵和其他恨你的权贵,不住口的颂扬王上圣明,把你革职。百姓也气人得很,欢欣庆贺你下台,仿佛你不执政,国家的灾祸也都没有了。"我主人道:"太太,你学我的样忍忍气罢;祸患难逃,只有逆来顺受。说老实话,从前我还自以为能一辈子保住君恩呢。在位得宠的人常会有这种梦想,不知道造命之权全在主子手里;赖玛公爵自以为有那件紫红袍儿护身,就天长地久,有权有势,不也和我一般糊涂吗?"

　　爵爷这样劝老婆耐心,自己呢,每天得了堂亨利的信,只顾气上加气。堂亨利还在朝里望风,把所见所闻一一回报。自从这位小爷和堂娜如安娜结婚,我就另住了,西比翁还在那边伺候,送信的就是他。那位养子信上都讲些不如意的事,偏生总没个好消息。一次说,当朝权贵公然以爵爷退职相贺,而且还结帮要把他安插的私人一概去掉,用他的冤家去补缺。又一次说,堂路易·德·阿罗渐渐得宠,看来要做首相了。这时,爵爷喜欢的梅狄那·德·多瑞斯公爵撤掉了拿普尔斯总督之职,由爵爷素来厌恨的加斯狄尔海军上将继任。朝廷此举无非是扫爵爷的面子,这似乎是我主人最气愤的消息了。

　　爵爷退职三个月以来,简直老在气恼。听他忏悔的神父是圣多明我会修士,人很虔诚,极有口才,能够给他些慰藉。他点化爵爷说,今后应该一心归向天界;靠上苍默佑,居然说得他大彻大悟,不再念念不忘朝廷了。他不去打听马德里的消息,只求修身养性,能视死如归。奥利法瑞斯夫人退隐以后也很得益,她建立的修女院恰是天赐给她解忧消闷的。里面有些道行高的修女,谈起话来虔诚感人,把她满腔怨恨不知不觉中化为一团和气。我东家世情愈淡,心境转静。他每天整上午在修女院教堂望弥撒,然后回家午饭,饭后跟我和几个亲信一起玩玩,消遣两个钟头,于是往往一人进书房去,到天黑才出来,有时候就在花园里走走,有时候带了听他忏悔的神父或者带了我,坐着马车在附近乡间绕个弯儿散散心。

　　有一天我独和爵爷在一起,瞧他一脸静穆之气,心上很佩服,我大胆说道:"大人,我快活得很,忍不住要说句话:我看您大人心安理得的样儿,想来渐渐过惯退隐生涯了。"他答道:"我已经安之若素;我多年来做惯忙人,可是老实告诉你,孩子,这里的悠闲日子,我一天天越觉得配胃口了。"

# 第 十 一 章

爵爷忽然不乐,若有所思。
这事起因可怪,结局很惨。


爵爷要找些旁的事做,有时种花消遣。一天他正在园里干活儿,看见我在旁边,就开玩笑道:"山悌良那,你瞧这下野的首相变了娄式斯的园丁了。"我也取笑道:"大人,这就仿佛西拉古斯的德尼斯做了科林斯的私塾先生。"①我东家听了一笑,并不怪我这样比拟。

爵爷下了台满不在乎,过的日子尽管今非昔比,他却怡然自得;庄子上的人看主人这样,都很高兴。可是这个当儿,我们眼看着他换了样子,又不免担心起来。他变得很阴郁,仿佛心事沉沉,愁深似海。他不跟我们一起玩了,我们挖空心思替他解闷,他好像一点没有兴致。他饭后就一人关在书房里,直到天黑才出来。我们以为他想起往日的荣华富贵,所以闷闷不乐,就请那圣多明我会的神父去开导。可是他的辩才无能为力,爵爷的忧闷看来只有增无减。

我想爵爷烦闷或许另有道理,不肯告人,就打算套出他这个秘密来。我候得他左右没人,做出又恭敬又亲热的样儿,说道:"大人,吉尔·布拉斯有句话胆敢动问主人,不知可以吗?"他道:"可以啊,你问好了。"我说:"大人脸上那副怡然自得的神气哪里去了呢?您对荣辱得失早已无动于衷,现在又未能免俗了吗?难道您又想起失宠的旧事,引起了新恨吗?您好容易修养得从烦恼海超度出来,怎么这会子又掉在里面了?"那位大臣道:"谢天,没那事儿,我不再恋恋不忘从前在朝上的身份,那时候的显赫早撇开再也不想了。"我道:"哎,您既然有本事不留恋旧事,干吗又不争气只管发愁,叫我们都着急呢?"我又跪下

---

① 公元前四世纪西拉古斯暴君德尼斯,被迫退位后,在科林斯(Corinthe)授徒为生。

道:"亲爱的主人,您怎么了?准有什么心事把您磨折得苦。您知道山悌良那素来缜密忠诚,还用瞒着他吗?我倒了什么霉,弄得您不相信了吗?"

爵爷道:"我总是相信你的。老实告诉你,你瞧我忧忧郁郁,的确有个原因,我不愿意跟你说。不过像你这样的手下人、这样的朋友,既然坚要我说,我也不能拂你的意。我把苦衷说给你听吧,这种秘密我只肯对你山悌良那一个人说。"接着道:"是啊,有桩事磨得我好苦,一点一点在催我的命。我眼前总有个鬼,形状很可怕。我尽管说这是我眼花,是个不真不实的幻影,也都枉然,这个鬼仍然出现,刺目惊心。我心里很清楚,知道其实什么也没有,可是看见这种景象,不由得我迷惑起来,心就慌了。你一定要我讲,我现在都讲了。你瞧,我不愿意告诉人家为什么发愁,不是有道理吗?"

大概是他精神失常了,会有这样奇事,我听着又悲伤又诧异。我说:"大人,是不是因为您吃得太少,您饮食太菲薄了?"他答道:"我起初也那么想,我要瞧瞧是不是吃得太少的缘故,这几天吃得比往日多,可是眼前依然有那个鬼影。"我安慰他道:"慢慢儿自然会灭迹。您大人还是跟您忠心的家人们真情诉说,那些愁云惨雾就会消散的。"

爵爷和我谈了这番话,不久就病了。他自觉不妙,叫人到马德里去请了两个公证人来立遗嘱;又请了三位名医,盛传他们偶尔也医得好个把病人。庄上一听说医生来了,人人唉声叫苦,因为对这起先生成见很深,以为主人就此去死不远了。同来还有药剂师一名、外科医生一名,医生处了方,总要用到这种人。公证人干完事,医生就来。他们跟桑格拉都大夫同道,从第一次瞧了病就连连叫病人放血;六天以后,把个爵爷弄得奄奄一息,到第七天他眼前清净,再也不见鬼了。

这位大臣死后,娄式斯的庄上一片哀悼,都出于真心。用人个个痛哭,尽管拿定遗嘱上有自己的一份,也不能释哀,都宁可不承受爵爷的遗物,只求他回生。我得宠最深,对他一心依恋,这回伤心得更比别人厉害。我哭安东妮亚的眼泪,也许不如我哭爵爷的眼泪多。

## 第 十 二 章

爵爷身故后娄式斯庄上的事，
山悌良那的行止。

爵爷有遗命，要葬在修女墓园里，丧事不得铺张。我们遵命办理，一片哭声，送他入土。葬事完毕，奥利法瑞斯夫人叫人宣读遗嘱，家人听了个个称心。爵爷按他们的职位，每人给一笔钱，最少的有二千艾古；我一份最多，有一万比斯多，这是他另眼相看。他也没忘掉那些慈惠院，又在许多修道院里捐下些钱，专为每年做追思弥撒用的。

奥利法瑞斯夫人吩咐总管堂瑞蒙·加玻利斯把钱发给各个家人，叫他们都到马德里去领。我哀思成疾，大发寒热，在庄上耽搁了七八天，没有跟大伙儿同去。我病的时候承那位圣多明我会的修士常来看望。这位好修士跟我相厚，要超救我的灵魂，他瞧我渐渐硬朗，就问我准备作何行止。我道："师父，我说不上来，还没打定主意；有时候真想坐关忏悔。"圣多明我会的修士道："那种时刻真是千金难买，山悌良那先生，你不要错过。我给你个忠告：你也不必出家，像我们马德里的修道院，你可以去安身；你把财产一股脑儿施舍在里面，披上圣多明我会的道袍，在那儿直住到老死。好些人在尘世混了一辈子，这样清修了局的。"

照我当时的心情，修士的话并不逆耳，我说，让我仔细想想。一会儿我见了西比翁，就跟他商量。他一口阻挡，说这是病人的胡想。他道："得了，山悌良那先生，这种退隐的地方会投合你的脾气吗？你住到李利亚斯庄上去不更舒服吗？你从前就喜欢那个地方，现在到这年龄，越发对天然风物心领神会，坐享那里的清福就更有滋味了。"

果斯果丽娜的儿子三言两语，就说得我心回意转。我道："朋友，你这话比那圣多明我会的神父说得有斤两。我的确回到庄上去好，决计这么办了。等我出得门，咱们马上回李利亚斯吧。"不多时，我寒热退尽，一两天就有力气动身了。西比翁和我同到马德里。我见了这个都会,不像从前那样心醉。我知道这里的人对我怅念的那位大臣几乎个个憎恨,所以这个地方也不顺我的眼。我只耽搁了五六天;西比翁乘这个时候料理动身往李利亚斯去。他忙着置车辎马,我就去找加玻利斯,把爵爷传给我的钱领来,都是双比斯多。我又去看了我名下几处封邑的经管人,跟他们讲定交款的办法。总而言之,我把一切事情办得有条有理。

我们动身前一晚,我问果斯果丽娜的儿子有没有向堂亨利告辞。他说:"告辞过了,我今天早上跟他分手的,彼此都很客气,他还说舍不得我走呢。他对我也许满意,我对他可并不满意,主子喜欢用人不算什么,也得用人喜欢那位主子才行,不然的话,总是相处不来的。"又道:"况且堂亨利在朝上只是个可怜东西,人家瞧得他一文不值,街上人指指点点,只管他叫热那亚婆娘的儿子。你想,有体面的小子,谁愿意去伺候这种没体面的家伙呀。"

居然一个大清早,我们离开马德里,取道上古安加。我和我亲信坐一辆车,驾两匹骡子,车夫骑着驾车的骡子领路;后面就是三匹驮骡,装着行李、现钱,有两个骡夫跟着;随后是西比翁找来的两个彪形大汉,披挂器械一应俱全,骑着骡子压队;骡夫各佩刺刀,车夫在坐鞍下面藏着两支好手枪,一行人就这样上路。我们七人里六个都是很勇猛的;我一路欢欢喜喜,不必为承袭的那笔钱担心。走过村落,骡驮子昂然摇动项下的铜铃,村里人忙赶出门来,看我们一队人过去,以为这样排场至少是个大贵人上任做总督去呢。

# 第十三章

吉尔·布拉斯回到庄上,看见干女儿赛拉芬已经成年,甚为欣喜。他看中了一位小姐。

我不用赶路,所以走了十五天到李利亚斯。我只求一路平安,居然如愿。我一见自己的庄子,想起安东妮亚,有点伤感。可是我不愿意自寻烦恼,忙把念头推开;况且她已经去世二十二年,我的悲怀也淡了。

我一到庄上,贝雅德丽斯和她女儿忙来请安,十分亲热。于是他们爸爸妈妈和女儿互相拥抱,快活得发疯也似,我看着也很高兴。等他们拥抱了好一顿,我留心看看我的干女儿,觉得她很可爱,就说:"我离开李利亚斯的时候,赛拉芬还在摇篮里呢,难道这就是她吗?我瞧她长得这么高,又这么漂亮,真是快活,咱们得留心替她找一门亲了!"我的干儿女听了这话,脸上微微一红,嚷道:"怎么的呀,亲爱的干爸爸,你才见了我一眼,就想推我出门了吗?"我道:"孩子啊,不是这话,我们不想把你嫁出门去,我们要你有了丈夫,不离开爹妈,多少还是跟我们住在一起。"

贝雅德丽斯道:"现在就有这样一门亲。本地有位绅士,一天在村教堂望弥撒,看见赛拉芬,就爱上她了。他来看过我,陈说他的爱慕,求我允准。你们想得出我怎么回答的。我说:'我答应了你也没用,赛拉芬全凭她爸爸和她干爸爸做主,得看他们怎么说呢。承你不弃小女,要想求亲,我顶多把这个事写信去告诉他们。'我的确就要来通知你们两位,可是这会子你们人都回来了;你们瞧瞧该怎么办吧。"

西比翁道:"旁的不说,那个绅士是怎么样的人呢?有没有他们那种人的习气?是不是自以为出身高贵,把平头百姓不放在眼里的?"贝雅德丽斯道:"唷,他倒并不是那样的,这人温文有礼,而且一表好相貌,年纪还不到三十岁。"我对贝雅德丽斯道:"听你说来,这位绅士很不错。他叫什么名字呢?"西比翁的老婆道:"叫堂如安·德·如泰拉,新近承袭了父亲的遗产,离这儿四公里有个庄子,就带着他照管的一个妹妹住在那里。"我道:"我从前听人讲起过这个人家,是瓦朗斯的名门大族。"西比翁道:"我第一要心肠好、头脑好,名门大族倒在其次,这位堂如安只要是正人君子就行了。"赛拉芬插嘴道:"他有这名气的,李利亚斯知道他的人都把他夸得不得了。"我听了干女儿的话,对她爸爸看一眼,微微一笑,她爸爸也领会这句话的意思,知道女儿并不讨厌这位郎君。

过了两天,这位爷就到李利亚斯庄上来拜访,原来早听得消息,知道我们到了。他殷殷勤勤跟我们招呼,看他的相貌举止,分明是好一位人才,贝雅德丽斯所说的并非虚话。他说:他是我们的邻居,特来贺我们安稳还家。我们也竭诚招待,不过这番拜访,只是照例应酬,谈的无非客套,堂如安一字没提到爱慕赛拉芬的话,临走只说:预料跟我们结邻是件乐事,请许他再来拜望,好好结个相识。他走以后,贝雅德丽斯问我们瞧这人怎么样。我们说:看来一定好,赛拉芬能有这样个丈夫,真是再好没有的运气了。

我们得回拜堂如安,第二天饭后,我就跟果斯果丽娜的儿子一同出门,叫个人领着到他庄上去。四停路走了三停,领路人说:"这儿就是堂如安·德·如泰拉的庄子了。"我们睁大眼睛四面找了半天,也没找着,一直走到跟前,才瞧见那座庄子,原来隐在山脚下的林子里,树木高大,遮得看不见了。那房子已经破旧,看来主人确是名门,只未必是富室。不过进去一瞧,陈设非常精致,房子虽然塌败,也将就得过了。

堂如安接见的客室布置很漂亮,他又叫我们见了一位小姐,她大概有十九到二十岁,他在我们面前管她叫多若泰妹妹。她盛装艳服,仿佛知道我们要去,特意打扮的。我看见她这般艳丽,心里一动,就像从前见了安东妮亚一样,换句话说,我神魂摇荡起来。不过我一点没露在脸上,连西比翁都没瞧出来。我们还像前一天那样,谈谈邻居和睦、你来我往的快乐。他仍旧绝口不提赛拉芬,我们也不去逗他求婚,要他自己说出来才好。我们谈话的当儿,我瞥了多若泰好几眼,可是我极力假装不看她。每和她四目相对,我就愈觉得心醉。平心说来,我倾倒的人儿并不十全十美。她皮肤的确白得耀目,红嘴唇赛得过玫瑰,只是鼻子嫌长,眼睛稍小;虽然如此,整个脸儿还很迷人。

总之,我到如泰拉庄上走了一遭,换了个人,我回到李利亚斯,心心念念、眼里嘴里只有个多若泰了。西比翁满面惊异,看着我道:"主人啊,你怎么了,只顾想着堂如安的妹妹,你爱上她了吗?"我答道:"是啊,朋友,我真要烧盘儿,天啊,安东妮亚去世以来,我见过的漂亮女人不知多少,从没有动过心,怎么偏叫我碰到这个主儿,弄得我年纪一把,还不由自主地害起相思病来。"果斯果丽娜的儿子道:"好啊,先生,这事你不必怨恨,正该得意啊。你不过这点年纪,害相思一点没什么可笑;你又没老,还有指望赢得女人欢心呢。听我的话,下回见了堂如安,大着胆子向他求亲得了。像你这样的人,他不会不答应。假如多若泰非上等人不嫁,你不就是上等人吗?你有那贵勋授予状,够你子子孙孙沾光的了。年深月久,你那份授予状的来头就无从查考,像一切人家的根柢一样;四五代以后,山悌良那家就是头等的名门望族了。"

## 第 十 四 章

李利亚斯庄上两重喜事,吉尔·布拉斯·德·山悌良那的经历就此述完。

西比翁用这套话勉励我去向多若泰求亲,以为我不会碰钉子。我决计照办,可是不免战战兢兢。我尽管看来年轻,瞒得掉整整十岁年纪,可是总觉得一位妙龄美人不会垂青的了。我打定主意,下回见到她哥哥冒昧求一求。他呢,也正在着急,不知道能不能求到我的干女儿。

第二天早上,我刚穿好衣裳,他又来了,说道:"山悌良那先生,我有件要事,今天特为来跟你谈谈。"我请他到书房里,他单刀直入,说道:"我的来意,你大概知道。我爱赛拉芬,她爸爸什么都听你,请你替我美言几句,成全了我的心愿,我终身的幸福就多亏你了。"我答道:"堂如安先生,你既然直捷痛快,绝不会怪我学你的样。我一定在我干女儿的爸爸面前替你出力;现在我也要请你在令妹前说说好话。"

堂如安听了这话,脸上又惊又喜,我觉得兆头不坏,他道:"难道你昨天给多若泰颠倒了吗?"我道:"我爱上她了,如果承你们兄妹两位不弃,答应我的请求,我就是天下最福气的人了。"他答道:"这件事你尽管放心。我们虽然是贵族,很愿意跟你结亲。"我道:"承你不嫌我平民出身,肯要我做妹夫,我很高兴,也对你越加钦佩,这就见得你高明。不过,即使你要挣面子,想把妹妹嫁个贵人,好叫你得知,我也够格儿。我在相府先后做了二十年的事,王上瞧我为国家出过力,赏了一份贵勋授予状，我可以给你瞧瞧。"我一向不爱夸张，把这份授予状藏在抽屉里，这时候就拿给那位绅士看。他仔细从头看到底，十分惬意。他还给我道："好得很。多若泰许给你了。"我嚷道："赛拉芬也稳是你的了。"

两桩婚事就此讲定。这事只消再问问两位小姐是否愿意，因为堂如安和我都很体贴，不肯委屈了她们强聘硬娶。他回如泰拉庄上去跟妹妹谈我的亲事。我就召了西比翁、贝雅德丽斯和我干女儿，把方才谈的话告诉他们。贝雅德丽斯主张一口答应，赛拉芬一声不响，就见得她跟妈妈同意。那爸爸其实并没有旁的主张，不过有点为难，说这人家的庄子亟待修理，不知道该多少陪赠呢。我说，这是我的事，我给干女儿四千比斯多陪嫁。西比翁一听这话，也就没得说的了。

我和堂如安当晚又见面，我说："你的事顺利极了，但愿我的也不坏。"他答道："你的事顶不错，多若泰不用我做哥哥的命令，自己就情愿。她中意你一表人才，也喜欢你这种风度。你只怕不中她的意，她却发愁得更合情理，她嫁你只有个光人儿——"我喜极欲狂，打断他道："我此外还有什么要求呢？承蒙可爱的多若泰不弃，肯跟我同甘共苦，别的都不用说了。我有的是钱，不要她什么陪嫁，能娶到她就心满意足。"

我们俩谈得有了这些眉目，都很高兴，决计省掉繁文缛礼，赶快结婚。我叫这位先生跟赛拉芬的父母会了面，讲定婚约的条款，他就辞去，答应过一天带多若泰同来。我一心要讨这位小姐喜欢，拼命修饰打扮，足足花了三个多钟头，自己瞧着还不称心。少年打扮了见情人，是件乐事；人快老了，这事干来就很吃力。总算便宜我，堂如安的妹妹第二次见面对我十分青眼，我自觉还没有人老珠黄。我跟她谈了好一会儿，觉得她性情很可爱，只要我会哄、会媚，加上千依百顺，想来还可以赢得老婆欢心。我一肚子如意算盘，就叫人到瓦朗斯请来两个公证人，立下婚约；于是我们把巴戴那的教区神父请到李利亚斯，替堂如安那一对和我们一对行了结婚礼。

我第二番结婚一点也不懊悔。多若泰很贤惠，安分尽责，她瞧我先意承旨，心里很领情，就跟我亲热得仿佛我是个年轻丈夫一般。堂如安和我干女儿一盆火似的热，更妙的是姑嫂俩非常要好，全出志诚。我看出那位内兄的许多长处,真心喜欢他,他也没亏负我。长话短说,我们一起非常融洽,每晚分手要明早再会面就依依不舍。我们决计两家并作一家,有时候住在李利亚斯庄上,有时候住在如泰拉庄上,因此就花了本大人的比斯多,把这个庄子大大地修理了一下。

敬爱的读者,我和这些亲爱的人同过快乐日子,已经有三年。上天要我没一点儿美中不足,赏了我两个孩子。我一心相信孩子是我的亲骨血,我的暮年岁月可以教子消遣了。

# 访杨绛　读杨译

罗新璋

二〇〇四年夏，一天，杨先生来电，告有一小事"相烦"，我于当天下午即骑车去南沙沟。她出示 Sofia（Société française des intérêts des auteurs，"法兰西作家权益保护协会"）来函，称钱先生名下有三十八美元的稿酬。因数目甚微而手续颇烦，经研究决定放弃，不去理会。——类似事例，如二〇〇五年九月五日曾代杨先生致函法国 Gallimard 出版社，同意 Folio 袖珍本再版"钱锺书两篇小说"，并告稿费请直接汇至清华 Fonds Philobiblio Scholarship "好读书助学基金"为感。两年后，去拜访杨先生，曾赐一册，Qian Zhongshu: *Pensée fidèle*，并有题字："新璋小弟存览　杨绛代赠 2007 年 7 月 12 日"。

那天正事说过，杨先生问我"你在忙什么？"告以台湾师范大学翻译研究所聘我为客座教授，杨先生即说，解放前台湾大学或台湾师大也曾聘请过钱先生。（回来后，查华中师大版"钱锺书年谱"，一九四八年栏内载："本年台湾大学聘钱锺书为教授……他均谢辞。"）我接着说，上学期为博士生开翻译研究，暑假后下学期，要为硕士生讲古代翻译，另有二节法译中。拟从傅雷、李健吾、杨先生的译著里找些篇章作教材。

我一九六二年曾花三四个月，对读过半部《吉尔·布拉斯》（因为一九六三年工作方向改为中译法，而中止，未读完），觉得比《堂吉诃德》译得活。杨先生说，那是因为原文是法文；言下之意，她西班牙文不如法文娴熟，放不开手脚。

人民文学出版社当年五月出《杨绛文集》八卷本。这时杨先生捧出载有《吉尔·布拉斯》的第七八两卷相赠，戏说这等于推广自己。我烦杨先生最好亲笔题签。杨说：早晨还能写字，下半天就是老人字了，大大小小，不宜题写。杨先生左耳还能听一点，为便于交谈，有时借纸助谈；这时她在纸上写出"罗新"两字，果然一大一小。

因题字，说到钱先生的字。我说，最近《中国书法》上载文，说《石语》早年（一九三五年）笔录，字体瘦长而纤细，像瘦金体，而六十年后写的题记（"绛检得余旧稿……"），笔画饱满而遒劲，颇有东坡笔意。杨说，钱先生字早年学郑孝胥（在纸上写此三字），晚年字像他舅舅王蕴璋（写"王蕴"两字，"璋"跟你的"璋"一样），旁注"西神"（据"钱锺书年谱"称："母亲姓王，近代通俗小说家王西神之妹。"）。

随后随便闲谈，讲到傅聪傅敏兄弟和傅雷家教等，不克备载。我于次日晨，把谈话内容略记于所得《文集》第七卷卷首，注明"二〇〇四年七月十三日晨记"。

我一向佩服杨先生的翻译。觉得有些处理，比傅雷更自由更大胆。傅雷强调"重神似，不重形似"，总还求似，不脱形迹；杨先生的翻译，像钱先生一再申说的，真是朝得意忘言，登岸舍筏（见《管锥编》十二页）一路做去。按《庄子·外物》篇：言者所以在意，得意而忘言。移用于翻译，或可释为：把意思传达过来，而忘掉语言形式，句法结构。① 又，佛有筏喻，言达岸则舍筏。《筏喻经》谓："有人欲从此到彼岸，结筏乘之而度，至岸讫。作此念：此筏益我，不可舍此，当担戴去。于意云何？为筏有何益？比丘曰：无益。"

凭粗浅阅读印象，杨译主要特点，约略可分为：

**其一，师其意而造其语**。试举例说明之：

例一：Mon père, qui n'était pas plus scrupuleux qu'un autre paysan, approuva la supercherie.

**英译**：My father who was not more scrupulous than his neighbours, approved the deceit.

**杨译**：我爹是个农夫，不知轻重，也赞成掉包。（十九页）

---

① 钱先生特别指出："信之必得意忘言，则解人难索。"（《管锥编》1101 页）

Paysan —peasant，Tobias Smollett 的英译，作 neighbours。杨译完全摆脱原文句型的拘缚，译成复合单句，意思直截而明晰。我曾以此译示康强兄，他说想不到有这样处理，表示佩服。施兄，中译法、法译中兼善，是法语界难得的人才。

例二：Non, Estelle, vous n'êtes pas logée ici assez commodément pour recevoir quelqu'un chez vous.

**英译**："No, Estella, you have no convenience for him in these lodgings."

**杨译**："不成，艾斯戴尔，你这房子不便留客。"（三四一页）

英译已简化，原文如用中文直译出来，大致是：您在这里住得本不太舒服不可以留人在您家。原句是标准的法文句，但与中文造句，不无龃龉之处。如照原句译出，文字啰啰嗦嗦，杨译不惜更易原文结构，另选词语，简明易懂。

做翻译的人，大多以为，"此筏益我，不可舍此"，译出不少带外来味的中文句子。两种语言，千百年来使用习惯不同，往往扞格难通。翻译时是否要顾及原文形式？想到一九六三年初曾将 René 拙译寄沪，傅雷先生细读之后，指出有些译句太靠近原文。我复信里说，人家已认为我译得太自由了；先生答告：翻译受原文约束，永远会不够自由的（原信已毁，大意不错）。可为印证的是，先生一九五一年致宋淇函就说道："我们在翻译的时候，通常总是胆子太小，迁就原文字面、原文句法的时候太多……我并不是说原文的句法绝对可以不管，在最大限度内我们是要保持原文句法的。"此主张，不似得意忘言、登岸捨筏那样决绝。傅译《高老头》第一句，就完全仿法文句法："一个夫家姓伏盖，娘家姓龚弗冷的老妇人，四十年来在巴黎开着一所兼包客饭的公寓，坐落在拉丁区与圣·玛梭城关之间的圣·日内维新街上。"他还主张，通过翻译，"创造中国语言，加多句法变化"。而杨先生的译文，基本上看不到西式长句，大多拆解成汉语短句。区以别之：傅译重传神（不重形似），杨译尚写意（得意忘言）。

"我的父亲，并不比另一个农夫更多顾忌"与"我爹是个农夫，不知轻重"，从原文的比较句，易为中文直陈句，宁无失乎？四世纪高僧道安有言:"译胡为秦,有五失本也。"安惟惧失实,态度强直,但也允许时改倒句("惟有言倒时从顺耳"),钱先生在《管锥编》一二六三页指出:"故知'本'有非'失'不可者,此'本'不'失',便不成翻译。"故凡翻译,语音、辞藻、句式、修辞,必有所失。"安言之以为'失'者而自行之则不得不然,盖失于彼乃所以得于此也,安未克圆览而疏通其理矣。"未克圆览的,不光道安一人。

### 其次,依傍形象以取胜

例一:Justement, répliqua le médecin, une vieillesse anticipée est toujours le fruit de l'intempérance ( = abus des plaisirs de la table).

英译:Right, said the physician, an early old age is always the fruit of intemperance.

杨译:医生道:一点儿不错,贪吃贪喝就要未老先衰。(七十四页)

英译基本照搬。此句法文直译为:"提前衰老是滥用饮馔之乐的后果。"不如杨先生倒过来译,缘因果关系明显而"后果"两字可略。

例二:Elle me parut assez jolie, et je trouvai ses allures si vives que j'aurais bien jugé que ce cabaret devait être fort achalandé ( = qui a de nombreux clients).

英译:She appeared handsome enough, and withal so sprightly and gay, that I should have concluded that her house was pretty well frequented.

杨译:我觉得她长得不错;我一见她那股子风骚劲儿,就断定这旅店一定生意兴隆。(第七页)

法文 ses allures si vives,英译作 so sprightly and gay,不及原文具体可感,直译为中文"她的步态那么活泼",而杨译"她那股子风骚劲儿"其形象呼之欲出。文笔讲究的散文家这么译来,似欠雅驯,但在底层混惯的流浪汉,玩世不恭,从他眼中看来,真是这副模样!

例一中 intempérance,《法汉大辞典》释义为:饮食无度,纵酒,纵欲。英译 intemperance,《新英汉词典》释义为:无节制,放纵,饮酒过度,酗酒。英法文便于互译,可谓"等值"!法国自笛卡尔倡唯理论,注重理性教育,培养抽象思维,喜用抽象词语。杨译适应我国读者的审美习惯与审美趣味,译作"贪吃贪喝",用形象语取代抽象词,易于接受。例二中 ses allures si vives,英译作 so sprightly and gay,反不及原文,而以杨译"她那股子风骚劲儿"为胜。

文学作品,非学术论文,要以形象取胜。王弼(226—249)言:(形)象生于意,尽意莫若象。锺嵘(468—522)提出:"古今胜语,皆由直寻。""思君如流水",既是即目;"高台多悲风",亦惟所见。认为"指事造形,穷情写物",形象愈生动,就愈有滋味。文艺作品,重在艺术形象,应尽量避免抽象概念。由于西方人与东方人思想方式不同,原文中的抽象词,杨先生总设法易以具体的形象语,如"贪吃贪喝"与"风骚劲儿"等译笔。好处如王国维所说:"语语都在目前,便是不隔。"多用、善用形象语,正是杨绛译艺的一大特色。

### 其三,顺理补笔岂无功

**例一**:Nous autres personnes du commun, nous regardons les grands seigneurs avec une prévention qui leur prête souvent un air de grandeur que la nature leur a refusé.

**英译**:We common people, look upon all your great noblemen with a prepossession that often gives them an air of greatness which nature has refused.

**杨译**:我们平头百姓对贵人阔佬有成见,尽管他们生相庸俗,也觉得气宇不凡。(三二六页)

此译例后半句照法文译来为:有一种先入之见赋予他们一种老天拒绝给他们的气宇不凡;"尽管他们生相庸俗",乃杨绛的改笔或补笔。

**例二**:Monseigneur, lui répondis-je. La renommée qui loue ordinairement plus qu'ilne faut les belles personnes, ne dit pas assez de bien de la jeune Lucrèce, c'est un sujet admirable, tant pour sa beauté que pour ses talents.

**英译**:"My lord (I replied), fame, which usually praises beauties more than they deserve, has not said enough in commendation of young Lucretia, she is an admirable creature, both as to her person, and talents."

**杨译**：我答道："大人,美人儿往往是见面不如闻名,不过这年轻的璐凯思实在是闻名不如见面,她是个色艺双绝的人才。"(六一五页)

此译例,前半句法文意思为:名声对美人儿的赞扬,往往言过其实,杨译撮取其意而结合上文,套用"见面不如闻名"这一习用语。汉语讲究言对事对,各有反正,后半句"闻名不如见面",乃译者补笔。

西方在二十世纪对翻译有诸多探索,取得卓越成绩。本雅明(Walter Benjamin,1892—1940)写于一九二三年的《译者的任务》,对翻译有不少创见;半个世纪后,才由德里达等人发扬光大。总的意思是,翻译不是炒冷饭,"译作绝非两种僵死语言之间干巴巴的等式"。"任何有益的翻译讨论中,都包括两点:一是忠实于原著,二是译文再创作的自由。""翻译的语言,能使自己从意义里摆脱出来,而再现原作的意图(Intentio)。""真正的译作不会遮蔽原作,而会通过自身的媒介加强原作。""不妨说,在译作中,原作达到一个更高、更纯净的语言境界。"(张旭东译文)

生平喜读杨译,于杨先生的翻译造诣与翻译智慧,亦仅管窥蠡测,"识其小者"。本着"取譬明理",略举数例,挂一漏万,在所难免。惟冀"罕譬而喻",可以看出,通过杨译,确有"加强原作"之胜。《吉尔·布拉斯》杨先生译于一九五一至一九五五年,四十至四十五岁之间,一九六二年重新校订。当时浑不知域外译坛风云,钱先生著作里亦从未提及本雅明。而本雅明《译者的任务》,要到香港城市大学出版社二〇〇〇年出版的《西方翻译理论精选》中才第一次介绍过来。杨先生对翻译自有自己的章法:"以句为单位,译妥每一句","译者只能在译文的字句上用功夫表达","从经验中摸索怎样可以更臻完善"。其《翻译的技巧》这一长文中,也只引用过德国翻译理论家考厄(P. Cauer)的一句话:"尽可能的忠实,必不可少的自由。"杨先生把译者的职司比作一仆两主,在侍候作者读者"两个主人不能兼顾的时候,这点不忠实和自由,只好比走钢丝的时候,容许运用技巧不左右跌倒的自由"。

从补笔两个译例,可看出这"一仆",不是奴仆,佞臣,而是运用了"这点不忠实和自由"。例一,"生相庸俗、气宇不凡"对举,比原句"老天拒绝、气宇不凡"为佳,刘勰所谓"反对所以为优也"。例二,原句"名声对美人往往赞扬过头,而对这年轻的璐凯斯则赞扬不够",殊觉平淡,而经译者更易润色,胜于原句多多。对句、排比,是中文修辞所长,用在译文上,可补外文所欠缺,发挥独特的汉语优势。再说,补笔不善,未免多事;补而善者,能锦上添花,突过原本,亦无愧于作者。译者以自身的文字修养,并符合语法修辞、审美趣味,对原文做相应的变通与调整,是对原著进入汉语语境更高层次上的负责,也是译者主体性的发挥。翻译史上成功的译例,应能进入翻译学研究的范畴,加以总结提炼,上升为理论形态。补笔不失为翻译之一法。竺法护《正法华经》中译"天见人,人见天"。鸠摩罗什(343—413)译经至此,觉得此语在言过质,与僧睿相与参正,在《法华经》里译为"人天交接,两得相见",成为翻译史上有名译例。钱先生推许道:"辞旨如本,质而能雅,睿此译可资隅反。"我们已进入改革开放年代,在对待成功译例上,不应该不如六朝人。

评译本好坏,仅从译文看,只是浮表的印象,对照原文,才能看出译笔的优劣,功夫的深浅。"我爹是个农夫,不知轻重,也赞成掉包",这句中文,一般水平也写得出。假如看到是从法文 Mon père, qui n'était pas plus scrupuleux qu'un autre paysan 译成"我爹是个农夫",凡稍有点翻译经验的朋友,都会觉得新颖可喜。杨绛的《吉尔·布拉斯》是本精心翻译之书。一路读下来,妙悟胜译,纷至沓来,教人学不胜学,无从下手。四十六万字的长篇,各种词类、各种句型,都出现了,需用上无数翻译技巧,才应付得下来。如:

"Seigneur cavalier, vous venez apparemment dans cette ville pour voir l'auguste cérémonie de *l'auto-da-fé* qui doit se faire demain."

**英译**:"Senor Cavalier, I suppose you are come to town to see the august ceremony of the *auto de fe*, which is to be performed tomorrow."

**杨译**:"大爷,明天这里有宗教裁判,仪式隆重,你想必是上城瞧热闹来了。"(据杨绛手改本六〇八页)

原文 l'auguste cérémonie,前译"仪式隆重",后译"热闹",一词二译,手法高明,不像初学者笨拙,一眼就能看出。技巧之于杨译,犹如盐溶于水,不注意会觉察不出。又,如在《翻译的技巧》一文中,杨先生在译界第一次标举"点烦":原句的介词、冠词、连接词等等,按汉文语法如果可省,就不必照用。芟芜去杂,简掉可简的字。如:

Je les remerciai de la haute idée qu'ils avaient de moi et leur promis de faire tous mes efforts pour la soutenir.

**英译**:I thanked them for the high idea they had conceived of me, and promised to do all that lay in my power to maintain it.

**杨译**:我谢他们器重,说一定尽心,不负重望。(二十八页)

杨先生用旧小说语言译《吉尔·布拉斯》,如用现代汉语,可以写成:我谢他们对我的器重,也不嫌字多,但译者善于点烦,故语言显得干净精炼。

吉尔·布拉斯出身贫苦,十七岁离家,开始闯荡人生。他是个通才,没甚大本领,却有小聪明。小说写他的一生,开始在下层混日子,最后爬到社会上层。三教九流,各阶层都有接触,翻这部小说,杂学旁收,什么都要懂,才能胜任。如一次主人翁遇到一个相面的:

Il me répondit gravement: Si j'arrête sur vous mes regards, ce n'est que pour admirer la prodigieuse variété d'aventures qui sont marquées dans les traits de votre visage. A ce que je vois, lui dis-je d'un air railleur, votre révérence donne dans la métoposcopie. Je pourrais me vanter de la posséder, répondit le moine, et d'avoir fait des prédictions que la suite n'a pas démenties. Je ne sais pas moins la chiromancie, et j'ose dire que mes oracles sont infaillibles, quand j'ai confronté l'inspection de la main avec celle du visage.

**英译**:He answered with great gravity: "My reason for fixing my eyes upon you, is to admire the prodigious variety of adventures which are marked in the features of your face." "I see (said I, with an air of raillery) that your reverence deals in metoposcopy." "I may boast of possessing that art (replied the monk), and of having made presages, which have been verified by the event. I am also skilled in chiromancy, and will venture to say, that my oracles are infallible, when I have compared the inspection of the hand with that of the face.

**杨译**:他一本正经地说:"我在相你的面,照你这相貌,一定饱历风波,我很钦佩,所以只顾看你。"我冷嘲热讽道:"原来你老师父善于风鉴?"那修士答道:"那是我可以夸口的。我的预言到头来句句都准。我相手的本领也不差。要是让我把面貌手纹对照着看,我敢说我是个铁嘴。"(手改本三五六页)

此处录出大段英法文,以供懂外语的朋友鉴赏。对照着看,才更能体味译笔的妙处。读到会心处,颇令人解颐。勒萨日写于路易十四十五朝的小说,去今已三百年,虽则趣事连连,诙谐讽刺,奈如今已进入读图时代,捧着这上下二厚册,不免稍觉其长。对照外文读,则能弥增阅读趣味。总而言之,即使《吉尔·布拉斯》算不上伟大的作品,杨绛的译本却肯定是伟大的翻译。

呜呼！翻译之理,古今纵横;翻译之文,奥妙无穷。而临风想望,不能忘情者,往昔赴南沙沟,聆听钱公畅论"不失本便不成翻译"之理;而今钱先生之高论不可复闻矣,杨先生之慈颜亦不可复见矣！其谁能复益我以十年之学耶？

二〇一六年七月二十七日

# "名著名译丛书"书目

(按著者生年排序)

## 第 一 辑

| 书　名 | 著　者 | 译　者 |
|---|---|---|
| 荷马史诗·伊利亚特 | [古希腊]荷马 | 罗念生　王焕生 |
| 荷马史诗·奥德赛 | [古希腊]荷马 | 王焕生 |
| 伊索寓言 | [古希腊]伊索 | 王焕生 |
| 一千零一夜 |  | 纳　训 |
| 源氏物语 | [日]紫式部 | 丰子恺 |
| 十日谈 | [意大利]薄伽丘 | 王永年 |
| 堂吉诃德 | [西班牙]塞万提斯 | 杨　绛 |
| 培根随笔集 | [英]培根 | 曹明伦 |
| 罗密欧与朱丽叶 | [英]莎士比亚 | 朱生豪 |
| 鲁滨孙飘流记 | [英]笛福 | 徐霞村 |
| 格列佛游记 | [英]斯威夫特 | 张　健 |
| 浮士德 | [德]歌德 | 绿　原 |
| 少年维特的烦恼 | [德]歌德 | 杨武能 |
| 傲慢与偏见 | [英]简·奥斯丁 | 张　玲　张　扬 |
| 红与黑 | [法]司汤达 | 张冠尧 |
| 格林童话全集 | [德]格林兄弟 | 魏以新 |
| 希腊神话和传说 | [德]施瓦布 | 楚图南 |

| 书名 | 作者 | 译者 |
|---|---|---|
| 高老头 欧也妮·葛朗台 | [法]巴尔扎克 | 张冠尧 |
| 普希金诗选 | [俄]普希金 | 高莽 等 |
| 巴黎圣母院 | [法]雨果 | 陈敬容 |
| 悲惨世界 | [法]雨果 | 李丹 方于 |
| 基度山伯爵 | [法]大仲马 | 蒋学模 |
| 三个火枪手 | [法]大仲马 | 李玉民 |
| 安徒生童话故事集 | [丹麦]安徒生 | 叶君健 |
| 爱伦·坡短篇小说集 | [美]爱伦·坡 | 陈良廷 等 |
| 汤姆叔叔的小屋 | [美]斯陀夫人 | 王家湘 |
| 大卫·科波菲尔 | [英]查尔斯·狄更斯 | 庄绎传 |
| 双城记 | [英]查尔斯·狄更斯 | 石永礼 赵文娟 |
| 雾都孤儿 | [英]查尔斯·狄更斯 | 黄雨石 |
| 简·爱 | [英]夏洛蒂·勃朗特 | 吴钧燮 |
| 瓦尔登湖 | [美]亨利·戴维·梭罗 | 苏福忠 |
| 呼啸山庄 | [英]爱米丽·勃朗特 | 张玲 张扬 |
| 猎人笔记 | [俄]屠格涅夫 | 丰子恺 |
| 包法利夫人 | [法]福楼拜 | 李健吾 |
| 昆虫记 | [法]亨利·法布尔 | 陈筱卿 |
| 茶花女 | [法]小仲马 | 王振孙 |
| 安娜·卡列宁娜 | [俄]列夫·托尔斯泰 | 周扬 谢素台 |
| 复活 | [俄]列夫·托尔斯泰 | 汝龙 |
| 战争与和平 | [俄]列夫·托尔斯泰 | 刘辽逸 |
| 海底两万里 | [法]儒勒·凡尔纳 | 赵克非 |
| 八十天环游地球 | [法]儒勒·凡尔纳 | 赵克非 |
| 马克·吐温中短篇小说选 | [美]马克·吐温 | 叶冬心 |
| 汤姆·索亚历险记 | [美]马克·吐温 | 张友松 |
| 爱的教育 | [意大利]埃·德·阿米琪斯 | 王干卿 |
| 莫泊桑短篇小说选 | [法]莫泊桑 | 张英伦 |
| 契诃夫短篇小说选 | [俄]契诃夫 | 汝龙 |
| 泰戈尔诗选 | [印度]泰戈尔 | 冰心 等 |
| 欧·亨利短篇小说选 | [美]欧·亨利 | 王永年 |

| | | |
|---|---|---|
| 名人传 | [法]罗曼·罗兰 | 张冠尧 艾珉 |
| 童年 在人间 我的大学 | [苏联]高尔基 | 刘辽逸 等 |
| 绿山墙的安妮 | [加拿大]露西·蒙哥马利 | 马爱农 |
| 杰克·伦敦小说选 | [美]杰克·伦敦 | 万紫 等 |
| 卡夫卡中短篇小说全集 | [奥地利]卡夫卡 | 叶廷芳 等 |
| 罗生门 | [日]芥川龙之介 | 文洁若 等 |
| 了不起的盖茨比 | [美]菲茨杰拉德 | 姚乃强 |
| 老人与海 | [美]海明威 | 陈良廷 等 |
| 飘 | [美]米切尔 | 戴侃 等 |
| 小王子 | [法]圣埃克苏佩里 | 马振骋 |
| 钢铁是怎样炼成的 | [苏联]尼·奥斯特洛夫斯基 | 梅益 |
| 静静的顿河 | [苏联]肖洛霍夫 | 金人 |

## 第 二 辑

| | | |
|---|---|---|
| 威尼斯商人 | [英]莎士比亚 | 朱生豪 |
| 忏悔录 | [法]卢梭 | 范希衡 等 |
| 罪与罚 | [俄]陀思妥耶夫斯基 | 朱海观 王汶 |
| 哈克贝利·费恩历险记 | [美]马克·吐温 | 张友松 |
| 漂亮朋友 | [法]莫泊桑 | 张冠尧 |
| 斯·茨威格中短篇小说选 | [奥地利]斯·茨威格 | 张玉书 |
| 海浪 达洛维太太 | [英]弗吉尼亚·吴尔夫 | 吴钧燮 谷启楠 |
| 日瓦戈医生 | [苏联]帕斯捷尔纳克 | 张秉衡 |
| 大师和玛格丽特 | [苏联]布尔加科夫 | 钱诚 |
| 太阳照常升起 | [美]海明威 | 周莉 |

## 第 三 辑

| | | |
|---|---|---|
| 神曲 | [意大利]但丁 | 田德望 |
| 吉尔·布拉斯 | [法]勒萨日 | 杨绛 |
| 都兰趣话 | [法]巴尔扎克 | 施康强 |

| | | |
|---|---|---|
| 叶甫盖尼·奥涅金 | [俄]普希金 | 智 量 |
| 笑面人 | [法]雨果 | 郑永慧 |
| 红字 七个尖角顶的宅第 | [美]纳撒尼尔·霍桑 | 胡允桓 |
| 死魂灵 | [俄]果戈理 | 满 涛 许庆道 |
| 南方与北方 | [英]盖斯凯尔夫人 | 主 万 |
| 莱蒙托夫诗选 当代英雄 | [俄]莱蒙托夫 | 余 振 等 |
| 前夜 父与子 | [俄]屠格涅夫 | 丽 尼 巴 金 |
| 白鲸 | [美]赫尔曼·梅尔维尔 | 成 时 |
| 米德尔马契 | [英]乔治·爱略特 | 项星耀 |
| 小妇人 | [美]路易莎·梅·奥尔科特 | 贾辉丰 |
| 娜娜 | [法]左拉 | 郑永慧 |
| 一位女士的画像 | [美]亨利·詹姆斯 | 项星耀 |
| 十字军骑士 | [波兰]亨利克·显克维奇 | 林洪亮 |
| 樱桃园 | [俄]契诃夫 | 汝 龙 |
| 约翰-克利斯朵夫 | [法]罗曼·罗兰 | 傅 雷 |
| 我是猫 | [日]夏目漱石 | 阎小妹 |
| 嘉莉妹妹 | [美]德莱塞 | 潘庆舲 |
| 月亮与六便士 | [英]威廉·萨默塞特·毛姆 | 谷启楠 |
| 人性的枷锁 | [英]威廉·萨默塞特·毛姆 | 叶 尊 |
| 人类群星闪耀时 | [奥地利]斯·茨威格 | 张玉书 |
| 尤利西斯 | [爱尔兰]詹姆斯·乔伊斯 | 金 隄 |
| 好兵帅克历险记 | [捷克]雅·哈谢克 | 星 灿 |
| 城堡 | [奥地利]卡夫卡 | 高年生 |
| 喧哗与骚动 | [美]威廉·福克纳 | 李文俊 |
| 老妇还乡 | [瑞士]迪伦马特 | 叶廷芳 韩瑞祥 |
| 金阁寺 | [日]三岛由纪夫 | 陈德文 |
| 万延元年的 Football | [日]大江健三郎 | 邱雅芬 |

有声书扫码兑换

1. 刮开涂层
刮开兑换码图层

2. 扫描上方二维码
在弹出链接中输入兑换码（字母区分大小写）

3. 进行收听
进入微信公众号或微信小程序"人文读书声"，在【我的已购】中收听

兑换码：

（如有问题，请添加【人工】咨询处理）